HEYNE BÜCHER

SCIENCE FICTION

Herausgegeben
von Wolfgang Jeschke

Harvey Jacobs

HERRLICHE SUPPE

Ein Roman
für das 21. Jahrhundert

Aus dem Amerikanischen übersetzt
von
Peter Pape

Deutsche Erstausgabe

WILHELM HEYNE VERLAG
MÜNCHEN

HEYNE SCIENCE FICTION & FANTASY
Band 0605480

Titel der amerikanischen Originalausgabe
BEAUTIFUL SOUP
A NOVEL FOR THE 21st CENTURY
Deutsche Übersetzung von Peter Pape
Das Umschlagbild malte Andreas Reiner

Umwelthinweis:
Dieses Buch wurde auf
chlor- und säurefreiem Papier gedruckt

Redaktion: Wolfgang Jeschke

Printed in Germany 1996
Umschlaggestaltung: Atelier Ingrid Schütz, München
Technische Betreuung: M. Spinola
Satz: Schaber Satz- und Datentechnik, Wels
Druck und Bindung: Elsnerdruck, Berlin

ISBN 3-453-10917-1

Ach, strahlender Neffe, hüt dich vor dem Tag,
An dem ein Bujum sein wird dein Snark,
Dann wirst du verschwinden spurlos und leise,
Und niemand wird wissen, auf welche Weise.

. . . .

Schalippe, schaluppe! Seht doch die Suppe,
Die fette! Die grüne! In der Terrine!
Die Suppe der Suppen, die herrliche Suppe!
    Her-r-r-liche Suppe!
    Her-r-r-liche Suppe!
Suppe der Suppen,
    Herrliche, herrliche Suppe!

– LEWIS CAROL

Und es macht, daß die Kleinen und Großen, die Reichen und Armen, die Freien und Knechte – allesamt sich ein Malzeichen geben an ihre rechte Hand oder an ihre Stirn, daß niemand kaufen oder verkaufen kann, er habe denn das Malzeichen, nämlich den Namen des Tiers oder die Zahl seines Namens.

– OFFENBARUNG 13, 16 und 17

Für Mel Jacobs –
und auch für Gail Rubin,
die von Terroristen umgebracht wurde,
während sie Blumen
und Pflanzen fotografierte.

Mein Dank gilt Chet und Sue Gottfried, Linda Stewart, Jean Randall, Deb Novak, John Witek, Jack und Joy Singer, Mildred Budofsky, Zelda Dana, Charles Platt, Evelyn Rosenfeld, Bonnie and Charles Ré, den netten Leuten von Shelter Island und Sag Harbor, New York, und all den Freunden, die dieses Werk unterstützten.

I

Macht heißt das Parfüm. Es vermischt sich mit den anderen Parfüms, mit den Essensdüften, es sickert zwischen das Klappern von Tellern und Besteck und das Geflüster am Tisch. Wir stinken nach Macht. Die Luft ist nahrhafter als das Mahl. Dieses hehre Gefühl, dazuzugehören, treibt mir das Wasser in die Augen. Mich würde nicht wundern, wenn auch die Augen der anderen feucht wären. Hier findet eine Fusion statt. Wir sind eins.

Natürlich empfinden die Kinder das nicht so. Amos hat Langeweile. Er denkt sicher an die TV-Shows, die er verpaßt. Amanda ist da schon glücklicher. Sie ist einfach damit zufrieden, hier zu sein. Sie greift sich eine Gabel und spielt damit herum. Trina nimmt sie ihr aus der Hand. Amanda stört das nicht. Sie liebt und verehrt ihre Mutter. Ich greife nach Trinas schöner Hand. Und drücke sie sanft. Ihre Hand erwidert meine Geste nicht. Verständlich. Bestimmt ist auch sie stolz, empfindet das Bewegende dieses Moments. Sicher will sie dieses Hochgefühl nicht stören. Wirklich, sie sieht hinreißend aus. Ihr Profil wäre wie geschaffen für das Relief auf einer Geldmünze.

Selbst ihr Vater sitzt ruhig da. Das ist ungewöhnlich für Homer Brogg. Sonst ist er ständig in Bewegung. Meine Schwiegermutter Lauren sieht zu ihm hinüber. Seine Reglosigkeit irritiert sie. Sie will feststellen, ob er noch lebt. Homer nickt feierlich, als sei dies eine Kirche, und nicht ein Hotel.

Die Musik setzt ein. Das Licht wird schwächer. Ein

Bildschirm wird hinter dem Podium herabgesenkt. Wir werden uns ein Video ansehen.

Das Bild zeigt den Kreißsaal eines Hospitals. Die Wände tragen ein fröhliches Bunt, die Schwestern Kittel in Regenbogenfarben. Der Geburtshelfer steckt in blauem Pastell, der Anästhesist erstrahlt in Pink. Die werdende Mutter hat sich für ein lindgrünes Nachthemd entschieden. Sie ist eine langhaarige Blondine um die Zwanzig mit großen Augen und geschwungenen Lippen. Der aufgeregte Vater zu ihrer Linken, dem man die Arbeit der Maskenbildnerin deutlich ansieht, trägt einen weißen Anzug, Krawatte und Schuhe. Auf seinem Schlips ist ein roter Punkt. Sie stehen da, als wollten sie gleich anfangen zu singen. Aber natürlich ist jeder voll bei der Sache.

Plötzlich legt die Mutter den Kopf zurück. Ihr Gesicht zeigt ein unirdisches Lächeln, und ihre Wangen sind lieblich gerötet. Sie stöhnt, aber nicht vor Schmerz. Ihr Stöhnen ist anregend. Der Vater beißt sich auf die Lippe und macht ein komisches Gesicht. Eine Schwester schaut zu ihm hinüber und kichert. Sie hat so etwas schon öfter gesehen.

Das Kind ist da. Der Rücken des Arztes verdeckt den eigentlichen Eintritt in das Leben (und auch die zuschauenden Familienmitglieder kriegen nichts davon mit). Beim Säubern des Säuglings tun die Schwestern übertrieben geschäftig. Es ist ein strampelnder, gesunder Junge, der schon lauthals schreiend Beachtung fordert.

»Ein Junge«, konstatiert der Doktor. »Ein wundervoller, strammer Bursche.«

»Wie hast du das bloß fertiggebracht?« fragt der Vater dümmlich. Die glückliche Mutter gibt ihm einen sanften Nasenstüber.

»Schließlich warst du daran auch nicht ganz unbeteiligt«, sagt sie.

Die Oberschwester nimmt das Kind. Die Musik fällt

in treibende, drangvolle Akkorde. Die Schwester trägt den Neugeborenen zum *Hoffenstein IV*. Die Maschine ist neu wie das Baby, das jüngste Modell, vormals Titan und Chrom. Die Schwester schaltet sie ein, Lichter tanzen. Sie tippt Informationen in die Tastatur. Eine Glasplatte gleitet heraus, und das Baby wird daraufgelegt. Auf dem Schirm tauchen in rascher Folge die Gesichter der anderen Anwesenden auf: Vater, Mutter, der Doktor, die Schwestern, der Anästhesist. Ihre Gesichter haben das triumphierende Lächeln abgelegt. Das Gesicht des Babys wirkt älter.

Der *Hoffenstein IV* zieht die Glasplatte ein und läßt den Säugling in seinem Innern verschwinden. Eine Haube, wie eine Kameralinse über dem Kopf des Kindes fokussierend, senkt sich herab. Ein Metallarm taucht aus ihrer Mitte und stempelt die Stirn. Die Mutter keucht laut und richtet sich auf. Der Vater drückt sie zurück. Das Baby wimmert, eher vor Schreck als vor Schmerz. Die Platte schiebt es wieder heraus.

Die Oberschwester nimmt den Jungen auf, streichelt ihn und trägt ihn zum Doktor, der eine Brille aufgesetzt hat. Genau untersucht er den Strichcode, der auf die kleine Stirn gestempelt ist.

»Mrs. Martin, ich freue mich sehr, Ihnen mitteilen zu können, daß Ihr Sohn... ein Code A ist. Ja, wir reden hier über Gehobenes Administratives Potential.«

Der Vater tritt heran, um sich selbst davon zu überzeugen. Er beugt sich über den Code A-Jungen. »Aber Ellen ist doch Code K, und ich Code G«, sagt er. »Ich bin Klempner. Ein verdammt guter zwar, aber eben nur ein Klempner.«

Der Doktor legt ihm verständnisvoll den Arm um die Schultern. Seine Stimme ist Mitleid pur. »Das Wunder«, sagt er, »steckt sprichwörtlich in Ihrer Nußschale.«

Die Musik schwillt an, als der Vater der Mutter den

Sohn bringt. Aus ihrem Nachthemd schälen sich zwei herrliche Brüste wie Vulkane. Wir wissen nun, daß das Baby wohlgenährt seinen Weg ins Leben antreten wird.

Die Musik bricht ab. Der Schirm wird dunkel, Seile ziehen ihn nach oben aus dem Blickfeld. Eine sanfte Stimme macht die Ansage. »Ladies und Gentlemen ... der Mann. Der Mythos. Der Hochverehrte. Heißen wir Dr. Lawrence Hoffenstein willkommen!«

Wenn einer mir gesagt hätte: ›James Wander, eines Tages wirst du zusammen mit Dr. Hoffenstein in einem Raum sein‹ – ich hätte es nicht geglaubt. Und wenn man mir weiter gesagt hätte, was ich empfinden würde, als er den Raum betrat – ganze hundert Pfund Lebendgewicht, ein skelettähnlicher Kobold mit einem Büschel weißer Haare auf dem riesigen Kopf, bleistiftdünne Beine, die den Körper zum Podium trugen, wobei er mit einem Arm den Anwesenden zuwinkte – wenn man mir die Tiefe und den Widerhall meiner Empfindungen vorausgesagt hätte, ich hätte nur geantwortet: ›Affenscheiße!‹

Dr. Lawrence Hoffenstein stemmt sich Schritt für Schritt über das Podium, lehnt sich in die dicke, stehende Luft wie ein Papierboot, das gegen eine unsichtbare Strömung ankämpft. Die Luft wird zur Zeit. Die Zeit ist die Strömung, gegen die er schwimmt, und wir beobachten diese unglaubliche Schlacht. Er schraubt sich regelrecht vorwärts. Wir springen auf und applaudieren begeistert. Solch explosive Bewunderung will heraus, braucht ein Ventil. Mein Bauch ist ein alter Ofen. Kohlen werden hereingeschaufelt, und ich brodele und koche. Dampf schießt aus jeder Öffnung, ich glühe, Schweiß durchtränkt mein Hemd. Fast verliere ich das Bewußtsein.

Ich greife nach Trinas Arm. Er ist nicht da. Das Rauschen des Blutes schwillt ab. Ich stehe immer noch senkrecht. Schon das erscheint mir wie ein Wunder.

Mein Schwiegervater sagte einmal bei einem Interview, seine Standfestigkeit verdanke er seinem inneren Gyroskop. Ich weiß jetzt, was er damit meinte. Hoffenstein kriecht dahin, während sich die Hochrufe steigern. Sie sind sein Rückenwind. Stolz ist sein Segel. Er nimmt das Mikrophon und wartet darauf, daß es still wird, er streckt die Arme aus zu der universellen Geste, daß genug nun genug ist. Aber, weiß Gott, es ist nicht genug. Es ist nicht mal annähernd genug. Doch seine Arme verkorken unseren Wahnsinn. Hinter ihm sinkt ein Schirm herab. Er vergrößert den Mann um das Zehnfache.

Zuerst kommt sein Strichcode ins Bild. Es ist fast unmöglich, ihn zwischen den Runzeln auf der alten Stirn zu erkennen. Aber er ist da, und wir jubeln erneut. Hoffenstein beugt den Kopf, nicht in der Lage, diesem Ausbruch von Zuneigung zu widerstehen. Und dann ist es völlig still.

Es geschieht wie auf ein Stichwort. Wie Grillen ihren Insektengesang lassen wir unseren Lärm in einem Sekundenbruchteil verstummen. Jeder der Anwesenden stürzt abrupt in dieses Loch der Stille. Hoffenstein hebt, so gut er kann, den Kopf, trinkt einen Schluck Wasser aus dem bereitstehenden Kristallglas und spricht.

Halbwegs rechne ich damit, daß er knarrt wie ein altes Haus, daß er Rost gurgelt. Und liege damit völlig falsch. Ich bin ein Narr. Dies ist die Stimme, die die Welt veränderte. Sie schnappt nach uns, drischt auf uns ein, sie donnert aus einem Mund, der kaum größer ist als die Öffnung eines Ablußrohrs. Auf dem Videoschirm springt seine vergroßerte Zunge zwischen den Zahnlücken hin und her. Jeder verbliebene Zahn markiert einen Sieg. Der Mann ist hundert Jahre alt.

»Hier bin ich«, sagt Dr. Lawrence Hoffenstein, »zu meinem größten Erstaunen. Eine Handvoll Lust und

Staub. Euer wunderschöner Beifall, eure großzügigen Hochrufe dringen zu mir durch wie ein Echo zu einem im Tiefschnee Verschütteten, und ich muß mir wieder ins Gedächtnis rufen, daß all dies der Vergangenheit angehört und nur noch ein schwacher Nachhall ist. Bitte, Freunde, behaltet Platz. Wir sind doch eine Familie. Und das hier ist eine Familienangelegenheit.«

Es kommt mir nicht richtig vor, aber wir setzen uns. Nicht alle auf einmal. Grüppchen- und reihenweise. Es ist schwer, in seiner Gegenwart ruhig zu sitzen.

»In dieser Phase meines Lebens höre ich nicht nur meine persönlichen Echos, ich sehe sie auch. Sie sind fleischgeworden und faßbar wie knackige junge Mädchen. Und was sehe ich? Ich sehe eine Zeit, als sich dieser Planet in der Gewalt von häßlichen Spinnenwesen befand. Unsere Welt war eingesponnen in einen üblen Kokon aus Zwietracht und Haß. Die Erde wand sich in Agonie. Wir waren schuld daran, daß sich die Sterne übergaben. Wir waren dabei, die schützende Hülle der Schöpfung niederzureißen. Unsere Kinder träumten schon von der feurigen, alles beendenden Pilzwolke. Unsere süße Luft roch plötzlich ranzig. Unser Mond versteckte sich vor Entsetzen. Unsere Bäume wurden zu Bonsais mit knotigen Ästen. Sie warfen die Blätter ab. Ihre Wurzeln sogen Säure. Wo war noch Hoffnung, und wo war Gott? Die Spinnenwesen hatten Zeit, sie warteten ab. Sie infizierten unsere Gehirne mit Arroganz, Gier und virulenten Giften, die uns zu solchen Dingen wie der Aufschlüsselung unserer ureigensten DNA verführten. Seuchen und Krankheiten verheerten unsere Umgebung. Doch wir verkrochen uns in das undichte Kondom des Eigennutzes.«

Dr. Hoffenstein beginnt zu husten. Der trockene Husten schüttelt ihn. Seine Hand greift nach dem Wasserglas. Er nimmt einen langen Zug, Wasser tropft von seinem Kinn. Im Video sieht das wie ein Wasserfall aus. Unisono stöhnen wir auf, aber sein Gyroskop funktioniert, und er erholt sich wieder.

»Damals hatte ich das Privileg und die Ehre, den *Hoffenstein I* zu entwickeln und zu perfektionieren, den menschlichen Strichcode.«

Natürlich springen wir erneut auf und lassen ihn hochleben – ganze fünf Minuten lang. Dann nehmen wir wieder auf unseren Stühlen Platz. Hoffenstein lauscht andächtig und sieht offenbar noch mehr von seinen Echos. Er läßt uns warten.

»Hat der Mann ein Gefühl für das richtige Timing«, flüstert Homer Brogg mir zu. Das ist Homers allergrößtes Kompliment, denn er hat selbst überhaupt keins.

»Heute, bei fast völliger Akzeptanz, werden 99,8 Prozent der Bewohner unserer gesegneten Erde bei der Geburt codiert – jeder mit Namen, Sozialversicherungsnummer, Geschlecht, Geburtsdatum und – von größter Wichtigkeit – mit dem Bewertungsgrad seiner Anlagen. Die *Hoffenstein*-Einteilung sagt keinem Individuum: *Das ist es, was du bist*, sondern nur: *Das ist es, was du sein kannst!* Innerhalb jeder Code-Einstufung gibt es also reichlich Spielraum für die persönliche Leistung. Für ein Minimum oder Maximum aktueller Selbstverwirklichung. Was eine Person aus seinem oder ihrem Code macht, bleibt völlig ihr überlassen. Die Codes werden demokratisch vom Prime Mother Computer, dem Großen Muttercomputer bestimmt, dessen einzige Bestimmung das Wohlergehen der Erde und ihrer Bürger ist, die an ihrem großzügigen Busen leben.«

Wir applaudieren laut, als auf dem Videoschirm ein Bild von der Erde erscheint. Sie ist wunderschön, perfekt geformt und herrlich in einem Universum von solcher Harmonie plaziert wie die Noten eines Musikstückes in einer hübschen Partitur. »Nur ich kenne den Ort, an dem der Große Muttercomputer steht, den wir aus Spaß Surrogat-Madonna – Stellvertreterin der Mutter Gottes – nennen. Und wir dürfen nie diese wahren Helden und Heldinnen vergessen, die die Madonna gebaut haben und dann freiwillig gestorben sind, um ihr Geheimnis zu schützen und mit sich ins Grab zu nehmen. Sie sind heute abend bei uns, und ich huldige ihren glorreichen Geistern. Nun wollen wir ihrer gedenken.«

Der Schirm füllt sich mit unbekannten Gesichtern. Wir neigen unser Haupt. Wie viele von uns wären sofort bereit, ihr Leben für die Zukunft zu opfern, selbst oder gerade ohne das Tönen von Kriegsfanfaren? Sie erfüllten ihren Auftrag in Rekordzeit, obwohl sie genau wußten, daß sie sofort nach Beendigung der Arbeiten exekutiert würden, und die Henker wiederum bei einem Massenselbstmord umkommen würden. Außer Hoffenstein kennt niemand den Ort, an dem sie begraben wurden. Sie überantworteten ihre Seelen der ewigen Stille. Viele der Gesichter sind sehr jung. Ich schaue zu meinen eigenen Kindern und erschauere.

»Meine Freunde, die ihr meine Familie seid, ich möchte euch sagen, daß ich die Hochachtung und Anerkennung, die ihr mir heute entgegenbrachtet, nie vergessen werde. Ich werde mich an jedes Gesicht in diesem Saal erinnern. Selbst in meinen kleinsten Atomen werde ich eure Abbilder wie einen Staatsschatz bewahren. Wenn ich dann zu einer Blume, zu einem Vogel oder zu einem wilden Tier recycelt werde oder möglicherweise sogar als Bestandteil eines neuen menschlichen Lebens fungiere, wird auch meine winzigste Körperzelle sich noch an euch, sich noch an diesen Abend erinnern. Und glaubt mir, wenn ich euch das vom Gipfel meines schon obszön hohen Alters verrate: Nicht nur aus der Vergangenheit, sondern auch aus der Zukunft dringen Echos zu mir! Ich höre und sehe einen Chor aus Millionen Vereinigter auf der ganzen Welt synchron eine freudige Lobeshymne singen. Den spitzen Turm unserer Menschheits-Kathedrale heller schimmern als Gold. Aber sind dies nicht nur die Träume eines alten, tattrigen Wissenschaftlers?

Darüber solltet ihr entscheiden. Einzig und allein ihr. Macht meine Vision lebendig! Seid stolz auf euren Code!« Er hebt seinen knochigen Arm, berührt mit der bläulichen Hand seinen eigenen Code und tippt sich leicht auf den Schädel.

Ein Kellner läßt sein Tablett fallen und kippt Reste von Mousse über einen Mogul. Doch wen stört das schon? Beide klatschen und rufen laut: »Seid stolz auf euren Code!« Wir alle klatschen und brechen in laute Hochrufe aus, als Dr. Lawrence Hoffenstein rückwärts vom Podium geht und schließlich von den wallenden Vorhängen verschluckt wird. Ich küsse meine Frau und meine Schwiegermutter. Ich schüttle meinem Sohn die Hand und umarme meine Tochter. Homer klopft mir auf die Schulter. Unsere Flagge und das Banner der Erde schimmern in solch leuchtenden Farben auf dem Schirm, daß ich mich innerlich winde.

Ich sehe Trina die Speisekarte mit der Troddel in ihre Tasche schieben. Sie will ein Souvenir. Ich grinse sie an. Als Antwort runzelt sie ihren Strichcode.

Mir fällt es schwer, nicht an das Glück zu glauben.

Ich sitze allein in Homers Büro und frage mich laut: »Was für eine Chance hat eine Biene gegen eine Rose?« Ich betrachte die Familienbilder hinter Homers riesigem Schreibtisch, eine ganze Galerie von Fotos in Plexiglas-Rahmen. Eins zeigt meine Trina im Schulmädchenalter auf dem Rücken eines scheckigen Wallachs. Sie wirkt so königlich, gebieterisch. Ihre knospenden Brüste springen hervor wie Speerspitzen. In ihren Augen spiegelt sich die Sonne.

Andere Bilder zeigen Homer mit Lauren, mit Amos und Amanda, mit mir auf einem Jagdausflug im Westen von Kanada. Viele andere Fotos zeigen Homer mit den Großen dieser Welt: Homer mit Künstlern, Wissenschaftlern, Politikern, Helden. Und Homer steht allein mit Dr. Hoffenstein am Bug seiner Yacht *Erfüllung*. Dieses Foto ist größer als die anderen und in Blattgold gerahmt.

Das Panorama hinter den Fenstern ist einzigartig. Die Flüsse von New York vereinigen sich, fließen silbern zum Hafen hinunter. Weit in der Ferne hinter der Statue of Liberty (Homer nennt die Freiheitsstatue Libby) sehe ich den Atlantik. Von hier oben wirkt die Stadt wie ein Garten mit Brücken, deren Bögen sich wie Raupen wölben. Heute ist diese Stadt in helles Licht getaucht. *Thine alabaster cities gleam undimmed by human tears. America, America …**

An holzgetäfelten Wänden prangen die geschnitzten Logos von Homers Firmen. Brogg Atomics, Brogg Genetics, Brogg Communications, Brogg Mines and Minerals, Brogg Entertainment Enterprises, Brogg Realty, Brogg Marine, Brogg Frontiers. Homers Kopf zeugte Wunder, sein Schwanz zeugte Trina.

Ich drücke den Knopf seiner Videomaschine. Was erscheint auf dem Projektionsschirm? Meine Kinder Amos und Amanda wälzen sich in blitzenden Diamanten. Damals, als wir sie mit nach Vail nahmen. Homer umkreist sie auf einem Schneemobil. Sie werfen mit Schneebällen nach ihm. Er tut so, als sei er tödlich getroffen oder wäre zumindest dem Sterben nah. Er liegt auf dem Boden, zuckt mit den Armen. Die Kids begraben ihn im blendendweißen Schnee.

---

* Deine Alabasterstädte schimmern, ungetrübt von menschlichen Tränen. Amerika, Amerika …

Das ist das Videoband, das er in seiner Maschine hat. Der Mann ist schon eine Marke für sich. Er setzt seine Prioritäten, weiß, was ihm wichtig ist. Erst die Familie, dann die Familie und nochmals die Familie.

Homer betritt das Büro mit einer dicken Aktentasche. Er wirft sie auf den Schreibtisch. »Jim, tut mir leid, daß ich zu spät komme. Möchtest du was zu trinken? Kaffee, Wasser?«

»Nein, danke. Es ist gut so.«

»Mein Gott, was war das doch für ein Pisser gestern abend. Weißt du was? Ich habe richtig geheult, bin butterweich geworden. War da auch nur ein einziger Zyniker im Saal? War da einer? Nein, nach gestern abend gibt es bestimmt keine verkappten Atheisten mehr, oder?«

»Es war ein wundervoller Abend, Dad. Du brauchst dich nicht deiner Tränen zu schämen. Ich glaube, wir alle hatten feuchte Augen. Trina konnte nicht aufhören, davon zu reden. Selbst unser Nachwuchs war beeindruckt. Auf dem Nachhauseweg hat Amos mir Löcher in den Bauch gefragt, und Amanda erzählte ihrer Puppe von der Geburt.«

»Hat das nun gewirkt oder nicht? Du weißt, wir haben das Video produziert und ihr Budget um Hunderttausend überzogen. Aber jetzt ist nicht die Zeit zum Knausern. Teufel, mein Vater entdeckte diesen Pausenclown, wie er in einem Hinterhoflabor an der Columbia University herumexperimentierte. Wäre Ulysses Brogg nicht gewesen, würde ein gewisser Dr. Lawrence Hoffenstein jetzt noch seinen Wasserkopf gegen die Wand seines Labors schlagen. Wenn von der Wand bis dahin noch etwas übrig wäre.«

»Ich weiß das, ja. Hätte dein Vater nicht viel Vertrauen und seine Vision gehabt ...«

»Von wegen Vertrauen und Vision. Und um Echos hat mein Alter auch nichts gegeben. War das nicht perfekt? *Echos aus der Zukunft, Echos aus der Vergangen-*

heit. Was für ein talentierter Schwätzer. Nein, mein Vater legte Wert auf Fakten, und er überschaute die Konsequenzen. Fakten waren seine Ziegel, seine Bausteine. Außerdem hatte er zwei verdammt produktive Eier.«

»Tut mir leid, daß er starb, ehe ich die Möglichkeit hatte, ihn kennenzulernen. Es wäre schön gewesen, wenn er noch erlebt hätte ...«

»Du hast ja so recht, Jim. Ich hätte ihn ausstopfen und draußen in der Halle aufstellen lassen sollen, damit die Idioten hier etwas hätten, worüber sie nachdenken können. Ich erinnere mich noch daran, als ich codiert wurde. Ich gehörte zum ersten Schub, war damals gerade drei Jahre alt. Teufel, habe ich mich gewehrt. Zu mehreren mußten sie mich festhalten. Und verdammt weh tat's auch noch. Es war ganz anders als heute. Ich versuchte, den beschissenen Code von meiner Haut abzukratzen. Meine Mutter hat mich mit Mallomars gefüttert, um mich zu beruhigen. Ich liebte meine Mallomars. Titten aus Schokolade. Wußtest du, daß Mallomars nur zu einer bestimmten Jahreszeit zu kriegen sind? Es gibt sie nur zwischen Herbst und Frühling. Was passiert eigentlich mit den Mallomars im Sommer?«

»War das damals nicht gefährlich? Angenommen, dein Code ergab nur Status F, also Eingeschränktes Potential? War das nicht wie russisches Roulette? Ich wundere mich, daß deine Eltern nicht die Möglichkeit wahrnahmen, sich davon freistellen zu lassen. Alle, die älter als ein Jahr waren, hatten doch die Qualifikation für den Uncodierten-Status.«

»Ja, ich war in dieser Übergangsgruppe. Aber du darfst nicht vergessen, daß Hoffenstein meinem Vater gehörte. Für mich kam diese Möglichkeit nicht in Frage.«

»Aber die Codierung wurde doch willkürlich vorgenommen.«

»Ich mache mir langsam Sorgen um dich, James. Du weißt doch, daß die Chancen, durch Zufallsauswahl einen Code-A-Träger zu erwischen, eins zu x Millionen stehen. Du darfst dich selbst sehr glücklich schätzen, junger Mann. Für dich ist das so, als hättest du in der Lotterie das große Los gezogen. Zum Glück hatte ich Helfer. So war das damals eben. Es gab ein paar Leute, die uns einen Gefallen schuldeten. Ich meine, es gab damals eine starke Opposition. Du kannst dir das sicher nicht vorstellen, aber diese Leute hätten meinen Vater beinahe umgebracht – und das mehr als einmal. Was meinst du wohl, wie weit die Sache gediehen wäre, wenn man ihren Kindern nicht Code A garantiert hätte?«

»Über die Anfänge habe ich mir nie viele Gedanken gemacht. Für mich war alles zum richtigen Zeitpunkt vorhanden.«

»Aber es war ein verdammt blutiger Weg bis dahin. Irgendwann setzen wir uns mal zusammen und reden darüber. Ich möchte dir auch ein paar Bänder zeigen. Wir werden einen Nachmittag in den Archiven im Keller verbringen und dir ein wenig Unterricht in Geschichte geben.«

»Ich freue mich schon darauf, Dad. Du solltest ein Buch darüber schreiben.«

»Ich sollte, aber ich werde es nicht. Warum den Verrückten noch Munition liefern, damit sie uns dann unter Beschuß nehmen? Es gibt immer noch solche Verrückte. Und es gibt immer noch Gefängnisse. Nein, kein Buch. Zumindest nicht im nächsten Jahrhundert. Ich bin kein Filmsternchen, das seine Pussy aus dem Fenster hängt. Jetzt brauche ich einen Kaffee. Was ist mit dir?«

Homer ruft mit dem Summer nach seiner Sekretärin und nimmt ein paar Papiere aus seiner Aktentasche. Dann läßt er sich in seinen Sessel plumpsen. Der Sessel gibt ein Zischen von sich, läßt einen Lederfurz.

Homer hat irgendwas im Sinn. Er hat mich nicht rufen lassen, um mit mir über gestern abend oder die Mallomars-Tage zu reden.

»Wir sind so weit, ihnen an die Gurgel zu gehen. Ich habe vor, 56 Dollar für die Aktie von *Star Insemination* zu zahlen. Bis heute abend dürfte ich die Anteilsmehrheit haben.«

»Gratuliere. In meinen Augen ein vielversprechender Schachzug.«

»Wie vielversprechend, wird sich zeigen. Es ist eine verrückte Operation. Die Geschäftsleitung ist eine Horde von Scheißern. Das Unternehmen braucht einen neuen geschäftsführenden Direktor und eine umfassende Reorganisation. Vielleicht sogar ein ganz neues Konzept. Jemand muß das in die Hand nehmen. Und dieser Jemand wirst du sein.«

»Homer ... Dad ... mir fehlen die Worte. Was soll ich dazu sagen?«

»Sag danke! Du hast jetzt ein neues Spielzeug, James. Du warst es doch, der mir diesen Deal aufgeschwatzt hat. Jetzt darfst du mir beweisen, daß Homer Brogg nicht der Arsch des Monats ist. Wie du weißt, hatte ich schon lange vor, deinen Verantwortungsbereich zu erweitern und damit deine Machtbasis zu stärken. Gelingt es dir, bei Star das Ruder herumzureißen, wäre das eine tolle Sache. Der Aufsichtsrat müßte sich dann erkenntlich zeigen. Du weißt ja, sie haben etwas gegen Vetternwirtschaft, und das ist auch gut so. Sie mögen dich, Sohn, aber wir wollen sie dazu bringen, daß sie dich lieben. Ich habe keine Lust, meinen Sessel warmzuhalten für irgendeinen Schwanz oder eine Fotze, die nicht den Stempel Brogg auf ihren Arschbacken tragen. Ich habe keinen Sohn außer dir. Ich will, daß alles in der Familie bleibt – und das will ich mehr als alles andere. In deiner Hand, und später in denen von Amos und Amanda. In geschäftlichen Dingen ist Trina ein hoffnungsloser Fall. Wir beide wissen das.«

»Sie hat nun mal kein Talent dafür.«

»Hör auf, Trina schlechtzumachen. Beleidige nicht deine eigene Frau.«

»Ich habe nur ausgesprochen, was du schon längst weißt.«

Auf einem Wagen wird der Kaffee hereingerollt. Mit den Keksen, die Homer so liebt. Aus England importiert. Homers Sekretärin breitet eine Serviette aus und gießt den Kaffee ein. Sie ist eine eiskalte Hexe, ein klassischer Code D, die ihre Arbeit liebt. Sie kehrt die Krumen und Körperhaare von Homer zusammen und nimmt sie mit, um sich zu Hause daran aufzugeilen. Die Frau lebt nur für das Büro. Sie ist schon ewig bei Homer. Für ihn würde sie sogar einen Mord begehen. Schon vom Zusehen, wie er seine britischen Kekse mampft, hat sie einen Orgasmus. Mit einem Wink schickt Homer sie hinaus.

»Jetzt reden wir mal Klartext, Jim. Du und Trina, kommt ihr miteinander klar? Ich habe sie gestern abend beobachtet. Sie wirkte irgendwie bedrückt.«

»Wir kommen nicht nur miteinander klar, es ist alles bestens. Wirklich. Ich glaube, es lag nur an der Veranstaltung gestern. Sie war bewegt, ergriffen. Nein, mit uns ist alles in Ordnung.«

»Sehr gut. Gott sei Dank. Im April sind Lauren und ich 37 Jahre verheiratet. Ich kann nicht sagen, daß es immer einfach war. Zum Glück hat die Ehe ein Trägheitsmoment. Wie ein Gewicht, ein Felsbrokken, ein Grabstein liegt es dir auf der Brust. Die Ehe verfügt über ihre eigene Schwerkraft. Sie hat mich mehr als einmal an meinem Platz festgehalten. Zum Glück! Im Leben gibt es immer mal schlimme Momente, Reibereien. Aber damit kann man fertig werden.«

»Soll ich dir etwas verraten? Wenn ich ins Schleudern komme, schaue ich nur zu Trina hinüber und rufe mir dann ins Gedächtnis zurück, daß ich der glücklichste Kerl im Universum bin. Und dabei glaube ich nicht mal an das Glück.«

»Und warum nicht?«

»Ich glaube daran, daß man sich sein Glück selbst schafft.«

»Glaub an das Glück!«

»An Schicksal vielleicht. Oder an Bestimmung.«

»An das Glück, einfach an das nacktärschige, idiotische Glück. Glaub daran! Vielleicht bist du noch zu jung. Vielleicht ist das dein Problem, James. Wenn mir einer erzählt, er glaubt nicht an das Glück, male ich ein X über sein Gesicht. Es sei denn, er ist ein Prolet. Aber das bist du doch nicht, oder?«

»Tatsache ist, daß ich an Trina und die Kinder, an meinen Job, an mich glaube. Ich gebe zu, daß ich an manchen verdammten Tagen schon mal um vier Uhr früh wach werde und mir ein paar Fragen stelle. Aber wer tut das nicht?«

»Man darf nicht nachtragend sein in diesem Leben. Geh dagegen an. Viele Frauen sind lausige Mütter, und viele Männer lausige Väter. Es gibt auch lausige Kinder, die einem höllisch auf den Senkel gehen. Akzeptier das und entspann dich. Es gab da eine Redensart im 20. Jahrhundert. Mein Vater hatte sich den Spruch an die Wand gehängt: *Bring sie alle um und überlaß es Gott, sie sich zu sortieren.* Verstehst du, was ich damit sagen will? Okay, kommen wir wieder auf den Boden der Tatsachen. Star Insemination ist ein Sprungbrett – oder eine Sackgasse. Für uns kann das ein riesiges Geschäft werden. Ihr Konzept zielt genau auf den Punkt: je besser das Sperma, desto größer die Chance für eine höhere Codierung. Damit kommen sie der Wahrheit ziemlich nahe. Seltsamerweise schaffen sie es aber nicht, mit ihrer Botschaft zum Markt durchzudringen. Warum? Wieso? Es wird deine Aufgabe sein, das herauszufinden.«

»Mir kam da gerade eine Idee. Eine Namensänderung. *Fabergee-Samen.*«

»Elitärer Dummkopf! Wie viele Menschen kennen Fabergé-Eier?«

»Jedenfalls die Leute, die sich Fabergee-Samen leisten können.«

»Und genau da gehen unsere Meinungen auseinander. Ich will die Verbraucher-Basis erweitern, neue Areale hinzugewinnen. Mich nicht auf A-, B- und C-Codes beschränken. Ich will die ganze Palette bis Code Z. Teufel, hier ist das demographische Feld, das verstärkt bearbeitet werden muß. Dahin geht unsere Stoßrichtung. Vergiß Fabergee und bring mir statt dessen einen Namen wie Kleiner Pimpf oder so was. Vergiß nicht, wir können keine Garantie dafür übernehmen, wie die Maschine ihre Babies codieren wird. Wir können den Tatsachen lediglich eine etwas positivere Ausrichtung geben. Das ist unser Ziel. Für die höher Eingestuften mag das so gut wie nichts sein. Für die schlechter Codierten aber ist es das Licht am Ende des Tunnels.«

»Ich habe begriffen. Ich werde sofort von unseren Forschern eine Studie anfertigen lassen ...«

»Schön. Du kannst meinetwegen untersuchen, was du willst. Worauf ich zähle, Jim, ist deine Intuition. Dein Gedankenblitz ist es, den ich gerade gekauft habe, das Licht, das dir irgendwann – und das hoffentlich bald – aufgeht. Und kümmere dich gut um meine Trina. Um Amos, Amanda. Meine Schätzchen. Was, zum Teufel, habe ich denn sonst noch auf dieser Welt?«

Homer tritt an das Bild von Trina mit dem Pferd. Er küßt es. Seine Sekretärin wird seine Spucke wegschlabbern, ehe sie nach Hause geht – wenn sie je nach Hause geht.

Wir schütteln uns die Hand, tätscheln unsere Codes. Reicher und mit einer gesicherten Zukunft gehe ich hinaus. Ich bin einer von ihnen, gehöre dazu. Ist das *Glück?* Ist es das? Es muß etwas anderes sein. Für all diese Ehre habe ich nämlich gearbeitet.

Lance Bedlock ist ein glücklicher Bursche. Der Zufall hat ihn reich beschenkt – mit einer sehr harmonischen Erscheinung. Sein Gesicht muß von einem klaren Gebirgsbach, der einen Felshang hinabsprudelt, geformt worden sein. Seine Augen sind blaßblaue Juwelen. Sein Körper ist muskulös und wohl proportioniert. Die ganzen sechs Fuß und vier Inches sind koordiniert. Sogar sein Blondhaar ist eine Choreographie. Er ist ein hervorragender Athlet. Seine Stimme röhrt wie ein Truck auf dem Highway. Alles an ihm funktioniert. Er ist ein Code A+ wie ich, aber mein Code kommt unerwartet, ist mir natürlich gegeben. Seiner wurde ihm verpaßt.

Als wir unsere Partie Squash im Club beenden, bin ich in Schweiß gebadet. Lance ist gerade mal warm geworden. Zwar sind auch auf seinem »Sei stolz auf deinen Code«-T-Shirt ein paar feuchte Stellen. Meins dagegen klebt mir am Körper wie die runzlige Haut eines Flußpferdes. Lance hat fünf von sechs Sätzen gewonnen. Und den einen verlorenen will er zurück. Aber egal, wie viele Sätze wir in Zukunft spielen, den Satz bekommt er nie mehr zurück. Aber er will ihn, und das geht ihm nicht mehr aus dem Kopf.

Wir verlassen den Platz. Ich frage mich, ob er mit Trina geschlafen hat. Vor meiner Zeit gingen sie miteinander. Als ich zum Brogg-Imperium stieß, sah jeder in ihnen schon das ideale Paar. Warum Trina ihrer Liebe ein anderes Ziel gab, werde ich nie verstehen. Vielleicht war zwischen den beiden alles zu perfekt.

An mir kann sie sich vergleichen, aber bei Lance war eben alles weiß auf weiß. Natürlich hat er mit Trina geschlafen, weiß auf weiß. Trotzdem besteht auch noch die schwache Möglichkeit, daß er darauf beharrte, erst die ehelichen Weihen zu erhalten. Er wäre der Typ dafür.

»Wie ich hörte, hat der alte Herr dich zum Papst gemacht«, sagt Lance, während er sich im Duschraum aus den Kleidern schält. Sein Werkzeug ist zweimal so lang wie meins und skulpturenhafter. Er hat einen Marmorschwanz, einen von Brancussi. Meiner ist eher der eines Keulenschwingers, und sicher gieriger. Aber das kann auch reines Wunschdenken sein.

»Das könnte auch voreiliges Geschwätz sein.«

»Nun komm schon, Jimmy. Der Alte hat dir doch Judensaft gegeben, stimmt's?«

»Also gut. Wir haben über *Star Insemination* gesprochen.«

»Was habe ich eigentlich falsch gemacht? Erst Trina, und jetzt das.«

»Die alte Geschichte, Lancelot. Der Bessere hat gesiegt.«

»Meinen herzlichsten Glückwunsch – und das meine ich jetzt ernst. Außerdem bist du sein Schwiegersohn, und wir wissen doch beide, daß Gott in vorhersehbaren Normen denkt und handelt.«

»Ich möchte, daß du bei mir als Vizepräsident das Marketing übernimmst. Ich brauche Hilfe.«

»Danke, Jimbo. Du kannst auf mich zählen. Hast du wirklich Fabergee-Samen aufs Tapet gebracht?«

»Wer hat dir das schon wieder erzählt?«

»Homer selbst. Wir standen nebeneinander am Pinkelbecken, hatten was miteinander zu bereden. Ich habe ihm gesagt, er soll sich keine Sorgen machen. Jeder hat seine Fehler.«

Wir drehen die Duschen an. Schwaden wallen durch den gefliesten Raum. Lance beginnt zu dampfen. »Das könnte eine echte Herausforderung sein. Eine interessante Aufgabe. Der alte Herr ist da sehr optimistisch.« Lances Stimme dröhnt durch das Rauschen. Er klingt sehr enthusiastisch. Ich bücke mich, um die Seife aufzuheben, die mir aus der Hand geglitten ist – und bekomme einen Klaps auf den Po. Das ist wie ein Handschlag. Er ist in meinem Team.

Am Toilettensitz hängt ein einzelnes seidiges Haar. Die sprichwörtliche Kalligraphie, gebogen wie die Rundungen in der japanischen Bilderschrift. Aus diesem Einzelteil konstruiere ich mir den ganzen Ozean, der meine Frau ist.

Hoffenstein sprach davon, Echos aus der Zukunft zu sehen. Ich wußte sofort, was er damit meint. Als ich Trina, damals noch ein Schulmädchen, zum ersten Mal begegnete, fühlte ich mich schon in ihr. Vom Brogg Enterprises-Konferenzraum aus pumpte ich meinen Honig in sie. Mein Fabergee-Sperma paradierte wie eine Armee quer über den polierten Tisch, sprang in ihren köstlichen Schoß, durchtränkte ihre Designer-Jeans. Ich wußte, wir würden Babies produzieren. Ich sah schon die Babies herbeischweben wie Schönwetterwolken. Und doch hätte ich nie geglaubt, daß dies tatsächlich wahr werden würde. Trina war nicht möglich. Unerreichbar, nicht zu haben. Sie war das Segel am Horizont, das einen zum Träumen verleitet.

Die schöne, schlanke, blonde, blauäugige Trina wuchs in einem Iowa-Kornfeld auf, löste sich von ihrem Familienclan und entwickelte schon ein Eigenleben, als noch Tautropfen an ihren rosigen Brustwärzchen hingen. Was hatte ein solches Mädchen gemein mit dem mürrischen und zwanghaften, aber hochmotivierten und sehr zynischen James Wander? Nichts. Warum hatte sie mich geheiratet? Ich weiß es nicht. Ich bin der Nutznießer von Wundern. Wir sind jetzt fünfzehn Jahre verheiratet. Hatte es jemals eine Zeit davor gegeben? Sicher. Aber all das zählt jetzt nicht mehr. Ich hoffe nur, daß sich die anderen gern an mich erinnern. Aber das ist eigentlich ohne Bedeutung.

Ich lasse das Haar am Klositz hängen – ein kostbarer Artefakt. Amos und Amanda schlafen schon. Ich habe sie heute noch nicht zu Gesicht bekommen. Ich weiß, daß die Zeit immer schneller dahinrast, und sollte mehr Zeit mit den Kindern in diesen Jahren verbringen, in denen sich ihre Persönlichkeit ausbildet. Aber heute abend bin ich nur für mich allein da. Ich will alles – auf meine Art. Das Hausmädchen ist schon nach Hause gegangen. Trina sitzt im Media-Raum und sieht fern. Ich kreuze durch meinen Raum. Ich möchte meiner Frau beim Zusehen zusehen. Es gibt Leute, die beobachten Vögel. Ich beobachte dieses unnahbare Weib – Anschauungsunterricht pur für mich! Ich schaue ihr beim Anziehen zu, beim Ausziehen, sehe sie essen, sich kämmen, sich die Augenbrauen zupfen, gehen, reden, lächeln, die Stirn runzeln. Wie ein Spion verfolge ich sie auf Schritt und Tritt. Ich öffne wie zufällig Türen, um sie auf dem Topf oder beim Cremen ihrer Schenkel zu erwischen.

Wenn ich könnte, würde ich ihren Code abschälen und in ihren Kopf hineinspähen. Ich möchte alles wissen über sie. Ich weiß, sie gehört mir, aber immer noch ziehe ich Truppen an dem Fluß zusammen, der uns trennt, und beauftrage meine Ingenieure, sehr rasch Brücken zu bauen. Doch kaum sind sie errichtet, sinken sie unter unerwartetem Artilleriefeuer wieder in sich zusammen. Manchmal rosten sie auch und verwittern. Der Fluß läßt sich einfach nicht überschreiten. Wenn ich sie besteige, ist mein Schwanz eine Antenne, die nach Signalen forscht. Trina ist schwer zu ergründen. Sie stöhnt und schreit, aber wenn sie mich in ihren süßen Mund nimmt, will sie mich nicht schlukken. Jedesmal spuckt sie mich in ein Handtuch. Ich hasse und fürchte diesen Moment. Ich würde alles von ihr schlucken. Ich liebe ihren Schweiß. Ich bin ihr Kannibale.

Da ist dieses perfekte Eheweib auf ein Sofa drapiert. Ihre großen Augen sind auf den Schirm in der Wand gerichtet. Auf ihm ist gerade ein großer Frachtkahn voll Abfall zu sehen, aus der Luft aufgenommen. Ein dichter Schwarm Möwen folgt dem Flekken dahintreibender Verweigerung. Eine Moderatorin in einem Helikopter sagt gerade: »... und ob Sie es glauben oder nicht, diese Barke, die *Kotchka*, treibt schon seit den letzten Jahren des vorigen Jahrhunderts auf den Meeren der Welt herum. Zuerst war sie ein Paria, den niemand wollte, der Fliegende Holländer voll urbanem Müll. Es gab endlose Redeschlachten und Auseinandersetzungen, um die Verantwortlichen für diese Riesenschweinerei auszumachen. Doch das Problem konnte nie gelöst werden. Als wir dann begannen, unseren Müll in den tiefen Weltraum zu verklappen, wurde die *Kotchka* zu einer schwimmenden Antiquität, einer Landmarke – oder sollte ich sie besser eine Seemarke nennen? – und steht heute unter dem Schutz des Planeten-Trusts, ein Kleinod für Schüler und Historiker, nicht nur wegen ihrer Funktion als Mahnmal an die Vor-Hoffensteinsche Konfusion, sondern auch als eine Zelle der Zeitgeschichte, bis zum Dollbord vollgeladen mit jeglicher Art Souvenir aus dem 20. Jahrhundert, von der Sektflasche bis zum Heimtrainer. Die Archäologen betteln darum, sie auseinandernehmen zu dürfen, doch der Trust bleibt hart. Das war Cheryl Dickstein irgendwo vor Tahiti für Kanal 13. Seid stolz auf euren Code.«

Auf dem Schirm taucht das PBS-Logo auf, und ein Ansager mit einer grollenden Stimme verkündet: »*Ewiger Müll: Die Reise ins Unendliche* wurde anteilig von der Zenoil Corporation und mit den Dollars aus den Zuschauerbeiträgen finanziert. Auf unserem Kanal folgt jetzt *Favorit,* unser Nachrichtenmagazin, und danach die Wiederholung von…«

Ich entdecke die Fernbedienung auf dem Tisch und mache dem Bild den Garaus. Trina fährt hoch. Mir gelingt es immer wieder, sie zu überraschen. »Nichts als Müll im Fernsehen«, knurre ich.

»Ich wollte die Elf-Uhr-Nachrichten sehen – das Wetter.«

»Das Wetter ist in der Stadt nicht wichtig. Außerdem muß ich dir etwas erzählen. Danach gönnen wir uns ein bißchen Spaß und schlafen miteinander. Homer ließ mich heute zu sich rufen.«

»Ich weiß. Herzlichen Glückwunsch, Schatz. Das ist wunderbar für dich.«

»Er hat es dir schon verraten?«

»Natürlich hat er es mir gesagt. Er ist mein Vater. Und ich war nicht mal sonderlich überrascht, Jim. Du hast es verdient.«

»Lance hat sich Hoffnungen auf den Job gemacht.«

»Du warst es, der diese Gesellschaft ins Visier genommen hat.«

»Lance ist einverstanden, als Marketingleiter einzusteigen.«

»Jim, wir müssen miteinander reden. Ich möchte, daß du mit ins Zimmer von Amos kommst.«

»Vergiß einmal, daß wir Kinder haben. Laß uns heute mal so tun, als ob wir Kinder wären, und miteinander spielen. Wir treffen uns, spielen mit Spielzeug herum, und ich fühle ein seltsames, unkontrollierbares Summen in meinen Hoden. Der Reflex in meinen heißen Augen macht dich verlegen. Zudem spürst du ein überirdisches Kribbeln, und überraschende Kontraktionen machen dir schwer zu schaffen. Wir ...«

»Du kommst jetzt auf der Stelle mit. Es ist wichtig.«

Ich folge Trina zum Zimmer unseres Sohnes. Ich bin immer hin- und hergerissen, wenn ich sein Zimmer betreten soll. Bücher und Sportsachen liegen auf dem Boden herum, dazwischen Kleidungsstücke von ihm. Die Wände sind mit Postern und Bildern von Ballspielern bedeckt. Selbst seine Mediabank ist das reine Chaos, Disketten und Bänder türmen sich aufeinander. Auf dem Schirm flimmern Daten über Meerjungfrauen. Wieso Meerjungfrauen? Will er sich davon etwa einen Ausdruck machen?

Amos schnarcht leise. Ich betrachte ihn. Es ist komisch, sich eingestehen zu müssen, daß auch Babies schnarchen. Aber er ist kein Baby mehr. Er ist dreizehn. Wie ist das so schnell passiert?

Trina öffnet die Tür ein wenig weiter, so daß mehr Licht auf die Sache fällt. Die Sache – das ist Amos' Stirn. Ich beuge mich vor, um mir das näher anzusehen. Der Junge hat ein schmieriges Strichcode-Abziehbild über seinen eigenen Code geklebt. Der Aufkleber weist ihn als lizensierten Mösenlecker aus.

»Sieh dir das genau an.«

»Das habe ich. Und?«

»Es ist gemein.«

»Alle Jungs machen das. Ich habe es auch gemacht. Aber ich wußte nicht, daß sie diese Dinger noch verkaufen. Wir bekamen sie immer in einem Süßwarenladen, in dem ein Code Y bediente. Der Kerl besabberte immer die Eiskrem, die er verkaufte. Omar hieß er – oder so ähnlich. Wir gingen hinein, bildeten mit Daumen und Zeigefinger einen Kreis und schoben den anderen Zeigefinger hindurch. Das war für ihn das Zeichen, unter der Theke eine Kiste mit den Dingern da hervorzukramen. Sie kosteten damals einen Buck. Was Amos wohl dafür bezahlt hat?«

»Ich kann nicht glauben, was ich da höre. Jim, willst du, daß er in eine Fördergruppe gesteckt wird? Willst du das?«

»Warum sollte er in eine Fördergruppe? Ich bin sicher, er läuft nicht mit dem Ding auf der Stirn draußen herum. Er ist doch kein zurückgebliebenes Kind.«

»Und wenn einer seiner Freunde etwas sagt?«

»Warum sollte einer was sagen? Wahrscheinlich tragen alle die Dinger. Sie sind jetzt in diesem Stadium. Das gehört notgedrungen zum Erwachsenwerden, ist fast ein Ritus. Vergiß es, Trina. Und sprich mit ihm nicht darüber. Ich meine, wenn das da das Schlimmste ist, mit dem wir rechnen müssen, ist er ein guter Junge. Schließlich hat er sich kein Heftchen mit Drogen in die Armbeuge geklebt.«

»Mit einem Code Unfug zu treiben, ist ein ernstzunehmendes Vergehen.«

»Ich bitte dich! Oder willst du etwa die Cops rufen und ein Kind anzeigen, weil es mit einem Porno-Code schlafengegangen ist? Himmel, der ist doch auch nicht schlimmer als ein Baseball-Aufkleber.«

»Benimm dich doch einmal in deinem Leben wie ein Vater.«

»Das werde ich. Gleich morgen früh. Ich werde ihn windelweich prügeln. Es wird ihm noch leid tun, daß er jemals was von schmutzigen Codes gehört hat. Ich werde den kleinen Perversen umbringen, ihn vielleicht sogar kastrieren. Und das restliche Häufchen Elend stecken wir in eine Militärschule. Aber jetzt wollen wir beide doch mal wieder so richtig vögeln wie in alten Zeiten. Du weißt doch, in welchem Zustand ich nach dem Squashspielen immer bin. Und Lance hat mich mal wieder einen Kopf kürzer gemacht. In Wirklichkeit lechzt er nur nach meinem Job, meinem Weib, meinem Heim, meinem Leben. Es frißt ihn beinahe auf, daß wir beide den gleichen Code haben und er zusätzlich noch als Kind reicher Eltern geboren wurde. Ich mußte immerhin erst reich heiraten und mich die Leiter hochdienen. All das läßt er auf dem Spielfeld gegen mich raus.«

»Zieh das Ding ab.«

»Dann wecke ich ihn auf. Vielleicht träumt er gerade von einer heißen Karre mit verchromtem Heck. Es ist gefährlich, einen Jugendlichen zu wecken. Ich habe gelesen, daß ...«

Trina langt nach unten und pellt Amos den Code von der Stirn. Er grunzt nur und dreht sich auf die andere Seite. Sie zerknüllt das Plastikschild zu einem Ball.

»Na bitte. Du hast den Jungen errettet. Jetzt können wir endlich auf die Terrasse verschwinden und unser Nackttänzchen wagen.«

»Jetzt gehen wir runter zum vergnüglichen Einkauf. Wir haben nichts mehr zu essen im Haus.«

»Du willst jetzt einkaufen gehen? Essen im Haus lockt Ratte und Maus. Schaben, Schimmel ...«

»Ich bin heute nicht zum Einkaufen gekommen. Und ein Haus ohne etwas zum Essen mag ich nicht.«

»Morgen gehen wir einkaufen. Ich melde mich krank, dann haben wir den ganzen Tag – nur für uns beide. Wir stiefeln von Markt zu Markt.«

»Ich brauche Orangensaft. Reinigungsmittel. Brot. Salat. Mineralwasser.«

»Ich mag es, wenn du schmutzige Wörter sagst. Ist das schon das Vorspiel? Willst du mir tatsächlich weismachen, daß du dich jetzt anziehen und einkaufen gehen willst?«

»Das ist der Eintrittspreis.«

»Ich kann nicht glauben, daß du das gesagt hast – deinem komatösen Werwolf direkt ins Gesicht. Du Ausgeburt der Hölle.«

»Ich meinte es nicht so. Es ist mir einfach herausgerutscht.«

»Einfach so herausgerutscht? Was höre ich da? Du bist doch deines Vaters Tochter!«

»Na und?«

»Wir haben jetzt eine faire Abmachung. Sex gegen Lebensmittel. Punktum. Tätscheln wir unsere Codes drauf.«

Amos gurgelt und seufzt. Wir schleichen uns aus seinem Zimmer. Ich schließe die Tür. »Willst du noch nach Amanda sehen? Gott weiß, was mit ihr los ist? Neun ist ein böses Alter. Sie könnte jetzt schon auf Kaugummi ohne Zucker stehen.«

»Amanda geht es gut. Vergiß nicht die Coupons aus der Sunday Times. Und die leeren Pfandflaschen.«

»Ich werde versuchen, es zu behalten. Aber erinnere mich doch daran, einen Karton Mallomars zu kaufen.«

»Mallomars? Was sind Mallomars?«

»Schokoladentitten. Dein Vater liebt sie. Jedenfalls hat er mir das gesagt. Warum stellst du dich dumm? Du mußt doch wissen, daß Homer Brogg in Mallomars vernarrt ist.«

»Ich habe nicht die leiseste Ahnung, wovon du überhaupt redest.«

»Er hat nie von Mallomars gesprochen? Typisch Homer. Er wußte, man hätte sie gegen ihn einsetzen können.«

Trina hat sich in ihre Einkaufskleider geworfen. Sie trägt enge Jeanshosen, ein Sweatshirt von mir, Turnschuhe mit Rennstreifen. Sie ist so adrett wie Homers Yacht.

Ein Windhauch fährt durch ihr Haar, daß es über ihren Code fällt, zurückschwingt und wieder ihr Gesicht umrahmt. Die Frau hat unglaubliche Wangenknochen. Sie spannen ihre Haut wie Streben die Tragflächen eines Modellflugzeuges – in reinste Stromlinienform. Mein Weib ist schön. Ich überrasche mich immer wieder bei dem Gedanken, daß ich eine Schönheit zur Frau habe.

»Hör zu. Die Sache mit Amos. Ich werde mit ihm sprechen. Es regt mich nicht auf, daß der Bursche sich Ersatz-Codes kauft. Ich meine, Jungs sind eben Jungs, und so weiter, aber nachdem er vor ein paar Abenden Hoffenstein erlebt hat, sollte er zumindest etwas mehr Respekt entwickeln. Kinder sind so verdammt gefühllos.«

»Ich gebe zum großen Teil der Schule die Schuld daran, Jim. Sie berücksichtigen die Geschichte zu wenig. Die Kinder glauben, sie seien die ersten, die diesen Planeten bewohnen.«

»Ja, da könnte was dran sein. Das ist das einzige Gebiet, auf dem ich das Hoffenstein-Diktum in Frage stelle. Ich meine den Brennpunkt Zukunft, die Ausrichtung auf die Zukunft.«

»Das Diktum stelle ich nicht in Frage. Das habe ich nie behauptet. Ich meine wirklich die Historie, nicht die Vergangenheit.«

»Wovon sprichst du, Honey?«

»Was so in der Zeit vor der Codierung ablief. Was man allgemein die Ereignishäufung nennt. Das Durcheinander. Nicht von dem anderen.«

»Aber wie kann man von einem Studenten erwarten, die Ereignishäufung zu verstehen, wenn sie nicht wissen oder sich nicht dafür interessieren, was vorher ablief?«

»Der Verstand sollte nicht blockiert, sondern klarer gemacht werden. Das Diktum sagt, es gibt nichts, wenn vorher nicht ein effizienter Input/Output vonstatten geht. Keine Mutter sieht es gern, wenn ihr Sohn mit Informationen zugeschüttet wird.«

»Bei Amos sehe ich da kein Problem. Er weiß nicht, was vor der Zeit der interaktiven Hologramme geschah.«

»Er muß aber erfahren, was Ordnung und was

Chaos ist. Alles braucht er natürlich nicht zu wissen.«

»Wir könnten ihm einen Schnellkurs verpassen. Es ist ja nicht gerade einfach, einem lieben Kerl wie ihm beizubringen, daß es vor dem Globalismus auch noch andere Zeiten gab. Schon uns sogenannten Erwachsenen fällt es schwer, den Wettbewerb am Leben zu erhalten. Natürlich war das der Kerngehalt von Hoffensteins genialer Erfindung. Die Idee, daß man innerhalb der Grenzen seines Codes das Spektrum von der unteren Ebene bis ganz nach oben durchlaufen kann – wenn man will. Schließlich verfügen wir doch über eine motivierende Dimension.«

»Du stellst erst das Diktum in Frage, und jetzt auch noch die Wettbewerbsrichtlinien? Ich mache mir langsam Sorgen um dich. Du redest wie ein Schleimer.«

»Nicht ganz, Trina. Ich stehe ziemlich weit in Innern des Zirkels und bin froh, dazuzugehören. Das solltest du wissen. Man muß nicht unbedingt ein Schleimer sein, um zu erkennen, daß man manche Dinge verbessern kann. Oder daß es Probleme gibt. Die Schleimer haben schließlich kein Monopol auf Ehrlichkeit.«

»Ehrlichkeit? In meinen Ohren klingt das mehr nach Dissenz.«

»Diese Welt ist für mich wie geschaffen. Und du glaubst, ich wollte das Boot zum Schaukeln bringen? Ich habe meine Arbeit, die Kinder, *dich*. Und sogar den Respekt von Homer Brogg. Und ich habe ein Ziel. Wer wollte da noch mehr verlangen.«

»Dann gib Amos auch nicht dauernd unterschiedliche Signale. Sag ihm einfach, er soll solche Dinge nicht kaufen. Sag ihm, daß er dafür bestraft wird.«

»Das müßte aber dann auch genügen, Trina.«

»Laß deinen Sarkasmus. Immerhin ist das ein Weg, schnell zu dem gewünschten Resultat zu kommen. Sag ihm, wenn er jemals wieder so einen widerlichen

Ersatz-Code trägt, wird er in die Fördergruppe gesteckt. Und sag es so, als sei es dir ernst damit.«

»Ich würde mich anhören wie mein Vater, wenn ich das tue. Warum zwingt Amos mich dauernd dazu, so zu klingen wie mein Vater?«

»Vielleicht kann man nicht anders klingen, wenn…«

»Die Frage war rein rhetorisch. Man muß ja nicht jede Frage beantworten.«

»Und wieso nicht? Wozu sind Fragen denn da?«

»Gute Frage.«

»Jetzt bist du überheblich.«

»Müssen wir unbedingt einkaufen gehen? Können wir nicht zu Hause bleiben und eine Nummer schieben? Sieh dir nur den Mond an. Ein perfekter Halbmond. Und die Sterne da. Die Nacht ist wie geschaffen für einen unbeschwerten Fick.«

»Nach dem Einkauf – weißt du noch?«

»Dann hör auf, dein Haar dauernd gegen meinen Hosenschlitz zu schleudern. Erzähl besser was über unterschiedliche Signale.«

»Ich wußte nicht, daß ich Signale sende.«

»Weil du ein natürlicher Transmitter bist. Aber einer von der schlimmsten Sorte. Habe ich dir schon gesagt, daß ich dich liebe?«

»Ich liebe dich auch, James.«

»Gut, dann wäre das erledigt.«

Wir stürzen uns in den Food Forest, den Lebensmittel-Wald. Ein dämlicher Name. Nach zehn dämpfen sie hier das Licht und wechseln ihre Musikbänder gegen die Rufe von Nachtvögeln. Die Decke schimmert purpurn, und ein sanfter Wind rauscht in den Plastikbäumen. Ich folge Trina, die einen Wagen vor sich herschiebt, der wie ein Riedkorb aussieht. Sie kauft Waren auf ihre Coupons und spart uns so Geld. Derselben Frau, die zwanzig Paar Schuhe in Reih und Glied auf dem Schuhbord ihres Schranks stehen hat, steigt vor Freude die Röte ins Gesicht, wenn sie ein Abwaschmittel einen Dime billiger kriegt. Sei's drum.

Der Forest hat verschlungene Pfade. Wir wandern durch Gänge, navigieren durch Tunnel. Wir passieren Wasserfälle und erklimmen Kunsthügel aus Schaumstoff, die mit Rasenteppich beschichtet sind. Trinas Korb ist randvoll mit Dingen, die zum Überleben unverzichtbar sind: Brot, Milch, Sardinen, Mineralwasser in Flaschen. Darauf packt sie noch rumänischen Lattich und Gewächshaus-Tomaten. Sie findet das Dressing von Caesar und eine Dose Kaffee. Sie findet zielsicher den Weg zu den Gewächsen, und dort zu den Alfalfa-Sprossen und Honigtau-Samen.

Sie macht einen Abstecher ins Getreide und wählt einen Karton Kleieflocken. Pasta ist ihr nächstes Ziel. Ich beobachte eine andere Kundin, eine ältere Frau, die unschlüssig bei den Spaghetti-Saucen steht. In ihrem Korbwagen sitzt ein dickes Kind, Code L. Es hält ein Spielzeuggewehr in der Hand und gibt Feuerstöße auf die Tiere ab, die an den Wänden des Marktes auftauchen und verschwinden. Ich erinnere mich wieder an die Kämpfe, die wir mit Amos hatten, weil wir ihm nicht erlaubten, ein Gewehr vom Eingang mitzunehmen und Tiere zu jagen. Es war ziemlich schwierig, ihm klarzumachen, daß As eine besondere Verantwortung haben. Amos glatten A-Code und Amandas B+ haben wir immer als ein prächtiges Geschenk betrachtet. Jetzt bin ich mir da nicht mehr so sicher – nach Homers Andeutungen über nützliche und bequeme Manipulationen. Selbst Homer kann nicht mehr so tun, als ob ... Jetzt nicht mehr.

Das L-Kind beugt sich vor, um auf einen Höhlenmenschen mit einem Speer in der Hand zu feuern. Das Bild des Neandertalers wechselt die Farbe und löst sich auf.

»Entschuldigen Sie«, wende ich mich an die Mutter, die immer noch ihre Spaghetti-Sauce in der Hand hält.

»Ihr Sohn schießt auf Menschen. Das ist ein eindeutiger Verstoß gegen die guten Sitten, wie Sie eigentlich wissen sollten. Mit Tieren ist das schon was anderes.«

Die Frau, eine Code P, mustert mich scharf. Ihr steigt das Blut ins Gesicht. Sie legt die Sauce in ihren Korb und gibt dem Kind eine schallende Ohrfeige. Der Junge heult laut auf, als sie ihm das Jagdgewehr aus den plumpen Fingern reißt.

»Es tut mir leid«, sagt die Frau. »Es wird nicht mehr vorkommen.«

Trina ist verlegen. Sie eilt den Gang hinunter und steuert Suppen und Säfte an. Die Nachtvögel gehen in den Lautemissionen des Kindes unter, die sich in abgehackte Schluchzer verwandelt haben.

»Warum hast du dich eingemischt?«

»Weil das Kind auf eine menschliche Gestalt geschossen hat.«

»Das ist doch nicht unser Problem. Hast du ihre Codes gelesen?«

»Ja, Trina, ich habe ihre Codes gelesen. Und?«

»Warum wolltest du sie dann einschüchtern? Das Verhalten des Kindes war doch ganz normal.«

»Weil es von einer verdammt überheblichen Einstellung zeugt.«

»Wir sind überheblich. Was wolltest du eigentlich damit erreichen?«

»Genau das, was ich erreicht habe. Eine positive Resonanz.«

»Das bezweifle ich. Du hast nur die Mutter erschreckt, das ist alles.«

Wir rollen an Regalen voller Suppe vorbei. Trina schmollt. Sie kaut auf ihrer Unterlippe herum. Ich stoppe den Wagen.

»Was soll das, Jim? Wir haben alles – außer den Sonderangeboten vorne.«

»Ich möchte etwas Suppe.«

»Dosensuppe?«

»Warum nicht? Ich habe schon seit Jahren keine Dosensuppe mehr gegessen. Jetzt möchte ich welche.«

»Ich habe aber keine Suppen-Coupons.«

»Ich bin gewillt, auch den vollen Preis zu zahlen, Trina.«

Sie nuckelt an ihrer Lippe, als sei es Naschwerk. Es liegt mir eigentlich fern, sie auf die Palme zu bringen, aber ich kann mich nicht mehr bremsen. Ich fange an, den Wagen mit Dosensuppen zu beladen.

»Habe ich dir je erzählt, daß ich glaubte, König Oskar sei der Herrscher über alle Fische? Und daß er eine Flunder zur Königin hatte? Das tat ich wirklich. Ich stellte mir die unglaublichsten Geschichten mit diesen beiden vor.«

»Da gibt es vieles, was ich noch nicht von dir weiß«, sagte sie. »Können wir jetzt gehen?«

»Ja, wir können gehen.«

Ich schiebe langsam den Wagen. Wütend stapft Trina hinter mir her. Ich kann ihr Schnaufen in meinem Nacken spüren. Sie ist aber nicht wütend genug, um die Sonderangebote vorn zu vergessen. Sie nimmt eine Rolle heruntergesetzter Papierhandtücher, greift nach einer neuen Marke Toilettenpapier. Das ist ihre Rache. Sie weiß, daß ich sehr orthodox bin, wenn es um Toilettenpapier geht. Ich stehe vollkommen loyal zu Cloud Cover. Sogar zu unserer Hochzeit habe ich einige Rollen mitgebracht.

Meine Erinnerung an die weiteren Ereignisse ist ziemlich dunkel. Sie kehrte auch nie völlig zurück, selbst nach all den Therapien.

Da ist ein Angestellter, der Glasscherben zusammenfegt und Pfützen von Speiseöl aufwischt. Er arbeitet in der Nähe der Registrierkasse. Ich erinnere mich, daß die Ölpfützen mit Sternen gesprenkelt sind – Reflexe der Deckenlampen. Ich erinnere mich an das empörte Gurren einer Taube. Das Mädchen am Checkout lächelt mich an und sagt: »Guten

Abend. Haben Sie Ihren Bummel im Forest genossen?«

Ich antworte. »Ja, sehr sogar. Vielen Dank.«

Dann weiß ich nur noch, daß ich ausgleite, weil mein Fuß eine Öllache findet. Ich weiß, daß ich das Gleichgewicht verliere. Meine Hände und Arme umklammern die Dosen auf dem Wagen, während ich nach vorn taumele. Ich weiß, daß ich über die Theke falle. Ich meine, den Geschmack der Gummikante auf den Lippen zu spüren. Manchmal denke ich sogar, ich fühle das kühle Glas des Scanners, der die Codes liest. Bilde ich mir das Klirren von splitterndem Glas nur ein, oder ist das auch Erinnerung? (Trina sagt, sie hätte mir eine Warnung zugerufen. Daran kann ich mich nicht erinnern.) Durch das Rauschen des Blutes dringen Laute zu mir, aber ich kann sie nicht einordnen. Da ist ein Sicherheitsbeamter, der auf mich herabschaut. Trina wischt mit einem ihrer Papiertücher über mein Gesicht. Dann laden mich die Sanitäter auf eine Bahre. Am deutlichsten erinnere ich mich daran, daß die Decke in allen Farben glitzert. Ich erinnere mich, daß ich mich über die Weisheit und Schönheit und vollkommene Harmonie dieser hübschen Lichtpunkte wundere. Die Decke erscheint mir nicht wie ein künstlich hergestellter Himmel. Er kommt mir echt vor, wie der tatsächliche Himmel. Ich erinnere mich, daß ich mein salziges Blut schmecke – und dann sterbe.

Ich bin eine Wanze. Nein, ein Meereswesen. Meine Hülle ist elfenbeinweiß. Röhren recken sich aus meinem Körper, saugen Flüssigkeit ein und spülen Schlamm heraus. Ich treibe dicht unter der Wasseroberfläche und kann die Unterhaltung am Uferrand hören.

»Also, dieser alte Kerl geht zu der Hure und sagt mit seiner zittrigen Stime zu ihr: ›Ich brauche unbedingt eine Frau.‹ Die Hure mustert den Opa verächtlich von oben bis unten und sagt dann: ›Mister, troll dich. Du hast doch schon alles hinter dir.‹ Verwundert sagt der Alte darauf: ›Tatsächlich? Und was bin ich dir schuldig?‹«

Wieso verstehe ich ihre Sprache? Vielleicht schwimme ich schon seit einem Jahrtausend in dieser Pfütze. Durch bräunliches Wasser sehe ich nach oben.

»Trina, ich kann immer noch nicht verstehen, warum du dein Grünzeug selbst einkaufen gehst. Hat dein Hausmädchen nicht Code Q?«

»Nun laß mich doch damit in Ruhe, Mutter.«

»Sie geht eben gern einkaufen. Das hält sie auf Trab. Ich kann das gut verstehen«, meint Homer. »Hauptsache, er ist noch mal davongekommen. Es hätte nicht viel gefehlt, und er hätte ein Auge verloren.«

»Können wir sie verklagen?« fragt Amos.

»Ganz sicher«, antwortet Lauren. »Ein eindeutiger Fall von Nachlässigkeit. Dein Vater wird bald wieder auf dem Damm sein. Sehr bald.«

»Seine Hand bewegt sich«, sagt Amanda.

Ich schwebe dichter an die Oberfläche, bin versucht, aufzutauchen, meine Gegenwart zu offenbaren. Aber was wird die Sonne mit mir anstellen? Sie könnte mich knusprig braun rösten. Vielleicht wäre ich ja eßbar – und so begehrt wie eine Auster.

»Sie hat recht«, bestätigt Homer. »Der Trottel kommt wieder zu sich.«

»Dad, ich finde das nicht komisch«, tadelt ihn Trina. »Wann werden wir ein Einzelzimmer bekommen?«

»Ich arbeite daran.«

Das Ozon-Loch ist gestopft, Homers Chemiefirma fand den richtigen Pfropfen. In dieser Atmosphäre wäre ich ausreichend geschützt. Ich könnte Mitglied ihrer Gesellschaft werden. Wenn sie mir meinen

Rückenschild und die Tentakel verzeihen. Ich könnte mit ihnen gehen und ihnen Stories aus der Tiefsee erzählen. Ich könnte Amos Geschichten vom wirklichen Leben erzählen.

»Als die Seuche AIDS außer Kontrolle geriet, vereinigten sich die Opfer zu sogenannten Beiß-Bataillonen. Sie fielen über die Nichtinfizierten her, schnappten blindlings nach ihnen und bissen sie. Vor der Impfung gab es nur die gesetzlich vorgeschriebene Tätowierung und danach die Lager. Infizierte Babies wurden sofort nach der Geburt getötet. So war das damals. Siehst du, Amos, es gab diese Zeit davor. Vor dir. Vor mir. Vor deiner Mutter. Vor uns. Vor ...«

Amos sollte diese Dinge eigentlich wissen.

»Was brummelt er da?«

»Schickt die Kinder nach draußen«, sagt Lauren.

»Ja. Amos, Amanda – geht in die Wartezone und schaut euch ein paar Illustrierte an.«

»Aber er kommt doch wieder zu sich«, mault Amanda. »Ich möchte sehen, wie seine Augenlider aufspringen.«

»Das mit den Beißern weiß ich doch schon. Tolle Neuigkeit.«

»Amos, nimm deine Schwester mit in die Wartezone.«

»Wenn man ihnen nicht gab, was sie wollten, bissen sie einen«, knurrt Amos. »Manchmal haben sie auch nur einfach zugebissen. Die Leute mußten Kleider tragen, die aussahen wie Zahnpasta-Tuben. Wegen der Blutspritzer konnte man sie nicht erstechen oder erschießen. Statt dessen gab es die Netze.«

»Mach deinen Mund zu«, brummt Homer. »Schließlich hat deine kleine Schwester Ohren.«

Ich verlasse das Meer. Es gibt keinen Weg zurück.

»Trina?«

»Jim?«

»Willkommen im Reich der Lebenden«, sagt Homer.

»Gott sei's gedankt«, sagt Lauren.

Homer verschwindet, um die Schwester zu rufen. Trina klärt mich über meinen Unfall auf. Ja richtig, der Supermarkt. Ja, dieses Scheißzeug da auf dem Boden. Ja, die Pfütze. Sind alle wohlauf? Ja, uns geht«s gut, die Kinder warten draußen.

»Bringen Sie ihm schonend bei, daß er seine Eier verloren hat.« Homer kommt mit einer großen Schwester ins Zimmer.

»War nur ein dummer Fehler«, sagt die Schwester. »So was passiert fast jeden Tag. Wie geht es Ihnen, Mr. Wander?«

»Bin etwas durcheinander. Wie lange war ich …?«

»Zwölf Jahre, wenn zwölf Jahre wie ein Tag sind«, brummt Homer.

»Sie sind dreißig Stunden bewußtlos gewesen«, sagt die Schwester. »Ich hoffe, Sie hatten süße Träume.«

»Nur laue, nichts Besonderes.«

»Das tut mir leid.«

Die Schwester schüttelt mein Kissen auf. Sie trägt einen Sei stolz auf deinen Code-Button. Ich scanne sie. Eine D+, nicht schlecht, aber auf der untersten Stufe ihrer Potential-Skala.

»Der Doktor kommt bald, um nach Ihnen zu sehen.«

»Gab es innere …«

»Nein. Nur ein paar kleinere Verletzungen. Unser bester Schneider hat Sie wieder zusammengeflickt. Sie sind ein glücklicher Bursche.«

»Das bin ich wirklich. Glück heiße ich mit meinem zweiten Namen.«

»Es könnte ein wenig jucken. Lassen Sie trotzdem die Finger von dem Verband. Und bewegen Sie sich möglichst wenig. Sie dürfen sich nicht überanstrengen. Ich werde jetzt gleich zwei hübsche Kinder hereinschicken, damit sie ihrem Daddy guten Tag sagen können. Danach müssen alle gehen. Wir wollen doch, daß unser Patient sich ausruht, nicht wahr?«

Amos und Amanda werden eingesammelt und hereingeschubst. Sie stehen starr wie Soldaten. Sie haben mich noch nie unbeweglich gesehen. Sie sind verschreckt. Ich versichere ihnen, daß es keinen bleibenden Schaden geben wird.

»Es ist dir natürlich klar, daß wir dir deine Stelle nicht freihalten konnten. Die neue Firma ist für dich gegessen. Wir stellen doch keine geschädigten Geschäftsführer ein«, knurrt Homer.

Ich nicke und versuche ein Lächeln. Ein bohrender Schmerz spaltet mir die Schädeldecke. Ich berühre die Haube aus Verbandmull, die Stirn und Schädel verhüllt. Sie verdeckt mein linkes Auge und zieht sich quer über die Nase.

»Wir sollten alle unsere Unterschrift auf seinem Kopf hinterlassen«, schlägt Homer vor.

»Keine gute Idee«, befindet die Schwester. »Und jetzt sollten Sie gehen.«

»Wie heißen Sie«, fragt Amanda.

»Ich bin Schwester Eames. Und wie heißt du?«

»Amanda Wander. Ich möchte auch mal Schwester werden.«

»Das ist schön«, sagt Schwester Eames.

»Aber leider unmöglich«, fährt Lauren dazwischen. »Scannen Sie doch mal ihren Code.«

Amanda beginnt zu schluchzen. Trina wirft ihrer Mutter einen bösen Blick zu. »Ich werde später am Abend noch mal vorbeischauen«, sagt sie.

»Nein, bitte nicht. Geh einfach nach Hause und entspann dich. Ich weiß doch, daß du Krankenhäuser nicht ausstehen kannst. Dank an euch alle, daß ihr hier wart. Und das meine ich ernst.«

»Um keinen Preis hätte ich das verpassen mögen«, knurrt Homer. »Weißt du, daß du mich 1.49 Dollar an Telefongebühren gekostet hast – zuzüglich Steuern?«

Sie wollen gerade gehen, als Lance mit einem Strauß sterilisierter Blumen auftaucht.

»Ich hörte, er sei tot«, ruft er. »Aber für alle Fälle habe ich mal diese Blumen mitgebracht. Sie nehmen den Sauerstoff auf.«

»Die Besuchszeit ist beendet«, sagt Schwester Eames. »Geht jetzt spielen – ihr alle. Mr. Wander bekommt jetzt seine Schwamm-Wäsche.«

»Er wird mit dem Schwamm gewaschen?« fragt Lance. »Augenblick, Homer – kriege ich jetzt seinen Titel?«

»Kein Problem«, grinst Homer.

»Auch Trina und die Kinder? Das ganze im Paket?«

Sie verlassen das Zimmer. Schwester Eames wäscht mich mit einem Schwamm und wechselt mein Hemd. Das alte ist voller Blut. Es sieht aus wie eine erbeutete Flagge. Eames zieht den Bettvorhang beiseite. Ich sehe meinen Zimmergenossen. Ich will gerade etwas sagen, als Lance zurückkommt. Er hält den Finger an die Lippen, drückt mir ein Päckchen Kondome in die Hand und verschwindet wieder. Ich lege die Gummis in das Schubfach des Nachtschränkchens. Der Junge hat Humor.

Mein Zimmergenosse ist ein geschwollenes Gesicht, ein blauer Ballon, der auf einem spindeldürren Hals steckt. Ich versuche, ihn zu scannen, kann ihn aber wegen der Schwellung nicht ertasten. Er liest in einem Baseball-Magazin. Drei Schläuche verbinden ihn mit Flaschen an Hängegalgen. Irgendwelches Zeugs tropft in ihn und fließt als rosafarbene Brühe wieder aus ihm heraus. Er erinnert mich an die Neonreklame für Sonderangebote im Food Forest. Ich sehe seine Schläuche und überprüfe das bei mir. Ich bin schlauchlos.

Er läßt das Magazin sinken und dreht den Kopf wie eine Eule. Die Augen blinzeln, das Gesicht zuckt. Schwester Eames muß ihm meinen Code genannt haben. Seine Reaktion verrät mir, daß er eine niedrige Stufe hat. Im Geist überlegt er sich schon, wie er sich verhalten soll. Für einen A + ist das nichts Neues. Das passiert am Tag zehnmal. Sein Gesicht entspannt sich – kein schöner Anblick. Es ist ein Kürbis einen Monat nach Halloween. Aber irgendwie hat er jetzt die Basis zu einer einigermaßen bequemen Kommunikation gefunden. A+ oder nicht, mit seinen Schläuchen fühlt er sich überlegen. Jedes Universum hat seine Hackordnung, und im Krankenhaus regieren eben die Schläuche.

»Sie haben Blumen. Meine Pflanze hamse mir weggenommen.«

»Ich habe die Blumen gerade bekommen – vor nicht mal fünf Minuten.«

»Vielleicht lassen die sie hier.«

»Glaube ich kaum. Wenn die Schwestern sie sehen, stellen sie sie sicher in die Halle. Meine Blumen werden bestimmt nicht besser behandelt als ...«

»Ihre Frau ist 'n echter Knaller. Sah sie reinkommen.«

»Oh, vielen Dank.«

»'ne Kusine aus Vermont hat mir die Pflanze geschickt. Die Weiber hier wollen, daß ich sie der Kinderstation vermache. Nur über meine Leiche!«

»Weshalb sind Sie hier?«

»Schlägerei. Sagt mir doch so 'n Arschloch, Joe Dimaggio hätte nur in vierzig lausigen Spielen gepunktet. Dämlicher Schmock. Hörte, Sie sind in 'nem Supermarkt gestolpert. Wie ham Se das denn hingekriegt?«

»Weiß ich nicht so genau. Da war eine Öllache auf dem Boden.«

»Und da ham Se mal eben abgehoben, was? Jesus! Mich würd interessieren, was für 'nen Code Ihre Frau hat. 's stört Sie doch nicht, oder?«

»Meine Frau? Ist das von Bedeutung?«

»Ist das 'n Geheimnis?«

»Meine Frau ist B+ mit Tendenz zu A–. Wenn Ihnen das was sagt.«

»Jesus. Ist bestimmt 'n ganz heißes Luder. Hab viel von solchen Weibern gehört.«

»Moment mal, Sie sprechen von meiner Frau.«

»Stimmt. 'tschuldigung. Übrigens – ich heiße Robert Tipski. Fahr 'n Taxi. Ist mein eigenes. Code Y – und bin stolz drauf.«

»Sie sollten stolz drauf sein. Mein Name ist James Wander. Ich bin Geschäftsmann.«

»Geschäftsmann ist immer gut. War das eben nicht Homer Brogg?«

»Er war's. Ist mein Schwiegervater.«

»Heiliger Strohsack. Sie sind mit dem Kerl verwandt? Da steck mir doch einer 'ne heiße Salami in 'n Arsch. 'ne Berühmtheit – und das auf meinem Zimmer.«

Schwester Eames kommt herein. »Ich sehe, ihr habt euch schon miteinander bekannt gemacht.«

»Ist mein vor langer Zeit verlorengegangener Bruder«, witzelt mein Zimmergenosse.

»Soll ich Ihnen die Blumen dalassen?« fragt die Schwester.

»Bringen Sie sie auf die Kinderstation.«

»Das werde ich. Vielen Dank, James.«

»Aber nicht meine Pflanze. Morgen früh steht die hier, haben Sie mich verstanden?«

Schwester Eames gibt mir eine Pille und mißt bei Robert Tipski die Temperatur. Sie checkt seine Schläuche und schaltet das Licht aus.

»Die Sonne geht auf, die Sonne geht unter. Ein neuer Tag, ein neuer Dollar«, sagt Robert. Ein echter Poet.

Auf der Straße jault eine Auto-Alarmanlage.

»Könnt mein Taxi sein.«

»Vergessen Sie's.«

»Nie stellen sie's ab. Soll'n wir uns das vielleicht die ganze Nacht anhören?«

Draußen auf der dunklen Straße klaut ein Schleimer

ein Radio. Der malträtierte Wagen stößt sein Geheul aus. Die Sirene verstummt, jault wieder auf. Es ist ein Geräusch, das ich gewöhnlich verabscheue, aber diese Nacht folge ich ihm wie einer Linie. Robert furzt und grunzt. Auch eine Art, zu beweisen, daß man noch lebt.

Ich sitze, mit Geschenken überladen, in einem Metallstuhl.

Schwester Eames ist mein Archäologe. Sie findet das Ende des Verbands und entfernt eine Klammer.

»Das ist so, als habe man es mit einer Rolle Scotch-Klebeband zu tun«, meint sie. »Ich werde wohl nie lernen, ein Stück davon ordentlich abzureißen.«

Dr. Hyman Zipper, ein Code B+ in meinem Alter, dazu Aufsteiger in die Maximum-Ebene seines Codes, schaut zu. Er summt eine Melodie vor sich hin, während er einen Scheinwerfer auf meine Stirn ausrichtet.

»James, Sie werden in der ersten Zeit nicht scharf sehen können. Es kann sein, daß Sie sich schwindlig fühlen, wenn das Auge unbedeckt ist. Es dauert eine Zeit, bis sich das Gehirn wieder darauf eingestellt hat. Aber keine Sorge. Das geht vorbei.«

»Werde ich eine schlimme Narbe zurückbehalten?«

»Sie hatten eine schwere Verletzung. Aber nichts, was wir nicht wieder in Ordnung bringen könnten. Hundert Stiche werden natürlich ihre Spuren hinterlassen. Aber selbst, wenn es der Grand Canyon wäre, hätten wir plastische Chirurgen, die Ihnen die Brustwarzen an die Zehen annähen könnten. Das Auge selbst war nicht betroffen. Sie werden also durchaus wieder in der Lage sein, Violine zu spielen.«

»Na, dann können wir ja bald wieder Achterbahn fahren«, sagt Schwester Eames.

»Eine ehrenhaftere Narbe würde mich weniger stören.«

»Jetzt kommt der Moment der Wahrheit«, murmelt Dr. Zipper. Ein grelles Licht flutet auf mich ein, und ich taumele nach vorn. Die Schwester stützt mich.

»Das sieht gar nicht schlecht aus«, sagt der Doktor. »Da sind zwar noch ein paar tiefe Kratzer, aber das ist nebensächlich. Alles in allem …«

Schwester Eames kotzt mir in den Schoß. Mit einem heftigen Gurgeln wendet sie sich ab.

»Für ein solches Benehmen gibt es keine Entschuldigung«, ruft Dr. Zipper scharf. »Sie sind ein Profi. Also etwas mehr Selbstbeherrschung, wenn ich bitten darf.«

»Tut mir leid. Aber ich konnte es nicht zurückhalten.«

»Säubern Sie ihn und verbinden Sie ihn.«

Schwester Eames fährt sich mit dem Ärmel über den Mund und wischt mich ab.

»Würde mir mal jemand erklären, was hier los ist – wenn's recht ist? Warum soll ich wieder verbunden werden? Warum ist es der Schwester hochgekommen?«

»Nichts ist hier los. Sie hat nichts gesehen. Sie wird auch nichts sagen. Alles ist in bester Ordnung. Sie erholen sich gut, Ihre Verletzungen heilen prächtig. Bringen Sie ihn jetzt auf sein Zimmer zurück, Schwester Eames. Und denken Sie daran: Sie sind nicht die einzige mit einem Magen. Was haben Sie gestern abend gegessen. Sind das Nudeln?«

»Eierauflauf mit Nudeln, ja.«

»Baden Sie ihn und wechseln Sie seine Kleider. Danach können Sie sich für den Rest des Tages freinehmen. Gehen Sie ins Kino.«

Ich liege wieder im Bett und mache mir Sorgen. Es ist hart, sich vorzustellen, daß die Narbe ziemlich schlimm aussehen muß, um bei einer gestandenen Krankenschwester eine solch unkontrollierte Reaktion hervorzurufen. Ich wünschte, ich hätte sie mir selbst ansehen können. So ohne jeglichen Anhaltspunkt halte ich mich schon selbst für den Hauptakteur in einem Horror-Film.

Mein Zimmerkumpel blättert im *National Geographic,* wahrscheinlich ist er auf der Suche nach Titten. Er wirft mir einen mitleidigen Blick zu. Er weiß, daß ich mir Sorgen mache.

»Hier ist 'n Artikel drin über'n Müllschiff, das die Meere vollstinkt seit ...«

»Seit den achtziger Jahren des vorigen Jahrhunderts. Ich habe von der Müll-Barke gehört.«

»Verzeihung, A+. Hatte vergessen, daß Sie ja alles wissen. Tut mir ehrlich leid, daß ich Sie mit so 'nem Scheiß langweile. Wollt mich nur 'n bißchen unterhalten.«

»Lassen Sie mich in Ruhe, Robert. Ich muß nachdenken.«

»Darauf hätt' ich gewettet. Isses nicht toll? Heut werd ich die verdammten Schläuche los.«

»Herzlichen Glückwunsch.«

»Für mich isses wichtig.«

»Es ist wichtig. Ich freue mich für Sie.«

Ein Kaplan kommt herein. Er ist gebaut wie Lance, hat einen großen Kopf und ein rosiges Gesicht. In der Hand hält er eine Bibel mit einem metallbeschlagenen und juwelenbesetzten Einband.

»Guten Tag. Gott segne euch beide«, sagt er.

»Auch Ihnen Gesundheit«, knurrt Robert.

»Sie sind also James Wander, nicht wahr?«

»Nicht ich. Er.«

»Hallo, James. Schenken Sie mir einen Augenblick, mein Sohn. Ich möchte mit Ihnen reden.«

»Ich bin sehr in Gedanken. Hab im Moment alle Hände voll mit mir selbst zu tun. Ich will ja nicht unhöflich sein, aber Sie überfallen mich exakt zu einem Zeitpunkt ...«

»Dr. Zipper bat mich, Sie zu besuchen.« Der Kaplan tritt an mein Bett und zieht den Vorhang vor. Robert winkt und vertieft sich wieder in sein *Geographic*.

»Vermutlich ist Dr. Zipper aufgefallen, daß ich mir Sorgen mache, vielleicht sogar etwas Angst habe. Er hätte selbst kommen sollen.«

»Mr. Wander, dem Doktor ist etwas aufgefallen, als Ihre Verbände abgenommen wurden.«

»Etwas Ähnliches habe ich mir gedacht, nachdem die Schwester mir ihr Essen dagelassen hat. Er hat wohl nicht kapiert, daß ich auf unangenehme Dinge vorbereitet bin. Er hätte mir einfach sagen sollen, was...«

»Glauben Sie an Gottes ewigen Ratschluß?«

»Warum sollte ich nicht? Ich bin ein sehr glücklicher Mensch. Ich habe etwas Leid verdient. Was immer man also festgestellt hat – glauben Sie mir, ich werde damit fertig werden. Was hat man festgestellt?«

»Jung, lebendig, brillant, privilegiert – Sie haben alles noch vor sich.«

»Und einige gute Dinge hinter mir. Ein Hund wäre glücklich, meiner Fährte zu folgen. Das weiß ich doch alles, Hochwürden. Was hat Dr. Zipper...?«

»Eine nicht vorhersehbare Komplikation. Der Unfall resultierte aus...«

»Sei's drum. Ich werde also mit schwierigen kosmetischen Operationen rechnen müssen. Ist es das?«

»James, zwischen Ihrem Trauma und dem Laser, den man zum Lesen der UPC-Etiketten benutzt, könnte es einen verrückten Zusammenhang geben.«

»Welche Etiketten liest man damit?«

»Die auf den Kartons, Flaschen und Dosen.«

»Die Produkt-Codes?«

»Ja, genau. Die Coupons, die wir einsenden, um an Wettbewerben und Preisausschreiben teilzunehmen. Meine Frau beispielsweise sammelt eifrig Codes von Tropicana-Orangensaft. Wir haben jede Menge orangefarbene Handtücher, Uhren und sogar eine orangefarbene Modelleisenbahn zu Hause.«

»Und was hat das zu bedeuten?«

»Dr. Zipper meint, es könnte die Erklärung für die Änderung Ihres Codes sein.«

»Meines Codes? Wollen Sie damit sagen, daß mein Code beschädigt oder gelöscht worden ist? Muß ich etwa recodiert werden?«

»Nicht ganz, nein.«

»Was dann?«

»Ich sagte *Änderung*, nicht *Löschung*.«

»Wo liegt da der Unterschied? Es läuft in jedem Fall auf eine Korrektur hinaus ...«

»James, Sie wissen doch, es ist strikt verboten, an einem menschlichen Strichcode herumzumachen. Das ist das erste Hoffenstein'sche Prinzip. Wenn Codes ... nun, sagen wir ... manipuliert werden könnten, würde das die soziale Ordnung zerstören. Wir würden einen Riesenschritt in Richtung Amnesie tun. Eine solche Welt würden Sie doch nicht wünschen – nicht für Ihre Frau, Ihre Kinder, für sich selbst. Natürlich nicht. Und nun beten Sie mit mir.«

Der Kaplan kniet neben meinem Bett nieder und öffnet seine metallbeschlagene Bibel.

»Der Umschlag reflektiert das Licht. Er blendet mein unversehrtes Auge.«

»Tut mir leid. Er wurde im Heiligen Land gefertigt. Die Juwelen sind nicht echt, aber es ist eine hervorragende Handarbeit. Einige Leute halten sie für anmaßend, aber ich antworte ihnen immer ...«

»Stehen Sie bitte auf. Reden Sie mit mir. Meine *Änderung* ist also die Folge eines Unfalls. Eine Handlung Gottes sozusagen. Eines schlechtgelaunten Gottes zwar, aber immerhin ist er Gott. Sicherlich lassen sich in solchen Fällen selbst die Hoffenstein'schen Prinzipien ...«

»Bitte, Mr. Wander. Geben Sie nicht Gott die Schuld

daran. Sie sind in einem Supermarkt ausgerutscht – und das ist kaum ein Ereignis, das dem Himmel zuzuschreiben wäre. Sie sollten Gott gefällig sein, nicht ihn anklagen.«

»Ich habe auch nicht gesagt, daß Gott das Öl auf den Boden des Food Forest gekippt hat. Ich habe meine Worte – *Handlung Gottes* – auch nur in einem rechtlichen Sinn verstanden wissen wollen. Aber sagen Sie mir, was bin ich denn jetzt? I? B? D? Was?«

»Fassen Sie Mut, Jim. Sie müssen jetzt tapfer sein.«

»E? F? G? H? Was, um Himmels willen?«

»So einfach ist das nicht, ist es fast nie. Ihre Metamorphose ist etwas exotischer – wenn man es so nennen mag.«

»In einfachem Englisch: Was sagt mein Strichcode?«

»Die Wege des Herrn sind unergründlich. Das mag zwar ein Klischee sein, aber Klischees sind nichts anderes als eine Summierung des Alltäglichen. Ihr Code ist nicht mehr ausschließlich menschlich. An der Kasse muß ein ziemliches Durcheinander gewesen sein. Wer weiß, wie es passiert ist. Sie sind als Erbsensuppe codiert. Sie sind jetzt Erbsensuppe.«

Ich höre ein nasses Plopp, dann einen lauten Schrei. Eine emotionale Explosion zwischen Lachanfall und Agonie. Der Kaplan reißt den Vorhang zurück. Es ist mein Zimmergenosse. Er liegt halb auf, halb neben seinem Bett. Seine Schläuche hängen herunter, Flüssigkeit tropft heraus. Sein Mund steht offen, formt immer noch die Schreie.

Der Kaplan läuft zu ihm, untersucht ihn. »Dieser Mann ist tot«, murmelt er.

»Sehen Sie sich nur seine Pflanze an«, sage ich. »Grasgrün, als hätte sich nichts geändert. Völlig unbeteiligt. Und dabei behaupten sie immer, Pflanzen würden sensibel auf die geringste Veränderung in der Laune oder Gesundheit ihrer Besitzer reagieren. Wenn Sie mich fragen, ist das falsch und auch idiotisch.

Diese Pflanze da drüben reagiert jedenfalls nicht. Schauen Sie sie doch an. Völlig unbeteiligt. Würde man ihr jetzt Wasser geben, würde sie es trinken. Keine Spur von Veränderung in den Blättern oder einem Welken des Stiels. Nichts. Rein gar nichts.«

»Verhalten Sie sich ruhig, Mr. Wander. Ich hole Hilfe.«

Der Kaplan eilt hinaus. Ich höre ihn nach einer Schwester rufen. Ich steige aus dem Bett, packe die schmucke Pflanze in der schimmernden Folie und reiße sie aus ihrem Tontopf. Die Wurzeln winden sich zu einem Büschel, schockiert von der plötzlichen Helle.

»Das ist für dich, Robert«, sage ich. »Dieses Hurengewächs hier wird es nicht bis zur Kinderstation schaffen. Nicht, solange du mich zum Freund hast.«

Als sie mit den Elektroden hereinstürzen und sie auf die eingesunkene Brust meines Zimmerkumpels pappen, sage ich: »Es war zu viel für ihn, als er von meiner Deklassifizierung hörte. Sein Code wurde damit nicht fertig. Er starb für mich. Können Sie ein solches Opfer überhaupt verstehen?«

Eine fremde Schwester nimmt mir die welke Pflanze aus der Hand. Ein Internist gibt mir einen Schuß.

Ich schlafe wie Blei.

»Ich bin deine Frau, Jim. Nimm einfach an, du kämst mit einem Gebiß vom Zahnarzt zurück. Du müßtest es ab und zu herausnehmen. Ich würde deine blanken Kiefer sehen. Oder nimm an, mir wäre das passiert. Wäre es dir angenehm, wenn ich dauernd in Sack und Asche herumliefe, nur weil mir ein sichtbarer Teil meiner Person abhanden gekommen ist?«

»Vielleicht hast du recht. Ich weiß es nicht, Trina.«

»Wir teilen doch alles.«

»Es macht mir nichts aus, alles mit dir zu teilen, solange es nicht meine Schrecklichkeiten sind. Du verabscheust schlimme Sachen. Du würdest nicht mal einen Hummer aufschneiden.«

»Du bist doch kein Hummer, Jim. Wo bleibt denn dein Sinn für Humor? Das Schlimmste, das passieren könnte, wäre ein herzhaftes Lachen.«

Trina zieht an meinem Kopfband und läßt es zurückschnappen. Ich trage es um die Stirn, seit man mich aus dem Hospital nach Hause geschickt hat. Sie klettert auf mich und drückt ihren Unterleib gegen meinen Bauch. Ich kichere glucksend.

»Legt mein Apache gerade ein Ei?«

»Dein Apache erinnerte sich gerade an eine alte Phobie. Du kennst doch diese Stahlbürsten, die sie benutzten, um die Straßen zu fegen? Während meiner ganzen Kindheit habe ich von ihnen geträumt. Ich dachte, sie seien die Schnurrbärte verdammter Seelen – gekommen, um mich zu Tode zu bürsten. Jetzt weiß ich, ich träumte zu anspruchsvoll. Bis jetzt war mir nicht klar, daß es sexuelle Träume waren.«

»Das ist aber sehr schmeichelhaft.« Sie macht sich lang. Ihre Finger massieren meine Schläfen.

»Liebes, es ist so schön, wieder zu Hause zu sein. Alles scheint zu sprühen – Trivia-Blitze. Als ich in dir war, dachte ich, mein Rohr feuert unzählige Torpedos ab.«

»Dein Rohr? Jesus, vielleicht hat dein Gehirn doch was abbekommen.«

»Ich habe mich nur um den richtigen Bildvergleich bemüht. Meinen Schwanz nur einfach Instrument zu nennen, trifft auch nicht den Kern. Hast du schon mal Bilder von einem unterseeischen Vulkan gesehen? Flammen unter Wasser? Fische werden orange-, Seetang purpurfarben. Muscheln leuchten wie Opale. Blasen sind Perlen. Das empfand ich, als ich kam.«

Ich rolle mich über Trina. »Ich werde jetzt noch mal eintauchen, um mir die Sache genauer anzusehen. Ich wünschte, ich hätte eine Kamera.«

»Wir sind doch gerade erst fertig geworden.«

»Ich weiß. Wir sollten für eine Weile nicht reden. Ich möchte unglaubliche Dinge mit dir tun. Es steht dir frei, danach ein wenig Dankbarkeit zu zeigen.«

»Hör auf damit, Liebling. Du solltest endlich das dämliche Stirnband abnehmen.« Trina windet sich blitzschnell unter mir hervor und läßt mich das feuchte Laken küssen. Ich setze mich auf.

»Du weißt, daß ich darauf brenne, wieder ins Büro zu gehen? Wann hast du mich das jemals sagen hören? Ich weiß nicht wieso, aber zur Zeit lebe ich in einem Land mit nichts als Horizonten um mich herum.«

»Du läufst vor dem Unausweichlichen davon.« Trina weint. Tränen rinnen ihre Wangen herunter und netzen die Lippen. Sie leckt sie ab. Ich schmecke ihr Salz.

»Also gut, du hast gewonnen. Aber verstecke bitte, bitte nicht deine Gefühle vor mir. Sei ganz ehrlich. Wir müssen schließlich damit leben.«

»Ich werde ehrlich sein. Die Wahrheit ist, daß ich nicht erwarte, etwas dabei zu empfinden. Wir reden hier doch nicht über etwas Groteskes oder etwas Ekelhaftes. Wir reden über eine geringfügige Entstellung.«

»Wir reden über einen kosmischen Witz. Nun mach schon, tu es.«

Ich schließe die Augen. Trina tätschelt mein Gesicht. Ich öffne die Augen. Ihr Lächeln ist wie ein Sonnenaufgang. Ich grinse zurück. Mit zwei Fingern lüftet sie mein Kopfband. Ich beobachte ihr Gesicht. Nicht das geringste Anzeichen einer Regung. Ihre Miene bleibt ausdruckslos. Jetzt fühle ich Tränen auf meiner Haut. Ich strecke die Arme aus, um meine Frau zu umarmen.

»Nein, danke. Ich bin nicht hungrig. Aber es sieht köstlich aus«, sagt sie.

»Was?«

Trina wird bleich, ihr Gesicht nimmt die Farbe von Eierschalen an. Sie zittert. Ein Wind entweicht ihrem Unterleib wie ein Seele, die den Körper eines kürzlich Verschiedenen verläßt.

»Nein, danke. Ich bin nicht hungrig? Aber es sieht köstlich aus? Ist das Mitgefühl?«

»James, verzeih mir.« Sie windet sich. Ihre Augenbrauen ziehen sich zu Knoten zusammen. Eine Ader pulsiert an ihrem Hals. Ihre Stimme ist splitterndes Glas. »Das kam spontan. Was hast du erwartet? Ich scanne und reagiere dann wie eine normale Person. Ein Reflex. Ist es meine Schuld, daß du nicht mehr du selbst bist?«

»Wie kann ich nicht mehr ich selbst sein?«

»Ich versuche dir klarzumachen, daß meine Reaktion völlig unschuldig war. Du kannst mich nicht dafür bestrafen. Starr mich nicht so an. Ich liebe dich. Ich bin für dich da. Mit der Zeit werde ich mich daran gewöhnen. Wir schicken die Kinder auf ein gutes Internat. Sie werden es irgendwann verstehen. Und ich habe dir auch nichts vorgemacht. Es sieht köstlich aus, auch wenn ich nicht gerade ein Fan von Erbsensuppe bin. Wann habe ich zuletzt Erbsensuppe bestellt? Ich kann es dir nicht sagen. Ich liebe Spargelcreme-Suppe oder Brokkoli-Suppe, sogar Krabbencreme. Du weißt das. Du mußt das wissen.«

»Trina, bitte, beruhige dich. Komm, ich ziehe das Band wieder über die Stirn. Ich weiß, es ist nicht leicht für dich. Möchtest du eine Tablette? Trina, du siehst ja ganz käsig aus. Du machst dich selbst noch ganz krank damit.«

II

Ich will Homer Brogg überraschen. Ich werde mich ihm zum Geschenk machen. Ich summe ein altes Lied, während ich Kölnisch Wasser auf meinen ruinierten A+ tupfe. Ich bin eigentlich ein Morgenmuffel, aber heute hüpfe ich durch das morgendliche Ritual wie ein geölter Blitz. Ich merke, ich entwickle wieder Optimismus und Hoffnung.

Trina hat wegen der Pillen, die sie gestern abend geschluckt hat, noch keine Augen. Alles in allem hat sie sich ganz wacker gehalten. Ich hatte mit Schlimmerem gerechnet. Und sie sagte: »Ich liebe dich. Ich bin für dich da.« Amos und Amanda haben schulfrei – wegen des Status-Tages. Wie das Jahr dahinfliegt.

Homers Mandat war: »Laß dir all die Zeit, die du brauchst.« Der großzügige Gönner all der Zeit, die ich brauche, wird staunen, wenn ich heute mit einem Packen schriftlicher Vorschläge zur Restrukturierung von *Star Insemination* unterm Arm in sein Büro marschiere. Er wird zwar protestieren, aber das voller Bewunderung. Für Homer ist Arbeitsethik die einzige Ethik überhaupt.

Ich ziehe den blauen Anzug an, dazu eine rotgemusterte Krawatte und die Stiefel aus Alligator-Leder, die Lauren Brogg mir zu Weihnachten geschenkt hat. Der Tag ist trübe. Ich schlüpfe in meinen Burberry und setze den Leinenhut auf. Prüfend betrachte ich mich im Spiegel. Trina hat recht. Angezogen sehen wir weniger verrückt aus. Ich muß nicht ganz dicht gewesen sein, meine Wenigkeit fast einen ganzen Monat lang vor der Familie zu verstecken. Das Kopfband liegt auf dem Waschbecken im Bad. Soll es doch. Ich möchte, daß Trina es findet. Ich will sie wissen lassen, daß wir uns jetzt wieder nach vorn bewegen.

Ich ziehe den Hut tief über meinen Code – so tief, wie es das Gesetz erlaubt. Zum Teufel damit. Ich drücke die Krempe nach oben und greife mir meinen Attaché-Koffer.

Der Flur ist leer, ebenso der Aufzug. Während ich nach unten schwebe, bemerke ich zum ersten Mal, daß es ein schöner Aufzug ist – mit Holzvertäfelung und einem dekorativem Teppich. Die Messingtüren sind ein Wunder. Die Türgriffe sind auf Hochglanz poliert. Ich empfinde eine plötzliche Zuneigung zu dem Ding.

Und die Vorhalle erst. Der Vorstand hat dafür gesorgt, daß die kostbaren Marmorwände aufwendig restauriert wurden. Nun erstrahlen sie in altem Glanz. Die Lampen sind in barocken Wandleuchtern versteckt, die wie Arme und Hände geformt sind. Weiche Sessel mit geschwungenen Holzlehnen und tiefe Sofas laden zum Ausruhen ein. Der Hausmeister sitzt hinter einer Theke aus Walnuß, die ebenso gut in einer Bar stehen könnte. Es ist eine schöne Lobby, und ich bin stolz darauf. Die Uniformen des Hausmeisters und des Türstehers sind dem Luxus angepaßt. Militärische Uniformen, abgemildert durch die großen Metallverschlüsse und hohen Kragen. Hohe Spitzhüte thronen über all dieser Glorie. Ich wohne in einem verdammt eindrucksvollen Haus.

»Guten Morgen, Sir«, sagt Milton, der Hausmeister. »Ich freue mich, Sie frisch und wohlauf zu sehen.« Ich erwidere seinen Gruß mit einem Fingerschnipsen meiner freien Hand. Seine Stimme klingt genau richtig. Ihre Modulation ist ein kleines Wunder. Ich glaube, daß der Mann seine Worte ernst meint. Er freut sich, daß ich genesen und wieder auf den Beinen bin. Ich werde Weihnachten daran denken müssen. Er soll schließlich für seine ausgezeichneten Dienste eine Belohnung erhalten.

»Hallo, Mr. Wander«, ruft Henry, der Türsteher. Er erlaubt sich, mir die Hand zu schütteln. »Soll ich Ihnen ein Taxi rufen?« Ich sage Henry, daß ich ein paar Häuserblocks weit laufen will.

»Aber es nieselt. Möchten Sie einen Schirm geliehen haben?«

Ich lehne dankend ab. Ich möchte die Tropfen spüren. Der Spaziergang wird mir guttun. Ich sage ihm, daß meine Beine ein wenig aus der Übung geraten sind. So viele Worte habe ich zuvor noch nie mit ihm gewechselt. Er scheint verwundert, hat sich aber unter Kontrolle. Ich frage mich, ob er mich gescannt hat. Wahrscheinlich nicht, denn der Tag ist dunkel und trübe, und ich bin ihm so vertraut wie der Türgriff.

Ich schwebe in meine Stadt hinaus. Menschen hasten mit aufgespannten Schirmen an mir vorbei. Sie sind sich fortbewegende Pilze. Die ganze Stadt ist mein Garten.

Nach einigen Blocks entschließe ich mich doch, die Subway ins Stadtzentrum zu nehmen. Ich habe die U-Bahn nicht mehr benutzt, seit wir sie Amos an seinem Geburtstag zeigten. Aber heute möchte ich die Gegenwart von Fremden spüren, möchte ihnen nahe sein. Ich möchte den Geruch von feuchten Zeitungen und nassen Kleidern einatmen. Ich will einen Gegenwert für meine fünf Bucks für die Fahrt. Und kriege ihn auch.

Es dauert nicht lange, bis der Zug kommt. Er ist geräumig und sauber. Musik tönt aus den Lautsprechern der Rundsprechanlage, und ich erkenne die Melodie, die ich beim Aufwachen summte. Das scheint mir ein gutes Omen zu sein. Ich lese die Motivations-Inschriften an den Wagenwänden. Ich höre Homer über die Tage vor der Säuberung reden, als menschliche Kakerlaken die U-Bahn-Schächte bevölkerten und

Morde an der Tagesordnung waren. In jenen Tagen zeugten Wagen und Sitze von der Zerstörungswut dieses Abschaums der Gesellschaft. Die Wagen hatte man damals, als ich noch ein Kind war, im Museum für Populär-Kultur ausgestellt, doch meine Eltern erlaubten mir nicht, diesen Flügel zu besuchen. Natürlich hat man sie inzwischen entfernt und verschrottet, aber ich habe Bilder von den *Graffiti* gesehen. Es ist schwer, sich vorzustellen, wie vor Haß geifernde Künstler das Gift ihrer Sprühfarben verspritzen. Es ist unglaublich, daß man nicht früher gegen sie einschritt. Was war das noch, das Hoffenstein als die »Haferschleim-Seelen der sogenannten Liberalen« bezeichnete?

Mein Zug fährt so ruhig wie ein Schiff. Die Leute scheinen ihre Vorschriften sehr ernst zu nehmen. Jeder muß einen Fokal-Punkt mit sich tragen – ein Schriftstück, ein Buch, ein Pamphlet, oder auch einen Brief. Die unterschiedlichen Dinge, die die Fahrgäste bei sich haben, amüsieren mich. Ich linse über den Rand meines Wall Street Journal und beobachte ein junges Mädchen, das in einem Fantasy-Roman schmökert. Sein Gesicht in der Kapuze ist rund und süß. Das Kind ist eine Code F, und ich beneide es darum. Doch die Art, wie es die Worte verschlingt, weckt meinen Argwohn. So viele automatische Schutzmechanismen. Die hübsche kleine F frißt die Sätze und Abschnitte in sich hinein, als seien sie das Evangelium. Ihr Gesicht leuchtet in einfältiger Freude.

Ich richte meinen Blick wieder auf die Zahlenkolonnen. Brogg ist einen Punkt gestiegen. Homer wird in einer empfänglichen Stimmung sein. Seine Aktien sind seine Temperaturskala. Er blüht auf im Fieber. Seiner Hitze verdanke ich Trina, die Kinder, den Aufzug, die Lobby, Milton, Henry. An diesem Morgen bin ich zufrieden, sein Planet zu sein.

Die Landmarken-Abteilung des Planetary Trust hat

das Straßengewirr unterhalb des World Trade Center erhalten. Auf meinem Weg zum World Financial Center und zum Brogg Tower bleibe ich vor einer Videowand stehen und schaue zu, wie Werbespots über zweihundert TV-Flachschirme laufen und verschwinden. Ich tauche in die zusammenströmende Menschenmenge. Drei Untergrundlinien treffen sich hier und formen ein Delta aus Fleisch und Kommerz. Ich sauge die morgendliche Energie ringsum in mich ein wie das F-Mädchen die Worte aus seinem Taschenbuch. Ich treibe an Läden mit Kaffee und Donuts, Grußkarten, Kleidern, Arzneimitteln, Süßwaren, Handwerksgeräten, Münzen und Spielwaren vorbei. Ich folge einem Betontunnel, dessen elastischer Gummiboden mich fast springen läßt. Eine Rolltreppe hebt mich auf die nächsthöhere Ebene. Indem ich erleuchteten Pfeilen folge, werde ich durch eine Tür gespült.

Wieso habe ich mir eigentlich angewöhnt, Taxis und Limousinen zu benutzen? Dies hier ist die wirkliche Welt, der Wabenkern im Bienenstock. Die Menge schiebt mich voran. Ich steuere auf eine Plexiglasröhre zu, die zum Brogg Tower führt. Ich kann die Ufer des Hudson und die Küste von Jersey erkennen. Die Röhre wird von einer grellen, runden Sonne erhellt, daß sie aussieht sie wie die Flamme eines Schweißgerätes. Aber darin ist es kühl, sie ist perfekt klimatisiert.

Die Röhre verzweigt sich in verschiedene Richtungen. Die letzte Passage zu Homers Tower ist durch ein blinkendes Logo gekennzeichnet, das an unsichtbaren Drähten baumelt. Brogg Enterprises. Dazu der Slogan: *Übertriff das Ei,* den Homer in irgendeinem Roman entdeckt hat. Unter dem Logo dann eine Drehtür – die letzte.

Ich bin schon halb drinnen, als ich Gefahr rieche. Ich sehe den Schemen eines Mannes, der sich auf mich zubewegt. Ich weiß sofort, daß ich von einem Bettel-

Schleimer angepöbelt werde. Ich spanne die Muskeln, behalte aber meinen Gang bei. Ich kann seine Silhouette riechen, sie verströmt den speziellen Straßengestank, der wie ein Nebel an diesen Leuten klebt.

Manchmal, nicht oft, gebe ich einem lizensierten Bettel-Schleimer ein bißchen Geld. Ich weiß, es ist idiotisch, sie noch in ihrer Haltung zu ermutigen. Fadenscheinig, abergläubisch. Aber wenn mir etwas Gutes widerfährt, möchte ich ein wenig davon weitergeben. Es gibt zahllose Wiedereingliederungs-Programme und keinerlei Grund dafür, daß Menschen wie Tiere leben.

Sicher können Bettel-Schleimer auch ganz amüsant sein. Einmal kam einer auf mich zu, der keine Arme hatte. Ich hielt ihm eine Münze hin, und er hob seine Stümpfe hoch. Dieser Bettel-Schleimer sah mich an und sagte: »Für einen A+ sind Sie ein Schmock. Stecken Sie sie mir in die Hemdtasche.« Ich habe die Begegnung nie vergessen.

Der Bettel-Schleimer, der mich jetzt ansteuert, hat noch all seine Körperteile. Offenbar ist er betrunken oder steht unter Drogen. Er schlägt die Arme gegen den Rumpf, und seine Beine kämpfen um das Gleichgewicht. Ich habe im Augenblick meine großzügige Ader, tauche in meinen Mantel und suche nach Kleingeld. Gleichzeitig halte ich nach den Wachtposten Ausschau. Den Eingang zum Brogg-Tower unbewacht zu lassen, ist unverzeihlich.

Ich bin versucht, den Schleimer zu fragen, wie er in die Röhre kommt. Sie sind Meister im Überleben. Dieser Eigenschaft verdanken sie unsere Nachsicht. Trotzdem sind die Durchgänge für sie off-limits.

Mein Schleimer ist ein klassischer Bursche seines Schlages. Er trägt ein T-Shirt, das für seinen eingefallenen Oberkörper drei Nummern zu groß ist. Darauf ist eine Palme und irgendeine verwaschene Botschaft zu sehen. Seine Hose starrt vor grünlichen Flecken, die sich wie ein Pilz über seinen Schritt ausbreiten. Seine Schuhe sind im Gegensatz dazu neu und auf Hochglanz poliert. Er trägt keine Socken, behaarte Beine ragen nackt aus den hübschen Tretern. Sein Kopf ist ein einziges Gewirr von Haaren, das von einem Hut gezähmt wird, der einmal einer Frau gehört haben muß. Er ist mit einer Schnur unter dem Kinn festgebunden. Unsere Augen treffen sich. Seine sind gelb wie Eiter, die Nase ist geschwollen. Ich scanne ihn, aber sein Code ist unter Schorf und Schrammen verlorengegangen. Meine Finger umklammern eine Handvoll Münzen. Ich ziehe sie aus der Tasche. Es reicht, um diesen Schleimer für einige Zeit auf dem gegenwärtigen Level seines Glücklichseins zu halten. Ich bin eine Goldgrube.

Ich strecke die Hand aus. Es ist üblich oder sogar schon Tradition, daß Bettel-Schleimer ihre hohle Hand so tief halten, daß man die Münzen berührungslos hineinfallen lassen kann. Dieser Schleimer hat offenbar für Tradition nichts übrig. Er starrt mich an, hält mich auf. Er macht keine Anstalten, meine Gabe anzunehmen. Aus seinem Mund quillt Flüssigkeit in der Farbe seiner Augen. Er versprüht Speichel. Aus seiner Kehle dringt ein Grunzen – aggressiv, nicht freudig erregt.

Es riecht nach Ärger. Bei der geringsten Bewegung werde ich ihn mit meinem Attaché-Koffer von den Beinen holen. Das müßte genügen. Allein dürfte er wohl kaum wieder auf die Füße kommen.

Seine Hände verschwinden plötzlich pfeilschnell in den Hosentaschen. Mit einem Löffel in der einen und einem bemerkenswert raffinierten Sanyo-Dosenöffner in der anderen tauchen sie wieder auf. Ich kenne den Dosenöffner, weil Amos uns einen zu unserem Hochzeitstag geschenkt hat. Gott allein weiß, wie dieser Schleimer an den batteriebetriebenen Dosenöffner gekommen ist. Er schaltet ihn ein. Das Ding summt wie eine Wanze. Er fährt sich mit dem Löffel über die Lippen. Der Löffel klirrt gegen unsichtbare Zähne. Die Zunge fährt heraus und winkt mir zu. Der Kerl heult gierig auf. Mir wird klar, daß er einen Eimer Erbsensuppe vor sich sieht. Er liebt Erbsensuppe. Er springt auf mich los und streift mit dem Dosenöffner meine Nase. Es ist unmöglich, einem wirren Schleimer meine Situation zu erklären. Ich werfe die Münzen gegen ihn. Er bleibt nicht stehen, um sie aufzuheben. Damit könnte er sich eine ganze Gallone Suppe kaufen, aber wir befinden uns jetzt jenseits aller Logik. Ich ramme ihm meinen Lederkoffer gegen den Kopf und drücke mich an ihm vorbei.

Er läuft tatsächlich hinter mir her. Seine dürren Beine beugen und werfen sich in die unmöglichsten Richtungen. Sicherlich wird er sich nicht in die Nähe der Drehtür wagen. Die Tür nimmt mich auf. Ich bin schon halbwegs im Haus, als sie plötzlich stehenbleibt. Der Schleimer hat sich in ein Abteil gezwängt und ein Bein nicht schnell genug nachgezogen. Er hämmert mit dem Löffel gegen das dicke Glas. Sein Dosenöffner rollt summend auf dem Boden hin und her.

Es dauert Minuten, bis die Sicherheitsposten kommen, mich befreien und den Schleimer wegzerren. Ich zupfe meinen Mantel zurecht und drücke die Hutkrempe vors Gesicht.

Ein Beamter sagt: »Mr. Wander, ich kann mir nicht vorstellen, wie er hier heruntergekommen ist. Die verdammten Subway-Kontrolleure an den Ausgängen scheren sich den Teufel darum, wen sie durchlassen. Mit Ihnen ist alles in Ordnung?«

Ich winke ab. Andere Wachen zerren den Schleimer durch die Röhre weg. Sie halten ihn an den Haaren und am Arsch. Sein Dosenöffner liegt immer noch summend am Boden, aber den Löffel hält er in der Hand. Sonnenlicht fällt darauf, und er flammt auf wie eine Wunderkerze.

»Warum hast du nicht eine Tüte über den Kopf gezogen? Was hast du denn erwartet?« fragt Homer.

»Du bist doch derjenige gewesen, der mir eine Vorlesung über das Verbrechen der Code-Blockierung und den Sinn unserer weisen Gesetzgebung gehalten hat.«

»Und ich stehe auch zu meinen Worten. Du hättest zu Hause bleiben sollen.«

»Ich komme mir vor, als sei ich von einem Hai oder einem Riesenkraken angefallen worden. Und das Schlimmste dabei ist, daß ich glaube, der Mann war ein Code D. Ich bin mir nicht ganz sicher. Sein Gesicht war eine einzige Pfütze. Er hätte durchaus Anwalt oder Produzent sein können.«

»Die Codes können nur Maximalwerte setzen. Es gibt nun mal Leute, die sich unbedingt selbst ins Knie ficken wollen. Das liegt in der Natur des Menschen.«

»Er versuchte, mich aufzuschneiden, Homer. Er hätte mir das Ding die Nase hochgeschoben und mir die Schädeldecke angehoben.«

»Nimm nicht immer gleich alles persönlich. Das war doch nur seine normale Reaktion auf deinen Code, nicht mehr und nicht weniger.«

»Das hat Trina auch gesagt.«

»Du hast es ihr erzählt? Du hättest Trina nicht damit beunruhigen dürfen, Jim. Halt dich mit solchen Sachen eine Weile zurück. Versuch, die Dinge nicht allzu schwer zu nehmen, bis du wieder du selbst bist.«

»Genau das ist die Frage. Wer bin ich? Außerdem setze ich allmählich Spinnfäden an, wenn ich noch länger untätig zu Hause herumhänge. Ich habe da eine gute Idee bezüglich *Star Insemination.* Vielleicht sollten wir die Leute nicht einfach überrollen wie eine Dampfwalze, sondern subtiler vorgehen und ihnen einen Köder zu schlucken geben.«

»Mit Subtilität und Versprechungen verkauft man nur Scheiße.«

»Laß mich doch ausreden. Mach die Augen zu und hör dir nur einfach an, was ich zu sagen habe. *Ultimative Fusion präsentiert ... das Megababy.* Im ersten Moment mag sich das vielleicht ein wenig negativ anhören – etwa wie eine Kernexplosion. Aber es zieht, hat Schwung – du wirst sehen. Unsere Werbung würde auch die Väter erreichen, ohne ihr Ego zu kompromittieren oder ihre Virilität in Zweifel zu ziehen. Mein Vorschlag: Das Labor sucht und findet einen Weg, väterliche Eigenschaften – zum Beispiel Leberflecken, vererbbare Glatze und eben all die Dinge, die ein liebender Vater an seinen Sprößling weiterreichen möchte – mit anzubieten. So wären die süßen Kleinen wenigstens nicht gänzlich Fremde, selbst wenn sie mit einem Code-Vorsprung ihrem Erzeuger gegenüber geboren würden. Verstehst du, in welchen Sektor ich damit vorstoßen möchte?«

»Tradition. Du redest von althergebrachten Dingen – und die ziehen immer noch mächtig. Du bist damit definitiv auf dem richtigen Weg, Jim. Was wir Männer an Potenz verlieren, gleichen wir aus durch Tradition. Selbst wenn dein kleiner Bastard dich mit seinem Code übertrifft, hat er doch die eine Warze auf seinem süßen Arsch, die auch sein Erzeuger hatte. Sehr schön, Jim, ausgezeichnet. Ich werde Lance sofort darauf ansetzen.«

»Noch nicht, Homer. Laß mich noch etwas an der Sache feilen. Es wäre voreilig, Lance einen Marketingplan ausarbeiten zu lassen, ehe wir überhaupt ein Produkt haben. Mein Gefühl sagt mir ...«

»Jim, du bist weg vom Fenster. Sieh den Tatsachen endlich ins Gesicht. Ich kann doch nicht die Leitung eine der wichtigsten Unternehmen von Brogg einer Suppendose überlassen. Es hört sich zwar brutal an, aber versteh es bitte richtig.«

»Ich bin James P. Wander, geschäftsführender Vizepräsident von Brogg. Ich habe dir Enkelkinder geschenkt.«

»Du machst es dir sehr einfach. Dies ist ein an der Börse eingeführter Konzern mit Tausenden nervöser Aktionäre. Jim, unsere besten Leute arbeiten daran, dir zu deinem Recht zu verhelfen. Der zweite Schritt ist dann ein chirurgischer Eingriff, und danach ist diese ganze Misere nur noch Geschichte. Dein Code wird ausgetauscht, und du bist wieder im Geschäft. Aber das braucht natürlich seine Zeit.«

»Dabei mag ich nicht mal Erbsensuppe.«

»Besonders keine *Vigor Salzfrei*. Du hättest dir ja wenigstens eine bessere Marke aussuchen können. Deine schmeckt wie verwässerter Froschschweiß.«

Homer lacht dröhnend und schlägt mir auf den Rücken. Ich kichere mühsam, ersticke fast daran. Homer nimmt mein Gesicht in beide Hände.

»Mir gefällt nicht, was ich hier spüre«, sagt er. »Es ist doch nicht deine Art, dich zu verkriechen, James. Morgen scheint die Sonne wieder, darauf kannst du deinen letzten Dollar setzen. Hörst du mir überhaupt zu, James?«

»Ja, natürlich. Danke, Dad.«

»Kennst du den schon, wie Adam zu Eva sagt: ›Sei vorsichtig, Honey, ich weiß nicht, wie groß dieses Ding wird.‹?«

»Na klar. Den hab ich doch schon im Kindergarten gehört.«

»Was Kreise ziehen soll, kommt auch herum. Sohn, heute abend gibt es ein Crunch-Spiel. Du kannst die

Firmenloge haben. Und nimm Trina und die Kinder mit.«

»Sie könnten etwas Abwechslung vertragen.«

»Also abgemacht. Und noch was, Jim. Bedeck deinen Code. Nimm eine von diesen Zealot-Kappen und zieh den Schirm tief in die Stirn. Man soll sich nicht grundlos Probleme schaffen.«

Während ich auf den Firmenwagen warte, der mich nach Hause bringt, rufe ich bei Brogg Sports Adventures an. Sie schicken mir vier Kappen und Sweatshirts hoch.

Die Zealots sind Homers einzige Fehlinvestition. Aber der Mann hängt an dem Team. Er steckt sein privates Geld in den Verein, um in den Firmenbüchern nur schwarze Zahlen zu haben. Er sammelt Eintrittskarten, Trikots, Programme, Autogramme. Nur bei diesem Spiel zeigt Homer menschliche Züge. Wie könnte ich sein Angebot ablehnen?

Ich bin in Hochstimmung, als ich mit meiner Familie in Homers Wagen sitze und zum Pride-Park in New Jersey hinausfahre. Das letzte Mal liegt schon lange zurück. Crunch ist pure Nostalgie. Ich fühle mich wie ein Kind. Ich sehe den Highway entlang, sehe in der Ferne den Lichterschein des Stadions wie eine helle Glocke in der Dunkelheit. Wie die anderen im Wagen trage ich Zealot-Kappe und -Shirt. Trina hat mich überredet, eine Kopfbandage mit einer Code-Verhüllungsgenehmigung zu tragen. Der Arzt war einverstanden, die Verhüllung zu verlängern, und außerdem gibt es keinen Grund, die Kinder nach dem ersten Schock mit langen Erklärungen zu verunsichern.

Wir fahren durch eine private Zufahrt in den Pride-

Park und nehmen den Aufzug zu den Logen. Homers Loge ist natürlich die größte und am besten plazierte. Sie liegt direkt über dem Zealot-Heim. Es dauert eine Weile, bis uns klar wird, daß es der Abend für die Vereinheitlichten ist.

»Jetzt weiß ich auch, warum Dad nicht hier ist«, meint Trina. »Ich habe mich schon darüber gewundert.«

»Er sagte, er müsse sich noch für die Investitions-Konferenz vorbereiten.«

»So etwas würde ihn nie davon abhalten, zu einem Crunch-Match zu gehen. Aber er kann nun mal Deformationen einfach nicht ertragen.«

»Da hast du wahrscheinlcih recht. Homer ist ein fanatischer Verfechter bilateraler Symmetrie.«

Die Menge springt jubelnd auf, als die Vereinheitlichten hereingebracht werden. Sie paradieren nach Grad ihrer Behinderung in einzelnen Gruppen vor dem Publikum, obwohl sie alle in die Klasse Code Defekt eingestuft sind. Es ist rührend zu sehen, wie sie mühsam versuchen, ihr Gleichgewicht zu halten oder mit ihren Rollstühlen so etwas wie eine Linie zu bilden.

»Ich weiß nicht, ob es richtig war, Amos und Amanda mitzunehmen«, sagt Trina.

»Warum? Was die Vereinheitlichten haben, ist nicht ansteckend.«

»Richtig. Es ist nicht ansteckend, aber sichtbar.«

Amos imitiert die Bewegung der Gelähmten. Amanda kichert – bis Trina mit beiden schimpft.

Als die Vereinheitlichten ihre Plätze eingenommen haben, wird das Stadion dunkel. Der plötzliche Wechsel zwischen Licht und Dunkel läßt mich erschauern. Ich fasse nach den Händen meiner Kinder. Als die Musik erklingt, flammt ein einzelner Spot auf und richtet sich auf einen mit Goldfiligran geschmückten Rollstuhl, in dem Jelly Elbow, das Poster-Kind des Jahres auf seinem Schoß hält. In der Spielfeldmitte angekommen, springt Jelly Ellbow von seinem mobilen Thron und hebt den halb paralysierten kleinen Jungen wie eine Trophäe hoch in die Luft.

»Jelly Elbow!« kreischt Amanda. Sie läßt keine Fernsehsendung mit ihm aus. Amos macht das gackernde Geräusch, das das Markenzeichen des Komödianten ist. Einer seiner beliebtesten Charaktere ist nämlich ein Huhn. Aus abertausend Kehlen hallt das Gackern durch das Dunkel.

Jelly Elbow gackert zurück und hüpft mit steifen Beinen herum. Dann gleitet die Musik in das Lied »Sei stolz auf deinen Code« über, und wir alle singen mit.

»Ladies, Gents und ihr Kinder«, ruft Jelly Elbow, »dieser wundervolle Abend für meine kleine Familie der Vereinheitlichten wurde durch euch und die Brogg-Produkte, die ihr im Lauf des Jahres gekauft hat, erst möglich. Richten wir also unseren besonderen Dank an unsere lieben Freunde bei Brogg, die uns diesen Abend geschenkt haben.« Er singt: »Brogg, Brogg, Brogg.« Die Menge fällt ein, und diesmal findet das Spotlight unsere Loge.

»O Jesus«, ruft Trina. »Wer hätte das gedacht?«

Wir stehen auf und winken in die Dunkelheit. Jelly Elbow hält das Poster-Kind in Richtung unserer Loge und hilft dem Jungen bei einer Grußbezeugung. Die Video-Kameras haben uns eingefangen und projizieren uns auf die riesigen Galavisionsschirme. Im stillen danke ich Gott für die Kopfbandage. Mein Gesicht brennt wie glimmende Kohle. Amos liebt dieses ganze Gehabe. Amanda freut sich darüber, sich selbst zehn Stockwerke groß zu sehen. Trina gibt sich jede erdenkliche Mühe, zu lächeln und heller zu strahlen als der Mond.

Der Spot erlischt. Als die Lampen wieder aufflammen, flimmert das Logo der United Nations Crunch League über die Schirme, und beide Homes heben sich an den entgegengesetzten Enden des Feldes aus dem Rasen.

Das Zealot-Home ist ein schlichtes Haus mit Wänden aus Plexiglas, einer überdachten Veranda und einer Treppe, die in einen kleinen Vorgarten hinabführt. Es ist mit den kargen Annehmlichkeiten eines Arbeiterhauses ausgestattet. In der Nähe des Zauns bei der Gartenpforte steht eine Hundehütte mit dem Namen Fido über dem Loch, das als Eingang dient. Alles wirkt ziemlich schäbig.

Die Zealots spielen gegen die Koalas aus Australien, ein reines Profi-Team. Ihr Home ist eine raffinierte Kopie des weltbekannten Opernhauses von Sydney mit den vertrauten neogotischen Bögen. Es hat ein Wohnzimmer, drei Schlafzimmer und zwei Bäder, ausgestattet mit allem Luxus. Die künstlerische Ausgestaltung ist phantastisch und bekommt auch sofort Beifall vom Publikum. Die Hundehütte ist eine Miniaturausgabe des Homes, der Garten ein Replikat authentischer Flora.

»Dagegen wirkt das Zealot-Home wie eine Slumhütte«, sage ich. »Nur gut, daß Homer nicht gekommen ist. Es gibt wirklich keine Entschuldigung dafür, sich von einer Horde Matildas aus dem Busch die Show stehlen zu lassen.«

»Das Team kostet ihn auch so schon eine hübsche Stange Geld«, meint Trina warnend. »Komm ihm jetzt so spät in der Saison nicht noch mit Änderungsvorschlägen.«

Die Koalas laufen auf das Feld. Erst die Crunch-Kids, danach die Crunch-Onkel und -Tanten, dann die Crunch-Großeltern. Ihr Crunch-Vater ist so wuchtig wie ein Bunker und so haarig wie ein Mammut. Die Crunch-Mutter ist eine mächtige Frau mit einem Körper aus Eisen. Sie tragen alle das übliche Outfit: gespornte Sportschuhe in den Teamfarben (blau-orange), knielange Shorts, Spandex-Oberteile und Lederhandschuhe. Als sie ihre Positionen einnehmen, gibt es höflichen Beifall von den Zealot-Fans.

Die Koalas formieren sich. Die Crunch-Kids bilden eine lockere Reihe in der Nähe der Mittellinie. Die Crunch-Onkel und -Tanten verteilen sich hinter ihnen. Die Crunch-Mutter steigt in das Home-Schlafzimmer, während sich der Crunch-Vater an der Pforte postiert. Als ihr Hund Goolagong zu seiner Hütte trottet, stöhnt die Menge auf. Er ist ein wahrer Höllenhund mit breiten Schultern, kurzen Beinen und einer Schnauze wie ein Schiffsbug. Sein aufrecht stehender Schwanz ist auf Daumenlänge kupiert.

Die Menge steht geschlossen hinter den Zealots, hat aber kaum Hoffnung, daß ihr Team siegt. Wir alle haben die Zealots schon spielen sehen. Ihr Tabellenstand ist 1:9, und die 1 kam nur zustande durch eine Penetration, die auf Protest gewährt wurde.

Die Zealot-Kids sind so dürr wie Zaunlatten. Die Onkel und Tanten wirken schlapp und desinteressiert. Daß das Team überaltert ist, könnte man als die Untertreibung des Jahrhunderts betrachten. Im Moment altert es zusehends vor den 60000 Augen der Zuschauer. Der Zealot-Vater ist von der Statur her nicht mal die Hälfte seines Gegenspielers, und die Mutter, Erica Lamb, spielt schon seit Ewigkeiten und wurde nicht nur häufig penetriert, sondern dabei auch so oft geschwängert, daß ihre Beine bereits ganz krumm sind. Drei der Zealot-Crunch-Kids sind ihre eigenen, gezeugt auf dem Spielfeld. Ich zeige sie Amos.

Der Zealot-Hund zieht ein Bein nach. Fido erntet von den Behinderten Sonderbeifall. Er läßt den Kopf hängen, doch als er seine Hundehütte erreicht, stellt er sich auf die Hinterbeine und läßt ein heiseres Bellen hören. Die stehende Menge bellt zurück. Zumindest der Hund in seinem rot-schwarz gestreiften Zealot-Sweater wirkt in Maßen bedrohlich.

Der erste Vorstoß wird durch den Wurf einer Münze

entschieden. Diese Ehre steht immer zwei Personen aus der Gruppe der Vereinheitlichten zu. Eine rollt aus der Sektion der pharmazeutisch Geschädigten und beschreibt mit ihrem Rollstuhl eine Acht. Die Menge honoriert das Manöver mit Beifall. Der zweite Behinderte kommt aus der Sektion Maschinen-Trauma, und die Menge fährt beim Anblick seines Kopfes unwillkürlich zurück. Die älteren Hoffenstein-Modelle schrieben schon eine gute, aber nicht immer perfekte Geschichte, und unseligerweise wurden einige Menschen zu ihren Opfern.

Jelly Elbow rollt mit seinem Stuhl zu ihnen hinüber und flippt eine Münze hoch in die Luft. Der Lichtschein bricht sich darauf und bringt die Münze wie ein Glühwürmchen zum Leuchten. Die Vereinheitlichten machen ihre Ansage, und die Zealots haben tatsächlich den ersten Vorstoß.

Das Feld wird geräumt. Die Menge intoniert »CRUNCH! CRUNCH CRUNCH!« Eine Gruppe Zealot-Cheerleaders antwortet. »ZEALOTS, ZEALOTS, ZEALOTS!« hallt es durch das Stadion, und die Fans veranstalten eine Welle durch das Rund. Der Schiedsrichter feuert eine Pistole ab, und die Zealot-Kids preschen vor.

Die Crunch-Mütter wiegen sich schon in den Hüften. Bei der armen Erica Lamb sieht das so aus, als wolle jeden Augenblick ihr Becken brechen. Die Zuschauer auf den niederen Rängen untermalen diese Bewegungen mit eindeutig-zweideutigen Rufen und einem lauten: »Buh!«

Die Zealot-Kids bilden eine Keilformation und schaffen tatsächlich einen Raumgewinn. Die Zealot-Tanten und -Onkel gehen ebenfalls vor, und die Menge johlt. Es könnte ja vielleicht ein Durchmarsch werden. Zwei Koala-Kids sind gestürzt und bluten, die anderen sind in die Enge gedrängt. Die Koala-Onkel und -Tanten sind gezwungen, die Lücke zu füllen, und nehmen dazu ganz überraschend ihren Hund. Gewöhnlich hat der Hund die Aufgabe, die Crunch-Mutter im Haus zu verteidigen, doch diesmal ist es anders. Der Hund verbeißt sich in einen Zealot-Onkel, dem es aber gelingt, ihn solange an der Pfote festzuhalten, daß der Zealot-Vater einen Run auf das Koala-Home machen kann. Es ist Billy Vorinski, ein Cruncher, den Homer im Winter von Dallas freigekauft hat. Wenn er auch nicht mehr in der Blüte seiner Jahre steht, hat er doch ein paar unglaubliche Penetrationen auf seinem Konto, und jetzt ist er auf bestem Wege, schon so früh in diesem Spiel zu seiner nächsten zu kommen.

»Punkten, punkten, punkten.« Die Cheerleader machen Luftsprünge.

Billy schafft es bis zum Koala-Crunch-Vater. Er tritt und schlägt und beißt, aber es gibt keine Wunder. Der Koala-Vater setzt ihn mit zwei klassischen Tritten in den Unterleib außer Gefecht. Die Aussi-Crunch-Mutter kommt herunter und gibt ihrem heldenhaften Verteidiger einen Kuß. Das Blatt wendet sich blitzschnell.

Die Koalas formieren sich neu und gehen in einer Linie vor. Googalong zwingt Fido, sich zu überschlagen und toter Hund zu spielen. In einem wunderschönen Anlauf schaffen die Koala-Tanten und -Onkel ihrem Crunch-Vater eine Gasse. Er jagt durch die Zealot-Pforte, nimmt die Stufen mit einem Satz und dringt in das Haus ein. Erica duckt sich, bereit für den letzten Kampf. Innerhalb von drei Sekunden liegt sie auf dem Rücken. Der gegnerische Vater spreizt ihre Beine und dringt in sie ein.

Trina hält Amanda mit der Hand die Augen zu, als die Anzeigentafel den Vorgang vielfach vergrößert wiedergibt und den Spielstand verkündet.

»Wieso setzen sie keine Crunch-Cousins mehr ein?« fragt Amos mich.

»Ich weiß es nicht so genau. Um das Spiel ein wenig

schneller zu machen, vermutlich. Als es um die Zeit des Vertrags aus Korea herüberkam, hatten sie, soviel ich weiß, sogar noch Crunch-Vorfahren dabei. Es dauerte fast den ganzen Tag, ehe mal eine Spreizung gelang, von einer Penetration ganz zu schweigen. Mein Vater hat mich immer zu den Matches der B-Liga mitgenommen. Ich glaube, er wollte, daß ich ein Cruncher würde.«

»Das geht doch nicht. Dafür bist du überhaupt nicht codiert.«

»Ich weiß das, und er wußte es auch. Aber Träume sterben langsam, Amos.«

»Warum darf ich nicht sehen, was da passiert?« fragt Amanda.

»Du wirst noch sehr viel Zeit dafür haben«, meint Trina.

Während des Penetrations-Intermezzos – es zieht sich hin, wie man sieht, zu beiderseitigem Genuß – lassen wir uns Hot Dogs und ein paar Drinks kommen. Plötzlich geht die Tür auf, und Jelly Elbow marschiert herein. Er trägt das Poster-Kind, das seinerseits das Tablett mit unserer Bestellung trägt.

»Jelly Elbow«, kreischt Amanda entzückt.

»Hallo, Leute«, knurrt Jelly Elbow. »Ich bin es wirklich.«

Eigentlich ist er gekommen, um Homer zu treffen, aber jetzt muß er mit uns vorliebnehmen. Amos und Amanda bekommen signierte Jelly Elbow-Puppen und werden dem Poster-Kind vorgestellt. Trina streicht ihm über das dünne Haar. Der Junge ist um die sieben – ein zerbrechlicher, hübscher Bursche mit erstaunlichen Augen.

»Geraldo Kopler«, stellt Jelly Elbow ihn vor. »Auserwählt aus Tausenden vom Schicksal verdammter Bewerber. Steht er nun für die Vereinheitlichung oder nicht? Kannst den einen Arm nicht bewegen, kein Bein, kannst nicht mal mit den Zehen wippen, nicht wahr, Geraldo? Aber beachtet den Geist hinter dieser Stirn. Zeigen seine Augen nicht Wärme? Ist nicht das schon allein die Mühe wert, die ich mir mit diesen Menschen mache?«

Geraldo Kopler greift plötzlich mit dem einen beweglichen Arm nach meiner Stirn und zerrt mir die Bandage vom Kopf. Er will mein Problem sehen. Und er sieht es. Jeder sieht es. Das Poster-Kind legt mir die Hand auf die Lippen. Ich küsse seine Finger. Jelly Elbow packt ihn fester und schwenkt ihn weg.

»Richtet Homer meinen Segenswunsch aus«, sagt er.

»Mach das Huhn-Geräusch«, fordert Amanda, aber Jelly Elbow ist schon enteilt. Ich hantiere an meiner Bandage herum. Amos beobachtet mich.

Aus der Menge ertönt lautes Geschrei. Das ›Sei stolz auf deinen Code‹-Banner steht in Flammen. Eine mechanische Stimme mahnt zur Ruhe. Jelly Elbow läuft auf das Feld hinaus. Er schleift das Poster-Kind hinter sich her. »Schleimer, Schleimer, Schleimer«, schreit er und droht mit der Faust zu den Flammen hinauf. Die Menge schenkt ihm stehend Ovationen.

»Hör auf, deinen Vater so anzustarren«, sagt Trina zu Amos.

Charlton Hymn ist in Schönheit gealtert. Er ist ein Weinfaß, das über Jahrhunderte hinweg gärende Trauben in seinem Bauch beherbergt hat. Er ist eine Winterlandschaft von Breughel. Er ist eine Statue, die mit vom Seewind ausgebleichten Augen an der Felsküste einer griechischen Insel in die Ewigkeit starrt. Mit vor der Brust verschränkten Armen trägt er seine Argumente vor. Ein Schauspieler könnte keinen besseren Auftritt hinlegen als er.

»Euer Ehren können leicht erkennen, daß James P.

Wander seine ganze Schaffenskraft, sein ganzes Potential aus seinem Code A + bezogen hat. Er ist ein hingebungs- und liebevoller Ehemann und Vater. Seine kometenhafte Karriere kann man nur als brillant bezeichnen. Fragen Sie sich selbst: ›Darf man einem solch seltenen und hochbegabten Mann seine ureigenste Menschlichkeit entziehen? Darf ein schicksalhafter Unfall die Weltgemeinschaft um solch ein globales Talent berauben? Können wir es uns leisten, auf eine solche Führungspersönlichkeit zu verzichten?‹ Euer Ehren, sein Leben ist seit der öffentlichen Kompromittierung seines Codes ein einziger Horror. Seine Karriere wie auch sein Privatleben liegen in Scherben. Es hat einen Anschlag auf seine Person gegeben. Er überlebte den heimtückischen Versuch, ihn an einem öffentlichen Ort zu verkonsumieren. Muß ich noch mehr aufzählen? Gestatten Sie mir, daß ich Amos Brogg Wander nach vorn bitte.«

Amos, der seinen blauen Anzug trägt, tritt unsicher an die Richterbank, hinter der Richterin Miranda Skimmer thront. Sie schenkt ihm ein warmes Lächeln, das er brav erwidert. Charlton legt seinen Arm um die Schultern des Jungen.

»Dies ist Mr. Wanders einziger Sohn. Nur für das Protokoll: Er hatte nie irgendwelche Probleme mit dem Gesetz oder ist durch antisoziales Verhalten aufgefallen. Im Gegenteil, er ist ein guter und eifriger Schüler an der Bolt Academy. Trotzdem haben sich viele Dinge für Amos verändert. Euer Ehren, seht Euch dies bitte einmal an.«

Charlton reicht der Richterin einen Umschlag. Sie öffnet ihn und zieht einen Ersatz-Code heraus. Ich kann sie deutlich schlucken hören. Ganz offensichtlich ist sie schockiert, bewahrt aber Haltung.

»Jawohl, Euer Ehren, wir schämen uns mit ihm. Warum nur, Amos, warum? Erzähl dem Hohen Gericht, was dich dazu verleitet hat, eine solche Obszönität zu kaufen... und sogar zu tragen. Von uns allen hier weißt du das sicherlich am besten.«

»Nun« – Amos Augen füllen sich mit Tränen – »wir waren bei einem Crunch-Match, Mom, Dad und meine Schwester, und Jelly Elbow brachte dieses Poster-Kind vorbei, um es uns vorzustellen. Das Kind zerrte Dads medizinische Kopfbandage herunter...«

»Die Bandage war durch einen Arzt bewilligt«, wirft Charlton ein.

»Es geschah kurz nach einer Penetration, und wir alle waren sehr aufgeregt. In genau diesem Moment wurde mir richtig bewußt, was mit Dad passiert war. Seit diesem Vorfall durchlebe ich eine Periode der Verwirrung und Verstörtheit, habe gelegentlich Alpträume und feindliche Empfindungen gegenüber Autoritätspersonen. Meine Schwester näßt in ihr Bett. Mom weint viel. Wir sind nicht mal bis zum Ende des Matchs geblieben. Und ausgerechnet da hatten die Zealots ein Comeback und gewannen das Spiel.«

Gelächter hallt durch den Gerichtssaal. Selbst die Richterin muß lächeln, ehe sie uns zur Ruhe mahnt.

»Vielen Dank, Amos«, sagt Charlton. »Tief in meinem Herzen weiß ich, daß Euer Ehren eifrig darauf bedacht sind, Gerechtigkeit – und Gnade walten zu lassen. Das ist auch unser Anliegen in diesem bisher einzigartigen Präzendenzfall. Das gleiche Schicksal, das James P. Wander in diese lebensgefährliche Lage gebracht hat, gibt Euer Ehren die Möglichkeit, einen schrecklichen, zufälligen Fehler wieder zu korrigieren. Erlaubt meinem Klienten eine Korrektur-Operation. Gestattet ihm die Rückkehr in das Land der Normalität.«

Homer sieht zu mir herüber und nickt. Trina nickt zurück. Lauren tätschelt Amos' Kopf. Der Junge hat Eindruck gemacht, keine Frage. Er hat kein einziges falsches Wort gesagt.

»Warum trägt Ihr Klient ein Stirnband?« fragt Judge Skimmer.

»Das tut er auf meinen Rat hin. Wir hatten das Gefühl, es wäre eine Zumutung für das Gericht, wenn er...«

»Ich könnte euch beide wegen Mißachtung des Gerichts bestrafen. Wollen Sie, daß der Slogan ›Sei stolz auf deinen Code‹ zum Gespött der Leute wird?«

»Ganz im Gegenteil, Euer Ehren. Darf ich Euch daran erinnern, daß die Familie Brogg einer der ersten Förderer von Dr. Hoffenstein bei der Entwicklung...«

»Das ist mir durchaus bekannt, Mr. Hymn. Sie selbst haben diese Verhandlung hier einen richtungweisenden Fall genannt. Die Brogg-Familie wie auch Mr. Wander sollten sich darüber klar sein, daß das Gesetz eindeutig und unumstößlich ist. Es kann und darf kein Herummanipulieren an einem menschlichen Strichcode geben. Für unsere Gesellschaft ist dies von so elementarer Bedeutung, daß schon allein der Gedanke an einen Dispens jeden halbwegs zivilisierten Menschen abstoßen muß.«

»Absolut.« Charlton schlägt die Hände so heftig zusammen, daß das Echo laut von den Marmorwänden und Holzpaneelen widerhallt. Selbst die Reporter fahren erschrocken zusammen. »In diesem Punkt haben Euer Ehren zweifellos recht. Ein Dispens steht völlig außer Frage, ist aber auch nicht Gegenstand dieser Verhandlung. James P. Wander – entfernen Sie das Stirnband.«

Dies ist unser Augenblick. Meine Bandage wurde so verändert, daß sie sich einfach und schnell abnehmen läßt. Ich reiße sie mir vom Kopf. Ein Blitzlichtgewitter flammt auf. Judge Skimmer läßt die Kameras beschlagnahmen. Sie befiehlt den Gerichtsdienern, den Saal zu räumen.

»Euer Ehren«, fährt Charlton fort, als wieder Ruhe eingekehrt ist, »was ich jetzt zu sagen habe, hört sich sehr schlimm an. Wir verhandeln hier nicht um einen menschlichen Strichcode. Wir verhandeln hier über salzfreie Erbsensuppe.«

»Wollen Sie etwa das Gericht ersuchen, seinen Code in den irgendeiner anderen Suppe zu ändern, Mr. Hymn? Was soll's denn sein? Pilzsuppe – oder Gerstensuppe? Hühnersuppe mit Reis? Gemüsesuppe mit Rindfleisch? Wir sollten erst gar nicht damit beginnen, vor dieser Kammer Haarspaltereien zu betreiben. Treten Sie vor zur Richterbank.«

Charlton schießt das Blut ins Gesicht. Er tritt an die Richterbank. Judge Skimmer beugt sich vor. Sie flüstert laut genug, daß ich jedes Wort verstehen kann. »Charlie, Sie wissen genau, daß ich keine hartherzige Hexe bin. Und ich weiß sehr genau, was die Brogg-Dollars für die Partei bedeuten. Aber Ihr Klient veranstaltet eine regelrechte Show mit seinem Crouton. Ihr alle seid euch so verdammt sicher, daß ich in seinem Sinne entscheiden werde. Er fühlt sich ja so maßlos ungerecht behandelt. Nun, das alles ist pure Scheiße. Manchmal ist das Leben eben eine Latrine. Meine Mutter hat mit einem gottverdammten Mickymaus-Löffel Erbsensuppe nur so in mich hineingeschaufelt. Ich gebe mir aber die größte Mühe, diese eklige Erinnerung zu vergessen, denn ich möchte nicht, daß sie meine Entscheidung beeinflußt. Trotzdem fällt mir das verdammt schwer, Charlie.«

»Ihr schafft das doch mit links, Euer Ehren. Ihr seid stärker.«

»Charlie, bringen Sie diese Sache meinetwegen vor den Obersten Gerichtshof. Aber ich kann Ihnen keine Änderung gestatten. Würde ich mit meinem Urteil einem Replikat des alten Codes zustimmen, stünde am nächsten Morgen jeder Möchtgern-Jesus vor meiner Kammer und würde sich auf diesen Präzedenz-Fall berufen. Ganz zu schweigen von der zu erwartenden Pressekampagne über Vetternwirtschaft und Privilegien. Sie werden uns Feuer unterm Hintern machen, Charlie. Warum haben Sie diesen Fall übernommen? So weit hätte es nie kommen dürfen. Und – ganz offen gesagt – ich mag es überhaupt nicht, für dumm verkauft zu werden. Ich freue mich schon darauf, wie dämlich dieser selbstgefällige Bastard aus der Wäsche guckt, wenn er meinen Urteilsspruch hört.«

»Miranda – es war ein Zufall.«

»Wie das Wetter. Wie sein A+. So ist nun mal das Leben auf Erden. Und woher hat dieser kleine Scheißer den schmutzigen Strichcode?«

»Aus irgendeinem Süßwaren-Laden vermutlich.«

»Was dagegen, wenn ich ihn beschlagnahme?«

»Natürlich nicht. Behaltet ihn, so lange Ihr wollt. Miranda...«

»Tretet zurück, Charlie.«

Charlton geht drei Schritte zurück. Judge Skimmer setzt sich kerzengerade hin und holt tief Luft. Sie sieht mich an.

»Da hier mildernde Umstände zum Tragen kommen, sieht das Gericht keine ausreichenden Gründe, um irgendeine Art von Code-Manipulation zu rechtfertigen. Ihr Antrag, Mr. Wander, wird – abgelehnt. Ich rate Ihnen, das beste aus der Sache zu machen. Sie ersparen sich dadurch eine Menge Ärger und bewahren unsere grundlegende politische Ausrichtung vor einer großen Zerreißprobe. Das Gesetz ist das Fundament, auf dem die Zukunft ruht, und jede Erschütterung, wie gering sie auch sein mag, hinterläßt eine Macke, und jede Macke ist pure Erosion. Wenn das hier oft zitierte ›Schicksal‹ vorgesehen hat, Sie in Erbsensuppe zu verwandeln, dann soll es eben so sein. Zeigen Sie sich der Lage gewachsen. Lassen Sie sich mit Würde servieren – selbst wenn es vielleicht auch ein hilfloses, in einem Hochsitz gefangenes Kind ist, das um Erbarmen schreit, weil es mit einem Mickymaus-Löffel diese Suppe essen soll.«

Sie schlägt ihren Hammer. Ich bin verdammt. Charlton sagt Homer, daß er Berufung einreichen wird. Es ist sinnlos. Die Richterin hat völlig recht. Nur mit meinem Auftreten lag sie schief. Ich war nicht arrogant oder selbstgefällig. Ich war bescheiden und voller Erwartung. Aber in meinem tiefsten Innern wußte ich den Ausgang. Dem Gesetz ist Genüge getan. Dies ist kein Fall für ein Gericht. War es nie.

»Diese ausgerammelte Fotze«, knurrt Homer. »Sie hat gerade Selbstmord begangen. Sie weiß es nur noch nicht.«

»Ich bin bereit, mich mit Würde servieren zu lassen«, sage ich.

Ich suche auf der Hauptstraße von Sag Harbor nach meinem Geist. Er latscht draußen vor dem Cinema vorbei und sieht zum Kirmeszelt hinüber. Er schleicht sich ins Amerika-Hotel, um einen verstohlenen Blick auf die Badenixen zu werfen. Er schlendert den Pier hinunter und schaut zu, wie ein Segelboot das blaue Wasser durchpflügt. Er sieht mit ausdrucksloser Miene zu mir herüber. Keiner von uns beiden beneidet den anderen, aber da ist ein Gefühl des Wiedererkennens. Auf dem Dock steht ein Mann mit einem kleinen Jungen und angelt. Aus Süden springt ein Wind auf. Der Junge hat blondes Haar, das sich wie Weizen im Wind wiegt. Der Wind ist die Zeit.

Ich fahre am Bürgerkriegs-Monument vorbei und parke in der Nähe des Feuerwehr-Museums. Da ist das Haus, unverändert, ein bescheidener Kasten aus dem 19. Jahrhundert, oben mit Wohnungen, unten mit dem Büro der Zeitung. Das *Sag Harbor Sentinel*-Schild ist neu. Es schwingt im Wind hin und her.

Ein Vorhang hemmt jeden Blick ins Innere des Büros, doch drinnen werden mein Vater und meine

Mutter sitzen, Artikel tippen und Layouts anfertigen. Stapel alter Ausgaben säumen die Wände. Bücherregale, Fotos, Urkunden von Auszeichnungen und anderer Krimskrams vervollständigen die Dekoration. Ich merke, daß ich lächle. Mein Geist drängt sich an mir vorbei. Er trägt eine Schultasche mit Büchern und Stiften. Ich folge ihm durch die hölzerne Tür.

Eine Glocke verrät das Eindringen eines Fremden. Meine Augen bekommen Glanz.

»Wenn Sie Fotokopien gemacht haben wollen, müssen Sie noch mal wiederkommen«, sagt mein Vater. »Die Maschine ist kaputt.«

»Wir warten auf den Kundendienst«, sagt meine Mutter. »Wenn Sie uns die Seiten hierlassen ...«

»Ich bin's.«

Sie heben die Augen über die Ränder ihrer völlig identischen Schildpatt-Brillen.

»Jamie?« fragt meine Mutter. »Sam, es ist Jamie.«

»So, so«, meint mein Vater. »Ist Trina bei dir? Die Kinder?«

»Nein.«

»Stell dir das vor. Sie haben endlich einen Grund gefunden, nicht herzukommen.«

»Du siehst prächtig aus«, sagt Mutter. »Nach deinem Unfall haben wir uns sehr große Sorgen um dich gemacht. Aber man sagte uns, du seist kerngesund.«

»Ich wollte in die Stadt fahren, aber man sagte, dir ginge es gut«, meint Vater.

»Ich bin froh, daß du es nicht getan hast. Ich weiß doch, wie sehr du den Tunnel haßt. Und das Hospital war auch nicht sonderlich amüsant. Bestimmt, ihr habt euch völlig richtig verhalten.«

»Trina hat uns telefonisch über die Ablehnung deiner Petition informiert. Wir waren beide sehr aufgebracht«, erklärt Mutter.

»Trotzdem – eins muß man ihnen lassen. Es war schon eine bemerkenswerte Leistung, wie sie den

Deckel auf der Geschichte gehalten haben. Kein Wort davon in den Agenturmeldungen, nichts im Fernsehen oder im Radio«, sagt Vater.

»Wir haben sehr gute PR-Leute.«

»Oder sie haben gedacht, die Sache sei keine Nachricht.«

»Vielleicht war es auch keine.«

»Mit dem Urteil habe ich gerechnet«, behauptet Vater.

»Er hat gleich gesagt, daß sie die Daumen nach unten strecken würden«, erklärt Mutter.

»Er hatte keinen Fall, Annie. Hat nie einen gehabt.«

»Da muß ich dir recht geben«, antworte ich. »Selbst wenn die Richterin mir gewogen gewesen wäre, wäre ein anderes Urteil kaum zu erwarten gewesen, wenn man es richtig betrachtet. Trotzdem hat es ziemlich weh getan, einfach so abgeschossen zu werden. Aber jetzt hatte ich das Bedürfnis, mal meine alten Herrschaften wiederzusehen.«

»Das ist doch ganz natürlich«, meint Mutter. »Wenn eine Familie in Krisenzeiten nicht zusammenrückt und in die Hände spuckt...«

»Wir kommen einigermaßen über die Runden«, sagt Vater. »Aber du bist sicher nicht wegen Geld gekommen. Das kann es nicht sein.«

»Nein, um Geld geht es nicht. Ich hatte einfach den Wunsch, euch zu sehen. Mal wieder an die Basis, zum Ursprung zurückzukehren. Ich bin auf dem Weg zu einem Treffen mit Dr. Hoffenstein in Sagaponack, und da dachte ich...«

»Du wirst Dr. Hoffenstein treffen?« ruft Mutter.

»Ja. Homer hat das arrangiert. Direkt an die oberste Instanz.«

»Das ist beeindruckend«, sagt Vater. Er legt den Artikel beiseite, den er auf die High School-Sports-Seite einpassen will und kommt zu mir, um meinen Code näher in Augenschein zu nehmen. »Nicht mal ein

Kratzer«, brummt er. »Nur eine leichte Delle in der Haut. Man sieht sie kaum.«

»Gott sei's gedankt.«

»Mutter hat schon befürchtet, es würde eine Narbe zurückbleiben.«

»Ich auch. Aber Trina sagte mir, daß es keine Verformungen gegeben hat.«

»Was ist das für eine Marke? *Vigor?* Nie gehört.«

Jetzt kommt auch meine Mutter herüber, um mich genauer zu betrachten. Sie fährt mit einem Finger über meinen Kopf. »*Vigor Salzfrei*. Die gab es früher bei A & P. Sie führen sie aber jetzt schon seit Jahren nicht mehr. Wir haben nie Dosensuppen gegessen.«

»Ich brauche euren Rat.«

»Du brauchst unseren Rat? Homer Brogg höchstpersönlich gibt dir Ratschläge, Dr. Hoffenstein sagt: ›Klar, Jim, schauen Sie jederzeit vorbei.‹ Und du fährst extra hier heraus, um uns um Rat zu fragen? Das ist mal was ganz Neues«, sagt mein Vater. »Macht es dir was aus, uns das schriftlich zu geben? Ich würde es einrahmen und über den Computer hängen. Vielleicht könnte Mutter es auch in einen Sammelband einarbeiten. Wovon, zum Teufel, redest du überhaupt, Jamie?«

»Nun hör schon auf«, sagt Mutter.

»Die Dinge gehen mir langsam unter die Haut.«

»Das haben die Dinge manchmal so an sich. Willst du ein paar weise Worte hören? Fahr deine Wagen zu einer Wagenburg zusammen. Steck dein Territorium ab.«

»Amos wagt schon nicht mehr, mich anzusehen. Amanda spielt kaum noch mit ihren Puppen und schnieft die ganze Zeit. Gestern abend habe ich sie versohlt – nur wegen ihres Gejammers.«

»Ich bin sicher, Amos und Amanda lieben dich. Das ist der Druck, unter dem sie stehen«, tröstet mich meine Mutter.

»Die Kinder werden schon damit fertig. Aber was

ist mit Trina? Wo steht sie in der ganzen Angelegenheit?«

»Ich weiß es nicht genau, Pop.«

»Er hat dich Pop genannt. Hast du das gehört?«

»Ich habe es gehört. Die Realität ist das Schmirgelpapier an den Genitalien, Jamie. Das habe ich dir nicht nur einmal, das habe ich dir schon tausendmal gesagt.«

»Das hast du mir gesagt, ja.«

»Ich habe Gott nicht befohlen, am siebten Tag zu ruhen. Ich habe Gott nicht gesagt, aufzuhören, wo er doch ohnehin schon der Zeit hinterherlief«, knurrt mein Vater.

»Wieso bringst du hier Gott ins Spiel, Sam?« fragt meine Mutter.

»Ich wollte doch nie eine Geistes- oder Gesetzesangelegenheit daraus machen. Das einzige, worauf ich meine ganze Hoffnung gesetzt habe, war Mitgefühl.«

»Sieht Homer das auch so?«

»Natürlich nicht. Er drängt darauf, die Sache bis vors Oberste Gericht, nach Bethlehem oder sonstwohin zu bringen, wenn es nur etwas nutzt. Hoffenstein ist meine einzige Chance. Soll er doch der Gebieter über mein Schicksal sein.«

»Bei meiner ersten Stelle hatte mein Herausgeber ein Schild hinter seinem Schreibtisch hängen. Darauf stand: ›Himmel und Erde wurden mit einem einzigen Absatz erschaffen‹«, sagt mein Vater. »Brachtest du dem Mann eine Story, gab er sie dir zurück und fragte: ›Kannst du das nicht besser?.‹ Du nahmst die Story, überarbeitetest sie und legtest sie ihm wieder vor. Und wieder: ›Kannst du das nicht besser?‹ – bis du es nicht mehr hören konntest. Bis du dem Bastard ins Gesicht sagtest: ›Nein, ich kann es nicht besser, du Arschloch!‹ Und was tat er? Er nahm die Seiten und sagte: ›Okay, jetzt werde ich die Story lesen.‹«

»Wer war das, Sam?«

»Ich habe diesen Vergleich nur gebracht, um dir meinen Standpunkt klarzumachen, der folgendermaßen aussieht: Sollte dir dein Dr. Hoffenstein irgendwann mal zum Hals raushängen, wäre es ein wenig voreilig, deine letzte Zuflucht bei Mutter und mir zu suchen. Du hast nie auf uns gehört – zumindest nicht, seitdem Homer Brogg zu deinem Vater wurde.«

»Hör nicht auf ihn. Er ärgert sich nur, weil wir Trina und die Babies nie zu sehen bekamen.«

»Darum geht es hier nicht«, sage ich. »Hier geht es um mein Überleben.«

»Und was ist mit dem Spruch, den du einmal gebracht hast? War da nicht irgendwie die Rede von Selbstverwirklichung und von Sackgassen? Damals haben wir dir einen Koffer gekauft und dir die Fahrt nach New York bezahlt.«

»Und einen blauen Blazer mit Silberknöpfen.«

»Zweireihig, James. Du wolltest unbedingt einen Zweireiher. Du hast deinen Zweireiher bekommen. Und du machtest deine Sache gut, Sohn – aussichtsreicher Job, hochelegante Frau, Kinder mit noblen Namen. In den Klatschspalten der Magazine und Zeitungen konnten wir alles über euch nachlesen. Zu wissen, daß es dir gut ging, hat unsere Laune enorm gehoben. Bestimmt hast du so gelebt, wie es deinem Code angemessen war. Wie hat man dich hier draußen noch genannt? APe statt A Plus. Sag Harbors erster APe. Du hast uns beide sehr stolz gemacht, und das meine ich ausnahmsweise mal ernst.«

»Das ist wirklich wahr«, sagt meine Mutter. »Sie fragen uns immer noch nach APe.«

»Und wir freuen uns immer auf das eine Mal im Jahr, an dem wir dich zu Gesicht bekommen, Jamie. Wenn das Wetter schön wird. Wir können es dann kaum erwarten. Wir freuen uns über die Anrufe und Karten. Das Problem ist … wir sind inzwischen alt geworden, und sehr müde.«

»Aber wir haben jetzt mit unserem Zorn zu leben gelernt.«

»Es ist nicht einfach für beide Eltern, sich zurücklehnen und hilflos mit ansehen zu müssen, wie das einzige Kind sich in eine Dose Erbsensuppe verwandelt. Um so schlimmer noch bei einem Kind, das in kürzester Zeit so viel erreicht hat. Aber selbst hier am Arsch der Welt geht das Leben weiter. Jede Woche ist eine neue Ausgabe fällig, und irgendwie gibt es immer gerade genug Neuigkeiten, Nachrichten und Meldungen, um sie zu füllen. Schau her. ›Stadtrat stimmt für Boutique auf der Mainstreet.‹ Dies ist eine ruhige Stadt. Alte Leute ziehen her, um hier zu sterben. Aber wir haben unsere Neuigkeiten. Worauf ich hinaus will, Jamie ...«

»Vater meint, wir sollten in Verbindung bleiben. Laß uns wissen, wie es weitergeht. Mach dich nicht selbst zum Fremden. Wäre es zu viel verlangt, Dr. Hoffenstein um ein Autogramm auf seinem Bild zu bitten?«

»Ich weiß es nicht. Wenn die Situation es erlaubt.«

»Das wäre sehr schön», sagt mein Vater. »Eine Widmung, etwa: ›Für Annie und Samuel von Eurem Freund und Bewunderer ... Haltet die Druckmaschinen am Laufen.‹«

»Ich muß das Kino wegen des Programms anrufen.«

»Man sollte doch meinen, sie wüßten, was sie in ihrem eigenen verdammten Theater spielen werden«, brummt Vater. »Aber nein, jede Woche dasselbe Problem. Immer alles auf die letzte Minute. Nie mal ein bißchen Luft.«

Meine Zunge kämpft mit Moms Himbeerkuchen. Krustenstückchen und Himbeer-Samen haben sich zwischen meinen Zähnen eingenistet und verstecken sich in den Wurzelfalten. Ich schmecke die Tortenbeeren, schmecke den Geschmack fortwährender Zuneigung.

Ich lenke meinen Wagen auf den Ocean Drive. Der Routen-Sucher gibt langgezogene, unterbrochene Pieptöne von sich. Ich nähere mich meinem Ziel. Ich halte den Wagen an, um ein wenig Salzluft zu schnuppern. Die Welt hat ein schiefergraues Kleid angelegt. Wogen rollen im Rhythmus der Atemzüge heran. Die steife Brise ist geschwängert, ein leiser Eishauch hängt darin.

Unten auf dem Sandstrand versucht eine Familie einen Drachen steigen zu lassen. Der Drache sieht aus wie ein Drache, ist grün und rot und hat bläuliche, gezackte Blitze auf den Flügeln. Er bockt und schlägt aus, taucht herunter und steigt, und ich höre die Leute schreien. Doch im nächsten Moment verschluckt der heulende Wind das Geräusch. Ich steige aus dem Wagen und gehe auf sie zu.

Ich kann ihnen mit dem Drachen behilflich sein. Ich bin gut im Steigenlassen von Drachen. Sie machen alles falsch. Trotzdem haben sie Glück. Ein Aufwind trägt den Drachen höher und höher hinaus über die blauschwarze Haut der See. Sie geben die Schnur einem Mädchen in Amandas Alter. So laut ich kann, rufe ich ihnen zu, daß der Zug der Schnur für das Kind zu stark sein wird. Meine Rufe verwehen. Sie sehen nur einen Mann in den Dünen, der winkt und etwas ruft. Sie beantworten es, indem sie zusammenlaufen und herüberstarren. Ich drehe mich um und gehe zum Wagen zurück.

Ich mache mich mit dem Gedanken vertraut, daß meine Eltern alt geworden sind. Mir jedenfalls kommen sie alt vor. Ich schmecke ihr Alter in den Tortenresten zwischen meinen Zähnen. Ich erschauere und schaue dem Drachen zu, der sich in Kreisen durch die Lüfte schraubt.

Ich fahre schneller durch die feuchte, streng duftende Luft. Der Piepton sagt mir, daß ich mich meinem Ziel bis auf eine Meile genähert habe. Es ist sicher eins der großen Häuser, die auf den Atlantik hinausschauen, herrliche Kreationen aus verwittertem Holz, Beton und Glas. Diesen Häusern haftet eine gewisse Arroganz an, eine süffisante Überheblichkeit. Nichts bringt sie ins Wanken, kein Sturm, keine Flut. Sie sind schlank und stark und schön, Monumente des Erfolgs. Sie sind der Grund für das Vorhandensein der Küste.

Der Piepton wird zu einem Pfeifen und verstummt. Auf der höchsten Düne erblicke ich einen Glaspalast, eine kompakte Masse aus Winkeln und Bögen, Balkonen und Bullaugen. Eine hohe Mauer aus Granit umgibt den Besitz. Es gibt kein sichtbares Tor, dafür eine Marmorpyramide mit einer Sprechanlage und eine Überwachungskamera.

Ich halte davor, und eine elektronische, aber überraschend klangvolle Stimme fragt nach meiner Identifikation. Ich spreche mein Anliegen in die Anlage. An der Kamera blinkt ein roter Punkt. Ich grinse. Die Wand teilt sich in zwei gleitende Platten. Ich fahre durch die Lücke an einem Pool und einem Tennisplatz vorbei, hinter dem sich eine blanke Skulptur aus schwarzem Metall über einen riesigen Rasenplatz reckt. Ich erkenne, daß es ein kompletter Minigolf-Platz ist mit einer konisch geformten Windmühle. All dieser Luxus – und warum auch nicht? Was für einen besseren Weg gäbe es, um die Bescheidenheit eines Menschen zu unterstreichen?

Hinter dem Golfplatz flankieren zwei Gebilde den Fahrweg – eine kleine Radio City Music Hall und ein Miniatur-Taj Mahal. Sie speien einen feisten Yorkshire und einen scharfen Dobermann aus, die laut bellend Kreise um meinen Wagen tanzen. Ich schließe die Fenster.

Wenige Yards vor dem Haupthaus ruft ein unsichtbares Zeichen die Hunde zurück. Sie entfernen sich ein paar Schritte, bleiben aber in Sprungdistanz. Vorsichtig verlasse ich den Wagen und steige die Stufen zu einer Eichentür mit Fenstern aus getöntem Glas hinauf. Der Buchstabe H und ein abstraktes Strichcode-Motiv sind in das Glas eingearbeitet, zusammen mit Weinreben und goldenen Engeln. Ich will gerade die Klingel berühren, als sich die Tür öffnet.

Ich erkenne die Frau wieder, die mich begrüßt. Ich sah sie beim Bankett, obwohl wir uns nicht vorgestellt wurden. Sie ist eine große, braungebrannte Schönheit mit leuchtendem Silberhaar, das ihr tief über die Brust fällt. Trotz der Frische trägt sie nur den Hauch eines Bikinis unter einem transparenten Plastikmantel. Sie ist Dr. Hoffensteins fünfte Frau, eine Schauspielerin aus Ungarn – oder stammt sie aus Polen? Ihre Liebesgeschichte wurde schon in einem TV-Film verarbeitet. Er nennt sie Resurrection, Auferstehung. Ich kann mir lebhaft vorstellen, was bei dieser Frau aufersteht. In der Schlußszene des Films beugt sich der Schauspieler, der den virilen Hoffenstein im rüstigen Alter von Achtzig spielt, ihrem Mund entgegen und flüstert: »Du bist mein Regenbogen. Meine Auferstehung.« Der Film lief vor Jahren, aber der Name ist an ihr hängengeblieben. Dafür haben die Modemagazine und die Boulevardblätter gesorgt.

Die Auferstehung scannt meinen Code. Sie ist offenbar über mein Problem informiert. Ihre Miene bleibt gelassen. »Treten Sie näher, Mr. Vigor«, sagt sie.

»Wander. Ich bin James Wander.«

»Ja. Wander. Ich bin Lisle Hoffenstein.«

»Mrs. Hoffenstein, ich möchte Ihnen sagen, wie sehr ich mich über die Gelegenheit freue ...«

»Unsinn. Für meinen Mann ist Ihr Besuch ein großes Vergnügen. Er konnte ihn kaum erwarten. Mein Mann führt ein sehr zurückgezogenes Leben. Das mag Sie vielleicht überraschen. Zum Teil, weil es sich so ergibt, zum Teil aber auch gewollt. Es tut ihm immer gut, Menschen auch außerhalb ihrer offiziellen Funktionen und Verpflichtungen zu begegnen. Sie erweisen uns einen großen Gefallen.«

»Wirklich, so habe ich die Sache noch nie gesehen.«

Wir stehen in einem Innenhof. Arkaden aus Glas erheben sich von glatten Pfeilern. Die Pfeiler sind mit einem phantastischen Sammelsurium von Kunstwerken behängt, die einen Bogen zwischen den verschiedenen Jahrhunderten schlagen. An einer Eisenkette hängt ein Ball aus dem sechsten Stockwerk. Der Ball ist übersät mit Skelett-Teilen von allen möglichen Meereswesen: mit Klauen, Scheren, Muscheln, Korallen, Zähnen, Schwertern, Finnen und selbst den Schnäbeln von Seevögeln.

Ich folge Auferstehung unter dem Mobile her in einen riesigen Wohnraum. Er quillt fast über mit plumpen Sofas und Sesseln, einer Unzahl von Teppichen und Gobelins und weiteren unglaublichen Kunstwerken. Ein riesiges Aquarium enthält ausgestopfte Meeresbewohner – von einer kleinen Elritze bis zum ausgewachsenen Wal.

»Er wartet dort drinnen.« Auferstehung deutet auf eine Tür in der Wand. »Gehen Sie nur, und seien Sie nicht schüchtern. Alle Leute fürchten ihn, als würde er pures Feuer furzen. Dabei ist er ein gastfreundlicher, energischer Mensch. Voller Mitgefühl. Sehr menschlich. Sehr simpatico. Gehen Sie einfach hinein, Mr. Wander.«

»James.«

»James. Treten Sie ein. Und vergessen Sie Ihren Hofknicks einfach.« Sie lacht ein glockenklares Lachen. Ich versuche, ihr Lachen zu erwidern, aber meine Wangenmuskeln haben Krämpfe. Ich kann nicht glauben, daß ich wirklich hier bin. Daß der ölschlüpfrige Supermarkt-Fußboden mich zu dieser Tür führen würde, ist ein wenig zu viel Synchronisation. Mein ganzes Leben habe ich mir gewünscht, diesem Mann zu begegnen. Auferstehung versteht mich, an diesem Punkt war sie auch einmal. Sie legt mir die Hand auf die Schulter und schiebt mich vorwärts.

Ich trete durch die Tür und habe dabei das unheimliche Gefühl zu schweben. Als habe sich der Geist von meinem Körper losgesagt. Ich schließe die Augen. Ich werde der Ikone gegenübertreten, die die Welt neu erschaffen hat. Mein Kopf ist Butter. Warum bin ich hierher gekommen?

Vor mir erhebt sich ein Berg von Dingen. Möbel aus aller Welt, aus jeder Periode, aus jeder Kultur. Erotische Skulpturen beherrschen die Mitte des Raums, Stein und Metall paaren sich zu Metall und Stein. Bilderstapel türmen sich wie die Ausgaben des *Sag Harbor Sentinel* in meines Vaters Büro. Riesige Regale mit Büchern sowie Hunderten von Auszeichnungen und Preisurkunden ragen bis an die Decke. In den Boden sind unter Plexiglas Medaillen eingebettet.

Eine ganze Wand verschwindet fast unter der Flut von Stammesmasken, eine andere ist mit Bildern des Holocaust aus dem 20. Jahrhundert zugehängt. Andere Bilder zeigen Atomexplosionen und Vulkanausbrüche. Ich kämpfe mich unter den Armen fickender Pärchen in einen Bereich voller Folterwerkzeuge vor: Ich sehe einen elektrischen Stuhl, Ketten und Peitschen. Sogar ein Galgen und eine Guillotine fehlen nicht in dieser seltsamen Sammlung. Über einem beeindruckenden Kamin hängt unter einer dicken Glasscheibe, was einmal der erste menschliche Strichcode gewesen sein muß. Daneben sind Auszeichnungen der United Nations und des World Council sowie der Friedensnobelpreis plaziert. Ein phantastisches Porträt von Ingmar Brown zeigt einen nackten Hoffenstein auf Wolken. Sein Hodensack ist zu den Hemisphären der Welt stilisiert. Ganz in der Nähe hängt ein Foto der ewigen Müllbarke *Kotchka,* in der Antarktis treibend.

Ich höre das Wehklagen aller unheilbar Kranken – ein tiefer, durchdringender Blutschrei, der aus dem flüssigen Planetenkern emporsteigt. Der Schrei hebt und senkt sich mit der See, ist eine Mischung aus Sinnlichkeit und Wut, die mich Furcht ausschwitzen läßt. Der Laut trägt nichts Menschliches und alles Menschliche in sich.

Durch ein großes Fenster zur Bucht, durch das die Brandung zu sehen ist, fällt helles Licht in den Raum. Vor dem Fenster, in der Lichtflut nur als Silhouette auszumachen, steht ein eiförmiger Sessel. Der Sessel schwingt zu mir herum. In der Muschel sitzt Dr. Hoffenstein und winkt mir mit einem Sträußchen Strandgras zu. Ein Stereo-Kopfhörer umklammert seine Ohren. Er ist die Quelle dieses geisterhaften Gesangs, und mir wird klar, daß ich einem Konzert der Wale lausche. Er dirigiert einen Protestgesang der Wale, einen Chor von Aussterbenden.

»Das ist keine Aufzeichnung«, sagt Hoffenstein. »Das hier ist live. Über ein Sendenetz von Unterwasser-Sensoren und Satelliten-Relais. Was Sie gerade hören, ist so, wie es ist. Jetzt, in dieser Minute. Einige ihrer Proteste sind theatralisch, die meisten aber berechtigt.« Hoffenstein krächzt ein Lachen. Seine Stimme ist reißendes Zellophan. »Es ist eine Kunst, das eine vom anderen zu unterscheiden. Zu trennen, was Propaganda ist, und was die Wahrheit. Sie wissen, daß ich sie belausche. Sie sind schlau.«

»Dr. Hoffenstein, ich bin James Wander, Homer Broggs Schwiegersohn. Sie können sich nicht vorstellen, wie dankbar ich Ihnen bin, daß …«

»Dankbarkeit. Wenn ich Ihnen dieses Gefühl vermitteln konnte, habe ich Ihnen ein kostbares Geschenk gemacht. Das meiste ihres Gesangs ist nichts anderes als Liebeswerben. Buckelnde Bucklige, buckelnd, buckelnd, buckelnd. Wer reibt sich da an meinem Rumpf? Die Fortpflanzung, Fortpflanzung. Auf ewig dasselbe

Lied. Trotzdem, in seiner Lyrik verborgen steckt… Kommen Sie näher, James Wander. Ich möchte Ihren Code betrachten.«

Ich trete näher. Auf bläulichen Armen stemmt er sich aus dem Sessel hoch. »Man sagte mir, das alles sei Ihnen in einem Food Forest zugestoßen. Sie sollten auf Schadensersatz klagen, bis sie Blut und Wasser schwitzen. Diese Sache macht Sie zu einem sehr reichen Mann. Sie verkauften diese Marke auch hier draußen im IGA. Das ist aber schon Jahre her. Salzfrei?«

»Salzfrei.«

»Sehr schön. Zu viel auf diesem Globus ist versalzen, stimmt's?«

»Sir, ich gehe davon aus, daß Homer Sie über die Einzelheiten informiert hat. Sie wissen also, warum ich hier bin, und ich möchte auf keinen Fall Ihre kostbare Zeit verschwenden.«

»Sie wollen, daß Ihr ursprünglicher Code wiederhergestellt wird.«

»Ja, das will ich. Ich bin der Ansicht, er sollte wieder instand gesetzt werden. Das Gericht hat gegen mich entschieden. Ich aber bin der Ansicht, daß dies keine Sache ist, über die ein Richter zu entscheiden hat. Und auch keine Sache, die Gott in Ordnung zu bringen hat. Angesichts der unendlichen Ordnung der Dinge ist mir klar, daß mein Problem ein winziges ist, von Menschenhand geschaffen – und folglich auch durch Menschenhand zu korrigieren.«

»Gott? Der kümmert sich nicht mehr um diese Welt. Vergessen Sie Gott. Ich bin Ihre einzige Hoffnung auf Erlösung. Sie sind der Ansicht, das Gericht hat eine unfaire Entscheidung getroffen?«

»Nicht unfair, auch nicht ungerecht. Falsch. Eine falsche Entscheidung.«

»Sehr gut ausgedrückt, Mr. Wander. Ich pflichte Ihnen bei. Sie wissen sicher, als Homer Brogg mich anrief, bat er mich, ein Befruchtungsprojekt aufzulegen, das die Produktion junger Götter garantiert. Er hat mir ein sehr großzügiges Angebot gemacht. Aber wir haben doch schon genug junge Götter.«

»Ich kenne die Einzelheiten dieses Projektes sehr genau. Es handelt sich dabei nicht um die Serienherstellung junger Götter. Die Idee dabei ist, höherwertiges Sperma mit dem natürlichen des Vaters zu vermengen …«

»Halten Sie sich selbst für einen jungen Gott, Mr. Wander? Ich erwarte eine ehrliche Antwort auf meine Frage.«

»Ich halte mich für einen Mann mit sehr viel Glück.«

»Ein Mann mit viel Glück. Homer hat offenbar eine sehr hohe Meinung von Ihnen. Er machte mir den Vorschlag, mit diesem Forschungsvorhaben und dem daraus resultierenden Gewinn irgendwie einen vorteilhaften Dispens in Ihrem Fall zu bewirken.«

»Ich habe Homer niemals vorgeschlagen, dieses neue Vorhaben in irgendeinen Zusammenhang mit …«

»Schon gut, schon gut. Das ist eben Homers Art. Er ist eine Kämpfernatur. Zum Glück.«

»Ich möchte nur alles wieder so, wie es einmal war. Nicht mehr, nicht weniger.«

»So, so. Wie es einmal war. Was für ein einmaliger Wunsch. Der Wunsch eines Mannes mit viel Glück. Ich für meinen Fall bin völlig zufrieden mit den Dingen, wie sie jetzt sind. Ich freue mich tatsächlich über den Prozeß des Alterns. Ich genieße es, daß mein Schwanz inzwischen so schlaff ist wie der Händedruck einer Hure. Es elektrisiert mich regelrecht, daß mein Zahnfleisch zu weich ist, meine Zähne festzuhalten. Ich liebe den Zustand, in dem ich mich jetzt befinde. Vielleicht begreifen Sie nun besser, daß es mir schwerfällt, Ihr Anliegen zu verstehen. Oder?«

Hoffenstein gibt erneut sein gackerndes Lachen von sich. Dabei furzt er – aber kein Feuer – und fällt in seinen Muschelsessel zurück.

»Bei allem Respekt, Dr. Hoffenstein, aber der Zeiger der Zeit ist doch etwas anderes als eine glitschige Öllache auf dem Boden eines Supermarktes. Sie sind auf natürliche Art und Weise gealtert und gereift. Ich dagegen wurde von einer gefräßigen Krähe namens Zufall vom Baum gepflückt. Ich wäre mehr als zufrieden, Ihren Weg gehen zu können.«

»Ich bin überzeugt, daß Sie mich beneiden. Haben Sie schon meine Auferstehung kennengelernt?«

»Sie ist sehr hübsch und äußerst graziös. Wenn Sie mir die Bemerkung gestatten – Ihrer Frau fiel es sichtlich schwer, die Sache mit meinem Kopf zu ignorieren. Ich war sehr gerührt über die Mühe, die sie sich gab, sich nichts anmerken zu lassen. Trotzdem spürte ich deutlich, wie sie vor mir zurückwich, als sie mich scannte.«

»Vermutlich möchten Sie mit ihr am Strand herumtollen und ihr Venusmuscheln über die Titten stülpen. Ihr das Höschen runterziehen und ihr das Salz von den Schenkeln schlecken. Von den Schenkelinnenseiten. Den saftigsten Stellen. Oder verbietet Ihnen Ihr Salzfrei-Status diese Art von Unterhaltung?«

»Ich bin glücklich verheiratet. Ich habe zwei hübsche …«

»Leg sie an einem warmen, geschützten Fleckchen um. Spreize ihr die Beine. Gib ihr dein Protein zu kosten. Mr. Wander, junge Götter und Menschen mit viel Glück denken ähnlich.«

»Glauben Sie mir, Sir, in letzter Zeit bin ich ziemlich geschlechtslos. Ich versichere Ihnen, solche Gedanken bezüglich Mrs. Hoffenstein hatte ich nicht.«

»Mrs. Hoffenstein. Selbst wenn Sie auf Ihrem Steifen einen Kopfstand machen könnten, um sie herumzukriegen, würde das nichts ändern. Sie ist loyal, schwört darauf. Wieso also sollte ich an ihr zweifeln?«

»Ich denke, sie ist Ihnen völlig ergeben. Wenn sie

Ihren Namen erwähnt, strahlt sie über das ganze Gesicht. Ihre Zuneigung …«

»Als ich mit meiner Forschungsarbeit begann, war ich geneigt, den menschlichen Strichcode an versteckteren Stellen einzuprägen. Etwa hinter den Ohrmuscheln, zwischen den Pobacken. Ich dachte an alle möglichen Winkel und Spalten, an all die verborgenen Plätze. Ich hatte mich sozusagen in einen kosmetischen Liberalismus verrannt. Dann sagte ich mir aber: ›Nein, Hoffenstein, nein. Die Codes müssen auf der Vorderseite und deutlich sichtbar eingestanzt werden. Deine längst überholten Ansichten über Schönheit mußt du die Toilette runterspülen.‹ Ich wußte, man konnte den Widerstand gegen diese nicht umkehrbare Entwicklung durch eine Kampagne überwinden, die die Gründe für diese Entscheidung darlegte und zusätzlich den Stolz der Leute auf ihr sichtbares Mal förderte.«

»Die Brogg Communication hatte die Ehre, den ›Sei stolz auf deinen Code‹-Slogan zu erfinden. Das war zwar vor meiner Zeit, Sir, aber Sie dürfen mir glauben, daß jeder Angestellte immer wieder dazu angehalten wird …«

»Vor Ihrer Zeit. Wenn ich nicht gewesen wäre, gäbe es kein ›davor‹ mehr. Alles wäre nur noch Asche. Ich habe sie daran gehindert, alles Leben auf der Erde zu grillen und die Meere zum Kochen zu bringen. Ich war es, der die Schlacht gegen die mächtige Pilzwolke geschlagen hat.«

»Sie haben die Welt errettet, keine Frage.«

»Ich rettete die Symmetrie, bewahrte den Dingen ihre Form.«

»Und Sie erschufen die Ordnung.«

»Ich erschuf den Mechanismus für das Paradies. Aber trotzdem gibt es immer noch Widerspruch. Wieso? Warum? Meine Wale singen davon. Sie komponieren Weisen, um mich zu kneifen. Dabei habe ich doch nur das Überleben versprochen, nicht die Zufriedenheit. Ich war kein Spinner oder Lügner. Und ich habe geliefert, was ich versprochen habe.«

»Man kann es nicht jedem recht machen. Es gibt immer ein paar, die …«

»Ordnung ist Herrlichkeit. Kluge Leute wissen, daß selbst das größte Chaos eine Struktur hat. Konformismus habe ich von Rebellen gelernt.«

»Das ist der Grund, weshalb ich mich wieder in die schützende Eischale des Normalen zurückwünsche.«

»Sie wissen, warum das Diktum bezüglich der Code-Manipulation so streng ist?«

»Das weiß ich. Aber ein Ausrutscher des Schicksals …«

»Welche Leute würden sich nicht als Opfer des Schicksals fühlen, was auch immer ihr Schicksal sein mag? All das sind Ausrutscher. Selbst junge A-plus-Götter fühlen sich als Opfer. Sie sind neidisch auf die Träger niedrigerer Codes.«

»Ich war nie eifersüchtig. Oh, ich gebe zu, rein spekulativ manchmal schon. Aber nur auf die Freude der Unschuld, die – sagen wir – den Klassifizierungen P bis Z eigen ist. Natürlich hegen und pflegen wir unsere Dauerlutscher-Phantasien. Das ist doch nur menschlich. Aber an öffentlichen Einkaufsplätzen …«

»In dem Moment, wo Sie zur passierten Erbsensuppe wurden, wollten Sie etwas anderes sein.«

»Jemand anderer. Ich wollte ein anderer sein. Derselbe Jemand, der ich war, als ich einkaufen ging. Nicht ein Etwas. Nicht irgendwas.«

»Sie, der smart genug ist, Symmetrie und Ordnung zu schätzen. Selbst Sie, James Wander? Durch Ihr Erscheinen hier verraten Sie Ihre Neigung zum Dissenz. Sie verhalten sich wie ein Schleimer.«

»Das ist absolut unrichtig, Dr. Hoffenstein. Ich bin gekommen, um Ihr Mitgefühl zu wecken. Wenn Sie aber das Gefühl haben, ich sollte meinen gegenwärtigen Status akzeptieren, beuge ich mich bereitwillig Ihrem überlegenen Wissen. Dann will ich die beste passierte und salzfreie Erbsensuppe sein, die ich sein kann.«

»Ausgezeichnet. Dann soll es so sein. Wir werden Ihren weiteren Werdegang mit Interesse verfolgen.«

»Trotzdem scheint es nicht fair zu sein. Auf höchst elementare Weise …«

»Fair, wie? – Als ich meiner Auferstehung begegnete, war sie neunzehn und angeblich noch Jungfrau. Mit einer Erbsensuppe hatte sie bisher noch nichts. Oh, ich kann durchaus noch intime Beziehungen pflegen. Wenn ich so einer knusprigen, heißen Hafersemmel begegnen würde, geriete auch ich in Versuchung und könnte wahrscheinlich nicht widerstehen. Hat sie Ihnen Avancen gemacht? Hat sie etwa angedeutet, daß die rosigen Lippen ihrer überaus saftigen, schlüpfrigen Vulva die Hieroglyphen tragen, die Ihnen den Standort des Prime Mother Computer verraten? Ist es das, was sie Ihnen anbot? Sicherlich eine sehr reizvolle Vorstellung, aber leider eine Lüge. Sie weiß nichts.«

»Dr. Hoffenstein, Ihre Frau hat sich völlig korrekt verhalten. Das einzige, was sie anbot, war ein Drink.«

»Und welchen?«

»Kaffee. Wasser. Das Übliche. Dr. Hoffenstein, Sie sind mein oberster Richter.«

»Also würden Sie meine Frau nicht vögeln? Das ist sehr vernünftig von Ihnen, Mr. Wander. Sehen Sie den ersten menschlichen Strichcode da an der Wand? Er sieht aus wie das Gitter vor einer Zelle, ist aber in Wahrheit der Schlüssel zur Freiheit. Darin lag meine Aufgabe, in nichts anderem. Aber meine Aufgabe ist erledigt. Jetzt dirigiere ich nur noch unsichtbare Orchester.«

»Sie reden wie mein Vater.«

»Ich bin Ihr Vater. Ich bin der Vater von allen. Und

der Dank dafür, meine Belohnung? Eine Kuckucksuhr, die mein Leben auffrißt. Aber sie tickt ja auch für Sie, hehe!«

»Ja, das stimmt. Deshalb würde ich gern die verrinnende Zeit nutzen. Ich habe eine Menge zu bieten, Sir. Nach meiner Überzeugung wäre es eine glatte Verschwendung, mich als Erbsensuppe ...«

Dr. Hoffenstein wühlt in seinen Sammlerstücken und fördert einen Krummdolch zutage. Er hat einen juwelenbesetzten Griff und eine Niednagel-Schneide, die gefährlich funkelt.

»Schön, schön. Ich schlage Ihnen einen Handel vor. Homer Brogg ist nicht der einzige, der darin ein Meister ist. Unterziehen Sie sich einer Kastration, und ich werde die Wiederherstellung Ihres ursprünglichen Codes sanktionieren.«

»Die Wahl fällt mir zwar schwer – aber vielen Dank, nein. Ich hänge zu sehr an meinen Eiern.«

»He, Sie sind wie all die anderen. Haben nur eins im Sinn. Und wollen alles für nichts. Aber selbst nichts gibt es nicht umsonst, James Wander. Mein Rat an Sie: Bringen Sie sich selbst zum Kochen.«

»Lassen Sie sich mit Würde servieren ... und ... Bringen Sie sich selbst zum Kochen. Ist das Ihr letztes Wort, Sir?«

»Das hätten Sie wohl gern. Aber das hat noch ein bißchen Zeit. Ich habe mich nie besser gefühlt.«

Hoffenstein läßt den Krummdolch fallen, wühlt in seiner Sammlung und zieht eine rostige Uzi heraus. Er gibt einen Feuerstoß auf das Glasfenster ab, das mit lautem Klirren zersplittert.

»Ah, schnuppern Sie doch diese frische Luft«, sagt er. »Sie hatten sie, stimmt's? Hat sie gestöhnt? Hat sie sich aufgebäumt? Spritzte sie eine kleine Fontäne, als sie kam? Das ist eine sehr seltene und kostbare Reaktion. Sie sollten sich glücklich schätzen, sie erfahren zu haben. Der Geysir der Quintessenz. Ein Lourdes zwischen den Beinen. Dafür gehen Pilger meilenweit, wie?«

Er beharkt den Boden um mich herum, doch ich rühre mich nicht vom Fleck.

»Wie war sie?« fragt er.

Gelassen betritt Auferstehung den Raum und nimmt meinen Arm. Sie befiehlt ihrem Mann, die Waffe aus der Hand zu legen. Er schleudert sie in eine Ecke. Beim Aufprall rotzt sie noch mal los, und eine Auszeichnung zerspringt in Stücke.

»Es wird immer ärger mit ihm«, sagt Auferstehung. »Er hätte nie in Pension gehen dürfen.«

»Wie lange schon?«

»Seit Jahren.«

»Seit Jahren?«

Eine neue Tür öffnet sich mir, und ich kann in meine Frau hineinsehen. Sie hat mir enthüllt, daß schon *seit Jahren* eine Wahrsagerin ihr Leben begleitet. Wir sitzen im Wartezimmer der Frau. Wir sind nicht beim Zahnarzt, trotzdem hat sich mein Zwerchfell verknotet, und ich kaue die Luft.

»Aber warum?«

»Weil Mrs. Blotnik wunderbar ist. Deshalb. Du wirst schon sehen.«

»Was könnte Mrs. Blotnik mir erzählen, das mein Code mir nicht schon verrät? Was will sie denn eigentlich noch herausfinden? Eine ausführliche Akte von meiner Geburt bis zum Erreichen meines wahrscheinlichen und möglichen Leistungsstandards liegt doch vor. Liest sie etwa aus der Hand? Bezieht sie ihre Informationen aus der Lebenslinie? Ist es das? Glaubst du, es gibt überhaupt einen Lebenslinie?«

Als man die Codes einführte, wurde der Vorschlag laut, daß sie genetische Informationen ebenso wie den ungefähren Todestag und die mögliche Todesursache bei Berücksichtigung möglicher medizinischer Intervention enthielten. Der Antrag wurde aus verschiedenen Gründen vom Council abgelehnt. Selbst Hoffenstein räumt ein, daß manches Wissen einfach zuviel des Guten ist. Außerdem wäre die Lebenslinie mit zu vielen Unwägbarkeiten wie Unfällen, Selbstverstümmelung oder sogar Selbstmord behaftet. Trotzdem hält sich seit fünf Jahrzehnten hartnäckig das Gerücht, daß die Codes tatsächlich diese finalen Intiminformationen, diese Deklaration der Sterblichkeit, enthalten. Man sagt, dafür hätten bestimmte Arbeitgeber und Versicherungsfirmen gesorgt. Die allgemeine Vorstellung geht dahin, daß ein Code im Code durch hochentwickelte Lesegeräte interpretiert werden kann. Ich glaube das nicht, habe es nie geglaubt. Doch rief das Gerücht eine Gruppe selbsternannter Hacker auf den Plan. Gegen eine bestimmte Summe nennen sie dir deinen Todestag und verraten dir auch die Todesursache. Und für einen Dollar mehr lutschen sie dir sogar den Schwanz.

»Mrs. Blotnik interessiert sich nicht für die Lebensdauer«, sagt Trina. »Sie kümmert sich um die Verbesserung der Lebensqualität. Und warnt die Patienten.«

»Sie warnt? Warum hat sie dich dann nicht davor gewarnt, an jenem Abend einkaufen zu gehen?«

»Das tat sie. In gewissem Sinn. Doch ihr Rat zur Vorsicht war allgemeiner Natur. Sie sagte, es gäbe größere Veränderungen in einer äußerst wichtigen Beziehung. Zu dem Zeitpunkt war mir der Hintersinn ihrer Worte nicht klar.«

»Ich wünschte, du hättest mir davon erzählt, Trina. Ich hätte gleich gewußt, was sie meinte – daß ich mir beim Einkauf von Gemüse und Konserven den Kopf einrennen würde.«

»Jim, sie könnte wirklich hilfreich sein. Einen Versuch ist die Sache doch wert.«

»Vielleicht. Aber erwarte nicht zu viel. Es wäre sicher interessant, meinen Code zu verdecken und abzuwarten, was sie uns auftischt.«

»Sie benutzt den Code als Auslöser, als Sprungbrett. Daher muß sie den Code sehen. Sie ist eine Code-Hellseherin, das ist der Punkt. Du wärst erstaunt, wie groß die Liste ihrer Klienten ist.«

»Nein, wäre ich nicht. In einer Gesellschaft, die auf Vorhersehbarem basiert, gewinnt die Möglichkeit, Unvorhersehbares vorhersehbar zu machen, ungemein an Attraktivität.«

»Was hast du gerade gesagt? Ich habe dich nicht verstanden.«

»Ich will damit sagen, die Fähigkeit, etwas vorherzusagen, sanktioniert den Glauben an Mysteriöses und untergräbt die Vorhersehbarkeit an sich. Ich gebe zu, es ist etwas kompliziert. Es läuft darauf hinaus, daß eine Dimension der Magie in unserer Gesellschaft offenbar gebraucht wird.«

»Mrs. Blotnik ist eine Wissenschaftlerin, keine Magierin.«

»Was immer sie ist, was immer sie tut – es macht keinen Unterschied zu Halloween. Oder zu diesen Horror-Filmen, die Amos so gern sieht. Sich über die Furcht lustig zu machen ist ein allgemein üblicher Weg, den Glauben an Gott zu stärken. An Gott und das Gute. Mich wundert aber, daß du so von ihr überzeugt bist. Eine rational denkende Frau wie du, eine intelligente Frau mit sehr guter Erziehung und Allgemeinbildung. Dazu noch privilegiert. Trina Brogg Wander. Das erstaunt mich wirklich. Es könnte mich tatsächlich dazu bringen, an Magie zu glauben. Denn wenn jemand gekommen wäre und hätte mir erzählt: ›Ihre Frau ist süchtig nach einem hellseherischen Code-Leser‹, hätte ich ihm geraten, sich so schnell wie möglich zu verpissen.«

»Nur weil du nervös bist, brauchst du nicht gleich vulgär zu werden.«

»Sorry, aber ich bin nun mal nervös. Wärst du es nicht? Besonders nach diesem Treffen mit Hoffenstein?«

»Ich glaube, du hast deine Bemühungen ein wenig übertrieben.«

»Ich sage dir, Hoffenstein ist wahnsinnig. Nicht, daß es etwas ändern oder seine Leistungen schmälern würde. Aber er ist ein Spinner und eine Gefahr für die Gesundheit der Allgemeinheit. Er steht vor dem gleichen Dilemma wie alle Heiligen. Er möchte die Welt, die er errettet hat, zerstören, ehe er stirbt. Er möchte keinerlei Vergnügen oder Freude hinterlassen. Bestimmt würde es ihn sehr befriedigen, wenn er alle Männer kastrieren und jede taufeuchte Ritze zukleistern könnte. Das würde ihn sicherlich trösten, wenn seine Wale einmal aufhören, ihm Limericks zu singen.«

»Ich mache mir wirklich Sorgen um dich, Schatz. Ich an deiner Stelle würde solche Gedanken für mich behalten.«

»Sollte Mrs. Blotnik etwa nicht über meine Gefühle informiert sein? Ich denke, sie sieht alles?«

»Ich mache mir schon Sorgen wegen ihrer Reaktion, ja.«

»Diese Besorgnis teile ich sogar.«

Mrs. Blotniks letzten Patienten, meinen Vorgänger, bekommen wir nicht zu Gesicht. Es gibt einen diskreten Ausgang aus ihrem Allerheiligsten. Aber wir hören die Aufbruchgeräusche und dann das leise Klappen einer Tür. Die Hellseherin ist für mich bereit. Über einen verborgenen Lautsprecher ruft eine Blech- und Whiskystimme meinen Namen auf. Trina zeigt mir den Weg. Sie wird unten auf mich warten und sich in den Boutiquen der Nachbarschaft die Zeit vertreiben.

Ich betrete das Heiligtum der Dame Blotnik. Gelassen erwartet sie mich – eine Bowlingkugel in einem schwarzen Ledersessel mit geschwungenen Lehnen. Ihr Kleid, der Sessel und die grauen Wände haben sich verschworen, ihrem üppigen Gesicht etwas Fließendes, Sphärisches zu verleihen. Augen, Lippen, Hamsterbacken und Grübchenkinn schweben. Ihre winzige Nase ist praktisch unsichtbar. Dichte Büschel hennafarbenen Haars hindern mich daran, sie zu scannen.

»Setzen Sie sich, Mr. Wander.«

Ich setze mich. Mrs. Blotnik fördert ein unförmiges Vergrößerungsglas zutage, wie man sie nur noch in Antikläden kaufen kann. Sie scannt mich und grunzt. Ich werde verlegen. Wegen meines Codes habe ich schon einen richtigen Komplex entwickelt, obwohl ich allseits akzeptiert werde. Ihr linkes Auge produziert eine Träne von der Größe eines Centstücks. Sie hängt einen Moment lang im Augenwinkel und rollt dann über das Gesicht. Ohne Nase, die sie aufhalten könnte, zerplatzt die Träne auf dem Schreibtisch.

»Was hätte sein können, sollte nicht sein«, sagt Blotnik.

»Ich sollte wohl besser sofort gehen, wenn ich Ihnen Depressionen verursache. Sie wissen, ich wollte nicht herkommen. Es war Trinas Idee.«

»Beruhigen Sie sich. Und seien Sie still.« Sie greift sich an die Schläfen. Ihre Pupillen verdrehen sich nach oben wie kleine Spielkugeln, die man in winzige Löcher manövrieren muß. »Ich werde zuerst mit meiner seherischen Kraft versuchen, die Rose zu finden, in deren Blütenblättern Ihre früheren Leben verborgen sind. Das ist nicht einfach. Meine Vision wird durch Ihre Aura blockiert.«

»Meine Aura, so, so. Tut mir leid, aber die kann ich nicht kontrollieren.«

»Ich verstehe. Die meisten Auren rangieren zwischen Sanft-Blau bis Gärend-Rot, aber Ihre ist eine seltsame Mixtur zwischen Feuer-Sienna und Kadmium-Gelb. Wie die Scheiße kranker Tiere.«

»Das erklärt alles. Scheiße kranker Tiere. Trina warnte mich, daß Sie über bemerkenswerte Fähigkeit verfügen. Jetzt glaube ich ihr.«

»Seien Sie nicht beleidigt, Mr. Wander. Ich nenne die Dinge so, wie ich sie sehe. Ihre Chakras oder Energie-Knoten dagegen scheinen erfreulich ausgewogen. Aber da gibt es eine Störung in der Nabel-Chakra, in der die Sexualität angesiedelt ist.«

»Ausgezeichnet, Mrs. Blotnik. Mitten ins Ziel. Eine erhebliche Störung.«

»Und die Kronen-Chakra auf Ihrem Schädel verspritzt grüne Flüssigkeit.«

»Das müßte Erbsensuppe sein.«

»Sie verursacht eine widerwärtige Mischung mit dem Braun und dem Gelb. Wir machen mal kurz einen Ausflug in Ihre früheren Leben. In einer solchen Situation muß ich aber meinen Leitgeist herbeirufen.«

»Das dürfte das beste sein.«

»Seien Sie offen zu ihm, wenn er erscheint. Er war schon vor der Erbauung der Pyramiden eine Sage, eine mystische Gestalt. Sein Name ist Zupkin. Er kann manchmal sehr direkt sein, sogar etwas grob. Halten Sie ihn bei Laune, lassen Sie ihm seinen Willen. Er will Ihnen nichts Böses. Im Gegenteil.«

»Ich werde freundlich zu Zupkin sein. Falls er erscheint.«

Mrs. Blotnik senkt den Kopf auf ihren riesigen Busen. Die zwei Fleischberge heben und senken sich mit jedem Atemzug. Ein lautes Schnarchgeräusch dringt aus ihrem Schlund. Dann zwängt sich eine belegte, akzentuierte Stimme zwischen ihren fetten Lippen hindurch.

»Ich bin Zupkin. Was gibt's?«

»Ich bin James Wander – und auf Ihre Frage fällt mir keine Antwort ein.«

»Ein Klugscheißer. Genau das, was mir nach einem Tag Steineschleppen zur Cheops noch gefehlt hat. Was willst du von mir, du Null?«

»Eigentlich bin nicht ich es, der Sie gestört hat.«

»Blotnik? Diese Kuh? Bist du einer ihrer Neurotiker? Ein zahlender Kunde oder einer ihrer Verwandten?«

»Ein zahlender Kunde. Hat sie Ihnen nichts von mir erzählt?«

»Wander, Wander. Sie machte so eine obskure Bemerkung, sie müßte für jemand eine neue Zielsetzung finden, der seine eigene Zielsetzung leugnet. Sie redet ja immer nur durch ihre verquasten Poren.«

»Eine einfache Frage an einen Leitgeist, Zupkin: Wohin werde ich von hier aus gehen?«

»Die Sonne steigt über dem Nil auf. Ihr flammendes Auge vertreibt die Schatten der Dunkelheit. Die Geschöpfe der Wüste mit ausgetrockneter Haut züngeln junges Licht. Gefällt dir das Bild? Züngeln junges Licht? In der Übersetzung hört es sich orientalisch an.«

»Hübsch, wirklich. Sehr poetisch. Aber was hat das zu bedeuten?«

»Bedeutung, immer wieder nur Bedeutung! Es ist so schwer, zu deinem Jahrhundert zu sprechen. Ich spreche in Metaphern über die Dämmerung. Dämmerung ist Hoffnung. Warte! Ich sehe Blitze. Ich sehe gleißendes Licht, von der Schneide eines Messers reflektiert.«

»Ich hatte noch nie Glück mit Glücksplätzchen«

»Ein Blitz, ein Schnitt, ein Krach. Horch! Vögel zwitschern. Das Vogellied besänftigt das Ohr eines Kindes. Die Welt beginnt von vorn.«

»Zupkin, können Sie sich nicht etwas klarer ausdrücken?«

»Ich muß jetzt zurück. Wir haben noch andere Kontingente.«

»Sie werden Ägypten bald verlassen. Sie brauchen sich also nicht so zu beeilen.«

»Ägypten verlassen? Das ist unmöglich.«

»Der Exodus.«

»Was für ein Exodus? Du weißt etwas? Gib mir einen Hinweis.«

Mrs. Blotnik stößt ein Heulen aus – der Alarm eines Autos, das gegen fremde Hände an seinem Armaturenbrett protestiert. Ich zucke zurück. Ihr Kopf ruckt in die ursprüngliche Position. Ihre Augen öffnen sich, die Pupillen schielen sich an.

»Die Schlange windet sich zu einem Fragezeichen«, sagt sie. »Die Frage wird von einer kurzlebigen Schnecke beantwortet.«

»Jetzt reden Sie wie Zupkin.«

»Wie Zupkin? War er da? Hier in diesem Raum?«

»Ja, war er. Er sagte irgend so was Tiefsinniges über Vögel und Babyohren.«

»Aber das ist ja wunderbar, Mr. Wander. Herzlichen Glückwunsch. Das bedeutet Ihre Rettung. Sie sind ein Mensch mit sehr viel Glück.«

»Aber ich brauche Klarheit. Eine Interpretation.«

»Es wird alles seinen Gang gehen, klar werden.«

»Wann? Wann wird es Klarheit geben?«

Sie schürzt die Lippen und haucht mir einen Kuß zu. »Es ist eine kostbare Gabe«, sagt sie. »Man fühlt sich so gut, wenn alles zusammenpaßt. Es ist nicht nur das Geld.«

»Selbstverständlich, Mrs. Blotnik. Wieviel schulde ich Ihnen?«

»Das bleibt abzuwarten. Aber wenn Sie mich nach meinem Honorar fragen, würde eine Spende von tausend Dollar mir sehr bei meiner Arbeit helfen. Zupkin schulden Sie nichts. Er gehört zum Personal.« Sie kichert Luftblasen. Ich stelle einen Scheck aus.

Homer, Lance und ich schweben im Privataufzug in das dritte Untergeschoß des Brogg-Tower hinab. Homers Miene ist angespannt, zielgerichtet wie immer. Lance hat ein scheißefressendes Grinsen in seinem Prägestempel-Gesicht. Ich habe keine Ahnung, was hier vorgeht.

Wir verlassen die Kabine und gehen einen langen Betonkorridor entlang, um Ecken herum, in andere Tunnel. Ich habe ein ungutes Gefühl. Als ob ich eine Katakombe gezeigt bekäme, in der die Gebeine der früheren Rivalen von Brogg Enterprises zu hübschen Knochenhaufen getürmt sind. Vielleicht wird es auch Homers Gruft werden. Er hat schon oft angedeutet, daß er gern in dem Gebäude begraben werden würde.

Vor einer Tür, die wie der unschuldige Zugang zu einer Abteilung der Haustechnik aussieht, bleiben wir stehen. Homer streichelt mir freundschaftlich die Schulter, Lance klatscht in die Hände und applaudiert seinem eigenen Vergnügen.

»Jim, wir haben deine Situation überdacht und sind zu dem Schluß gekommen, daß nur noch ein Wunder deinen Arsch retten kann«, sagt Lance.

»Das Gericht hat dich abgewiesen. Hoffenstein gab dir den Rest, obwohl ich vermute, daß er mich damit treffen wollte«, fügt Homer hinzu.

»Das ist doch nichts Neues«, knurre ich.

»Wir haben alles akribisch perspektivisch betrachtet«, fährt Lance fort. »Alle Wege sind blockiert. Jetzt bleibt nur noch die Religion, das Beten.«

»Der einzige Weg ist eine Änderung.«

»Augenblick mal, Homer. Du schlägst mir vor, ich soll das grundlegendste Prinzip der Zivilisation mißachten und mich illegal reparieren lassen? Ist es das, worum es hier geht? Wartet hinter der Tür vielleicht jemand mit einem Skalpell auf mich? Und glaubst du wirklich, ich würde dem zustimmen? Aber selbst wenn – es würde nicht funktionieren. Zu viele Leute wissen, was vorgefallen ist. Würde ich jetzt plötzlich wieder mit meinem alten Ich auftauchen, gäbe es Fragen über Fragen, eine Untersuchung, eine Anklage und damit eine öffentliche Demütigung. Ich kann Trina und die Kinder nicht einer solchen Schande aussetzen …«

»Wir reden hier über eine Intervention durch den lieben Gott persönlich«, brummt Lance.

»Wunder bedürfen keiner Erklärung, Jim. Niemand wird einen Kuß des Herrn in Frage stellen.«

»Was heißt das: Wunder bedürfen keiner Erklärung? Ein Kuß des Herrn? Was soll der Quatsch?«

Homer öffnet die Tür. Ich bin in den Food Forest heimgekehrt. Es gibt tatsächlich einen Food Forest im dritten Untergeschoß. Alles ist an Ort und Stelle – außer den Kunden. Nirgends jemand zu sehen. Ein heftiges Kneifen zerreißt mir die Magenwand. Ich hebe die Hand, um meine Stirn zu bedecken.

»Ganz ruhig, Sohn«, brummt Homer. »Verlier nicht die Kontrolle.«

»Nicht schlecht, stimmt's?« strahlt Lance. »Du würdest schwören, daß alles echt ist, nicht?«

»Ja, würde ich. Aber …?«

»Tatsächlich hat uns das nicht einen Cent gekostet. Die ganze Einrichtung hat Food Forest bezahlt. Sie wissen, was ihnen blüht, wenn sie vor Gericht verlieren.«

Tier- und Vogellaute dringen aus der Surround-Tonanlage. Ein Wind raschelt im künstlichen Laub. Ich sehe einen einzelnen Mann durch einen Gang gegen. Er schiebt einen gefüllten Wagen vor sich her und trägt einen Armvoll Büchsen. Sein Gesicht kann ich nicht sehen. Als er auf einen verlassenen Kassenausgang zugeht, tritt er beinahe mit dem Schuh in eine Ölpfütze auf dem Boden.

Ich rufe laut eine Warnung. »Jesus, geben Sie acht. Halt, keinen Schritt weiter!«

Homer und Lance brüllen. Der Käufer ignoriert meinen Ruf. Sein Fuß findet die Öllache. Er rutscht aus. Fliegt über seinen Wagen. Das, was er trägt, segelt in hohem Bogen durch die Luft und kracht auf die Theke, während er mit dem Kopf die Warenscanner-Glasplatte zertrümmert. Er knickt zusammen und rollt auf den Rücken. Sein Gesicht ist eine einzige Blutlache. Ich sehe, daß sein Gesicht das meine ist. Ich taumele. Lance fängt mich auf.

»Sehr hübsch gemacht.« Homer applaudiert jetzt.

Der blutüberströmte Kunde setzt sich auf, erhebt sich und kommt zu uns. Er streckt die Hand aus. Homer schüttelt sie und wischt sich dann die Hand mit einem seidenen Taschentuch ab. Das Tuch ist voll roter Flecken.

»James, ich möchte dir Marvin Arch vorstellen, den besten Stuntman in Hollywood.«

»Ich hab's vermasselt«, sagt Arch. »Ich hätte mit der Nase auf dem Boden und dem Arsch in der Luft aufkommen sollen. Aber es war nicht schlecht.«

»Es war fabelhaft«, ruft Lance. »Sehr überzeugend.«

»Das wird noch besser«, winkt Arch ab. Er zieht eine Gummimaske vom Gesicht. Ich bin die Maske. Marvin Arch ist ein ansehnlicher Junge mit Kurzhaarschnitt und Milchgesicht.

»Vielen Dank«, sagt Homer. »Das war Oscarverdächtig.«

»Es wird noch eine Feinabstimmung geben«, sagt Arch.

»Laßt alles so, wie es ist«, warnt Lance.

»Falsch. Macht es auf den Punkt richtig«, widerspricht Homer.»Ich verlasse mich auf euren Instinkt.«

»Soll ich's noch mal versuchen? Jetzt?«

Wir beobachten Arch bei drei weiteren Versuchen. Beim dritten mache ich ein paar Vorschläge. Er ist einsichtig bezüglich der Richtung, widerspricht mir aber, wo sein linkes Bein zu liegen kommen soll.

»Das Bein sollte unbedingt in einem Winkel von vierzig Grad zum Becken liegen«, sage ich, als wir im Aufzug noch oben schweben.

»Der Mann ist ein Profi«, meint Homer. »Laß ihm etwas Spielraum. Zu viel Stolz kommt vor den Fall.«

Lance lacht hysterisch. Homer liebt das. Ich lache auch. Mein Lachen ist keine Konkurrenz für seins.

»Es wird alles noch perfekt abgestimmt«, sagt Homer, als wir allein in seinem Büro sind. »Du – in Wirklichkeit er – wirst mit Trina einkaufen gehen. Die Geschichte wird sich von selbst wiederholen. Du – also er – wirst schnellstens in das Mercy General-Hospital und dort in den OP geschafft. Du – nicht er – wirst, von Kopf bis Fuß bandagiert wie ein Baby mit hochgradigen Verbrennungen, aus dem OP herauskommen.«

»Das ist schrecklich. Ein Baby mit hochgradigen Verbrennungen.«

»Du hast schon verstanden, was ich meine. Du wirst von demselben Dr. Zipper gesundgepflegt werden, der dich auch zuvor behandelt hat. Und dann, in ein paar Tagen, wenn sie dich auswickeln – Bingo! Dein Code ist wiederhergestellt.«

»Wer sollte das akzeptieren …?«

»Wer sollte denn protestieren? Wunder sind der Nachtisch für jedermann. Natürlich kann die richtige Operation nicht am Mercy General gemacht werden. Aber das ist schon arrangiert. Lance kümmert sich um die Details.«

»Laß mich noch mal wiederholen: Ich werde operiert. Dann passiert der grandiose Unfall. Ich tausche mit Arch den Platz und komme geheilt heraus. Wiederhergestellt. Wiederauferstanden. Was auch immer!«

»Korrekt.«

»Und die Zeugen? Von dir und Lance mal abgesehen. Da ist der Stuntman. Der Arzt. Vielleicht eine oder zwei Schwestern. Welche Garantie …?«

»Marvin Arch bekommt die Hauptrolle in einer größeren Filmproduktion. Oder er wird bei irgendeinem Stunt von einem Pick-up zerquetscht. Dr. Zipper wünscht sich schon seit langem ein Haus auf Nantucket. Und eine dicke Spende für ein eigenes Forschungsinstitut. Er kriegt das Haus und die Spende, oder er bekommt flüssiges Blei in seinen Darmausgang gepumpt. Um die Schwestern mach dir keine Gedanken. Sie sind kein Problem.«

»Nun mal ernsthaft, Homer – wie könnte ich mich an Betrug und möglicherweise sogar an Mord beteiligen? Ich freue mich, daß ihr euch so für mich einsetzt, aber inzwischen bin ich mit einigen Dingen ins reine gekommen. Ich habe mich mit meinem Zustand abgefunden und empfinde dabei einen seltsamen Frieden. Ich kann nicht gegen meine Natur an. Ich ...«

Ein Blitz, ein Schnitt, ein Krach. Ich höre Zupkin und Mrs. Blotnik, die mir sagen, wie sich alles klären wird.

»Homer, Homer, Homer! Du hast Trinas Hellseherin in der Tasche. Ist es so? Du hast Mrs. Blotnik gekauft? Du hast einen fünftausend Jahre alten Leichnam tyrannisiert? Und was ist mit all den Jahren, in denen Trina sich Rat und Anleitung aus der Welt der Geister geholt hat – und der Geist warst du?«

»Ich weiß nicht, was du da faselst, James.«

»Beiß dir doch die Zunge ab. Oder laß es Marvin Arch für dich tun. Es kann kein Zufall sein: ein Blitz, ein Schnitt, ein Krach. Ich kaufe dir diese okkulte Scheiße nicht ab. Mit allem, was du für mich getan hast, wolltest du nur deine Investitionen schützen.«

»Was ich tue, tue ich aus Liebe und Zuneigung.«

»Wie lange schon läuft denn deine eigene Tochter zu einer gekauften Hellseherin?«

»Warte nur, bis deine Kinder erwachsen werden. Es ist nicht einfach. Ich bin kein Heiliger wie du, kein solcher Moralist. Außerdem – was hätte es schaden können? Sie wollte ja nicht auf mich hören.«

»Das weiß ich. Du wolltest also nicht, daß sie mich heiratete. Was ist schiefgelaufen? Hat Mrs. Blotnik ihr keine faire Warnung zukommen lassen? Ist Zupkin nicht mit Blitz und Donner aus seinem Kairo-Hilton herabgestiegen?«

»Trina hat alle Ratschläge ignoriert, James. Nimm es bitte nicht persönlich. Du bist immer wie ein Sohn für mich gewesen. Ich wollte doch nur, daß sie sich ganz sicher ist. Die Überwindung von Hindernissen ist doch der wahre Weg zu Glück und Freude.«

»Glück und Freude! Homer, Homer, Homer.«

»Du darfst es Trina nicht verraten. Versprich mir das.«

»Oder? Was könntest du schon einer Dose Erbsensuppe anhaben? Sicher würdest du dir was ausdenken. Aber sei ganz ruhig. Ich werde ihr nichts davon sagen. Nicht deinetwegen. Aber es würde ihr das Herz brechen. Was kann einer Frau heiliger sein als ihre eigene Hellseherin und Ratgeberin? Ich kann meiner Frau doch nicht den Teppich unter den Füßen wegziehen.«

»Das ist sehr vernünftig, Sohn. Trotzdem mußt du zugeben, daß ich das Herz am rechten Fleck habe.«

»Aber welcher ist das? Homer, das alles hier und heute hat nie stattgefunden.«

»Du bist und bleibst ein vertrottelter Liberaler, Jim. Überleg's dir noch mal. Du hast nur ein Leben, das du deinem Land opfern kannst.«

Trina hockt da in einem Hauskleid, das ich hasse. Es ist aus dickem, pinkfarbenem Plüsch gefertigt – dem Material, das man auch zur Polsterung von Kleiderbügeln verwendet. Zudem hat der Fetzen noch so ein häßliches Blumenmuster. Es ist ein Kleid, das mich immer an den Tod erinnert, ein elegantes Leichenhemd.

Auf dem Art Deco-Cocktailtisch sind Prospekte und eine Karte ausgebreitet. Auf der Karte habe ich die in Frage kommenden Orte eingekreist. Manche liegen in exotischen Landstrichen, andere wiederum nicht weit entfernt von bekannten Kultur- und Handelszentren.

Als ich Homer an jenem bewußten Nachmittag verließ, ging ich ohne bestimmten Grund nochmals in mein Büro. Mitten auf den Schreibtisch hatte jemand eine Aktenmappe plaziert. Sie enthielt die Karte und die Prospekte sowie einen Bericht mit dem Vermerk: ›Vertraulich – nur für den persönlichen Gebrauch.‹

»Ich habe keine genaue Vorstellung, wer die Mappe dorthin gelegt hat. Ich glaube nicht, daß es dein Vater war – nicht nach dem, was vorgefallen ist. Ich vermute eher, seine Sekretärin war es. Vielleicht hat die sonnenverschrumpelte Tomate doch noch einen Funken Mitgefühl im Leib. Wer es auch getan hat, es war wie eine Offenbarung.«

»Du willst mir also weismachen, es gäbe ganze Städte, die nur den Zweck haben, darin die Fehl-Codes zu verstecken. Menschen, bei deren Codierung etwas schiefgelaufen ist.«

»Genau. Und es macht auch Sinn. Ich habe vorher nie darüber nachgedacht, weil ich es nicht mußte. Aber selbst die besten Codierer sind nur Maschinen, und Maschinen versagen manchmal.«

»Und was wäre, wenn das wahr ist? Obwohl ich das nicht glauben mag. Aber tun wir mal so, als sei es wahr. Was dann? Irgendwas muß doch mit dem menschlichen Ausschuß geschehen?«

»Ob wahr oder nicht, ist unwichtig. Der Punkt ist, daß dies vielleicht das Wunder sein könnte, das Mrs. Blotnik vorhergesagt hat. Ein Ort, wohin ich gehen könnte. Ähnlich den Contergan-Städten, die man in der zweiten Hälfte des 20. Jahrhunderts für Kinder baute, die mit Flossen statt Gliedmaßen auf die Welt kamen. Oder wie davor die Lepra-Kolonien. Über diese Orte wurde auch nicht geredet.«

»Es gibt doch schon genug Unschönes auf der Welt. Was hätte es für einen Sinn, über solche Sachen zu reden?«

»Sieh dir mal die Gegenden und die Fotos an. Das alles sieht sehr schön aus, sehr angenehm. Aus dem Bericht konnte ich erkennen, daß Brogg Engineering infolge eines Vertrags mit der Global Commission die Gemeindezentren und Schwimmbäder gebaut hat. Und mich würde überhaupt nicht wundern, wenn der Name Selbstbeobachtungs-Gärten eine Idee von Brogg Public Relations war.«

»Das hätte sich herumgesprochen.«

»Wieso? Da gibt es so vieles, worüber ich nichts weiß. Homer hat die Finger in Projekten, die er selbst schon längst vergessen hat. Hör zu, Schatz, ich weiß, daß wir hier nicht über das Maß aller Dinge reden. Aber dies könnte für uns alle ein neuer Anfang werden. Sicher gibt es da freie Stellen in der Verwaltung. Man sagt, die Schulen seien ausgezeichnet, außerdem soll es zahlreiche Erholungseinrichtungen geben. Ich zweifle nicht daran, daß es dort ein Plätzchen für uns gibt.«

»Ein Plätzchen? Du zweifelst nicht daran, daß es dort ein Plätzchen für uns gibt?«

»Wir wären zusammen.«

»Man hat dir ein praktikables Wunder angeboten, aber du lehnst entrüstet ab und stellst Daddy als Halunken hin.«

»Wunder sollten nicht praktikabel sein. Außerdem wäre es die zynischste Art von Betrug. Immerhin gibt es da noch so was wie Moral, selbst wenn sie nur an einem Nasenhaar über den Rand des aufgehenden Mondes baumelt.«

»Es hätte aber funktioniert.«

»Wie könnte ich denn dir und den Kindern je wieder ins Gesicht sehen? Hier geht es auch um grundlegendere Dinge. Die Wahrheit ist doch einfach, daß eine funktionierende Gesellschaft unabdingbar ist. Es gibt nichts, das es wert wäre, eine gewachsene Harmonie zu stören. Besonders nicht ein einzelnes Individuum. Wenn es denn Verlierer geben muß und ich einer davon bin, dann sei's drum.«

»Du möchtest also, daß dein Sohn und deine Tochter an einem Ort der Verlorenen aufwachsen? Du willst, daß sie Ausgestoßene als Freunde haben?«

»Also schön. Wir könnten sie ja fürs erste auf ein Internat in der Nähe schicken, bis sie sich an die Situation gewöhnt haben.«

»Sich gewöhnt haben? Genau in diesem Moment hockt Amos in seinem Zimmer, in dem er sich verbarrikadiert hat, und will nicht rauskommen. Wenn jetzt ein Feuer ausbräche, würde er zu einem Grillsteak geröstet. Und Amanda mag nicht essen, weil sie ihren Vater mit dem Mittagessen verwechseln könnte. Ihr Therapeut macht sich große Sorgen um sie.«

»Amanda wird bald wieder in Ordnung sein. Sie hat dein dickes Fell und deinen Mumm. Amos auch. Er hat meine Sturheit geerbt. Sie sind beide Gewinner.«

»Alles wäre so leicht gewesen.«

»Leichtigkeit ist nicht die Lösung für alles. Das Problem ist einfach. Hör zu, die Leute in den Selbstbeobachtungs-Gärten sind keine Kriminellen. Sie sind Opfer. Unfälle – wie ich. Ich gehöre nun zu ihnen. Und du wirst Spaß daran finden, in einer neuen Umgebung zu leben. Du redest doch dauernd davon, daß Mobilität und Veränderung wichtige Voraussetzungen für ein gutes Leben sind.«

»Ich bin ein geselliger Mensch, Jim. Ich mag die Großstadt. Und ich will, daß Amos und Amanda alle

Möglichkeiten offenstehen. Denk doch nur daran, was sie einmal erben werden.«

»Würde unser Umzug etwas daran ändern? Sie bleiben doch Homers Enkel. Er liebt sie abgöttisch.«

»Er will sie aber in seiner Nähe haben, um Einfluß auf sie nehmen zu können.«

»Soll er sie doch klonen.«

»Was ein Glück für sie wäre.«

»Worüber man sich streiten könnte. Aber ich bin hier nicht auf einen dummen Streit aus. Ich weiß, wovon ich rede. Es ist schwer zu erklären. Als ich Hoffenstein verließ, war ich wie gelähmt. Ich habe Stunden an der Küste gesessen und auf den Ozean hinausgeschaut. Ich hörte schon meinen eigenen Walgesang. Das alles sollte aber so sein. Dies ist kein dummes Geschwätz, es ist eine Flucht. Das beste, das uns je passieren könnte. Warum willst du das nicht erkennen?«

»Ich erkenne nur, daß mein Mann sich in eine Ecke verkrochen hat und in Selbstmitleid zerfließt. Es mag ja sein, daß du eine menschliche Fußnote sein willst, aber ich möchte, daß mein Leben wieder so prickelnd wird wie früher. Ich möchte mir keine Reiseprospekte von Masturbations-Gärten anschauen.«

»Das war ein Schlag unter die Gürtellinie.«

»Der nächste sitzt noch tiefer. Er geht direkt in die Eier. Wir werden dich verlassen. Du wirst uns nie mehr sehen. Ich spreche nicht nur von Scheidung. Ich spreche von völligem Vergessen. Wir werden dich aus unserer Erinnerung streichen.«

»Das ist nicht dein Ernst.«

»Mein voller Ernst.«

»Hast du deshalb diesen Kotzlumpen angezogen? Mit diesen widerwärtigen kleinen Blumen?«

»Entscheide dich.«

»Dein letztes Wort – ein Ultimatum?«

»Du hast es gehört.«

»Das hättest du mir auch etwas schonender beibringen können, anstatt mir gleich das Herz aus der Brust zu reißen.«

»Ich will nicht mit einer Erbsensuppe verheiratet sein.«

»Nun denn, dann atme mal tief durch und halte die Luft an. Weil ich dir nämlich jetzt etwas erzählen werde, das du nicht erfahren solltest. Es erniedrigt mich, dir das zu sagen, aber ich möchte, daß auch du ein wenig ins Schwitzen kommst. Homer hat deine Mrs. Blotnik in der Tasche. Er hält seine Hand über ihre seherischen Gaben. Er hat deinen Freund Zupkin von den Pyramiden gekauft.«

»Natürlich hat er das. Glaubst du denn, ich würde meinen eigenen Daddy nicht kennen?«

Ich steige über einen Betrunkenen hinweg. Lance grätscht elegant über den Körper. Seine Agilität nehme ich nur beiläufig zur Kenntnis. Ich bin innerlich so zerrissen und konfliktbeladen, daß ich meine Umgebung nur schemenhaft wahrnehme.

»Du tust das Richtige. Als Trina mir erzählte, du seist reif für das Land der Krüppel und Regenbogen, vermutete ich schon deinen Gehirntod.«

Wir sind in Soho – und die einzigen Rundaugen auf der Straße. Hunderte von Japanern drängen in die Kunstgalerien, strömen mit Bildern untern den Armen wieder heraus oder tippen Zahlen in Taschenrechner.

»Ich hätte allein herkommen sollen. Sinnlos, dich auch noch in Gefahr zu bringen.«

»Es gibt keine Gefahr. Außerdem bin ich es, mit dem du hier sprichst.«

»Also gut. Vielen Dank – auch dafür, daß du die Kinder in den Park mitgenommen hast. Für sie und

Trina ist es sicher eine schwere Zeit. Sie hat sich noch nie so viele Sorgen machen müssen.«

»All das ist Vergangenheit, sobald dieser Abend vorbei ist. Du läßt dir deinen Schädel richten, und wir verhelfen dir zu einem Wunder. Finito.«

»Finito.«

»Weißt du, sicher hättest du Mrs. Hoffenstein flachlegen und ihr dein Ding reinschieben können. Ich hätte jedenfalls nichts dagegen, die Auferstehung mal zu vögeln.«

»Ich habe dir doch schon erzählt, daß sie diese Eule von einem Kerl liebt. Code E. *Semper fidelus* – immer treu.«

»Warmer Honig. Hundertprozentig bei der Sache, die Möse klatschnaß, völlige Hingabe. Meine erste Nummer war eine Code E. Muriel Irgendwas. Absolut ein Heuler. Schrie und stöhnte wie verrückt. Bei einer Nummer im Heu. Ein Heuler im Heu. Weißt du, wie sich Heu auf nacktem Arsch anfühlt? Wie Haifisch-Zähne. Schau mal über die Straße. Dorthin gehst du jetzt.«

Lance zeigt auf eine Galerie auf der anderen Seite vom West Broadway. Edwina Gallery of Fine Art.

»Eine Kunstgalerie?«

»Es gibt Kunst und Kunst. Sie haben die besten Empfehlungen. Mach dir keine Sorgen. Wir haben den Markt genau abgeklopft.«

»Verdammt, für sechzigtausend sollten sie auch gut sein.«

»James, du kannst immer noch umkehren und die Kurve kratzen. Es ist schließlich deine Zukunft. Aber wenn ich du wäre, würde ich endlich die Nase zwischen meinen Beinen hervorheben. Sei stolz auf deinen Code.«

»Es gibt kein Zurück. Wenigstens habe ich aus der ganzen Sache etwas über mich gelernt. Ein James P. Wander kann niemals aufgeben.«

»Kein Kerl mit gesundem Menschenverstand würde den anderen Weg gehen. Keiner kann dir irgendwas nachsagen. Länger als eine Stunde dürfte die Reparatur kaum dauern. Ich werde auf dich warten. Vergiß nicht – dein Name ist Water. Frag nach einem gewissen Franklin. Sollte es irgendwelche Probleme oder etwas geben, das dir merkwürdig erscheint, dreh dich um und verschwinde von dort, so schnell du kannst.«

»Lance, ich möchte dir sagen, wie sehr …«

»Das bist du mir auch schuldig. Aber jetzt mache ich mich davon. Von all dem hier weiß ich nicht das geringste. Ich bin nur hier, um einen Picasso für die leere Wand hinter dem Sofa zu kaufen. In dem Bild muß Rosa sein.«

Ich kreuze gegen das Licht. Gebe den übernatürlichen Mächten nochmals eine Chance. Ein Taxi weicht mir aus, der Fahrer flucht laut im Dialekt des mittleren Ostens. Aus irgendeinem Grund bleibe ich verschont.

Die Edwina Gallery veranstaltet eine Show mit dem Titel *Ein Gelenk wie dieses*. Es ist eine Hommage an Ellbogen, Knie, Wirbel, Nacken, Gelenke und Finger. Bilder, Skulpturen, kinetische Objekte. Im Zentrum der Galerie hängt ein Fuß mit Video-Fußnägeln, auf denen feierliche Gesichter aufblitzen, während die Zehen im Rhythmus elektronischer Musik wippen. Tatsächlich ist es keine schlechte Show.

Ein Code P-Girl hinter einer Theke, aus einem altmodischen Röntgengerät gefertigt, gönnt mir ein herzliches Hallo. »Finden Sie nicht, daß unsere Künstler einen kultivierten Hang zeigen, die Natur in ihren höchst funktionalen Aspekten zu ehren? Möchten Sie mal einen Blick in einen Katalog werfen?«

»Eigentlich nicht. Ich bin hergekommen, um einen gewissen Mr. Franklin zu treffen.«

»Ich glaube nicht, daß wir hier einen Franklin haben, dafür aber Sushi und einen Sapporo Dry. Darf ich Ihnen etwas anbieten?«

»Bitte haben Sie Nachsicht mit mir und versuchen Sie, ob Sie einen Franklin finden können. Sagen Sie ihm, Mr. Waters sei hier.«

Das Mädchen zuckt die Achseln und verschwindet hinter einem stehenden Bildschirm, der die große Lithographie eines Primaten zeigt. Ich schaue mich um. Schon immer habe ich Künstler beneidet. Die Vorstellung, eine Metapher für das Leben in einem Knöchel oder noch Kleinerem zu sehen, verwirrt meinen gradlinigen Verstand. Ich habe nie begriffen, warum Künstler nur Code M tragen, aber vermutlich ist Hoffenstein daran schuld. Er hat schließlich den Großen Muttercomputer programmiert. Ein Wissenschaftler würde in dieser Handlung sicher so etwas wie Feindseligkeit sehen.

Ich konzentriere mich auf die Zehen. Was behaupten die Künstler immer? Daß selbst die Vornehmsten Demütigungen ausgesetzt sind – wie etwa dem Fuß eines Athleten? Oder hat dieses Statement höhere Bedeutung, soll es eine Stärkung unseres artgerechten Sozialgefüges sein? Mir kommt es vor wie eine Ironie, daß mein eigenes Sozialgefüge sich an der Kasse im Food Forest auf und davon gemacht hat – mit meiner Frau im Schlepptau. Trina wird einen bühnenreifen, preisverdächtigen Auftritt hinlegen – wenige Stunden, nachdem man mich wieder zu dem Mann gemacht hat, der ich war. Falsch: der ich bin. Nein, keins von beiden ist richtig.

Das Mädchen aus der Galerie kommt lächelnd zurück. Ich bemerke, daß sie ein silberfarbenes Body tragt, in dem sie wie eine Trophäe aussicht. Schwarze Ärmel fließen aus dem Glitzerfummel, der mit ab strakten Sehnen und Knochen verziert ist. Ich erwidere ihr Lächeln.

»Ich habe einen Franklin gefunden. Kommen Sie bitte mit.«

Ich winde mich den Primatenschirm entlang zu

einer schmalen Treppe durch. Seitwärts schieben wir uns an gestapelten Leinwänden und verhängten Statuen vorbei. Es ist wie in Hoffensteins Wohnzimmer. Die nicht angeschlossenen elektrischen Skulpturen sind meine persönliche Metapher. Ich bin nur Gas, Neon. Trina ist meine Steckdose, mein Plasma.

Vor einem grünen Kreis auf der Ziegelwand bleibt das Mädchen abrupt stehen. Sie sagt mir, ich soll den Hut abnehmen, und ich folge ihrer Anweisung. Sofort wimmert sie los. Wenn sie schon jammert, kann ich mir den Schock, den ich bei kleinen Kindern hervorrufe, nur zu gut vorstellen. Meine Augen werden feucht, als ich an Amos und Amanda denke. Wie konnte ich nur erwarten, daß sie mich noch umarmen?

Das Mädchen tritt zur Seite. Ich werde von einem menschlichen Auge gescannt, das durch einen Kreis in dem Kreis späht. Krähen fliegen durch meine Eingeweide. Stelle ich nur die Ausrüstung oder das Verbrechen selbst in Frage? Ich habe nie etwas wirklich Schlimmes verbrochen. Meine Verfehlungen waren unbeabsichtigt und betrafen eher nur Herzensdinge. Solche Wunden heilen. Für dieses Verbrechen aber gibt es keine Vergebung.

Code-Manipulation reißt Wunden ins Fleisch des Planeten. Ein Loch bleibt zurück, eine Sode, die niemals verheilt. Ich habe von Leuten gelesen, die man bei der Sache erwischte, wegen der ich hier bin, und ich erinnere mich an meine ohnmächtige Wut auf diese Menschen. Aber für Kapitalverbrechen gibt es keine besondere Strafe mehr. In seinem Diktum hat Hoffenstein sich strikt gegen die Todesstrafe ausgesprochen. »Auslöschung ist ein Eingeständnis der eigenen Niederlage. Ein Übeltäter, der die Todesstrafe verdient hätte, wird härter bestraft durch eine Verlängerung seines Lebens. Nach Verkündung dieses höchsten Urteilsspruches ist jedes Ticken der Uhr für ihn nur noch pure Pein. Bestrafen wir also die Verdammten mit Zeit, die ihre Haut ätzt wie saurer Regen.« Wie alle habe ich das Diktum auswendig gelernt und danach gelebt. Ich muß an Lance denken, während ich hier stehe und ein einzelnes Braunauge mich scannt – an Lance, wie er im Heu auf Muriel Irgendwie ebenso einsticht wie das harte, trockene Gras auf seinen Hintern. Ist eigentlich jede Erinnerung nur wahre Freude? Gibt es ein Verbrechen ohne Verzeihen, ohne Erlösung?

Kein Wunder – der Kreis ist eine Tür. Ich betrete das Studio eines Künstlers. Ein Mann in mittleren Jahren ist völlig versunken in den Anblick eines atemberaubenden Modells, das nackt in einer Badewanne sitzt. In den Händen hält sie einen Keramikkrug und eine Rebe mit Trauben. Ich weiß, wann mich etwas packt. Er offenbar auch.

»Ich bin Franklin«, sagt der Maler und legt einen Pinsel beiseite. Dann nimmt er ihn wieder zur Hand und beschmiert sich eine Lippe mit Farbe. »Der Trampel da in der Wanne ist Ashton. Ich kann mir vorstellen, daß Sie nur hier sind, weil unsere Arbeiten Sie interessieren. Ja, sie sind alle verkäuflich. Haben Sie Bares mitgebracht? Visa ist nur das Opiat für das niedere Volk.«

»Ja, ich interessiere mich für eine Ihrer Arbeiten. Und, ja, ich habe Bares mitgebracht.«

Ich reiche ihm einen Umschlag. Er blättert mit dem Daumennagel die Scheine durch.

Franklin gibt Ashton ein Zeichen. Sie steigt aus der Wanne, trocknet sich ab, und die Verwandlung des Raumes nimmt ihren Lauf. Die Leinwand auf der Staffelei wird zu einem Tisch. Die Funzel darüber ist plötzlich ein heller Lichtbogen. Ein Stickrahmen an der Wand, auf dem die Farben stehen, teilt sich. Dahinter wird eine Nische sichtbar, gefüllt mit Operationsbestecken und Instrumenten. Die Wanne leert sich, wird von den Wasseranschlüssen gelöst und gleitet auf Schienen beiseite. Darunter ist eine Grube, und aus der Grube hebt sich ein Gerät mit Tanks, Schläuchen und einer Maske. Eine Kiste dreht sich um ihre Achse und entpuppt sich als Kardiograph.

»Wunderschön ausgedacht. Und was nun?« frage ich.

»Ashton, zieh dir deine hübsche weiße Uniform an. Sie hat Ihre Blutgruppe, Mr. Water, für den Fall, daß eine Transfusion notwendig werden sollte. Aber das kostet dann extra. Die übliche Rate dafür ist viertausend je angefangener Pint. Ashton ist für jegliche Art von Kommunikation verfügbar – außer für direkten Körperkontakt. Sind wir uns da einig?«

»Kein Problem.«

Ashton ist in einen Rock geschlüpft, den ein rotes Kreuz ziert. Sie wirkt nun weniger aufreizend, wenn auch ihre Brüste nackt bleiben. Franklin reicht mir ein Operationshemd. Auf der Vorderseite sind braune Flecken zu sehen.

»Es ist klinisch sauber, keine Sorge. Kümmern Sie sich nicht um die paar Mikroben. Dem Bericht über Sie entnehme ich, daß Sie nicht gegen Eier allergisch sind. Ist das richtig?«

»Richtig.«

»Sehr schön. Die beiden Nüsse ordentlich geschaukelt, und man bekommt keine Spiegeleier mehr. Galgenhumor, um Sie zu beruhigen. Gewöhnlich lachen die Leute darüber.«

»Mein Sinn für Humor ist im Moment etwas verhalten.«

»Haben Sie einen frischen Schnappschuß mitgebracht?«

»Einen was?«

»Ein Foto, das noch nicht sehr alt ist.«

»In meiner Jacke – Innentasche.«

Ashton holt das Foto. Sie stößt pfeifend die Luft aus.

»Sie wußte nicht, daß wir einen A + hier haben. Sie

sind unser erster. Auf eine Art eine Erfüllung. Aus diesem ehrenvollen Anlaß wasche ich mir sogar beide Hände. Nimm seine Funktionsdaten.«

Ashton mißt den Blutdruck und drückt mich flach auf den Tisch.

Ich werde mit dem Kardiographen verdrahtet. Aus einer Toilette höre ich das Rauschen von Wasser. Vermutlich wäscht Franklin dort gerade beide Hände. Er kommt behandschuht wieder, greift in eine seiner Instrumentenschalen, schüttelt eine Subkutanspritze, setzt die Nadel ein und drückt die Luft heraus. »Ihnen wird einen kurzen Moment etwas warm in Ihrer Haut werden, und danach – Los Angeles, die Engelchen. Ich beneide Sie um dieses schöne Gefühl. Ashton Ihnen dann sanft, aber gekonnt, die Maske über die Nase legen – oder durch was immer Sie zu atmen belieben. Zur Anästhesie verwenden wir heutzutage Dioxitrom, frisch aus dem Labor, versetzt mit einer Spur Lachgas. Sind wir bereit? Gut. Schnall Mr. Water an den Tisch, aber mach ihn richtig fest. Wir wollen doch nicht, daß er mit den Armen wild um sich schlägt.«

»Tun Sie nur, was Sie tun müssen.«

Ashton bindet mich mit Lederriemen an den Tisch.

»Ein ernster Mensch. Und so angespannt. Entspannen Sie sich. Es wundert mich, daß nicht mehr Leute herkommen, um sich auf Vordermann bringen zu lassen. Es ist unglaublich schmerzlos. Ich denke, die Ansichten über ein Leben hinter Gittern halten sich offenbar die Waage mit der Aussicht auf ein Leben hinter Gittern – wenn Sie meine etwas subtile Botschaft verstehen.«

Subkutan wird mein Arm aufgespießt.

»Hübsches Folterwerkzeug«, knurrt Franklin. »Heute machen sie die Dinger nicht mehr so wie früher.«

»Sagen Sie mir eins: Dämpft die Möglichkeit, daß

man Sie erwischt und hinter Gitter bringt, nicht etwas Ihren Enthusiasmus?«

»Ach, das wäre doch nur eine Atempause für mich. Vielleicht schmerzt Sie das, Mr. Water, aber um die Wahrheit zu sagen – Sie sind nicht mein erster Fall. Mein Motto ist: Riskiere oder roste.«

Ashton zieht die Maske über mein Gesicht. Etwas blitzt im Licht.

Ich sehe Franklin mit einem Skalpell herumhantieren. Ich versuche ihm zu sagen, daß er noch einen Moment warten soll, verhaspele mich aber.

Ich höre mich selbst auseinanderbrechen. Welches Gelenk war das? Ich höre mich selbst schreien. Wieso habe ich plötzlich eine Frauenstimme? Ich sehe Ashtons Brüste durch das enge Blickfeld schwingen, das mir unter der Maske geblieben ist.

Die Maske wird mir vom Gesicht gezerrt.

Meine Fesseln fallen von mir ab.

Kann ich mich aufsetzen? Ist schon alles vorbei?

Ich werde auf die Wangen geschlagen.

»Richte ihn auf. Leg dem Hurensohn Handschellen an.«

Meine gerade erst befreiten Arme werden mir auf den Rücken gedreht. Ich sehe auf meine Video-Zehen herunter. Sie erwidern meinen Blick mit ausdruckslosen Mienen.

»Paß auf den Schmetterling auf. Er versucht was zu schlucken.«

Ich höre ein Würgen.

»War doch nur 'ne Valium-Tablette«, brummt Franklin. »Sehe ich vielleicht aus wie Eva Braun?«

»Sie haben das Recht zu schweigen«, sagt die Stimme. »Wäre besser für Sie, wenn Sie Gebrauch davon machen.«

III

Man bringt mich zur Beobachtung weg.

Draußen ist einiges los. Die Razzia in der Edwina Gallery wird auf breiter Ebene von den Medien begleitet. Als sie mich nach draußen bringen, warten da TV-Kameras, eine Meute von Reportern. Blitzlichter zucken auf wie explodierende Augen. In meinem Dämmerzustand empfinde ich Spaß daran, im Mittelpunkt des öffentlichen Interesses zu stehen.

Ich verfolge die Übertragung auf einem tragbaren Fernseher. Trina und die Kinder werden in eine Limousine von Brogg gedrängt. Einzige Aussage: *Kein Kommentar*. Es folgt ein kurzes Interview mit Dr. Hoffenstein, der sagt, daß er schon bei unserem Treffen Unrat gewittert habe. Trotzdem sei er, besonders in Anbetracht meiner Position, geschockt, daß ich diesen Weg gewählt hätte. Zu dem Zeitpunkt läßt meine Betäubung langsam nach. Der Verstand setzt wieder ein. Hat Lance der Polizei den Tip gegeben? Oder war es Homer?

Sie wollen mich nicht gegen Kaution freilassen, weil ich keine Person bin. Charlton Hymn gelingt schließlich ein Arrangement durch Hinterlegung einer größeren Summe. Als ich nach Hause komme, ist nur das Hausmädchen da. Sie kündigt sofort.

Charlton überredet mich dazu, ein Gnadengesuch aufzusetzen. Ich weiß nicht, wieviel das wieder gekostet hat, aber sie schicken mich statt ins Gefängnis zur Beobachtung. Er erzählt mir, daß Trina mit den Kindern ins Ausland reist. Ich werde von ihnen erst wieder hören, wenn sich die Dinge beruhigt haben.

»Die Beobachtung kann Jahre dauern. Da drinnen gehen die Uhren anders, James.«

»Vielleicht können sie mich in einen dieser Selbstbeobachtungs-Gärten schicken.«

»Komm diesen Wurmdosen bloß nicht zu nahe. Diese Orte existieren offiziell überhaupt nicht. Du bist eine traurige Berühmtheit. Vielleicht wird das mal möglich sein, wenn du nicht mehr so im Rampenlicht stehst. Aber wer kann das jetzt sagen?«

»Du wirst dich weiter darum kümmern? Vielleicht überlebe ich die Irrenanstalt nicht.«

»Irrenanstalt – der Ausdruck ist zu extrem. Die Hamish Farm ist ein Rehabilitationszentrum für Kinder und Verwandten von reichen Leuten. Du weißt, wie oft die verrückt spielen. Und weil du unter staatlicher Vormundschaft stehst, wirst du dort als Stipendiat geführt. Die übliche Jahresgebühr – ohne Therapiekosten – beläuft sich auf eine Million. Ich bin sehr stolz auf mich selbst, daß ich diese Kosten vermeiden konnte. Und du solltest mir dafür in höchstem Maße dankbar sein.«

»Das bin ich ja.«

»Du hast eine Grenze übertreten, die nicht überschritten werden durfte. Ich kann mir nicht mal ansatzweise vorstellen, was dich dazu bewogen haben mag. Für eine Verzweiflungstat wie Selbstmord hätte ich ja noch Verständnis, nicht aber für eine Änderung. Warst du dir eigentlich über die Konsequenzen im klaren?«

»Absolut.«

»Wenn du doch nur bereit wärst, ein paar Namen zu nennen und zuzugeben, daß du unter dem Einfluß organisierter Schleimer gehandelt hast.«

»Es wäre eine Lüge, andere in die Sache hineinzuziehen. Ich habe die Sache allein – und bei klarem Verstand – durchgezogen.«

»Nicht so laut. Dein geistiger Zustand wird auf der

Hamish Farm beurteilt werden. Gib ihnen keinen Grund zu irgendwelchen Entscheidungen. Die beste Taktik für dich ist, am Dienstag zu widerrufen, was du ihnen am Montag erzählt hast. Halte sie auf Trab, laß sie an dir herumrätseln, dann werden sie dich immer weiter beobachten – *ad infinitum*. Denn wenn sie dich als unheilbaren Spinner einstufen, können sie dich in ein richtiges Irrenhaus einweisen. Nasse Bettücher, Beruhigungspillen, Elektroschocks. Wag den Seiltanz, James. Alle wollen, daß du auf der Hamish Farm glücklich bist. Es ist ein respektabler Ort, deine Einweisung dort rehabilitiert die Familie, und die Farm erhält für dein weiteres Leben dort eine Garantiesumme.«

Mein weiteres Leben beginnt an einem herrlichen Frühsommertag. Ich werde im Laderaum eines kleinen Lieferwagens von New York nach Massachusetts verfrachtet. Sie stecken mich in einen Minimum-Sicherheits-Karton, der aber noch ziemlich bequem ist. Der Fahrer, ein Cop, kann mich über das eingebaute Bord-TV observieren. Er ist von Natur ein großzügiger Mensch und froh, mir die vorbeigleitende Landschaft beschreiben zu können.

»Der Himmel ist babyblau. Die Bäume und Büsche tragen junges Grün. Und dabei haben die Schwanzlutscher Regen vorausgesagt.«

Wir fahren den Taconic entlang, dann auf dem Mass Pike den Berkshires entgegen.

»Herrliche Hügellandschaft. Wir sind gerade an 'nem See vorbeigekommen, in dem Leute schwimmen. Ich sage Ihnen, es ist wunderschön hier oben – und trotzdem nicht mein Fall. Ich ziehe die Stadt vor, fragen Sie mich nicht, warum. Wir sind gerade an 'ner

Kuh und 'n paar Pferden vorbeigefahren. Man sieht diese Sachen, und es wird einem klar, daß es mehr Dinge im Leben gibt als 'nen Schleimer, der dir seinen Rotz über die Windschutzscheibe schmiert. Trotzdem halte ich mehr von der Stadt. Ich muß noch verrückter sein als Sie. Bäume, Gras, Bäume, Gras.«

Am frühen Abend erreichen wir das Städtchen West Stockton.

»Der verdammte Mond steht schon am Himmel, und dabei scheint noch die Sonne. Können Sie sich das vorstellen? Das erleben die hier wohl jeden Tag. Und wie kräftig die Luft riecht. Warum bewege ich also nicht meinen Arsch hier herauf, setze mich auf die Veranda und zähle Sterne? Wahrscheinlich, weil ich ein ausgemachter Trottel bin. Wir müssen die Dean Street finden.«

Wir finden die Dean Street, Heimat der Hamish Farm, die keine Farm, sondern eine Zusammenballung von Gebäuden mitten im Stadtzentrum ist.

»Wenn Sie Ziegen und Schafe erwartet haben, vergessen Sie's. Es ist wie ein Hotel. Ich sehe nur an ein paar Fenstern Gitter. Und sie haben so ein hübsches Tor. Allgemein betrachtet könnte man hier glatt Flitterwochen machen. Hören Sie, ich möchte keinerlei Ärger, wenn wir jetzt reingehen. Verstehen wir uns?«

»Können Sie mir die Handschellen abnehmen?«

»He, ich weiß Ihr Angebot zu schätzen, aber nein, danke. Sehe ich denn so aus, als sei ich ein Arschloch – was meine Frau immer behauptet? Keine Vergünstigungen, und versuchen Sie nicht, sich mir gegenüber aufzuspielen. Ich werde distanziert und unvoreingenommen bleiben. Ich lasse mir nicht an den Karren pinkeln. Für mich sind Sie nur eine Handelsware.«

Die Hecktür des Wagens wird geöffnet, und er hilft mir aus meinem Karton heraus. Nach einer Minute finde ich halbwegs mein Gleichgewicht wieder. Wir steigen weiße Stufen hinauf. Ich sehe drei Mädchen, die sich in Korbsesseln räkeln, und zwei erwachsene Burschen, die auf einer komfortabel ausgestatteten Veranda in Magazinen blättern. Niemand schenkt uns Beachtung.

Ich trete durch eine gewölbte Tür in die Empfangshalle, wo uns hinter einer Theke eine breitgebaute, schwergewichtige Frau erwartet.

»Einlieferung«, brummt der Cop. »Jeah 731. Ich brauche eine Empfangsbestätigung.«

»Es dauert ein paar Minuten. Warten Sie bitte.«

»Hoffentlich wirklich nur ein paar Minuten. Ich muß noch heute abend nach New York zurück.«

Die Rezeptionistin macht einen Anruf. Ein Pfleger kommt, um mich abzuholen. Ein V, kaum fortentwickelt. Ich bestehe darauf, daß mein besonderer Status allen Angestellten zur Kenntnis gebracht wird, und der Cop übergibt meine Akte. Die Frau liest laut vor, daß ich trotz meines Codes während der vom Gericht verfügten Beobachtungsperiode als bedeutende Person behandelt werden soll. Der Pfleger scheint damit überfordert zu sein. Ich sehe, wie an seiner Schläfe eine Ader schwillt.

Als ein Computer endlich die Empfangsbestätigung für mich ausspuckt, nimmt man mir die Handschellen ab. Ich versuche, die Arme zu strecken, aber der Pfleger, die Bernie heißt, faltet sie mir an die Seiten. Man trägt ihm auf, mich zum Zimmer 33 im Flügel L zu bringen. Ein Plastikschild mit dieser Information wird an meinem linken Handgelenk befestigt. Man sagt mir, daß es nicht entfernt werden darf. Ich bedanke mich bei meinem Transporteur, doch der zuckt nur die Achseln, faltet seine Empfangsquittung zusammen und geht.

Bernie geleitet mich durch zahllose Korridore mit Linoleum-Fußböden, in denen es stark nach Lysol riecht, an polierten Türen vorbei, eine mit Teppich ausgelegte Treppe mit Holzgeländer empor zu einem weiten Gang mit Blumen an den Wänden. Vor Zimmer 33 fördert er einen altmodischen Schlüssel aus der Tasche. Ich kenne solche Schlüssel aus den kleinen Hotels in Cape Cod oder dem Vineyard, wohin Trina und ich in den guten Jahren vor Amos' und Amandas' Geburt immer fuhren. Eins meiner Kinder könnte sogar in einem dieser Zimmer mit einem solchen Schloß gezeugt worden sein. Als Bernie die Tür öffnet, werden meine Augen feucht. Dann gibt er mir den Schlüssel – für mich völlig überraschend.

»Schließ ab, wenn du aus dem Zimmer gehst. 'ne Menge Leute treiben sich hier rum. Man kann nie wissen.«

»Was ist mit der Hausordnung. Es muß doch eine Hausordnung geben.«

Bernie treibt mir die Faust in den Magen. »Die Hausordnung«, sagt er und läßt mich japsend stehen.

Als er geht, klickt das Schloß. Der Schlüssel schließt nicht von innen. Mir wird klar, daß die Aushändigung des Schlüssels nur ein Trick ist, um ohne jedes Risiko Vertrauen aufzubauen. Ich glaube, wenn ich ein Neurotiker oder ein Psychopath wäre, würde ich aus der Tatsache, meinen eigenen Schlüssel in der eigenen Tasche spazierenzutragen, eine nicht unbeträchtliche Befriedigung beziehen.

Mein Zimmer ist hübsch. Es ist ausgestattet mit einem echten Eichenbett mit einer grünen Steppdecke. Die Wände sind in dem gleichen sanften Grün gehalten. Auf einem Tisch in der Nähe des Bettes stehen eine Lampe, ein Radio und eine Uhr. Weiterhin verfüge ich über einen wuchtigen Sekretär mit großen Schubladen und Tierpfoten als Füße. Blattgold-Cupidos umfassen mit ihren Armen und Beinen einen ovalen Spiegel. Der Boden ist mit einem dunkelgrauen Teppich ausgelegt. Ein Norman Cradle-Druck, auf dem ein schüchterner Junge ein plumpes, frühreifes Mädchen ansieht, das mit einem Strohhalm Schokoladensoda trinkt, hängt neben dem Sekretär. Ich bemerke, daß das Fenster hinter den Vorhängen nicht vergittert ist. Ich kann auf die Stadt hinaussehen. Es ist eine Postkartenidylle mit kleinen Läden, dahinbummelnden Einwohnern, Bäumen mit dicken Stämmen und dichtem Laub. Auf der Straße hängt an einem Stahlseil eine einsame Ampel und gibt ihre stummen Lichtbefehle.

Auf das Bett hat jemand ein Buch gelegt. Der Titel: *Hamish Farm, ein Hort Ihrer Stabilität.* Die erste Seite verkündet nur:*Willkommen.* Die zweite Seite zeigt ein Porträt von Dr. Isaac Hamish, Ph. D. Er begrüßt mich mit einem weisen Gesicht, das sich mit vielen Dingen im Leben abgefunden hat. Vom Kinn baumelt ein lockiger Vollbart. Er kompensiert das völlig kahle Haupt. Der Bart wirkt beruhigend, ist ein stilles schwarzes Meer, durchwebt mit weißen Schaumfäden, auf dem Dr. Hamishs Gesicht wie eine Boje treibt. Ich schlage Seite 3 auf:

Hamish Farm ist eine Gesundheitseinrichtung zur Wiederherstellung Ihres inneren Friedens durch Einsicht. Unsere Methode ist ganzheitlich. Unsere Philosophie der Totaltherapie hat ihren Ursprung im Lebenswerk des Künstlers Norman Cradle, der hier, nur ein paar Meilen von diesem Ort entfernt, lebte. Cradle definierte ein Universum des Wunderbaren, Praktikablen und Möglichen – eine Welt ›des inspirierten Alltäglichen‹ im Rahmen unausweichlicher Grenzen.

Ich blättere auf Seite 4 um, und da sitzt Norman Cradle, ein koboldhafter Kerl, vor seiner Staffelei. Obwohl er vor der Ära der Codierung gestorben ist, hat man ihn posthum mit einem rückwirkenden Code zu einem Unsterblichen seiner Art erhoben. Die üblichen Chromosomen-Grafiken, die seine Identität bestimmen, wurden eliminiert. Der Code verrät nur, daß

Cradle, Norman, ein amerikanischer Künstler des 20. Jahrhunderts war.

Eine Glocke ertönt. Ich höre Geräusche auf dem Gang. Da sie nicht gerade panisch klingen, vermute ich, daß es das Zeichen zum Abendessen und kein Feueralarm ist. Ich bin am Verhungern – und schockiert über meinen Appetit. Seit Monaten habe ich nicht mehr richtig gegessen. In dem kleinen Bad, das zu dem Zimmer gehört, mache ich mich frisch. Ich will meinen Code überpudern und stelle jetzt erst fest, daß man mir meine Tasche noch nicht gebracht hat. Ich gehe zur Tür und warte, daß Bernie mich holt. Doch keiner kommt. Schließlich drehe ich am Griff, und die Tür schwingt auf. Der Gang ist leer, und so versuche ich den Weg zurückzugehen, den ich gekommen bin.

Zwei Etagen tiefer fängt mein Ohr das Klappern von Tellern und das Klirren von Besteck auf. Dieses Funkfeuer geleitet mich zum Eßsaal. Ein Kellner mit einer schwarzen Krawatte begrüßt mich. Er wedelt das Schild an meinem Handgelenk über einen Scanner und führt mich zu einem Tisch.

Der Saal ist beeindruckend. Hundert Tische sind mit pinkfarbenen Tischtüchern, Silberbesteck und Kristallgläsern eingedeckt. Die Unterhaltung ist ein leises Summen. Die meisten Essensgänger sind nicht älter als meine Kinder. Doch gibt es Ausnahmen, und ich stelle zu meiner Freude fest, daß ich nicht der älteste bin. Unter den jugendlichen Haarschöpfen entdeckte ich auch weißgraue Flecken.

Mein Tisch ist bereits besetzt. Nur ein Stuhl ist noch frei. Er trägt meine Nummer und das Wort Suppe. Beide Informationsträger sind in beeindruckender Schönschrift ausgeführt. Ich setze mich und lächle meinen Tischgenossen zu. Sie haben mit dem Essen auf mein Erscheinen gewartet. Der erste Gang, Fruchtkompott, steht unberührt an jedem Platz. Kaum sitze ich, beginnen sie zu essen.

Ich folge ihrem Beispiel und mache mir dabei ein Bild von meinen Nachbarn.

Zu meiner Linken sitzt ein Mann, der an die achtzig Jahre sein muß, vielleicht auch neunzig oder einhundertundfünf. Seine Hände zittern, wenn er die Grapefruit-Stücke mit dem Löffel in seinen schmalen Mund schaufelt. Jede Reise des Utensils ist schrecklich spannend, doch das Zittern ist brillant auf die anderen Körperbewegungen abgestimmt. Wenn seine Finger nach oben zucken, knickt der Kopf nach unten, und die Fruchtstücke landen da, wo sie hingehören. Das füllige Mädchen zu seiner Rechten, mit ihren ungefähr zwanzig Jahren ein Fleischberg mit Kurven und Falten, hat schon die Erdbeere verschlungen, die das Kompott krönt. Ein Schwarzer in meinem Alter mustert ihren Teller mit kühler Verachtung. Er spart sich die Erdbeere bis zuletzt auf. Er löffelt das Kompott drum herum weg und verkleinert so den Kompottsockel immer mehr. Nach jedem Löffel tupft er sich das Gesicht mit seiner Leinenserviette ab. Links von ihm sitzt ein weiteres junges Mädchen. Sie ist so dünn wie der Schlüssel in meiner Hose. Sie hat ihre Mahlzeit mit einem winzigen Stück Orange begonnen und kaut verträumt darauf herum. Als ich meinen Löffel eintauche, sehe ich, wie sich das dicke Mädchen der restlichen Vorspeise des Skeletts bemächtigt und sie vertilgt. Der alte Mann läßt einen rollenden Rülpser los. Der Schwarze wischt sich seinen Mund zweimal ab. Wir beenden die Vorspeise ohne jegliche Vorstellung oder Konversation. Während ich noch an einem Stückchen Honigtau lutsche, beschließe ich, das Eis zu brechen.

»Ich heiße Jim Wander. Es ist nett, euch alle kennenzulernen.«

»Wir benutzen keine Namen«, grollt der Alte. »Du bist das, was dein Stuhl von dir behauptet. Für wen du dich selbst hältst, ist unwichtig. Auf der Hamish Farm sind wir alle wie Teile eines riesigen Teppichs. Wenn auch die Formen und Farben sich im Lauf der Zeit ändern mögen, so ist doch jede Minute mit einem unveränderlichen Rahmen umgeben. Hast du denn das Buch nicht gelesen? Du hältst das wohl für eine Art Witz?«

»Bitte habt Geduld mit mir. Dies ist mein erster Tag hier.«

»Jeder Tag ist der erste Tag für jeden hier«, knurrt der Greis. »Ich bin jetzt schon sechs Jahre hier, und doch ist dies mein erster Tag und meine erste Stunde. Ich bin von dem Künstler in mir immer wieder neu gestaltet worden. Und scanne mich nicht. Unsere Codes sind im Arsch und völlig unwichtig. Andere zu scannen gilt hier als unhöflich – in deinem Fall ein Glück, wenn du mich fragst.«

»Tut mir leid. Nur ein Reflex. Es wird nicht wieder vorkommen.«

»Wir alle hier sind geschlagen. Ehe die Codes für uns wieder ein Faktor werden, müssen wir das Infralächeln kennenlernen und verinnerlichen. Lies dein Buch. Darin ist alles erklärt.«

Die Serviererin kommt mit einem Tablett Salat. Wir widmen uns wieder der Beschäftigung des Essens. Der alte Mann grinst eine Paprikaschote an, die er über die leeren Stellen auf dem Teller navigiert. Der Schwarze isoliert schmale Avocado-Scheiben und konzentriert sich auf den romanischen Teil des Salates. Das pummelige Mädchen pfählt eine Tomate, ihre dürre Schwester zerstückelt eine Mohrrübe. Ich warte darauf, daß ihre Reste von dem rundlichen Vielfraß beschlagnahmt werden.

»Ein köstliches Dressing«, versuche ich die Unterhaltung wieder in Gang zu bringen. Die anderen nicken nur. So ist es auch an den meisten anderen Tischen. Das Abendessen ist eine ernste Angelegenheit.

Meine Blicke wandern durch den Raum. Man könnte das ganze für ein Bankett halten. Am Nebentisch bemerke ich ein Mädchen. Sie ist die Umkehrung von Trina: tiefschwarzes Haar, ein langes Vogelgesicht, riesige Augen, schlanke Figur. Als sie ein Glas Wasser an ihre Lippen hebt, schieben ihre Tischgenossen hastig die Stühle zurück und halten ihre Servietten wie Schilde vor die Brust. Sie warten, bis sie getrunken hat, und lassen dann die Servietten zu früh auf den Schoß fallen. Mit erstaunlicher Zielsicherheit spuckt das Mädchen zweien ihrer vier Tischgenossen, die sie anschauen, einen Wasserstrahl direkt ins Gesicht.

Kein Aufschrei der Entrüstung, kein Protest! Die beiden tupfen sich nur die Gesichter ab. Das Mädchen lacht. Schon ewig habe ich kein Mädchen mehr lachen hören, und ich stelle fest, daß ich in einem Anflug von Sympathie ebenfalls in mich hineingluckse.

»Um Gottes willen, ermutige sie nicht noch«, knurrt die graue Eminenz. »Als nächstes furzt oder kotzt sie dann vielleicht. Schau gefälligst woanders hin. Sie kann sogar auf Kommando scheißen. Man hat sie als hoffnungslosen Fall aufgegeben, und ich kann dir sagen, das tun sie hier nicht gerade schnell.«

Unsere füllige Serviererin bringt auf einem Tablett gebratenes Lammfleisch, dazu Paprikakartoffeln, gedämpfte Broccoli, einen Becher Sauerrahm und eine Schüssel Schnittlauch. Ein sommersprossiger Servierboy erlöst uns von den Salatschalen. Ich zerkaue das ausgezeichnete Lammfleisch und rufe mir dabei ins Gedächtnis zurück, daß ich wegen meines kriminellen Verhaltens hier bin. Die Mahlzeit endet mit einem Sorbet und einer Tasse Mokka. Das abstoßende Mädchen zermatscht das Sorbet zwischen den Händen und reibt es sich auf die Wangen. Sonst gibt es keine weitere Ablenkung. Ein Irrenhaus hatte ich mir schlimmer vorgestellt.

Nach dem Essen ist eine Erholungs- und Ruhepause vorgeschrieben. Ich gehe an einem Pingpong- und Billardraum vorbei, passiere die Bibliothek und steuere den Fernsehraum an. Das Thema der Podiumsdiskussion sind hochspezialisierte Produktivitätszonen, zufällig eins von Homers messianischen Zielen. Im Rahmen eines vorgegebenen Plans sollen alle Nationen dazu aufgerufen werden, das zu tun, was sie am besten können.

Demnach wären Amerika, Japan, Rußland, Deutschland, Korea und China für die Produktion von Industriegütern zuständig. England und Frankreich würden zu Schwerpunktzentren für Kunst, Literatur, Gastronomie und alle angeschlossenen Bereiche, die die Lebensqualität betreffen. Australien und Skandinavien bekämen die Lizenz für die Filmindustrie und für Teilbereiche der Landwirtschaft und des Bergbaus. Die Dritte Welt und der Mittlere Osten wären für die Bereitstellung von Nachrichten und Informationen weltweit verantwortlich. Südamerika würde zum größten Nahrungsproduzenten der Welt, sobald die Petro-Industrie im Rahmen des Himmelsreparaturprojekts und der Wiederaufforstung der Regenwälder stillgelegt worden war. Südafrika würde wie bisher die Versorgung des Weltmarktes mit Gold und Diamanten sicherstellen – sobald diese Nation das Zusatzwert-Programm paraffiert hatte, nach dem ein gewisser Prozentsatz aller Minderheiten als kostbare Metalle oder Juwelen codiert werden soll. Auf diese Weise würde das Armutsproblem gelöst und ein neuer Wertmaßstab eingeführt.

Es ist nur eine Frage der Zeit, bis die hochspezialisierten Produktivitätszonen eingeführt werden, obwohl ihre Gegner solch atavistische Argumente wie Wettbewerb und Patriotismus gegen sie ins Feld führen. Aber sie sind ja nur die Lobbyisten der Vergangenheit, die Verfechter angestammter Interessen, die jegliche Veränderung fürchten. Doch die Dringlichkeit eines solchen Programms wird ihre Stimmen zum Verstummen bringen und sie zur Kapitulation zwingen.

»Nun, wer kriegt die Knaller?«

Mein greiser Tischnachbar hat sich in den Sessel neben mir sinken lassen. Er reibt sich die Hände, um die Blutzirkulation zu erhöhen.

»Ich glaube, Knallkörper stehen nicht auf der Tagesordnung.«

»Du denkst wohl, ich wüßte nicht, worüber die da palavern. Ich weiß es genau. Und deshalb frage ich, wer kriegt das Knallkörper-Geschäft? Das ganze ist eine Verschwörung, um die Feuerwerksindustrie den Italienern zuzuschanzen. Wirf mal einen Blick auf mein Armband. Dann weißt du, mit wem du sprichst.«

Er streckt den Arm aus. Morris Feuerbloom, lese ich.

»Na, klingelt es da bei dir?«

»Nicht ganz. Der Name kommt mir bekannt vor, aber ich kann ihn nicht zuordnen.«

»Der explosive Jude. Erinnert dich das an was?«

»Nein, tut mir leid.«

»Ich bin der Leiter der Fireflower Corporation. Eine Legende auf dem Gebiet der Pyrotechnik. Die Daily News nannte mich in ihrer Headline den explosiven Juden.«

»Fireflower – ja, natürlich.«

»Fireflower – Feuerbloom – Feuerblume – ist alles dasselbe.

Meine ganze Familie war in diesem Geschäft sehr erfolgreich. Ist es noch – dank meines Einsatzes. Aber die Bastarde haben es nicht verdient. Meine Söhne führen nun die Firma – und wirtschaften sie direkt in den Abgrund. Sie haben mich entmündigt, um die Fabrik zu bekommen. Mein Fall könnte ein Drama von Shakespeare sein.«

Feuerbloom ereifert sich, sein Gesicht bekommt Flecken.

»Ich denke, Sie sollten sich etwas beruhigen.«

»Warum? Ich will sterben, nicht fernsehen – um es mit meinen eigenen Worten auszudrücken.«

»Das ist doch nicht Ihr Ernst.«

»Sag du mir nicht, was mir ernst ist oder nicht. Das einzige, was in meiner runzlige Hülle noch intakt ist, ist meine Wut im Bauch.

Und willst du wissen warum? Sie haben sich kompromittiert – die ganze verlauste Schweinebande. Sie haben sich verraten. Sie machen sich in die Hosen, daß etwas in die Luft fliegen könnte. Sie reden nur noch von Versicherungen.«

»Ich verstehe nicht ganz.«

»Seit dem Mittelalter gestaltete Feuerbloom Productions Feste und Feiern für Könige und Königinnen, Kaiser und Zaren. Du kannst mir glauben, in jenen Tagen war es nicht leicht für einen Juden, an Schwarzpulver oder an einen Vertrag zu kommen. Aber wir schafften es. Wir waren die Nummer Eins. Nummer Eins. Natürlich flogen wir auch ein paarmal in die Luft. In der Pyrotechnik sind die Unfälle mit der Schönheit eng verbandelt. Dabei ging mal eine Stadt, ein Dorf, eine Burg hoch. Wir verloren einige Dutzend Arbeiter und ein paar Cousins. Nichts Besonderes. Und – hat uns das aufhalten können? Wir gingen in ein anderes Land und fingen wieder mit ein paar Knallkörpern bei Null an. Aber seit dieser einen lausigen Explosion auf Long Island schleicht die ganze Familie herum und jammert: ›Gott hat es verboten, es darf keinen Ärger mehr geben.‹ Und seitdem scheuen sie jedes Risiko. Statt Amtseinführungen oder 4. Julis buchen sie Bar Mitzvahs, Hochzeiten, Bälle und Ferienspiele, auf die ich nicht mal spucken würde. Schäme ich mich etwa? Meine unglaublichen Kreationen wie das Feuerblumen-Spektakel werden jetzt in Häusern mit fünf Fuß dicken Wänden gelagert. Ich habe Bomben und Raketen entwickelt, gegen die der Mond eine 15-Watt-Funzel in einem Puff ist. Meine Kinder und Enkel produzieren dagegen Wunderkerzen und Dinge, die herumzischen und *put-put-put* machen. Sie wollen die Leute nicht merken lassen, daß wir existieren. Und das nennen sie dann *Image. Den Markt plazieren*. Für mich ist das astreine Kuhscheiße.«

»Ich bin von Long Island. Aus Sag Harbor. Welchen Teil haben Sie hochgejagt?«

»Ist das alles, woran du denken kannst? An ein paar lausige Morgen in der Nähe von Glen Cove? Große Sache – zwölf Ortsansässige und eine Tante, ein paar Häuser. Das war die ganze Verlustliste. Zu messen an jahrhundertelangem Erfolg. Ich habe die ganze Schande auf mich genommen. Ich bot mich freiwillig als Sündenbock an, obwohl ich nichts damit zu tun hatte. Aber als ich versuchte, mich selbst umzubringen, um damit die Zeitungen, Planungsausschüsse und all die anderen Quertreiber mundtot zu machen, haben sie mich hierher verfrachtet. Zu meschuggenen Kindern. Lieber wäre ich zehnmal gestorben, aber selbst im Tod würde ich keine Ruhe finden. Also bin ich jetzt verrückt, und alles ist bestens. Ein verrückter alter Mann, der Long Island in die Luft jagen wollte. Ende der Geschichte. Aber der Verstand hört nie auf zu arbeiten, und ich habe Pläne, mein Freund. Wozu bist du hier?«

»Zur Beobachtung.«

»Laß mich die Frage anders stellen. Warum bist du hier?«

»Das ist eine lange Geschichte. Nicht annähernd so interessant wie Ihre.«

»Bis obenhin zugeknöpft, wie? Na schön. Du kannst froh sein, daß man dich in den L-Flügel gesteckt hat. Sie betrachten uns als harmlos. Du kannst sogar draußen herumspazieren, solange du immer pünktlich zu den Mahlzeiten zurück bist. Der X-Flügel ist da schon eine ganz andere Kiste, keine Frage. Gewalttätige. Die kommen nie raus. Ich beneide sie. Wenn ich dein Alter hätte, wäre ich jetzt auch dort. Aber so kann ich ja nicht mal mehr 'ne Serviette in Stücke reißen.«

»Sie schließen mich in meinem Zimmer ein.«

»Nur die ersten paar Tage. Bis sie sich ein Bild von dir gemacht haben. Soziale Aufsteiger versuchen sich hier einzuschleichen, um Kontakte zu knüpfen. Da müssen sie schon auf Zack sein. Spielst du Binokel?«

»Ich bin kein guter Kartenspieler.«

»Pech.«

»Was ist mit den anderen an unserem Tisch?«

»Ich muß doch bitten … Der wichtigste Grundsatz hier ist, nie über andere zu reden. Klopft die Information von selbst an deine Tür, laß sie rein. Aber stell keine Fragen, und du wirst kein Norman.«

»Und das heißt?«

»Ich habe kein Wort gesagt, klar? *Weh ist mir* – sieh nur, wer da kommt!«

Das dunkelhaarige Mädchen tritt ein und hockt sich dicht vor den Apparat. Sie schiebt die Hand unter den Rock und kratzt sich an den Beinen.

Morris Feuerbloom stemmt sich aus seinem Sessel.

»Ich kann sie nicht sehen. Sie verursacht mir Sodbrennen. War nett, dich zu treffen.«

Ich bin mit dem hoffnungslosen Fall allein im Raum. Die Diskussion und die Nachrichten sind längst vorbei. Wir sehen uns einen Western an. Ich habe den Film schon mit Amos gesehen. Ein Häuptling der Apachen verdammt den Einsatz von Pestiziden in seinem Reservat. Nach einer Heuschreckenplage aber wird ihm klar, daß Chemikalien eher helfen als schädigen. Er ist aber wegen ethnischer Vorurteile verärgert und verpaßt so die Einstufung in das Vollpotential seines Code. Aber mit Hilfe einer mitfühlenden Sheriff-Tochter triumphiert er schließlich über persönliche Vorurteile und hat später mit der Herstellung authentischer Indianerarmbänder einen Riesenerfolg. In der Schlußszene wird eine seiner türkisfarbenen Kürbisblüten dem Präsidenten des Hemisphären-Gremiums überreicht.

Wahrscheinlich ist die Geschichte wahr, aber vermutlich hat sich der Drehbuchautor jede Menge Freiheiten gegönnt. Trotzdem, es ist ein sehr bewegender Film.

Das Mädchen schwebt voll in der Handlung. Sie wischt sich mit einer Hand die Tränen von den Wangen, mit der anderen reibt sie sich intensiv zwischen den Beinen. Als der Film endet, schaltet sich der Apparat selbsttätig aus, und die Zimmerbeleuchtung blinkt. Die Ruhepause ist beendet.

»Der Film scheint Ihnen gefallen zu haben«, sage ich. »Der edle Wilde. Das packt einen immer wieder. Für einen soliden Western werden wir nie zu alt.«

Sie streckt mir die Hand entgegen. Dieselbe Hand, mit der sie neunzig Minuten lang ihre Intimzone gerubbelt hat. Ich schüttele sie.

»Jill«, sagt sie.

»Jim.«

Sie spuckt mir auf den Schuh.

Vor dem Frühstück kommt Bernie zu mir, um mich davon in Kenntnis zu setzen, daß ich eine Verabredung mit Dr. Bartley Hamish habe. Ich kleide mich dabei weiter an. Bernie sitzt auf meinem Bett und fummelt an dem Hemd herum, das ich dort hingelegt habe. Er versucht, den Faden meines Monogramms herauszuziehen.

»Keine Initialen, Wappen, Tiere oder Gravuren irgendwelcher Art.« Der Faden gibt nicht nach. Bernie reißt die Brusttasche ab.

»War das nötig?«

»Nein.«

Vor Dr. Hamishs Büro tritt Bernie mich gegen den Knöchel. Der Schmerz rollt mein Bein empor. Bernie öffnet die Bürotür und schiebt mich nach drinnen. Ich sehe mich dem schwarzen Mann von meinem Tisch gegenüber. Er sitzt an einem schmalen Schreibtisch und sortiert Akten.

»Dr. Hamish wird jeden Moment hier sein. Setzen Sie sich bitte.«

Nicht das geringste Anzeichen, daß er mich wiedererkennt.

Ich setze mich auf eine harte Kirchenbank. In einer Ecke blubbert ein großer Behälter mit tropischen Fischen. Ich weiß inzwischen, daß Psychiater häufig tropische Fische zur Beruhigung ihrer Kunden ins Wartezimmer stellen. Ich schaue den Regenbogen beim Schwimmen zu. Sie sind Musiksplitter, ihre Schatten gleiten über eine Meerjungfrau, die auf dem Bug einer gesunkenen Galeone hockt. Ich bin das Schiff, Trina ist die Meerjungfrau, die Fische sind alte Lieder und liebe Erinnerungen.

Auf der Bank liegt ein Wall Street Journal. Ich schmökere die Aktienkurse durch, faszinierend wie die Fische, und stelle fest, daß ich wieder reicher geworden bin. Brogg ist um fünf Dollar geklettert. Die Nachrichten vom Global Council haben die Finanzmärkte in Bewegung gebracht. Ich schwimme durch einen See aus Zahlen und prüfe unsere Investitionen. Alle Papiere, die ich besitze, haben einen neuen Höchststand erreicht.

»Sie können jetzt hineingehen.«

Dr. Bartley Hamish ist jünger, als ich dachte. Eine gepflegte Erscheinung mit rosigen Wangen, einem offenen Gesicht und dem Bart seines Großvaters. Sein

Haar ist voll. Heutzutage hat niemand mehr eine Glatze, es sei denn freiwillig. Seine Augen sind aufreizend braun. Er trägt einen roten Sweater, eine braune Hose und Mokassins. Die Farbe des Sweaters reflektiert das Licht. Ich an seiner Stelle hätte weniger aggressive Farben gewählt.

Ich werde mit einem festen Händedruck beglückt. Zu fest. Ich frage mich, ob diese Botschaft subtile Einschüchterung avisieren soll. Aber er sagt nur: »Scannen Sie mich. Wir wollen doch mit offenen Karten spielen, nicht wahr?«

Ein Code A. In West Stockton geboren. 34 Jahre alt. Für drei Kinder qualifiziert. Vorliebe für Sport. Alles in allem ein positives Profil.

»Ihr Empfangschef draußen ist mein Tischnachbar«, eröffne ich das Gespräch.

»Bill Maginot. Nicht gerade ein herzlicher Mensch. Aber er macht seine Arbeit.«

»Maginot? Ein Franzose?«

»Er hat sich diesen Namen zugelegt. So hieß eine Befestigungslinie im Zweiten Weltkrieg. Sie sollte als Abschreckung dienen, aber die Nazis stießen durch sie hindurch wie durch Camembert.«

»Ich weiß über die Maginot-Linie Bescheid.«

»Nicht viele tun das. Paßt perfekt zu ihm. Unser Freund ist umzingelt von imaginären Barrieren und Attitüden. Wie Sie hat er ein Stipendium. Ein faszinierender Fall. Stahl einen Mülltransporter, behauptete, Gott hätte es ihm befohlen, und entleerte ihn im vornehmsten Viertel seiner Heimatstadt. Wir hatten Glück, ihn zu kriegen. Wenn sie das Zusatzwert-Programm je verabschieden, ist er sein Gewicht in Platin wert.«

»Das kann noch Jahre dauern.«

»Wir versuchen, ihn zu mästen – für alle Fälle. Wir haben ihm eine sitzende Tätigkeit verordnet und ihm jegliche exzessiven Aktivitäten verboten, aber sein

Metabolismus ist ebenso widerspenstig wie seine Persönlichkeit. Trotzdem ist er, wenn sich die Dinge in die richtige Richtung entwickeln, ein riesiger Aktivposten in unserer Bilanz.«

»Mein Schwiegervater ist in der Lobby der Zusatzwert-Befürworter sehr aktiv. Er ist der Ansicht, dadurch würden die Wellen der Gewalt, die aus den Slums kommen, eingedämmt und die Finanzprobleme ganzer Nationen gelöst.«

»Trotzdem hören wir immer noch, wie einige Liberale über die Konsequenzen einer Einstellung der Sozialhilfe und anderer Hilfsmaßnahmen jammern. Um eine finanzielle Belastung zu überwinden, ist die Bildung von Vermögen der größte Aktivposten für eine ökonomische Intervention. Mit einem Federstrich bekämen Millionen von Menschen einen unmittelbaren Marktwert. Und ein neues Selbstwert- und Lebensgefühl. Ich kann die Einwände der Gegner leider nicht nachvollziehen.«

»Aufgrund meines gegenwärtigen Status kann ich durchaus verstehen, daß man sich dagegen wehrt, zu einer Ware zu werden.«

»Niemand würde zu einer Ware. Nur einfacher zu veräußern. Ich bin ebenso humanitär eingestellt wie jeder andere auch. Aber wir sind nicht hier, um über Politik zu reden.«

»Nein. Ich denke, ich wollte mich mit meiner Tat nur gegen eine Verschleppung meines Falles wehren. Und mir Schmerzen ersparen.«

»Sehr perspektivisch. Hoffentlich sind Sie auch so empfänglich für unsere Maßnahmen. Suppe, offen gesagt hatten wir so einen Fall wie Sie noch nie hier. Nicht mal ein Präzedenzfall ist mir bekannt. Ich freue mich ehrlich, Sie bei uns zu haben.«

»Sie sagten, wir sollten mit offenen Karten spielen. Ich bin sicher, man hat Sie ziemlich unter Druck gesetzt, damit Sie mich hier aufnehmen.«

»Ja und nein. Sie haben ausgezeichnete Verbindungen, aber das haben auch die meisten anderen hier. Natürlich hat keiner von denen jemals eine Änderung versucht. Keinem ist die Rückkehr verwehrt. Für sie ist Hamish Farm nur eine Übergangsstation. Für Sie könnte es die Endstation sein – es sei denn, Sie zwingen mich zu anderen Maßnahmen.«

»Ich habe nicht vor, Ihnen Schwierigkeiten zu machen, Dr. Hamish, und das nicht nur wegen der drohenden Alternativen. Ich will versuchen, es Ihnen zu erklären. Vor den jüngsten Ereignissen war ich mit meiner Matrix völlig zufrieden. Ich hielt mich selbst für einen Mann, der im Leben sehr viel Glück gehabt hat. Andererseits akzeptiere ich auch die Notwendigkeit von Gesetz und Ordnung und die schwache Möglichkeit, daß ein sogenannter Zufall ein kosmischer Wegweiser sein kann. Daher ist mein einziges Bestreben, mich hier einzufügen und meinen Beitrag zu dem Leben hier zu leisten – solange ich hier bin.«

»*Solange ich hier bin.* Das waren Ihre Worte, nicht meine. Von dieser Denkweise müssen Sie sich befreien. Es gibt keinen anderen Ort für Sie.«

»Nun ja, vielleicht werde ich das in zwanzig Jahren oder so begreifen.«

»Zu Ihrem und meinem Wohl kann ich nur hoffen, daß das schneller geht. Und nun zur Arbeit: Wir geben Ihnen erst mal eine leichte Tätigkeit in unserer Zierteller-Fabrik. Wenn Sie uns Ihren guten Willen und auch die notwendige Befähigung zeigen, besteht die Möglichkeit, Sie in unserem Geschenkeladen einzusetzen. Aber alles der Reihe nach. Das Erste zuerst. Sie müssen sich Ihr Bild aussuchen.«

»Mein Bild aussuchen?«

Dr. Hamish greift in seinen Schreibtisch und zieht ein dickes Buch heraus. Über die Plastikauflage schiebt er es mir zu. Ich öffne es – eine umfassende Sammlung der Arbeiten von Norman Cradle liegt vor mir: Zeichnungen, Gemälde, Skizzen, Poster, sogar Kritzeleien. Zahllose paradiesische Szenen – und jedes Objekt auf den Bildern ist codiert.

»Suchen Sie sich eins aus, auf das Sie mit Wärme und vielleicht sogar Liebe reagieren. Im geistigen Sinn wird das dann zu *Ihrem Bild* werden. In der Welt dieses Bildes sollen Sie sich dann mit einem Aspekt identifizieren. Es kann eine Person, eine Sache sein – was immer Sie wollen. Versetzen Sie sich hinein, dringen Sie zu ihr durch. Ihr Bild wird zu Ihrem geheimen Mantra werden. Diskutieren Sie nie mit jemand darüber. Denken Sie darüber nach, leben Sie es, riechen Sie seinen Duft. Phantasieren Sie völlig frei über die Szene. Und eines Tages werden Sie feststellen, daß Sie zu einem festen Bestandteil des Bildes geworden sind. Das ist dann der Tag, an dem Sie die Vergangenheit ablegen werden. Wenn Sie wollen, stellen Sie sich die totale Akzeptanz Ihres Ich innerhalb eines definierten Rahmens vor, ohne Reue, Anschuldigungen oder irgendwelche Gedanken an jegliche andere Pseudo-Erlösung. Das ist das Ziel der Cradlejanischen Therapie.«

»Ich habe eine Frau, Kinder, Eltern und Schwiegereltern, eine Vergangenheit. Und irgendwo habe ich auch eine Zukunft. Wie könnte ich ein Ersatz-Königreich akzeptieren, eine außerirdische Vision?«

»Ich werde Ihnen dabei meine Hand reichen. Viele Leute machen sich große Sorgen über Ihr Wohlergehen. Machen Sie Ihren Aufenthalt hier zu einem glücklichen Aufenthalt. Denken Sie immer daran, daß der Kurs, den Sie einschlagen, Auswirkungen hat auf Ihre Angehörigen, Ihre Familie, wenn auch aus einer großen Distanz. Homer Brogg ist als Präsidentschaftskandidat im Gespräch. Sie sind schon jetzt ein Dorn im Fleisch seiner politischen Karriere. Ihr Verhalten hier wird Auswirkungen haben. Und natürlich Konsequenzen. Suchen Sie sich nun Ihr Bild aus.«

Ich blättere das Buch durch. Sehe ein Kirchen-Picknick. Eine Mutter, die auf dem Bahnsteig ihrem erwachsenen Sohn im Zug nach Yale ein Lebewohl zuwinkt. Einen Arzt, der sich über ein Mädchen mit gelblicher Haut beugt, das vertrauensvoll zu ihm aufschaut. Kinder, die sich auf einer Frühlingswiese küssen, Braut und Bräutigam spielen, Katzen, die sich auf Bäume verirrt haben und von pausbäckigen Feuerwehrmännern und Cops geborgen werden, Soldaten, die mit ihren Sweethearts brav Händchen halten. Ein altes Paar, das aufs Meer hinausschaut. Eine kleine Hand, die dem Lehrer einen Valentinsgruß reicht. Weihnachtsbäume und warme Lichter und Sternsinger in wolligem Schnee. Ich sehe ganze Hundertschaften pelziger Schoßtiere, Puppen, Züge, ausgestopfte Truthähne und Schinken in siedendem Wasser.

»Dieses da.«

Das Bild, das ich mir ausgesucht habe, hat den Titel *Ein ernsthaftes Geschäft*. Es zeigt ein androgynes Kind mit einem Malpinsel in der Hand. Er/sie sitzt vor einer Spielzeug-Staffelei, die mit Farbe verschmiert ist. Das Bild darauf zeigt eine saft- und kraftlose Puppe, die jemand achtlos auf einen Stuhl geworfen hat.

»Identifikationspunkt?«

»Der Pinsel.«

»Der Pinsel?«

»Der Pinsel – definitiv.«

»Do, re mi...«, singt Dr. Hamish. »Soll es also der Pinsel sein.«

»Es war eine schwere Entscheidung – entweder der Pinsel oder die Sommersprossen«, sage ich.

Statt zum Frühstück bringt mich Bernie, der auf mich gewartet hat, zu meinem Zimmer zurück. Die Mahlzeiten werden mir gebracht. Dies ist ein Tag der Meditation.

Bernie kneift mir heftig in die Nase und sagt, ich soll mich entspannen. Ich liege auf dem Bett. Eine Metalljalousie senkt sich draußen vor das Fenster und schließt die Welt aus. Das Licht bleibt ausgeschaltet. Von irgendwoher fluten dimensionale Bilder in mein Zimmer und verwandeln es.

Ich befinde mich inmitten meines Bildes, bin gefangen in einem Hologramm. Die Puppe grinst mich aus dem Sessel an. Der sommersprossige Kinderkünstler streckt eine leere Hand in die Luft. Der Pinsel ist verschwunden. *Ich bin verschwunden.* Ich schließe die Augen, schaue aber nach einer Stunde erneut auf das Bild. Nach drei Stunden denke ich: Tauch mich in Purpur, tauch mich in Orange. Ich stehe auf und mache Kniebeugen und Liegestütze. Ich versuche, mein eigenes Bild zu malen. Aber ich fühle die warme Hand des pubertierenden Künstlers und dahinter die heiße Hand von Norman Cradle. Ich fange an, Wiegenlieder zu summen, die mir meine Mutter immer gesungen hat. Nach fünf Stunden fühle ich mich sehr zufrieden, warm und geborgen. Es ist wie die Massage eines Eunuchen. Warum habe ich eigentlich Vorschläge für die Farben gemacht? Man stellt sie mir doch zur eigenen Auswahl zur Verfügung.

Das Dinner wird serviert, und mir ist klar geworden, daß an der Cradlejanischen Therapie etwas dran ist. Als das Hologramm sich auflöst und die Schatten sich heben, gerate ich in Panik.

Am nächsten Morgen wird mir meine Arbeit zugewiesen. Wie Dr. Hamish sagte, bin ich den Ziertellerwerken zugeteilt. Die Fabrikmannschaft sammelt sich nach dem Frühstück draußen vor dem Hauptgebäude. Den Bauch voll mit Hafergrütze und Eiern Benedikt bereite ich mich geistig darauf vor, den ersten Tag in meinem Leben manuelle Arbeit zu verrichten.

Wir starten unseren Marsch die Hauptstraße entlang. Ich sehe meine beiden Tischnachbarinnen, die dickbäuchige Fregatte und die Mondsichel. Sie sind in meiner Gruppe und gehen Hand in Hand. Ich habe das fatale Gefühl, daß die Dicke die andere aussaugt. Ihr Arm ist der Strohhalm.

Die Normalbürger von West Stockton schenken uns nicht einen einzigen Blick. Ihnen muß die tägliche Parade sehr vertraut sein. Ein Gedanke keimt in mir auf. Trina und die Kinder würden diese Stadt hier sicherlich mögen. Sie ist wie eine langsame Uhr, auf der die Zeit und die Jahreszeiten einen speziellen Sinn haben. Der Gedanke gerinnt in meinem Verstand, und mir ist plötzlich schwindlig. Trina, Amos und Amanda sind nicht Bestandteile meines Bildes. Sie haben keinen Platz in meinem Geist.

Die Tellerwerke entpuppen sich als einstöckiges Stuckgebäude, das von einem Kino und dem General Store flankiert wird. Im Kino läuft gerade der Film *Die tausendjährige Reise*, eine Komödie über ein Astronauten-Paar (Mann und Frau), die während der Reise zu einem weit entfernten Stern zur Keuschheit verpflichtet sind. Ich wünschte, ich könnte aus der Reihe ausscheren, eine Eintrittskarte und eine Tüte Popcorn kaufen und mir, in einen Kokon aus Schatten gehüllt, den Film anschauen. Der General Store hat Korbmöbel im Sonderangebot. Ich möchte weiße Weidensessel mit farbigen Sitzkissen kaufen. Jetzt bin ich wirklich seekrank. Ich beobachte mich selbst durch einen Anflug von Furcht. Ich bin zum Arbeiten hier, nicht zum Träumen. Ich bin hier, um mich einer Versetzung in den Geschenkeladen würdig zu erweisen. Einen anderen Zweck habe ich nicht.

Die Tellerwerke produzieren Norman Cradle-Wandteller zu Tausenden – für Touristen und Sammler. Ich begreife sehr schnell, daß die Hauptarbeit von rechnergesteuerten Maschinen und Robotern erledigt wird. Das erhitzte Porzellan oder Glas wird mit Cradle-Kunstwerken bedruckt und dann mit einem Goldrand versehen. Die Teller drehen sich und erhalten auf der Unterseite einen Stempel – das Echtheitszertifikat. Das Zertifikat umfaßt eine Nummer, ein rotes Siegel und ein Faksimile von der Unterschrift des Künstlers. Vermutlich sind Cradle-Fälschungen auf dem Markt, und die Käufer sollen eine Garantie bekommen. Die Zertifikate sind völlig überzeugend. Ich würde sie nie anzweifeln. Jeder Teller hat ein Diplom: fabrikneu, echt, konkurrenzlos, autorisiert in Form und Farbe.

Sind die Teller fertig, folgen Warenkontrolle, Fein- und Versandverpackung. Die Teller werden in farbiges Taschentuchpapier gewickelt und in verschiedene Kartons mit dem jeweiligen Titel der Tellerkunst gepackt: *Die Tränen einer Mutter, Pfadfinder-Treffen, Weihnachts-Rhapsodie, Babys erster Gehversuch.*

Die Fabrik gibt jeweils nur eine limitierte Auflage von tausend Motivtellern heraus. Alle tausend Teller sind perfekt.

Fehlerhafte Teller werden sofort in einer Stahlpresse zertrümmert. Die Maschinen erfüllen die Fabrik mit einem weißen Rauschen, einem feierlichen mönchischen *Ommm*, das plötzlich vom Knirschen des pulverisierten Porzellans unterbrochen wird. Das Splittern der Ausschußware wirkt in dem Mönchschor wie ein kleiner Urlaub.

Ich bin als Hilfskontrolleur eingeteilt. Meine rundliche Tischnachbarin, mir vorgestellt als Samantha Abberson, hat die dankbare Aufgabe, mir zu erklären, wie ich die Teller auf Fehler zu untersuchen habe, und warum ein hoher Qualitätsstandard von äußerster Wichtigkeit ist. Denn diese Teller gehen in Häuser und Wohnungen, wo sie sofort zu Erinnerungsstücken werden, an denen auch noch die kommenden Generationen ihre Freude haben sollen. Sie werden dort wie Ikonen ausgestellt.

Samantha mahnt mich auch, auf ein Trauma gefaßt zu sein, das sie als *Wechsel-Verletzlichkeit* bezeichnet. Wenn eine Serie von Tellern fertig ist und ein anderes Motiv erscheint, gibt es immer diesen schwierigen Moment der innerlichen Umstellung.

»Nehmen wir mal an, du kontrollierst gerade *Ein kesses Frauenzimmer* und wirst plötzlich mit *Die Schätze eines alten Mannes* konfrontiert. Der Wechsel weckt ganz automatisch Zorn und Ablehnung in dir. Das ist normal. Flipp dann bloß nicht aus. Anfänger neigen dazu, die Kontrolle über sich zu verlieren. Ich habe schon erlebt, wie sie fehlerfreie Teller zerdeppert, ja sogar auf Leute eingedroschen haben. Wenn du eine Spannung in dir spürst, mit der du nicht klarkommst, sag mir Bescheid. Du brauchst dich nicht zu schämen, mich um Hilfe zu bitten. Das beste in einem solchen Moment ist, eine Pause zu machen und dein Bild aufzurufen.«

»Vielen Dank. Ich werde versuchen, all das zu beherzigen. Aber erzähl mir doch etwas über den Geschenkeladen.«

»Da gibt's nicht viel zu erzählen. Unser Geschenkeladen liegt in Stockton, ein paar Meilen den Pike hinunter. Während der Knotenholz-Konzerte im Sommer und den Herbstlaub-Wochen kommen Millionen Touristen hier in die Gegend. Sie besuchen das Cradle-Museum und nehmen ein paar Erinnerungsstücke mit. Seit der Jahrhundertwende gehört der Geschenkeshop zur Hamish Farm, und seitdem führen die Insassen ihn in Eigenregie. Wir verkaufen Teller, Figuren, Tischsets, Gläser und Tongeschirr. Vor zehn Jahren kam es dann zu einer politischen Fehlentscheidung, und wir verloren Schlüsselanhänger, Schmuck, Grußkarten, Drucke, Poster, Kalender, Kleidung und Hüte an die Koreaner. Daher müssen wir höllisch achtgeben, daß wir nicht das ganze Geschäft verlieren. Würde mir arg gegen den Strich gehen, wenn die verdammten *banzais* alle unsere Produktionsgeheimnisse erfahren würden. Sobald du die Fabrik verläßt, mußt du alles vergessen, was hier passiert. Sprich mit keinem darüber. Gib selbst dem Therapeuten, der dich behandelt, nur eine ausweichende Antwort, wenn er dich danach fragt. Sie machen das manchmal, um uns hereinzulegen.«

»Auch Dr. Hamish?«

»Natürlich. Wir sind hier im Krieg, Suppe. Da steht einiges auf dem Spiel. Also denk daran – immer schön vorsichtig.«

»Liegt es in meinem Ermessen, einen fehlerhaften Teller zum Ausschuß zu werfen?«

»Nun mal hübsch langsam. Laß die Pferde nicht gleich mit dir durchgehen, mein Freund. Das ist meine Aufgabe. Ich bin der Vollstrecker, und ich sage dir was: Den Job habe ich mir hart erkämpfen müssen. Aber ich bin ja gar nicht so. Hör zu: Wenn du ernsthaft und hingebungsvoll deine Arbeit machst, lasse ich dich vielleicht pro Tag ein paar Teller aussortieren. Das ist aber kein Versprechen. Schließlich sind wir hier nicht im Garten Eden.«

»Ich verstehe.«

»Außerdem steuern wir alle größere Ziele an. Eines Tages wird meine Position bestimmt frei werden.« Sie lächelt. Ich erwidere ihr Lächeln und zucke die Achseln. Wir haben uns verstanden.

Ich inspiziere Teller.

Mein ganzes Leben lang habe ich Bücher und Gedichte gelesen, sogar Theaterstücke und Musicals gesehen, die den Fabrikarbeiter in einem romantischem Licht darstellen. Ich habe das nie geschluckt. Aber nach den ersten hundert Tellern ändere ich jetzt meine Meinung. In der Wiederholung und dem Gleichmaß der Tätigkeit liegt ein hübsches Tremolo, ein Rhythmus des Duplizierens, der die Seele beflügelt. Die Aufgabe ist befriedigend, erfüllt Körper und Geist.

Während der ersten Stunde kontrolliere ich *Die Tränen einer Mutter* – und wie auf Bestellung ist tatsächlich ein Teller in der Serie, auf dem eine Träne fehlt. Das ist so, als hätte man einen Diamanten gefunden. Ich jauchze auf und rufe Samantha, übergebe ihr den Renegaten. Aufgrund meiner fehlenden Erfahrung beäugt sie mißtrauisch den Teller, muß aber dann meine Diagnose bestätigen. Sie nimmt das degenerierte Stück und wirft es in die Mühle. Das splitternde Geräusch verhilft mir zu einer leichten Schwellung zwischen den Beinen. Als Samantha den Kontrolleur niedermacht, der den tränenlosen Teller zu verantworten hat, habe ich einen Riesenständer. Es dauert eine ganze Weile, bis sich die Wölbung wieder glättet. Bescheidenheit heuchelnd widme ich mich wieder meiner Arbeit.

Während die Serien langsamer laufen, habe ich Zeit, mich umzuschauen. Meine andere Tischnachbarin, das Rippengestell, ist zum Verpacken eingeteilt. Ihre Finger sind kaum dicker als das weiche Papier, mit dem sie arbeitet. Sie ist eine verdammt gute Packerin, doppelt so schnell wie die anderen Packer. Ich frage mich, ob sie sich auch Hoffnungen auf den Geschenkeladen macht, und empfinde sie als Konkurrentin. Sie ist ein weiteres Hindernis auf meinem Weg nach oben. Ein zerbrochener Teller wird zermahlen. Sein Todesröcheln läßt das Skelett zusammenfahren. Ich hoffe auf mehr Bruch. Es ist ein Vergnügen, ihre Glieder zucken zu sehen wie die Beine einer sterbenden Wanze. Ich hasse mich, weil ich mich an ihrem Elend weide, und versuche mein Bild aufzurufen. Der Maler und die Puppe scheinen meine bösartige Befriedigung zu tolerieren.

Gegen Mittag ertönt eine Pfeife. Die Tellerreihe stoppt. Es ist, als würde man in einem Aufzug zwanzig Stockwerke in die Tiefe sausen. Samantha sagt laut: »Mittagessen.«

Aus irgendeinem blöden Grund antworte ich ihr: »Das habe ich mir fast gedacht.« Arroganz bei einem Untergebenen ist nicht leicht zu verzeihen. Ich habe wahrscheinlich meine Chance, irgendwann die Mühle zu füttern, um Tage oder Monate verzögert. Eine Träne steigt mir ins Auge. Keine Möglichkeit, sich zu entschuldigen!

Erstaunlicherweise sitzt Samantha direkt neben mir. Man reicht mir ein Lunch-Paket. Es enthält ein Sandwich mit polnischem Schinken, Dillkäse und Dijoner Senf auf kräftigem Graubrot mit einer Gurke obendrauf. Dazu einen Becher Krautsalat. Eine Thermoskanne spendet frischgepreßten Orangensaft. Ich bin kein Dummkopf.

»Ich bin nicht sehr hungrig, und es wäre doch schade ...«

Samantha packt mein Sandwich und zerkaut es mit ihren mächtigen schimmernden Zähnen. Ich kann förmlich spüren, wie sich das Essen in sein Schicksal ergibt und den Schlund hinuntertaumelt. Samanthas Augen werden sanft wie ein Sonnenuntergang im April. Meine Sünde ist getilgt, vergeben.

»Ich habe gesehen, daß unsere Tischgenossin in der Verpackung arbeitet.«

»Du meinst Susan Shom? Eine gefährdete Spezies. Ich mache mir wirklich Sorgen um sie. Sie ißt wie eine Ameise, eine Fliege, und zwingt mich dazu, ihre Portionen aufzuessen, damit Dr. Hamish nichts merkt.«

»Es ist sehr großmütig von dir, ein solches Risiko auf dich zu nehmen.«

»Sie ist eine Freundin. Als sie hierher kam, war sie rund wie ein Ballon. Bulemie. Ich war die Dünne. Jetzt haben wir die Plätze getauscht. Das habe ich nur getan, um ihr zu helfen. Aus Mitleid. Mein Mitleid ist noch mal mein Ruin. Dabei wollte ich es ihr nur leichter machen, ihre Diät einzuhalten.«

»Das hat ja auch blendend funktioniert. Sie dürfte

netto jetzt doch kaum mehr als achtzig Pfund wiegen.«

»Das alles ist doch ein bißchen komplizierter. Ehrlich gesagt steckte auch ein wenig Selbstsucht dahinter. Eigennutz. Als ich ihren Plan durchschaute.«

»Welchen Plan?«

»Die Typen hier wollten mich mit Maginot verkuppeln. Sie wollen, daß er sich in Gefangenschaft vermehrt. Ich bin reif wie eine Melone. Ich kann die Samen regelrecht in mir spüren. Schon von Pollen werde ich schwanger. Und das wissen sie genau.«

»Ich will ja nicht in deinem Privatleben herumfummeln, aber du sagst, man hat dich dazu aufgefordert, mit einem Patienten eine Beziehung einzugehen?«

»Nicht mit irgendeinem Patienten. Mit Bill Maginot. Sie wissen, daß er für mich was übrig hat. Unter uns gesagt – wenn das Zusatzwert-Programm je in die Gesetzbücher eingeht, ist er zweitausend pro Unze wert. Und die Kinder aus einer gemischten Ehe wären immer noch jeweils die Hälfte wert. Sie würden sich also als Aktivposten in den Büchern niederschlagen. Deshalb bin ich fett geworden.«

»Eine brillante Lösung, wenn ich so sagen darf.«

»Ich habe nicht gesagt, daß ich ihnen den Gefallen nicht eines Tages doch tue. Im Moment bin ich aber noch zu sehr mit Susan beschäftigt. Nein, ich bin keine Lesbe. Ich stehe auf Männer. Aber Susan braucht mich. Sie ist für mich wie die kleine Schwester, die ich nie hatte.«

»Ich habe mir auch immer eine kleine Schwester gewünscht. Das wäre wunderbar gewesen. Ich verstehe, was du sagen willst.«

Sie beendet mein Sandwich und vertilgt die Gurke. »Der Grund für Susans Probleme ist ihr Vater. Sie ist so verdammt reich. Er hat Milliarden mit Elektronik verdient. Hast du schon mal was von dem *Kerl nach Shom-Art* gehört?«

»Dem Roboter?«

»Genau. Welches Kind hatte keinen? Er hat das Spielzeug erfunden. Er hat bettelarm angefangen und ist dann im Reichtum ertrunken. Er hatte eine verdammt gute Nase dafür, was ein Renner werden würde. Aber du weißt ja, plötzlicher Reichtum ist der schlimmste Fluch, mit dem ein Mensch geschlagen werden kann. Man braucht Jahrhunderte, um sich auf den Reichtum vorzubereiten. Susans Eltern wurde regelrechte Schweine. Zu intolerant einerseits, auf der anderen Seite zu nachgiebig. Kaufen, kaufen, kaufen. Scheißen, scheißen, scheißen. Glänzen, glänzen, glänzen. Du hast doch die Ohringe gesehen, die sie trägt, oder? Sie sind aus den Brustwarzen von bengalischen Tigern gemacht.«

»Ich habe mich schon immer gefragt, was mit den Brustwarzen von Tigern passiert.«

»Jetzt weißt du es, Suppe. Neben dem Zusammenraffen von Bildern, Autos, Art Deco-Möbeln, Wertsachen, Flitterkram und modischen Accessoires, Kleidern oder Aufsichtsratsposten entwickelte Familie Neureich, Füller vieler Klatschspalten und Kolumnen, eine fatale Leidenschaft für alles Eßbare. Ihr Vater hielt sich wohl plötzlich für Ali Babas Höhle und stopfte alles, von der Lammkeule angefangen bis zum Chateaubriand, in sich hinein. Ihre Mutter widerstand der Versuchung einige Zeit, gab aber schließlich auf – wahrscheinlich aus dem Wunsch zu überleben. Immerhin mußte sie dreimal wöchentlich ein vierhundert Pfund schweres, sexuell hochgradig aktives Ego über sich ergehen lassen. Nachdem sie sich dann gemästet hatten, mästeten sie ihre Tochter. Und Susan aß, um ihnen gefällig zu sein. Als sie dann später Baba Halvah traf, war sie ein Teenager-Fleischberg.«

»Baba Halvah?«

»Der Vater der Kinder des Halbmondes.«

»Ein Kult?«

»Eine Gemeinschaft von Mondanbetern. Der Baba lehrt, daß die Bahn des aufgehenden Mondes in ein Parallel-Universum der Ruhe und Weisheit führt. Um dort hinzugelangen, muß man aber hindurchpassen.«

»Hindurchpassen – durch was?«

»Sie nennen es das Gewölbte Portal. Der aufgehende Mond. Und daher will Susan nichts mehr essen. Ich muß nun ihren Lunch einfahren, damit sie keine Minuspunkte bekommt.«

»Sie müssen doch merken, daß man schon fast durch sie hindurchsehen kann.«

»Dr. Hamish hat ihr erklärt, daß sie wie ein Ball erst mal den Boden berühren muß, ehe sie wieder hochspringen kann. Sie wollen sie mürbe machen. Aber Susan will nicht von ihrer Vorstellung ablassen, durch die Mondtür in das ewige Paradies zu schlüpfen. Sie büßt nun für die Pfunde ihrer Eltern.«

»Du kannst aber nicht auch noch die Verantwortung für Susan übernehmen. Du mußt doch an dich selbst denken.«

»Ich hatte früher Größe 6. Wenn ich hier herauskomme, werde ich wohl den Rest meines Lebens in einer Sauna verbringen müssen.«

»Davon bist du noch weit entfernt. In Wirklichkeit bist du doch ziemlich adrett, Samantha. Adrett und kurvenreich.«

»Red nicht lange drum herum, wenn du mich vögeln willst. Wir rufen ein schmutziges Bild auf. Ich liege nackt und gefesselt in einem großen Topf, und du rollst tropfenweise über den Rand hinein. Denk mal drüber nach.«

Die Pfeife ertönt.

Teller gleiten aus einer mysteriösen Quelle. Ich betrachte meine tonnenartige Aufseherin. Ich kann mir nicht vorstellen, wie ich in diesen Fleischberg eindringen oder gar den Eingang zu ihrem Paradies finden soll, aber die geile Verzückung, einen Teller in der

Mühle zertrümmern zu dürfen, läßt mich diese Möglichkeit in Betracht ziehen.

Hätte der Zufall nicht nachgeholfen, hätte ich nie erfahren, was so alles an einem Fließband los ist.

Ich gehe mit Morris Feuerbloom durch West Stockton. Wir kommen zu einer kleinen Brücke, die über einen sprudelnden Fluß führt, und schauen zwei Normalen beim Angeln zu. Es ist ein schöner Abend, fast zu schön, der Himmel ein Gemälde in verschiedenen Rot- und Purpurtönen. Nur der Wind trägt einen Eishauch mit sich.

»Was wollen die hier denn fangen?« brummt Morris. »Sardinen etwa? Die Typen sind die reine Inzucht. Die Leute hier haben alle ein paar Zehen zuviel.«

»Ich bin neugierig, wie die Stadtbewohner zu uns Insassen stehen.«

»Sie lieben uns. Wir geben Geld aus. Sie hassen uns. Wir kosten Geld. Das hält sich eigentlich die Waage. Manchmal versuchen sie, unsere Häuser niederzubrennen. Um Halloween herum werden sie aggressiv. Sie verkleiden sich als Kürbisse und kommen mit Fackeln. Unsere Sicherheitsleute kommen aber meist mit ihnen klar. Im übrigen sind die Beziehungen friedlich. Sie gehen nur auf die Palme, wenn eins ihrer Mädchen flachgelegt wird. Nicht, daß die was dagegen hätten! Im Winter gibt's hier ja kaum Abwechslung.«

»Vermutlich wirken wir wie Aphrodisiaka. Außerirdische von einem anderen Planeten.«

»Gott sei Dank bin ich jenseits von Gut und Böse. Vielleicht kriege ich noch mal 'nen Ständer um *Simchas Torah* herum, aber mein Geist hat kein Interesse mehr an Sex. Dieses Rein und Raus, dieses Pumpen und

Schwingen ist für meine Begriffe ziemlich lächerlich. Und was war ich für ein Ficker in meinen jungen Jahren! Wenn man Herr über die Feuerwerkskracher ist, machen die Weiber Jagd auf einen. Die warten darauf, daß man es krachen läßt, weiß Gott. Um den Unabhängigkeitstag herum habe ich mehr Weiber umgelegt als George Washington damals Soldaten. Nun sieh dir diesen Himmel an. Weißt du, was ich mit einem solchen Himmel anstellen könnte? Zuerst eine Symphonie aus Salutböllern. Als nächstes dann eine Galashow aus Feuerblumen, gefolgt von Wirbeln, Raketen, Rädern und Schlangen. Eine Pause, um die Spannung zu erhöhen. Wumm – ein Wasserfall, dann Muscheln, Kometen, Fontänen und schließlich nach den Donnerschlägen das Feuerbloom-Spektakel, bis dir die Brust schmerzt und die Augen rollen. Reiß dir doch das Herz aus dem Leib, Grucci.«

Das *Reiß dir doch das Herz aus dem Leib, Grucci* ist ein Aufschrei. Die Angler fahren herum und starren uns an.

»Wer hat denn mit euch gesprochen? Jagt weiter eure Anchovis oder was sonst immer.«

»Machen wir, daß wir weiterkommen«, schlage ich vor.

»Geht doch nach Hause und zählt die Titten eurer Weiber. Aber vergeßt nicht, es müssen mindestens zwei sein. Das wußtet ihr noch nicht, was?«

»Morris, hör auf, sie zu provozieren.«

»Was können sie mir denn anhaben? Mich töten? Na und? Weißt du, Suppe, ich habe mir die Hosen naßgemacht, als ich das erste Feuerbloom-Spektakel abgebrannt habe. Du konntest das Lichterspiel mit geschlossenen Augen sehen. Wir zündeten einmal ein Feuerwerk zu einem goldenen Jubiläum, und die Schlauchfetischisten in einem fünf Meilen entfernten Krankenhaus fielen aus den Betten. Das war ein Knaller, das kannst du mir glauben.«

»Ich glaube es dir. Komm jetzt. Du sagtest, du hättest eine Besorgung zu machen.«

»Gut, daß du mich daran erinnerst.«

Wir gehen zum General Store hinunter. Ich wandere zwischen den Warenregalen entlang, während Morris im hinteren Teil mit dem Manager spricht. Als er zurückkommt, hat er ein kleines Päckchen in der Hand.

»Für zwanzig Bucks verkaufen die mir hier meine eigene Marke. Du weißt, was sie das gekostet hat? Vielleicht drei Dollar.« Er öffnet eine Tüte und zieht eine Dose mit drei Feuerblumen-Blitzkrachern hervor. Dann zerknüllt er die Tüte und schiebt die Kracher in seine Hosentaschen.

»Wozu ist das alles?«

»Ich bin Sammler.«

»Laß dich bloß nicht mit dem Zeug erwischen.«

»Sie lassen mich völlig in Ruhe. Außerdem – was glaubst du, an wen sie sich zum Cradle-Tag wenden? Wer plant die große Vorstellung? Ich. Ich besorge ihnen eine komplette Auswahl, sagenhafte Dinger, und alles zum Großhandelspreis. Wir werden am Ballspielplatz eine Riesenshow abziehen. All die Kretins kommen und bringen Essen und Bier mit. So was haben die noch nie gesehen.«

»Morris, wenn du doch Nachschub zum Großhandelspreis kriegen kannst, warum bezahlst du dann hier Einzelhandelspreise?«

»Das ist Privatvorrat. Das andere Zeug geht über die Bestandsaufnahme. Sie zählen jedes einzelne Stück, ob Muschel, Heuler, römische Kerzen, Donnerschläge, selbst die Wunderkerzen. Sie trauen mir nicht – und weißt du was? Man darf mir auch nicht trauen. Gehen wir einen Kaffee trinken. Um die Ecke ist ein Imbiß. Der Kaffee schmeckt zwar wie Spülwasser, aber ich trinke ihn trotzdem.«

Wir marschieren zu dem Imbiß. Eine Gruppe Normaler verfolgt im Fernsehen ein Crunch-Spiel. Wir gehen zur Theke und sehen uns einem Berg von Torten gegenüber – Käsesahne, Baiser, Schokolade, Kokosnuß, Kirsch, Vanillesahne. Ich muß unwillkürlich an Trina denken.

»Deine Gedanken gehen spazieren«, brummt Morris.

»Ich habe gerade an meine Frau gedacht.«

»Ab und zu denke ich auch an meine, aber ihr Gesicht ist immer nur verschwommen. Ich sehe sie schon nicht mehr genau. Dagegen sind mir die Gesichter aus meiner Kindergartenzeit noch klar im Gedächtnis – nur sie nicht. Blöd, nicht. An Fremde kann ich mich genau erinnern, an meine Frau nicht. Setzen wir uns.«

Dieses Problem habe ich nicht. Trina sitzt genau zwischen Käse- und Vanillesahne vor mir. Eine Frau bedient uns. Ihre Augen verengen sich, als sie unser Armbänder bemerkt, doch sie sagt nichts.

Ich mampfe ein Stück Apfelkuchen und spüle es mit Kaffee hinunter. Morris holt mich mit einem Fingerschnipsen aus meiner Trance.

»Sie haben das Spiel unterbrochen.«

Das Wort Bulletin läuft über den Bildschirm. Die anderen Kunden lassen simultan ein Grunzen hören. Das Crunch-Spielfeld wechselt gegen ein Live-Bild von der Hoffenstein-Statue auf dem Everest. Rötliches Licht spielt über das Gesicht. Selbst in dieser Welt aus Schnee und Eis verstrahlt Hoffenstein noch Wärme.

»Heute abend haben noch nicht identifizierte Terroristen versucht, das Hoffenstein-Antlitz zu zerschneiden. Wir wissen nicht, wer sie sind und warum sie das getan haben. Die Attentäter wurden von Sherpa-Wachen im linken Nasenloch eingeschlossen. Ursprünglich hieß es, sie hielten beide Nasenlöcher und den Mund besetzt, aber diese Kopföffnungen sind inzwischen wieder geräumt.«

Die Kamera-Optik fährt nahe heran. Ich sehe kleine Gestalten, die sich in das Nasenloch kauern, und winzige Blitze – wahrscheinlich Mündungsfeuer. Helikopter steigen von den Bergen auf und erwidern das Feuer.

»Wir werden über diese dramatische Geschichte ausführlicher berichten, sobald sich neue Fakten ergeben. Und nun zurück zum Spiel.«

»Warum sein Nasenloch?« knurrt Morris. »Sie hätten in sein Arschloch kriechen sollen.«

»Passen Sie auf, was Sie sagen«, warnt ihn die Bedienung.

»Ich kann alles sagen. Ich bin ein Irrer.«

Ein großer Kerl in einem weißen, mit Hamburger-Blut besudelten Kittel kommt aus der Küche. »Stimmt was nicht?« fragt er.

»Alles okay.« Ich drücke ihm einen Zwanziger in die Hand. »Das müßte reichen für zwei Kaffee, einmal Käse und einmal Apfel.«

»Ich würde dem Hundesohn kein Trinkgeld geben«, zetert Morris.

»Nimm deinen Freund und bring ihn in seine Kinderkrippe zurück«, brummt der Mann.

»Er hat dumme Bemerkungen gemacht«, petzt die Bedienung.

»Das habe ich, bei Gott. Ich konnte ja nicht ahnen, daß diese Kuh Englisch spricht.«

Draußen frage ich Morris, warum in aller Welt jemand ein Monument des Weltfriedens schänden will.

»Sind wahrscheinlich von den Sendern dafür bezahlt worden. Sie brauchen was Aufregendes. Oder glaubst du, rein zufällig passiert jeden Tag so viel, daß man damit die Nachrichtensendungen füllen kann?«

»Das ist doch, als würde man eine Kathedrale, ein Hospital oder ein Museum angreifen. Es ist einfach ein Anschlag auf die Grundwerte der Zivilisation. Offen gesagt, Morris, war ich über deinen Ausbruch enttäuscht.«

»Ausbruch? Das nennst du einen Ausbruch? Wenn mir erst mal der Kragen platzt, wirst du das ganz bestimmt merken. Schreib dir auf, daß ich das gesagt habe. Mach dir eine Notiz. Warum warst du enttäuscht? Magst du Hoffenstein etwa? Bist du damit einverstanden, daß sie Striche in jede menschliche Stirn ritzen?«

»Ich habe die Notwendigkeit erkannt.«

»Denkst du auch so über das Bild, das man dir hier aufgeschwatzt hat?«

»Ja. Sie sind doch da, um uns zu helfen, nicht, um uns Schaden und Schmerzen zuzufügen. Wir sollten ihnen doch wenigstens eine Chance geben.«

»Darf ich mal fragen, was du angestellt hast, um hierher geschickt zu werden?«

»Ich habe selbst kaum etwas dazu beigetragen. Es war ein Unfall. Man mußte mich um des Allgemeinwohls willen wegsperren.«

»Um des Allgemeinwohls? Du schluckst diesen Scheiß, als würdest du ein Stück Kuchen essen. Wo bleibt dein Lebenswille?«

»Ist noch intakt, nur etwas gedämpft. Hör zu, Morris, die Codes hat man eingeführt, um Konfrontationen zu verhindern, und mit den Bildern will man unmögliche Träume kanalisieren.«

»Diesen Mist wollen sie uns weismachen. Im Grunde geht es immer noch darum, wer die Macht hat, wer den Schraubenzieher dreht. Es werden immer noch dieselben Leute ins Knie gefickt, nur, daß sie jetzt dafür noch dankbar sind und Hurra schreien.«

»Ich muß feststellen, daß du im Lauf deines Lebens eine enorme Zukunftsangst entwickelt hast. Darum brauchst du dich deiner Verwirrung auch gar nicht zu schämen.«

»Zukunftsangst? Da kannst du drauf wetten. Vom Baby zum Jungen, zum Mann und zum Fossil.«

»Ich sprach eigentlich von Einstellungen und Technologien. Dieses Jahrhundert hat Äonen der Evolution überflügelt.«

»Warum bist du so empfänglich für all den Scheiß? Weil du salzfrei bist, vielleicht? Ich dachte, ich könnte auf deine Hilfe rechnen. Aber jetzt werde ich dich anzählen. In einem Monat wirst du dein Ding in diesen fetten Brutofen stecken und glauben, du seist in das Weib verliebt. Heute abend habe ich gesehen, wie du ihr eine Artischocke zugeschoben hast.«

»Eine Artischocke macht noch keine Liebe. Dahinter stecken andere Überlegungen.«

»Na klar doch. Erst 'ne Artischocke, dann die Banane.«

»Ich glaube, es ist Schlafenszeit für dich, Morris.«

»Schon seit Jahren. Deshalb will ich mich ja umbringen. Aber du bist doch noch ein junger Bursche. Kämpf gegen sie, zeig's ihnen, gib's ihnen zurück.«

Er stürmt an mir vorbei die Treppe hinauf und verschwindet im Haus. Ich sollte Dr. Hamish oder Bernie über sein Verhalten informieren. Der Mann braucht medizinische Behandlung. Er trägt Explosivkörper unter seinen Kleidern herum. Doch ich schweige.

Im TV-Raum herrscht große Begeisterung. Ich sehe beim Eintreten gerade noch, wie man die gefangenen Terroristen in ein Zelt drängt. Der Anführer, in dicke Pelze gehüllt, zeigt der Kamera den Mittelfinger. Die Krise ist überwunden. Schnee fällt auf das Hoffenstein-Antlitz und läßt das riesige Steingesicht noch weiser erscheinen. Wenn doch nur Cradle noch lebte, um es zu malen!

Ich gehe zu Bett. Die Vorzüge der Cradlejanischen Therapie sind offenkundig. Ich freue mich schon auf den nächsten Tag in den Tellerwerken. Ich träume einen schönen Traum, in dem viele Porzellan-Scherben vorkommen. So gut habe ich seit Monaten nicht mehr geschlafen.

»Irgendwas ist im Busch. Ich wüßte nur zu gern, was«, sagt Samantha zu mir. »Geh hinter Susan her und mach mir dann Meldung.«

»Ich mag zwar vieles sein, aber eins bin ich ganz sicher nicht: ein Spion.«

»Das hat mit Spionieren nichts zu tun. Das Mädchen könnte sich verletzen.«

»Das ist etwas anderes.«

Susan Shom liefert zweimal die Woche Teller an den Geschenkeladen. Sie transportiert immer ein Sortiment von Bestsellern, um die Serien wieder aufzufüllen. Mein Boss wittert Unrat. Susan ist mehrfach erst spät zurückgekommen, und jedesmal waren ihre Wangen gerötet. Gestern abend zögerte sie eine Mikrosekunde lang, ehe sie ihren Gurkensalat abtrat.

Ich zögere, weil ich mich nicht in irgendwas hineinziehen lassen will. Es macht mir keinen Spaß, um Ecken herumzuspähen. Außerdem ist gerade ein sehr empfindlicher Teller in der Produktion. Die *Feurige Jane* stellt eine glückliche Ballett-Debütantin in einem pinkfarbenen Body mit einem zerfledderten Tutu aus weißer Spitze dar. Jane verbeugt sich gerade auf der Bühne einer Schulaula vor einer applaudierenden Zuschauerschar aus Freunden und Verwandten. Ihr Haar ist flammendrot, und es ist das Haar, das dieses verheerende Durcheinander angerichtet hat. Die Farbe kommt immer als rostbraun, als Folge einer ganzen Reihe von Defekten. Die Mühle zermalmt die Teller mit spürbarem Vergnügen.

Meine Vorgesetzte kann Gedanken lesen. Sie macht eine eindeutige Bewegung mit ihrem wurstähnlichen Handgelenk. Ich nicke. Sie gibt mir eine *Feurige Jane,* diesmal ein Exemplar mit extremen Verfärbungen. Ich drehe und wende sie in meinen Händen und gluckse in mich hinein. Samantha zeigt auf den Entsorger. Ich trage den Teller zu der Mühle, werfe die Ballerina zwischen Stahlzähne. Jane ist jetzt gar nicht mehr feurig.

Der Ausdruck unterdrückten Triumphes wird ihr vom Gesicht gewischt, und dann ist da kein Gesicht mehr.

Die augenblickliche Gefühlsaufwallung entzieht meinem Gehirn das Blut, und ich spüre, daß ich wie der Gnom in einem Horror-Film schiele. Ich bin bis zur Halskrause von überschäumender Freude erfüllt. Ich dachte immer, ich wüßte, was das Wort bedeutet, aber jetzt erst weiß ich, was Freude wirklich ist. Das Wort ist nicht nur für die Schriftsteller erfunden worden. Es gibt tatsächlich so was.

Ich werde zur Tür geschoben. Samanthas Verhalten verspricht mehr *Feurige Janes*, und ich akzeptiere den Deal.

Draußen sehe ich Susan zwei Taschen mit ausgesuchten Tellern aus dem Lager tragen. Die Taschen sehen aus wie die Enden einer Tragestange, die von ihren Streichholzarmen herunterhängen. Sie ist eine Strichfigur, die durch eine Postkartenidylle von Stadt marschiert.

Meine Jagdbeute wartet auf den Bus nach Stockton. Ziemlich spät bemerke ich mein Dilemma. Um sie nicht zu verlieren, muß ich denselben Bus nehmen. Ich denke mir rasch eine Geschichte aus. Man hat mir als Belohnung für meinen Fleiß einen Besuch des Geschenkeladens gestattet. Natürlich heuchle ich Überraschung, als wir in den Bus steigen und ich neben Susan Platz nehme, die ihre zerbrechliche Last beiseite rückt, damit ich mich setzen kann.

»Hat sie dich hinter mir hergeschickt?«

»Bin ich denn Mata Hari? Was für ein Gedanke, Susan. Ich hatte nicht die geringste Ahnung, daß du runterfährst. Sonst hätte ich dir doch die schweren Taschen abgenommen. Nein, dies ist reiner Zufall und keine Spionageaffäre. Trotzdem bin ich froh, daß ich dich getroffen habe. Du kannst mir den Laden zeigen.«

»Was hat sie dir versprochen? Die Vernichtung von

Ausschuß? Diese Frau ist ein Teufel. Sie frißt mich bei lebendigem Leib auf.«

»Seltsam, daß du gerade jetzt den Ausschuß erwähnst. Tatsächlich habe ich einen Teller in die Mühle geworfen, dessen Farben hoffnungslos verfälscht waren. Ich dachte, mir würde dieses Erlebnis Freude machen. Statt dessen hat es mich deprimiert.«

»Was für ein Teller?«

»Diese rotzfreche kleine Tänzerin. Ich weiß alles, was es über diese Sorte zu wissen gibt. Ich könnte von ihrem Leben eine Skizze zeichnen: Privatschulen, Ivy League College, ein vorgezeichneter Weg in einen Job bei einem Modemagazin, Heirat mit einer guten Partie, zwei Kinder. Höchste Einstufung: Code C. Schreibt wahrscheinlich ein Tagebuch, in dem sie sich auch noch selbst belügt.«

»Du ereiferst dich hier über einen Teller. Aber vielleicht redest du auch von etwas völlig anderem, Suppe. Von einer anderen Person?«

»Versuch nicht, spitzfindig zu werden. Erzähl mir lieber was über den Geschenkeladen. Es ist doch sicher eine schöne Abwechslung, mal die Tellerwerke mit der Verkaufsfront zu tauschen.«

»Laß das Versteckspiel, Suppe. Ersparen wir uns gegenseitig 'ne ganze Tonne Ärger. Schau dir Stockton an, lös dich für 'ne Stunde oder so in Luft auf. Wenn du ihr dann Bericht erstattest, sagst du einfach, die große Zahl der Touristen sei der Grund für meine Verspätung. Vielleicht kauft sie dir das ab. Sie neigt dazu, Männern zu glauben, mit denen sie noch nicht gefickt hat. Du hast doch noch nicht mit ihr gevögelt, oder?«

»Nein. Und deinen Vorschlag finde ich nicht schlecht. Ich habe ohnehin nach einer Möglichkeit gesucht, meiner Familie eine Nachricht zukommen zu lassen. Die Post von der FARM wird vermutlich zensiert. Bernie hat mir schon mal meine eigenen Zeilen zitiert. Aber ich muß erst wissen, daß du nichts Schlimmes im Sinn hast.«

»Bei meinem Herzen – und meiner Hoffnung auf ein besseres Leben.«

»Okay, ich schaue für 'ne Stunde in eine andere Richtung.«

Die Stadt Stockton, in der Norman Cradle arbeitete, ist eine Schote voll überquellender Zufriedenheit. Jede andere Stadt auf der Welt ist im Vergleich dazu schäbig. Nichts ist am falschen Platz, selbst die Verkehrsampeln sind perfekt angeordnet. Stockton wird von seinem eigenen Charme umrahmt. Hat Cradle den Ort geformt, oder hat der Ort den Mann modelliert? Wurde hier eine Ansammlung von Slums und aufgegebenen Mühlenbetrieben abgerissen und planiert, oder hat sich dieses Eden allmählich aus den Berkshire Hills erhoben und lediglich kräuterfressende Dinosaurier und Puritaner angelockt, die zum Liberalismus neigten? War Klein-Norman zwangsernährt worden, hatte man heißen Apfelkuchen, mit Zimt versetzten Apfelwein und andere Neuengland-Leckereien aus einer Gußeisenschüssel in ihn hineinstopfen müssen? Oder war er der Architekt dieses Traums?

Als ich Henry Hamish treffe, den Bruder von Dr. Bartley, der den Geschenkeladen führt, frage ich ihn nach der Geschichte der Stadt. Er zeigt sich bemerkenswert desinteressiert an ihrer Vergangenheit.

»Ich dachte, Sie wären von ihrer Historie besessen, zumal Sie doch hier Nostalgie verkaufen.«

»So sehe ich das nicht. Ich verkaufe Werte, Ziele, Visionen des Möglichen.«

»Sie sind wie Ihr Bruder.«

»Der Geist des Großvaters brennt in unseren Herzen. Mit genug Funken für jedermann. Und das genau sind diese Produkte hier: Funken unserer inneren Glut.«

Henry löst sich aus unserem Gespräch und bewegt

sich graziös zwischen Kunden, an Regalen und Theken vorbei. Dieser Mann liebt seine Arbeit. Er ist dem sanften Kommerz völlig verfallen. Ich erquicke mich an den Displays, bis Henry Hamish wieder frei ist.

»Entschuldigen Sie, aber ich bin nun mal neugierig. Hat Cradle während des Zweiten Weltkrieges keine polemischen Bilder gemalt? Ich habe einmal gelesen, daß er ein eingefleischter Gegner der Nazis war.«

»Solche Motive würden sich für attraktive Teller kaum eignen.«

»Wenn ich so sagen darf – man hat hier das Gefühl, daß nur ein einziges Thema behandelt wird. Eine Abweichung davon könnte die Glaubwürdigkeit doch nur steigern.«

»Du glaubst, wir litten unter einem Mangel an Glaubwürdigkeit? Wissen sie auf der Farm, wie du denkst?«

»Ich habe doch nur vorgeschlagen ...«

»Du arbeitest doch in den Tellerwerken. Glaubst du denn, ein Teller, der meinen Großvater Isaac Hamish als Mörder zeigt, würde sanktioniert werden? Sicher hast du gehört, daß er eigentlich hergekommen ist, um Cradle zu erschießen.«

»Das wußte ich nicht.«

»Du hättest es bald erfahren. Es ist kein Geheimnis. Im Gegenteil. Ja, er kam nach Stockton, um ein Chaos zu verursachen. Er war ein ausgebrannter, unglücklicher Mensch, überzeugt davon, daß die zynische, verkommene Welt an seinem Versagen die Schuld trug. Und er wurde noch unglücklicher, als er erfuhr, daß Cradle genau an dem Morgen seiner Ankunft verstorben war. Er hockte dort draußen unter dem herrlichen Ahornbaum und überlegte, was er sonst vernichten könnte. Die Luft? Die Blumen? Die Kinder? Ihm kamen wieder die Arbeiten von Cradle in den Sinn, diese Beschwörungen von Reinheit und Wundern, die an ihm nagten und ihn mit Zorn und Eifersucht erfüllten. Und in diesem Moment traf ihn die Erleuchtung. Von diesem Augenblick an hatte sich Großvater der Bewahrung der segensreichen Wahrheit verschrieben, von der dieses Heiligtum durchdrungen ist. Er opferte sich selbst für dieses Ziel. Er war ein kämpferischer Mann, völlig davon überzeugt, daß die Chancen im Kampf mit dem Bösen gegen das Gute standen. Jetzt aber mußte er erkennen, daß Schönheit und Engagement immer über das Häßliche siegen. Wußtest du, daß er schon lange vor Hoffenstein mit Codes herumexperimentierte?«

»Tatsächlich? Nun begreife ich, daß all dies nur schwer auf einem Teller oder einer Serie von Tellern einzufangen und wiederzugeben ist.«

»Genau. Teller sind nur Gegenstände mit engen Grenzen.«

Henry Hamish wird von einer Frau in Beschlag genommen, die einen Cradle-Tröster für ihr Kingsize-Bett kaufen will. Ich schaue mich um. Susan ist verschwunden. Ich schaue zur Uhr. Nur eine Stunde.

Ich verlasse den Laden und kaufe irgendwo einen Kugelschreiber, Papier und einen Umschlag. Das einzig erhältliche Briefpapier hat einen Rand aus pausbäckigen Cradle-Engeln. Rücksichtslos male ich meine Buchstaben zwischen die paradiesischen Gesichter. Eigentlich hatte ich erwartet, mich in meinen Zeilen bei Trina auszuweinen und mit ihr zu schimpfen. Denn seit Monaten habe ich nichts von ihr gehört. Statt dessen sind meine Worte optimistisch und voller Wärme. Ich kaufe in dem hübschen Postamt eine Briefmarke und werfe meinen Brief durch einen auf Hochglanz polierten Messingschlitz. Selbst dieser Schlitz ist ein weiterer Funke der rast- und ruhelosen Überreste des erleuchteten Großvater Hamish.

Als die gestohlene Stunde um ist, kehre ich zum Laden zurück. Nirgends ein Anzeichen von Susan. In mir regt sich Ärger. Sollte ich sie verloren haben, gibt es keine Entschuldigung dafür. So wie es aussieht, inspizieren inzwischen andere meine Teller, halten den hohen Standard, füttern vielleicht sogar schon die Mühle. Ich muß vor siebzehn Uhr zurück sein. Wenn es offensichtlich wird, daß ich am Fließband leicht zu ersetzen bin, ist meine Verhandlungsbasis zum Teufel.

Ich entdecke Susan auf der anderen Seite einer breiten Straße. Sie steht vor dem Blue Violett Inn und küßt einen großen Kerl. Er hält sie mit seinen Armen umschlungen, so daß sie praktisch unsichtbar ist, aber ich erkenne ihre Spinnenbeine. Der Kuß dauert ewig. Endlich macht sie sich frei und eilt auf die Stelle zu, an der ich warte. Ich wende mich ab. Ich habe nichts gesehen.

Als Samantha mich fragt, kann ich ihr erleichtert sagen, daß es keinerlei Probleme gibt.

»Es ist nur so, daß sie einen Mann getroffen hat. Vermutlich haben sie eine Zeit im Blue Violet verbracht. Das ist alles. Für ein paar Minuten sah sie sogar glücklich aus. Gott allein weiß, daß sie es verdient.«

Eigentlich hatte ich ihr das nicht erzählen wollen, aber da die Sache völlig harmlos war, tat ich es doch. Ich wollte mir ein Schuldgefühl ersparen. Von allen Mädchen hier würde Samantha ein Nachmittags-Stelldichein am besten verstehen. Sie selbst reibt sich oft genug sogar an Türknöpfen. Und was anderes könnte sie sein als erfreut, daß ihre Freundin durch eine Infusion von Samenflüssigkeit, Vitaminen und Mineralien etwas dicker gemacht wurde?

»Ein Mann? Schön. Gib mir ein paar pikante Einzelheiten. Wie hat er ausgesehen?«

»Sehr distinguiert, korpulent, groß, ein Gesicht wie ein Basketball. Ich dachte, er würde sie wie eine Astgabel knicken. Könnte es Baba Halvah gewesen sein?«

»Baba Halvah wiegt gerade mal fünf Pfund und ist

vier Fuß groß. Nun gut. Geh an das Band zurück. Wir haben inzwischen das Haarproblem der *Feurigen Jane* gelöst. Die Teller sind nun die Perfektion selbst. Nicht ein Fehler in einer ganzen Charge.«

»Die Perfektion?«

»Kein Ausschuß unter den letzten fünfzig.«

»Ach so. Das ist eine gute Nachricht.«

Bernie betritt mein Zimmer mit meinem Brief zwischen den Beinen. Er wackelt mit den Hüften, tut so, als würde er abspritzen, nimmt den Brief und läßt ihn auf mein Bett fallen. Der Mann hat eine eigentümliche Eleganz. Er schüttelt den Kopf und gibt Laute bitterster Enttäuschung von sich.

Ich mache mich auf etwas gefaßt. Das hier wird anders als das gelegentliche Ziehen am Ohrläppchen oder der Schlag in den Rücken. Ich weiß, ich bin ein Risiko eingegangen. Aber jetzt mache ich mir wegen des Ausmaßes der drohenden Verletzungen doch große Sorgen. Wenn ich wegen eines Bruchs oder einer Verrenkung zu lange der Arbeit fernbleibe, verpasse ich ganze Teller-Serien mit neuen komplizierten Motiven und Farben, die die Kapazität der Mühle auf eine harte Probe stellen werden.

Bernie entledigt sich der Jacke und holt aus. Es wird eine leichte Rechte ans Kinn. Dann tritt er mich unter das linke Knie, nicht sonderlich hart, und versetzt mir einen Schlag zwischen die Schulterblätter. Noch ein paar Haken in den Magen, und er zwängt sich wieder in sein Jackett. Ich bin erleichtert, aber auch traurig. Diese nachbarschaftlichen Brutalitäten bestätigen immer wieder mein Vorhandensein. Ein unerlaubter Brief ist kein leichtes Vergehen.

»Drei Tage ungerahmt, Suppe.«

»Augenblick mal. Dazu bist du nicht berechtigt. Nur Dr. Hamish kann Rahmen-Verbot verhängen. Ich bestehe darauf, ihn sofort zu sprechen.«

»Das hast du dir selbst eingebrockt. Du kannst noch von Glück sagen, daß nichts Subversives in dem Brief stand.«

»Es war ein positiver Brief. Und ein erster Versuch. Jeder muß doch mal versuchen, einen Brief herauszuschmuggeln. Ich habe nicht verdient, in einem Bild ohne Rahmen zu stecken.«

Bernie wirft die Tür hinter sich ins Schloß.

Ich zerreiße den Brief in zwei Hälften. Nur zwei können dieses Spiel spielen. Ich will nicht an mein Bild denken. Ich will meine Vorstellung auf den neuen Sketch-Teller konzentrieren: *Fannys erstes Mieder*. Der Rundteller hat einen schönen Rand mit roten Punkten. Ich schließe die Augen. Es wirkt eine Zeitlang, doch dann übernimmt mein Geist die Funktion der Mühle, und Fanny zersplittert in tausend Stücke. Ich bin in meinem mir zugeteilten Bild und schaue von der rahmenlosen Leinwand herunter.

Plötzlich lerne ich ein neues Angstgefühl kennen. Unerwünschtes Licht durchflutet das Kinderzimmer. Meine Panik verwandelt das Gesicht des gewöhnlich friedvollen neophytischen Künstlers. Die Puppe nimmt das Aussehen eines Trolls an. Die Farben wogen. Die Pinselborsten, die ich mir zu meinem Identifikationspunkt ausgewählt habe, verfilzen sich. Ich krümme mich und sinke auf den Teppich. Es gibt keine Möglichkeit, ohne Rahmen 72 Stunden lang zu funktionieren.

Ich werde in der Krankenstation wach. Dr. Hamish beugt sich über mich.

»Wie geht es dir?«

»Das weiß ich nicht so genau.«

»Besser, als du denkst. Das war sehr ersprießlich, Suppe. Ich war selbst überrascht über die Intensivität deiner Bild-Bezogenheit.«

»Wie lange bin ich schon hier? Bin ich immer noch ungerahmt?«

»Nur einen Tag. Aber deine Strafe ist ausgesetzt. Stell dir deine Grenze, deinen Rahmen wieder an seinem Platz vor.«

»Vielen Dank. Gott segne Sie, Dr. Hamish. Ja, mein Rahmen ist wieder intakt. Ich fühle es.«

Ich will nach dem dünnen Holz greifen. Meine Hand ist gebändigt.

»Bist du bereit, dich von dem Pinsel zu lösen?«

»Sagen Sie es mir.«

»Ich denke schon. Ehe ein Bild umfassend wird, ist es nötig, sämtliche Elemente zu durchlaufen. Du bist dem Pinsel schneller entwachsen, als ich es für möglich gehalten hätte. Es ist an der Zeit, den nächsten Schritt zu tun. Was soll es diesmal sein?«

»Ich weiß nicht. Die Puppe.«

»Die Puppe! Das ist unglaublich. Du machst wirklich rasante Fortschritte. Laß mich dir dafür die Hand schütteln. Kann ich davon ausgehen, daß es keine weiteren Versuche geben wird, uns zu hintergehen? Nicht mal mit einer Postkarte?«

»Ich muß mich ziemlich blöd verhalten haben.«

»Du kannst wieder an die Arbeit zurückgehen. Freu dich aber nicht zu früh. Zusätzlich zu den Anforderungen, die dein Job an dich stellt, wirst du dich um das Festival kümmern.«

»Das Festival?«

»Unser jährlicher Cradle-Tag. Wirklich ein Ereignis in dieser Gegend. Es hat ein bißchen was von Karneval, was aber beabsichtigt ist. Es bringt unser Anliegen den Einheimischen näher. Und wir haben die Chance, mit unserem Können vor einem größerem Publikum aufzutreten.«

»Ja, das verstehe ich. Werden auch unsere Familien eingeladen?«

»Wir sollten nicht zu weit vorpreschen, sonst verlieren wir uns selbst. Konzentriere dich im Moment auf die Tellerwerke. Während der Festival-Woche brummt das Geschäft wie verrückt. Wir brauchen Ware.«

»Wissen Sie, Dr. Hamish, nach all den Jahren als sogenannter Entscheidungsträger und Handlungsbevollmächtigter habe ich endlich eine Berufung gefunden, die meine Seele wärmt. Wenn ich mir vorstelle, daß ich jetzt in meinem alten Job gerade eine Kampagne oder was anderes für ein Designer-Sperma organisieren würde – wenn nicht der Unfall gewesen wäre...«

»Richtig. Aber ruh dich jetzt aus. Vergiß nicht, hier bei uns hast du ein Heim, eine Arbeit, die dir gefällt, eine große Familie. Du reagierst sehr gut auf eine schwierige Situation. Du kannst wirklich ein wenig stolz auf dich sein. Und dein Name wird als Patient der Woche im Speisesaal angeschlagen werden.«

»Das ist nicht wahr. Da sind doch noch andere, die...«

Alleingelassen, teste ich meinen neuen Identifikationspunkt. Die schlampige Haltung der Puppe paßt zu mir. Ich warte darauf, daß der/die Maler(in) den nächsten Pinselstrich tut. Der Pinsel, der ich einmal war (und ich empfinde einen Hauch von Trennungsschmerz), schwebt unbeweglich in der Luft. Ich warte ungeduldig darauf, daß Klein-Norman endlich weitermacht. Ich weiß, daß das, was dann auf der Leinwand erscheint, einer Offenbarung gleichkommt. Ich werde Dinge über mich erfahren, die ich mir niemals hätte träumen lassen.

Ich habe vergessen, nach dem Datum des Festivals zu fragen. Bis dahin vergehen aber sicher noch ein paar Wochen. Bis zu diesem Zeitpunkt will ich mein Bild gemeistert haben. Wenn dann Trina, Amos und

Amanda hier heraufkommen, werden sie sehen, daß meine Augäpfel so friedlich wie Saturn sind, so vollkommen wie die Eier von Gottes.

Spieler erzählen mir, das Glück komme und gehe in Zyklen. Ich stelle das als Aberglauben in Frage, als einen Versuch, der Logik mit dem Zufall auf die Sprünge zu helfen. Jetzt bin ich da nicht mehr so sicher. Drei Tage nach der Änderung meines Identifikationspunktes macht man mich zum Oberaufseher am Fließband.

Meine Beförderung erfolgte nach einer – an den Standards von normalen Außenstehenden gemessen – verabscheuungswürdigen Tat von Samantha und Susan. Sie geschah gestern am frühen Nachmittag.

Susan erfand eine dumme Entschuldigung für eine weitere Fahrt zum Geschenkeladen – irgendwas mit einer falschen Inventarliste. Samantha war so freundlich, sie gehen zu lassen, und kam dann zu mir.

»Übernimm mal. Ich muß für eine Weile weg.«

»Laß dir ruhig Zeit.«

»Ich wünschte, ich hätte ein Dutzend von deiner Sorte. Die wenigsten sind so motiviert. Es gibt keine Arbeitsmoral mehr.«

»Vielen Dank. Das macht der elterliche Einfluß. Mein Vater hat mir beigebracht, immer an jemand zu denken, den er *Deinen Äquivalenten Japaner* nannte. Ich hatte keine Brüder oder Schwestern, und so machte mir der Wettbewerb mit einem mythischen Rivalen richtig Spaß. Ich habe ihm sogar einen Namen gegeben. Ich nannte ihn …«

»Später, Suppe, heb's dir auf für später.«

Ich wußte, daß Samantha ihrer zerbrechlichen

Freundin folgen wollte. Ich glaube, sie hielt sich selbst für eine Art Prophylaxe, um Susan vor Mißbrauch zu bewahren. Ich hatte nicht den blassesten Dunst, was sich im Blue Violet Inn abspielen würde.

Als Samantha nach fünf noch nicht in die Tellerwerke zurückgekehrt war, wurde ich unruhig. Der Aufseher muß die Arbeiter auf ihrem täglichen Marsch zur Fabrik und zurück zur FARM begleiten. Als die asthmatische Pfeife ertönte und das Fließband stehenblieb, sammelten sich alle in der Nähe der Tür, um auf sie zu warten. Ich versuchte, die Leute mit Ausreden hinzuhalten, denn hätte ich das Kommando übernommen und den Abmarsch befohlen, hätte niemand mir Folge geleistet. Allein die Tatsache, daß ich mir selbst erlaubte, an eine höhere Stellung nur zu denken, machte mir klar, welch weiten Weg meine Therapie noch vor sich hatte.

Schließlich kam Bernie, um uns zu holen – wie immer selbstgefällig in seiner Art, und doch irgendwie bedrückt und in sich gekehrt. Er versuchte nicht einmal, jemand an den Ohren zu ziehen oder in die Milz zu schlagen. Im Gegenteil: Er sagte sogar *Bitte* und *Vielen Dank*.

Auf unserem Marsch sahen wir Streifenwagen der Staatspolizei und eine Ambulanz in Richtung Stockton jagen. Die Gesichter der Normalen ließen ebenfalls erahnen, daß etwas Außergewöhnliches vorgefallen sein mußte. Sonst starren sie uns mit passiven Blicken an, doch diesmal schnappten die Augen von Kindern wie Fischmäuler nach uns. Bernie legte ein flottes Tempo vor und hielt die Gruppe eng zusammen.

Die Polizei hatte das Hauptgebäude umstellt. Dr. Hamish sprach an der Pforte mit einem Beamten, zeigte auf Brüstungen, Türmchen und Balkone. Wir wurden in die Aula gescheucht, wo die ganze Belegschaft von Block L schon versammelt war.

Morris Feuerbloom saß neben mir.

»Kennst du den Film *Die Braut von Frankenstein?* Wo sie mit Fackeln kommen, um die Burg niederzubrennen? Wart ab. Heute abend kriegst du was zu sehen.«

»Was soll das heißen?«

»Du weißt nicht, was passiert ist?«

»Warum erzählst du es mir nicht einfach?«

»Weil ich es nicht weiß. Aber es muß etwas Besonderes sein. Ich hatte gehofft, du würdest es wissen.«

Es dauerte noch eine halbe Stunde, bis Dr. Hamish das Podium bestieg. In lockerer Haltung trat er hinter das Pult.

»Ladies und Gentlemen, meine Freunde. Wie schon häufiger sehen wir uns heute mit einem Ereignis konfrontiert, das den ruhigen Fluß unsere Tage hier auf der Hamish Farm beeinträchtigt. Wie ihr alle wißt, sind wir nur Gäste in dieser Stadt. Nicht, daß wir deswegen ein Minderwertigkeitsgefühl entwickeln oder Dankbarkeit zeigen müßten. Aber wir müssen auch die Haltung der Bürger realistisch sehen, die – wie soll ich mich ausdrücken – nicht über ihren Tellerrand blicken können, weil sie nicht über einen höher entwickelten Grad an Kultiviertheit verfügen.«

»Alles Weißbrot-Inzucht«, schrie Morris Feuerbloom. Applaus flackerte auf. Dr. Hamish hob die Hand und bat um Ruhe.

»Was auch immer die Ursache dafür sein mag – wir müssen stets mit der Möglichkeit einer überspitzten, exzessiven Reaktion unserer Nachbarn rechnen. Heute geschah im BLUE VIOLET, diesem charmanten Hort der für Neuengland typischen Gastfreundschaft und Anmut etwas, das ich als unglücklichen Umstand bezeichnen möchte. Gerüchte haben es so an sich, eine Sache immer aufzubauschen und die Wahrheit zu verzerren. Deshalb bin ich der Ansicht, daß ihr die Fakten aus meinem Mund vernehmen solltet. Wie es scheint, haben zwei Mitglieder unserer Gemeinschaft aus Eifersucht einen Besucher des INN aufgegessen. Die Tat geschah ohne Vorsatz und nicht etwa aus Bosheit, sondern kann einer ernsten Neurose angelastet werden. Trotzdem hat sie Konsequenzen. Kannibalismus, ganz gleich aus welch gutem Vorsatz heraus, ist für viele Leute ein rotes Tuch, und die Emotionen schlagen hohe Wellen.«

»Wer sind die Betroffenen?« krächzte Feuerbloom.

»Susan Shom, deren Probleme auf bestimmte klassische analorale Fixierungen zurückzuführen sind, ist mit Janesford Brun ein Verhältnis eingegangen. Ganz richtig – mit *dem* Janesford Brun, der euch als Amerikas größter Gourmet bekannt ist. Seine Rezepte haben Millionen begeistert, seine Kritiken bedeuteten für Tausende von Restaurants Leben oder Tod. Nach dem, was wir bisher wissen, war Brun ein Freund der Familie, ein Freund, dem man bis dato vertraute. Es scheint, daß Brun Susans Eltern überzeugte, daß man sie im Eilverfahren kurieren könne. Hätten sie mir doch nur mehr Vertrauen und Geduld entgegengebracht. Ohne zu technisch werden zu wollen – ich habe erkannt, daß die Kehrseite der Bulemie, der Magersucht, etwas ist, das ich als Hang zur Taxidermie bezeichnen möchte, die Neigung, alles in sich hineinzustopfen. Eine psychologische Fixierung auf die Unsterblichkeit, erreicht durch den Einschluß der Seele in dicke Fettschichten. All dies wird in einer urheberrechtlich geschützten Arbeit, die ich demnächst zu veröffentlichen gedenke, näher behandelt werden.

Aber weiter – nachdem er nun Susans Zuneigung gewonnen hatte, lud Brun sie ins Blue Violet ein, wo er ein unwiderstehliches Ragout vorbereitet hatte. Nachdem er die zerbrechliche Jungfrau verführt hatte, wollte er sie zu einer weiteren Orgie überreden, diesmal zu einer gastronomischen. Erwachende Sexualität entwickelt einen starken Appetit, der keine Grenzen kennt. Unsere arme Susan, immer noch naß hinter den Ohren, wie man so sagt, probierte schüchtern das Rinderfilet mit Pilzen in Burgundersauce, dazu knusprige Kartoffelkroketten und danach eine köstliche Fruchtcreme mit Honig und Kastanien. Das Resultat konnte nichts anderes sein als eine Katastrophe. Schuld und Gier lieferten sich in ihrem Innern einen erbitterten Titanenkampf. Trotzdem wäre ein Nervenzusammenbruch die einzige Konsequenz geblieben – wenn nicht noch jemand aus unserer Mitte ins Spiel gekommen wäre.

Samantha Abberson, respektierte und allseits beliebte Aufseherin in den Tellerwerken, störte das Rendezvous. Für genaue Einzelheiten ist es noch zu früh, aber die vorläufigen Untersuchungen lassen den Schluß zu, daß es Samantha gelang, die halbverhungerte Susan zu überreden, bei dem Mord, dem Ausnehmen des Leichnams und dem abschließenden Grillen von Janesford Brun mitzumachen. Wahrscheinlich mit dem Argument, daß er jahrzehntelang feine Morcheln verzehrt habe und so bis zu einem Maß unbeschreiblicher Köstlichkeit in den körpereigenen Säften mariniert worden sei. Mr. Brun hat dagegen lauthals protestiert, wie die Gäste in den angrenzenden Räumen bezeugen, aber die Mädchen ließen nicht von ihrem Vorhaben ab. Damit haben zwei Bewohner der Hamish Farm ihren allumfassenden Rahmen gesprengt. Schlimmer noch, sie haben in einer Region, die vom Tourismus abhängig ist, einen Touristen verspeist. Diese Tat hat alte Vorurteile gegen unsere Aktivitäten hier wieder aufflammen lassen, und wir müssen nun mit weiteren Unruhen rechnen. Ihr alle wißt, wie die hiesigen Jungen und Mädchen sich verhalten, wenn man ihnen auch nur den geringsten Anlaß dazu gibt. Es werden alle Schutzvorkehrungen getroffen, um unseren Grund und Boden zu schützen. Die Polizei und die aufgeklärteren Offiziellen haben uns ihre volle Unterstützung zugesagt. Susan und Samantha wurden schon in den X-Flügel verlegt, was, wie ihr alle zugeben werdet, nur fair ist. Ich bin zwar der Meinung, daß Janesford Brun sich das alles selbst zuzuschreiben hat, aber trotzdem müssen wir dem Aufruhr, den die Affäre ausgelöst hat, begegnen.

Ich möchte diese Gelegenheit benutzen, euch allen nochmals ins Gedächtnis zu rufen, welche Auswirkungen euer Verhalten, eure Handlungen, auf die Beziehungen zu dieser Gemeinde haben kann. Ein Grillfest in einem Restaurant, einem Wahrzeichen für diese Gegend hier, ist schlicht und einfach eine schlechte Publicity – und zudem kein Benehmen, das wir billigen können.

Nach einem verkürzten Abendessen, das, wie ich hinzufügen möchte, kaum so exotisch sein dürfte wie ein Gehege voller Giraffen, werdet ihr euch auf eure Zimmer begeben. Die Türen werden verriegelt, die Fenster verdunkelt. Verhaltet euch ruhig, konzentriert euch auf eure Bilder, ignoriert merkwürdige Geräusche. Wir alle wissen, daß die Normalen nur ein kurzes Gedächtnis haben, und vielleicht schon morgen ist die ganze Sache nur noch Vergangenheit. Ihr würdet gut daran tun, euch ins Gedächtnis zu rufen, daß Norman Cradle weit größere gesellschaftliche Probleme und aufrührerische Tendenzen einfach ignorierte und sich an seine selbstentwickelte innere Glückseligkeit klammerte. Ich fordere euch nun auf, das gleiche zu tun.«

Höflicher Beifall begleitete Dr. Hamish, als er das Podium verließ.

»Ich bin froh, daß Susan wenigstens was Richtiges gegessen hat«, knurrte Morris Feuerbloom. »Uns geben sie wahrscheinlich nur Thunfischsalat.«

Hinter verriegelter Tür und versiegeltem Fenster liege ich im Dunkeln auf meinem Bett und beschäftige mich mit meinen kühlen Gedanken. Als sich unter die Rufe und Schreie von draußen der Geruch nach Rauch mischt, stehe ich auf und versuche, am Fenster irgend etwas zu erkennen. Mit der Rückseite meiner Zahnbürste schiebe ich die Jalousie ein wenig beiseite und verschaffe mir so einen winzigen Ausblick.

Ich sehe, wie Feuerwehrleute Wasser auf brennende Büsche spritzen und Soldaten die anbrandenden Menschenmassen, Männer, Frauen und Kinder aus der Stadt, zurückdrängen. Das Durcheinander wird noch erhöht durch eine Unzahl von Gaffern. Gewehrfeuer flackert auf, aber ich zähle nur zwei Tote. Man schiebt sie rasch in Säcke und bringt sie mit einem Pick-up der Hamish Farm weg.

Die positive Seite dieses ganzen Aufruhrs unterscheidet sich nicht von den Auswirkungen eines kalifornischen Erdbebens. Die innere Anspannung macht sich Luft, und am Ende bleibt wahrscheinlich eine größere Empfänglichkeit und Erwartungshaltung für das Cradle Festival. So gesehen haben Susan und Samantha uns einen Dienst erwiesen. Im Grunde sind die Ortsansässigen nette Leute, stolz auf ihre Codes, ihren Familien und der Stadt treu ergeben. Bei Sonnenaufgang dürften sie sich sicher wieder an höhere Werte erinnern. Am Morgen dürfte der West Stockton-Teller wieder ohne Sprünge und völlig unversehrt sein.

Ich sehe mir das Gemetzel an und wünsche mir, ich könnte Trina eine Nachricht zukommen lassen. Wie gern hätte ich jetzt Amos und Amanda hiergehabt, damit sie an dieser Lektion teilhaben könnten.

Ich lege mich wieder auf das Bett, überhöre das gedämpfte Fluchen und Schmerzgeheul von draußen. Mir wird klar, daß auf lange Sicht nichts davon die geringste Bedeutung hat.

Nicht ein einziges Mal habe ich daran gedacht, daß ja jetzt die Stelle des Aufsehers in den Tellerwerken frei ist. Darauf bin ich stolz.

Als man mir meinen neuen Status mitteilt, akzeptiere ich das mit Würde und Entschlossenheit. Ich muß mich nicht fragen, ob ich dazu bereit bin. Meine Reaktionen sind tadellos.

Beim Frühstück liegen Kopien des Aufmachers aus *Die Stockton-Biene* an jedem Platz:

KOMMUNION UND KANNIBALISMUS ... VERWANDTE SAKRAMENTE?

Eine seltsame Unschuld haftet einem menschlichen Verbrechen an, das gleichermaßen in die Vergangenheit wie auch in die Zukunft ausstrahlt. Janesford Brun würde das sofort erkennen und sehr rasch die Umstände seines Dahinscheidens vergeben und vergessen. In seinen vielgelesenen Memoiren *Eine Scheibe vom Leben* hat Brun verfügt, die funktionalen Teile seine Körpers im Falle seines Todes unglücklichen Menschen zu schenken, während die nutzlosen Reste der See überantwortet werden sollen. »Die Seebestattung ist für mich die beste und schnellste Möglichkeit der Wiederauferstehung«, schrieb er, »und mit Sicherheit der schnellste Weg, zurück in die Nahrungskette zu gelangen.« Er hatte schon lange erkannt, daß der Tod nur der Übergang zu frischer Jugendlichkeit und einem neuen Start sein kann.

Obwohl der Autor dieses Artikels nur Abscheu über diese sinnlose Tat empfinden kann, die Mr. Brun aus unserer Mitte riß, muß man berücksichtigen, daß die Täter unter besonderem Stress standen. Ebenso beruhigend ist die Erkenntnis, daß Kommunion und Kannibalismus artverwandte Sakramente sind, die auf die Ursprünge der Menschheit zurückgehen, und zum Ziel hatten, einen Weg zu Gott zu finden. Es wäre besser für alle Beteiligten, jeglichen Zorn zu vergessen und als liebende und fürsorgliche Gemeinde nach vorn zu schauen.

Tatsächlich bleibt es in Stockton nach Sonnenaufgang und auch fortan ruhig. Die Zeitung bringt eine kurze Notiz über die nächtlichen Unruhen. Die blutige Bilanz: 14 Tote und 26 Verwundete – eine der niedrigsten seit Aufflackern der ersten Unruhen vor Jahrzehnten. Es hätte viel schlimmer ausgehen können. Außer an den Hecken und der Pforte gibt es keine weiteren Schäden. Das weiß ich aber nur, weil Bernie es mir erzählte. Er selbst hat einiges einstecken müssen. Mit Blutergüssen und Schrammen kam er heute morgen direkt aus der Krankenstation zu mir. Er war auch derjenige, der mich von meiner Beförderung in Kenntnis setzte. Und gleich darauf hieb er mit einem Schlagstock auf mich ein, wobei er mir erklärte, daß er sich über meinen Erfolg wegen der Umstände, die dazu führten, kaum freuen könne. Ich sagte ihm, daß ich für seine Haltung Verständnis hätte. Dafür erzählte er mir wieder, daß die paar Prellungen, die ich ihm zu verdanken hätte, ihn davor bewahrten, wegen der schlimmen Erlebnisse in der letzten Nacht auszurasten. Ich erklärte ihm, daß Leute wie er sich kaum den Luxus einer aufwendigen Therapie leisten könnten und es daher durchaus zulässig sei, seine Frustration abzureagieren. Es war die beste Unterhaltung, die wir je geführt haben. Es blieben auch keine sichtbaren Blutergüsse.

Ich habe zwei neue Tischgenossen. Das Ferkel vom Nebentisch hat Samanthas Platz eingenommen. Sie stellt sich als Gillian Hill vor. Susans Stuhl wird von einem hübschen Rotschopf besetzt, Audrey Topper. Morris, der explosive Jude, flüstert, daß der Herr seltsame Wege ginge, nur um ihn ins Knie zu ficken, denn er kann Gillian auf den Tod nicht ausstehen, hat aber schon seit einem Jahr ein Auge auf Audrey geworfen. Niemand erwähnt die verschwundenen Mädchen. Sie sind aus unserem Leben ausradiert worden. So sind die Dinge nun mal.

Ich kann nicht behaupten, daß das Frühstück wie gewöhnlich verläuft. Die unter die Haut gehenden Ereignisse fordern ihren Tribut. Wir essen schweigend. Ich bemerke, daß die Aufsicht im Saal verstärkt worden ist. Dr. Hamish hat offenbar gespürt, daß unsere Harmonie sehr zerbrechlich ist.

Gillian, die sich selbst Jill nennt, hebt auch nicht gerade unsere Stimmung. Als das Soufflé serviert wird, beschmiert sie sich das Kinn mit Ei. Audrey, die einen Sauberkeits-Tick hat, wischt die Kleckse von der Tischdecke. Jill ignoriert diese taktvolle Botschaft. Sie hält sich den Teller unter die Nase und schneuzt sich. Brocken vom Soufflé fliegen wie Projektile durch die Luft. Morris greift sich die Karaffe mit Grapefruit-Saft und kippt den Inhalt über Jills Bluse.

Wir erregen Aufmerksamkeit. Die Posten nahen. Sie gehören nicht zum Stammpersonal, das wir kennen. Wahrscheinlich Pfleger oder Wärter aus dem Block der Gewalttätigen. Bei dem Tumult springen die Knöpfe von Jills Bluse auf, und ihre Brüste platzen heraus. Aus irgendeinem Grund, wahrscheinlich aufgrund meiner liberalen Erziehung, protestiere ich. Die Wachen lassen von ihr ab und stürzen sich auf mich. Ich suche in mir nach einem Fetzen intakter Feindseligkeit. Nichts zu finden – ein Gefühl, das völlig aus mir entfernt wurde, wie eins dieser unwesentlichen Fragmente, die Janesford Brun den Haien vermacht hat.

Bill Maginot wirft sich zwischen mich und die Dobermänner. Morris Feuerbloom nimmt ein Messer und hämmert damit gegen ein Glas. Andere folgen seinem Beispiel. Weitere Wächter trotten auf uns zu.

Ganz überraschend entpuppt Bernie sich als mein Retter. Ich sehe, wie er heftig mit dem Leiter der Sicherheitsbeamten gestikuliert. Schließlich pfeift der Mann seine Beamten zurück.

Das Frühstück ist beendet. Als ich zur Tür gehe,

kommt Jill zu mir. Sie knöpft sich beim Gehen die Bluse zu. »Du hast die Sache nur noch schlimmer gemacht«, sagt sie. Dann werden wir durch den übrigen Mob getrennt.

Ich mache mir Sorgen wegen meines Verhaltens. Es könnte durchaus die Widerrufung der Beförderung, die ich gerade erfahren habe, nach sich ziehen. Ich bin schon dabei, mir eine Erklärung für Dr. Hamish zurechtzulegen, der draußen am Eingang des Speisesaals steht.

»Du hattest recht mit deinem Protest«, sagt er, ehe ich ein Wort herausbringe. »Nach der letzten Nacht sind wir alle ein wenig nervös. Spielst du Schach? Nach all dieser Aufregung würde mir ein Spielchen guttun.«

»Ja, wenn auch nicht gut. Aber, Dr. Hamish, die Tellerwerke ...«

»Wir gehen heute nicht in die Stadt. Das wäre sicher nicht klug.«

»Sehr weise. Ich verstehe.«

Während wir zu den Erholungsräumen hinübergehen, sagt er: »Du weißt, daß wir sie in den Arsch getreten haben. Wir haben den Stadtbewohnern die Scheiße aus dem Leib geprügelt. So schnell wagen sie sich nicht mehr hierher. Ich habe die Erlaubnis für den Einsatz unserer Burschen aus dem X-Flügel gegeben, und sie waren phantastisch. Glaub mir, sie haben keine Gefangenen gemacht. Und wir trugen nur leichte Blessuren davon. Tatsache ist, daß es eine sehr schöne Vorbereitung und Einstimmung auf das Festival war. Etwas von dieser Einstellung können wir jetzt gut gebrauchen, meinst du nicht?«

»Stimmt – jetzt, wo Sie es sagen.«

»Haben dir ihre Titten gefallen?«

»Wie bitte?«

»Du weißt, von wem ich spreche. Ein beeindruckender Vorbau.«

»Ja, ganz interessant.«

»Ich habe bemerkt, daß du dich der Situation gewachsen gezeigt hast.«

»Darüber …«

»Ich sagte doch schon, du brauchst dich nicht zu rechtfertigen. Mach es dir nur bitte nicht zur Gewohnheit, dich in alles und jedes einzumischen.«

»Selbstverständlich nicht.«

»Ich bin sicher, du wirst für uns in den Tellerwerken hervorragende Arbeit leisten. Wir wollen den Ausstoß nach und nach erhöhen.«

Wir stellen die Schachfiguren aufs Brett. Ich sorge dafür, daß ich öfter verliere als gewinne. Auch in der Niederlage liegt so mancher Sieg.

»Möchtest du im Speisesaal an einen anderen Tisch?« fragt Dr. Hamish und freut sich über einen Zug, der mich meine Dame kostet.

»Eigentlich nicht, nein.«

»Das habe ich auch nicht erwartet. Suppe. Du könntest mit diesen rosigen Brustwärzchen allerlei anstellen, wenn du nur wolltest. Und, unter uns gesagt, es wäre nur barmherzig. Denn Jill Hill mag dich, und gegen Freundschaften einschließlich gelegentlicher Penetrationen gibt es bei uns keine Vorschriften.«

»Ich habe keine solchen Absichten. Ich verbrauche unheimlich viel Energie für meine Arbeit und mein Bild. Und dann ist da noch meine Frau.«

»Solltest du es dir anders überlegen, läßt sich alles einrichten. Sie ist eine ganz besondere Frau. Hat sagenhaft reiche Eltern. Geldadel des Mittelwestens, Land, *endloses Land unter sternenklarem Himmel*. Sojabohnen, Schweinezucht, Weizen. Vor ihrer Pubertät war sie ein ganz normales Kind, die eine Hälfte von zweieiigen, grundverschiedenen Zwillingen. Ihr Gegenpart ist eine bildhübsche Blondine mit Amethyst-Augen, die einem Abgott gehören könnten. Und das ist Jills Kreuz. Die Schwester ist der personifizierte

Amerikanische Traum, die Art Mädchen, die man sich mit fransigen Haaren und sonnenverbrannt im hohen Alfalfa-Gras vorstellt. Ein Weib mit einer Haut wie Sahne und Beinen, die man weit öffnen möchte, die mythische Dame Freiheit, die wir alle gern flachlegen würden. Sogar die Schleimer feiern dieses Mädchen in ihren Liedern. Man kommt einfach nicht mehr von ihr los. Rote, weiße und blaublütige Pussy, alle Rassen vertreten, authentischer Stammbaum. Jill konnte da nie mithalten. Wer könnte das schon? Ihr Vater nahm kaum Notiz von ihr, und ihre Mutter versuchte, sie auf die juristische Fakultät zu schicken. Wer würde da nicht überschnappen? Trotz ihrer Aggressivität hat sie keinerlei Selbstwertgefühl. Deshalb bin ich der Meinung, eine Romanze würde ihr mehr helfen als ein Jahr soziale Betreuung.«

»Ich würde ja gern helfen, aber leider verstehe ich mich nicht als Medizin. Außerdem ist da noch Trina.«

»Vielleicht sollte ich dich auf starke Protein-Diät setzen. Schachmatt, Suppe. Du hättest es kommen sehen müssen.«

Als neuer Aufseher in der Qualitätskontrolle versammle ich vor dem Ertönen der Morgensirene meine Arbeiter um mich. Ich habe beschlossen, zu meiner plötzlichen Beförderung nichts zu sagen und mich auf die *Motivation* der Leute zu konzentrieren.

Die Quoten und Vorgaben sind enorm hoch und nur in Teamarbeit zu bewältigen. Wie ich schon vermutete, stellt niemand am Band meine Autorität in Frage. Viele scheinen nicht mal zu bemerken, daß es einen Wechsel gegeben hat, und die anderen kümmert es nicht.

Ich begutachte mein Häufchen der Verlorenen. Ich

habe mit einem großen Nachteil zu kämpfen. Ich kann keine Lohnerhöhungen oder auch nur Vergünstigungen anbieten. Aber selbst wenn das möglich wäre, hätte es keine Bedeutung für diesen menschlichen Laich, in dem jeder für sich ein Schattenboxen gegen einen unsichtbaren Feind vollführt. Taktgefühl und Aufrichtigkeit sind meine einzigen Waffen, und vielleicht noch die Tatsache, daß ich in ihren Augen nur eine *Sache,* nicht aber eine Person bin, und sie daher nicht mit mir konkurrieren müssen.

»Freunde und Arbeitskameraden. Ehe wir heute die Arbeit aufnehmen, möchte ich euch ein paar Worte sagen. Als euer neuer Aufseher habe ich ein Blatt Papier mit ziemlich hohen Zahlen zu sehen bekommen... Von uns wird in den nächsten Monaten sehr viel erwartet. Es gibt eigentlich keinen gangbaren Weg, wie wir die Nachfrage nach unseren Produkten befriedigen sollen. Aber wir werden einen Weg finden. Wir schaffen das, weil wir uns einen Ruck geben und uns bei unserem persönlichen Stolz packen werden, der sehr viel tiefer sitzt als der Stolz auf unseren Code. Höre ich da Gekicher? Sehr gut. Fangen wir eben mit dem zynischen Teil an und arbeiten uns dann langsam die Leiter der Moral hinauf.

Zuerst ein Wort zur Hamish Farm. Wir alle hier sind Bestandteil eines großen Experiments, auf das die ganze zivilisierte Welt schaut. Wir leben in einem Labor der Zukunft. Die Schaffung von Wohlstand – das ist die Bestimmung und das Ziel der menschlichen Rasse. Ist das ein Segen oder ein Fluch? Starben die Dinosaurier aus, weil sie kein Laub mehr fressen mochten, oder verschwanden sie infolge eines Überangebots an Blättern, Gras und freßbaren Tieren? Ihr alle seid Opfer des Überflusses. Als Pioniere des augenfälligen Konsums seid ihr die Meerschweinchen für ein phantastisches Experiment. Obwohl jeder von euch – drücken wir es mal so aus – sich aus der allumfassenden Umarmung der Gesellschaft herauskatapultiert hat, seid ihr jetzt noch wertvoller für sie geworden – Mäuse, die man auf nicht sichtbare Krankheitsbilder sensibilisiert hat.

Ihr seid es, die den Impfstoff für Millionen liefern. Eure Psychosen und Neurosen sind gleichermaßen Weisheit, sprich: Erkenntnis, wie auch Elend. Solange man keine klare Erinnerung – wenn überhaupt eine – an Schmerz und Not hat, wird eure Rolle in diesem Ringen um Wissen beendet sein, sobald ihr geheilt und in die Arme der Gesellschaft zurückgeführt worden seid. Doch euer Beitrag wird ewig Bestand haben. Und das ist der Hintergrund für den nächsten Punkt meiner Ausführungen. Vergeßt das also nicht.

Reden wir jetzt einmal über die Vorstellung von Arbeit, einem Job und dem Produkt eurer Arbeit an sich. Für viele ist der Begriff Arbeit ein höchst abstrakter Begriff – um so mehr, wenn es um die Arbeit geht, bei der tatsächlich greifbare Produkte wie unsere Teller entstehen. Erstaunlicherweise wurde dieses Konzept aber jahrhundertelang nicht in Frage gestellt. Menschen haben immer und alle Zeiten gearbeitet, tun es auch noch heute, obwohl wir nicht viel davon merken und kaum je in direkten Kontakt mit den einzelnen Produktionseinheiten kommen. Es mag sein, wie es will, aber Arbeit kann mehr sein als nur eine Therapie. Es wäre klug, sich immer daran zu erinnern, daß die Dinge, die man benutzt und an denen man hängt, irgendwoher kommen. Bei der Produktion dieser Gegenstände auf eine hohe Qualität zu achten, verschafft nicht nur persönliche Befriedigung, sondern ist auch von großer strategischer Bedeutung. Wird das Produkt begehrt, ist der Arbeitsplatz, an dem es hergestellt wird, gesichert. Im Gleichschritt mit dem Nutzen des Gegenstandes geht auch der Eigennutz – und kommt das Geld. Höre ich da Murren und Grunzen? Sehr schön. Ich weiß, daß das, was ich sage, euch schockieren muß, aber es ist nichtsdestoweniger wahr. Arbeit kann tatsächlich Geld und Wohlstand bedeuten.

Und nun zu unserem wunderbaren Amerika. Die Cradle-Teller, die wir hier in diesem Haus herstellen, sind nicht nur schön, sie sind notwendig. In Zeiten, in denen die Welt immer homogener wird und kulturelle Traditionen verlorengehen, wird unser Nationalbewußtsein immer weiter ausgehöhlt. Es erodiert. Aber auch wenn wir zu einer weltumfassenden Gemeinschaft gehören, sind wir immer noch Amerikaner. Diese Teller beispielsweise sind handfeste Beweise für diesen unseren speziellen Status. Sie erinnern uns immer daran. Das perfekte Bild auf jedem von ihnen nährt und labt die amerikanische Seele. Ebenso, wie wir uns zurückziehen und in unseren zugewiesenen Bildern meditieren, machen auch zahllose Käufer dieser Bilder hier und da eine Pause, um einen ruhigen Augenblick mit, sagen wir, *Großvaters neues Bein*, *Was geschah mit der Oberweite der Schwester?* oder *Vom Tierarzt zurück* zu verbringen. Unsere Teller sind kristallisierte Gesundheit.

Wohlstand, Globalismus, das Zwangsläufige. Was sind die Konsequenzen? Wir wissen es nicht. Was wir aber wissen – die Steigerung unserer Teller-Quote ist ein deutlich sichtbares Zeichen unserer persönlichen Wertmaßstäbe und unseres Einsatzes für das Allgemeinwohl.«

Ich schaue mich um. Meine Redegewandtheit hat sie sprachlos gemacht. Ich sehe feuchte Augen. Dann blüht eine grandiose Idee in meinem Verstand auf. Ich versuche, sie in einem Anflug von Furcht zu verdrängen, doch bricht es aus mir heraus: »Für euch alle muß es sehr deprimierend sein, daß wir jeden Tag fehlerhafte Teller aussondern und uns ihrer entledigen. Aber eine Beeinträchtigung unseres exzellenten Qualitätsstandards kann und darf es nicht geben. Niemand von uns sollte glauben, daß diese Standards überzogen und grundlos eingeführt worden sind. Wir sollten sie freiwillig und aus eigenem Antrieb noch höher ansetzen. Trotzdem werden wir ständig Ausschuß haben. Wenn uns die Mühle von diesen Beispielen der Unvollkommenheit befreit, sind wir alle gleichermaßen erleichtert und bedrückt. Für aussichtslose Fälle kann es nur ein Schicksal geben. Aber viele Teller zeigen nur unwesentliche Fehler und werden ebenfalls vernichtet. Meine Idee ...«

Ich muß schlucken und gerate ins Stottern, habe das Gefühl, keine Luft mehr zu bekommen. Ich bete darum, daß die Pfeife ertönt.

»Meine Idee: Da dort draußen viele Menschen nur begrenzt in der Lage sind, höchste Tellerqualität zu würdigen, sollten wir eine neue Produkt-Kategorie einführen, die wir dann als tolerierbare Normabweichler auf den Markt bringen, anstatt sie zur Hölle zu schicken. Diese deutlich gekennzeichneten, unzertifizierten Waisen können dann mit einem Preisnachlaß an untere Code-Gruppen verkauft und sogar an weit entfernte Orte exportiert werden, wo das Interesse an amerikanischem Wissen einen rascheren Fortschritt erhoffen läßt. Wenn sie auch nicht perfekt sind, so sind es doch Cradle-Teller. Besser etwas qualitativ Schlechteres als überhaupt nichts. Und Hamish Farm kann sich über die gestiegenen Einnahmen und eine höhere Stabilität und Sicherheit freuen.

Dafür gibt es auch Präzendenzfälle. Vor Jahrzehnten verschiffte man ganze Ladungen Babynahrung, Pestizide, Zigaretten, Drogen und alles, was aus den heimischen Regalen verbannt worden war, in die Dritte Welt. Auch wenn einige wenige an den verdorbenen Lebensmitteln starben, diente dies einem höheren Ziel. Tödliche Babynahrung zum Beispiel rief den Frauen die Freuden des Stillens wieder ins Gedächtnis. Kurz gesagt – man hatte damit mehr Gutes als Schlechtes erreicht. Ich will damit nicht andeuten, daß wir vergiftete Teller exportieren sollen, sondern euch nur zu bedenken geben, daß mir *Jeder Teller ist besser als kein Teller* ein überzeugendes Argument zu sein scheint.«

Sie jubeln mir zu, lassen mich hochleben. Ich lächle und winke. Die Pfeife keucht.

Ich gehe an meine Arbeit, die ich selbst gerade als praktisch völlig überholt dargestellt habe. Der erste *Ein unerschrockener Krokus* vom Band hat ein verdrehtes Blütenblatt. Ich reiße ihn einem Arbeiter aus der Hand und gebe ihn zum Abfall. Die süßen Vibrationen der Mühle fließen in meine Lenden. Was habe ich getan? Woher rühren diese unkontrollierbaren Regungen?

Ich gehöre hierher. Ich muß wohl verrückt geworden sein.

Ich will glücklich sein.

Die Bänder laufen schneller. Die Arbeiter schuften mit messianischem Eifer. Die Packer packen mit Krakenarmen. Kartons stapeln sich bis unter die Decke. Ein Mädchen, das ich nicht kenne, feiert seine Sklaverei in Versen. Mit lieblicher Stimme singt es:

's ist einen Gnade, einfach zu sein
's ist eine Gnade, frei zu sein …

Ein neuer Geist hält Einzug in den Tellerwerken.

Liebste Trin,

es ist schon lange her, daß ich von euch gehört habe. Mir ist klar, daß diese mangelhafte Kommunikation teils auf die Bestimmungen hier auf der Hamish Farm und teils auf den Sturzbach von Gefühlen zurückzuführen ist, den du ertragen mußt. Aber jetzt ist es höchste Zeit, mal wieder miteinander in Kontakt zu treten, wenn auch nur verbal.

Da unsere Briefe sorgfältig zensiert und fremde Augen diese Zeilen lesen werden, ermahne ich mich zur Zurückhaltung und versuche, meine Worte nicht allzu überschwenglich klingen zu lassen. Es dürfte dir nicht schwerfallen, das Gute zwischen den Zeilen herauszulesen. (Kleiner Scherz von mir!)

Es wird dich sicher freuen zu hören, daß ich hier meßbare Fortschritte mache und an meinem Arbeitsplatz schon befördert worden bin. (Es ist nicht ganz einfach, meine Tätigkeit zu erklären, aber ich will es gern versuchen, wenn ich dich und die Kinder wiedersehe.)

Ja, es ist mir gestattet worden, euch zu unserem jährlichen Norman Cradle-Festival einzuladen. Für diese Gegend ist das ein großes Ereignis, das immer Mitte Oktober (am 18., um genau zu sein) stattfindet. In dieser Jahreszeit zeigt sich die Stadt von ihrer Schokoladenseite. Zum Herbstanfang schmückt sich das Land in den schönsten Farben, was, wie du dich sicher erinnerst, unbeschreiblich ist. Wenn du dich beeilst, dürftest du kaum Probleme haben, eine Suite im Blue Violet Inn in Stockton zu bekommen. Ein hübsches altes Haus, aber mit allem Komfort. Ich weiß, es wird dir gefallen.Wir können dann die meiste Zeit zusammen verbringen, und es besteht sogar die Möglichkeit zum ehelichen Verkehr (Ich halte die Beine geschlossen und stopfe Vitamine in mich hinein. Ich hoffe, du tust das gleiche, wenn auch nicht unbedingt in dieser Reihenfolge.).

Wie ich euch vermisse, dich, Amos und Amanda. Ich weiß, ihr seid die meiste Zeit im Ausland gewesen. Ich kann es kaum erwarten, deine und die Erzählungen der Kinder zu hören. Ich habe in der Zeitung von euren Reisen gelesen. Jetzt, da Homer als Kandidat für die Nominierung zum Präsidenten gehandelt wird, erscheinen mindestens einmal wöchentlich Artikel und Features in der Presse. Ich lebe nur noch für sie, denn oft enthalten sie auch ein paar Zeilen und Bilder über ›seine sehr hübsche Tochter und die Enkelkinder‹.

Und nun noch kurz zu einem ›Bonbon‹ für euren Besuch. Du wirst die Ehefrau eines *Stars* sein.

Laß es dir kurz erklären. Jedes Jahr zum Cradle-Festival wird eine Person ausgewählt, die Norman Cradle sein soll. Eine große Ehre für den Betreffenden – und dementsprechend ist die Rolle auch begehrt. Bisher wurde sie nur mit Langzeitgästen der Hamish Farm besetzt. Ein Frischling wurde noch nie dafür ausgewählt.

Doch dieses Jahr ist das anders.

Dein Ehemann wurde dazu ausersehen.

Gestern wurde ich in das Büro von Dr. Bartley Hamish gerufen, wo man mir die Neuigkeit mitteilte. Ich habe erst einmal protestiert, weil ich der Ansicht bin, daß ein paar andere diese Ehre eher verdienen als ich. Aber man hat mich schnell zum Schweigen gebracht. Wie es scheint, hat sich die Produktion unserer Tellerwerke (nähere Erläuterungen erfolgen persönlich) mehr als verdreifacht, seit ich das Vertrauen der Arbeiter dort gewinnen konnte. (Mehr davon, wenn wir zusammen sind.) Ich habe jedenfalls aus meiner Meinung – *ein anderer ist vor mir dran* – keinen Hehl gemacht.

So oder so, dein Liebster wird also mit allen Insignien über das Festival herrschen. Tatsächlich sind die Insignien bescheiden, nicht etwa wie beim König des Mardi Gras, denn Cradle war ein einfacher Mensch. Aber trotzdem wird es genug zu feiern geben – für uns alle vier!

Hast du nicht immer gesagt, ich sollte mal öffentlich auftreten? Wahrhaft prophetische Worte, Liebling – denn jetzt bekomme ich die Chance dazu. Ich lese eifrig alles, was ich über den Mann und seine Motivation finden kann, sehe mir die Bilder und Filme über ihn an. Unsere Dramatikerin Mrs. Zoe Rapish ist dabei eine große Hilfe. Sie ist eine begnadete Künstlerin mit tadellosen Referenzen, wenn auch gelegentlich ein richtiger Tyrann.

Sonst gibt es nicht viel zu berichten. Meine Tage sind ausgefüllt, und die Abende gehören der Meditation mit unseren Bildern (ich werde dich in meins aufnehmen) und der Absorbierung meines Identifikationspunktes (auch das werde ich dir noch erläutern) in die Infrastruktur. Trotzdem bleibt immer noch Zeit, an dich und die Kinder zu denken, und ich denke, denke, denke an euch – manchmal zu oft, wie Dr. Hamish meint.

Hast du neue Informationen von Charlton? Ich weiß, er arbeitet an meinem Fall, und ich bin felsenfest davon überzeugt, daß er seine Wunder bald vollbringen wird, aber selbst dieses *bald* dauert mir noch viel zu lange. Unter den gegebenen Umständen kann ich nicht deutlicher werden, aber ich denke, du verstehst auch so, was ich meine.

Obwohl mir durch meine Erkenntnisse infolge der fortschrittlichen Therapie hier klar geworden ist, daß es offiziell keine Hoffnung auf ein Zurück gibt, kann ich nur sagen, daß die Stunden, Tage, Wochen und Monate als salzfreie Erbsensuppe mich offener und empfänglicher für die Welt gemacht haben. Du wirst es ja selbst erleben, wenn wir uns sehen (Wird das wirklich geschehen?) und berühren (Darf ich träumen?).

Schöne Grüße an Homer, Lauren und Lance. Was Amos und Amanda angeht, so ersticke sie in deinen (meinen!) Umarmungen. Ich habe Hunderte von Tellern mit Kindergesichtern gesehen, aber keine waren so ausdrucksstark und verführerisch wie ihre (Erinnere mich daran, das weiter auszuführen!).

So, dann sehen wir uns also. Am 18. Oktober – notier dir das Datum an einer sehr weichen Stelle (ich bin überzeugt, wir beide wissen genau, welche das sein könnte.).

Dein dich liebender Mann

›731‹ etc.

Zwei Stunden jeden Abend verbringe ich bei Zoe Rapish und erlerne die Grundlagen der Schauspielerei. Die Sitzungen finden in Zoes Haus statt, ein paar Blocks von der Farm entfernt. Das Zimmer, das sie ihr Studio nennt, könnte man als asketisch bezeichnen. Das einzige Möbelstück ist ein elektrischer Stuhl, irgendwann einmal Staffage für irgendeine lokale Aufführung. Der Stuhl ist mit herunterbaumelnden Drähten, einer Metallkappe sowie Arm- und Beinfesseln ausgerüstet. Bei unserer ersten Sitzung hockt Zoe in dem Sessel und richtet sich hin, während ich zuschaue, wie sie zuckt und sich windet.

»Der Künstler muß den Strom hervorbringen«, sagt sie. »Ich erzeuge die notwendigen Voltzahlen aus meiner inneren Vision der universellen Schuld heraus. Die Ohm und Watt fließen auf natürliche Weise.«

In diesem Stuhl werde ich ›mich in mich selbst einstöpseln‹, während sie meine Atmung beobachtet, mein Zwerchfell und die Gesichtsmuskeln trainiert – praktische Übungen zur Entspannung und Selbstbeherrschung.

»Ein ehrlicher Mann zum Beispiel nimmt eine Verurteilung anders auf als ein Krimineller, wenn auch beide im Endeffekt brummen müssen. Sicher ist keiner von uns unschuldig, aber in dem Moment, in dem das Urteil gesprochen wird, ist der Kriminelle gegenüber dem unschuldig Verurteilten irgendwie im Vorteil. Und diese Feinheiten müssen rüberkommen, dem Publikum vermittelt werden. Nicht das Brummen selbst, sondern die Art, wie jemand brummt, ist wichtig.«

»Ich denke, ich kann Ihnen folgen. Dies ist alles so neu für mich.«

»Du wirst deine Rolle nur ein einziges Mal spielen, Suppe. Bei einem Historienspiel gibt es keine Wiederholung. Du mußt dich selbst als Prisma sehen. Indem man deinen Auftritt beurteilt, beurteilt man gleichzeitig auch mich. Und ich werde mich mit nichts weniger zufriedengeben als einem brillanten Auftritt. Du wirst Norman Cradle nicht spielen, du mußt Norman Cradle *sein!* Ich werde dieses magische Kunststück vollbringen. Ich glaube an die Realität – und daher selbstverständlich auch an Zauberei.«

»Das ist eine ausgezeichnete Einstellung«, sage ich.

»Für deine Umwandlung werde ich an dir nagen, dir dein Lebenselixier aussaugen, deine vorgefaßte Meinung strangulieren und dir die destruktive Angewohnheit der Pseudo-Erwiderung austreiben. Wenn deine Seele Blut schwitzt und um Erbarmen winselt, werde ich sie noch unter meinem Absatz zertreten und dich aus einem Häufchen Elend neu erschaffen. Zentimeter um Zentimeter wirst du dich durch den Uterus der Erleuchtung ans Licht zwängen müssen. Du wirst ein Messias der Emotionen werden. Es wird eine einzige Qual für dich werden. Bist du bereit dazu? Du wirst Zoe Rapish folgen, du wirst sie hassen, aber du wirst ihr gehorchen. Haben wir einen Vertrag miteinander? Bist du mit ganzem Herzen dabei? Sag es mir jetzt. Ich bin eine kranke Frau. Ich kann keine Enttäuschung verkraften. Ich leide an Divertikeln.

Meine Därme können sich jeden Moment verabschieden. Mein Dickdarm ist eine tickende Zeitbombe. Trotzdem werde ich dir alles beibringen, wenn du bereit bist, die Gelegenheit beim Schopf zu fassen.«

»Ich werde mein Bestes geben. Was kann ich sonst sagen? Ich habe noch kein Script gesehen, und so fällt es mir schwer, mir eine Basis für meine Rolle zu schaffen.«

»Ein Script? Was hat ein Script mit der Rolle zu tun? Vergiß jedes Script, es kann nur ein Hindernis sein. Kein echter Schauspieler hat je ein Script benötigt. Körperbeherrschung, Lautmalerei, Mienenspiel – der Pendelschwung zwischen triefender Nässe und öder Dürre ist unsere Verbindung zu dieser ganz speziellen Musik. Außerdem hast du keine Sprechrolle.«

»Ich sage nichts?«

»Natürlich nicht. Was könntest du denn auch schon sagen, das die Darstellung von Norman Cradle noch aufwerten könnte? Er selbst hat nie einen vollständigen Satz gesagt, und wenn, dann würgte und spuckte er die Worte heraus. Er stotterte und verschluckte die Silben. Der Mann war nur rein visuell akzeptabel. Visuell, visuell. Wir müssen seine Haut aufkrempeln, ihm zwischen den Knochen herumstochern, seine Organe begutachten.«

»Ich habe keine einzige Zeile? Was genau erwartet man dann von mir?«

»Einfach alles, mein liebster Herr Studiosus. Du wirst allein auf einer schimmernden Plattform aus Plexiglas erscheinen. Keine Requisiten, keine Gags. Die Stille wird dein Begleiter sein. Falls man dich bemerkt, bist du nur eine Statue. In dem Maß, wie du dein immenses Talent entdeckst und annimmst, werden sich deine Arme mit Blut und Mut füllen. Du wirst sie ausstrecken, ganz, ganz langsam, um die ganze Menschheit und viel mehr zu umarmen. Du wirst die kleinste Plötze und den riesigsten Sternennebel umarmen. Und dann wirst du plötzlich die Augen verdecken.«

Ihre Hände klatschen gegen ihr Gesicht und legen sich über die Augen. Sie ohrfeigt sich so hart, daß ihre Wangen bläulich anlaufen.

»Warum verdeckst du nicht deine Augen? Vernebelt dir die Angst den Blick auf das, was uns dort draußen in der eisigen Leere erwartet? Ja, aber etwas anderes tritt an die Stelle deines Kummers. Krämpfe werden deinen Körper erschüttern. Du mußt dich selbst umbringen, um wiedergeboren zu werden.«

Zoe wirft sich in den elektrischen Stuhl und bringt sich selbst um.

»Durch schiere Willenskraft wirst du zu der Entscheidung kommen, das Leben in das zurückzuverwandeln, was es eigentlich sein soll. Was es wäre, wenn Gott nicht am siebten Tag geruht hätte. Und dann bist du Norman Cradle, der im Schlamm ein Juwel suchte und fand. Du machst ganz langsam wieder die Augen frei ...«

Ihre Hände öffnen sich, sie breitet die Arme aus, ihre Nasenflügel beben.

»Ja«, sage ich, »ja, ich verstehe. Wie die Leute, die sie damals zu Zeiten der Drogenkriege Mulis nannten. Sie verschluckten Kondome voller Kokain, gingen über die Grenze und tranken Rhizinusöl, um das Vermögen aus ihrem Darm herauszuspülen. Was wäre wohl gewesen, wenn sie in ihrer eigenen Scheiße hätten herumpuhlen müssen, um wieder an das Zeug heranzukommen?«

»Das ist widerwärtig«, knurrt Zoe. »Ich verabscheue Worte in der Fäkalsprache. Wir sollten die Sache doch auf einem gewissen Niveau halten, Suppe.«

»Verzeihen Sie mir bitte. Ich habe mich hinreißen lassen.«

»Machen wir weiter. Nachdem du dich dann in einen unsterblichen Norman Cradle verwandelt hast, stehst du vor einer schweren Entscheidung. Du kannst von den anderen getrennt und losgelöst über ihnen schweben, wie es schon viele vor dir gemacht haben. Oder du kannst das Bad in der Menge suchen. Am besten wählst du den Mittelweg. Du brauchst die Isolation, um deine Kunst in ihr zu vervollkommnen, darfst aber auch auf menschliche Kontakte nicht verzichten, um deine Inspiration zu füttern. Hier ist dann der Punkt, an dem unser Chor einfällt und unsere Tänzer die Arme ausstrecken. Du wirst von deinem Sockel heruntersteigen, um ihre Hände zu ergreifen und dich von der Wärme der Vereinigung streicheln zu lassen. Aber danach wirst du in dein Fegefeuer zurückkehren, wo du ihre Träume nachstellst.«

Zoe pflückt mit Armen, Händen, Körper, Beinen und Gesicht modische Träume aus der Luft. Visionen quellen aus ihr heraus wie die Fäden aus der Drüse einer Spinne. Sie lutscht unsichtbare Kreationen, wie Janesford Brun einen Trüffel gelutscht hätte.

»Siehst du, Norman? Du bietest ihnen bereitwillig deine Träume an. Du gibst den Verdurstenden zu trinken. Und dann – Licht aus. Finito. Das Historienspiel ist beendet.«

»Das ist zwar sehr schön, aber ich denke doch, ein paar Zeilen könnten die Botschaft unterstreichen. Einige der Zuschauer verstehen vielleicht die Bedeutung nicht.«

»Für die gibt es gedruckte Programme.«

»Ich denke da an etwas leichtere Kost, um den Mann menschlicher darzustellen. Ich rede nicht von der üblichen komischen Nummer. Nur ein bißchen Humor, etwas Komik – um die Leute aus der Reserve zu locken.«

»Humor? Warum das? Die Kunst soll uns auf den Tod vorbereiten.

Humor fordert den Schöpfer auf subversive Weise heraus. Er verherrlicht die Wegwerf-Mentalität. Wollen wir unser Publikum zum Lachen oder zum Weinen bringen? Welches Gefühl werden sie wohl mehr respektieren? Gib mir Tränen, und ich finde einen Teil meiner Bedeutung im Kummer, nicht im Kichern. Norman Cradle ist nun mal keine Lachnummer.«

»Aber in vielen seiner Arbeiten propagiert er das Lächeln.«

»Ein bittersüßes Lächeln. Wie die Schleuse eines Kanals die schwellenden Wasser aus Zweifel und Furcht reguliert... und das Schiff immer weiter anhebt, es auf die unvermeidlichen Stürme in dunkler See vorbereitet. Norman wußte, daß wir alle nur Passagiere auf der *Titanic* sind. Ich meine, er war nicht gerade ein Dummkopf.«

»Trotzdem, ein Hauch Frivolität...«

»Nur über meine Leiche. Aber jetzt wollen wir deine Ideen auf Eis legen und an die Arbeit gehen. Du wirst dich nackt ausziehen und auf Händen und Füßen kriechen. Du wirst meinen Teppich nach Würmern absuchen. Du wirst grunzen wie ein Schwein.«

»Um was damit zu erlangen?«

»Demut.«

»An einem nackten Schwein, das Jagd auf Würmer macht, ist doch nichts Demütiges.«

»Vielleicht nicht. Aber wir proben ja auch nicht für *Othello*.«

Hinter einem Vorhang zerrt Zoe einen großen Spiegel hervor.

»Du wirst deinem Spiegelbild folgen. Das ist dann unser richtiger Weg. Sag mir – stimmt es, daß du Homer Brogg nahestehst?«

Zur Antwort grunze ich sie vom Teppich an.

»Ist es möglich, daß Mr. Brogg am Cradle-Tag hier sein wird?«

Mit einem Schnauben bestätige ich die vage Möglichkeit.

Zoe Rapish dreht den Spiegel herum und betrachtet sich selbst.

Ich quieke, um sie daran zu erinnern, daß der Spiegel für mich gedacht ist.

Zoe Rapish hat durch ihren raffinierten Unterrichtsplan und der täglichen Demutsübung mein Schauspieler-Ego angeheizt. Zusätzlich hat sie das Skandieren von Lobpreisungen auf den Plan gesetzt. Die Preisungen, tröpfchenweise verteilt wie Rotz auf einen heißen Reaktorkern, verwandeln sich sofort in kochenden Dampf. Wie eine exotische Knospe keimt Wut in mir. Ich schwebe um meine Wut herum wie eine verhungernde Biene um eine Blume, die darauf wartet, daß die Blüte sich öffnet. Je mehr Zoe auf mir herumhackt, um so mehr Selbstvertrauen spüre ich.

Wie sie vorausgesagt hat, habe ich Norman Cradle-Format angenommen. Beim Umhergehen lasse ich den Kopf auf die Brust hängen. Ich entdecke hinter allem Banalen goldene Königreiche. Das Gewöhnliche ist etwas Himmlisches. Cradle-Bänder und -Filme haben sogar meine Stimme verändert. Ich klaue seinen Tonfall.

All das macht meine Tischnachbarn nervös. Ich verteile süßliches Wohlwollen, das durch überspitzt freundliches Mienenspiel eine arrogante Note erhält. Ich bin wie ein Papst, in den Satan gefahren ist, eine heilige Mischung aus Zorn und Sanftmut. Die anderen machen sich über mein Verhalten lustig. Aber bei meinem Auftritt werden sie mir zujubeln.

Für diesen zukünftigen Applaus ertrage ich die Demütigungen meiner Lehrerin. Gestern hetzte sie mich durch das – wie sie es nennt – Toilettentraining. Sie forderte mich auf, Worte der Liebe zu rezitieren, während mein Kopf in der Kloschüssel steckte und sie die Spülung drückte, bis die Rohre ächzten. Sie behauptet, diese Techniken, in den Kellern der großen Theater dieser Welt entwickelt, hätten sich seit vielen Jahren bewährt. Ich muß das akzeptieren.

Zoe ermutigt mich zur Einsamkeit, als meine Stunden bei ihr dem Ende zu gehen. Wenn es die Zeit erlaubt, unternehme ich nach den Überstunden in den Tellerwerken lange Spaziergänge. Mein Vorschlag wurde angenommen... Teller, die früher als Ausschuß galten, werden jetzt verpackt und als zweite Wahl in weit entfernte Gebiete verschifft. Die wundersame Mühle wird kaum noch benutzt, und meine sexuellen Vibrationen bei ihrem Einsatz haben sich sang- und klanglos verabschiedet. Früher wollte ich nicht vom Band weg. Jetzt kann ich es kaum erwarten, mit NORMAN allein zu sein.

Dr. Hamish hat mir erlaubt, die Sitzungen mit meinem Bild bis nach dem Festival auszusetzen. Ich habe ihm erklärt, daß ich dadurch in Konflikte gerate. In meinem gewählten Bild fällt es mir schwer zu vergessen, daß der Maler eine Erweiterung von Cradle selbst ist, vielleicht eine Gestalt aus einer seiner geheiligten Erinnerungen. Mein Identifikationspunkt, die Puppe, einmal passiv, dann wieder eine Verschwörerin, ist mir unheimlich geworden. Sie fordert nicht nur den Pinsel, sondern auch des Malers Motive heraus. Zu meiner eigenen Überraschung mußte ich feststellen, daß ich denselben Norman Cradle verfluchte, der zu werden ich mich abmühte. Als ich einen sofortigen Wechsel des Identifikationspunktes forderte, um von der böswilligen Puppe loszukommen, meinte Dr. Hamish, es sei besser, die Meditation in meinem Bild für einige Zeit auszusetzen. Er erinnerte mich daran, daß mein mentaler Zustand künstlich und zeitlich begrenzt ist. Selbst die Therapie-Sitzungen sind bis auf Widerruf gestrichen.

Bei einem meiner abendlichen Spaziergänge lenke ich meine Schritte zum Ballspielplatz der High School, wo das Festival stattfinden wird. Ich fühle mich wie Sophokles bei der Überprüfung der Akustik von Delphi. Da ich keine Worte zu rezitieren habe, ist die Akustik kaum von Bedeutung, aber in diesem Punkt habe ich die Hoffnung noch nicht verloren. Ich gebe den

Versuch nicht auf, Zoe zu überreden, meiner Rolle mehr Fleisch zu geben.

Die Schule liegt auf der anderen Straßenseite gegenüber dem Friedhof von West Stockton. Das sorgt für eine hübsche Kontinuität. Hier wie dort gibt es Abschlußfeiern.

Als ich näher komme, höre ich Gesang:

Ihre Steine sind die Zähne
In den Kiefern des Todes.
Wie können sie schlafen,
Wo ihr Atem doch Sand ist.
Tra la la la
Diddel di di.
Wer ist der Knochenhaufen?
Weh, das bin ich!

Ich sehe eine Gestalt Erde schippen. Vermutlich der örtliche Totengräber, gerade dabei, für einen Ortsansässigen, der sein irdisches Heim verlassen hat und nun ein Heim für die Ewigkeit sowie einen guten Ausguck in die Unendlichkeit braucht, ein neues Zuhause zu schaufeln. Ich überlege, wenn ich wirklich Norman wäre und kein Faksimile, würde ich jetzt rasch einen Teller mit dem Titel *Das Heim in der Kiste* malen.

Die Gestalt des Gräbers kommt mir bekannt vor. Ich betrete den Friedhof und gehe auf den Garten mit den Grabsteinen zu. Der Mann mit der Schaufel ist Morris Feuerbloom. Als ich hinter einem Mausoleum hervortrete, zuckt er zusammen und hebt die Schaufel.

»Vorsicht mit dem Ding. Ich bin's.«

»Von allen Menschen bist du der letzte, den ich hier brauchen kann«, knurrt er.

»Was soll dieses morbide Verhalten? Laß mich raten. Du gräbst dir dein eigenes Grab.«

»Jetzt bist du wohl völlig übergeschnappt. Glaubst

du denn, ich würde mich in diesem Kaff niederlegen und auf die Posaunen des Jüngsten Gerichts warten?«

»Und wie nennst du das hier? Willst wohl schon mal ein bißchen üben, wie?«

»Du hast hier nix verloren, Suppe. Müßtest du jetzt nicht in deiner Schauspielstunde bei Sarah Bernhardt sein?«

»Seit ich nominiert wurde, Norman Cradle zu spielen, bist du mir gegenüber immer sehr unfreundlich. Warum? Wolltest du etwa die Rolle haben?«

»Ich geb's auf mit dir. Du bist 'n hoffnungsloser Fall. Laß mich zufrieden und vergiß, daß du mich gesehen hast. Das hier ist 'ne rein persönliche Sache.«

»Morris, auf rein menschlicher Ebene sind wir füreinander verantwortlich. Ich muß Dr. Hamish melden, daß ich dich allein auf dem Friedhof herumwerkeln sah. Ich kann doch nicht die Hände in den Schoß legen und zuschauen, wie du dich in eine Depression hineinsteigerst.«

»Ich habe keine Depression. Im Gegenteil – man setzt mich unter Druck. Das ist 'n himmelweiter Unterschied.«

»Komm mit mir zurück. Wir gehen unterwegs einen Kaffee trinken oder kaufen dir ein Stück von diesem Kuchen, den du so gern ißt.«

»Ich will weder Kaffee noch 'n Stück Kuchen. Bleib mir vom Leib, oder du kriegst die Schaufel an den Kopf. Ich warne dich.«

»Du weißt genau, daß ich es nicht auf einen Kampf ankommen lassen kann. In knapp zwei Wochen gebe ich mein Debüt.«

»Er gibt sein Debüt«, ruft Feuerbloom den Geistern von West Stockton zu. »Und was kommt dann als nächstes?«

»Ich kann dich nicht hierlassen.«

»Du kannst. Das ist doch ganz einfach.«

Mein Blick fällt auf das frisch ausgehobene Loch.

Ein Sarg steht schon darin. Die letzten Sonnenstrahlen brechen sich auf den Messinggriffen.

»Leichenfledderei? Ist es das? Die letzte Ruhe der Toten stören?«

»Suppe, du hast 'nen verdammt guten Riecher. Ich gebe es zu. Ich bin dabei, den alten Barbier auszugraben. Man hat ihn mit 'nem ganzen Mund voller Goldzähne begraben. Du weißt doch, daß Juden Magenschmerzen kriegen bei der Vorstellung, daß da jede Menge Karat nutzlos herumliegen. Aber ich hab es mir anders überlegt. Hier, schau – ich schippe ihn wieder zu. Ich lasse ihn ruhen und gehe mit dir 'nen Kaffee trinken. Du bist mir zu raffiniert.«

Er schaufelt wieder Erde auf die Kiste.

»Augenblick. Mach den Sarg ruhig auf und nimm dir die Zähne. Dem Barbier nützen sie doch nichts mehr. Wer bin ich denn, dir irgendwelchen Frust zu bereiten? Würde Norman Cradle nicht auch sofort hinter der schrecklichen Oberflächlichkeit der Tat den guten Zweck deines Vorhabens sehen? Gold der Welt, die es dringend braucht, zurückzugeben? In die es ohnehin gehört?

Ich gebe zu, es fällt mir schwer, die andere Wange hinzuhalten, aber ich will es versuchen.«

»Suppe, du bist schon ziemlich weit gekommen. Ich hab's einfach nicht bemerkt. Außerdem – du hast mir die Zähne vermiest. Ich will sie nicht mehr.«

»Unsinn.« Ich springe in das offene Loch hinunter und zerre an dem Sargdeckel. Er läßt sich ganz leicht öffnen. Ich schließe die Augen, weiß, daß ich mich dazu zwingen muß, einen Blick auf das Werk der siegreichen Würmer zu werfen ... Doch in dem Sarg erblicke ich keinen ehemaligen Barbier. Ich erblicke nur Teile eines Metallzylinders.

»Morris?«

»Das Spektakel.«

»Ein Knallkörper?«

»Wenn der Koloß von Rhodos 'n Sandkorn ist, dann ist das hier 'n Knallkörper.«

»Wieso?«

»Weil Morris Feuerbloom damit zu den Sternen starten wird.«

»Wann?«

»Während des Historienspiels. Während sie deinen Auftritt auf der Bühne verfolgen.«

»Bei meiner klimaktischen Szene?«

»Nee, nee. Nach dem Applaus.«

»Und wenn was schiefgeht? Ein Unfall? Wenn du zu früh zündest?«

»Ich bin 'n Feuerbloom. Es gibt keinen Unfall. Ich verspreche dir zu warten, bis du mit deinen Verbeugungen vorm Publikum fertig bist.«

»Das Risiko kann ich nicht eingehen.«

»Ich respektiere deine Gefühle. Aber nehmen wir mal an, da passiert 'n kleiner Fehler beim Timing, der die Zuschauer ablenkt. Du könntest doch improvisieren, 'n paar Worte sagen – irgendwas. Hast du mir nicht gesagt, es gäbe kein Script?«

»Improvisieren?«

»Genau. Aus dem Stegreif. Du willst doch 'n Mime sein, oder?«

»Was bewirkt dein Knallkörper?«

»Was er bewirkt? Nicht viel. Er erfüllt den Himmel mit so herrlichen Farben, daß selbst 'nem Faschisten die Tränen kommen. Er läßt Donnerschläge los, daß 'n Furz aus der Hölle nix dagegen ist. Das könnte sozusagen dein Stichwort sein. Ist doch nicht schlecht, oder? Und ich würde mir damit die Familiengruft in Roslyn, Long Island ersparen, von wo aus nur die örtliche Müllverwertung zu sehen ist. Ich müßte ewig dabei zuschauen, wie sie Flaschen und Dosen recyceln.«

»Das klingt ja sehr verführerisch. Aber ich kann nicht zulassen, daß du dich selbst umbringst.«

»Wer sagt denn, daß ich bei dem Ritt auf dem Zylinder da umkomme? Vielleicht fliege ich ja nur zu 'nem gut geführten Hotel in den Catskills. Würde Norman Cradle das nicht genau so sehen?«

»Ein solches Ereignis würde sicherlich ein paar erklärende Worte notwendig machen.«

»Keine Frage! Im Anfang war das Wort – warum also nicht auch am Ende? Die zu erwartende Kritik wird es bestätigen, Suppe. Es ist genau das, was man deine große Chance nennen könnte. Sei vernünftig. Wenn du jetzt 'nen Agenten hättest, würde er dir sicher dringend raten, diesen Strohhalm zu ergreifen.«

»Es wäre wirklich eine Ironie, wenn sich dein Start zu den Sternen als Katapult für meinen Aufstieg erweisen würde.«

»Fein. Wir haben also 'nen Vertrag. Aber keinen Piep davon zu sonst jemand.«

»Ich werde drüber nachdenken.«

»Wunderbar. Was will ich mehr?«

»Morris?«

Eine Frauenstimme, ziemlich vertraut. Jill Hill tritt aus dem Schatten eines Granitengels hervor.

»Meine Assistentin kennst du ja schon«, brummt Feuerbloom. »Sie ist die Person mit den Zündhölzern. Hinter jedem großen Mann steht eine Frau, die die Zündschnur ansteckt.«

Ich gehe bei der Bibliothek vorbei, um mir ein Exemplar von *Ein Schauspieler bereitet sich vor* von Stanislawskij auszuleihen. Zoe hat das Buch auf meinen Namen zurücklegen lassen. Sehr gefühlvoll hat sie mir erklärt, dieser Lehrer habe die ganze Theaterwelt mit seiner Botschaft elektrisiert, daß Schauspieler zu flammenden Stäben werden müßten, die geballte Gefühlsausbrüche in geheimen Speichertanks horten müßten. Derartig gehortete Macht könnte durch vereinbarte Stichworte losgelassen werden. »Ein Schauspieler ist von Teufeln und Dämonen besessen«, behauptete Zoe. »Man muß sie lehren, auf Kommando zu tanzen.« Ich konnte nicht umhin zu bemerken, wie bei diesen Worten die Brustwarzen unter ihrem Gymnastiktrikot hart wurden und sich aufrichteten.

Ich sage Zoe nichts von meiner Begegnung mit Morris. Das Auftauchen von Jill Hill hat meine Rechnung kompliziert. Ehe sie ins Spiel kam, stand es völlig außer Frage, daß ich sein selbstmörderisches Vorhaben melden würde. Nicht nur, daß sein Leben bedroht war – das Feuerbloom-Spektakel könnte ja leicht einen großen Teil der Zuschauer aus den Socken heben. Jemand wie Stanislawskij würde solche Bedenken sicher für bourgeois, für saft- und kraftlos halten, bedachte man die potentielle Wirkung auf das Publikum – von den Auswirkungen auf meine Karriere ganz zu schweigen.

Aber andererseits hatte der Brun-Zwischenfall deutlich gemacht, daß ernsthafte Verstöße rasch und umfassend bestraft werden. Ich könnte durchaus mit der Vorstellung leben, daß Morris in den Block X verlegt würde. Ein Szenenwechsel würde ihm sicherlich mal ganz gut tun. Aber bei Jill ist mir dieser Gedanke unerträglich. An einen solchen Ort der lebenden Schatten weggesperrt zu werden, könnte sie weit zurückwerfen. Außerdem ist immer noch Zeit, Morris mit sanften Worten von seiner Inszenierung des Jüngsten Tages abzubringen. Eigentlich gegen meinen Willen habe ich mir für alle Fälle aber schon ein paar passende Worte ausgedacht. Wenn die Rakete abhebt, werde ich/Norman mit den Achseln zucken und deklamieren: »Der Tod ist unser Übergang zu den Sternen. Zu gegebener Zeit werden dieselben Sterne anschwellen und auseinanderbrechen, sie werden ihren Griff, mit dem sie die Ewigkeit umklammern, lösen und in einem Meteoritenhagel auf die schlammige Erde stürzen. Und dann wird ein Kind geboren.«

Das Fließband braucht Futter. Wahrscheinlich werden die Worte nie gesprochen, aber meine Instinkte sind zielgerichtet. *Sternenkind* würde ein Bestseller werden – als Teller, Hemd, Krug, Tischset oder was sonst immer.

Ich reiße mich selbst aus meinen Träumereien und gehe in mein Zimmer, um zu lesen. Während ich in Norman Cradles Haltung den Gang entlangschlurfe, sinniere ich über das Wunder, das Zoe vollbracht hat.

Ich sehe, daß meine Tür offensteht.

Ein Adrenalinschub wischt Cradle von dannen. Sicher ist es Bernie, der auf mich wartet. Bestimmt verachtet er mich wegen meiner Berühmtheit. Oder hat jemand etwas von meiner Begegnung auf dem Friedhof erfahren? Im ersten Moment will ich den Rückzug antreten, doch das würde nur einen kurzen Aufschub bedeuten.

Es ist nicht Bernie. Es ist Samantha Abberson in der grünen Uniform des Gewalttätigen-Blocks. Mit ihren fetten Händen durchwühlt sie meine Schubladen. So schlecht scheint es ihr im anderen Block nicht zu gehen, denn sie ist so fett und agil wie immer.

Ich schleiche mich von hinten an sie heran und sage: »Was hat das zu bedeuten?« – mit meiner eigenen Stimme. Sie zu hören, versetzt mir einen Stoß.

Samantha fährt herum und versucht ein Kichern.

»Hallo, Suppe. Wie, zum Teufel, geht's dir? Was gibt's Neues in der Fabrik?«

»Wie bist du hier hereingekommen?«

»Mit List und Ausdauer. Ich wollte dich sehen. Du fehlst mir. Vermißt du mich auch?«

Sie macht Anstalten, sich die Bluse aufzuknöpfen.

»Samantha, bitte, warte einen Moment.«

»Was denn, wieder deine Frau?«

»Das auch, ja. Außerdem bin ich im Training. Es ist alles sehr kompliziert.«

Sie zieht die Bluse aus und läßt den Rock fallen. Ich werde von einem präkolumbianischen Faß umarmt.

»Komm, rede mit mir«, versuche ich sie abzulenken. »Wie geht es Susan? Ißt sie inzwischen wieder?«

Sie reibt sich an mir. Norman Cradle würde sie im Geist in eine Wassernixe verwandeln, aber ich schaffe diesen Gedankensprung nicht. Zoe hat recht. Ich brauche Stanislawskij.

»Susan ist Susan.«

»Und der Block X?«

»Ist sehr körperlich, manchmal auch sinnlich. Sie erledigen alle Dinge mit ziemlicher Aggression. Hauen und Stechen gehört dort zum Alltag.«

»Das macht Sinn.«

»Wir fertigen uns Waffen an. Ziemlich primitives Zeug. Dolche, mit Nägeln gespickte Bälle, Pfeile mit Widerhaken. Speere. Diese Art von Therapie betreiben wir da.«

»Samantha, zieh dich wieder an.«

»Du willst mich doch. Gib's zu!«

»Vielleicht hast du recht. Aber ich muß mit meinen Kräften haushalten. Vielleicht weißt du es noch nicht, aber man hat mich in diesem Jahr für die Rolle des Norman ausgewählt.«

»Ich habe so was gehört. Bravo!«

»Ist aber nicht gerade ein Zuckerlecken. Ich bin wie ein Priester oder ein Boxer zur Enthaltsamkeit verpflichtet. Bis nach dem Historienspiel.«

»Wen interessiert das schon?«

»Mich.«

»Dir bedeutet das wirklich viel!«

»Ja.«

»Gegen eine andere Frau könnte ich ankämpfen, nicht aber gegen eine Religion.«

Während Samantha sich ankleidet, schaue ich mir das Durcheinander in meinem Zimmer an. »Was hast du eigentlich gesucht?«

»Das war sehr dumm von mir. Weil du nicht hier warst, dachte ich, ich könnte mir ein Souvenir mitnehmen. Irgendwas Intimes.

Etwas, um mich daran in schlimmen Stunden festzuhalten.«

»Ich habe nie bemerkt...«

»Gib mir deine Unterwäsche.«

»Samantha, wenn du unbedingt Jockey-Shorts von mir willst, dann nimm dir in Gottes Namen einen. Meinen Segen hast du.«

»Sind zu sauber. Ausgekocht. Ich will den, den du gerade trägst. Verschwitzt und stinkend. Wie du ihn deiner Freundin schicken würdest.«

Eine drohende Miene verdüstert ihr Gesicht. Das Mädchen hat scharfe Fingernägel, die spitz zugefeilt sind. Ich lasse die Hose runter, trete sie beiseite und ziehe meine Boxer-Shorts aus. Samantha zerrt sie mir von den Knöcheln und stopft sie sich in den Ausschnitt. Bisher war völlig mir entgangen, daß sie eine Romantikerin ist. Sie gibt meinen Eiern einen flüchtigen Kuß.

»Ruf mich an, wenn du nach dem Spiel deine Vorhänge bekommen hast.«

»Versprochen.«

Nachdem sie gegangen ist, kommt mir der Gedanke, daß Samanthas Benehmen ausschließlich auf meinen bescheidenen Ruhm zurückzuführen ist. Ich bezweifle, daß – ginge es allein um meine Person – sie scharf wäre auf meine Unterwäsche, um sie mit ins Bett zu nehmen. In Wirklichkeit habe ich ihr damit ein Autogramm gegeben.

»Wir, die wir am Rumpf der Gottheit nagen, sind eine Bruderschaft«, sagt Zoe häufig. Allmählich begreife ich den Preis des Ruhms.

»Komm, Stanislawskij«, sage ich zu dem Buch.

»Sprich zu mir. *Denn ich allein würde mich von Honigtau nähren und die Milch aus dem Paradies trinken.*«

»Wenn ich das richtig kapiere, gehören zu meinem Kostüm ein kariertes Hemd, Schlapphut, zerknitterte Hosen und eine Cordjacke. Können wir die Sachen nicht hier in einem Laden kriegen?«

»Wußtest du, daß Norman seine Sachen in London anfertigen ließ? Er hatte seinen Stolz. Das Aussehen, das er sich zulegte, war schlicht und einfach perfekt, wenn du weißt, was ich meine.«

Zoe bringt mich zu einer Anprobe. Wir fahren nach Great Barrington und halten vor einem alten Haus, das sich hinter ein Bataillon Pinien duckt. Sie drückt einen Knopf, der ein ganzes Glockenspiel in Bewegung setzt. Ein glatzköpfiger alter Mann, ein Zwerg in einer Robe, empfängt uns mit einem Gruß. Auf Zehenspitzen pflanzt er einen Kuß auf Zoes Wange.

»Dr. Professor, hier ist die Herausforderung an Ihre Design-Künste.«

»Vielleicht schaffen wir es ja, mit vielen Gebeten und Choralgesang das Meer trockenzulegen«, zirpt Dr. Professor.

Die gegenseitige Vorstellung findet unter einer Tiffany-Lampe in der guten Stube statt. Ich lobe die Möbel aus der amerikanischen Frühzeit.

»Er hat etwas Geschmack«, erklärt Zoe.

»Geh in dieses Zimmer und entkleide dich, damit ich deinen Schritt ausmesse.«

»Kein Schneider hat je meinen ...«

»Ich versuche gerade, dich in meinem sehr engen Zeitplan unterzubringen. Für die Farm sind meine Dienste ohnehin unentgeltlich.«

»Dr. Professor reißt sich auch so schon ein Bein aus. Halte ihn also nicht unnötig auf, Suppe.«

Ich verschwinde in den angrenzenden Raum. Eine Holographie-Kamera richtet ihr Auge auf ein kleines Podium. Dahinter sieht es aus wie in einer Rumpelkammer. Ein Untersuchungstisch ist mit Kabeln an einen Computer angeschlossen. Da ist nichts, das mit Kleidern zu tun hätte, kein Regal, kein Bügel, nicht mal ein Fetzen Stoff.

Ich ziehe mich aus bis auf die Haut und werfe meine Sachen auf einen Stuhl. Zoe und der, den sie mit Dr. Professor anredet, lachen im Nebenzimmer. Sie lachen über mich. Ich höre, wie er Witze über meinen Code reißt. Der Bastard kann sich nicht halten vor Lachen.

Ich sitze nackt auf dem Tisch und warte. Nach zehn Minuten rufe ich laut, daß ich bereit bin. Es dauert weitere fünf Minuten, bis der Zwerg sich zu mir bequemt.

»Zuerst das Bild. Stell dich da auf – die Hände an die Seiten.«

Ich posiere für das Hologramm.

»Schön. Und nun zurück auf den Tisch.«

Ich lege mich hin. Er vermißt mich mit Tastzirkeln, mißt alles – vom Augenfälligen bis zum Intimsten.

»Da hast du dir diesmal aber einen guten Norman ausgesucht«, ruft er Zoe zu.

»Entschuldigen Sie«, sage ich, »aber wäre es möglich, daß ich eine Kopie von dem Bild bekomme?«

»Du möchtest ein Nacktfoto von dir selbst? Für wen? Für deine Liebste?«

»Ja, so in etwa.«

»Der von letztem Jahr hatte ja keinen nennenswerten Schniedel. Wir mußten ihm den Schritt ausstopfen. Das erste, was die Zuschauer begutachten, ist die Wölbung in der Hose, stimmt's, Zoe?«

»Jedenfalls tut's nicht weh«, kam der Kommentar aus dem Nebenzimmer.

»In Ordnung, ich bin jetzt mit dir fertig«, zirpt Dr. Professor.

»Was ist mit den Farben? Dem Schnitt, dem Stoff?«

»Das überlaß ruhig mir, mein Sohn. Weißt du, wen ich alles einkleide? Die größten Koryphäen.«

»Aber ich hätte gern ein paar Anhaltspunkte, wo wir schon mal hier sind …«

»Sobald das Mannequin fertig ist, schwitze ich über den Details. Ich durchleide Qualen, die du dir überhaupt nicht vorstellen kannst. Und das alles kostenlos, ein Geschenk von mir. Ich stelle nicht mal meine Auslagen in Rechnung.«

»Sie konstruieren ein Mannequin nur für …?«

»Er ist ein Zauberer«, kreischt Zoe herüber.

»Das Haar stimmt nicht«, brummt Dr. Professor. »Normans Haar floß ihm regelrecht vom Kopf. Ich werde eine Perücke bauen. Tief im vorderen Ansatz, um – du weißt schon, was – zu verbergen.«

»Ist das legal?« frage ich.

»Zieh dich an. Laß deine Mammi nicht warten. Ist Zoe nun ein Genie, oder was? Stellt sie mit dir ein gutes Produkt auf die Beine?«

»Das bleibt noch abzuwarten«, kreischt Zoe.

Im Wagen sagt Zoe mir dann, daß sie mir Stockton und Lenox zeigen will, um mit mir auf Normans Spuren zu wandeln. Wir essen in dem Lokal zu Mittag, wo er regelmäßig seine Hühnerpastete aß. Beim Essen nimmt Zoe einen Umschlag aus ihrer Tasche und entfaltet einen Andruck des Festival-Posters.

Es zeigt ein Bild von Norman, halb im Licht, halb im Dunkeln – wie bei einer Sonnenfinsternis. Der Titel ist in schwarzen Blockbuchstaben gedruckt:

EINE WELT OHNE CRADLE?

»Das Konzept, das dahintersteht: Wie würde die Welt wohl aussehen, wenn Norman Cradle nicht gewesen wäre«, erklärt Zoe.

Ich muß sofort an Millionen nicht vorhandener Teller denken.

»Nun sag schon, was du davon hältst.«

»Eingängig. Stilvoll. Es gibt Denkanstöße.«

»Du scheinst sehr zögerlich.«

»Falls das das richtige Wort ist. Soll es mich denn nicht nachdenklich machen, wenn wir von einer Welt ohne Cradle reden?«

»Du bist heute ziemlich langsam. Wir reden doch schließlich von einem glücklichen Ereignis. Immerhin war uns Norman ... ist uns Norman im Formaldehyd der Verehrung erhalten geblieben. Er ... erscheint doch nur durch dich, um die Tugenden und Werte aufzufrischen, die uns seine Kunst vermittelt hat. Wir reden hier von Wiedergeburt.«

»Aha, mein Auftritt ist also nur eine Auffrischung. Wie ergreifend.«

»Nach seiner Pastete aß er immer eine Karamelcreme.«

Wir bestellen die Karamelcreme. Ich bekomme eine schwache Ahnung von meiner Rolle in dem Historienspiel. Wenn mein Auftritt nur dazu dient, um Normans Ankunft in einer Welt darzustellen, der er vorenthalten wurde, dann muß sich Morris Feuerbloom einen anderen Abgang einfallen lassen. Das Aufsteigen eines Knallkörpers würde auf dramatische Weise in die falsche Richtung weisen. Denn das Thema heißt *Rückkehr*, und nicht *Weggang*.

»Zoe, ich habe ... ich muß Ihnen da etwas gestehen. Es ist aber streng vertraulich und betrifft die letzte Szene, die meine einzige Szene ist.«

»Schluß damit. Versuch nicht, den Produzenten des Stücks zu übertrumpfen. Damit brichst du dir nur das Herz. Hör mir gut zu, Suppe. Ich habe das schon mehrmals mitgemacht. Spiel deinen Part und genieße den Beifall. Das ist die einzig wirkliche Befriedigung und Belohnung für uns.«

»Was ich Ihnen zu sagen hätte, könnte sehr kompromittierend ...«

»Vergiß den Text. Du wirst keine Worte brauchen.«

Ich würge den Drang, Feuerbloom zu verraten, mit meiner Karamelcreme hinunter. Es ist ja auch nicht Zoes Angelegenheit. Es ist eine Sache zwischen Morris und mir. Wenn schon jede Logik versagt, wenn er zu Lasten der Aufführung auf seinem Selbstmord beharrt, dann werde ich die Dinge selbst in die Hand nehmen und einen Ausflug zu dem Grab machen, in dem seine Asche beigesetzt wird.

Zoe schwelgt in Gedanken offenbar noch in der längst schal gewordenen Verehrung ihres Publikums. Mein Applaus wird erst noch aufrauschen. Ich nehme tröstend ihre Hand.

Die inspirative Tellerserie zum Gedenken an das diesjährige Festival wurde heute mit dem Motiv *Cherubim-Chor* gestartet. Der Teller zeigt Neugeborene in Brutkästen vor einem Fenster, durch das das Mondlicht voll auf sie fällt. Eine junge Schwester bemerkt dies, und ihr wird bewußt, daß sie gerade ein wunderbares Mysterium erleben darf. Der Teller berührt mich im Innersten und erfüllt mich mit einer quälenden Nostalgie. Ich habe noch nichts von Trina gehört, obwohl die Suite im Blue Violet längst gebucht ist. Dr. Hamish hat mir diesen Gefallen getan.

Nach dem Abendessen unternehme ich einen langen Spaziergang. Das Wetter ist ideal, und die Stadt friedlich. Ich gehe die Main Street entlang, an dem Gelände der Highschool vorbei. Auch auf dem Friedhof ist alles ruhig. Ich habe versucht, Morris in die Enge zu treiben, aber er ist mir jedesmal geschickt ausgewichen. Da sein Aufgabenbereich für das Festival die Federführung beim jährlichen Feuerwerk einschließt, hat man ihm einige Ausnahmeregelungen zugebilligt. So werden ihm zum Beispiel die Mahlzeiten auf sein Zimmer serviert, wo er mit der Ausarbeitung des Spektakels beschäftigt ist.

Jill Hill weigert sich, zu ihrer Rolle in der Verschwörung der beiden zu stehen. Als ich das Thema aufs Tapet bringe, tut sie völlig ahnungslos. Redet über die Vorstellung. Sie will mich glauben machen, unsere Begegnung sei eine Fata Morgana gewesen. Bei Tisch benimmt sich Jill nicht mehr so ekelhaft wie sonst. Vielleicht, weil ein paar Auberginenstücke im Schoß eines Tischnachbarn nicht mit der Vorstellung konkurrieren können, wie die Reste von Morris auf die Menge der Touristen niederregnen werden. Sie weiß, daß ich ein Gegner ihres Plans bin. Ich erwische sie dabei, wie sie in meinen Augen zu lesen versucht, aber ich verrate ihr nichts außer meinem Wunsch, mit ihr über den Plan zu diskutieren. Es ist mir ernst mit diesem Anliegen.

Vor mir entdecke ich eine vertraute Gestalt. Bill Maginot kommt auf mich zu. Er trägt eine Tasche und bückt sich öfter, um irgendwelche Dinge aus dem Rinnstein aufzusammeln, die er dann in seinen Sack steckt. Ehe er mich bemerkt, stehen wir uns schon gegenüber.

»Suppe, was führt dich denn hierher?«

»Dasselbe könnte ich dich fragen, Bill.«

»Mich? Mir macht es einfach Spaß, diese Straße entlangzugehen und ihrer Musik zu lauschen.«

»Ich kann nicht ganz folgen. Welcher Musik?«

»Die diese Scheiße hier verursacht. Der Müll, die Bierdosen, die überall herumliegen. Hat viel Ähnlichkeit mit dem Soundtrack aus einem Film. Das ist unsere Musik. Ist sozusagen ein Hobby von mir. Ich suche dabei nach ungewöhnlichen Gegenständen. Dinge, die zu meiner Verwunderung entkommen sind.«

»Entkommen sind – wem oder was?«

»Ihrer Bestimmung.«

Bill versenkt die Hand in die Tasche und zieht einen Plastikschnuller heraus. »Zum Beispiel das hier«, sagt er. »Dieser Schnuller ist völlig in Ordnung und hat es irgendwie geschafft, seinem Baby zu entkommen.«

»Das übersteigt meinen begrenzten Horizont.«

»Private Einzeltherapie. Ich nehme an, du weißt, was mich auf die Hamish Farm verschlagen hat?«

»Ich habe Gerüchte gehört. Man sagt, du seist davon überzeugt, daß dir ein als Müllmann verkleideter Engel erschienen ist und dir aufgetragen hat, deine Stadt unter Müll zu begraben.«

»Das war Gott selbst, kein Engel. Und er kam nicht als Müllmann, sondern als der Fahrer des Müllkippers.«

»Was immer du sagst.«

»Sprich gefälligst nicht in solch gönnerhaftem Ton mit mir. Mach das nie wieder.«

Wir stehen einsam auf der schummrigen Straße ohne jeden Verkehr. Bill Maginot ist ein kräftiger Mann. Wenn Gott als Fahrer eines Müllkippers zu ihm gekommen ist, dann war es eben so.

»Der Herr geht eben seltsame Wege.«

»Und mir wurde nicht aufgetragen, meine Stadt unter Müll zu begraben. So hat das nicht angefangen. Zuerst bin ich mit dem Truck losgefahren, um ganz ordinären Abfall einzusammeln. Dann aber legte ich mir eine sehr eigenwillige Definition zu über das, was meiner Meinung nach Abfall ist. Das war kein Fehler von Gott, sondern mein eigener – wenn man hier überhaupt von Fehler sprechen kann. Und Er hat kein Wort gesagt, um mich aufzuhalten. Ich nahm mir zuerst einen Schnapsladen vor, danach eine Apotheke und dann das Rathaus. Als sie mich schnappten, war ich gerade dabei, den Bürgermeister in das Mahlwerk des Müllwagens zu stopfen.«

»Ich kenne den Reiz von Mahlwerken. Ein Bürgermeister – das muß sehr verführerisch gewesen sein. Aber ein Mord ist kein Witz mehr. Hat Gott nicht interveniert?«

»Nach dem Video-Verleih ließ er mich allein. Ich habe auch an einem überwachten Videoshop Halt gemacht. Zensur ist schließlich auch kein Witz. Und das ist es, was ich tue. Ich zwinge dem Planeten meinen Geschmack, meine Meinung auf. Aber wer bin ich denn, zu entscheiden, was Dreck ist?«

»Keiner hat das Recht dazu, außer vielleicht der Fahrer des Müllkippers.«

»Wie kannst du das sagen. Ich hatte alles Recht der Welt dazu.«

»Schön, schön, du hattest alles Recht der Welt dazu.«

»Ich plädierte auf Notwehr. Denn es war Notwehr. Trotzdem war es falsch. Wenn nicht in einem höheren, dann eben in unmittelbarem Sinn. Ich hatte einen göttlichen Auftrag, aber das Gericht war davon einfach nicht zu überzeugen. Besonders, weil ich selbst mit mir uneins war. Ich war im Recht, und trotzdem hatte ich Schuldgefühle. Vielleicht ist das die natürliche Konsequenz, wenn man den Willen des Herrn erfüllt.«

»Befehl ist Befehl.«

»Aber den Befehl richtig zu interpretieren – das ist das Schwierige an der Sache. Vermutlich werde ich eines Tages einsehen, daß zumindest eine Spur Verrücktheit in mir steckt. Aber leicht ist das sicher nicht. Diese Begegnung hat Spuren hinterlassen, und wenn ich sie leugne, verleugne ich meine eigene Seele.«

»Es muß ziemlich schwer für dich sein, dir selbst treu zu bleiben, Bill. Ich meine, in dem Augenblick, in dem du zugibst, daß du leicht verwirrt warst und neben dir selbst gestanden hast, schicken sie dich wieder in die Gemeinschaft der Normalen zurück.«

»Sie lassen mich nicht mehr gehen, egal, was ich versichere. Sie wollen mich wegen der zu erwartenden Zusatzwert-Vereinbarungen auf Hamish Farm festhalten. Wenn das Gesetz durchgeht, bin ich mein Gewicht in Platin wert. Von meinem Arsch können sie ein neues Gymnasium finanzieren. Nicht, daß mir der Gedanke gefällt, wie du als Objekt betrachtet und behandelt zu werden, Suppe – was keine Beleidigung sein soll – aber trotzdem – *Platin.*«

»Und was ist mit deiner Freiheit?«

»Da stellt sich die Frage: Ist eine Illusion von Freiheit nicht ausreichend? Denn das ist die einzige Freiheit, die es gibt. Die Freiheit zu *befreien* – eine solche Aufgabe würde jeden Menschen in den Wahnsinn treiben.«

Er erspäht einen verbogenen Regenschirm im Gras, hebt ihn auf, schüttelt ihn und läßt ihn wieder fallen. Der verbogene Schirm bringt nicht mehr genug Nutzen, um ihn als *entkommen* einzustufen.

»Kannst du ein Geheimnis für dich behalten, Suppe?«

»Ich möchte nichts wissen. Nicht diese Woche.«

»Ich muß dir etwas zeigen.«

»Ein anderes Mal. Ich bin zu überlastet. Zu viel Input.«

»Jetzt sofort!«

»Sofort? Jetzt paßt es ebenso gut wie ein anderes Mal«, füge ich mich in mein Schicksal.

Wir gehen zur Main Street zurück. Den Stadtrand bilden heruntergekommene Häuser und aufgegebene Tankstellen. Nichts deutet hier auf den Reichtum nur ein paar Häuserblocks entfernt hin. Die meisten Städte teilen diese triste Ouvertüre. Vielleicht ist das auch nur ein Reflex der Gesellschaft, dem Wunsch entsprungen, den Vormarsch von unerwünschten Einwanderern und Kriminellen zu stoppen. In der Nähe eines Schuppens, der sich an einen halb verrosteten Schulbus lehnt, schiebt Bill Maginot mich durch eine schief in den Angeln hängende Zaunpforte. Wir gehen um den verrotteten Zaun herum zu einer Blechhütte, deren Wände mit abblätternden Postern beklebt sind.

Bill zaubert einen Schlüssel aus seiner Tasche. Er paßt in das verrostete Vorhängeschloß. Die Tür springt quietschend auf. Ich werde ins Innere geschoben. Drinnen gibt es kein Licht. Es riecht nach Metall und Öl. Ein Streichholz flammt auf. Bill zündet einige Kerzenstummel an. Sie verbreiten genug Licht, um einen roten Müllkipper erkennen zu können, dessen Haube aufgeklappt auf einer Metallstange ruht.

»Mein Kleinod«, sagt Bill. »Ist nur ein alter vergammelter Müllwagen, an dem ich herumbastele. Für alle Fälle.«

»Für alle Fälle?«

»Man kann ja nie wissen. Ich nenne ihn Samantha. Rate mal, weshalb.«

Wir kichern beide im Kerzenschein.

»Wahrscheinlich bin ich der einzige Patient auf der Farm ohne irgendein kleines Geheimnis.«

»Was meinst du damit?«

»Jeder scheint etwas zu haben, mit dem er sich nebenher beschäftigt.«

»Und du nicht, Suppe? Das verblüfft mich. Ein Mann mit deinem Hintergrund.«

»Ich muß meine Energie zwischen meinen Schauspielstunden und den Tellerwerken teilen. Aber vielleicht leiste ich mir nach dem Festival auch den Luxus eines Hobbys, dem ich dann frönen kann.«

»Du hältst meine Samantha für einen Luxus?«

»Nein, nein, davon habe ich nichts gesagt.«

»Man könnte sie doch als Luxus bezeichnen, oder?«

»Könnte man. Oder auch nicht.«

»Ich wußte, daß man mit dir reden kann, Suppe.

Wir sind doch beide nicht mehr salonfähig. Wir sind einmalig.«

»Der Gesellschaft entkommen.«

»Wie ich meine Samantha beneide.« Bill tätschelt den Rumpf des Lasters. »Alles, was sie braucht, sind ein paar passende Ersatzteile. Und weil man ihr jeden Dreck in den Arsch stopft, soll sie auch bekommen, was sie braucht. Das ist ein Versprechen, Honey.«

»Sie weiß, daß es dir damit ernst ist, Bill.«

»Und du weißt es auch. Sag mal, Suppe, hast du dich schon mal über den Norman des letzten Jahres erkundigt?«

»Nein, eigentlich nicht. Auf die Idee bin ich gar nicht gekommen. Ich habe aber auch noch nicht darüber nachgedacht. Vermutlich hat man ihn für gesellschaftskonform erklärt und ihn nach Hause geschickt.«

»Frag nach ihm.«

»Also gut. Ich frage. Erzähl's mir.«

»Ich möchte keinen Vertrauensbruch begehen. Frag einen anderen.«

»Das werde ich. Ich werde es herausfinden.«

Bill packt mich unter den Armen, hebt mich hoch und schüttelt mich wie den Schirm.

»Frag danach.«

Bis zur Ausgangssperre ist noch eine Stunde Zeit. Ich lasse Bill Maginot an einer Dichtung herumwerkeln und gehe zu Zoes Haus. Auf dem Weg dorthin höre ich hinter mir einen Wagen die Fahrt verlangsamen. Ich drehe mich um und erkenne, daß er von einem jungen Mädchen mit einem Sommersprossen-Gesicht gesteuert wird. Sie will gerade anhalten und mir eine Spritztour vorschlagen, als sie meinen Code sieht. Sie stößt einen Schrei aus, tritt hart auf das Gas und läßt mich ihre Auspuffgase schlucken.

Mir kommt eine von Homers Bemerkungen in den Sinn. Wir waren bei der Vorbereitung einer Werbekampagne für den neuen Softdrink *Gush* von Brogg Food. Die Jungs von der Agentur brachten einen Andruck mit einem sommersprossigen Mädchen, das in der Nähe einer Sandburg am Strand stand. Es trug eine Pappkrone und hielt eine Dose *Gush* in der Hand. Darüber prangte die Schriftzeile: »Ein Königliches Trinkvergnügen Für Ein Königliches Mädchen.«

Einer der Vizepräsidenten beschwerte sich über die Unzahl von Sommersprossen und empfahl, einige hundert wegzuretuschieren. Darauf sagte Homer: »Macht bloß nie mit Sommersprossigen rum. Sie verfolgen euch das ganze Leben.« Die Bemerkung war ein großer Lacherfolg. Auch Norman Cradle wußte über Sommersprossen Bescheid. Die Gesichter auf seinen Bildern waren übersät davon. Die Weisen anerkennen die Macht von Sommersprossen. Das ist eine Erkenntnis, die bei ihnen aus dem Bauch kommt. Hätte das Gesicht, das bei meinem Anblick aufgeschrien hatte, ein unproduktives blankes Weiß oder Schwarz gezeigt, wäre ich weniger besorgt gewesen. Aber ein Sommersprossengesicht aus der Fassung gebracht zu haben, verursacht mir Krämpfe und läßt mich mein Schicksal verfluchen. Den Rest des Weges zu Zoe lege ich im Laufschritt zurück, um so rasch wie möglich bei ihr Trost zu suchen.

Als ich dort ankomme, bemerke ich, wie sich hinter einem Vorhang zwei Schatten bewegen. Der eine vollführt irgendwelche Bewegungen – denen sehr ähnlich, die Zoe mich gelehrt hat. Mein Herz tut einen Sprung. Lautlos wie eine Katze schleiche ich die Stufen zum Eingang hoch und beuge mich seitwärts zum geöffneten Fenster.

»Hör genau auf die Stimme. Dann wirst du begreifen, was ich unter spirituellem Zugriff verstehe«, höre ich Zoe sagen.

Ich höre einen Klagegesang aus *Tristan*. Die Musik bewegt meine abtrünnige Seele.

»Jesus, doch keine Oper. Ich hoffe, ich lebe lange genug, um nie wieder eine Oper hören zu müssen«, sagt der zweite Schatten.

Bernie?

»Die Idee ist die, dir selbst die Hand zu reichen. Selbst wenn praktisch keine Chance besteht, auf die Bühne gerufen zu werden, ist da immer noch der Gedanke in deinem Kopf, und du mußt dich so vorbereiten, als würdest du auftreten.«

»Nichts wird ihm zustoßen.«

»Ach, Bernard, die Zweitbesetzung muß auch mal auf ein Desaster hoffen. Eine Zweitbesetzung nuckelt immer nur an imaginären Brüsten.«

Zweitbesetzung? Mir war von einer Zweitbesetzung nie etwas gesagt worden. Ich bin doch nicht austauschbar. Ich bin Norman Cradle – das hat Zoe mir selbst erklärt.

»Versuch es noch mal. Achte auf deine Armhaltung.«

»Heute abend nicht mehr. Ich komme damit nicht klar.«

»Nun gut, Sarazene. Dann eben morgen.«

Schön und gut – die Show hat Vorrang. Ich kann damit leben. Aber er?

Wie eine Eule hocke ich im Dunkeln und warte darauf, daß Bernie verschwindet. Danach hämmere ich gegen die Tür und platze in Zoes gute Stube.

»Nun mal langsam. Was haben wir denn auf dem Herzen, Suppe?«

»Ich bin der Ansicht, es war sehr feige und gemein, mir nichts von einer Zweitbesetzung zu sagen. Außerdem spottet Ihre Wahl jeder Beschreibung.«

»Aber dir muß doch klar gewesen sein, daß es eine

Zweitbesetzung deiner Rolle geben *muß*. Unser Historienspiel ist doch insgesamt gesehen viel mehr als nur die Summe seiner Einzelteile. Den Menschen können Gefäße platzen, sie können einen Schlaganfall erleiden. Das kommt doch jeden Tag vor. Und was Bernard betrifft, so wurde er mir aufgedrängt. Davon abgesehen war das keine schlechte Idee. Sein Job ist es, sich um dich zu kümmern, und wie könnte man seine Motivation mehr beflügeln? Der Mann fürchtet einen öffentlichen Auftritt mehr als den Teufel. Er würde sterben, um dich vor Ungemach zu bewahren. Möchtest du einen Sherry?«

»Beantworten Sie mir eine Frage. Was ist mit dem Norman von vorigem Jahr passiert?«

Zoes Miene wird ausdruckslos, und sie stellt die Füße nach innen. Als sie aus einer Karaffe zwei Gläser füllt, zittern ihre Hände. Sherry tropft auf das Sideboard.

»Mußt du das unbedingt wissen?«

»Ich muß.«

»Ich hatte großes Vertrauen in den vorjährigen Norman. Das war ein Fehler. Oh, seine Aufführung war brillant. Er war nicht ganz so gut wie du, aber trotzdem mehr als ausreichend begabt. Er schien ernsthaft an einer Karriere am Theater interessiert. Ich schrieb und rief seinetwegen alle möglichen Leute an. Ich bekniete Dr. Hamish, seinen Fall nochmals neu zu beurteilen. Aber nach seiner Entlassung von der Farm ging er sofort nach Los Angeles. Dort macht er jetzt Quiz-Shows. Wir haben keinen Kontakt mehr miteinander.«

»Und mehr haben Sie mir nicht zu erzählen?«

»Mehr nicht, leider.«

»Das ist die ganze Story?«

»Mit einem Wort – ja.«

»Ich hätte jetzt gern einen Sherry.«

»Was hat dich dazu getrieben, nach einem der

früheren Normans zu fragen? Du brauchst dich doch nicht mit Gestrigen zu vergleichen, Suppe. Eine goldblühende Ähre in einem reifen Kornfeld sollte sich nicht an ein paar verlorenen Spelzen stören.«

»Zoe, Sie verlieren sich in malerischen Vergleichen.«

»Warum sollte ich keine malerischen Vergleiche wählen, wenn es sie gibt?«

»Ich kann nicht sagen, warum ich gefragt habe. Ich habe davon gehört, daß der letzte Norman eine Art Rückschlag erfahren hat.«

»Das stimmt.«

»Ich spreche nicht vom Fernsehen. Etwas Schlimmeres. Etwas Unaussprechliches.«

»Wer hat dich auf diesen Gedanken gebracht?«

»Das tut nichts zur Sache.«

»Du wirst mir doch nicht weh tun, Suppe? Du willst doch bei mir statt einer Rose nicht eine Narbe hinterlassen?«

»Offen gesagt, Zoe, bin ich froh, wenn das alles vorbei ist.«

»Nein, du wirst nicht froh darüber sein. Dieses Parfüm wird sich halten und niemals verfliegen. Die Frage ist, ob deine Erinnerung an mich schmelzen wird wie eine Schneeflocke.«

»Niemals. Aber mal ganz ehrlich, können Sie wirklich ein Talent orten?«

»Ich fühle dein Talent mitten zwischen meinen Beinen.«

Mein Ego ist trotz des Angriffs der Sommersprossen wiederhergestellt. Jetzt lache ich über meine Vermutungen. Ohne nach dem Grund für meine Heiterkeit zu fragen, lacht Zoe mit.

»Wollen wir hoffen, daß meine Zweitbesetzung sich davor hütet, von der Wanze der Ambition gebissen zu werden.«

»Da besteht keinerlei Gefahr. Dr. Hamish hat ihn sehr sorgfältig darauf eingestellt. Ich war es, der darauf bestand, daß diese Möglichkeit in Betracht gezogen wird.«

»Trotzdem – Sie hätten es mir sagen sollen.«

»Meine Aufgabe hier ist es, dich von deiner Unsterblichkeit zu überzeugen – nicht, dich daran zu erinnern, daß eine ganze Schwadron Mikroben nur darauf wartet, dich niederzumähen. Wirf mir also nicht vor, daß ich dir eine deprimierende Wahrheit vorenthalten habe.«

»Ich vergebe Ihnen, Zoe. Welche Erfolge ich auch haben werde – ich verdanke sie Ihnen.«

»Nein, mein Liebling, ganz so ist das nicht.«

»Sind wir bereit für den Norman-Auftritt?« fragt Dr. Hamish, ohne dabei seine Liegestütze zu unterbrechen. Wir sind in seinem Büro. Helles Sonnenlicht fällt durch die venetianische Jalousie und legt den Raum in Streifen. Nach einer Nacht voller Seelenqualen und Selbstzweifel bin ich nicht gerade überschwenglich.

»Ich denke schon. Zoe ist der Meinung …«

»Entschuldige, daß ich mit meinen Übungen fortfahre. Für mich ist dies jetzt eine sehr angespannte Periode. Ich habe den Verdacht, daß mein Eifer durch meinen Bruder angestachelt worden ist. Henry ist in der Woche vor dem Cradle-TAG immer ganz aufgeregt. Es freut mich, wieviel Familiensinn er dabei entwickelt.«

»Machen Sie ruhig weiter, lassen Sie sich nicht stören. Nur diese Übungen brechen die Knoten, helfen gegen die Verspannungen in den Gliedern. Mit Ihrem Bruder habe ich zwar nur einmal kurz gesprochen, dabei aber seine Hingabe bemerkt.«

»Für Henry ist das Weihnachten, Neujahr und Hoffensteins Geburtstag an einem Tag. Ich empfinde Liebe und Hochachtung vor meinem Vater und Großvater, aber gegen die seine ist das nichts.«

»Jedem das Seine – wie Sie immer zu sagen pflegen.«

»Das sage ich tatsächlich? Ich sollte mehr auf meine Worte achten. Also? Du wolltest mit mir reden?«

Er beendet die Liegestützen und beginnt mit Kniebeugen.

»Wenn ich nur wüßte, wie ich anfangen soll. Die Sache beschäftigt mich doch ganz erheblich.«

»Schieß einfach los, spuck es aus.«

»Ich hoffe, Ihre Antwort wird – wie soll ich sagen? – wohlüberlegt und beherrscht sein. Fair.«

»Laß meine Antwort nur meine Sorge sein.«

»Gestern war ich ein wenig durcheinander. Ich machte mir plötzlich Gedanken über den Norman vom letzten Jahr.«

»Tatsächlich? Was war es denn, das dich so beschäftigte?«

»Eigentlich nichts Konkretes. Mrs. Rapish hat alle Zweifel ausgeräumt.«

»Gut für sie.«

»Außerdem hat die Entdeckung, daß Bernie meine Zweitbesetzung ist, bei mir eine Art Koller ausgelöst.«

»Das kam nicht unerwartet. Du bist ein Einzelkind. Du hattest einen von diesen altmodischen Eifersuchtsanfällen.«

»Von Zoe aus bin ich zu dem alten Friedhof hinausgegangen.«

»Zum Friedhof?«

»Ich wollte einen klaren Kopf bekommen. Ich bin schon öfter dort gewesen.«

»Ich habe Patienten, die auf mich warten. Komm zur Sache.«

»Wie es scheint, hat Morris Feuerbloom eine sehr ausgeklügelte Vorstellung von seinem Tod entwickelt.

Um es kurz zu machen – er plant, sich, angebunden an einer Rakete, die er Spektakel nennt, zu den Sternen hinaufzuschießen. Und für dieses Ende – ohne damit in Wortspielereien verfallen zu wollen – hat er sich einen Pulvervorrat angelegt.«

»Schwarzpulver? Woher hat er das? Wir haben immer ein scharfes Auge auf unser Inventar. Du weißt sicher, daß Morris die Leitung der pyrotechnischen Einlagen am Cradle Day hat. Er zieht immer eine fabelhafte Show ab. Außerdem ist uns seine übermächtige Todessehnsucht nicht verborgen geblieben. Deshalb beobachten wir ganz genau, was er macht. Es würde mich wundern, wenn er genug Pulver für eine Wunderkerze zusammenbekäme.«

»Morris ist euch da einen Schritt voraus. Er kauft bei seinen Gängen in die Stadt das Pulver in kleinen Mengen.«

»Das macht er? Dieser alte Scheißkerl. Aber ich bin beeindruckt.«

»Ich kann keine genauen Mengenangaben machen, aber ich weiß, daß er seinen Vorrat in einer Art Zylinder auf dem Friedhof vergraben hat. Gestern abend ging ich hin, um einen letzten Versuch zu unternehmen, ihn zur Vernunft zu bringen. Wie es scheint, will er sich zum Höhepunkt des Historienspiels hochschießen, und damit habe ich ein spezielles Problem. Einerseits will ich dem Mann nicht weh tun, andererseits habe ich etwas gegen eine solche Ablenkung, die die Arbeit von Monaten ruinieren …«

»Ein Höhepunkt nach dem anderen.«

»Genau. Hier spielt auch der Faktor des Eigeninteresses eine Rolle. Meine Absicht war es, Morris dazu zu bewegen, sich zu entwaffnen, oder ihm damit zu drohen, Sie persönlich von seinem Vorhaben zu unterrichten.«

»Und – hat er eingelenkt? Nein, natürlich nicht, sonst wärst du ja jetzt nicht hier.«

»Leider hatte ich keine Möglichkeit mehr, mit ihm darüber zu sprechen. Sehen Sie, ich entdeckte das Grab, das er benutzt, nur, weil er gerade dort beschäftigt war. Mit einem Freund. Nein, kein Knallkörper. Sie hatten sozusagen eine Liaison miteinander.«

»Morris – und ein Stelldichein? Morris Feuerbloom beim Vögeln?«

»Nun, nicht gerade beim Vögeln. Sie wälzten sich am Boden. Wie Sie schon vermuteten, ist sein Kumpan eine Frau, deren Namen ich lieber nicht nennen möchte. Sie war sehr entgegenkommend. Zärtlich, neckend, schmusig. Was ihnen zur Vereinigung fehlte, ersetzten sie – um es mal so zu nennen – durch ein ausgedehntes Vorspiel.«

»Es gab keinen richtigen Verkehr?«

»Um genau zu sein – er nahm sein Gebiß heraus und prahlte mit den Fähigkeiten seiner Zunge.«

»Sehr findig.«

»Während sie sein Organ bearbeitete, erklärte er, Juden seien nur beschnitten, um dadurch die Leistung des Pyramidenbaus herabzuwürdigen.«

»Interessant.«

»Sie schienen tatsächlich zu einer Art Höhepunkt zu kommen. Ich konnte seine Knochen klappern hören. Irgendwie kam er zu seiner Befriedigung. Es war haarsträubend und grotesk. Abstoßend.«

»Vielen Dank, daß du es mir erzählst hast.«

»Da ist noch etwas. Danach haben sie das Zünden der Rakete geübt.«

»War das nicht überflüssig?«

»Er will sich wirklich in den Himmel schießen. Dabei könnte er eine Menge Leute verletzen, wenn ...«

»Jill wird schon die Stellung halten.«

»Sie wissen von Jill?«

»Auf seine eigene Weise hat Morris mir schon alles erzählt. Seine Gefühle für sie verwirren ihn. Er fühlt sich zu ihr hingezogen und von ihr abgestoßen. Er bezeichnete sie als *Match, das im Himmel gespielt wird.* Bei diesen Worten hätte ich stutzig werden müssen. Der Hurensohn betrieb mit mir Wortspielchen. Er hat das Spektakel nie erwähnt. Das steht aber alles schon im Bericht. Seit er hierher kam, drohte Feuerbloom jedes Jahr damit, sich selbst hinauf zu den Kometen zu schicken. Und jedes Jahr stellt sich heraus, daß sein Treibstoff dazu nicht ausreicht. Wir haben das immer überprüft und werden es auch diesmal tun. Der Mann hat gar nicht die Absicht, uns zu verlassen. Er will uns nur alle überleben – und das ist dann sein Triumph. Mach dir also wegen Feuerbloom keine Gedanken.«

»Ich komme mir richtig veralbert vor.«

»Es ist positiv, daß du mich informiert hast. Du solltest allmählich akzeptieren, daß auf der Farm kaum etwas geschieht, von dem ich nichts weiß. Du sagst, sie hatte einen Orgasmus?«

»Sie hatte Zuckungen, ja.«

»Mir ist schon aufgefallen, daß Jill während der Mahlzeiten sehr ruhig geworden ist. Vielleicht gibt es doch noch Hoffnung für sie. Natürlich war die Sexualität bei ihr eng verbunden mit ihrer antigesellschaftlichen Einstellung. Und nicht weniger eng mit einem Fossil. Trotzdem bestärken mich solche Berichte wie deiner in meinem Glauben an die Cradle-Technik.«

»Darüber sollten Sie sich freuen, Dr. Hamish. Ich darf doch annehmen, daß dieses Gespräch keine Konsequenzen für die Betroffenen hat – weder Bestrafung noch verschärfte Zensur, oder was auch immer? Auch ich würde schließlich darunter leiden, und wenn es nach mir geht, sollen sie nicht den geringsten Verdacht schöpfen, daß wir dieses Gespräch geführt haben. Wenn es hier nicht um die Grundbegriffe des ...«

»Es gehört schon längst zum Ritual des Cradle Day, den explosiven Juden bei uns auf der Erde zu behalten. Der Friedhof also. Letztes Jahr war es der Golfplatz. Aber da hatte er kein Mädchen als Kumpel. Er baute sich ein sehr raffiniertes Zündsystem, das die Feuerblumen-Familie für ihre Produkte übernommen hat. Sie haben sogar ein Patent darauf. Der Mann ist ein Genie.«

Dr. Hamish reicht mir eine verschwitzte Hand. Gegenseitig drücken wir fest zu. Ich habe nichts erreicht – außer aus mir einen kompletten Idioten zu machen. Ziemlich deprimiert gehe ich hinaus. Ich habe Mitleid mit mir selbst – und mit dem armen Morris, einem weiteren Opfer der Schwerkraft.

Liebe Trina,

ich gehe davon aus, daß du mir geschrieben hast, und »sie« mir nur deine Briefe vorenthalten, damit ich nicht abgelenkt werde. Es kann keine andere Erklärung für dein Schweigen geben.

Ich habe mich auf eine Art und Weise in meine Rolle hineinversenkt, die ich nie für möglich gehalten hätte. In der Haut von Norman Cradle zu leben ist eine Offenbarung. Seine/Meine Augen verwandeln Schorf und eiternde Wunden in Blumen und Regenbögen. Nichts ist zu häßlich, um es nicht zu küssen. Jeder Pfad führt zu Pracht und Herrlichkeit.

Könnte dies die Botschaft sein, die Dr. Hoffenstein bei seinem Bankett zu verkünden versuchte? Sind dies die Ausläufer der Echos, von denen er sprach? Erinnerst du dich noch an den Furunkel, den du dir von deinem herrlichen Arsch hast entfernen lassen? Seltsamerweise denke ich nun mit einem durchaus positiven Vergnügen daran. Ich vermisse das Ding, erkenne seine essentielle Schönheit. Waren wir taub gegenüber seiner Botschaft? Ein perfekter Arsch ist kein Arsch, nichts im Vergleich zu einem reifen, wettergegerbten

Arsch. Es ist das runzlige Gesicht, das die größte Schönheit ausstrahlt.

Wird mir diese allumfassende Lebenseinstellung auch nach meinem kurzen Augenblick im Rampenlicht erhalten bleiben? Wer kann das schon sagen? Oder wird dein Gatte in das verhärmte Reich des Ordinären, Alltäglichen zurückfallen? Kann das jemandem zustoßen, der die Visionen der Perfektion ausgekostet hat? Wie sehne ich mich danach, diese Offenbarungen mit meinem Weib und meinen Kindern zu teilen! Ich lege dieser Post unser letztes Produkt aus den Tellerwerken bei. Es ist unser Halloween-Teller *Illusion oder Wirklichkeit*. Sieh nur, wie Cradle in seinem Bild die süße Furcht der Kinder einfing, als sie sich dem alten Haus nähern. Sieh nur, wie die Frau drinnen sich bereitmacht, ihre Rolle als böse Stadthexe zu spielen, obwohl sie für die Gören kandierte Äpfel und andere Leckereien zubereitet. Wir wissen, das tut sie schon seit Generationen für alle kleinen Kinder. Sie akzeptiert ihre Bestimmung als die offizielle alte Hexe ebenso als naturgegeben, wie sie ihr Spiegelbild akzeptiert. Könntest du dir eine solche Einsicht bei einem Limoges oder Meißen vorstellen?

Umarmungen und Erdbeerküsse für dich und die Kinder.

Wir sehen uns nächste Woche. Ist das tatsächlich schon so bald …?

Für immer

Wer immer, Was immer, Warum immer.

Am Abend vor dem Cradle-Tag gehe ich durch die Stadt. Überall Anzeichen für den bevorstehenden Karneval. Kein Laden ist ungeschmückt. Zu Hunderten bevölkern neue Gesichter die Geschäfte und stoßen Rufe des Entzückens über die herbstliche Verwandlung von jedem Busch und Baum aus. Zahllose Kinderarme drücken Cradle-Puppen und anderes Cradle-Spielzeug an sich. Die Eltern tragen unsere Hemden und Juwelen – und natürlich auch Geschenkpackungen mit unseren Tellern.

Es geschieht! Der Festival-Platz hat sich in eine Stadt aus Zelten und Hütten verwandelt, in denen Eßbares und Souvenirs verkauft werden. Arbeiter hieven Tische und Bänke von Sattelschleppern. Lampions und Fahnen werden an tragbaren Pfosten befestigt.

Auf einem Wiesenstück unterhalb des Platzes entdecke ich Morris Feuerbloom. Er überwacht den Aufbau der Böller. Drei Feuerblumen-Lieferwagen parken in der Nähes der Abschußstelle. Morris kommandiert seine Mannschaft, alle in Feuerblumen-Uniformen, mit der Selbstverständlichkeit eines Generals. Seit Jahrzehnten sind sein Körper und seine Stimme auf Autorität getrimmt.

Ich gehe hinüber und sage: »Beinbruch.«

»Halsbruch«, antwortet er.

»Wir alle brauchen Glück.«

»Mit Glück hat das hier nichts zu tun, Suppe. Meine Vorführung ist bis auf den i-Punkt genau ausgearbeitet. Aber sag mal, warst du das, der Hamish den Wink gegeben hat? Heute morgen sind sie gekommen und haben abgestandene Pisse in mein Grab gekippt. Habe ich das dir zu verdanken?«

»Das ist unfair, Morris. Es war Dr. Hamish, der mir von deinem Plan erzählte. Er sagte, du würdest das jedes Jahr versuchen, und es würde allmählich langweilig. Also mach mich nicht dafür verantwortlich, sondern greif dir an die eigene Nase.«

»So, so, ich langweile den Doktor also. Danke, daß du mir das gesagt hast. Schön, sie sind mir auf die Schliche gekommen, und es bleibt alles beim alten.

Aber jetzt laß mich meine Arbeit machen. Ich habe viel zu tun.«

Er wirkt erstaunlich fröhlich.

»Morris, ich hoffe doch sehr, daß du Jill nicht in Schwierigkeiten bringst.«

»Sie ist ein williges Kind. An den Felsen, an den Felsen, du Schmock«, schreit er einen seine Gnome an.

Ich winke ihm zu und setze meinen Rundgang fort. In der Nähe des Theaters lassen sie ein Riesenrad probelaufen. Selbst im Tageslicht schimmern seine Lampen, und es dreht und schwingt die leeren Gondeln herum. Das ist Zucker! Ich sage dem Vorarbeiter, daß ich der diesjährige Norman bin. Er ist einverstanden, mich gegen einen schriftlichen Gruß an seine Frau eine Runde fahren zu lassen. *»Liebe Grüße an Charlene von Norman Cradle«*, kritzele ich mit Bleistift auf die Serviette aus seiner Butterbrot-Dose.

Ich steige langsam im Bogen nach oben und sehe dabei auf die Berkshire Hills hinaus. Das Rad stoppt und hält mich für eine Minute in luftiger Höhe gefangen. Hilflos bin ich einem Farbenspiel von Rosa, Rot, Blau und Gelb ausgeliefert. Welche Spinne mag wohl in diesem Stahlnetz leben? Werde ich zum Opfer, mit Gift vollgepumpt und in Seide gewickelt zum Wintervorrat gepackt? Aber wäre das eigentlich so schlimm?

Es gibt keine Spinne. Das Rad dreht sich wieder, und ich kehre auf den Boden der Tatsachen zurück.

Es wird Zeit umzukehren. Traditionsgemäß ist dies die Nacht meiner Salbung. Ich werde gereinigt und zum Schweigen verpflichtet. Bis nach meinem Auftritt ist mir jegliche Kommunikation verboten. Eine dumme Regel, aber Bruder Henry beharrt auf Einhaltung seiner Regeln.

Ich nehme mir etwas Zeit, dem Chor und den Tänzern bei einer Probe von *Eine Welt Ohne Cradle?* zuzuschauen. Natürlich vertritt Bernie mich dabei. Eine weitere von Henrys Regeln besagt, daß der jeweilige

Norman sich nicht in der Öffentlichkeit zeigen darf. Daher ist es mir nicht erlaubt, an der Probe teilzunehmen. Zoe ist vorher mit mir die Bühne abgegangen und hat mir meine Standorte eingetrichtert.

Bernies offensichtliche Quälerei macht mir Spaß. Es sieht aus, als wolle er eine Dose Budweiser von einem hohen Regal herunternehmen, wenn er die Arme in der Szene der Wiedergeburt hochreißt.

Auf dem Weg zur Farm muß ich unwillkürlich an meine Belohnung denken. Mir wurde gesagt, der jeweilige Norman würde immer entlassen. Vermutlich ist Charlton Hymn bei der Ausschöpfung sämtlicher rechtlicher Möglichkeiten über sich selbst hinausgewachsen. Vielleicht ist das auch der Grund, warum Trina mir nicht geschrieben hat. Denn sollte es ein Hoffenstein'sches Pardon geben, vielleicht sogar eine Ausnahmeregelung, um meinen Code instandzusetzen, würde das nur mit sehr großem Fingerspitzengefühl zu handhaben sein. Werde ich Homer dafür danken müssen? Steckt er hinter meiner Wahl zum Norman, trotz so vieler Mitbewerber? In meiner Phantasie sehe ich nach der Show schon den Wagen hinter der Bühne warten, der mich irgendwohin zu einer kurzen Operation bringt, nach der ich dann als Direktor einer der Brogg-Unternehmen irgendwo in Afrika oder Asien auf der Bildfläche erscheine. Und nach ein paar Jahren…

Es ist besser, nicht den Tag vor dem Abend zu loben.

Passend zum Anlaß ist es Zoe Rapish, die mich zu meinem rituellen Bad abholt. Sie kommt mit einer weißen Seidenrobe, verziert mit einer goldenen Sonne, in mein Zimmer. Zoe wendet sich ab, während ich in das glatte Gewand steige. Ich hasse Seide und Satin, weil man daran immer mit den Fingernägeln hängenbleibt. Trotzdem kann ich mir ein hoheitsvolles Gefühl nicht verkneifen. Die Tatsache, daß Zoe vor meinen Geschlechtsteilen den Blick abwendet, ist grotesk, hat sie mich doch nur mit meinen Schamhaaren als Lendenschurz auf dem Boden ihres Studios herumkriechen sehen. Aber selbst sie spielt ihre Rolle hundertprozentig. Ich bin jetzt eine Gottheit, und was Zoe früher gesehen hat, sollte besser vergessen sein.

Sie inspiziert mich genau, als ich fertig bin. Dabei übertrifft sie sogar noch ihre übliche gewohnt rigide Haltung. Schließlich läßt sie, während sie mir ein paar imaginäre Staubpartikel von den Schultern wischt, ein befriedigtes Grunzen hören. Ich rechne schon halb damit, daß sie sich vor mir verbeugt und meinen Ring küßt.

»Mein Pygmalion«, sagt sie. »Mein Frankenstein.«

»Sie vertauschen die Metaphern.«

»Eine vertauschte Metapher ist eine ehrliche Metapher. Ich habe ein Wunder bewirkt. Meine Arbeit ist getan. Du bist schön.«

»Ihre Worte sind buntes Glas, Zoe. Aber obwohl ich zum Schweigen verpflichtet bin, möchte ich Sie wissen lassen, daß es einzig Ihr Sieg ist, wenn ich dies alles durchstehe.«

»Sobald du deine letzte Verbeugung vor deinem jubelnden Publikum machst, wirst du davon überzeugt sein, daß du das alles allein geschafft hast. Komm jetzt, Suppe.«

Sie führt mich die Treppe hinunter in Dr. Hamish' Büro. Wir treten durch eine Tür, die mir bis dahin nicht aufgefallen ist. Sie führt in ein großartiges Bad, das vom Boden bis zur Decke gekachelt ist. Die Fliesen zeigen exotische Vögel und tropisches Laub. Einer riesigen Wanne entströmt Weißweinduft. Der Raum ist von Kerzen spärlich erleuchtet.

Zoe öffnet ein Spind. Ich sehe ein Glas Heinz-Ketchup, ein Glas Guldens-Senf und Crackerjacks.

»Knie nieder.«

Ich sinke auf die Knie. Zoe beschmiert meinen Kopf mit jeweils einem Löffel Ketchup und Senf.

»Sprich mir nach: Ich bin Norman Cradle.«

»Ich bin Norman Cradle.«

Ich gehe zur Kommunion. Die Oblate: Ein Crackerjack.

»Dies waren seine bevorzugten Nahrungsmittel. Man sagt, er habe sie sogar unter seine Farben gemischt. Gott segne Norman und Amerika.«

Zoe zieht eine schwarze Augenbinde aus der Tasche meiner Robe. Sie legt sie mir über die Augen und zurrt sie fest. Ich höre sie weggehen. Welche Freuden mich jetzt auch erwarten mögen, ich habe ein Recht darauf. Ich habe meinen Beitrag geleistet, habe mir meine Lorbeeren redlich verdient. Ich bin bereit, dafür sämtliche Risiken auf mich zu nehmen.

Ich höre eine weibliche Stimme leise summen. Es könnte glatt einer von Hoffensteins Walen sein. Sanfte Hände ziehen mir die Robe aus. Ich werde zu der sprudelnden Wanne geführt. Ich sitze im herrlich duftenden Wasser und warte darauf, abgeseift und klargespült zu werden. Statt dessen steigt meine Badefrau zu mir in die Wanne. Sie summt weiter und taucht dabei den Kopf unter Wasser. Sie nimmt mein im Wasser schwimmendes Werkzeug in den Mund. Das Summen spüre ich forthin als Vibration. Ich bin überrascht, wie lange sie den Atem anhalten kann. Das Mädchen muß Kiemen haben. Mein Wohlgefühl hebt sich, kräftigt sich spürbar. Schließlich taucht sie aus der Tiefe auf und greift nach meinen Händen. Sie führt meine Fingerspitzen ihre Beine entlang. Als ich ihre Scham berühre, drückt sie meine Lippen gegen ihre Brust.

Vielleicht hätte ich meinen Eid zu schweigen gebrochen, wenn Trina wenigstens mit ein paar Zeilen auf meine Briefe geantwortet hätte. Aber das ist schwer zu sagen, denn der Kerl da in der Wanne bin nicht ich. Es ist Norman Cradle. Tot, begraben und längst zu Staub zerfallen, muß das eine besondere Freude für seinen Geist sein – ganz gleich, ob es ein Weiterleben nach dem Tod gibt oder nicht. Ich gestatte mir, in Vertretung für ihn verführt zu werden.

Meine unsichtbare Geliebte schiebt meinen Junior in ihre Spalte wie einen Hot Dog in ein warmes Brötchen. Dabei leckt sie mir Ketchup und Senf vom Kopf. Für sehr lange Zeit war ich abstinent. Wie ein Dämon ramme ich mich nun in sie. Meine unsichtbare Geliebte rudert mit Armen und Beinen. Irgendwie schafft sie es, den gläsernen Kerzenständer umzuwerfen. Ich höre die kleinen Flammen zischend erlöschen, als sie sie mit Wasser begießt. Die Scherben des Leuchters sind über den ganzen gefliesten Boden zerstreut. Es muß Jill Hill sein. Wer sonst könnte einen Tempel mit solcher Effizienz entweihen.

Ich steige mit ihr aus der Wanne und fühle, wie sie sich nach den Scherben bückt. Ich drücke sie nach unten und dringe rasend vor Erregung und trotzdem zärtlich tiefer in sie ein. Norman grunzt und stößt, er ist nicht mehr er selbst. Seine Beherrschung ist völlig dahin. Eid hin, Eid her – er rammelt sich zum Höhepunkt und stößt ein biblisches Gebrüll aus. Dann löst er sich aus seinem süßen Behältnis und hockt glückselig in der doppelten Finsternis.

Irgendwann fällt mir auf, daß ich allein bin. Ich nehme die Binde ab. Ehe er verschwand, hat mein Engel es geschafft, eine Kerze anzuzünden. In ihrem flackernden Licht steige ich wieder in die Wanne und verpasse dem Norman eine Säuberung.

Ich tappe durch Dr. Hamish' Büro zurück. Wegen des aufregenden Tages morgen wurde die Ausgangssperre vorverlegt. Niemand begegnet mir. Ich beschließe, ein bißchen Apfelcider-Luft zu schnappen. Ich möchte ihr Beißen auf meinem frisch liebkosten Fleisch spüren.

Ich gehe zur Pforte und sauge tief diese Mischung

aus Sauerstoff, Abgasen, Pestiziden, Schweiß, Pollen und Herbst in mich hinein. Ein frischer Teppich aus abgefallenen Blättern verströmt seinen eigenen Duft. Mit den Ausdünstungen der Ernte atme ich den Ozongeruch geballter Energie, den Optimismus der Industrie, den jahreszeitlich bedingten Ausbruch an Ehrgeiz, Zuversicht und Entschlossenheit. Bereitwillig leiste ich meinen Beitrag zu diesem nationalen Parfüm – mit einem Hauch von Moschus.

Ich sehe einen Pick-up zum Lieferanteneingang fahren. Im Licht einer Lampe erkenne ich, daß er von Dr. Professor gesteuert wird. Er steigt aus dem Pick-up, auf dem zwei Kleidersäcke liegen. Ich höre den Summton der Klingel und das antwortende Klicken des Riegels. Mein Schneider verschwindet im Innern. Während ich noch seinen Duftbeitrag genieße, kommt er in Begleitung eines Mannes und einer Frau wieder heraus. Der Mann ist ein Fremder, die Frau ist Samantha. Ihre Gestalt ist so mir vertraut wie die Form des Kontinents. Sie schieben einen Rollwagen zum Pick-up. Dr. Professor tritt zur Seite, als seine Helfer aus der Kabine einen nackten Körper herausheben und mit den Kleidersäcken auf den Rollwagen legen. Ein Mondstrahl spendet mir genug Licht, um zu erkennen, daß es mein Körper ist. Dr. Professor steigt in seinen Pick-up und fährt davon. Ich werde zur Laderampe geschoben.

Es muß Zoe gewesen sein, die darauf bestand, daß mein Mannequin Normans Sachen trägt, damit sie ihre Bügelfalten behalten. Es wäre typisch für sie, diese Kleinigkeit nicht zu vergessen. Aber jetzt bin ich natürlich neugierig geworden. Als Samantha und ihr Partner den Rollwagen ins Haus schieben, folge ich ihnen.

Der Lieferanteneingang hat einen Riegel. Ich habe keine Probleme, ins Haus zu gelangen. Ich folge dem Quietschen der Räder. Eine weitere Tür wird geöffnet und fällt wieder zu. Sie trägt das Schild ›Station X – kein Zutritt‹. Diese Tür ist fest verschlossen.

Das alles kann nur bedeuten, daß selbst die Belegschaft von Flügel X dazu angehalten worden ist, sich an den Festlichkeiten zum Cradle Day zu beteiligen. Es scheint ihre Aufgabe zu sein, die Aktivitäten in irgendeiner Weise zu unterstützen, beispielsweise durch die Anfertigung der Kostüme. Sie sind nicht berechtigt, dem Historienspiel beizuwohnen, aber sie können es auf Video sehen. Die Erledigung untergeordneter, lästiger Pflichten läßt sie ihr Weggesperrtsein noch stärker empfinden. Eine typische Geste Dr. Hamish' an seine etwas schwierigere Klientel. Ich für meinen Teil billige sie.

Ich will schon umkehren und den Gang zurückgehen, als ich Samanthas Piepstimme höre. Ihre Stimme bekommt nie Kraft und Gewicht, ihr Metabolismus hat mit dem ihres Körpers nichts gemein. Ich husche in eine dunkle Nische. Sie watschelt durch die Tür. In der Hand hält sie eine Taschenlampe, mit der sie den Zementboden des Gangs ableuchtet. Schließlich bückt sie sich und hebt mit einem Grunzen der Erleichterung einen Ohrring auf. Mit einem Schlüssel öffnet sie die schwere Tür wieder. Ehe sie ins Schloß fällt, schlüpfe ich hinter Samantha hindurch.

Warum setze ich beide, Norman und mich, einer solchen Gefahr aus? Es wäre sicher nicht schlimm, falls ein Wärter mich erwischt, denn ich bin schließlich das Juwel des Festivals. Aber was geschieht, wenn mich einer der Insassen von Station X entdeckt und sich durch mich an seinen Bruder oder Vater erinnert fühlt, kann man nur ahnen. Ich habe von Station X Horrorgeschichten gehört, die meine Fingernägel zum Schwitzen brachten. Trotzdem, es ist unwahrscheinlich, daß es auf dieser Station Freigänger gibt. Die Unverbesserlichen werden bei Sonnenuntergang in ihre Zellen weggesperrt. Samantha muß so was wie ein

Blockvorsteher sein. Ich beschließe weiterzugehen. Ich habe das heftige Gefühl, mir selbst hinterherzulaufen, als befände ich mich in einer außerkörperlichen Trance, auf einer dieser nebulösen Reisen, die gewisse heilige Männer unternommen haben wollen.

Ein anderes Geräusch macht den quietschenden Rädern Konkurrenz, ein unerwartetes Jubeln und Singen. Sie feiern wohl das Eintreffen meines Körpers wie die Ankunft einer geheiligten Ikone. Aber wer?

Da ist noch eine Tür zu durchqueren, eine von der schwingenden Art ohne Schloß. In den Stahl ist ein rautenförmiges Fenster eingelassen. Ich riskiere einen wohlüberlegten Blick, ehe ich die Tür aufstoße.

Vor mir sehe ich die gesamte Belegschaft von Station X versammelt. Alle tragen Militärkleidung. Wenn das ein Spiel sein soll, ist es ein gefährliches. Von der Globalen Eintracht sind Kriegsspiele nur den örtlichen Sicherheitskräften ausschließlich zu Übungszwecken gestattet. Wie brillant von Hamish. Was gäbe es für einen besseren Weg, um manische Wut zu kanalisieren? Für diese verrückte Armee ist nur der Krieg ein gangbarer Weg zum Frieden. Meine Achtung von Bartley schnellt in ungeahnte Höhen.

Dann sehe ich, daß mein Körper an einen Pfosten gebunden ist. Nicht mein Mannequin, sondern Henry Hamish provoziert die Jubelrufe und den Gesang. Er zeigt auf Samantha. Sie reicht ihm die Unterhose, die ich ihr zum Geschenk machte.

»Inhalieren und erinnern«, schreit Henry und schnüffelt am Zwickel meiner Boxer-Shorts.

»Inhalieren, erinnern«, grölen alle als Antwort. Henry wirft meine Shorts in die Menge. Abwechselnd schnüffelt jeder daran und gibt sie weiter – wie eine Jury, die ein Beweisstück begutachtet. So treibt man Therapie bis zum Exzeß – egal, welch höheres Ziel dahintersteht.

»Vor vielen Jahren kam mein Großvater Isaac Hamish hierher, im Herzen nur einen Wunsch, ein Ziel«, verkündet Henry. »Die Welt von Norman Cradle zu befreien.«

Er wird mit einem Ausbruch massiver Zustimmung belohnt. Henry wird sie durch die ganze Geschichte führen bis zu dem Punkt, an dem Opa Isaac seine Verwandlung erfährt. Eine simple Technik, aber diese kathartische Fabel mag gut für sie sein. Wer bin ich denn, die Methoden von Profis in Frage zu stellen?

»Isaac Hamish durchschaute den Cradle-Irrglauben. Aber leider kam er zu spät. Dieser Norman starb in seinem Bett, mit Ruhm überhäuft. Noch schlimmer, ehe er den Geist aufgab, zog er sich in ein seniles Eden zurück, das seine Wahnvorstellungen deutlich machte. Norman Cradle starb glücklich.«

Buhrufe und Pfiffe, Getrampel von Lederstiefeln.

»Mein Großvater war nur ein Sterblicher. Er konnte seine Enttäuschung nicht verwinden. Seine Seele war in ihre Einzelteile zerbrochen. Ja, Isaac Hamish gab sich geschlagen. Durch die ungeheure Macht des fundamentalen Selbstbetrugs überließ er sich dem Cradle-Mythos. Und von diesem Augenblick an war er gezwungen, das zu preisen, das zu zerstören er gekommen war.«

»Nein, nein, nein«, jammert die Station X-Infanterie. Ich bin verblüfft. Das ist doch nicht der Henry Hamish, den ich im Geschenkeladen getroffen habe. Der Mann scheint mir zutiefst verbittert.

»Morgen, am Cradle-Tag, verflucht sei der Name, soll Isaac Hamish ein wenig rehabilitiert werden. Durch euch hier in diesem Saal, ihr, die ihr mit der wahren Einsicht gesegnet seid. Wenn die Charade vorbei ist, während sich oben die Dummköpfe ihre Ekstase abtanzen, werden wir unser eigenes Historienspiel veranstalten, hier unten nahe dem glühenden Kern des Planeten unser Festival feiern. Wir werden den Norman wie einen Trüffel aufspüren und ihn euch bringen. Dann könnt ihr mit ihm machen, was immer euch in den Sinn kommt. Und wir erwarten nicht, daß etwas von ihm übrigbleibt.«

»Inhalieren, erinnern. Inhalieren, erinnern. Inhalieren, erinnern.«

»Mein Großvater – er ruhe in Frieden – wird nun sicher lächeln. Sein Anliegen wird erfüllt werden, wenn auch nur symbolisch. Und er wird nicht der einzige sein, der sieht, was ihr tut. Ihr seid die Kampftruppe, die den Schlüssel zur Zukunft in der Hand hält. Eure Zeit wird bald schon kommen. Ihr seid unser einziges Bollwerk gegen die krankhaften Träume, die mit ihren falschen Lehren von Nächstenliebe die Gedärme unser Nation zerfressen. Globalismus soll verdammt sein! Wir wissen, daß wahre Liebe ein blutiger Sport ist.«

Dieser Gedanke findet wärmste Zustimmung. Henry läßt sich meine Shorts geben und zieht sie dem Mannquin über.

»Inhalieren, erinnern. Wo sind meine Bluthunde?«

Eine kleine Gruppe, angeführt von Samantha, tritt vor.

»Werdet ihr den Norman hierher zurückbringen?«

»Das werden wir. Das werden wir.«

»Hast du das gehört, Isaac Hamish? Hör hin und sei reingewaschen.«

Musik rauscht auf. Die Hunde paradieren an meinem Abbild vorbei und schnüffeln ausgiebig und voller Gefühl. Samantha und Susan führen sie an. Ich weiß, daß es in Station X einzigartige Problemfälle gibt, die einer besonderen Behandlung bedürfen, aber warum schürt man hier Hoffnung mit Versprechungen, die doch nicht eingehalten werden können? Ich werde über diese Wendung der Dinge mit Dr. Hamish sprechen, und besonders über die Sache mit der geheimen Armee, die nur auf das Hornsignal zum Losschlagen wartet. Wie lange lassen sich diese Leute mit solchen Versprechen hinhalten?

Die Cradlejanische Therapie beschreibt seltsame Umwege.

Ich ziehe mich leise zurück, wobei ich mir krampfhaft das Lachen verkneife. Sich vorzustellen, daß Henrys Bluthunde einem Phantom nachjagen und dabei ihre Nasen zur Spurensuche benutzen!

Als ich die Außentür öffne und die frische Luft einsauge, muß ich an den vorjährigen Norman denken.

Ich rufe mich zur Ordnung. Ich wurde gespeist, gebadet, gefickt und gepriesen. Jetzt ist nicht der richtige Moment, an Schlimmes zu denken. Außerdem besteht eine große Chance, daß ich oben im Bett liege und einen Alptraum habe, für den mein exzessives Glücksgefühl verantwortlich ist.

Brogg Enterprises
1 Brogg Plaza
New York, New York 10001

Liebe Suppe,

ich bin beauftragt, Sie davon in Kenntnis setzen, daß Trina und die Kinder nicht nach West Stockton kommen, um Sie zu sehen. Obwohl Ihre sehr überzeugenden Briefe sorgfältig gelesen und überdacht wurden, war die letztliche Entscheidung doch negativ. Die ganze Familie wünscht Ihnen aber viel Erfolg bei Ihren lobenswerten Bemühungen. Alle sind davon überzeugt, daß Ihr Auftritt unvergeßlich sein wird.

Haben Sie bitte Verständnis dafür, daß Amos und Amanda Wander immer noch dabei sind, die Ereignisse zu verarbeiten, die so drastisch in ihr junges Leben eingebrochen sind. Trina selbst hat sich trotz ernsthafter gesellschaftlicher und psychologischer Probleme tapfer gehalten. Sie alle jetzt wieder unkontrollierbarem Stress auszusetzen wäre zu diesem Zeitpunkt kontraproduktiv.

Trina Wander hat Ihre hilfreichen Ideen für Homer Broggs Wahlkampagne an uns weitergeleitet. Wir sind Ihnen dafür sehr dankbar, und es tut uns sehr leid, daß wir auf Ihre ach so dringend benötigte Stimme verzichten müssen, da Sie nicht wahlberechtigt sind. Trotzdem füge ich ein persönlich signiertes Bild von Mr. Brogg bei.

Mit freundlichen Grüßen
Lucy Lane
Sekretärin von Homer Brogg

P.S. Obwohl es nicht schwer ist, Ihren Wunsch nach einem konstanten Briefwechsel nachzuempfinden, halten wir es für klüger, von zukünftigen Anschreiben abzusehen. Ein solcher Kontakt könnte den exzellenten Fortschritten, die Sie auf Hamish Farm gemacht haben, abträglich sein.

Kopien an: Dr. Bartley Hamish
Charlton Hymn, Esq.

Ich lege den Brief beiseite und hänge Homers Bild im Bad auf – mit einer Stecknadel mitten durch sein Auge. Ich weiß, die Entscheidung, mich an die Kette zu legen, kam von ihm. Trina tut mir leid. Meine Kinder haben nie etwas über den Cradle Day erfahren, denn sonst hätten sie bestimmt eine Möglichkeit gefunden, hierher zu kommen.

Oder ist der Brief nur Teil desselben Traums, in dem

auch meine Reinigung stattfindet, einer Haut, die den Duft von parfümierten Ölen verströmt, eines satanischen Wettlaufs, der von Henry Hamish angeführt wird?

Im Morgenlicht muß ich in meinen Spiegel sehen und die winzige Möglichkeit in Betracht ziehen, daß man mich dem ruhelosen Geist von Isaac Hamish opfert. Vom Standpunkt des Therapeuten würde das eine bizarre Logik ergeben. Ich kann nicht abstreiten, daß ein Mord manche Insassen von Station X ein Stück voranbringen würde. Die Vorstellung, einen Gott in Stücke zu reißen, kann einen Schlächter dazu bringen, sich himmlische Leiden auszudenken, und allein solche Überlegungen könnten der erste Schritt zu einem leisen Schuldempfinden und zur späteren Rehabilitation sein. Wo wäre denn die Christenheit heute ohne die Kreuzigung Jesu?

Nein, die Hamish-Brüder werden ein solches Verbrechen nicht zulassen, dafür aber sicher den symbolischen Mord an meinem Mannequin gestatten. Ein solcher Kompromiß wäre auch nur fair.

All dies würde ich zu gern mit Zoe Rapish diskutieren, die mir gerade auf einem Tablett mein Frühstück hereinbringt. Aber da ist dieses Schweigegelübde.

»Ein wunderbares Frühstück für den Star. Du wirkst nervös. Schmetterlinge?«

Ich nicke.

»Das war zu erwarten. Ein gutes Zeichen. Trink deinen Saft, iß deine Eier mit Speck. Gönn dir einen Kaffee. Vertrau auf dein Talent.«

Ich dusche und kleide mich an. Gegen Mittag werde ich in einer Limousine zum Festival-Platz gefahren. Wieder einmal hat Zoe mich beruhigt. Da ist nur noch der Bühnenauftritt.

Tausende stehen an den Fahrgeschäften und den Verkaufsbuden an. Ich sehe, daß unser Geschenkeladen einen eigenen Pavillon aufgestellt hat. Ich frage mich, wie meine Teller sich wohl verkaufen. Der Wagen bahnt sich einen Weg durch das Volk. Wir halten hinter der großen Freilichtbühne. In ein paar Stunden wird dies alles wieder verschwunden sein. Es tauchte aus dem Nichts auf und wird wieder in Einzelteile zerfallen, aber solange es hier ist, ist es herrlich. Es ist mein.

Zoe wartet schon auf mich, um mit mir ein letztes Mal meine Positionen durchzugehen. Die Kulisse steht, die Scheinwerfer sind an Ort und Stelle. Wir üben hinter einem langen goldenen Vorhang, der die Hülle unseres Kokons darstellt. Hinterher gibt es einen Stehempfang für VIPs. Die Hamish-Brüder sind auch da. Ich beobachte sie unauffällig, um zu erfahren, auf welche Weise sie mich ansehen, doch da ist nichts Ungewöhnliches in ihren Blicken. Ich bemerke, daß die Gäste alle *Eine Welt ohne Cradle?*-Namensschilder tragen. Ich bekomme kein Namensschild, dafür aber ein Stirnband, um meinen Code zu verdecken. Es fallen ein paar Worte darüber, daß man aus spezifischen Überlegungen heraus diesmal vom Make-up abgesehen hat. Es liegt auf der Hand, daß man damit meine Unperson, meinen nichtmenschlichen Status vor den Honoratioren verheimlichen möchte.

Ich höre, wie Dr. Hamish mit einem Regierungsvertreter um eine Beihilfe verhandelt und meinen Fall als Beispiel benutzt, um sein Anliegen zu unterstreichen. Mir widerstrebt es, als Aushängeschild benutzt zu werden, aber die Unterhaltung nimmt mir auch meine noch verbliebenen Befürchtungen. Würde man mich vielleicht als Modell-Patienten hinstellen, wenn man vorhatte, mich den Hunden in Station X zum Fraß vorzuwerfen?

Zoe erklärt den Gästen, daß das Ritual mir das Sprechen verbietet. Jeder ist höflich und voll guter Wünsche. Auch Morris Feuerbloom hat einen kurzen Auftritt. Er zeigt eine Skizze seines Feuerwerk-Programms herum.

»Ich schwöre, daß Sie Mond und Sterne vergessen werden. Ich werde den Himmel zur Ehre von Cradle anmalen. Feuerblumen sind konkurrenzlos, die besten, die es gibt. Wer sie einmal gesehen hat, weiß das. Wenn einer von Ihnen demnächst eine Party gibt oder ein Fest feiert, rufen Sie nur an. Unsere Telefonisten arbeiten rund um die Uhr.«

Allgemeines Gelächter. Morris benimmt sich, als sei er bis oben hin mit Kohlensäure aufgefüllt. Im Kopf dieses Mannes geistern keine Selbstmordgedanken herum. Ich sehe mich nach Jill Hill um. Wie kann es nur sein, daß meine Priesterin aus der Wanne mit der Frau identisch ist, die sich mit dem Fossil der Phosporeszenz, dem Gnom des Ersatzdonners, dem Rippengestell, das noch dieselbe Firma, die es wegsperren ließ, mit Ideen beliefert, auf geheiligtem Grund und Boden vor meinen Augen herumwälzte?

Zoe verkündet gerade mit schriller Stimme ihre Ansicht, daß dies das bisher schönste Historienspiel werden wird. Sie erklärt den Gästen, ich sei der beste Norman von allen bisher. Sie verrät sogar, daß ich eine Sprechrolle haben wollte.

»In dem Augenblick, als er nach dem Script fragte, wußte ich, wir haben einen Gewinner. Ich hatte es höllisch schwer, ihn davon zu überzeugen, daß weniger mehr ist – mehr oder weniger. Ist es nicht so, Suppe?«

»Warum reden Sie ihn mit Suppe an?« fragt einer der größeren Wohltäter der Farm.

»Weil der Mann eine einzige Suppe aus Widersprüchlichkeiten ist, ein Konsommee von Rätseln«, antwortet Zoe schlagfertig. »Genau wie das Leben selbst.«

Plötzlich wird mir klar, daß das, was ich in Station X gesehen habe, ein kunstvoller Streich ist, von Zoe selbst geplant. Es war kein Zufall, daß Samantha die

Stahltür offenließ. Und die Sache mit dem Ohrring war ebenso von langer Hand vorbereitet. Zoe Rapish möchte, daß ich die motivierende Gegenwart des Todes spüre. Das ist immer das grundlegende Element eines guten Stückes. Stanislawskij würde den gleichen Terror angewendet haben. Mir sollte klar werden, daß Norman Cradle von seinem Tod schon wußte, als er noch Diamanten in dessen vermodertes Gesicht spuckte.

Ich suche mir einen Block und einen Stift zum Schreiben. »Vielen Dank für letzte Nacht«, schreibe ich. Zoe errötet in ihrer typischen Art. Dann zuckt sie die Achseln und gesellt sich zu einer anderen Gruppe von Fremden. In ihrem Herzen ist sie schüchtern. Ich verwahre das Stück Papier. Wenn ich Jill begegne, kann ich es noch einmal benutzen. Ich bin vielen Leuten etwas schuldig. Henry Hamish, den Kids aus Block X, die schnupperten und marschierten, Dr. Professor … all den guten Leuten, die Zeit und Mühe auf meine Theater-Genese verwendeten.

Ich werde sie nicht enttäuschen.

Vor ihrem Abgang verstrahlt die Sonne Alarme in Pink und Warnungen in Purpur. Ich muß an Morris denken, der diesen Wettstreit von einem Hügel in der Nachbarschaft aus beobachtet.

Jetzt tauscht der Himmel seine Rottöne gegen Blau und Grau. Die grauen Töne werden dichter und gewinnen die Oberhand. Ein Krachen durchbricht die Stille, und ein sanfter Silberregen erstrahlt. *Feuerblume* hat die Herausforderung der Nacht angenommen.

Dr. Hamish hatte recht. Der Mann ist ein Genie. Ich verfolge, wie seine Spielzeuge einen stumpfen Himmel verwandeln, wie seine *Feuerblumen* Farben ausspucken, wirbelnde Tornados aus poliertem Gold in die Lüfte zaubern, Böller wie die Trommelwirbel eines Riesen am Firmament dahinrollen lassen. Er umgibt die Sterne mit einem Teppich aus Neon, beschämt den Mond mit Lichtbögen, die anschwellen wie knospende Brüste.

Als das Bild von Hoffenstein Form annimmt und in unheimlichem Orange erstrahlt, singt die Menge unter dem Baldachin aus Flammen:

Seid stolz auf Euren Code,
Stolz auf Euren Ort,
Stolz auf Eure Rasse,
Stolz auf Euren Stolz,
Stolz auf Eure Arbeit,
Stolz auf Euren Fortschritt.
Seid stolz auf Euren Code,
Euer Regenbogen, Euer Führer,
Euer Eigentum, Euer Kompaß.
Euer Pfad durch die Gezeiten.

Meine Augen schimmern sogar noch, als sie Nebel aus Farben widerspiegeln, wie ich sie noch nie gesehen habe.

Zoe tippt mir auf die Schulter. Es wird Zeit. Ich gehe in meine Garderobe, die in einem Auflieger an der Bühne eingerichtet wurde. Die Kostüme von Bernie und mir hängen an einer Stange. Von der Größe her sind sie fast identisch. Ich war immer der Meinung, daß ich gegen meine Zweitbesetzung ein Winzling sei, und ich grübele über die Dimension von Autorität nach, während Bernie ein eigenes Liedchen unter der Garderoben-Dusche trällert. Was ich dann mache, tue ich aus einem Impuls heraus. Ich nehme seine Unterwäsche und tausche sie gegen meine. Doch ehe ich den Tausch vornehme, reibe ich meine Shorts kräftig über meine intimen Stellen. Wenn die auf Station X ihre Radar-Nüstern einschalten und ausrichten, will ich, daß sie was zu tun kriegen.

Es ist eine feige und dumme Tat. Ich will sie gerade rückgängig machen, als Bernie den Duschvorhang beseite schiebt und sich mit einer Verbeugung präsentiert.

»Ich mag es, gemietete Räumlichkeiten vollzutropfen«, sagt er. »Eine meiner Lieblingsbeschäftigungen in Hotels – mich klatschnaß aufs Bett zu setzen.«

Er steigt in meine Shorts und bewundert sich im Standspiegel.

Ich gehe unter die Dusche. Die letzten Duftreste der Kräuter und Salben bei meinem Reinigungsbad laufen zusammen mit den Seifenblasen in den Ausfluß. Als ich aus der Dusche komme, steckt Bernie schon in seinem Cradle-Gewand – Mr. Demut und Bescheidenheit in Person – und kämpft mit dem Reißverschluß seiner Hose.

Ich schlüpfe in den Demuts-Anzug und probiere die schlappe Robe. Dr. Professor hat sich selbst übertroffen. Selbst die Schuhe, die er geliefert hat, sind abgewetzt und haben schiefe Absätze. Die Lederzungen hängen wie verschrumpelte Blätter in ihren Kreuznähten. Alles stimmt genau.

Ich mustere mich ohne jegliche Eitelkeit. Meine geistige Einstellung stimmt. Ich höre das Donnern des Feuerwerks und sehe durch das winzige Fenster der Garderobe schimmernde Farbblitze. In Gedanken sage ich zu mir: »Das, was ich mache, tue ich für die Ordnung der Dinge.«

Vor mir hat es Normans gegeben, und auch in Zukunft wird es eine ununterbrochene Folge von Normans geben. Ich gehöre zu diesem Kontinuum. Ja, es geht um die Ordnung. Selbst das Chaos von Feuerblooms Finale ist sorgfältig orchestriert. Auf diese Weise bleiben die Pforten der Unterwelt sorgfältig versiegelt. Ich gebe ein seltsames Geräusch von mir, einen

Laut der Zufriedenheit. Bernie ist darüber ebenso verwundert wie ich selbst.

»Was ist los mit dir? Bist du etwa krank?«

Ich versichere ihn meiner blendenden Gesundheit.

Wenige Minuten später kommt Zoe. Sie ist sehr angetan von meinem Aussehen. Sie gibt mir eine runde Dose mit einer Perücke.

»Zieh sie über. Einheitsgröße – paßt jedem.«

»Jesus«, keucht Bernie. »Er sieht aus, als sei sein Kopf explodiert.«

»Jedenfalls wirkt er authentisch«, brummt Zoe. »Suppe, die Nachtigallen sind jetzt dran. Sie sind eine wirkliche Publikumsattraktion – mit ihren alten Liedern. Sie machen das Auditorium butterweich. Nachher sind die Leute so glücklich wie Schweine in der Scheiße. Und wenn dann dein Auftritt vorbei ist, würden sie sich glatt dafür umbringen, dich deinen kurzgeschorenen Kopf kratzen zu sehen und die Erläuterungen zum Stichwort Appendix aus *Greys Anatomie* rezitieren zu hören.«

»Und was ist mit mir?« fragt Bernie.

»Bleib immer in der Nähe, Bernard. Denn dies ist eine Welt voller Seuchen und überraschender Entwicklungen.«

Zu dritt gehen wir zum Grünen Salon, einer Kabine in der Nähe der Bude, in der die TV-Regie untergebracht ist. Das Historienspiel wird in der gesamten Berkshire-Region und auf der Hamish Farm übertragen, damit auch die Insassen im Sicherheitstrakt das Spektakel verfolgen können. Über sechs Monitore singen die Nachtigallen, alles Anstaltsinsassen, voller Schwung und Pep ihre Golden Oldies. Zoe hat recht, das Publikum liebt sie. Trotzdem frage ich mich, ob das die richtige Überleitung zu unserem Historienspiel ist, weil damit ein brutaler Stimmungswandel vorprogrammiert ist.

Zoe erklärt einem Regieassistenten unseren Part.

Dabei betont sie immer wieder die absolute Notwendigkeit, dem Publikum ein Klima ausgesprochener Trost- und Hoffnungslosigkeit zu vermitteln. *Eine Welt ohne Cradle?* basiert auf blanker Verzweiflung. Das Publikum soll den Nachtigallen applaudieren, bis den Leuten die Puste ausgeht. Danach soll die Regie eine schöpferische Pause einlegen, ehe der Vorhang wieder aufgeht.

Während Zoe und Bernie die Monitoren beobachten, gehe ich in den Grünen Salon zurück, wo die Show ebenfalls über einen kleinen Fernsehschirm flimmert. Ich suche mir einen Nachrichtensender. Es gibt immer und überall Nachrichten.

Sie übertragen gerade eine Beerdigung. Zoomen eine Prozession Trauernder mit leidvollen Gesichtern heran. Der Anführer dieser Parade ist Homer Brogg. Hinter ihm sehe ich Lauren. Der Schleier vor ihrem Gesicht soll wohl ihre Tränen verbergen. Und da sind Trina, Amos und Amanda. Sie folgen einem glänzenden Messingsarg zum Brogg Mausoleum. Ich kenne den Ort sehr gut. Ich habe im Lauf der Jahre viele Beerdigungen der unterschiedlichsten Brogg-Familienmitglieder mitgemacht. Mit messianischem Eifer sorgt die Familie dafür, daß all ihre Toten an einem Ort versammelt werden, selbst die entferntesten Verwandten. Ich habe Homer im Verdacht, auf diese Weise eine fliegende Einheit gegen die Ewigkeit bilden zu wollen. Ich erinnere mich, wie er mir einmal von einem wahnsinnigen Freund erzählte, der Söldner für den Nahkampf ausbildete, die Truppe aber dann umbrachte, um über eine Eliteeinheit zu verfügen, die für ihn im Jenseits weite Landstriche erobern sollte. Charlton Hymn übernahm damals diesen Fall vor einem Geschworenengericht.

Aber wer war jetzt wieder gestorben? Irgendeine hundertjährige Tante? Die Broggs leben ewig. Ihre Gene sind aus Stahlwolle.

»…nach langer Krankheit. James P. Wander arbeitete bei vielen Projekten sehr eng mit Mr. Brogg zusammen. Sein Ableben…«

Das Band endet abrupt, der Bildschirm wird blaß. Eine aufgeregte Ansagerin erscheint auf dem Schirm. »Dies ist leider nicht das Video, das ich Ihnen angekündigt habe. Tatsächlich sollte es erst morgen in diesem Programm gesendet werden. Wir bitten Sie für diesen Fehler um Verzeihung. Hallo, Jungs, diesmal legt ihr aber das richtige Band ein, okay? Hier ist Dirk Dworkin mit den neuesten Meldungen vom Sport…«

Ich war es, den sie da zu Grabe trugen. Trina und die Kinder wirkten ernsthaft betroffen. Selbst Lauren und Homer machten bedrückte Gesichter.

»Gehen wir«, höre ich Zoes Stimme in meinem Rücken.

Ich folge ihr hinter die Bühne. Während die Tänzer und der Chor ihre Plätze einnehmen, denke ich darüber nach, wie lächerlich sich diese Ansagerin vorgekommen sein muß, als ihre Techniker das Band viel zu früh auflegten. Bei Brogg Communications wäre ein solcher Vorfall der schlimmste Alptraum für uns gewesen. Wir beschrifteten unsere Produkte immer mit größter Sorgfalt, um einen solchen Mißgriff zu vermeiden. Allgemein besteht bei den Fernsehzuschauern immer noch der Eindruck, daß Nachrichten immer verhältnismäßig neu sein müssen. Ich habe schon manche Bänder gesehen, die am falschen Tag abgespielt wurden, aber noch nie eine Beerdigung. So etwas betrachte ich als ernsthaften Fehlgriff, viel folgenschwerer als beispielsweise einen Bericht über einen Aufstand aus dem hintersten Winkel des Globus, wo uncodierte Primitive über die Bürde einer unverhältnismäßig hohen Steuerlast klagen, zu früh zu senden. Ein Begräbnis vorzeitig über den Äther zu jagen, kann die betreffende

Familie in höchstem Grad verärgern, von dem finanziellen Verlust durch Nichtschaltung von Todesanzeigen in den Tageszeitungen einmal ganz abgesehen.

Anerkennender Applaus für die Nachtigallen. Nicht die Art Applaus, die ich mir wünsche, nicht die Art, die die Lebenslinien von den Handflächen abpellt, aber generös genug. Er gestattet eine Zugabe.

»Was steigt den Schornstein empor?« fragt Zoe und hält eine Wünschelrute an meinen Körper. Wie Morris wehre ich mich gegen den Gedanken, daß Schicksal oder Glück meine Arbeit auch nur im geringsten beeinflussen könnten.

»Rauch«, beantwortet sie selbst ihre Frage. »Ich wünsche mir, daß unser Wunsch wahr wird.«

Die Wünschelrute zuckt, ihr Wunsch wird in Erfüllung gehen, zumal ich mich weigere, mir irgend etwas zu wünschen. Dem Gesetz nach gelte ich ohnehin als tot. Homer hat verfügt, daß es mich nicht mehr gibt. Meine Leiche hat er aus seinem politischen Keller entfernt und sie in diese protzige Messingdose verfrachtet. Was ist denn tatsächlich in dem Sarg? Was haben sie da hineingetan? Mir fällt ein, daß Dr. Professors Mannequin sehr lebensecht wirkt. Nein. Jetzt ist nicht die Zeit, wegen der Einzelheiten meines Begräbnisses zu schmollen.

Ein paar Gegenstände für das Historienspiel werden in Position geschoben, während die Nachtigallen ihren Abgang machen. Ich höre das Publikum auf den Stühlen herumrutschen, murmeln und husten. Das Theater wird dunkel. Das Orchester intoniert die *Eine Welt ohne Cradle?*-Melodie, die von Henry Hamish komponiert und orchestriert wurde. Das erfahre ich noch, als ich kurz die Noten auf einem Notenständer durchblättere. Bühnenhelfer stellen Töpfe mit Kakteen vor ein ödes Landschaftsbild. Kinder aus der örtlichen Schule werden auf ihre Plätze gescheucht. Die Gesichter sind mit Fett und Ruß beschmiert, ihre Kleider bestehen nur aus Lumpen. Aus den Scheinwerfern tropfen Farbkleckse.

»Ladies und Gentlemen«, ertönt eine gedämpfte Ansagerstimme. »Ich bitte Sie nun, Ihre Augen zu schließen und sich eine Welt vorzustellen... die nie Norman Cradle gekannt hat. Wie würde sie wohl aussehen? Überlassen Sie sich Ihrer Phantasie. Gäbe es Blumen auf ihr?... (*Aufbrausen der Musik*)... oder rosige Morgendämmerungen... (*Aufbrausen der Musik*)... Gäbe es Freude und Lachen?... (*Aufbrausen der Musik*)... oder überhaupt... Liebe?... (*harter Akkord*). Stellen Sie sich vor... Eine Welt ohne Cradle... (*Heulen und Winseln des Windes*).«

Der Chor stößt einen Choral atonalen Wehklagens aus, Gabeln klirren gegen Glas. Der Vorhang beginnt sich langsam zu heben.

Da ich jetzt offiziell tot bin – sicher hat Charlton Hymn alle Papiere beglaubigt –, brauche ich mir wegen nichts mehr Sorgen zu machen. Es ergäbe keinen Sinn, mich zweimal umzubringen. Natürlich – wenn alles so arrangiert worden wäre, daß die Station X-Schnüffler mir die Eingeweide aus dem Leib reißen sollten, hätte ich kaum eine Chance gehabt, dagegen zu protestieren oder wütende Briefe nach Hause zu schicken. Homer Brogg hält seine Kreise geschlossen. Es wäre ganz nach seinem Geschmack, mich nach der Tat rasch in meinen Sarg schieben zu lassen. Aber warum dann der ganze Aufwand, ein zu frühes Begräbnis zu arrangieren? Warum nicht einfach warten, bis die Bluthunde mir den Garaus gemacht haben? Eine saubere Lösung für das potentielle Problem, daß die Scheiße hochquillt, wenn Fragen gestellt werden, eine gute Verteidigung gegen einen übereifrigen Hamish-Bruder auf einer Betteltour. Erpressung ist immer eine deutliche und akute Gefahr, wenn krumme Dinger gedreht werden.

Homer könnte dann immer sagen, daß meine Bestattung ein rein symbolischer Akt war – wie meine Rolle in dem Historienspiel. Man hat dem legalen Ableben dann nur etwas mehr Format geben wollen, Homers Tochter und ihren Kindern zuliebe. Es war doch besser, ein Grab zu haben, das man besuchen konnte, als nur mit einem Bogen Papier zu winken. Wie hätte er denn wissen sollen, daß ich tatsächlich sterbe? Während ich noch über einen solch krummen Plan nachdenke, wird mir klar, daß ich mich allmählich in eine Paranoia verliere.

Der Chor singt:

Wie kann es Hoffnung geben,
Wenn Aschenregen fällt?
Kein Norman! Kein Ziel!
Nur trübe, dumpfe Stunden …

Die Tänzer huschen mit ruckartigen Bewegungen zu den armen Kindern und tun so, als wollten sie sie anfassen. Die Kinder stehen regungslos. Eine unsichtbare Luftbarriere macht jede Berührung unmöglich. Die Choreographie ist perfekt.

Wie konnte Trina meiner Auslöschung nur zustimmen? Den Druck, den man auf sie ausgeübt haben muß, kann ich nur ahnen. Was hat sie Amos und Amanda erzählt? Können Kinder schon den Unterschied zwischen tatsächlicher und vertraglich festgeschriebener Krankhaftigkeit erkennen? Hat Trina ihnen wenigstens das Geheimnis verraten, daß ihr Daddy immer noch für sie da ist? Hat sie ihnen erklärt, daß seine Liebe trotz seines Codes konstant und verläßlich ist? Hat man ihnen die Wahrheit gesagt oder glauben sie, daß ich schon Vergangenheit, daß ich nur noch Geschichte bin?

»Nimm deinen Platz ein«, sagt Zoe. Ich klettere auf meinen Styropor-Berg und rücke mich in Pose. »Das Kinn tiefer.« Ich senke das Kinn.

Der Chor stimmt einen harmonischen Willkommensgesang an:

> Aber wartet, wartet ...
> Ein Geschenk des Schicksals ...

Ich werde langsam ins Bild gerollt. Die Scheinwerfer bekommen wieder Farbe. Blumen schießen aus den Kakteen. Barrieren brechen, die Tänzer und die Kinder sind vereint. Tausend Lichtpunkte erhellen einen Himmel, der erst jetzt sichtbar wird. Sie flackern in den Konstellationen der größeren Sternbilder.

»Ladies und Gentlemen«, donnert jetzt die Stimme des Ansagers. »Wir wurden für das Undenkbare aufgespart. Da ist Norman Cradle! Er hat Bestand. Sein Werk hat Bestand. Jeder Teller, jedes T-Shirt, jeder Kalender und alles, was man zu Sonderpreisen in unserem Geschenkeladen draußen vor dem Eingang kaufen kann, trägt den Funken seiner Unsterblichkeit. Wir sind zu einem Ganzen vereint worden!«

Ich hebe meinen Arm. Ich bewege mich dabei so unmerklich wie die Zeiger einer Wanduhr ... die Zuschauer können die Bewegung kaum wahrnehmen ... Ich scheine vor ihren verzückten Augen die Gestalt zu verändern. Als ich völlig gestreckt bin, hebe ich den Kopf, wende den Blick dem Publikum zu und lasse das umwerfende Cradle-Grinsen auf mein Gesicht aufziehen. Ich verströme Vibrationen allumfassender Wärme.

»Norman lebt, er lebt!« ruft eine weißhaarige Lady in der ersten Reihe. Sie gerät in Verzückung, als ich ihr kurz die Zunge herausstrecke. Ein bißchen Improvisation muß schließlich sein. Andere Zuschauer nehmen ihren Ruf auf. Ich lasse meinen Blick einen Bogen beschreiben, der das gesamte Publikum umfängt.

»Er lebt! Er lebt!«

In der fünften Reihe entdecke ich Samantha auf einem Stuhl direkt neben dem Gang. Ich kenne die

Leute in ihrer Reihe. Es sind die Bluthunde aus meinem Traum vergangene Nacht. Samantha umklammert die Stuhllehne ihres Vordermanns. Ihre Nase zuckt kaum merklich.

Ich stoße einen Schrei aus. Plötzlich habe ich entsetzliche Angst. Ich springe von meinem Hochsitz und rempele dabei eins dieser Gören an. Das Kind beißt mich. Ich befreie mich von ihm und haste auf den Ausgang zu, bleibe nur für eine knappe Verbeugung kurz stehen.

Mein Verstand ist plötzlich kristallklar. Ich treffe rasche, richtige Entscheidungen. Es kann nur so sein, daß ich wie so viele andere durch die Therapie erst verrückt geworden bin. Die Scheinwerfer erlöschen. Im Dunkeln finde ich einen Notausgang und schaffe es, das Zelt zu verlassen. Von drinnen höre ich Jubel und Hochrufe. Man hat meine Flucht wohl als Teil der Darbietung verstanden.

Bernie taucht an der Tür auf.

»Komm zurück, du Arschloch. Sie wollen ein paar Vorhänge mit dir!«

Es klingt verführerisch. Trotzdem haste ich in Richtung Friedhof. Bernie läuft hinter mir her. Ich entdecke einen sehr großen Stein, hinter dem ich mich verstecke. Wer immer darunter liegt, weiß mit Bestimmtheit, daß seine Lieben, die er zurückgelassen hat, ihn sicher an diesem Ort verwahrt wissen wollen. Ich höre Bernie herankeuchen.

»Warum tust du das? Suppe? Suppe? Sie platzen vor Begeisterung. Du könntest einen Oskar gewinnen.«

Er meint einen Tony. Und er wirkt tatsächlich ziemlich durcheinander. Ich überlege, ob ich mich zeigen soll.

»Schnüffeln und erinnern«, grollt eine Stimme durch die Nacht.

»Reg dich ab, du Schmock«, knurrt Bernie. »Er steckt hier irgendwo. Geh und hol ihn dir.«

»Der Norman, der Norman«, schreit eine junge Frau. Sie könnte ein gewöhnlicher Fan sein, aber ich entscheide mich, es nicht darauf ankommen zu lassen.

»Nicht mich, du Närrin«, ruft Bernie. »Nimm deinen Rüssel aus meinem Zwickel.«

Und da sind sie, die Geräusche des Unerfreulichen. Zuerst bettelt Bernie darum, ihn doch gefälligst als ihn selbst zu erkennen, dann um Gnade. Wahrscheinlich die zwei Urschreie auf diesem Planeten – schon routinemäßig mit meist negativer Antwort. Ich höre, wie er keuchend und würgend nach Station X geschleppt wird.

Ich wandere über den Knochensammelplatz, trete auf Vorfahren. An der Stelle, wo Morris seine Rakete versteckt hat, ist nur ein Loch.

»Ich komme mit dir.« Eine Frauenstimme.

»Du solltest nicht mal daran denken.« Die Stimme eines Mannes.

»Bitte.«

»Das haben wir doch schon alles besprochen.«

Ich stehe an einem Marmorschrein, dem Grabmal von Isaac Hamish, dem Paradestück des Steingartens. Ein schlapper Mond verbreitet gerade genug Licht, um Morris Feuerbloom zu erkennen, der dabei ist, sich an eine zehn Fuß hohe Röhre zu schnüren. Und da ist auch die schöne Jill Hill. In der Hand hält sie etwas, das wie ein Trommelstock aussieht.

»Selbst wenn ich es dir erlaubte, würden wir beide zusammen nirgends hinkommen. Das Gewicht ist genau kalkuliert. Das hier ist 'ne Wissenschaft für sich, Liebling. Wir würden vielleicht in Boston runtergehen. Aber dahin will ich nicht.«

»Du hast mir gesagt, es gäbe 'nen Fehlerspielraum. Dann laß mich doch der Fehler sein.«

»Der ist nicht groß genug für einen Menschen. Und nun zünde endlich das Ding.«

»Nur, wenn du mich mitnimmst.«

»Benimm dich nicht wie 'ne – entschuldige den Ausdruck – dumme Fotze. Zünde endlich den Treibsatz. Versprochen ist versprochen.«

Jill knipst ein Feuerzeug an und hält es ans Ende der Fackel.

»So ist es brav. Paß auf dich auf. Und vergiß nicht, du hast höheren Orts 'nen Freund. Hast du das kapiert?«

»Goodbye, Morris.«

»Hast du vielleicht 'ne Botschaft an Gott?«

»Schau immer auf die Welt herab.«

»Komm von dem Ding herunter«, rufe ich.

»Wer ist das?« faucht Morris. »Etwa Suppe, diese Klatschbase?«

»Sieh da – Jill, die Helfershelferin.«

»Ja, die Helfershelferin. Beeil dich, Morris. Suppe, das hier ist nicht deine Sache.«

Jill hält die Flamme an eine Zündschnur, die zwischen Morris' Beinen baumelt. Die Lunte spuckt Purpurfunken.

»Vielen Dank«, sagt er. »Ich danke dir.«

Jill läßt die Fackel fallen und wirft ihre Arme um die Röhre.

»Laß sofort los«, kreischt Morris. »Sei kein Spielverderber.«

»Ich komme mit, und dabei bleibt's.«

Die Lunte windet sich wie eine Schlange, die sich schuppt. Ich springe hinter dem glimmenden Ende her, das mir aber entwischt.

»Warum kann 'ne Sache nicht mal einfach sein?« seufzt Morris.

Ich zerre an Jills Kleid. Es geling mir, sie vom Spektakel wegzuziehen, und wir fallen beide rückwärts auf Isaac Hamishs Grabplatte.

Die Rakete hebt sich langsamer, als ich gedacht habe. Morris Feuerbloom kommt vom Boden frei und schaut herunter. Langsam schraubt er sich höher. Eine unwahrscheinliche Explosion erschüttert die Luft. Der schwindende Himmel erlebt einen zweiten Sonnenaufgang. Es folgt eine Serie von Krachern und eine zweite Explosion. Feuerbälle wirbeln wie neugeborene Sterne durch die Luft. Ich denke: »Dagegen ist die Atombombe trivial. Hat der Magier sich das so vorgestellt? Wollte er das Atom zum Gespött machen?«

Auf Isaac Hamishs Marmorplatte liegend, verfolgen Jill Hill und Suppe, vormals James P. Wander, den Aufstieg des emeritierten Chairman von *Fireflower*, Inc., zu unbekannten Königreichen.

Ich verbringe den Rest der Nacht geduckt im Schatten von Bill Maginots Garage. Jill ist gegangen. Die Trennung war ihre Idee. Leider folgte sie nicht meinem Vorschlag, in der örtlichen Kirche Zuflucht zu suchen.

Ich versuchte es. Die Kirche war verschlossen, das Pfarrhaus dunkel. Der Pfarrer war mit seiner Familie sicher noch auf dem Festplatz. Ich hörte Sirenen, Polizeiwagen, die Freiwillige Feuerwehr, Ambulanzen. Das Spektakel muß die Öffentlichkeit doch ziemlich geschockt haben. Nebenbei löste es heftige Regengüsse aus.

Was eigentlich als ein gelungener Abend geplant war, wurde nun zur Sintflut. Erst später, als ich unter dem Schutz eines Pappkartons vor mich hindöse, wird mir bewußt, wieviel Glück ich gehabt habe. Hätte sich das geheiligte Portal für mich geöffnet, wäre ich jetzt sicher wieder in der Hand der Hamish-Brüder. Keine Religion gewährt einer Suppe Zuflucht, selbst die primitivste nicht.

Ich brauche einen Plan. Hier im Ort gibt es keinen sicheren Unterschlupf für mich.

Ich muß aus dieser Gegend weg, mir eine andere Nachbarschaft suchen. Im Morgengrauen marschiere ich einfach drauf los und komme tatsächlich an einen Highway. Ein Truck brummt auf mich zu. Er trägt das Logo von Nymphentau, einer Mineralwasser-Marke, die wir zu Hause immer getrunken haben. Ich halte den Daumen hoch. Der Fahrer, eine ziemlich kompakte Lady mit einer getönten Brille, stoppt dicht vor mir.

Ich sitze in der Kabine und höre durch das statische Knattern des CB-Funks dünne Stimmen. Wie Geister offenbaren sie Sportergebnisse und Hinweise auf Wetter, Verkehr sowie Unfälle – und schwinden wieder dahin. Die Fahrerin läßt sich von dem Stimmengewirr berieseln, scheint zufrieden damit, alles zu empfangen und nicht antworten zu müssen. Ich versuche, mit ihr ein Gespräch über Nymphentau, ein ausgezeichnetes Produkt mit sauberem, klarem Geschmack, zu führen, erhalte aber nur einsilbige Antworten. Ich überlasse mich also dem CB und dem Glucksen der eine Million Gallonen Nymphentau hinter mir im Tank. Diese Frau paßt mir bestens in den Kram. Sie redet nicht, interessiert sich nicht für meinen Code und fragt nicht nach meinem Ziel. Sie steuert nur den Wagen.

Der Truck hält vor einem Einkaufszentrum, und ich bin entlassen. Ich bedanke mich bei meiner Retterin und klettere auf den Asphalt hinunter. Sie hat mir einen Vorsprung verschafft. Wir haben mindestens hundert Meilen hinter uns gebracht. Die Schilder verraten mir, daß wir uns auf der Route 128 in der Nähe der Ausfahrt Springfield befinden.

In etwa einer Meile Entfernung erkenne ich einen Mast, der zu einer Radiostation gehören muß. Ich schlurfe in Richtung dieses Metallstachels davon. Seine blitzenden roten Leuchtfeuer ziehen mich an wie das Licht eine Motte. Die Richtung ist so gut oder schlecht für mich wie jede andere.

Ein kleines Betongebäude duckt sich an den Mastfuß. Die Tür steht offen. Ich bin so frei, mir die Gastfreundschaft von WLUV-FM zu gestatten. Ich erkenne, daß nur ein einzelner Ansager das Häuschen bevölkert. Er sitzt in einem Studio, hat Kopfhörer auf und spricht in ein Mikrophon. Außerhalb des Studios plärrt ein Lautsprecher die Guten Morgen-Show in den leeren Äther.

»Hier ist Irene aus South-Boston. Wenn du mich fragst, Chrissy, kam es aus einer anderen Galaxis – kein Flugzeug, Ballon oder der übliche Mist, den sie uns immer weismachen wollen. Ich sah es über unser Haus hinwegfegen … mein lieber Herr Jesus!«

»Hey, Irene, Chris O'Malley bedankt sich und schickt dir ein Blumensträußchen, das du dir sonstwohin stecken kannst. Aus einer anderen Galaxis, sagst du? Nimm deine Medizin, Honey, und kriech wieder in dein Bett. Hallo? Hier ist *Am Draht*, und du bist auf Sendung.«

»Marv aus Amherst. Hör mal, sie könnte doch recht haben, oder? Es könnte doch was Nukulares sein.«

»Du meinst was Nukleares? Ich hasse und verabscheue Menschen, die nuu-kuu-laar sagen. Dir wäre es doch auch nicht recht, wenn Hinz und Kunz dich Mervin statt Marvin nennen würden, oder? Was ist bloß los mit euch Leuten an diesem dämlichen Morgen? Habt ihr gestern abend alle sauren Aal in Aspik gegessen? Kriege ich von irgend 'nem Halbnormalen heute noch zu hören, daß er 'nen netten Dick-und-Jane-Abend verbracht hat … zartes rotes Fleisch zum Dinner und anschließend 'ne heiße Nummer als Dessert? Hört zu, Freunde, euer guter Onkel Chris legt jetzt 'ne Platte auf und geht 'ne Stange Wasser in die Ecke stellen. Wenn ich wiederkomme, möchte ich gefälligst was anderes als 'ne menschliche Biopsie in der Leitung haben. Ihr hört *Am Draht* mit eurem Lieblings-Lästerer Chris O'Malley. Die Wetterhexe behauptet, draußen sei es über 38 Grad, mehr als genug Grade für einen Dr. phil. oder einen lassoschwingenden Kuhtreiber bei McDonalds. Und wo wir gerade von wichtigen Dingen reden – hier ist Musik, um eure wallenden Möpse ein wenig zu beruhigen. Also – bleibt dran.«

Er drückt auf einen Knopf, und ich höre ein Garuda-Lied aus den Top Ten von Bali.

Gemäß seiner Ankündigung geht der DJ den Gang in Richtung Toilette hinunter. Ich überrasche ihn mitten im Pinkeln, weil ich dabei im Vorteil bin.

»Nimm's nicht persönlich, aber wer, zum Teufel, bist du? Das hier ist Privatbesitz. Das Haus – und das, was ich hier in der Hand halte.«

»Auf keins von beiden habe ich es abgesehen. Mich interessierten nur die Kommentare Ihrer Hörer. Vermutlich haben sie von dem unerklärlichen Vorfall von gestern abend gesprochen – das Feuer am Sternenhimmel.«

»Stimmt. Na und?«

Er stopft seinen Schniedel in die Hose zurück, als ob es seine Brieftasche wäre. Die typische F-Code-Reaktion bei Gefahr.

Mit meiner freundlichsten Stimme sage ich: »Ich könnte etwas Licht in die Angelegenheit bringen.«

»Schön. Warum rufst du dann nicht an?«

»Seien Sie nicht so unfreundlich. Schließlich war ich dabei. Ich weiß aus erster Hand, was passiert ist. Und ich bin bereit, für ein paar Dinge als Gegenleistung mein Wissen mit Ihren Hörern zu teilen.«

»Warum verschwindest du nicht einfach?«

»Es war ein übergroßer Knallkörper mit einem alten Mann dran.«

»Ein Knallkörper? Na, wunderbar. Danke für deine Hilfe. Laß mal wieder von dir hören.«

»Man könnte es auch Selbstmord nennen, aber er hat das wohl ganz anders gesehen.«

»Der Alte?«

»Ja. Er dachte dabei nicht an Endgültiges.«

»'ne grandiose Einstellung. Hör mal, Fremder, warum wartest du nicht draußen?«

»Sein Name war Morris Feuerbloom. Ein Sprößling des *Fireflower*-Clans. Diese Firma ist Ihnen sicher ein Begriff. Ihre Papiere werden an der amerikanischen Börse gehandelt.«

»Ich werde sofort meinen Broker anrufen.«

»Man hatte Morris auf die Hamish Farm eingewiesen. Aber er wollte lieber sonstwo sein.«

»Woher weißt du das alles?«

»Ich war auch mal Patient dort, aber nur zur Beobachtung.«

»Hör zu, Mister, ich will keinen Ärger. Mir schwebt vor, irgendwann mal Frau und Kinder zu haben.«

»Die hatte ich auch. Man hat mich für tot erklärt.«

»Du bist tot? Mein Beileid.«

»Mr. O'Malley, hier sind mächtige Kräfte im Spiel. Ich muß unbedingt an Ihr Mikrophon. Es ist dringend. Was ich Ihnen zu sagen versuche: Ich bin in Gefahr. Ich bin Homer Broggs Schwiegersohn.«

»Warum hast du das nicht gleich gesagt? He, Freundchen, ich werde jetzt die Hamish Farm anrufen und ihnen sagen, daß Homer Broggs leibhaftiger Schwiegersohn hier aufgetaucht ist. Dann können sie einen Leichenwagen für dich schicken. Du wärst dann rechtzeitig zum Lunch und zu deiner Schockbehandlung wieder dort. Und nun verpiß dich, ehe ich ungemütlich werde.«

»Das sollten Sie sich gut überlegen. Ich bin größer als Sie. Und ich bin in einer verzweifelten Situation. Ich habe nichts zu verlieren, sondern nur alles zu gewinnen – wenn Sie verstehen, was ich meine. Hier, werfen Sie mal einen Blick auf meinen Code.«

Er setzt seine Brille auf und schaut nach.

»Ach du große Scheiße.«

»Ich gebe Ihnen eine Riesenstory.«

»Mister, wenn du dabei zugesehen hast, wie einer sich umgebracht hat, solltest du das der Polizei erzählen, nicht mir.«

»Ich habe nicht gesagt, daß ich bei einem Selbstmord zugesehen habe. Ich sah nur, wie Morris Feuerbloom an einer Rakete vom Friedhof in West Stockton abgehoben hat.«

»Wo du natürlich wohnst, weil du ja tot bist. Angenommen, ich gebe dir die ersten fünf Minuten nach der Werbung. Verschwindest du dann?«

»Sie werden nationale Schlagzeilen machen.«

»Und du wirst mich nicht schlagen – nichts in der Richtung? Du hast es nicht auf mich abgesehen, weil ich noch lebe?«

»Ich bin nicht aggressiv veranlagt – außer unter Zwang.«

Wir gehen ins Studio und warten eine Werbung für die Elektrizitätsgesellschaft ab.

»Da wir gerade von Elektrizität sprechen, meine geschätzten Hörer – ich habe hier einen ungebetenen Gast, der ziemlich scharf ist auf unseren heißen Draht. 'n echter Schizophrener. Als er plötzlich zu Pfannkuchen und Tee bei mir hier im Studio auftauchte, wollte ich schon die 911 anrufen, aber er hat mich mit 'nem sehr wirksamen Argument davon abhalten können. Mit Furcht. Er will mit aller Gewalt zu euch Typen sprechen und faselt da was von 'nem großen Knall, von Blitz und Donnerhall, von dem eben, das euch alle gestern in helle Aufregung versetzt hat. Der Kerl behauptet, er käme direkt von der Hamish Farm, oje, oje, und um all dem noch die Krone aufzusetzen – der Bursche ist tot. Ich meine, das alles paßt wirklich perfekt zusammen. Wenn ich 'n bißchen zittrig klinge, dann darum, weil ich es bin. Ich wünschte, die Jungs vom Revier wären jetzt hier.«

Ich übernehme das Mikrophon. Ich erzähle der Welt

von Morris und seinem Flug in die Oberschicht. Das und nicht mehr erzähle ich ihnen, um ein paar tausend Zeugen für meine persönliche Rückversicherung zu haben. Zumindest bin ich jetzt auf dem Mitschnitt der Sendung. Ich möchte wenigstens eine vage Überlebenschance haben. Für alle Fälle.

»Natürlich hat die Fireflower-Familie deine Behauptungen abgestritten und dich angezeigt.«

»Tatsächlich? Vermutlich hat auch Dr. Hamish ein Dementi abgegeben? Wie erklären sie sich dann das Verschwinden von Morris?«

»Man hat von ihnen keine diesbezügliche Erklärung gefordert.«

»Es gab einen Zeugen, der alles bestätigen kann.«

»Wer das wohl sein mag …?«

»Das tut nichts zur Sache. Was zählt, ist allein die Tatsache, daß Homers Mordplan geplatzt ist wie eine Seifenblase.«

»Du glaubst, daß Homer deine Exekution geplant hat?«

»Laß uns nicht schon wieder davon anfangen.«

»Du hast ziemlich theatralische Vorstellungen.«

Charlton reckt sich gähnend.

»Die Beerdigung war nur metaphorisch«, brummt er. »Und wurde mit großer Würde durchgeführt. Sie hätten ja auch eine Zwei-Minuten-Verbrennung vornehmen lassen können. Das hätte kaum eine Zigarettenlänge gedauert.«

»Weiß ich alles. Und doch fällt es mir schwer, dafür auch noch dankbar zu sein.«

»Du weißt, daß du ursprünglich ins Gefängnis solltest.«

»Gefängnis klingt gut. Ich möchte aber in ein richtiges Gefängnis. Obwohl ich vermute, daß jeder Knastbruder es da auf mich abgesehen hat.«

»Du warst völlig paranoid, James, dein Benehmen völlig irrational. Jetzt kannst nicht mehr in eine Nervenheilanstalt zurück. Dafür kannst du niemandem die Schuld geben außer dir selbst.«

»Den Vorwurf lasse ich mir gern gefallen. Sag Homer, daß ich vorhabe, am Leben zu bleiben, vielleicht für immer. Nur um ihn zu ärgern.«

»Homers einzige Sorge gilt Trina und deinen Kindern.«

»Nicht meinen Kindern. Seinen Enkeln. Und außerdem ist da noch die Wahl. Wie kommt es, daß er scharf aufs Weiße Haus ist? War es nicht immer sein größter Wunsch, Hoffensteins Platz einzunehmen?«

»Seine Sorge gilt der ganzen Welt.«

»Der Welt? Die betrachtet er doch nur als sein drittes Ei. Du kannst Homer ausrichten, daß ich ein sehr störendes Gespenst sein werde.«

»Wo wir gerade von diesen unangenehmen Dingen reden – ich brauche deine Unterschrift auf ein paar Papieren, die die Übertragung des Eigentums auf Trina betreffen. Nur Formalitäten, die die Dinge einfacher machen. Ich habe ein paar vordatierte …«

»Gib mir die Papiere.«

Charlton sieht mich erstaunt an, als er mir die Dokumente zuschiebt. »Man muß dir erst die Handschellen abnehmen.«

»Steck mir einen Kugelschreiber in den Mund. Keine Sorge, ich habe gelernt, mit den Zähnen zu schreiben, als ich erstmals von Leuten las, die mit den Zehen malen.«

Er schiebt mir einen Kugelschreiber zwischen die Lippen, und ich unterzeichne mit *Vigor Salzfreie Erbsensuppe,* vormals James P. Wander. Ich sehe keinen Grund, meiner Witwe das Leben unnötig zu erschweren.

»Sehr großzügig von dir. Wir stehen alle hinter dir. In ein paar Monaten, wenn die Lage sich beruhigt hat, machen wir unseren nächsten Zug. Inzwischen benimm dich. Sei ein Vorzeige-Gefangener. Nutze deine Zeit, um dir Vorteile zu schaffen. Millhaus hat einige einflußreiche Insassen.«

»Millhaus? Dorthin soll ich gehen? Ich will aber in einen Betonkasten, in dem die Lichter flackern, wenn sie den elektrischen Stuhl anwerfen. Ich möchte auf die Teufelsinsel, nach Alcatraz, in die Bastille.«

»Solche Höllenlöcher gibt es nicht mehr. Inzwischen haben wir auch im Strafvollzug einige Fortschritte gemacht.«

»Ach ja, natürlich. Ich vergaß.«

»Übrigens habe ich Aufzeichnungen von deinem Auftritt gesehen. Meinen Glückwunsch.«

»Aufzeichnungen? Kann ich Kopien davon bekommen?«

»Ich werd's versuchen. Du solltest ein solches Talent nicht verkümmern lassen. Vielleicht gibt es in Millhaus ja einen Theaterverein.«

IV

Wenn eine prähistorische Kreatur sich hinhocken und Steine auf eine öde Ebene scheißen würde, wäre dies eine passende bildhafte Umschreibung für meine neue Adresse. Dazu gehört dann noch eine blutrote Sonne, die jede Erinnerung wegsengt.

Ich werde von einem silbernen Zug über messerscharfe Gleise zur Millhaus-Besserungsanstalt getragen. Der Zug fährt durch Stunden reinen weißen Lichts. In meinem Wagen werden außer mir weitere Neu-Insassen gegrillt. Zum Zeitpunkt unserer Ankunft sind wir halb verdunstet.

Es ist leicht, sofort zu begreifen, daß die Gerüchte falsch sind, die Millhaus als ein Paradies für Sträflinge beschreiben. Nirgends etwas Grün außer vereinzelte Kakteen. Sie stehen da in weiten Abständen mit erhobenen Armen wie die Soldaten einer geschlagenen Armee. Ich mag diesen Garten der Verzweiflung und Hoffnungslosigkeit.

Es versetzt mir keinen Schock, reizt mich auch nicht zum Protest, als man mich in einen Hoffenstein-Rückwandler schnallt. Ein Aufseher aktiviert den Apparat. Ein Metallarm legt sich über meinen vorgeneigten Kopf, und der Stich beißt wie Säure. Als sie mich losbinden, taumele ich und falle nach vorn. Der Aufseher fängt mich auf und gibt mir etwas Süßes zu trinken. Dann hält er mir einen kleinen Spiegel vors Gesicht, um mir zu zeigen, daß ich gelöscht worden bin. Ein sauberer Strich ist quer über meinen Code tätowiert.

Ich stelle mich in die Schlange, um fotografiert zu

werden. Man befiehlt mir, den Kopf geradeaus und nach beiden Seiten zu drehen. Dieses Bild wird, solange es eine Vergangenheit gibt, bei den Akten bleiben. Ich kenne die Gewölbe, wo diese Berichte gelagert werden, und sie sind so unzugänglich wie ein Schwarzes Loch. Das Bild ist eine wichtige Ergänzung für meinen Bericht, weshalb ich mich bemühe, die ideale Miene aufzusetzen: ein wissendes Grinsen, das den Blick eines jeden zukünftigen Betrachters auf sich ziehen wird.

Ein alter Arzt begutachtet meine Genitalien und testet all meine Körperöffnungen mit verschiedenen kalten Instrumenten. Mit seinem Bericht wird ein Computer gefüttert. Ich frage mich, ob mein Dossier die Aufzeichnungen enthält, von denen Charlton gesprochen hat.

Als nächstes schickt man mich unter die Dusche und verpaßt mir die Millhaus-Kluft: grauer Trainingsanzug, orangefarbene Mütze, Turnschuhe. Mein Code ist schon auf die Kleidungsstücke aufgedruckt.

Wir werden in ein Amphitheater gescheucht. Ich sitze vor einer Bühne in der Nähe eines Pultes, das mit einem großen M und einem Wappen markiert ist. Das Wappen ist fast so künstlerisch wie ein Designer-Etikett – roter Hintergrund, die abstrakte Gestalt eines Wildschwein-Jägers, der mit Pfeil und Bogen auf ein über ihm schwebendes Opfer schießt. Das Wappen könnte die Brusttasche eines Blazers zieren.

Der Kumpel neben mir, ein dicker Kerl mit einem Kahlkopf, spielt mit einer gezackten Glasscherbe herum. Man könnte sie benutzen, um sich die Pulsadern – oder mir die Kehle – durchzuschneiden. Er merkt, daß ich ihn beobachte, und läßt die Scherbe in seinen Handflächen verschwinden.

»Krank. Ich muß Wiederbelebungsversuche machen«, sagt er.

»Du wirst dich bald besser fühlen. Die Rückwandlung ist nicht einfach.«

»Nicht ich. Das Ding hier. Mein Quarz-Kristall. Er lebt und atmet. Sein Magnetismus fließt aus dem ultimativen Nabel. Er reflektiert nicht, er verursacht Reflexionen.«

Er stopft sich den Kristall plötzlich in den Mund. Seine Wange bekommt eine Beule. Ich erkenne den Grund für sein Verhalten. Ein Wärter hat sich in unserer Nähe postiert.

»Wenn sie ihn finden, nehmen sie ihn mir weg«, sagt mein Nachbar und quetscht die Worte an dem Hindernis in seinem Mund vorbei. »Deshalb verschlucke ich ihn am Abend und puhle ihn mir bei der Morgentoilette wieder heraus. Er ritzt meine Innereien, und die Schmerzen sind sehr stark, aber das ist der Preis für seinen Besitz, und ich zahle ihn. Mein Name ist Luzifer. Ich will nicht deine Schwester ficken, und du selbst bist mir scheißegal. Also können wir auch Freunde sein.«

»Jim Wander. Oder Suppe, wie du willst. Ich höre auf beides.«

»Sie nennen mich Luzifer, weil mein Anwalt vor Gericht die *Der Teufel hat mich dazu getrieben*-Verteidigung probiert hat. In Wirklichkeit war es die Jungfrau Maria. Ich habe auch noch einen anderen Namen, aber auf den habe ich verzichtet.«

Ein rundlicher, freundlich aussehender Mann geht über die Bühne zum Pult und probiert das Mikrophon.

»Seid gegrüßt. Wir hören jetzt mal auf, von Mösen und Titten zu träumen und schenken uns eure ungeteilte Aufmerksamkeit. Unser Name ist Harrison Slagle: Wir sind euer Wärter. Wir werden aber keine Zeit damit verschwenden, euch in Millhaus willkommen zu heißen, weil wir euch wieder hier heraus haben wollen. Wie ihr auf unserem Wappen unschwer erkennen könnt, ist der kleine Mann mit dem Bogen nicht Geronimo. Ihr seid das. Wenn der Bursche Glück hat, trifft einer der Pfeile das Wildschwein ins Auge. Das Opfer steht also stellvertretend für *hier heraus*.

Wir sind der Meinung, so etwas wie Verbrechen gibt es nicht, sondern nur ernsthafte Mißverständnisse. Diese gräßlichen Balken auf euren natürlichen Codes können entfernt werden, wenn ihr uns zeigt, daß ihr es wert seid. Wenn ihr eure Pfeile gezielt abschießt, könnt ihr ihnen *hier heraus* folgen. Klettert an diesem Gedanken hoch wie an einem *Seil der Hoffnung*. Das gilt sogar für euch Lebenslänglichen. Es gibt immer eine Chance. Soviel zu irgendwelchen Wundern. Millhaus fördert die Rehabilitation, aber wir sind eine Besserungsanstalt, und wir haben strenge Regeln. Die goldene Regel hier heißt: Bei jedem Disput gewinnen wir, und ihr verliert. Eure Zelle ist eure Burg, eure Zellengenossen sind eure Familie. Unsere Leitworte sind *Sauberkeit* und *Respekt*. Und natürlich *Arbeit*, der wichtigste Pfeil in eurem Köcher. Diese Worte sind die Fasern in eurem *Seil der Hoffnung*. Ihr habt keine Rechte, keine offizielle Identität, aber ihr könnt euch selbst aus dieser Latrine herausziehen und so hoch klettern, wie ihr wollt. Marty Trammer, bitte vortreten.«

Ein Raunen geht durch die Reihen. Marty Trammer war mal ein unglaubliches Crunch-Talent, das Baby Ruth des Crunch. Und selbst hier auf der Millhaus-Bühne macht er eine gute Figur, hat immer noch seinen Gorilla-Gang drauf und reckt das Kinn vor wie den Bug einer Ebenholz-Yacht. Seine Haare sind wie immer auf Streichholzlänge gestutzt.

»Verdammt und zugenäht«, beginnt Trammer. »Vor zehn Jahren saß ich auch mal da, wo ihr jetzt sitzt. Und hat mir das gefallen? Nee, verdammt. Ich fühlte mich wie 'ne Filzlaus in 'ner Achselhöhle. Wahrscheinlich habt ihr alle meine blöde Geschichte gelesen. Ihr alle wißt, die Crunch-Regeln besagen, daß der *Aggres-*

sivitäts-Grad zum *Potential der Anfeuerung* in einem bestimmten Verhältnis stehen muß. Diese Scheißregel bedeutet, daß man ihn beliebig hoch- oder runterschrauben kann, je nachdem, wie begeisterungsfähig die örtlichen Zuschauer sind. Man sagt uns also ganz genau, ob wir Knochen nur verdrehen oder sie brechen dürfen. Und das alles gemäß dem I.T.B.H., dem Index der theophanischen Bürger-Harmonie. So heißt das universelle Maß für den öffentlichen Siedepunkt. Im Endeffekt läuft es auf Folgendes hinaus: Wir bekommen die Anweisung, ob wir uns die Klitoris gewaltsam nehmen dürfen oder die Pussy wie 'n Gentleman behandeln müssen. Der Witz ist, man weiß es vorher nie. Manchmal stellt man sich auf 'n Spiel so ein, daß man den Gegnern die Augäpfel ausreißen könnte, und dann kriegt man gesagt, nicht heute, heute müssen wir den Fans unsere Wertschätzung zeigen, und jeder Schmock im Stadion kriegt 'n Zierdeckchen und 'nen Teebeutel. Also benehmt euch nett da draußen, denn heute steht der Gewaltquotient bei lausigen Drei oder Vier. An 'nem anderen Tag kommst du ziemlich schlapp zum Spiel, und dann sagen sie dir, du sollst dem Gegner die Nasenflügel um die Nieren wickeln. Ich meine, so ist das Crunch-Spiel nun mal, und man bezahlt dich, damit du dich wie 'n Profi verhältst.

Aber verdammt und zugenäht, dem Marty Trammer hier ist die Sicherung durchgebrannt. Er hat alles geschmissen, hat das Vertrauen in ihn zerstört. Und dann hat er sich selbst in 'n Arsch gekniffen, hat sich mit so 'n paar Schlickfickern eingelassen, hat 'n paar Windeier gelegt, anstatt auf 'm Spielfeld 'ne Fotze zu rasieren. Sie haben mich geschnappt und mich in Geschenkpapier eingewickelt hier nach Millhaus verfrachtet – wie euch. Ich habe das, was ich bekommen habe, redlich verdient, darüber gibt's nix zu diskutieren. Ich habe genau wie ihr in meinem Stuhl gehangen, Wärter Slagle zugehört und *Scheiße gedacht.* Wie ihr jetzt. Liege ich damit falsch, oder habe ich recht? Aber jetzt gibt's nur noch den Blick nach vorn. Seht mich, wo ich heute bin. Ich bin 'n freier Mann. Mein Code wurde wieder instand gesetzt. Ich bin der Firmensprecher von *Meteor-Turnschuhen*. Ich habe 'ne Frau mit Titten so steil wie die Rocky Mountains und drei Gören, die mich Daddy nennen und es auch so meinen. Ich bin nicht nach Millhaus zurückgekommen, um hier zu stehen und euch 'nen Furz in den Kopf zu setzen. Wenn Marty Trammer es geschafft hat, könnt ihr es auch. Irgendwie beneide ich euch sogar, aber nicht zu sehr. Ihr habt alle Möglichkeiten vor euch. Strengt euch an und klettert am *Seil der Hoffnung* empor.«

»Danke, Marty«, ergreift Wärter Slagle wieder das Wort. »Auch für diese Erinnerung an deine große Zeit. Vielleicht versteht ja eines dieser Arschgesichter hier die Botschaft. Vielleicht. Ihr habt die Wahl: Ihr könnt entweder etwas Einsicht zeigen – oder weiter aus der Kloake saufen. *Sauberkeit, Respekt, Arbeit*. Dann werdet ihr vielleicht auch eines Tages hier auf der Bühne stehen und zur Belegschaft dieses Erholungsheims sprechen. Noch Fragen? Wen interessiert's auch schon? Wir stellen die Fragen, ihr dürft die Antworten geben. Und jetzt raus hier.«

Luzifer würgt, und ich sehe sein Gesicht blau anlaufen. Ich will ihm schon auf den Rücken klopfen, aber er hindert mich daran. Sein Gesicht verzerrt sich, wird dann wieder glatt wie zu Beginn. »Jetzt ist er im Depositenfach«, sagt er und tätschelt sich das Gedärm.

Ich habe keinen Quarz in mir, aber meine Därme verknoten sich. Für mich gibt es kein *Seil der Hoffnung*. Ich beiße mir auf die Zunge, bis sie blutet.

Bisher stellte ich mir das Gefängnis immer als einen Ort mit beneidenswert erweiterter Privatsphäre vor. Ich stellte mir vor, in stundenlanger Einsamkeit auf einer Matratze zu hocken, aus der die Sprungfedern hervorschauen. In meiner Phantasie gab es nur einen Eimer für die Notdurft und eine nackte Birne als Beleuchtung. Ich würde auf meinem Lager hin- und herschwanken wie eine leere Fruchthülle an einem toten Ast. Vielleicht würde man mir einen Bleistiftstummel und ein schmieriges Blatt geben, um meine Gedanken und Einsichten zu Papier zu bringen. Die Wände wären übersät mit eingeritzten Strichen – je einer für einen abgesessenen Tag. Mit Blut würden die Namen der Geliebten in die Wände geätzt sein. Und an einem solchen Ort würde ich aufblühen, um nach der Bedeutung meines Lebens zu angeln.

Statt dessen ist meine Unterkunft in Millhaus ziemlich komfortabel und bestimmt nicht sehr privat. Es gibt drei Feldbetten, und die Sanitäreinrichtungen sind hinter einem Schirm verborgen. Sogar ein TV-Gerät mit einer Fernbedienung ist vorhanden. Statt eines einzelnen Picasso-Auges ist die Beleuchtung indirekt und hell genug. Die Wände hat man in einem sanften Blau gestrichen und mit dem Millhaus-Bogenschützen verziert.

Ich teile meine Zelle mit zwei Insassen, Omar und Ishmael, die Code-Zwillinge sind. Ich habe über dieses Phänomen gelesen, aber bisher immer daran gezweifelt, weil mir noch nie ein solches Paar begegnet ist. Sie wurden zwar als Fremde geboren, erhielten aber durch irgendeine Funktionsstörung im Großen Muttercomputer identische Markierungen. Nach dem Gesetz müssen solch zufällige Doppelgänger von einer Ersatz-Familie aufgezogen werden.

Die einzige Gemeinsamkeit von Omar und Ishmael ist tatsächlich der Code auf ihrer Stirn. Omar ist klein, schlank und zerbrechlich. Ishmael ist sechs Fuß groß und betreibt Bodybuilding. Sie haben beide grundverschiedene Persönlichkeiten. Trotzdem sind sie unglaublich aufeinander fixiert. Wenn Ishmael einen Alptraum hat, wacht Omar schreiend auf. Ein stählernes Band verbindet die beiden, eine fraglos vorhandene starke Loyalität – und ihr gegeneinander gerichteter Zorn.

Als Neuankömmling beziehe ich das oberste Bett in dieser Dreifaltigkeit. An meinem ersten Abend in Millhaus lese ich eine von Homers Publikationen, den *Polyp Digest*. Als man Homer einmal erklärte, er müsse sich die Polypen herausnehmen lassen, stellte er im Geist sofort die Verbindung zu Millionen Menschen mit ähnlichen Polypen her, egal ob schon diagnostiziert oder erst wachsend. »Jeder Körper ist ein potentieller Polypen-Hain« – mit dieser Botschaft hatte Homer seine Leserschaft im Sack. Ich hatte nie eine Meinung zum *Polyp-Digest*, aber die Publikation war sofort ein Renner. Seitdem machte Homer sich häufig einen Spaß daraus, mich wegen meines Irrtums aufzuziehen und mir die Auflagenlisten unter die Nase zu halten. In der Zelle lag eine alte Ausgabe vom *Polyp Digest*, und so lese ich nun darin.

Omar steht hinter dem Schirm und uriniert. Ich nehme das Sprudeln nur als Hintergrund-Geräusch wahr, und mir ist nur dunkel bewußt, daß es schon fast fünfzehn Minuten anhält.

»Nun werd endlich mal fertig«, schreit Ishmael von dem mittleren Bett. »Wie soll ich denn bei so 'nem Wasserfall schlafen?«

»Ich kann meine Blase nicht steuern. Genauso wenig, wie man die Ebbe und Flut von Ereignissen steuern kann.«

»Dann setz 'nen Korken drauf. Ich warne dich.«

»Ich muß nun mal pinkeln, und das tue ich so lange, bis ich fertig bin.«

»Reiz mich nicht, Bruder.«

»Soll das eine Drohung sein?«

»Freunde«, lasse ich mich von meinem Platz dicht unter der Decke vernehmen, »Aufregung erhöht nur die Nierentätigkeit. Es gibt da einen Zusammenhang zwischen exzessivem Pinkeln und Nieren-Polypen.«

Omars Wasserfall stellt schlagartig sein Rauschen ein. Ishmael springt von seinem Bett herunter. Die Code-Zwillinge stecken die Köpfe zusammen.

»Ich habe eine Stimme gehört«, sagt Ishmael.

»Sie hat uns Ratschläge erteilt. Ungebetene Ratschläge«, fängt Omar den Ball auf.

»Ich las nur gerade von einem Fall ...«

»Sollen wir ihm die Ellbogen durchnagen?« fragte Ishmael.

»Nein, seinen Kehlkopfdeckel.«

»Es war nicht meine Absicht, einen Streit zu provozieren. Ich wollte nur aus einem Artikel zitieren, den ich gerade lese.«

»Nun mach mal deine Lauscher ganz weit auf und merk dir meine Worte. Mein Bruder und ich sind einmalig unter 76 Millionen Menschen – und so wollen wir auch behandelt werden. Das ist hier die Bibel. Omar mag zwar eine Eiterbeule sein, aber er ist *meine* Eiterbeule – *meine* Bürde. Du mußt uns schon gestatten, daß wir unsere Streitigkeiten austragen und ein Ventil für unsere Feindseligkeit suchen, oder du kriegst den ganzen Ärger ab. Wir sind eins.«

Die Brüder umarmen sich.

»Wir mußten sorgfältig gesäugt werden«, fährt Ishmael fort, »um selbst Verantwortung für unser identisches Verhalten übernehmen zu können. Uns wurde diese Aufgabe mit der Muttermilch eingeflößt.«

Die Lichter gehen mehrmals aus und an. Die Zwillinge steigen in ihre jeweiligen Betten.

»Was hat euch dann nach Millhaus gebracht?«

»Introspektion – Selbstbeobachtung«, antwortet Omar.

»Aber sag das mal einer Jury«, übernimmt Ishmael wieder das Reden. »Omar und ich haben unseren Status akzeptiert. Wir haben unsere ganze Jugend hindurch unsere geschwisterlichen Rivalitäten genau beobachtet. Trotzdem verbrachten wir wahnsinnig viel Zeit damit, über mögliche Unterscheidungsmerkmale zu spekulieren. Wir brauchten unbedingt ein paar abweichende Wesenszüge, um unsere jeweilige Identität zu finden.«

»Ishmael, dieser dämliche Schwanz, heckte einen großen Plan aus. Nach dem College, als wir bereit waren, uns die Welt zu erobern, kam er auf die glorreiche Idee, einer von uns solle so leben, als ob es Gott gäbe, der andere, als ob er nicht existiere. Da wir beide Ungläubige sind, warfen wir die sprichwörtliche Münze.«

»Omar wurde der Ungläubige, ich dagegen sehr religiös.«

»Während er betete, nahm ich auf der Suche nach Vergnügen und unmittelbarer Befriedigung die größten Risiken auf mich«, knurrt Omar. »Ich war sehr reich und wurde entsprechend respektiert. Ishmael dagegen lebte von der Unterstützung irgendeiner Sekte.«

»Um es kurz zu machen – es ließ sich nicht vermeiden, daß wir beschlossen, uns gegenseitig umzubringen. Omars bloße Existenz beschmutzte meinen Altar. Er war ein menschlicher Bulldozer ohne jeden Funken Anstand, und zudem total verweichlicht.«

»Und Ishmaels unnatürlich erweitertes Gewissen verursachte mir Magengeschwüre und Schlimmeres.«

»Unsere getrennten Wege führten uns schließlich doch wieder dorthin zurück, wo wir gestartet waren. An denselben Scheideweg. Es war klar, daß einer von uns den anderen töten mußte. Sie haben uns wegen versuchten Mordes drangekriegt.«

»Und euch in dieselbe Zelle gesperrt?«

»Wir konnten nicht getrennt voneinander leben. Es war ein Präzedenzfall. Er wurde gemeinsam verhandelt, nur das Urteil fiel unterschiedlich aus. Omar bekam zehn bis 15 Jahre, ich 25 Jahre bis lebenslänglich. Das Urteil ist rein akademisch, da wir die Zeit als Tandem absitzen müssen. Aber das Urteil war wenigstens fair.«

»Wieso war es fair?« ruft Omar. »Habe ich nicht ebenso versucht, dich umzubringen, wie du mich?«

»Dein Verteidiger sagte, mein Plan sei fünfmal so verabscheuenswürdig gewesen wie deiner. Ich wollte ihn in seiner Badewanne garkochen. Er versuchte, mir irgendein billiges Gift in den Salat zu mischen.«

»Leck mich doch!«

»Welch eine witzige Bemerkung. Was dagegen, wenn ich bei Gelegenheit darauf zurückkomme? Ist mein Bruder nicht eine Geistesleuchte?«

Und schon geht es wieder los.

Ich gehe mit meinen Gleichgestellten, imitiere das Millhaus- Schlurfen – Schlittschuhfahren ohne Kufen. Ein fülliger Wärter führt uns an wie eine Lokomotive, die eine giftige Ladung zieht. Er wirkt bemerkenswert gleichgültig gegenüber dem geballten, auf kleiner Flamme kochendem Wutpotential nur wenige Inches von seinen Arschbacken entfernt, gegenüber den Hunderten von Jahren Gefangenschaft, die in ordentlicher Reihe hinter ihm einherschlurfen. Er selbst lebt ja auch nur infolge der ewig gültigen Gleichung: Sträflinge brauchen Wärter, Wärter brauchen Sträflinge.

Luzifer ragt wie ein Mast weiter vorn aus der Reihe. Mein Vordermann bei diesem Morgengang ist ein mürrischer Winzling, ein Fettgesicht mit Hängebacken.

»Siehst du den Großen da vorn?« fragt er. »Diesen Dreifach-Verlierer?«

»Er heißt Luzifer.«

»Du kennst ihn? Bist du sein Freund?«

»Nicht ganz. Wir sind uns nur schon begegnet.«

»Er liegt in meiner Zelle. Ich schwör's bei Gott – vor nicht mal ganz zwei Stunden saß er noch auf der Kloschüssel und schrie und jammerte, als würde er sterben. Ich dachte, er hätte Hämorrhoiden, aber nein, weit gefehlt. Er legte so 'ne Art Ei, das er dann aus der Schüssel fischte. Ekelhaft, sage ich dir.«

»Ich bezweifle, daß es ein Ei war.«

»Es war 'n Ei. Ich hab's selbst gesehen. Er versucht wohl, es im Wanst auszubrüten. Typen trifft man hier, sag ich dir!«

»Schnauze«, empfiehlt der Wärter.

»Was es auch sein mag, ich habe nicht vor, in der Nähe zu sein, wenn die Eischale zerbricht«, flüstert mein Leidensgenosse.

Vor einer Tür mit dem Schild Die Bibliothek bleiben wir stehen. Es ist die ideale Mission für mich. Ich hatte mir schon gedacht, daß ich wieder an einem Fließband stehen und Teller in Lizenz anfertigen soll. In einer anderen Tellerfabrik. Der Wärter drückt auf einen Knopf, und eine Tür gleitet beiseite. Als wir nacheinander eintreten, werde ich zur Seite gezogen.

»Was soll das?« frage ich. »Ich bin mit Sicherheit für Die Bibliothek qualifiziert. Ich habe die Einstufung …«

Die Tür gleitet zu.

»Du bist ein Glückspilz.«

»Und das bedeutet?«

»Spezial-Abteilung.«

»Darum habe ich nie gebeten …«

»Ich weiß nur, ich soll dich zu denen runterbringen, die die koschere Kost kriegen.«

»Dies ist ein Gefängnis. Ich bin hier, um bestraft zu werde.«

»Nun beweg dich schon, sonst verliere ich allen Respekt vor dir.«

Wir betreten einen Gang, der mich an den Lieferanteneingang der Hamish Farm erinnert. Ich erschauere.

»Wohin bringen Sie mich?«

»Entspann dich. Es wird dir gefallen.«

Der Gang endet vor einer Rundtür. Wieder einige Piepser des Sicherheitsschlosses, dann öffnet sich diese Tür zu einem herrlich gestalteten Garten, der perfekt um einen Springbrunnen herum angelegt ist. Aus den Brustwarzen grüner Nymphen sprudeln Wasserfontänen. Hinter den Nymphen erstrecken sich ein Areal mit Tennisplätzen und ein Schwimmbecken von olympischen Ausmaßen. Hinter dem Becken dehnt sich ein üppiggrüner Golfplatz bis zum Horizont. Das Clubhaus wird von einer Anzahl hübscher Bungalows eingerahmt. Rechts davon auf der großen Sonnenterrasse ist ein Mann ganz in Weiß gerade dabei, die große Tafel einzudecken.

»Das ist Malcolm«, sagt der Wärter. »Tu alles, was er sagt. Und fick nicht mit ihm. Er ist unberechenbar, wenn er spritzt. Versuch zurechtzukommen, und das Leben hier ist eine Schüssel voller Kirschen.«

Er bringt mich zur Begrüßung zu dem weißen Anzug. Malcolm hat in etwa mein Alter und meine Statur und sieht aus wie ein Garten-Flamingo, dessen Rosa fahl geworden ist. Es ist schwer, seine Haut von seinem Anzug zu unterscheiden. Er plaziert gerade das Silberbesteck neben die Porzellanteller.

»Dein neues Blumenmädchen«, sagt der Wärter. »Er sagt, er will keine Sonderbehandlung.«

»Diese Einstellung gefällt mir«, murmelt Malcolm. »Man nennt dich also Suppe.«

»Das bin ich … äh … war ich.«

»Nimm den Code-Balken nicht zu ernst. Du bist derselbe Haufen Kacke, der du früher warst. Wie auch immer, der Zufall ist hier gewissermaßen unser Arbeitgeber.«

»Ich lasse euch Schwule jetzt allein«, brummt der Wärter.

»Eines Tages sauge ich ihm das Blut aus dem Hals«, knurrt Malcolm. »Sei es, wie es ist – du findest deine Uniform in dem Zimmer neben meiner Küche. Und vergiß die Handschuhe nicht. Sie kommen gegen zehn zum Frühstück.«

Im hinteren Ende der Terrasse entdecke ich eine Küche, bei der Trina das Wasser im Mund zusammenlaufen würde. Ich finde den Umkleideraum, der gleichzeitig als Speisekammer dient. Vom Boden bis zur Decke stapeln sich in den Regalen Konserven von Hero, Tiptree, Cross & Blackwell, Dosen mit Gewürzen, Kanister mit Speiseöl, Kaffeebohnen in Dosen, Flaschen mit Tafelwasser aus Frankreich, Italien und Finnland. In einem prall gefüllten Weinkühler liegen die Flaschen wie Babies an der Brust einer Amme. Meine Uniform ist eine perfekte Kopie von Malcolms Uniform und sitzt ebenso perfekt. Ich mustere mein Spiegelbild auf einem großen blankgescheuerten Kessel. Durch die Rundung des Spiegels aus rostfreiem Stahl in die Breite verzerrt, habe ich Ähnlichkeit mit einem überaus adretten Gnom. Die makellosen Handschuhe stecken in der Jackentasche. Auch sie passen wie angegossen.

»Schmuck«, sagt Malcolm, als ich hinaustrete. »Heute wirst du etwas einfacher anfangen. Arrangiere als erstes die Blumen. Hier sind die Vasen., dort die Blumen. Mische nicht die Anemonen mit den Hortensien. Halte dich mit Bemerkungen zurück. Unsere Gäste sind Politiker, Banker, Industrielle, Pharmazeuten. *Sie kennen sich aus.* Stell eine Vase vor jeden fünften Stuhl. Beim Servieren gebe ich dir Instruktionen. Folge meinem Beispiel. Und sollte man dich ansprechen, nenne diese Einrichtung niemals Millhaus. Es ist hart genug für diese Leute, ihre Einkerkerung zu ertragen. Sollten dir zufällig einige unserer Gäste persönlich oder aufgrund ihrer Berühmtheit bekannt sein, darfst du das nie erwähnen. Selbst wenn sie für dich Helden sind, halte deine Verehrung im Zaum. Bitte nie um ein Autogramm auf der Serviette oder Ähnliches. Und was du hörst, mußt du sofort wieder vergessen – Gespräche etwa über Fusionen, Beteiligungen, Coups etcetera. Man hat sich hier an nichts zu erinnern, nichts darf wiederholt werden, selbst von mir nicht. Ich muß dir hoffentlich nicht klarmachen, daß dies hier die begehrteste Arbeit in unserer Anstalt ist? Du mußt es dir verdienen, hier sein zu dürfen. Und halte dir immer vor Augen, daß es dein Sprungbrett zur Umwandlung sein könnte, wenn einer unserer speziellen Zuneigung zu dir faßt.«

Ich höre ein blubberndes Geräusch und schaue zum Pool hinüber, aus dem Lavendel-Schwaden aufsteigen.

»Der Pool scheint zu kochen«, sage ich.

»Siehst du das Ruder, das dort drüben am Zaun lehnt? Hol es dir und rühre das Wasser um.«

»Was ist mit den Blumen?«

»Um die Blumen kümmere ich mich schon.«

Ich hole das Ruder. Das Blubbern wird intensiver. Beim Blick in den Pool sehe ich brackige Blasen aufsteigen und beim Platzen schmierigen Matsch auf den gefliesten Beckenrand spritzen. Darüber liegt wie eine Wolke ein schwerer organischer Geruch.

»Du mußt schon etwas kräftiger rühren«, ruft Malcolm zu mir herüber.

Ich tauche das Ruder in den blubbernden Tümpel. Die Wellen, die ich verursache, brechen und verschwinden in der Lavabrühe. Ich sehe eine Libelle zur Wasseroberfläche herabstoßen und sich in Dampf verwandeln. Schaumspritzer versuchen am Schaft des Ruders emporzuklettern.

Eine Glocke ertönt.

»Hör auf damit und komm her«, ruft Malcom.

Punkt zehn beginnt der Einmarsch der privilegierten Insassen. Draußen vor ihren Bungalows formieren sie sich zu einer Prozession und intonieren wie Mönche einen Sprechgesang. Mun, mun, mun, dow, dow, dow. Nur, daß diese Mönche wie zum Spielen gekleidet sind: Shorts und T-Shirts, Turnschuhe und Sonnenbrillen. Sie haben ihre Spielutensilien bei sich: Tennisschläger, Schlaghölzer, Golfschläger, Krockethämmer, Basketbälle.

Ihr Weg ist vorgeschrieben. Als sie den Pool erreichen, teilt sich die Parade mit einer Zangenbewegung in zwei Reihen. Vor dem Pool verharren die Speziellen einen Moment in Schweigen. Dann ziehen sie die Reißverschlüsse auf, drehen sich in perfekter Synchronbewegung herum, hocken sich hin und entleeren ihre Därme. Der Pool dankt es ihnen mit einem Schwall anerkennender Gluckser. Die Spezis stehen wieder auf, ziehen die Shorts hoch, treten zurück in die Reihe, wenden sich nach links und setzen ihren Weg zur Frühstückstafel fort.

Als sie näher kommen, sehe ich sonnengebräunte, gesunde, gutgelaunte Gesichter. In dem Augenblick, in dem sie Platz nehmen, verwandeln sie sich wieder in Individuen mit herzhaftem Appetit, die fröhlich nach den Karaffen mit Orangensaft und den Kannen mit dampfendem Kaffee greifen. Malcolm winkt mich in die Küche, wo wir Wurst, Schinken, Speck, Pfannkuchen, Waffeln, Eier und Müsli zubereiten.

Während ich den Toast röste, sage ich: »Ist die Frage gestattet, was es mit dem Pool auf sich hat?«

»Der Ursprung des Lebens«, sagt Malcolm und mischt mit einem Schneebesen Milch in die Rühreier. »Der Pool ist ihr Aquarium, ihr Hobby. Sie versuchen die Konditionen nachzustellen, aus denen sie entstanden sind, aus denen wir alle entstanden sind. Sie hoffen darauf, daß irgendwann einmal eine Kaulquappe oder eine Eidechse daraus hervorkriecht, Luft atmet und ihre Evolution in Angriff nimmt. Sie versuchen, Adam und Eva nachzubauen.«

»Mit welchem Ziel?«

»Aus reinem Pragmatismus. Ein Einblick in den Garten Eden würde exzellente Auswirkungen auf die Dynamik des Marketings haben, denn Marketing ist ihre Religion. Es ist, als sähe man verkehrt durch ein Teleskop. Besser noch durch ein Mikroskop. Außerdem wäre da noch ein zusätzlicher Nutzen. Sie alle sind sehr besorgt darüber, daß sie Produkte und Dienstleistungen für einen hochgradig verseuchten Planeten herstellen. Trotz ihrer Indiskretionen sind sie doch eine Gruppe verantwortungsbewußter Menschen.«

»Verantwortungsbewußt? Ich habe mindestens einen Mann erkannt, der verurteilt wurde, weil er atomaren Müll in einen Bade-See entsorgte, in dem Waisenkinder zu schwimmen pflegten.«

»Ihre Natur verlangt von ihnen, daß sie sich gegen das Rasiermesser des Gesetzes auflehnen. Gesetze sind Beschränkungen, Zwangsjacken. Bei denen da draußen handelt es sich durch die Bank um schöpferische, begnadete Leute. Es ist immer nur die Bestie im Menschen, die Chancen erkennt und nutzt. Werden sie bei einem eklatanten Exzeß geschnappt, müssen unsere Richter sie leider verurteilen. Dann kommen sie eben zur Erholung eine Weile hierher. Schließlich wurde Millhaus auch von ihren Steuern errichtet, und wir sind für sie so eine Art Timesharing-Ferienwohnheim. Ich sage dir, Suppe, es ist ein Vergnügen, sie zu verköstigen.«

Das Essen, das wir auftragen, wird schmatzend verschlungen. Zwischen den einzelnen Gängen fällt mir eine Art gemeinschaftlicher Vampirismus ins Auge. Die Speisenden nagen aneinander und saugen Blut.

Als wir in die Küche zurückgehen, befrage ich Malcolm darüber.

»Ein kleiner Scherz, eine Art Liebesspiel, mehr oder weniger. Sie wissen, sie sind vom gleichen Schlag und müssen einer den anderen nähren, um zu überleben. Es ist eben ihre Version des Sündenfalls. Ein Vampir ist eine Art Jesus Interruptus: ewiges Leben, aber ohne die Aussicht auf die Auferstehung. Unsere Speziellen sind alle sehr religiöse Leute. Sie wissen, daß Tod und Neubesetzung ihrer Posten unausweichlich sind und akzeptieren sie auf lange Sicht als etwas Gutes für das Geschäft. Aber keiner von ihnen will sterben. Es ist eine Ironie des Schicksals, daß sie sterbliche Götter sind. So spielen sie eben herum, um ihre Furcht zu lindern, und machen sich eine schöne Zeit. Vielleicht sind sie nicht unschuldig, aber trotzdem Unschuldige.« Malcolm beißt mich kameradschaftlich in die Schulter. Ich muß feststellen, daß er mit Sicherheit niemals einer Gewerkschaft beitreten wird.

Zum Nachtisch servieren wir Gebäck, aber die meisten Spezis mampfen schon die Blumen. Sie zerkauen die Blüten und spucken die Blätter und Stengel aus. Malcolm kehrt sie mit einem Handfeger auf eine Schaufel und kippt sie in einen Kristalleimer, dessen Inhalt wahrscheinlich für den Pool bestimmt ist. Dann kommt das abschließende Ritual. Mir wird eine Baccarat-Karaffe, ein Schöpflöffel und ein Trichter in die Hand gedrückt. Wir gehen zum Pool, und Malcolm gibt mir Instruktionen, wie ich die Oberfläche abschöpfen und den dampfenden Schlamm sauber in die Karaffe abfüllen soll. Am Tisch wird der Schlamm in langstielige Gläser gegossen.

»Ausgezeichnete Bedienung, Malcolm«, sagt ein robuster Gentleman mit volltönender Stimme. »Und ein herzliches Willkommen auch an deinen neuen Assistenten. Schenk dir ein Glas ein, gib dem Jungen auch eins. Seid nicht zu zaghaft – und dann wollen wir anstoßen.«

Man reicht mir ein Glas. Das Lob macht Malcolm verlegen. Er beugt sich vor, um unsere Gläser aus der Karaffe zu füllen. Dann stoßen wir miteinander an.

»Mag dies der Tag sein«, sagt der Toastausbringer.

Sie trinken.

»Schluck das!« zischt Malcolm.

»Dann werde ich kotzen.«

»Ganz sicher sogar.«

Mehrere Gentlemen springen vom Tisch auf, um alles, was sie gerade zu sich genommen haben, in den Pool zu würgen. Ich lasse mein Glas fallen. Es zerbricht mit lautem Klirren und hinterläßt eine braune Pfütze. Am Tisch ist ungläubiges Keuchen zu hören.

»Verzeiht«, sagt Malcolm. Sein Gesicht ist bleicher als sein Anzug. »Seine Referenzen sind tadellos. Ich habe das nicht wissen können. Es gab keinen Grund anzunehmen … Gentlemen, ich bitte Sie um Gnade.«

»Die meisten Kriminellen sind Narzisten. Selbstgeißelung ist ein Teil dieses Narzismus. Du hast dich selbst ins Knie gefickt«, sagt mein Wärter.

»Das trifft es genau. Sie haben einen scharfen Verstand in Ihrem drahtigen Körper.«

Ein stumpfer Verstand steckt in dem saft- und kraftlosen Körper des Wärters.

»Dein Typus fasziniert mich. Ich führe eine Liste über das Rückfall-Verhalten von Gefangenen. Dir ist sicher schon mein D+ aufgefallen, der mich zum Zivildienst bis zur Position eines Vizewärters befähigt.«

»Ich bewundere Ihren Unternehmungsgeist.«

Wir sind auf dem Weg zur Die Bibliothek, in die

man mich zurückversetzt hat. Da Omar und Ishmael sich die ganze Nacht darüber gestritten hatten, in welche Richtung der Nordstern wandert (da Norden eine willkürlich eingesetzter Richtungsbegriff ist, könnte der Nordstern ebenso nach Süden, Osten oder Westen wandern), habe ich nur wenig Schlaf bekommen.

Die Müdigkeit macht mich umgänglicher, nachgiebiger.

»Warum hast du die Sache geschmissen?«

»Ich bin hergekommen, um Steine zu klopfen, nicht, um bei Tisch zu bedienen. Außerdem ist diese ganze Spezi-Abteilung obszön. Nicht, daß ich gottgefälliger wäre als Sie. Aber wenn unser Justizsystem schon suspekt ist, dann ist auch unser gesamtes Gesellschaftsystem auf Marschland gebaut.«

»Glaubst du denn, der Durchschnittsbürger würde was drum geben, ob die politischen Führer trotz der schwarzen Flecken auf ihrer Weste nach außen Würde bewahren oder nicht? Das Konzept einer nach oben orientierten Mobilität ist ebenso wichtig wie jedes Justizsystem.«

»Wie auch immer, ich gehöre in Die Bibliothek. Ich bin in einer Familie von Lesern aufgewachsen.«

»Du kannst nicht immer deine Eltern für alles verantwortlich machen.«

»Wie wahr. Vielen Dank, daß Sie mich daran erinnert haben.«

»Da wären wir. Geh zu Mustaf Asheed. Er erwartet dich schon.«

Das Wort ist der Anfang.

Als ich Die Bibliothek betrete, stelle ich fest, wie sehr ich mich hierher wünsche, zwischen die Regale mit den alphabetisch geordneten Wälzern, in das Knistern der Seiten beim Umschlagen, in diesen Geruch nach Papier, Buckram, eingeöltem Holz und Leder.

Statt dessen schnuppere ich schmelzendes Gummi. Ein stechender Geruch. In zwei riesigen Bottichen kocht eine viskose Flüssigkeit. Die Bottiche entleeren ihren Inhalt in einen Laufkanal, der zu einem Gerät führt, das wie ein massiger Duschkopf aussieht. Unter der Dusche rotiert ein großes Rad voller Stacheln. Die Stacheln sind tatsächlich penisförmige Ruten. Sobald sie durch die viskose Dusche gewandert sind, lösen die Penisse sich von dem Rad und fallen in ein Wasserbad, während andere Penisse ihre Stelle einnehmen. Nach dem Kühlvorgang ziehen Insassen die kleinen Gummitütchen von den Schäften und rollen sie zu flachen Pfannkuchen zusammen. Auf einen Fließband wandern diese in die Packerei, wo Tausende von kleinen Schachteln auf sie warten. Die Schachteln sind mit einem beliebten Norman Cradle-Motiv, mit *Das Versprechen,* bedruckt. Es zeigt ein Liebespaar in dem Augenblick, in dem er ihr einen Heiratsantrag macht und sie ihn annimmt. Nachdem die Schachteln gefüllt sind, werden sie in Kartons verpackt und in den Gängen mit den Schildern ›Drama‹, ›Literatur‹, ›Dichtung‹, ›Regierung‹, ›Politik‹, ›Wissenschaft‹, ›Wirtschaft‹, ›Kunst‹ usw. gestapelt.

Ich finde Mustaf Asheed bei einer Zählung in Neues und Erwähnenswertes. Er kommt mir irgendwie bekannt vor, aber ich weiß nicht woher.

»Ich soll mich bei dir melden. Ich bin der neue Kurator.«

»Schön. Wir setzen dich erst mal beim Testen ein. Aus jedem Stapel nehmen wir 'n paar raus und quälen sie 'n bißchen. Komm mit.«

Er zeigt mir zwei Maschinen. Eine bläst die Gummitütchen mit Luft auf, bis sie zu Ballonen anschwillen und schließlich platzen. Die andere pumpt sie voll Wasser, bis sie explodieren. Meßgeräte signalisieren die Haltbarkeitsgrenze.

»Hier muß ein Irrtum vorliegen.«

»Du hast doch in Die Bibliothek gewollt. Was meckerst du dann?«

»Ich habe eine Bibliothek erwartet.«

»Das hier war mal 'ne Bibliothek. Wurde aufgegeben. Jetzt machen wir hier Kondome. Im Moment ist grad Hochsaison fürs Penetrieren. Wir können also nicht 'n ganzen Tag hier rumstehen und quatschen.«

»Es gibt Stoßzeiten für Kondome?«

»Selbst für Mallormars gibt's 'ne Saison.«

»Woher weißt du das? Nicht viele ...«

»Du rassistischer Bastard. Nur weil ich 'n arabisches Gesicht habe, hältst du mich wohl für minderwertig. Jeder Kameltreiber kennt das Sprichwort ›Mallomars Hat Saison‹.«

»Ich kenne dich. Aber woher?«

»Aus deinem schlimmsten Alptraum.«

»Ach ja, der Everest. Die Hoffenstein-Statue. Du warst einer der Terroristen ...«

»Du hast mich im Fernsehen gesehen? Im Nasenloch?«

»Ja. Du warst das.«

»Wer sonst würde so was schon wagen?«

»Ich würde über diese Sache gern mit dir reden. Ich hätte dazu eine Menge Fragen. Vielleicht können wir zusammen zu Mittag essen?«

»Beim Loch deiner Schwester.«

Eine Glocke ertönt. Aus einem der Testgummis sprüht schon lange vor der üblichen Belastungsgrenze Wasser.

»Nothalt. Posten G 986-Y defekt«, sagt eine Roboterstimme.

»Ignorieren. Abweichung minimal. Passieren lassen, packen, versenden. Kontrollaufhebung 2247 VZ«, ruft Mustaf in ein Mikrophon. »Du elektronischer Mutterficker mit einem blutenden Herzen.«

»Entschuldigung, aber was ist die korrekte Vorgehensweise, wenn das Testgerät einen Fehler in der Dehnbarkeit des Produkts feststellt und einen Alarm auslöst?«

»Halt die andere Backe hin. Die Mösen singen, die Schwänze schwingen, die Kassen klingen. Bist du für mich oder gegen mich?«

»Ich denke, ich werde hier meinen Beitrag leisten können.«

»Dann leiste gefälligst. Das hier ist eine zentrale Einnahmequelle für Millhaus. Und wir haben hier Vergünstigungen. Besseres Essen, Zigaretten. Die besten Arbeiter dürfen an Thanksgiving bumsen. Und man respektiert uns. Überall, wo es steife Schwänze gibt, hat man Vertrauen zu *Das Versprechen*. Sogar die Sherpas benutzen sie. Wir müssen uns dieses Vertrauen verdienen.«

Ich habe wieder etwas über Produktionsquoten und das gelegentliche Abrunden von Ecken und Kanten gelernt. Der Qualitätsgrundsatz ist gegeben, der Mann meint es gut. Er tut sein Bestes.

»Ich stelle mich der Verantwortung, die ein solches Vertrauen rechtfertigt«, sage ich.

Mit ernster Miene schütteln wir uns die Hand.

Aufgeilende Bilder aus verbotenen Büchern stören meinen Schlaf. Es sind weniger die Bilder, die mich wecken, sondern Geräusche. Stöhnen, Grunzen, Keuchen, Heulen, Lachen, das Winseln des Windes.

Träume steigen über Millhaus auf wie Nebel und werden von ihrer eigenen organischen Musik begleitet.

Zwei Ränge unter mir liegen Ishmael und Omar in identischer Krummlage auf ihren Kojen und atmen in völliger Harmonie. Wenn Omar einen Arm über die Bettkante hängen läßt, folgt Ishmael seinem Beispiel, ehe sie beide das gleiche Bein bewegen.

Ich liege wach und denke über die Arbeit nach. Zuerst die Tellerwerke, jetzt Die Bibliothek. Irgendwie mag ich den Gummi mehr als die Teller. Da draußen gibt es heute nacht bestimmt einen Verbraucher, der mit einem meiner Kondome Unzucht treiben und anschließend auf einem Cradle-Teller mit Zertifikat frühstücken wird. Lächelnd wünsche ich ihm alles Gute.

Warum stecken mich die höheren Kräfte immer in Stellen mit Beurteilungskriterien? Warum werde ich dazu auserkoren, Schiedsrichter zwischen Produkt und Benutzer zu sein? Vermutlich ist das ein Überrest meines A+-Codes, der das Schicksal in dieser Richtung beeinflußt. Früher einmal habe ich diese Rolle genossen. Jetzt wäre ich lieber eine Person, die mit den üblichen Fehlern behaftet ist. Ich habe einen guten Teil meines Ego und vielleicht sogar ein bißchen von meinem Ersatz-Selbstvertrauen verloren. Dafür habe ich an Bescheidenheit und Demut gewonnen.

Trotzdem kämpfe ich gegen den Schlaf. Ich will mich nicht in den Chor der nächtlichen Geräusche eingliedern. Ist es, weil meine eigenen Geräusche nicht mit dem Gemurmel von Kettensägen- Mördern mithalten können, oder ist meine Schlaflosigkeit elitär? Meine Geräusche sind doch meine Angelegenheit. Ich klammere mich an mein bißchen Privatsphäre.

»Mein, mein ist sie«, schreit Omar im Schlaf, fährt hoch und rammt seinen Kopf gegen die Unterseite meiner Koje.

»Mein«, ruft Ishmael mit belegter Stimme und rammt seinen Kopf gegen Omars Bett.

Die Zwillinge springen aus den Kojen und stehen sich im Morgengrauen wie zwei Kampfhähne gegenüber. Sie haben von derselben Frau geträumt.

»Sie liebt mich«, zischt Omar. »Alles an mir. Sie liebt sogar die Haare an meinen Eiern.«

»Hat sie dir so was gesagt?« fragt Ishmael. »Das bezweifle ich. Dich haßt sie. Mich liebt sie.«

»Dich haßt sie. Das hat sie mir mit ihrem Mösensaft auf meinen Rücken geschrieben«, behauptet Omar.

»Und auf mein Bein schrieb sie, daß sie dich haßt.«

»Gentlemen, es ist durchaus im Bereich des Möglichen, daß eine Frau gleichzeitig zwei Männer liebt, im sprichwörtlichen wie auch im übertragenen Sinn«, lasse ich mich vernehmen.

»Wie kommt er immer zu solchen Lügen?« fragt Ishmael.

»Das sind Fakten«, sage ich mit Autorität in der Stimme. »Gewisse Frauen sind von der Natur mit immensen Reserven gefühlsmäßiger Großzügigkeit beschenkt worden. Und diese Frauen müssen sich zwischen verschiedenen Männern aufteilen, weil ein einzelner Mann solche Leidenschaft nicht unter Kontrolle halten kann.«

»Diese Hure«, schreit Omar.

»Dieses elende Miststück«, pflichtet Ishmael ihm bei. »Ich wußte doch, daß irgendwas mit ihr nicht stimmt.«

»Hat sie deins geschluckt?«

»Nein, wo denkst du hin? Sie hat es ausgespuckt.«

Die Zwillinge gähnen gemeinsam und steigen wieder in ihre Kojen.

Ich schließe die Augen und versuche den Schlaf herbeizuzwingen. Trina hat mein Sperma auch nie geschluckt. Könnten die beiden von meiner Frau geträumt haben? Ich gebe ein Jaulen von mir. Mein Geräusch springt wie ein Tennisball im Gefängnis herum und kommt rollend an einer fernen Mauer zum Stillstand. Aber nicht, ehe mir mit einem Bellen, Pfeifen, Schnauben geantwortet wurde.

Ich bin Teil dieser ewigen Konversation.

Die Ruhe und Entspannung im Gefängnishof bringen mich in den Kindergarten zurück. In institutionalisierter Glückseligkeit tollen wir herum. Ich habe das Gefühl, daß meine Mutter mich in wenigen Stunden abholen kommt und mich zu Keksen und Milch nach Hause bringt.

Wie im Kindergarten spielen wir auch hier getrennt, wenn wir miteinander spielen. Luzifer unterhält sich mit seinem Kristall, flüstert ihm etwas zu und wartet gespannt auf die Antwort. Die Zwillinge spielen Basketball. Man hat sie in verschiedene Teams gesteckt, so daß sie sich gegenseitig ausschalten. Mein Chef Mustaf spielt Fußball. Es ist schwer zu glauben, daß das derselbe Mann ist, der Hoffensteins Nase gebrochen hat. Im Millhaus-Hof ist er nur ein Schuljunge wie die anderen auch. Sitzwilligere Insassen spielen Schach oder Dame. Sie hängen über ihren Brettern wie verdrießliche Wasserspeier. In ihrer Nähe trainieren Bodybuilder für geheime Ziele. Sie kämpfen mit enormen Gewichten, prusten und schnauben wie Schlepper auf private Horizonte zu. Zu meinem Erstaunen entdecke ich Malcolm in dieser Gruppe. Doch seine Hanteln sind bescheidener – Auberginen aus Metall für Anfänger. In jeder Hand hält er eine und pumpt die Arme auf und nieder.

»Malcolm, ich wollte schon lange mit dir reden.«

»Wir haben nichts miteinander zu bereden. Du hast mich in eine beschissene Situation gebracht. Ich habe meinen Posten verloren.«

»Genau das ist der Punkt. Wieso haben sie dir die Schuld für mein Verhalten gegeben?«

»Der Schwarze Peter bleibt immer bei mir hängen. Solltest du um eine zweite Chance bitten wollen – vergiß es.«

»Nein, das ist es nicht. Ich mag meine Arbeit in Die Bibliothek. Aber wie kommst du hierher? Ich habe dich noch nie beim Hofgang gesehen.«

»Und wirst mich hoffentlich auch nie wieder hier sehen. Wir wurden hierherzitiert. Alle außer den Spezis.«

»Natürlich, die Speziellen.«

»Du bist ein Zyniker. Lebenslängliche sollten sich ein toleranteres Verhalten angewöhnen. Nimm die Hanteln und versuch damit, einiges von dem Gift loszuwerden, das in dir steckt.«

Malcolm reicht mir die zwei Fünfpfünder. Er versucht sich an einer schwereren Herausforderung, kommt aber mit der Stange kaum bis zum Knie. Luzifer beginnt auf einer Harmonika zu spielen. Ein anderer Insasse zaubert von irgendwoher eine Gitarre herbei. Ein hünenhafter Mann namens Jlub, der in Die Bibliothek Latex anrührt, singt in seinem tiefen Baß:

Die Kapelle war randvoll
Meine Hand berührte deinen Handschuh,
Dann hast du bei unserer Hochzeit geniest,
Und unsere Liebe befeuchtet …

Schlagartig erlischt jegliche Aktivität. Wärter Slagle betritt den Hof in Begleitung einer Frau. Ihnen folgen mehrere Zivilisten und drei Beamte. Die Wachen auf den Türmen gehen in Stellung, legen Gewehre und Laser an.

»Wer ist sie?« fragt Malcolm. »Dieses Gesicht …«

»Sonia Kay, die Schlitzfotze aus dem Fernsehen«, knurrt einer der Schachspieler.

»Großer Schlitz, berühmter Schlitz. Kein Wunder, daß mir die Fotze bekannt vorkam«, brummt Malcolm ganz gegen seine vornehme Art.

»Warum benutzt ihr solche Schimpfworte«, frage ich. »Sonia Kay ist eine fähige Nachrichtensprecherin, eine Empfehlung für ihren Berufsstand.«

»Ich hatte mich vergessen«, entschuldigt sich Malcolm.

Sonia Kay löst sich aus der Gruppe und spaziert allein auf dem Hof herum. Das erfordert einigen Mut.

»Ihr werdet eure Aktivitäten sofort wieder aufnehmen«, tönt es aus der Lautsprecheranlage. Die Spiele gehen weiter, aber diesmal mit mehr Elan. Luzifers Harmonika legt um einige Dezibel zu, die Gitarre schrammt Riffs und Bässe. Jlub wechselt von seinem klagenden Country-Song zu einem schnellen Rap:

Sie sagen, ich beging ein schweres Verbrechen,
Sie sagen, ich hätte meine Zeit abzusitzen,
Sie sagen, ich hätte die Rechnung zu bezahlen,
Weil ich Jack alle gemacht und
Jill in den Hintern gefickt habe –
Oben auf dem Hügel,
Oben auf dem Hügel …

Die Athleten sind überhitzt. Mustaf hämmert den Kopf gegen einen Torpfosten. Die Zwillinge prallen unter dem Korb gegeneinander. Sonia Kay registriert alles im Vorübergehen und macht sich auf einem Block Notizen. Sie zeigt mit dem Finger, und eine Videokamera folgt ihrem Zeichen.

Als sie zu uns kommt, schmettert Malcolm Namen sowie Gefangenennummer und streckt ihr die Hand hin. Tatsächlich schüttelt sie sie.

»Es wird Sie vielleicht interessieren«, sagt er, »daß es jenseits dieser Mauer dort noch ein anderes Millhaus gibt. Sollten Sie eine richtige Dokumentation über das Leben in Gefangenschaft drehen wollen …«

»Sie meinen die Spezis? Da darf ich nicht dran rühren. Wer ist Ihr Freund hier?«

»Ich?« frage ich.

»Sie, ja. Aus welchem Grund vertreten Sie sich hier die Beine? Ist das so lustig?«

Dann scannt sie meinen Code.

»Ausgezeichnet«, sagt sie, macht sich eine Notiz und zeigt mit dem Finger. Die Kamera hat mich voll im Bild.

Die Wände von Al Porcenes Büro dokumentieren seine Triumphe. Er ist mit vielen Berühmtheiten abgelichtet.

Auch einige gerahmte Umschlagseiten aus Magazinen hängen dort, die Stories über die Millhaus-Besserungsanstalt als Amerikas beste Adresse unter allen Gefängnissen ankündigen. Einige Pokale ergänzen die Trophäensammlung, aber ich kann ihre Inschriften nicht entziffern.

Code-C-Porcene grinst mich an. Er trägt eine getönte Brille, und ich frage mich, ob seine Pupillen durch die vielen Blitzlichter Schaden genommen haben könnten. Über der Brille sind ein paar dünne Haarsträhnen quer über den Kahlkopf gelegt. Weißes Hemd, türkisch gemusterte Krawatte, die Ärmel hochgerollt, die Ellbogen auf die Schreibtischplatte gestemmt, das Kinn in die Hände gestützt – so sitzt er vor mir.

»Du kannst mich Al nennen.«

»Nennen Sie mich Jim.«

»Wie du sicher schon vermutet hast, liegt die PR-Arbeit für Millhaus in meinen Händen. Wo wir den menschlichen Abfall unter einem Balken bunkern. Wo wir das *Seil der Hoffnung* baumeln lassen.«

Mit den Fingern drückt er an einem Pickel herum.

»Das ist mir bekannt.«

»Mein Job ist nicht gerade kosmetischer Natur. Ich arbeite wie ein Pferd. Öffentlichkeitsarbeit bringt uns den Wohlstand, der kleine Extras erlaubt.«

»Ein wenig mehr Strenge wäre hier sicher angebracht.«

»Nicht gerade eine populäre Einstellung, Jim.«

»Warum bin ich hier?«

»Ungeduldig?«

»Nur neugierig. Außerdem stehen wir in Die Bibliothek im Moment ziemlich unter Dampf.«

»Der 1. Mai ist da, hurra! Im Freien vögeln wird jetzt wahr!«*

»So ähnlich, ja.«

»Kommen wir also zur Sache. Du wirst national im Fernsehen auftreten. Es ist zwar nur eine öffentliche Übertragung, aber trotzdem gut fürs Image.«

»Nein.«

»Laß mich ausreden. Sonia Kay dreht ein Feature über uns. Sie hat dich zu einem ihrer Stars auserkoren. Diese Show ist wichtig für Millhaus. Wärter Slagles Vertrag läuft bald aus und muß erneuert werden. Er ist sehr daran interessiert, sich so früh wie möglich gewisse Vorteile zu sichern.«

»Dazu bin ich nicht die richtige Person. Ich könnte etwas Falsches sagen. Ganz abgesehen davon, daß meine Kinder die Sendung sehen könnten. Bei allem Respekt – ein solches Vorhaben muß ich ablehnen.«

»Angst, im Rampenlicht zu stehen? Reden wir Fraktur miteinander. Du hast keine gesetzliche Identität. Du hast deinen menschlichen Status verloren. Du bist gestorben. All das schwächt deine Verhandlungsposition erheblich. Capito?«

»Dann stellen Sie sich doch mal die Frage, Al, ob Sie selbst gern eine solche Unperson als Gesprächspartner auf der Mattscheibe sähen.«

»Gut gekontert. Ich stimme dir bei. Aber Miss Kay besteht darauf, und das ist ausschlaggebend. Sie will dich, Suppe. Vergiß die Kamera mal für einen Moment. Du wirst sehr lange Zeit bei uns sein. Man-

---

* »Hooray, hooray, the first of May!
Outdoor fucking starts today!«

gelnde Kooperationsbereitschaft kann große Unannehmlichkeiten zur Folge haben. Ich meine damit nicht die Strenge, die du offenbar so sehr vermißt. Ich spreche von körperlichen Schmerzen der altmodischen Art. Von Schmerzen, bei denen dir deine Innereien durcheinandergeraten.«

»Ich verstehe.«

»Sonia genießt eine hohe Glaubwürdigkeit. Wir wollen, daß sie Millhaus mit der hundertprozentigen Überzeugung verläßt, hier werde von uns gute Arbeit geleistet. Und wir wollen, daß ihre Zuschauer diese Überzeugung teilen.«

»Und würden ihre Zuschauer auch gern von den Spezis und den Kondomen mit den leichten Defekten erfahren?«

»Du bist Kurator in Die Bibliothek. Du hilfst uns dabei, die öffentliche Meinung über uns ein wenig zu verbessern. Mehr ist nicht dahinter. Du tust das, was du tust, gern, du gibst dich reuig und produktiv. Und danach: Bye, bye, Sonia.«

»Ich soll ihr also erzählen, daß die Gummis Lesezeichen sind, wenn sie in Die Bibliothek kommt?«

»Zerbrich dir über Einzelheiten nicht den Kopf. Hör zu, warum betrachten wir beide die Sache nicht so, als sei Sonias Fingerzeig eine göttliche Fügung. Sei du für sie die Informationsquelle, die sie sich wünscht, und ich persönlich garantiere dir, daß wir uns dafür erkenntlich zeigen werden.«

»Ich habe da eine gewisse Vorstellung von einer eigenen Zelle. Muß ja nicht gerade das Hilton sein. Eher Motel Six. Bett, Kommode, Tisch, Papier, Schreibstift.«

»Läge durchaus im Bereich des Möglichen.«

»Wird sie mich nach Homer Brogg fragen?«

»Sie könnte es versuchen. Das ist ihre Spezialität. Und wo du es gerade erwähnst – das Interview mit dir könnte für einige Aufregung in gewissen Kreisen sorgen. Harrison Slagle teilt Mr. Broggs politische

Überzeugung nicht. Sollte Brogg gewählt werden, könnte das einen erheblichen Personalaustausch zur Folge haben. Selbst ich könnte dann auf der Straße liegen. Wenn du ein paar Gemeinheiten über deinen Ex-Schwiegervater loslassen könntest…«

»Warum haben Sie das nicht gleich gesagt?«

»Dann sind wir im Geschäft?«

»Mit allem, was Millhaus hilft. Vielleicht ist es für Sie auch interessant zu hören, daß ich eine Zeitlang Schauspiel-Unterricht genommen habe. Vor der Kamera wird man nie so sehr gefordert wie bei einem Liveauftritt vor Publikum.«

Al Porcene springt auf und trommelt sich wie King Kong auf die Brust.

»Ich liebe meine Arbeit«, sagt er. »Wie viele Männer können das schon ernsthaft von sich behaupten?«

Die Bibliothek ist eine Bibliothek. Die Kartons mit *Das Versprechen* sind durch Bücher ersetzt worden. Das große Rad ist unter einer breiten Tischplatte verschwunden, um die herum Sessel aufgestellt sind. Das Fließband wurde zur Ausgabetheke umfunktioniert. Die Testmaschinen sind nun abstrakte Kunstwerke, an denen sogar Schilder mit Namen und Vita des Künstlers hängen. Die Siedebottiche wurden in ein Video-Center verwandelt. Selbst der Geruch im Raum ist authentisch, als ob die Gefängnisleitung Bibliothekarsschweiß in ihre Sprühdosen gemischt hätte. Wo früher das Ächzen der Maschinen zu hören war, erklingt jetzt Barockmusik.

Insassen lesen geduldig oder suchen sich Bücher aus den Regalen. Mustaf winkt mir zu und blättert dabei in der *Britannica*. Luzifer hat sich einen Stapel

Kochbücher vorgeknöpft. Jlub schmökert in einem Comic. Man informiert mich, daß Omar und Ishmael ebenfalls Gäste in der *Sonia Kay Show* sein werden, obwohl sie mir selbst nichts davon gesagt haben. Ein Mädchen in einem gelben Kittel kümmert sich um das Make-up der beiden.

Ich wandere mit Sonia durch Die Bibliothek. Die Kamera-Crew folgt uns auf Schritt und Tritt. An unseren Kleidern sind Drahtlos-Mikrophone befestigt.

»Es ist doch wirklich eine angenehme Überraschung, daß so viele von uns regelrecht süchtig nach Büchern sind«, sage ich.

»Hier gibt es Unverbesserliche, Aussteiger, Mißgeleitete. Nicht zu vergessen die Schleimer. Und doch lesen sie alle – lesen, lesen, lesen«, sagt Sonia in die Kamera. »Das ist sehr vielversprechend – um nicht zu sagen, ermutigend.« Sie dreht sich zu mir um. »Wir haben vorher vereinbart, bei dieser Sendung keine Namen zu nennen. Aber, Mr. X, wenn ich mir Ihren Code unter dem Balken anschaue, erkenne ich, daß Sie als Erbsensuppe codiert sind.«

»Das ist richtig.«

»Ohne damit schmerzliche Erinnerungen wecken zu wollen, darf ich doch sicher sagen, daß es da mal eine andere Zeit, ein anderes Leben gegeben hat ...«

»Auch das ist richtig. Laut meinem Original-Code war ich früher als A + eingestuft. Damals arbeitete ich gemeinsam mit meinem ehemaligen Schwiegervater Homer Brogg an einigen sehr erfolgreichen Projekten.«

»*Der* Homer Brogg?«

»Ja. Er hat mich für tot erklären lassen und nahm mir meine Frau und meine beiden Kinder. Aber jetzt, wo er seinen Hut in den politischen Ring geworfen hat, stehe ich hundertprozentig hinter ihm. Wie ich würden ihm die meisten Insassen hier in Millhaus ihre Stimmen geben, wenn sie wählen dürften.«

»Und warum?«

»Weil wir das Gefühl haben, daß der Mann für eine Gefängnisreform und eine liberalere Regelung beim Hafturlaub eintritt.«

»Seine Wahlklientel gehört aber doch zum konservativen Lager. Er selbst steht doch ganz rechts außen.«

»Ich weiß, wofür Homer Brogg sich stark macht, egal, was er sagt. Dafür stand ich lange genug an seiner Seite.«

»Das ist ja sehr erbaulich, Mr. X. Ich bin sicher, er ist Ihnen für Ihre Unterstützung sehr dankbar. Aber zurück zu Ihnen. Ihr Urteil ist sehr hart ausgefallen. Aber wenn jemals der Zeitpunkt käme, an dem Sie Millhaus verlassen könnten ...«

»Sie meinen, wenn Präsident Brogg bestimmte Gesetze reformieren würde? Gesetze, die die Gefängnistore für uns vielleicht öffnen?«

»Ja, so ungefähr. Welche Ambitionen hätten Sie?«

»Durch Gehorsam und Selbstdisziplin meinen Beitrag für die Gesellschaft zu leisten.«

»Nun lassen Sie mal die Phrasen, reden Sie frei von der Leber weg. Sie sprechen hier mit Sonia. Würde es wieder die alte Drehtür sein? Oder wären Sie einer von denen, die ihren Weg durch das Labyrinth fänden?«

»Ich bin ein Lebenslänglicher, Miss Kay.«

»Aber es gibt doch in Millhaus das *Seil der Hoffnung*. Da steht er, unser Mr. X. Ein notorischer Störenfried – jetzt eine lebende Warnung. Doch genau in diesem Moment, in dem Sonia Kay mit ihm hier in seiner geliebten Bibliothek spricht und ihm in die ruhigen Augen schaut, hat sie das unbestimmte Gefühl, daß die rückschwappende Brandung des Schicksals diesem Mann Gutes bringen wird. Nicht, daß ich dafür plädiere, einem Menschen Pardon zu gewähren, der eine Änderung versucht hat. Aber da ist etwas an Mr. X., das mein Herz anrührt. Und mein Herz stößt niemanden weg, auch wenn es ein grindiges Organ voller Schwielen ist.«

Sonia dreht sich zum Kameramann um. »Schnitt. Einstellung Fünf. Und ruf mich nicht. Ich rufe dich.«

»Was ist mit den Zwillingen? Wir könnten sie noch vor dem Mittagessen in den Kasten kriegen.«

»Später«, sagt Sonia. »Und nun verschwindet.«

Sie nimmt meine Hand, und wir gehen zur Abteilung GESCHICHTE. Ein Posten tippt ihr auf die Schulter.

»Miss Kay, es ist sicher keine gute Idee, mit solchen Männern allein zu bleiben.«

»Ich kann schon auf mein ewiges Dreieck aufpassen«, erwidert Sonia spitz. »Warum verschwinden Sie nicht und polieren Ihre Dumdum-Geschosse?«

»Ich werde in Ihrer Nähe bleiben«, sagt der Posten.

»Ich will mit dieser als Mensch verkleideten Bestie ein paar Minuten allein reden. Und machen Sie sich keine Sorgen. Wenn Sie jemand schreien hören, wird er das sein.«

Der Posten zieht sich beleidigt zurück.

»Er hat recht«, sage ich. »Wir sollten nicht unbeaufsichtigt sein.«

»Sie meinen, wegen unserer körperlichen Attribute? Sagen Sie das, weil Sie inzwischen feststellen konnten, daß ich anatomisch korrekt ausgerüstet bin?«

»Wie könnte ich das übersehen?«

Wir wandern in das Magazin. Zeltplanen überdecken eine Million gerollter Kondome.

»Ihre Story wird über alle Sender ausgestrahlt«, sagt Sonia. »Sie könnten für mich die Fahrkarte nach Emmysville sein. Und es könnte auch nichts schaden, wenn ein paar tausend Fans mir schreiben und für Sie um Milde bitten.«

»Ich will keine Milde, und ich will auch nicht ins Sendenetz.«

»Ich mache immer meine Hausaufgaben, Suppe. Supermarkt, schwere Verletzung – und bumm! Sie verdienen was Besseres. Hören Sie, ich werde die Bemerkung über die Änderung aus dem Band herausschneiden. Das ist zu abscheulich. Ich werde die erbaulichen, positiven Seiten Ihrer Konversion hier bei Mickeymaus stärker beleuchten. Den Kampf um Ihre Rückkehr in das normale Leben.«

»Es gibt bessere Geschichten.«

»Vertrauen Sie auf meinen Instinkt. Ich tue es auch. Ich kann zwischen Ihren Zeilen lesen, salzfrei. Croutons. Lassen Sie mich kosten.«

Sonia küßt mich. Ihre Zunge fährt meine Lippen entlang.

»Jeder, den man *in flagranti* bei einem Delikt erwischt, wird ...«

»Was können sie schon machen? Dich hinauswerfen?«

»Sie füttern uns mit Salpeter. Ich habe keine Libido.«

»Ich will deine Geschichte, und ich will dich. Ich helfe nie einem Mann, den ich nicht bestiegen habe.«

Sie zieht Bluse und Büstenhalter aus, läßt ihren Rock fallen und schiebt mit einem Fuß den Schlüpfer bis zu den Knöcheln hinab.

»Wir haben keinen Schutz.«

»Ich habe keine Eierstöcke mehr. Und nun gürte deine Lenden!«

Rücklings auf eine der Zeltplanen festgenagelt und zu Sonia hochschauend kommt mir der Gedanke, von Al Porcene noch eine Stereoanlage als Zugabe zu verlangen. Als Sonia auf mir ihre Hüften kreisen läßt, fühle ich, wie der Kondom-Hügel unter mir gefährlich zu schwanken beginnt. Ich drehe sie um und besteige sie nun meinerseits, um sie abzulenken, aber – schlechtes Timing! Der Posten taucht auf, um nach uns zu schauen. Sonia bleibt nur eine Möglichkeit.

»Vergewaltigung!« schreit sie.

Auch ich rufe dieses Wort.

»Einer von euch beiden lügt«, sagt der Posten.

Wie versprochen bekomme ich eine eigene Zelle. Ich bin in Einzelhaft. Für wie lange, weiß ich nicht. Zeit ist hier kein Faktor. Ich liege auf dem Rücken und sehe zu einer vergitterten Birne hinauf – der Sonne in einem weit entfernten Universum.

Ich benutze reine Gedanken als Köder und fische nach Engeln, aber keiner beißt an.

Ich setze mich auf. Ich weiß, in solchen Situationen ist es schon Tradition, Freundschaft mit dem Ungeziefer aus der Nachbarschaft zu schließen – mit Mäusen, Ratten, Fliegen, Mücken, Läusen, Flöhen. Aber es dauert Wochen, vielleicht sogar Monate, ehe ich einen Käfer entdecke. Er ist vielbeinig, hat einen schwarzgrünen Panzer und ein Paar zerbrechlicher Antennen, mit denen er auf der Suche nach Signalen ständig herumwedelt. Aus seinem Verhalten weiß ich, daß dieser Käfer schon lange Unterhaltungen mit vielen vor mir geführt hat. Ich kann mich also nicht mal mit der Illusion trösten, daß ich der erste bin. Aber könnte ich so offen mit einer Jungfrau reden, die noch von jugendlicher Scheu geplagt wird und einen Rucksack voll pubertärer Platitüden mit sich herumschleppt?

Mein Käfer, zumindest meiner für den Moment, taucht bei Einbruch der Dunkelheit – oder was ich dafür halte – plötzlich auf und folgt einem Pfad aus Krümeln und Tröpfchen, den ich fortan instandhalte wie eine Staatsstraße. Für die Geselligkeit muß man halt ein wenig Nahrung opfern. Ich bestehe aber nicht auf einer Bezahlung für meine Wohltaten, doch wissen wir beide, daß zumindest eine Unterhaltung dabei herausspringen muß.

»Was gibt's Neues im Abflußrohr?«

»Nichts, zum Teufel. Ein Abflußrohr ist eben ein Abflußrohr.«

»Und was steht für heute abend auf dem Plan? Wollen wir wieder damit prahlen, wer von uns beiden die größere Kunstfertigkeit im Überleben an den Tag legt – als ob Überleben das A und O wäre?«

»Wir reden darüber, worüber du reden möchtest. Du bist doch derjenige, der den Verstand verliert.«

»Warum soll ich immer anfangen? Hast du an nichts sonst Interesse, als dich vollzustopfen und dich zu vermehren?«

»Ich arbeitete gerade an einem Gedichtband mit dem Titel *Zerfallender Abfall*, aber irgendwie habe ich den Faden verloren. Wie sich zeigte, waren meine Verse die üblichen Lamentos über das vorhersehbare Unausweichliche, und wer will schon von so was die Video-Rechte kaufen, tralala?«

»Bei Berücksichtigung der Tatsache, daß du ein Aasfresser bist, der von der Unterstützung anderer lebt, solltest du dir eher ins Fäustchen lachen als zu lamentieren.«

»Scheiße«, sagt der Käfer und rollt sich einmal um seine Längsachse. »Ich leiste dir in diesem Loch seit Tagen, Wochen, Monaten Gesellschaft, und du zeigst nicht die geringste Dankbarkeit. Offen gesagt, Suppe, bist du nicht gerade der dynamischste und unterhaltsamste Gesprächspartner. Andere erzählen mir von abscheulichen Verbrechen, von bluttriefenden Ausflügen in die Perversionen der Perversion, aber du redest nur davon, wie frühreif und süß deine Tochter ist, oder mit welch phantastischer Genauigkeit dein Sohn den Ball mit dem Baseball-Schläger trifft. Sehr witzig, ha, ha.«

»Du selbstgefälliger Mistbock. Mach nur weiter so, bewirf ruhig meine Familie mit Schmutz, wenn es dir das Gefühl gibt, auf der Leiter der Evolution eine Stufe höher zu stehen.«

»Unterschätze nicht meinen Rang auf dieser Leiter. Denn wir werden die Überlebenden sein und den Auftrag haben, diesen Planeten zu säubern, nachdem ihr Zweibeiner schon lange so tot seid wie die Vorhaut eines Dinosauriers. Mich ärgert am meisten, daß meine Spezies deiner Art zur Unsterblichkeit verhilft, weil wir euren Bodensatz beseitigen.«

»Oh, vielen Dank auch. Erinnere mich daran, dir ein paar freundliche Zeilen zu schreiben.«

»Versprüht Gift gegen uns, macht uns zu Krüppeln. Ihr werdet sehen, daß Geduld schließlich den Sieg davonträgt. Eure eisigen Gespenster werden in den Ruinen der Städte tanzen, eure Gebeine der Festschmaus für meine Söhne sein. Eins meiner Gedichte. Oh, Boy!«

»Die Codes werden uns davor bewahren, uns selbst zu zerstören. Die Bestimmung der Menschheit ist es, eine Herrlichkeit zu erlangen, die jenseits deines Begriffsvermögens liegt. Für einen Kriecher wie dich muß es schon schwer genug sein, einen Schmetterling zu verstehen.«

»Hast du nie einen Schmetterling den Verlust seines Wurmdaseins beklagen hören, diese unterschwellige Freude der Erdgebundenen? Bitte, Suppe, verschone mich mit deinen Weisheiten. Keiner hat ein Ticket für Ruhm und Herrlichkeit in der Tasche.«

»Das kann ich nicht glauben. Trotzdem, Käfer, bin ich dir dankbar für unsere Gespräche, selbst wenn du obligatorisch und vielleicht sogar nur eine Halluzination bist.«

»Vergiß es. Ich halte dich nicht mal für einen schlechten Kerl. Die Ironie ist nur, daß du in dem Moment, in dem sie dich aus deiner Einzelhaft herausholen, mich zertreten wirst, wenn ich es zulasse – weil ich zuviel weiß.«

»Diese Behauptung ist lächerlich und gemein.«

»Ich würde nicht dagegen wetten.« Der Käfer fährt herum. »Was war das für ein Krach?«

»Welcher Krach?«

»Da kommt jemand. Ich verschwinde besser.«

Der Käfer hat recht. Die Tür zu meiner Zelle gleitet auf.

»Raus aus den Federn!« sagt ein Wärter.

»Ich kann jetzt nicht weg«, sage ich. »Wir fingen gerade an, uns zu verstehen.«

»Du hast mit dem obligatorischen Käfer geredet«, sagt der Posten. »Wo ist dieser Hurenbock?«

»Hier ist kein Käfer. Ich rede nicht mit Käfern.«

»Natürlich, klar doch.«

Der Bursche ist ein schlauer Jäger. Er tut gleichgültig, reißt mir aber dann blitzschnell die Decke weg. Der Käfer wird in der Nähe meines Kissens enttarnt. Der Wärter holt aus. Ich halte seine Hand fest.

»Ich sollte das tun«, sage ich. »Zumindest soll er in den Genuß einer sich selbst erfüllenden Prophezeiung kommen.«

Der Käfer macht den kläglichen Versuch zu entwischen. Ich zerquetsche ihn zu braunem Brei. Einige Spezies sind eben für tiefschürfende Gespräche über Ökologie einfach nicht geschaffen.

Vom Rand des Wahnsinns weg (wo wir wie Einwanderer in einem fremden Land die Sprache der Schaben sprechen lernen), wieder im Zustand verhältnismäßiger Gesundheit (wo man diese obskuren Laute rasch wieder vergißt), werde ich in mein früheres Quartier zurückgebracht.

Dort haben sich einige Dinge geändert.

Die Wände, Böden, Decken sind mit Musik bedeckt.

Da sind Striche, Noten, Schlüssel, Metren und relevante Symbole. Ishmael und Omar arbeiten sich mit überdimensionalen Wachsmalstiften eifrig von den entgegengesetzten Enden der Zelle zu einem Treffpunkt genau über der Toilette vor.

Man stößt mich zwischen sie, und ich steige in meine rechtmäßige Koje. Die beiden unterbrechen keine Sekunde ihre Arbeit.

»Sieh mal, wer da ist«, sagt Omar schließlich.

»Haben sie dich zum Neutrum gemacht? Bist du kastriert worden? Das wird jedenfalls behauptet. Von vielen Leuten«, knurrt Ishmael.

»Wie lange war ich weg?« frage ich.

»Fünf, sechs Monate. War sie's wert, Suppe?«

»Nein.«

»Das ist schade.«

»Wärst du so freundlich, mir zu sagen, was hier los ist?«.

»Selbstverständlich. Liest du keine Musik?«

»Nicht alles.«

»Dann sag, was du davon hältst«, fordert Omar. »Sei brutal.«

»Und nichts verwässern«, sagt Ishmael. »Deine ehrliche Meinung.«

Ich scanne die Komposition, lausche mit meinem Verstand.

»Mozart?«

»Besser. Ist von uns«, behauptet Omar. »Wir haben es *Das Millhaus-Concerto* genannt. Klingt das zu sehr nach Balkan?«

»Was soll das bedeuten? Wo habt ihr das her?«

»Es bedeutet, daß mein Bruder und ich unsere Bestimmung gefunden haben«, erklärt Ishmael. »Durch Sonia Kay, dieselbe Muse; dieselbe Möse, die du in Die Bibliothek gestopft hast.«

»Tut nicht so geheimnisvoll. Mein Verstand ist noch nicht ganz klar.«

»Du hast ja leider die Sendung nie gesehen. Sie sagte im Fernsehen, sie habe aus unserem Gesumm vor der Sendung geschlossen, daß wir gewisse Fähigkeiten über unsere Code-Stufe hinaus besäßen.«

»Das hat sie nicht gewagt«, widerspreche ich. »So etwas würde sie niemals sagen. Aber selbst wenn, würde man es aus dem Band herausschneiden.«

»Sie tat es, und *man* hat nichts getan. Aber vielleicht hat dein Schwanz ihr das Gehirn ein wenig durchgerührt«, knurrt Ishmael. »Sie sprach wörtlich von 'ner *latenten Fähigkeit*.«

»Nach diesem Versprecher brachte sie 'ne öffentliche Entschuldigung«, fährt Omar fort. »Sie schrieb 'ne Gegendarstellung in den Zeitungen. Sie gab jede Menge Erklärungen ab und führte ihren Ausrutscher auf ihren mentalen Zustand zurück, für den sie dich voll verantwortlich machte.«

»Aber sie lag richtig«, sagte Ishmael. »Wir wußten, daß sie recht hatte. Wir kamen nach Millhaus zurück und schrieben *Das Millhaus* – ich vom Anfang der Zelle aus, Omar vom Ende her. Wie beim Bau der Union Pacific.«

»Niemand wird das jemals aufführen«, sage ich. »Wer würde das schon wagen?«

»Das wissen wir. Macht dir das was aus, Bruder?«

»Nicht die Bohne«, antwortet Omar. »Das Werk an sich ist schon 'ne Belohnung. Und unser Bonus ist, daß wir beide uns noch nie näher waren. Es gibt keine Animositäten mehr. Sie wurden alle hier an der Wand objektiviert. Vielleicht schreiben wir nie mehr 'n anderes Stück. Was soll's?«

»Wir wollten nur 'n gutes Werk tun und außer unseren Kadavern was Beständiges hinterlassen«, sagt Ishmael.

Die Zwillinge beginnen eine virtuose Aufführung ihres *Concerto,* indem sie die instrumentellen Partien mit den Fingern und Bestecken trommeln. Der Rhythmus und die Kadenzen fangen perfekt die Gefängnisatmosphäre ein. Wie konnte Sonia Kay es wagen, eine Bemerkung über illegale Zielsetzungen zu machen und damit eine Abweichung vom Code öffentlich eingestehen? Ein Wander-Sperma muß einen Weg in ihren Verstand gefunden haben. Aber wieso transportierte es einen Dissenz, eine Botschaft der Nichtübereinstimmung?

Die Zwillinge gehen zum Crescendo über. Aus den anderen Zellen ertönt Applaus. Selbst ein asthmatisches »Bravo!« ist von irgendwoher zu hören.

Dräuende Wolkengebirge schieben sich auf Spinnenbeinen aus Blitzen vorwärts. Der Regen fällt so dicht wie das Haar einer Orientalin. Der Wind jault wie eine rollige Katze.

Wir sind im Freizeitraum. Ein paar spielen Karten, andere Pool-Billard oder Ping-Pong. Wieder andere blättern in uralten Magazinen. Doch die meisten hocken gemeinsam vor der schimmernden Wölbung eines großen Projektionsschirms.

Luzifer sitzt links von mir, die Zwillinge zu meiner Rechten, Mustaf hinter mir. Wie üblich poliert Luzifers Daumen die Kanten seines Talismans.

»Heute nacht geht was ab«, sagt Luzifer.

»Er meint den Mösen-Marsch«, erklärt Omar.

»Ist das heute abend?« fragt Ishmael.

»Das meinte ich nicht«, sagt Luzifer.

Der Bildschirm zeigt Charlie Chaplin auf Schlittschuhen im Kampf mit einem Hünen, der nach Charlies Liebchen giert.

»Die alte Geschichte von David und Goliath«, brummt ein Insasse mit dem Namen Wiedergeboren.

»Was ist das – der Mösen-Marsch?« frage ich. Eigentlich ist es besser zu warten und aus der Unterhaltung herauszufiltern, was ich wissen will, aber ich bin zu neugierig und nehme dafür das Glucksen und Grunzen gern in Kauf.

»Sie bringen den Spezis Ärsche, ganze Wagenladungen voll. Einmal im Monat, pünktlich auf die Minute – reife, saftige Ärsche«, erklärt Mustaf.

»Du willst mir weismachen, Wärter Slagle duldet den Import von Huren?«

»*Den Import von Huren.* Der Bursche hat vielleicht 'ne gestelzte Ausdrucksweise«, lästert Wiedergeboren. »Trotzdem kann ich das einfach nicht glauben.«

»Leg dein Ohr auf den Boden«, sagt Ishmael.

Wiedergeboren rutscht übers Linoleum.

»Wir sind die Lutscher, sie werden gelutscht«, sagt Mustaf.

»Keine Politik bitte«, sagt Omar. »Ich habe mit dieser Sache schon so Probleme genug. Die Träume, die Träume.«

»Alles ist politisch«, behauptet Mustaf. »Besonders deine nassen Träume.«

»Anarchist«, sagt Wiedergeboren. »Ich habe einen Mord begangen – aus persönlichen, aus familiären Gründen. Aber noch nie habe ich ein funktionierendes Wertesystem herausgefordert.«

»Empfange Warnung. Es droht unmittelbare Gefahr«, murmelt Luzifer.

Auf dem Schirm wird Chaplin durch Lance ersetzt.

»Was ist das Wesen der menschlichen Erfahrung?« fragt er. »Die Fortpflanzung«, gibt er gleich die Antwort.

Sein Bild wird durch das eines Fötus ersetzt.

»Früher war die Fortpflanzung mal eine Sache des Zufalls. Treffer oder Fehlschuß. Gib, was du hast, und nimm, was du kriegst. Aber Fabergee-Sperma hat mit dem Megababy alles verändert.«

Wir sehen Laser-Konturen von Neugeborenen.

»Hallo, kleiner Fremder«, fährt Lance fort. »In dir steckt das Beste von Mom und Dad – und ein paar Samenzusätze von einer berühmten Persönlichkeit, sorgfältig ausgewählt aus Megababys exklusivem Schatz des Lebens!«

Das makellose Fabergee-Laborgebäude erscheint auf dem Schirm, wir treten ein und eilen über einen dicken weißen Teppich auf einen grünen Raum zu, wo berühmte Spender versammelt sind.

»Ihr kennt sie alle: eure Helden, unser Team.«

Ein krank aussehendes Spermatozoon krümmt sich neben seinem lebhaften Megababy-Gegenpart. Die fröhliche Alternative trägt Zylinder und Fliege.

»Megababy eröffnet Ihrem Kind die Chance auf den besten Code in der Stadt«, sagt Lance.

Und dann spricht Dr. Hoffenstein aus seinem Arbeitszimmer in dem Haus am Meer.

»Erst informieren, dann befruchten. Ja, ich befürworte Megababy. Es hat den Code-Stolz.«

Nun ist Lance wieder im Bild. »Vielen Dank, Sir. Handeln Sie jetzt, solange unser Reservoir noch gefüllt ist. Unsere Telefonisten erwarten Ihren Anruf. Wählen Sie einfach die Nummer auf Ihrem Bildschirm, 1-800-Litters. Ihr Anruf ist natürlich gebührenfrei und wird absolut vertraulich behandelt. Erfragen Sie Einzelheiten über die Maximierung Ihres Sprößlings – bei niedrigster Investition.«

»Ekelhaft«, sagt Wiedergeboren. Er nimmt es auf sich, nach der Fernbedienung zu greifen und den Kanal zu wechseln. Er schafft es sogar, auf Anhieb einen Prediger zu finden. Mustaf zerrt ihm die Fernbedienung aus der Hand und schaltet zu einem Crunch-Spiel um.

Ich zittere infolge der unverhofften Begegnung mit Lance. Er hat mir mein Leben, meine Frau und meinen Marketingplan gestohlen.

»Der Kristall ist rot«, sagt Luzifer. Dann schluckt er ihn für die Nacht herunter. Ein Blitzschlag läßt das Licht flackern und reduziert das TV-Bild auf einen einzelnen Punkt. Donner läßt das Gebäude erzittern.

Der Punkt dehnt sich, und wir haben wieder ein Bild. Ich konzentriere mich auf die beruhigende Geometrie des Crunch-Feldes. Es ist wie der Rahmen meines Bildes auf der Hamish Farm.

»Das Vögeln hat begonnen«, sagt Omar, als ein weiterer Donnerschlag unsere Knochen vibrieren läßt.

»Hat einer die Telefonnummer aus diesem Werbespot aufgeschrieben?« fragt Luzifer.

In der Zelle warten Tassen mit Wasser und große gelbe Pillen auf uns.

»Penetrationspillen«, sagt Omar.»Sie geben sie uns in den Nächten, in denen die Spezis bumsen dürfen.«

Wofür immer die Pillen sein mögen, ich brauche welche. Ich schlucke meine Dosis und döse auf meiner Koje vor mich hin, während die Zwillinge die restliche Zeit bis zum ›Licht-aus‹ nutzen, um an ihrem Meisterwerk zu arbeiten. Ich beneide sie um ihre Konzentration. Wenige hundert Yards entfernt bahnen sich die Spezis ihren Weg zum Vergnügen, und das Gewitter dient ihnen dabei als Aphrodisiakum. Die Gedanken an Trina wehre ich ab.

Dann bin ich in Die Bibliothek, wo Mustaf mich hinter einen Obelisken aus Kartons führt. Er gibt mir einen roten Ballon.

»Danke«, sage ich, »aber ein Ballon in einer Kondomfabrik ist so überflüssig wie ein Springbrunnen im Regen.«

Mustaf grinst, spuckt aus und verschwindet.

Ich blase den Ballon auf. Er produziert ein gutes Faksimile meiner Frau. Ich versuche, meinen niederen Instinkten zu widerstehen, aber die Gummifrau besitzt einen unheimlichen Magnetismus. Ich wage einen Kuß, dann streichele ich das Ersatz-Mädchen. Schamrot öffne ich meinen Reißverschluß und stelle fest, daß mein Organ sich in eine Stahlrute verwandelt hat. Gerade als ich die willigen elastischen Beine spreize, komme ich – dem geplanten Ausgang zuvor.

Gummi-Trina revanchiert sich. Wir hüpfen durch Die Bibliothek an den Arbeitern und Maschinen vorbei. Wir hüpfen durch die Tür und den Gang auf die Domäne der Spezis zu. Sie sind alle um ihren Pool versammelt, wo sie zusehen, wie ihre Huren sich in das fruchtbare Stew entleeren. Mit Schrecken stelle ich fest, daß wir ebenfalls auf diese Jauchegrube zuhüpfen. Malcolm kommt mit einer Harke, um uns vorwärtszutreiben. Im letzten Moment, ehe wir über den Rand springen, gebe ich der Puppe einen letzten heftigen Stoß – und komme erneut. Unter mir explodiert Trina mit lauten Zischen, schießt wie Morris Feuerbloom in die Lüfte und über die Millhaus-Mauer hinweg. Bald ist sie so klein wie der Punkt auf einem TV-Schirm bei plötzlichem Stromausfall. Die Speziellen klappern mit ihren Zähnen einen lateinamerikanischen Rhythmus. Sie machen *klack, klack* und tanzen. Ich tanze mit ihnen.

Im Morgenlicht öffne ich die Augen. Das Gewitter ist weitergezogen. Aber das Klacken bleibt. Es kommt aus allen Richtungen. Ich steige aus dem Bett, um nachzuschauen.

Die Musik ist verhallt, die Zellwände sind fahlweiß. Keine Spur mehr vom *Das Millhaus-Concerto,* nichts. Noch seltsamer – auch von Omar oder Ishamael nirgends ein Lebenszeichen. Nicht mal mehr ihr Geruch hängt in der Luft.

Klack, klack, klack.

Keine Zwillinge, keine Zwillings-Hinterlassenschaft, weniger von ihnen als sogar vom Käfer, der zumindest einen Flecken als Grabmal hinterließ.

Ich sehe durch das Gitter. In der Zelle gegenüber schlagen die Insassen ihre Plastiktassen gegeneinander, als wollten sie ein Geburtstagsständchen bringen.

Ich nehme meine Tasse und schlage sie gegen das Gitter. Sie gibt ein dumpfes *Twack* von sich.

»Nicht, du Schmock«, schreit ein Insasse von irgendwoher. »Wir versuchen, ein einheitliches Statement abzugeben.«

Ich sitze strickend auf dem Hof. Der Handarbeitsberater hat mir die elementaren Bewegungen mit den Nadeln beigebracht. Ich war immer der Ansicht, Stricken sei eine offene Einladung zum Analverkehr – bis ich feststellte, daß sich die gefährlichsten, bösartigsten Mitbewohner unseres Erholungsheims diesem Zeitvertreib widmeten. Der beunruhigende Traum mit dieser Gummi-Trina bestärkte mich noch in meiner Entscheidung, diese Technik zu meistern. Ich brauche irgendwelche Mechanismen, um nicht den Verstand zu verlieren.

Ich glaube, ich stricke einen Sweater. Jedenfalls nimmt irgendwas allmählich Gestalt an. Ich entwickle schon väterliche Gefühle dafür und mache Pläne für seine Zukunft. Vielleicht reicht man es an Amos oder Amanda weiter – und danach an die folgenden Generationen. Das Problem ist nur, die Wolle in eine für die Gemeinschaft produktive Richtung umzusetzen. Und sich der damit verbundenen Wohltaten geistiger Gesundheit zu erfreuen.

Seit die Zwillinge verschwunden sind, leide ich unter einer akuten Depression. Mustaf hat sich schon über meinen starken Leistungsrückgang in Die Bibliothek beklagt. Seine Verärgerung treibt ihn dazu, viel zu hohe Quoten anzuordnen. Immer gibt es Quoten. Mein Zygoten-Sweater flattert an mir wie eine schlaffe Fahne in einer schlappen Brise. Er ist die Metapher für meinen Gefühlszustand.

Luzifer kommt herbei und pumpt seine Harmonika. Er setzt sich neben mich, aber ich mache mir nicht die Mühe, ihn zu begrüßen.

Ich bin isoliert von Spielen und Spielern um mich herum.

»Ich habe versucht, sie zu warnen«, sagt Luzifer.

»Wieso betrachtet ihr Typen zufällige Ereignisse immer gleich als Bestätigung eurer irrigen Gefühle? Und wieso benutzt du das Wort *warnen?*«

»Ich wußte ja nicht, daß ich *die Zwillinge* warnte. So funktioniert das nicht. Ich projizierte nur 'n allgemeines Gefühl unmittelbarer Bedrohung.«

»Du projizierst immer dasselbe Gefühl.«

»Und wie oft liege ich damit falsch?«

»Du hättest Rechtsanwalt werden sollen. Ich bin sicher, den Zwillingen geht es gut. Wir werden das bestimmt bald erfahren. Wahrscheinlich werden sie am Indoktrinationstag wieder auftauchen, um den Leuten etwas zum Nachdenken zu geben.«

»Nein.«

»Millhaus existiert nur als Erinnerung daran, daß wir in einer Nation mit einer Gesetzgebung leben. Unsere landläufigen Theorien über Chaos und Konspiration sind wie die Kakteen draußen. Sie brauchen etwas, an dem sie nuckeln können, um sich zu erhalten. Die Zwillinge stehen in der Blüte ihres Lebens.«

»Mein innerer Aufruhr hat sie nicht umgebracht. Die Lady aus 'm Fernsehen hat das getan.«

»Bald kommt sicher ein Brief oder eine Postkarte.«

»Sicher 'ne Fälschung. Sie sind tot – oder noch Schlimmeres.«

»Oder einem Programm in Julliard zugeteilt, wo sie von der Arbeit freigestellt sind. Vielleicht hat man sie sogar im Paris Konservatorium aufgenommen. Dort gäbe es eine solche Möglichkeit.«

Ein Softball trifft mein Strickzeug. Der Ball bleibt in meinem Ersttrimester-Sweater hängen. Mustaf kommt gelaufen, um ihn zu holen.

»Ich hoffe, das war nur Zufall und nicht irgendein blöder Scherz«, brumme ich. »Ich höre nämlich niemanden lachen.«

»Komm mit«, sagt Mustaf. »Du – nicht er.«

»Geh nicht«, sagt Luzifer.

Mustaf wirft den Spielern den Ball zurück und steuert den Werkstatt-Schuppen an.

»Nimm mal mein Strickzeug«, sage ich zu Luzifer.

»Niemals.«

»Nun nimm es schon. Sogar Crunch-Spieler strikken. Nur Perverse haben Angst vor Strickern.«

Luzifer nimmt mein Zeug entgegen, und schon tut es mir leid, es ihm anzuvertrauen. Aber ich ahne, daß Mustaf irgendwas vorhat, was nicht unbedingt was mit Spiel-Therapie zu tun hat. Über diesen Rebellen möchte ich mehr erfahren.

In dem Schuppen haben sich mehrere Sträflinge eingefunden. Mustaf hockt sich mitten in den Kreis.

»Sie haben zwei von unseren Brüdern genommen«, sagt er. »Wir müssen uns und sie rächen.«

»Zünd die Kerze an«, sagt Jlub, der fünf Angestellte der Post umbrachte, weil sie seinen Briefkasten mit Reklame vollstopften, wobei eine Nachricht seiner Mutter verlorenging. Ich habe gehört, wie er sich seiner Tat brüstete, und nie damit gerechnet, daß dieser Hüne jemals ein Wort über Kerzen verlieren könnte.

»Ja«, nickt Mustaf, »die Kerze soll brennen. Millhaus und Slagle werden dafür bezahlen.«

»Eine Minute«, bremse ich ihn. »Hat Luzifer dir das

gesteckt? Willst du uns damit sagen, daß Omar und Ishmael …«

»Sie überschritten unüberschreitbare Horizonte. Sie glaubten an ihre latenten Fähigkeiten. Ihre Beseitigung war unvermeidlich.«

»Das ist doch alles Quatsch«, entgegne ich. »Du redest schon wie Luzifer.«

»Aber wo sind sie dann?«

»Ich weiß auch nicht mehr als du. Aber es gibt sicher eine Erklärung. Vielleicht hat es etwas mit ihrer Musik zu tun. Sie könnten ja eine Leihgabe für die Boston-Musikfestspiele sein. Selbst wenn es eine geringfügige Code-Verletzung gegeben hat, würde eine kurze Zeit der Rehabilitation …«

»Warum hast du ihn mitgebracht?« fragt Jlub.

»Wegen seines Potentials«, meint Mustaf.

»Du betrachtest mein Potential wie? Als das eines Schleimers? Du siehst in mir geballtes Selbstmitleid, einen Dissidenten? Ich mag wohl von diesem System gepimpert worden sein, aber trotzdem anerkenne ich seinen Wert und meine Beschränkung.«

»Und nun laß noch den schon allseits bekannten Spruch los, daß die Codes ein Bollwerk gegen das Chaos sind. Dein übliches Suppen-Szenario.«

»Wir alle wissen, was du von Hoffenstein hältst. Du hast versucht, seine Nase in die Luft zu jagen, und das nicht gerade leise und unaufdringlich. Die Antwort der Welt darauf: universelle Empörung.«

»Weil die Nase heil geblieben ist. Wenn ich alles besser geplant und sie völlig zerstört hätte, wäre die Welt in universelle Begeisterung ausgebrochen.«

»Vor Hoffenstein haben wir doch auf einer Zeitbombe und nicht auf einem Planeten gelebt.«

»Sie explodierte aber nicht«, sagt Mustaf schlicht.

»Das wäre nur noch eine Zeitfrage gewesen.«

»So haben einen Milliarde zuckende Lippen an der

Brustwarze der Voraussagbarkeit genuckelt. Man gab uns eine Ordnung, aber keine Aufklärung.«

»Hoffenstein hat die Uhr angehalten, die den Jüngsten Tag einläutete. Meine Familie lebt noch, wir leben noch.«

»Ich liebe es, wenn ein Zombie sich für das Leben einsetzt.«

»Das war unfair. Meine Beerdigung war eine sorgfältig abgewogene Entscheidung von einfühlsamen Menschen. Das kannst du nicht gegen mich anführen.«

»Du hast recht, Suppe. Ich bitte die Jury, meine letzte Bemerkung zu ignorieren. Aber jetzt wollen wir doch die Dinge in die richtige Perspektive rücken. Ich gebe zu, daß wir vor der Codierung bis zur Hüfte in unserer eigenen Scheiße steckten. Aber wir haben immer schon nach dem rettenden Strohhalm gegriffen. Auch war genug Elan und Bereitschaft vorhanden, die Dinge zu bessern. Vor alten Augen zeigten sich frische Visionen. Und genau diese Visionen trieben Tränen in die alten Augen. Sie zeigten ein Ziel, das realisierbar war, wenn auch mit hohem Risiko. Stellt euch vor – wahre Zivilisation, und dazu die Weisheit, sie zu würdigen. Die Alten wußten, daß nicht die Bomben, auf denen sie saßen, ihre Grenzen bedrohten. Ihre Furcht resultierte aus der winzigen Chance, aus diesen Eiern könnte nicht die Apokalypse schlüpfen. Die Möglichkeit, jemand sonst könnte Frieden und Wohlergehen zu anderen Bedingungen realisieren, versetzte sie in Angst und Schrecken. Sie ahnten, daß, wäre der große Schlaf einmal beendet, sie vielleicht der lästigen Tatsache ins Auge sehen müßten, daß sie sich zusammen mit ihren Bankschließfächern auch die eigenen Venen aufgeschlitzt haben könnten. Sie sahen all ihre Bemühungen in einer Pfütze verdampfender Privilegien versickern.«

»Die Codes haben uns errettet«, behaupte ich stur.

»Sie balsamierten uns in Plexiglas«, behauptet Mustaf. »Wenn die menschliche Rasse gerettet werden soll, kann das nur durch eine Reihe katastrophaler Ereignisse geschehen.«

»Ich wußte nicht, daß du ein Optimist bist.«

»Das war es auch, was die Zwillinge mit ihrer Hymne zum Ausdruck bringen wollten.«

»Welche Hymne? Wann wurde eine Hymne daraus? Sie schrieben an einem Concerto, *Das Millhaus.* Ein ganz persönliches Werk.«

»Jetzt ist es die Marschmusik für eine unbesiegbare Armee«, sagt Mustaf.

»Die von wem kommandiert wird?«

»Von mir. Ich lasse die Fahne der kalkulierten Zerstörung wehen, eine Fahne, die sich selbst verbrennt. Marschiere mit uns durch das Minenfeld, Suppe. Unsere Mission ist es, Schablonen zu zerstören, das Furunkel der Pseudogesetze aufzustechen, die Energie der inneren Atome freizusetzen, den Großen Muttercomputer zu finden und unschädlich zu machen.«

»Politisches Crunch, ist es das? Du sprichst von einer Sammlung Transitoren, Mikrochips, Bolzen.«

»Ich rede von einer Bienenkönigin, die fortwährend konforme Larven aus sich herauspreßt.«

»Und wenn du die Maschine zerstört hast?«

»Zerstören? Wer hat denn was von Zerstören gesagt? Ich rede von Umprogrammierung.«

»Ach ja? Darf ich dich besuchen, sobald du in Hoffensteins Haus eingezogen bist?« frage ich.

»Sicher.«

»Gibt es dann alte und neue Wege, oder nur andere Wege?«

»Es gibt Kontrolle oder fehlende Kontrolle.«

»Was ist mit dem menschlichen Potential, den katastrophalen Ereignissen, die uns ins Nirwana führen?«

»Anarchie erfordert auch eine Struktur«, sagt Mustaf.

Die Glocke läutet das Ende der Freizeit ein. Wir huschen aus dem Werkzeugschuppen.

»Ich hoffe, unsere unterschiedlichen Standpunkte haben keine Auswirkungen am Arbeitsplatz«, sage ich.

»Ich vermische nie Geschäft und Vergnügen«, sagt Mustaf. »Du wirst auch noch zu uns stoßen.«

Als wir in Die Bibliothek zurückgehen, kommt Jlub zu mir.

»Suppe«, sagt er, »es ist doch das Beste, die Welt so zu verändern, daß man auch hineinpaßt. Alles andere ist doch Mist.«

»Danke, daß du mich an dieser Weisheit teilhaben läßt«, antworte ich.

»Eins will ich dir noch sagen, und ich sage es nur einmal. Wenn du uns verpfeifst, bist du nur noch Kompost.«

»Wird Mustaf mir die Nase wegsprengen?«

»Führe ihn nicht in Versuchung.«

Das Verschwinden der Zwillinge und ihr ungewisses Schicksal haben Auseinandersetzungen, schlampige Arbeit, Krankheitsepidemien und eine Menge Eingaben der Gefangenenanwälte an das Oberste Gericht zur Folge. Nicht weil Omar und Ishmael getötet worden sein könnten, sondern weil sie inzwischen berühmt geworden sein könnten. Und wir hätten uns in ihrem Ruhm sonnen dürfen.

Ich übernehme die Verantwortung dafür, denn schließlich habe ich diese Gerüchte in die Welt gesetzt. Ich zeichnete das Bild einer symphonischen Sommerfrische, wo die Zwillinge ihren Ruhm genossen.

Aber sie wurden gefunden.

Ihre Köpfe tauchten auf einem Stapel Melonen auf, die im Millhaus-Garten von einem Blockwart namens Whoopie Kissen geerntet worden waren. Er ist der älteste Insasse. Keiner kennt sein Vergehen oder weiß sonst etwas über ihn. Seine Akte verbrannte vor Jahrzehnten bei einer Gefangenenrevolte in einem anderen Gefängnis. Er selbst spricht nicht über sich und verhält sich völlig passiv. Sein Name leitet sich ab von der Tatsache, daß jeder, der etwas Spaß haben will, sich auf sein Gesicht setzen kann. Kissen tut nur seine Gartenarbeit, und das ist es auch schon.

An dem Nachmittag, als Kissen Omar und Ishmael findet, oder zumindest definitiv Teile von ihnen, legt er die Köpfe zu seinen Honigmelonen und schiebt seinen Karren durch den Hof in Richtung Küche. Er wirkt völlig unbeteiligt, und doch erscheint solche Distanz verdächtig. Whoopie Kissen hat die Köpfe oben auf den Haufen gelegt, was einige Hofgänger zu spöttischen Bemerkungen veranlaßt. Die Haut auf den Schädeln ähnelt inzwischen dem Aussehen der Fruchtschalen, ist fleckig, genarbt, graugrün. Aber schließlich haben die Schädel noch Zähne und Büschel von Haaren – ein Unterschied, der dem Gärtner hätte auffallen müssen.

Es ist Wiedergeboren, der als erster die speziellen Melonen bemerkt. Er trottet neben dem Karren her und murmelt: »Diese Gesichter sind bekannt. Alle Gesichter sind bekannt. Es gibt keine unbekannten Gesichter.«

Ganz unerwartet schnappt er sich Omar, den Reiferen der beiden, rennt mit ihm zum Basketballfeld, springt hoch und rammt ihn durch den Stahlring. Dann sinkt er unter dem Korb zusammen und betet.

Während die Köpfe zur positiven Identifikation untersucht werden, kommt Mustaf zu mir und fragt: »Wie ist es, genießt du den Tag?«

»Das ist schrecklich. Wenn wirklich die Behörden in diese Schweinerei verwickelt wären …«

»Wenn? Wenn? Wenn?«

»In Ordnung, Mustaf. Ich bin jetzt zu 49 Prozent überzeugt. Du bist doch sonst so wortgewandt. Sag was.«

»Wäre 'n schlechtes Timing. Sie warten drauf, daß ich Ärger mache. Sie rechnen damit, daß ich auf die Barrikaden steige und 'ne flammende Rede vom Stapel lasse. Sie wollen 'nen spontanen Gefühlsausbruch. Aber Spontaneität ist der Feind der Menschen. Später... später.«

Es dauert eine Weile, bis sich die Neuigkeit über die Zwillinge herumgesprochen hat, aber dann durchläuft eine Welle der Erleichterung sämtliche Blocks. Die Dinge wenden sich wieder zum Normalen. Dinge machen Sinn. Tod ist Tod. Mord ist nur Mord. Selbst das Wetter bessert sich.

Gemäß Wärter Slagles Ermittlungen ist der Tod der Zwillinge ein Unfall. Danach wurden sie *bei einem schlecht vorbereiteten Fluchtversuch von Kojoten angefallen.* Kein Wort über das verschwundene Concerto. Offenbar waren Omar und Ishmael wohl so klug gewesen, vor ihrer Flucht die Farbe von den Wänden zu kratzen.

Stunden nach der offiziellen Stellungnahme findet eine richtige Beerdigung für die beiden Köpfe statt. Eine *intensive Suche* im Honigtau, in den Auberginen und im Gemüsegarten förderte nur Unwesentliches zutage, und so sind die Särge nicht größer als Hutschachteln.

Da die Zwillinge keine religiösen Neigungen besaßen, soll der Gottesdienst ziemlich profan ausfallen. Ich werde gebeten, ein paar Worte zu sagen. Mustaf beruft sich auf einen erlittenen Schock und gibt mir einen Text, den ich ablehne. Ich rufe mir wieder die Folgen von Janesford Bruns Tod ins Gedächtnis und beschließe, den beiden Toten ein paar nichtssagende und trotzdem angemessene Worte mit auf den Weg zu geben. Mustaf weiß nicht, daß ich mich insgeheim der Hilfe von Charlton Hymn versichert habe, den Gouverneur zu einer weiteren Überprüfung meines Falles zu bewegen. Ich habe immer noch Vertrauen in unsere Gesetze.

Wir versammeln uns im Hof. Selbst die Spezis schicken Alan B. Fornak als Repräsentanten, der die Organbank betrog, indem er Lebern beiseiteschaffte. Die Posten bleiben unsichtbar. Es ist ein geschmackvolles Requiem. Die Zwillinge ruhen in ihren verkürzten Behältern, die beide das Millhaus-Logo tragen. Sensiblerweise wurde auf das Code-Stolz-Banner verzichtet.

Unser Wärter hält den Gottesdienst. In bewegenden Worten spricht er von dem Drang zur Flucht und weist gleichzeitig auf die Sinnlosigkeit eines solchen Unterfangens hin. Seinen Worten zufolge könnte Millhaus ebenso gut auf einer Insel liegen, deren umliegende Gewässer voller Haie sind. Die Natur, sagt Slagle, sei das ultimative Sicherheitssystem. Nachdem er geendet hat, enthüllt er einen Doppelstein, der rittlings auf beiden Gräbern hockt. Er trägt eine Grabinschrift aus der Feder von Al Porcene:

BONE VOYAGE

Bei den Versammelten kommt sie gut an.

Jetzt bin ich an der Reihe.

»Ohne auf den Bericht der Untersuchungskommission weiter eingehen zu wollen, laßt mich euch sagen, daß Ishmael und Omar in den letzten Stunden ihres kurzen Lebens zu den Privilegierten zählen durften. Sie waren das, was man gemeinhin als Zufallsgeschwister bezeichnet, standen sich aber nicht sehr nahe. Trotzdem schafften sie es, in einer kindlichen Harmonie miteinander zu leben. Ohne dafür vom Millhaus-Gelände fliehen zu müssen, erfreuten sie sich einer Freiheit, die wir alle anstreben. Diese zufälligen Brüder hinterließen uns ihr Vermächtnis.

Da ich infolge von Umständen, die ich nicht beeinflussen kann, etwas Zeit habe« – (ich kriege tatsächlich den Lacher, den ich haben wollte) – »und mit einem guten Erinnerungsvermögen gesegnet bin, ist es mir gelungen, *Das Millhaus-Concerto,* das die beiden komponiert haben, im Kopf zu behalten. Ich habe es zu Papier gebracht, und ich möchte unserem Wärter Slagle den Vorschlag machen, diese erstaunliche Komposition vor diesem Auditorium hier uraufzuführen – als förmlichen Tribut und bleibende Erinnerung an unsere beiden von uns gegangenen Kollegen und Freunde.«

Zustimmender Beifall brandet auf. Ich ziehe die Blätter unter meinem Hemd hervor und gehe auf Wärter Slagle zu. Seine Bodyguards werden unruhig, aber er kommt mir entgegen und nimmt das Dokument in Empfang. Tatsächlich stammt das meiste von mir, obwohl ich darin auch die Teile der Zwillings-Komposition festhielt, an die ich mich noch erinnern konnte. Schließlich ist die Frage der Urheberschaft verglichen mit der feierlichen Zusicherung der Authentizität von untergeordneter Bedeutung.

»Ja, das ließe sich in naher Zukunft sicherlich einrichten«, sagt Wärter Slagle.

Wir intonieren das Gebet des Herrn.

»Du falscher Hund«, zischt Mustaf nachher. »Du hast meinen Protest entschärft.«

»Die Musik ist der Protest.«

»Dann frag mal Wiedergeboren, ob dein Manual sich *Auge um Auge* nennt oder *Ein Lied unter vier Augen*«, knurrt Jlub. »Oder glaubst du etwa, Slagle wird sein Wort halten?«

»Ich denke schon. Der Ball ist jetzt auf seinem Feld. Er wird sicher gern einen Abend im Tausch gegen eine Gefangenenrevolte, zehn Millionen Bucks Schaden am Allgemeineigentum, mögliche Verletzte und eine negative Presse opfern. Wenn er wirklich raffiniert wäre, würde er den Wisch verbrennen und meinen Kopf zu Brei schlagen. Denn das *Lied*, von dem du gesprochen hast, wird zu einer *Hymne* werden. Mustaf, du weißt ganz genau, wovon ich spreche, denn gerade du befürwortest doch immer den kreativen Einsatz von sozialen Zäpfchen zur analen Anwendung, den kunstvollen Einsatz von Vaseline, nuklearen Abführmitteln und sonstigem. Du wolltest deine *Marseillaise*. Ich habe sie dir verschafft. Noch besser: Wärter Slagle wird sie dir verschaffen.«

»Eine Revolution sollte direkt sein. Ich hasse die Art, wie ihr Leute denkt«, brummt Mustaf.

»Ich weiß genau, was du meinst, und ich wünschte, es wäre anders. Ich würde auch viel lieber das Kasino niederbrennen.«

»Dann tu es, Suppe. Finde einen Anlaß und handele.«

»Ich habe dich oben auf dem Everest gesehen. Das war sicher ein eisiges, aber auch ein reines Erlebnis. Glaubst du denn, ich hätte dich nicht beneidet, als du deine Überzeugungen aus Hoffensteins Nasenloch in die Welt hinausgeschrien hast? Aber sag mir eins. Als du die Echos deiner Worte von den Bergen widerhallen hörtest, waren sie da noch Duplikate oder hatten sie sich schon verändert?«

»Ich war mit dem Sprengstoff beschäftigt.«

»Zu beschäftigt also, um zu lauschen. Das ist es, worin wir uns unterscheiden. Wie Hoffenstein warte auch ich auf Echos. Und Schall reist bekanntlich langsamer als Licht.«

»Ja, seine berühmten Echos. Du hast mir von seiner Ehrfurcht vor den Walgesängen erzählt. Von was singen denn die Wale? Was meinst du? Vom Fressen und Vögeln, vom noch mehr Fressen und noch mehr Vögeln. Die Echos können meinetwegen vom Jupiter widerhallen, und trotzdem haben sie immer noch dieselbe Botschaft: Fressen und Vögeln.«

»Da könntest du recht haben. Ich behaupte ja auch nicht, die Walsprache zu beherrschen.«

»Aber ich. Fressen, Vögeln, und 'ne hübsche Welle, um auf ihr zu reiten«, sagt Mustaf. »Das ist die Lyrik der Wale.«

»Und was ist mit der Musik?«

»Laß mich in Ruhe und quatsch mich bloß nicht mehr an. Du untergräbst meine Entschlossenheit.«

»Ihr beide redet zuviel«, sagt Jlub. »Zehn Sekunden, dann Schnitt. Geht ihr euch nicht den Film ansehen?«

Am Abend nach der teilweisen Bestattung der Zwillinge werde ich zu einer Suite in einem der Außengebäude eskortiert. Dort gibt es sogar richtige Möbel. Gedämpfte Lichtquellen sorgen für indirekte Beleuchtung. Meine erste Reaktion ist Wut. Ich will wieder in die verlassene Zelle, die mein rechtmäßiges Zuhause ist.

Nervös wie ein Eichhörnchen rutsche ich auf meinem Stuhl herum. Der mit der Stimme bedienbarer Fernseher ist eine zu große Versuchung für mich. Ich verlange laut nach einem Programm. Der aufleuchtende Schirm injiziert wie ein Duftspender einen Hauch von Moschus in die Luft. Ich höre Sitar-Musik. Das Bild zeigt eine üppiggrüne Oase, wo träge Körper von ihren Roben befreit werden. Ich schaue ein paar Szenen lang einer feigenvernichtenden Orgie zu und denke, daß Mustaf keinen plausiblen Grund für seine Agitation hat, wenn dies sein Zuhause ist, das er verlassen hat. Die anderen Kanäle bieten ebenfalls Programme ohne Werbespots. Ich vermisse die Spots, sie sind meine einzige Verbindung zu der größeren Welt draußen.

Da ist ein zweiter Raum, ein anderes Wunder. Ich habe inzwischen vergessen, daß Zimmer aneinandergrenzen können. Es ist ein Schlafzimmer mit angeschlossenem Bad. Ich gehe hinein, um das Bett zu testen, natürlich Kingsize und ausgesprochen üppig. Durch die halbgeöffnete Badezimmertür sehe ich die Toilette. Im Gefängnis ist die Toilette eine ständige Erinnerung an die Realität. Sie hockt in der Ecke wie ein Troll. Aber dieser Topf hier ist aus blauem Porzellan gefertigt und hat einen Deckel. Ich weiß, sie besitzt ein melodiöses Rauschen, nicht das heisere Schlürfen des ewig verstopften Schlundes in meiner Zelle, des Tunnels zum Hades.

Ich höre die Dusche – ein tropischer Wasserfall. Irgend jemand ist da drinnen – nur eine Person, keine zwanzig – und genießt all diesen Luxus. Warmer Dampf trägt Seifen- und Shampoo-Duft zu mir herüber. Ich frage mich nicht, wer da dampft und sich seift. Millhaus hat mich gelehrt zu schauen und zu warten.

Nach einiger Zeit tritt eine nackte Frau aus der Dusche. Es ist Trina Wander, die Mutter meiner Kinder. Vielleicht ist sie wie eine Gefängnis-Venus der Kommode entstiegen. Ja, Trina schaffte es, einen Weg nach Millhaus hinein zu finden, der vorher nie gegangen wurde. Sie war schon immer sehr einfallsreich. Ich reibe mir die Augen wie eine dieser Zeichentrickfiguren im Film und prüfe nach, ob mit meiner Wahrnehmung alles in Ordnung ist.

»Jim?«

»Trin?«

»Wie geht es dir?«

»Gut. Und den Kindern?«

»Du würdest sie nicht wiedererkennen.«

»Das kann ich mir vorstellen.«

Sie kommt zu mir und setzt sich neben mich. Ich küsse ihre Brust.

»Mehr.«

»Ist das ein eheliches Hologramm? Ich weiß, daß sie sie hier ausprobieren.«

»Fühle ich mich an wie ein Video?«

Ihre Lippen finden meine, und ich spüre einen kurzen Schmerz. Ich schmecke Blut auf meiner Lippe. Keine Gummipuppe, kein Hologramm.

Dies ist die wundersame Frau, deren Alchemie Lust in Amos und Amanda umwandelte.

Langsam und leidenschaftlich, von langen Seufzern begleitet, geben wir uns einander hin. Wir verfangen uns in einer Festung, die unzugänglicher ist als Millhaus. Meine Einzelteile von den Augenbrauen bis zu den Knien erleben in dichter Folge mehrere Orgasmen. Sie kommen alle. Sie stöhnt laut unter mir, und ich hoffe, es ist aufrichtig.

Danach liegen wir beisammen, lecken Tränen und Schweiß.

»Es tut mir leid, daß ich den Cradle Day verpaßt habe«, schnurrt Trina. »Man schrieb, du seist überzeugend gewesen.«

»Überzeugend? Das ist alles?«

»Sehr überzeugend. Bewegend.«

»Es scheint Ewigkeiten her zu sein.«

»Jim, wir müssen miteinander reden. Du hast Charlton von einem unerfreulichen Vorkommnis mit irgendwelchen Zwillingen geschrieben.«

»Was ist eigentlich mit der Zusage erweiterter Kommunikation? Egal. Ich habe Charlton geschrieben, ja. Es gibt da Fakten, die …«

»Das war ziemlich kontraproduktiv, Schatz. Es könnte Daddy schaden.«

»Wie denn? Wärter Slagle gehört doch einer anderen politischen Fakultät an.«

»Er würde aber in unser Lager wechseln. Wenn diese Sache fallengelassen wird. Wenn Wärter Slagle jedoch öffentlich angeschlagen ist, ist er für uns nicht mehr interessant.«

»Das sehe ich ein.«

»Ich wußte, du würdest vernünftig sein. Dann war da noch was mit einem blöden Konzert.«

»Nicht blöd, Trin. Dabei gibt es keinen Kompromiß. Es ist schwer zu erklären, aber ...«

»Verschieb dein Konzert.«

»Harrison Slagle gab vor versammelter Gefängnisbelegschaft sein Wort.«

»Wenn du dich stur stellst, darf ich nicht mehr wiederkommen.«

Trina gleitet an meinen Brustkorb hinunter. Sie küßt meine Schenkel und hinterläßt wie Gretel Spuren von Tau.

»Ich weiß nicht ...«

Sie verschluckt meinen Verstand.

»Der Wärter hat nie ein genaues Datum genannt«, murmele ich.

»Das ist es doch.«

Am Morgen weckt mich Trina mit einem Kuß und einem sanften Rütteln. Sie trägt ein knackiges Kleid aus Haifischhaut, einen gewagten Hut und hohe Absätze.

»Cinderella?«

»Tut mir leid, Jim, aber ich muß um acht hier raus sein. So lautet die Vereinbarung.«

»Wann werde ich dich wiedersehen?«

»Kann ich nicht genau sagen. Das kommt darauf an.«

»Ehe du von dannen schwebst – hast du ein paar Fotos mitgebracht?«

»Vergiß die Kinder lieber.«

»Wie könnte ich sie vergessen? Wie könnten sie ihren Vater vergessen? Denken sie an mich? Sie wissen doch, daß ich nicht ...«

»Sie wissen es, und wissen es nicht. Amos und Amanda haben im Winter dein Grab besucht. Das war sehr süß von ihnen. Aber seit der Hochzeit haben sie mehr oder weniger akzeptiert, daß ...«

»Wessen Hochzeit war das?«

»Da wir gerade von Fotos reden – ich sollte dir ein Videoband davon schicken. Alles, was schieflaufen konnte, ging daneben. Der Kuchen stürzte in sich zusammen. Lance sagte ...«

»Lance sagte?«

»Es war eine schlichte Zeremonie am Nachmittag. Nur im Kreis der Familie. Wir konnten es einrichten, ein paar Tage nach Luzern zu fahren. Homer kauft eine Alp, eine Bank, oder beides. Vielleicht eine Bank auf einer Alp. Jedenfalls war es nicht so schön wie beim ersten Mal.«

»Du hast Lance geheiratet?«

»Das ist einer der Gründe, warum ich hergekommen bin – um mir deinen Segen zu holen.«

»Meinen Segen? War es das, was ich dir heute nacht gegeben habe?«

»Das hier ist nicht einfach für mich.«

»Ist eine Frage gestattet?«

»Welche?«

»Warum hast du mich geheiratet?«

»Wir sahen zusammen so gut aus, Jim. Und außerdem hattest du so etwas Aufmüpfiges an dir. Ich brauchte die Würze der Rebellion.«

»Rebellion? Habe ich etwa Hoffensteins Nase in die Luft gejagt? Was genau machte meine rebellischen Qualitäten aus?«

»Hauptsächlich deine Haare.«

»Meine Haare?«

»Du hast so arrogante Haare. Jetzt leider nicht mehr. Vermutlich klingt das unglaublich oberflächlich, aber nimm es so, oder laß es. Jedenfalls ist es so. Und ich mag den Blick in Daddys Augen, wenn die Rede auf dich kommt. Seine Pupillen pulsieren dann regelrecht.«

Trina kichert und rückt den Hut zurecht. Ich kaue auf einem Schamhaar, das zwischen zwei Zähnen hängengeblieben ist. Cupidos Zahnseide.

Ein Posten rüttelt an der Tür.

»Ich muß wissen, daß du jederzeit für mich da bist«, meint Trina.

»Mach's gut«, sage ich.

Sigmund Sniders Hände sind für eine Milliarde Dollar versichert. In der Police ist die Klausel enthalten, daß er ständig Spezialhandschuhe tragen muß. Die Handschuhe sind so gearbeitet, daß sie der Wucht eines Frontalzusammenstoßes bei 400 Meilen pro Stunde widerstehen. Sie sind, nebenbei bemerkt, sehr schick, in Silber und Schwarz gearbeitet. In jeden Handschuh sind eine raffinierte Zeitschaltuhr sowie eine winziger Sender eingebaut, der im Fall eines Kidnappings sofort einen Überwachungssatelliten alarmiert.

»Die Uhr zeichnet genau die Zeitspanne auf, in der die Handschuhe von meinen unschätzbar wertvollen Händen entfernt werden«, sagt Sigmund. »Sie reagiert digital auf Temperaturschwankungen und Herz-Rhythmus. Mir ist erlaubt, die Handschuhe zu genau festgelegten Ruhezeiten und bei Proben oder Konzerten abzulegen.«

»Das muß aber ziemlich lästig sein«, sagt Wärter Slagle.

»Mich stören sie nur beim Essen mit Stäbchen. Ich liebe die orientalische Küche, und die einzige Art, sie wirklich zu genießen, ist die Verwendung von Holzstäbchen. Peking-Ente ist nun mal nicht gerade preiswert.«

»Ihr Piano ist eingetroffen, das Orchester wird in wenigen Stunden hier sein. Unser Hörsaal ist zwar nicht die Alice Tully Hall, aber die Akustik ist einigermaßen.«

»Da bin ich sicher.«

»Wenn Sie etwas brauchen, wird unser Suppe hier es Ihnen besorgen. Wie Sie vielleicht wissen, war er der Mann, der uns *Das Millhaus* gerettet hat.«

»Ein kraftvolles Stück. Ein tragischer Verlust – der Tod der Drillinge.«

»Zwillinge.«

»Zwillinge, Drillinge, Sechslinge – was soll's?«

»Mir lag es fern, Sie zu korrigieren«, sagt Wärter Slagle devot.

»Ich wollte nur die Sachlage richtigstellen.«

»Mir gefällt besonders, daß das Werk unvollendet ist«, meint Sigmund. »Es ist immer besser, die Zuhörer das Ende selbst bestimmen zu lassen. Jede Komposition sollte unvollendet bleiben. Auf gewisse Weise sind alle ohnehin unvollendet.«

»Mrs. Slagle kann es kaum erwarten, Sie kennenzulernen.«

»Wie nett.«

»Dies ist eine Galavorstellung für uns. Und wir erwarten dazu ein sachkundiges Publikum. Ruhen Sie sich etwas aus, nehmen Sie ein paar Erfrischungen zu sich. Wir wollen Sie in Hochform bewundern.«

»Ich hoffe, ich erfülle Ihre Erwartungen. Denn sie sind berechtigt. An manchen Abenden übertreffe ich mich selbst, aber wer kann schon sagen, an welchen? Es könnte durchaus am heutigen Abend sein. Diese charmante Möglichkeit besteht tatsächlich.«

»Kümmere dich um den Maestro, Suppe.«

Ich nicke. Wärter Slagle läßt uns allein. Sigmund atmet ein paarmal tief durch.

»Habe ich von dir etwas zu befürchten?« fragt er. »Ich habe jetzt schon Platzangst. Wie hältst du das Eingesperrtsein nur aus?«

»Man gewöhnt sich dran. Ich bin ein Lebenslänglicher.«

»Du – und meine Hände. Bring mich jetzt zum Hörsaal. Ich muß das Lautsprechersystem überprüfen.«

Auf dem Weg dorthin frage ich ihn nach seiner ehrlichen Meinung über das Concerto.

»Ich habe sofort bemerkt, daß es in einem Gefängnis geschrieben wurde. Die Musik wirbelt durch Brüche und Spalten wie ein Fallwind im Februar. Sie kratzt und stochert um Erlösung. Sie brandet und donnert um ihre Rechtfertigung. Sie ist schön.«

»Die Komponisten waren in Code Q eingestuft.«

»Das kann nicht stimmen. Sie müssen mindestens C gehabt haben. Ihre Flucht war eine Tragödie.«

»Code Q – und keinen Strich drüber. Und was ihre Flucht anbetrifft – sie haben nie versucht zu fliehen. Sie waren gern hier. Tatsache ist, daß die Zwillinge wegen Code-Abweichung ermordet wurden.«

»Besser dafür als für nichts.«

»Sie haben es nicht verdient zu sterben.«

»Ich auch nicht, na und? Außerdem haben tote Komponisten eine größere Anziehungskraft. Wäre ich hier, wenn sie sich noch bester Gesundheit erfreuten? Mich interessiert jedenfalls nicht im mindesten, wie das Concerto zustande kam. Der Pfad der Kunst ist immer eklig. Was soll's? – solange sie ihr Ziel findet. Solange wir sie mit Respekt behandeln und ihr unsere Reverenz erweisen.«

Im Hörsaal warten Al Porcene und ein Fotograf auf uns. Sigmund Snider ist einverstanden, für ein paar Schnappschüsse zu posieren.

»Notieren Sie aber die genaue Zeit. Für Fotoaufnahmen ist es mir gestattet, den Handschuh, der der Kamera am nächsten ist, abzulegen. Aber wir müssen in

15 Minuten fertig sein, sonst erhöht sich die Versicherungsprämie.«

»Wäre es Ihnen lieber, wenn wir bis zur Probe warten …?«

»Wenn ich probe, probe ich allein. Und nie am Tag des Auftritts. Suppe, hol den Schlüssel aus meiner Westentasche.«

Ich finde den Schlüssel, ein G-Notenschlüssel in Gold, der leicht in das Schloß von Sigmunds rechtem Handschuh paßt. Es schnappt auf, und die Halbe-Milliarde-Dollar-Hand taucht aus dem Handschuh, so weiß und weich wie ein Neugeborenes. Abgesehen von ein paar Härchen an den Knöcheln könnte sie aus Carrara-Marmor sein. Ich halte mich im Hintergrund, während Al Porcene den Fotografen einweist.

Jemand tippt mir auf die Schulter.

»Gib mir den Schlüssel. Schnell.«

Es ist Mustaf. In einer Hand hält er einen Besen, in der anderen eine Dose mit erwärmtem Wachs.

»Sigmund Snider befindet sich in meiner Obhut, und nichts wird ihm zustoßen.«

»Er ist unser Ticket aus dem Knast heraus.«

»Dieses Konzert ist ein Tribut an Omar und Ishmael. Snider ist ihr Agent. Sie sind durch seine Finger lebendig.«

»Wir werden ihm nichts tun. Du hast mein Wort«, drängt Mustaf.

»Dein Wort? Du bist ein Fundamentalist, du glaubst an Ursache und Wirkung, du redest nur mit Gott. Dein Wort ist nicht mal einen Scheißhaufen wert. Ich möchte nicht eine oder beide Hände von Snider in einem Glas Formaldehyd auf einem Schreibtisch in irgendeinem Zeitungsbüro stehen sehen.«

»Diese Art der Geiselnahme würde uns einen Riesenvorsprung und eine breite Berichterstattung garantieren. Nur ein lausiger Handschuh trennt uns von alldem. Sind seine Hände etwa mehr wert als meine?«

»Die Versicherungsfritzen bei Unfall und Verlust International sind jedenfalls dieser Meinung. Und in dem Fall haben sie sogar recht. Sniders Hände gehören der Menschheit.«

»Schön, dann biete ich dir folgendes an: Wir nehmen ihm höchstens ein paar Finger, okay? Und das auch nur, wenn man unseren Forderungen nicht nachkommt. Drück nur einfach den Schlüssel ins Wachs, Suppe. Den Rest erledige ich dann schon. Aber es muß noch heute nachmittag geschehen. Am Abend werden sie hier eine ganze Armee aufmarschieren lassen.«

»Bring mir bitte den Schlüssel«, sagt das Wunderkind am Klavier.

»Andante«, antworte ich. *»Allegro.«*

»Feiger Scheißkerl«, sagt Mustaf.

Der Handschuh ist wieder an seinem ursprünglichen Platz, der Schlüssel wieder in Sigmunds Jackentasche. Mustaf zerbricht in ohnmächtigem Zorn den Besenstiel. Dann verschwindet er aus dem Hörsaal.

»Und nun, Gentlemen, lassen Sie mich bitte allein – mein Beschützer ausgenommen. Ich muß mir das weiße Rauschen anhören.«

Porcene und der Fotograf bedanken sich und gehen. Ich schaue Sigmund zu, wie er die Finger in die Ohren steckt, um danach die Luft zu belauschen.

»Ein schwaches Summen der Leuchtröhren, eine leichte Vibration, aber erträglich. Nicht gerade Delphi, aber zufriedenstellend. Geh zu den schlechtesten Plätzen, Suppe. Steig auf die obersten Ränge. Schließlich spiele ich auch für arme Leute.«

Ich gehe zu dem Platz, auf dem ich bei meiner Ankunft gesessen, auf dem ich zum ersten Mal vom *Seil der Hoffnung* gehört habe. Ich sehe, wie Sigmund Snider an den Steinway tritt und ein paar Elfenbeintasten hochklappt. Er nimmt das Concerto-Manual und schiebt es Blatt für Blatt in das Klavier. Die Seiten tauchen aus einem Schlitz unter den Pedalen wieder auf. Sigmund berührt eine Art Sensor und klappt die Tasten wieder in die ursprüngliche Stellung zurück.

»Ich bin ein körperbewußter Künstler«, sagte er. »Durch mein rhythmisches Schwanken, meine Mimik, mein häufiges Zurückwerfen der Haare bringe ich eine völlig neue Dimension in die Aufführung. Ich bin wie eine Salweide im Wind. Meine Schultern werden zu Vibratoren, meine Ellbogen zu Dildos. Ich kann doch nicht das alles darbieten und gleichzeitig dabei *spielen*.«

Er tritt einen Schritt zurück, als das Klavier *Das Millhaus* spielt.

»Wenn du mehr wärest als nur eine simple Dosensuppe, würde ich dir nicht gestatten, jetzt hier anwesend zu sein. Ich werde phantastisch sein heute abend, das fühle ich. Kannst du da hinten gut hören?«

»Ausgezeichnet. Brauchen Sie vielleicht noch Batterien?«

»Müssen wir jetzt unverschämt werden?«

»Das war nicht meine Absicht. Wir haben wirklich einen Vorrat im Lagerraum.«

»Ein Dutzend Dreifach-A könnten nicht schaden.«

»Betrachten Sie die Sache als schon erledigt.«

Das Konzert übertrifft bei weitem Sigmunds Verheißungen. Ich sitze da, stricke und lausche gefesselt. Keine Frage, *Das Millhaus* bedeutet für Omar und Ishmael das Leben nach dem Tod. Für Schwerverbrecher mit Neigung zur Klassik wird es länger Bestand haben als ihre Rufe nach Reformen.

Das illustre Publikum ist ebenso bewegt wie ich. In der ersten Reihe sitzen die Offiziellen des Besserungsrates, daneben Gouverneur Shaft und Sonia Kay.

Als Sonia auftaucht, gibt es einen Tumult. Sicher hat sie erkannt, daß die Gefangenen ihr Erscheinen mit gemischten Gefühlen aufnehmen. Trotzdem winkt sie ihnen gnädig zu – wie eine Diva auf dem Deck eines Ozeanriesen. Gouverneur Shaft dagegen versteht den Protest wohl als Beweis für ihr gutes Verhältnis zu den Insassen. Ich sehe, wie er ihr herzlich die Hand drückt.

Hinter den Ehrengästen hat die Presse Stellung bezogen. Auch das Fernsehen ist stark vertreten. Es geht das Gerücht, daß eine Version über das Leben der Zwillinge für eine Miniserie vorgesehen ist. Al Porcene soll schon einen Entwurf in Vorbereitung haben.

Wärter Slagle und seine Frau wirken beglückt. Was zuerst ganz nach einer Blamage aussah, hat sich in pures Gold für Millhaus verwandelt.

Der Maestro gestikuliert wild den Höhepunkt des Concertos ein. Er springt auf, kickt den Stuhl unter sich zur Seite und benutzt seinen Körper, um Honig und Säure aus den Noten zu wringen. Ich selbst habe großzügig zu diesem Abschnitt des Stückes beigetragen und weiß, daß seine Leidenschaft wie eine zerstörte Brücke mitten über reißenden Wassern endet. Ich hätte *Das Millhaus* vollenden können, aber wie Sigmund glaube ich, daß ein Werk, das immer wieder neu interpretiert wird, ewig jung bleibt. Jedes Ende ist auch ein Tod. Trotzdem verliere ich eine Masche, obwohl ich den plötzlichen Abbruch der Musik erahne – wenn diese fliegenden Hände mitten über den Tasten erstarren, als seien sie gegen ein Hindernis gestoßen. Ich fürchte das Verklingen der Musik. Für eine Millisekunde wird sich zwischen dem Hörsaal und der Ewigkeit eine Tür öffnen. Wer weiß schon, was in der kurzen Zeitspanne hereindringt oder hinauseilt? Ich mache mich innerlich schon darauf gefaßt.

Mit unerhörter Schnelligkeit erreicht Sigmund Snider die letzte Note, erstarrt mit gespreizten Fingern mitten in der Bewegung. Der Motor gibt den Geist auf, das Flugzeug wird eine Bruchlandung machen…

Erst ein ungläubiges Stöhnen, dann laute *Bravo! Bravo!* – Rufe. Applaus ist der Fallschirm der Seele.

Durch den Beifall höre ich den Knall einer Explosion, die Morris Feuerbloom zur Ehre gereicht hätte. Unter die Hochrufe mischt sich das Heulen eines Alarms. Die vergitterten Fenster unseres Hörsaals verwandeln sich in orangefarbene Tiger. Flammen züngeln auf uns zu. Sigmunds Hände tauchen in die undurchlässigen Handschuhe. Und überall lautes Geschrei.

Mustaf.

Ein Staatspolizist, einer von Gouverneur Shafts Leuten in vollem Kampfanzug, taumelt den Mittelgang herunter und klettert auf die Bühne. Er zieht eine Spur aus Latextropfen hinter sich her.

»Sie haben Die Bibliothek in die Luft gejagt«, ruft er noch, ehe er die Besinnung verliert und gegen den Steinway kippt. Das Piano startet *Das Millhaus* von der ersten Note an. Sigmund kämpft mit den hochgeklappten Tasten. Rauch steigt aus dem sinnlichen Corpus des Instruments. Seine dicken Beine verbiegen sich wie Stempel aus Brotteig.

Nichts davon macht mich nervös. Mustaf ist Mustaf. Ruhig stricke ich weiter. Was immer ich tue, es will wachsen – wie die Kaktuspflanzen draußen in der Leere.

»Wir haben das Gesicht verloren – und eine Menge Gummis«, sagt Wärter Slagle.

»Es ist nicht richtig, zur Vergeltung die Sonne zu benutzen«, sage ich.

Wir sitzen in der Kühle der Klimaanlage, während

meine Freunde und Kollegen, in Formation auf dem Hof angetreten, in der Hitze braten. Seit zwei Tagen und Nächten stehen sie dort.

»Dann sollen die Verbs doch vortreten.«

»Das wird nicht geschehen. Und nennen Sie sie doch bitte *Verbrecher*. Etwas Würde sollten Sie ihnen schon lassen.«

»Sie haben mir weh getan, Suppe. Sie haben uns allen weh getan.«

»Sie nehmen das zu persönlich, Wärter. Es gab keine direkte Feindseligkeit gegen Sie. Es ist nur so, daß Sie das System repräsentieren.«

»Jeder einzelne dieser Gummis stand stellvertretend für meine Person. Warum? Was hofften sie damit zu erreichen?«

»Verzweifelte Menschen setzen verzweifelte Maßstäbe.«

»Weshalb waren sie verzweifelt? Sollte Millhaus geschlossen werden, lernen sie erst richtig kennen, was Verzweiflung ist.«

»Ich bezweifle, daß Gouverneur Shaft Millhaus schließen wird. Vielleicht wird man Ihren Posten neu besetzen, aber die Einrichtung wird bestehen bleiben.«

»Ich will Namen. Du weißt mehr, als du zugibst.«

»Natürlich. Wir alle tun das.«

»Ich habe dich wegen deines Backgrounds heraufgerufen. Ich erwarte mehr von dir. Dein Code verlangt...«

»Ich habe keinen Code.«

»Das könnte sich ändern.«

»Die Explosion könnte sich zufällig ereignet haben – wie es ja auch in Ihrer Pressemitteilung steht.«

»Es war ein geplanter Sabotageakt, und ich will alle, die darin verwickelt sind. Ich werde an einem von ihnen ein Exempel statuieren. Du lieferst mir Namen, oder du wirst Herzschmerzen bekommen. Und glaub ja nicht, deine früheren Familienbande würden dir zu mildernden Umständen verhelfen. Homer Broggs Worte waren diesbezüglich unmißverständlich. Nenn mir endlich Namen, du selbstgefälliger Bastard.«

Ich sehe auf den Hof hinunter. Mustaf beugt sich über Jlub, der in der Hitze zusammengebrochen ist. Ein greller Sonnenstrahl reflektiert auf Luzifers glühendem Kristall. Hinter der Mauer sehe ich Malcolm, der den Spezis gerade das Mittagessen serviert.

»Ich war die ganze Zeit bei Sigmund Snider. Ich hatte mit irgendeinem Komplott oder einer Revolte nichts zu tun.«

»Meine letzte Warnung.«

»Ich habe nichts zu sagen.«

Es wäre ein glorreicher Moment gewesen, wenn die Insassen in mein Summen von *Das Millhaus* eingefallen wären, aber sie stehen nur schwitzend da und fluchen. Ich werde mit den Füßen voran an ihnen vorbei zum Rückwandler geschleift. Die Maschine graviert mir eine neue Botschaft in die Stirn.

»Das kleine Schiefertäfelchen muß inzwischen ziemlich voll sein«, sage ich.

»So was habe ich noch nie gesehen«, sagt der Mann, der die Maschine bedient. »Eine Doppelreihe von X, durchsetzt mit Os.«

»Und das besagt?«

»Ich glaube, es besagt, daß du ein BTI bist. Ein Beglaubigter Toter Irrer.«

»Und was geschieht mit Beglaubigten Toten Irren?«

»Beruf dich nicht auf mich – aber ich habe gehört, daß man sie zur Vivisektion an medizinische Hochschulen verschickt.«

»Dann bin ich hier heraus«, sage ich. »Im wahrsten Sinne des Wortes.«

»Meine Hochachtung«, sagt der Mann und betupft meinen Kopf mit Alkohol. »Ich respektiere eine solche Haltung.«

V

Diesmal werde ich wie Abfall in einer Plastiktasche wegtransportiert, die durch eine Röhre mit Sauerstoff versorgt wird. Ich hänge in einem Gestell und schwinge bei jeder Bewegung des Chevy Tempura hin und her. Der Fahrer hält gelegentlich an, um die Route zu überprüfen. Seine Straßenkarte ist veraltet, und auf seinen Instinkt will er sich anscheinend nicht verlassen. Er verweigert jedes Gespräch mit mir und bietet mir keinerlei Anhaltspunkt über unser Ziel.

Wenn der Bedienstete recht hat, werde ich für die Forschung ausgeweidet. Ich kann nur hoffen, daß ich entscheidend zu einem bahnbrechenden medizinischen Experiment beitrage. Ich habe Ruhm niemals nur als Fußnote betrachtet.

Ich schlucke das Tütchen Konzentrat, das man mir statt Essen mitgegeben hat. Ich schätze, daß wir jetzt seit mindestens zwölf Stunden unterwegs sind. In der Hülle ist es inzwischen feucht und stickig geworden. Ein geflügeltes Insekt hat sich irgendwie Zutritt verschafft. Es nervt mich mit seinem gierigen Summen, aber ich versuche nicht, es zu töten. Sollte der Trip länger dauern, könnte es mir ja Gesellschaft leisten wie mein Käfer – möge er in Frieden ruhen. Dieses Biest hat einen Stachel – was einen Dialog um so dringlicher machen würde.

Es ist schon fast dunkel, als wir zum letztenmal anhalten. Die Hecktür des Tempura wird geöffnet, und mein Hängesack gleitet auf eine Ladefläche. Ich werde auf den Boden heruntergehoben, aufgeschlossen und reißverschlußgeöffnet. Ich tauche aus meinem Sack auf wie eine von Sigmund Sniders kostbaren Händen.

»Die Straße hinunter. Du siehst die Lichter da?« sagt der Fahrer.

»Ich bin bereit.«

»Dann geh.«

»Allein? Ohne Bewachung? Was ist, wenn sie mich mit einem Assistenzarzt verwechseln?«

»Wie bitte?«

»Was sage ich denen im Hospital?«

»Nimm nur deine Sachen und geh auf die Lichter zu.«

»Man hat mich jahrelang sorgfältig überwacht. Sie haben mich sogar in einem Sack hergebracht. Und jetzt sagen Sie mir, ich soll allein weitergehen? Ich mache zehn Schritte, Sie erschießen mich mit Ihrem Laser, und später heißt es nur lapidar: Fluchtversuch. Nein, nicht mit mir.«

»Ich habe den Auftrag, dich bis zum Eingang zu bringen. Siehst du da drüben – da steht Eingang. Unterschreib hier.«

Ich kritzele meinen Namen auf ein Formblatt.

»Und was ist, wenn ich fliehe?«

»Wohin denn? Übrigens sitzt eine Wespe auf deinem Ohr.«

»Eine Hornisse, keine Wespe.«

Er zuckt die Achseln und steigt in seinen Lieferwagen. Ich schaue zu, wie er eine U-Kehre macht.

Ich nehme meinen kleinen Koffer auf und betrachte die Landschaft. Sie unterscheidet sich sehr von Millhaus. Gras, Bäume, grüne Hügel. Ich kann das Grün riechen.

Ich habe die Möglichkeit, vier Richtungen einzuschlagen. Die Möglichkeiten schrumpfen zu der Feststellung, daß ich kalte Hände habe.

Ich wende mich den Lichtern zu. Sie beleuchten ein kümmerliches Schild, das ich nicht entziffern kann.

Dies ist keine Fireflower-Leuchtschrift, sondern ein klägliches Sammelsurium von Birnen, die kaum genug Licht verbreiten, um eine Motte anzulocken.

Plötzlich werde ich vorwärtsgeschoben. Mir gelingt es gerade noch, das Gleichgewicht zu wahren und mich ohne jede Aggression umzudrehen. Die Millhaus-Drehung. Posten mögen keine schnellen Bewegungen. Aber es ist kein Posten.

Ein massiger Elefantenkopf schwebt über mir, sein Rüssel ruht auf meiner Schulter wie der Arm meines Onkels. Ich bin sicher, ich habe das Untier aus der Verschwommenheit meines Sauerstoffmangels heraufbeschworen. Es schwingt mich in die Luft, als sei ich mein eigener Schatten, und trägt mich auf das Schild zu. Seitwärts hängend und krampfhaft mein Hab und Gut umklammernd schwebe ich an Zugmaschinen und Aufliegern vorbei. Das traurige Schild nimmt nun eine lesbare Form an

CIRCUS MINIMUS!!!

und ich erkenne, daß es oben auf einem großen Zelt thront.

Mein korpulentes Taxi trottet auf eine Zelttuchwand zu. Trotz flehender Bitten weigert es sich stehenzubleiben. Ich werde gegen und durch dieses Hindernis gerammt. Die Dunkelheit ist undurchdringlich. Ich gerate in Panik. Wie ein Stein werde ich fallengelassen. Der Elefant stampft mit den Füßen und trompetet triumphierend. Das ist eine grausame und unübliche Bestrafung. Charlton Hymn wird davon erfahren.

Dann Licht, immer mehr Lichter, grellweiße Pfeile, die mich blenden. Ich höre Pfiffe und Buhrufe. Ich befinde mich inmitten eines Kreises, nicht viel größer als ein Pfannkuchen. Der Elefant erhebt sich auf die Hinterbeine und tanzt um mich herum.

Dann ertönt eine Spielzeugstimme: »Polly möchte einen Keks?«

Eine volle Frauenstimme sagt: »Geh und sammle sein Gepäck auf.«

Ein Löwe schnaubt mir ins Gesicht. Es ist ein verlotterter Löwe, wahrscheinlich wie wir alle in Gefangenschaft geboren. Er hat keinen sonderlichen Biß mehr. Mit den Zähnen packt er meinen Koffer.

Ich lache. Ich amüsiere mich häufig über meine Träume. Aber ich bin von der Fahrt erschöpft und habe nicht den Wunsch aufzuwachen. Ich gähne und strecke mich aus, während die Lichter Pastelltöne annehmen. Es ist nicht einfach, eine bequeme Lage zu finden, aber schließlich schaffe ich es und tauche in den Schlaf.

Nach vielen Tassen Kaffee sitze ich nun mit den neuesten Mitgliedern meiner ausgedehnten Verwandtschaft zusammen. Ein großer Mann mit einem Megaphon sagt: »Hallo, Suppe, schöne Grüße vom Circus Minimus. Interessant, daß du uns für einen Traum gehalten hast, denn tatsächlich existieren wir in einer Art Traumland. Bis auf wenige Ausnahmen sind wir durch einen gemeinsamen Code vereint. Wir sind Irre, Lichtlanzen, das erste Bollwerk menschlichen Verhaltens. Was heißt, daß wir nie klagen, nie lamentieren oder öffentlich Mißvergnügen äußern. Wir beantworten jeden Angriff mit Würde und Beherrschung. Wir proklamieren: *›Mag der, der ohne Fehl ist, den ersten Stein werfen‹*, und zum Lohn dafür werden wir mit Steinen beworfen. Solche Geschenke erwidern wir mit Humor, ein wenig Wagemut und großartiger Unterhaltung. Wir erinnern uns dann daran, daß wir bei Jung und Alt gleichermaßen Gelächter, Verblüffung, Tränen und Bewunderung hervorzaubern. Tatsächlich halten wir damit den Taktstock der Macht in unseren

Händen, es verschafft uns den winzigen Triumph, der unsere geheime Nahrung ist. Wir offerieren dir unsere Großzügigkeit in vollem Maß, weil du unser Clownslehrling bist. Und nun ist es an der Zeit, daß du deine Artistenkollegen kennenlernst.«

Eine Frau wie eine Wassermelone, eine Pyramide aus Speck, kämpft sich aus einem Sessel hoch. Ihr buschiges Haar ist in silberne Lockenwickler eingedreht. Zentner von Fleisch ragen aus einem geblümten Kleid. Sie hebt einen Arm, dicker als mein Schenkel. Gesichter starren mich von den unbedeckten Flächen ihrer gewaltigen Anatomie an.

»Hallo, ich bin June. Eine begnadete Drüsenanomalie mit einem reich illustrierten Fell. Aber du wirst weder Schlangen noch Drachen auf meinem Körper finden.«

Sie verbeugt sich.

Neben ihr erhebt sich eine flachgesichtige Frau und beschreibt mit dem Arm einen Halbkreis. Sie ist ein Wesen, auf dem June gesessen haben muß, platt, hager, eckig. Ihre Stimme ist ein Gähnen.

»Bin Lola. Arbeite mit dem Löwen.«

Der Löwe, den sie trainiert, antwortet mit einem gedämpften Knurren, einem Schnauben ohne Bosheit. »Sei still. Schlaf«, sagt Lola.

Ein Mädchen mit Vogelgesicht, viel jünger als die anderen, springt auf und vollführt eine Drehung. Ihr schwarzes Haar fällt lose herab und weht hinter ihr her wie ein Schal. Sie hat perfekt geformte Beine, ein verwirrender Kontrast zu ihrem übrigen Aussehen, das ziemlich unansehnlich ist. Ich muß mich zwingen, meinen Blick oberhalb ihres Beckens zu behalten.

»Sci gegrüßt. Mein Name ist Vanessa. Ich bin eine Reiterin. Nein, ich bin ein Pferd. Ich bin beides.«

Sie scharrt und wiehert. Aus irgendeinem Grund nicke ich.

Vier Männer erheben sich gemeinsam.

»Pierre, der Trapezkünstler. Ehemals die eine Hälfte

von Pierre und die erstaunliche Alice. Meine Alice ist inzwischen gestorben, sie ist von mir gegangen. Möge sie in Gottes großem Schoß ruhen.« Pierre hat Speck angesetzt, ist über seine besten Jahre weit hinaus. Ich könnte ihn mir eher als Weinkellner vorstellen als am Trapez.

»Charlemagne grüßt dich. Der Kraftmensch. Du hast schon von mir gehört?«

»Tut mir leid. Ich hatte nie viel Zeit für ...«

»Es ist nicht wichtig«, versichert Charlemagne, beugt sich vor und posiert.

Seine Arme umklammern seinen Kopf wie ein Schraubstock. Sein großflächiges Gesicht läuft rot an. Seine Zunge schießt hervor und wedelt rasend schnell auf und ab.

»Er kann damit Fliegen fangen«, sagt der Nebenmann, ein Liliputaner. Er springt auf Charlemagnes breiten Rücken. »Ich bin Arthur, der designierte Steher und die Seele der Show.«

Charlemagne entrollt sich wieder, packt Arthur und wiegt ihn auf den Armen. Arthur tut so, als ob er an der Brust des Hünen saugt. Arthur hat die Farbe einer Venusmuschel und ist so agil wie eine Zeichentrickfigur.

»Doodoo, dein Mentor. Wir werden uns und vielerlei Arten des Schreckens kennenlernen. Bete für dich, denn bald wirst du nur noch mich anbeten.«

»Was macht ihr mit dem Circus?«

»Das, was ich will«, sagt Doodoo und formt mit den Fingern einen Schnabel. Der Schnabel zirpt die ersten Noten von *Die Marsellaise*. Doodoo ist groß, streng und arrogant wie ein Kampfpilot in einem alten Kriegsfilm.

Er wackelt mit seinen großen Ohren und zieht die Nase kraus. »Ich rieche ein Opfer«, haucht er mit unheimlicher Stimme.

»Ach, halt den Mund«, sagt ein dunkelhäutiger Mann, der aussieht wie eine abgenutzte Puppe. »Ich heiße Mati und mache die Schlangennummer. Ich verwandele die Reptilien in Satzzeichen. Meine Schlangen formen sich auf mein Kommando zu Parenthesen, &-Zeichen, Fragezeichen, eckigen Klammern. Das ist herrlich und deprimierend zugleich. Nett, dich kennenzulernen.«

»Ganz meinerseits.«

Der Mann mit dem Megaphon tritt vor. »Ich bin Globus Bom, wie schon mein Vater Manegenmeister des Circus Minimus. Es ist mein ganzer Stolz, meinen Vater in mir selbst wiederzufinden.«

Der Vater, von dem er spricht, ist in den Sechzigern, dickbäuchig, kahlköpfig, hat ein Seehund-Gesicht und ein Dreifachkinn. Er trägt eine abgewetzte Mohair-Jacke, ein ausgeblichenes T-Shirt, eine karierte Hose und auf Hochglanz geputzte Schuhe, die einem Diplomaten zur Ehre gereicht hätten. »Es gibt nur noch wenig fahrendes Volk auf der Welt, das den Menschen Unterhaltung und Spaß bietet. Unser Fluch und unser Segen ist unser Status als gefährdete Spezies. Weil wir Vergangenheit und Zukunft miteinander verbinden, wird dieses Unternehmen von der Hoffenstein-Stiftung für Kunst unterstützt und genießt allgemeinen Schutz gemäß Absatz 892, Paragraphen 3 bis 44 der Sanktionierten Amüsementsverordnung. Wir setzen eine Tradition fort, die so alt ist wie die Historie selbst, und dienen der Gesellschaft gleichzeitig als Deponie für Geschöpfe, die wie du nicht mehr zu retten sind.

Wir sind eine Einheit, leben als solche, wir arbeiten und drücken uns gemeinsam vor der Arbeit.« Bom nimmt die Hand einer Frau, deren Aufmachung mich an das Zitronenbaiser erinnert, das sie zum Abendessen in West Stockton servierten. Sie erhebt sich von einem Stuhl und macht mit erstaunlicher Anmut einen Knicks. »Diese liebliche Maid, die schöne Amelia Bom, ist meine Lebensgefährtin.«

»Du mußt wissen, daß Amelia Bom alles mindestens

zweimal gesehen hat«, sagt eine zuckersüße Stimme. »Ich habe das Temperament einer Titte. Trag deine Probleme zu mir, und ich erteile dir die Absolution.«

»Und du«, fragt Globus Bom, »was bist du?«

»Ich bin müde.«

»Schön gesagt. Morgen wirst du uns zusehen, wie wir unseren Zauberreigen spinnen. Morgen wirst du durch das Portal der wallenden Dämpfe treten und Teil des Zaubers werden. Ich habe als Mittelsmann des Strafvollzugs den Auftrag, dich daran zu erinnern, unsere Verhaltensmaßregeln zu beachten, die hier in diesem Pamphlet ausgeführt sind. Nicht wegen deines Schwanzes, sondern eher wegen deines entwürdigten Status. Nimm es. Du, und wir alle, sind unter ständiger Beobachtung. Aber wer ist das nicht, und wer würde schon vorziehen, unsichtbar zu sein? Innerhalb vernünftiger Grenzen werden deiner Kreativität keine Zügel angelegt.«

»Nun laßt den Jungen endlich schlafen«, mahnt Amelia.

»Nur noch eins. Dort oben hinter den Rängen siehst du ein paar Leute unserer Wartungscrew. Fraternisiere nicht mit ihnen.«

Ich schaue mich um. Von vielen Punkten in der Zeltkonstruktion sehen die Crewmitglieder zu uns herunter. Ich weiß inzwischen, wie Posten aussehen.

»Und nun geh auf dein Zimmer. Doodoo wird dich hinbringen.«

»Sei stolz auf deinen Leitstern«, sagt Doodoo und macht einen Spagat.

Das spärliche Publikum, das die *Aufführung* des Circus Minimus sehen will, ist eine unversöhnliche

Horde, die sich an einem schwülen Abend in dem feuchtheißen Zelt einfindet, um den Begriff Unterhaltung auf den Kopf zu stellen. Vor Programmbeginn verkaufen Globus und Amelia Bom ihnen Süßigkeiten, Limonade und Souvenirs. Ein paar mürrische Kinder drehen dünne Plastiktaschenlampen wie nicht funktionierende Zauberstäbe in ihren Händen.

Ich beobachte, wie die Crew an den strategischen Punkten Stellung bezieht. Sie saugen das bißchen Erwartung, das von der Menge ausstrahlt, auf und verströmen Schwaden von Böswilligkeit. Ich hatte nie im Traum damit gerechnet, daß ich für Die Bibliothek jemals nostalgische Gefühle entwickeln würde.

Als das Publikum seine Ungeduld immer lautstärker zum Ausdruck bringt, stellen die Boms den Verkauf ihrer Waren ein und ziehen sich zurück. Minuten später taucht Globus als Manegenmeister im Scheinwerferlicht auf.

»Ladies und Gentlemen, Kinder aller Altersklassen. Der international bekannte und gefeierte Circus Minimus dankt Ihnen allen für Ihre geschätzte Anwesenheit. Im Austausch dafür bieten wir einen Abend voller Frohsinn und Lachen, mit Wundern, köstlichem Blendwerk und atemberaubenden Gefahren, die auch das unterkühlteste Herz zum Zittern bringen. Wir beginnen nun mit unserer Parade der leuchtenden Sterne, einer monumentalen Sammlung von Außenseitern, die wir nur zu Ihrem persönlichen Vergnügen mobilisiert haben.«

Der Scheinwerferkegel bekommt Farbe. Amelia gibt das Zeichen zum Abspielen des Musikbandes. Die Parade der leuchtenden Sterne beginnt.

Die Schausteller des Circus Minimus können nicht wissen, daß sie glimmende Funken versprühen. Kleiner noch als Glühwürmchen wirbeln diese Partikel durch die Luft und steigen zu den Löchern in der Zeltkuppel empor. Die Zelthülle, oftmals beschädigt, ist durchsetzt mit Rissen – unbemerkte Ausgänge und Pforten in die Nacht. Das entweichende Licht des Circus Minimus findet seinen Weg durch die Wolken zum Mond und weiter zu erkalteten Planeten. Es strömt hinaus in die Sternenfarm. Zu Orten, an denen die Zeit mit Eis und Feuer verschmilzt. Sonnenwinden und auseinanderbrechenden Welten zum Trotz zerstreut sich das Licht nicht. Es bündelt sich zu einem kleinen Funken und reist zum letzten Strand des Universums, gleitet dann immer noch leuchtend an fremden, schrecklichen Klippen vorbei. Es tropft in einen Ozean mit Wellen aus geschmolzenem Glas. Dort, wo große Monster an feurigen Fischen knabbern, vereinigen sich die Lichtfragmente zu einer subatomaren Sonne, die so winzig ist, daß nicht mal Fotoaugen sie entdecken könnten. Von alldem wissen die Schausteller nichts – noch würden sie einen Deut darum geben.

Die Parade der leuchtenden Sterne ist in Bewegung geraten.

Vanessa in einem pinkfarbenen Spandex-Trikot reitet auf einem dürren Gaul, der auf den schönen Namen Romeo hört, in die Manege. Arthur der Liliputaner folgt auf einem weiteren Pferd. Als englischer Schuljunge verkleidet steht er freihändig auf Julias Sattel. Seine Cocktailwürstchen-Finger zeigen ein siegreiches V.

Dann kommt Orson der Elefant mit June. Sie räkelt sich an einem Plastikstrand mit Palme, der auf Orsons Rücken geschnallt ist. Sie trägt Büstenhalter und Höschen, beides in Rot, unter einem durchsichtigen Hemd, das vom Hals bis zu den Knöcheln Tätowierungen verstorbener Filmstars zeigt.

Pierre stolziert in einem Akrobatenkostüm als geflügelter Merkur ins Zelt. Charlemagne zeigt sich mit hohlen Gewichten, außen etikettiert mit einer enormen Gewichtsangabe. Mati hat sich in seine halbtote

Python gewickelt, die eher nach einem Feuerwehrschlauch als nach einer Schlange aussieht. Ihr Kopf baumelt zwischen Matis dürren Beinen, was bei den zahlenden Gästen einen Heiterkeitsausbruch verursacht.

Lola führt ihren namenlosen Löwen an einer Leine herein. Mein Mentor Doodoo der Clown rennt zwischen den anderen herum und tut so, als ob er einer Möhre nachjagte, die vor seiner Nase hängt. Die Parade der leuchtenden Sterne bildet eine Kreis um Globus Bom, der selbst keine Konkurrenz für die Sonne sein will. Die Manege des Circus Minimus ist ein Ort der Erfüllung, der Vollstreckung.

Keine Regung aus dem Publikum – bis ein Kind ein Geheul losläßt. In dem Geschrei erkennt Lolas Löwe eine ernsthafte Bedrohung. Er versucht eine Antwort. Lola gibt ihm eins auf die Schnauze. Plötzlich funktioniert seine Erinnerung wieder, und er produziert ein Geräusch, das entfernte Ähnlichkeit mit einem Grollen aufweist. Die Pferde scheuen erschreckt und werfen Vanessa und Arthur ab. Pierre eilt ihnen zu Hilfe und stolpert über die Python, die sich entrollt hat. Charlemagne läßt seine Gewichte fallen, die kaum dröhnen, als sie aufschlagen, und beeilt sich, die Schlange aufzuheben, aber Mati ist beleidigt und wikkelt sie selbst wieder auf.

Orson schweift plötzlich vom Thema ab und wagt ein Tänzchen. June poltert von ihren Plastikstrand herunter. Doodoo improvisiert und spielt einen Lastenkran, um sie hochzuheben, reibt sich seinen Leistenbruch und schneidet tragische Gesichter. Nur Amelia behält die Übersicht und schaltet geistesgegenwärtig die Scheinwerfer aus. Als das Licht wieder angeht, ist nur noch Globus zu sehen.

»Haben sie sich keinen Applaus verdient?« fragt er die Zuschauer.

Ein paar fällt wieder ein, daß sie Christen sind. Die

übrigen starren zu DooDoo hinab, der mit Eimer und Schaufel die Pferdeäpfel beseitigt.

»Und nun, zurück von einer Tournee durch die prestigeträchtigsten Arenen in der Föderation, Monsieur Pierre, der einzigartige Beherrscher der Lüfte. Er arbeitet allein, wenn auch nicht aus freien Stücken. Seine geliebte Frau, die erstaunliche Alice, hat sich bei einem Sturz von eben diesem Trapez dort schwere Knochenbrüche und innere Verletzungen zugezogen und ist daran verschieden. Vielleicht wird ihr Geist ihm bei seinem Flug begegnen. Nutzen Sie bitte die Gabe Ihrer Vorstellung, um Pierre auf seiner gefährlichen Reise zu begleiten.«

Mit einiger Mühe findet der Scheinwerfer Pierre auf seiner Plattform, die an dem quergestreiften Mittelpfosten des Zeltes angebracht ist. Pierre wartet darauf, daß die Musik verklingt und Vogelgezwitscher ertönt. Als die Kanarienvögel endlich zirpen, löst Pierre sich von seinem Hochsitz. Er hängt an seinen angewinkelten Beinen, hat die Trapezstange in die Kniekehlen geklemmt. Er nimmt immer mehr Schwung, bis sein Kopf hochrot ist, dann läßt er die Stange los und greift nach der zweiten Trapezstange – oder nach Alices willigen Handgelenken. Aber da ist kein Trapez, und erst recht keine greifbare Alice. Wie ein Pfannkuchen segelt Pierre ins Netz.

Das Publikum blickt finster. Rufe nach Rückzahlung des Eintritts werden laut.

»Ladies und Gentlemen«, sagt Globus. »Stellen Sie sich bitte vor, Sie tasten nachts nach einem vertrauten Körper, aber es erwartet Sie nichts außer einem kalten Kissen. Haben Sie Verständnis für Pierre in dieser Stunde seines großen Verlustes.«

Doodoo überreicht Pierre eine geknickte Rose.

Die Show ist gerettet.

Während Lola ihren Löwen anfeuert, durch einen Ring zu springen, kommt der geflügelte Globus Bom auf mich zugestürzt. »Deine akademische Meinung, Suppe?«

»Da gibt es noch einiges zu tun.«

Meine Kabine befindet sich in *Walhalla*, dem älteren der zwei verrosteten Winnebagos, die draußen vor dem Zelt geparkt sind. (Der Name leitet sich vom teutonischen Ursprung des Circus Minimus ab; die Boms gibt es schon länger als das Bier.) Sie ist eng, aber dafür mein. Es gibt ein Feldbett, einen Tisch, ein Becken, einen Schrank aus Pappmaché, einen Fernseher und – Gott sei's gedankt – eine Tür ohne Gitter.

Ich entspanne mich bei einem Interview von Sonia Kay mit Homer Brogg.

»Rechnen Sie mit einem Sieg im Iowa-Ausschuß?«

»Ausschuß oder Krokus – sie scheinen immer zur gleichen Zeit zu sprießen, nämlich im Zeitraum von plus oder minus vier Jahren. Das Wort klingt ähnlich wie Karkasse oder Kadaver, und meiner ist im Rennen.«

»Sie haben meine Frage nicht beantwortet.«

»Sie erwarten doch nicht ernsthaft Antworten von einem Kandidaten, Sonia. Die Nation könnte einen Herzstillstand erleiden.«

»Sie beanspruchen also nicht den Sieg für sich?«

»Täte ich das, wäre ich unerträglich arrogant – selbst im Fall eines Sieges. Verliere ich aber, stehe ich vor aller Welt als Dummkopf da.«

»Ist das nicht etwas herb, ein bißchen zynisch?«

»Nur realistisch. Pragmatisch. Sonia, ich bin weder herb noch zynisch. Ich bin ein Durchschnittsmensch mit etwas überdurchschnittlichem Glück. Ich bin ein

Norman Cradle, der versucht, mit Hilfe des Kompaßes seiner Menschlichkeit das Schiff auf Kurs zu halten.«

»Jetzt klingen Sie wie ein echter Kandidat.«

»Und Sie klingen zynisch. Sicher, ich würde gern in Iowa crunchen, spreizen, hineinstoßen und punkten – um diesen Vergleich einmal zu benutzen. Ist das schlimm?«

»Sie haben auch schon mal für den Senat kandidiert.«

»Ja, und dabei eine einzige Stimme erhalten – nämlich meine. Sogar meine Frau stimmte damals für meinen Gegenspieler. Aber das ist schon lange her.«

»Haben Sie da nicht zum ersten Mal vorgeschlagen, das Zusatzwert-Gesetz zu verabschieden?«

»Sagen Sie mir, Sonia, würden Sie, wenn Sie am Boden zerstört sind, sich eher als Wrack oder als Goldkorn fühlen?«

»Aber werden denn durch Zusatzwert die dringend benötigten neuen Arbeitsplätze überflüssig?«

»Nein, es ersetzt aber die sprichwörtliche Wohlfahrt.«

»Mr. Brogg, man sieht Sie schon als den nächsten Globalen Bewahrer und Erneuerer. Wenn Dr. Hoffenstein einmal von uns geht, was hoffentlich erst in ferner Zukunft geschieht, muß das Wissen um den Ort, an dem der Große Muttercomputer steht, an eine lebende Person weitergegeben werden. Wäre der Posten eines Globalen Bewahrers für Sie nicht viel attraktiver als lediglich die Präsidentschaft?«

»Sie sprechen hier von der zweitgrößten planetarischen Ehre. Und die übersteigt nach meinem Dafürhalten weit meine Fähigkeiten. Sollte man mich aber in dieses Amt berufen, würde ich natürlich der Welt mit all meinen Kräften dienen. In der Zwischenzeit möchte ich nur euer Präsident sein. Es gibt viel zu tun, das wissen Sie ebenso gut wie jeder sonst.«

Jemand klopft an meine Tür. Ich drehe Homer ab.

»Herein.«

Vor mir steht Amelia Bom im Negligé.

»Darf ich?«

»Es wird zwar ein wenig eng, aber bitte, komm herein.«

»Globus sagt, dir hätte die Show gefallen.«

»Sie war sehr stimulierend.«

Amelia setzt sich auf mein Feldbett.

»Wir bemühen uns, Suppe. Ich bin nur vorbeigekommen, um dir zu sagen, daß wir uns freuen, dich bei uns zu haben. Der Clown, den du ersetzt, war nicht mehr gut genug. Wir mußten ihn wegschicken.«

»Wo ist *wegschicken*, wenn man als Irrer codiert ist?«

»Ich stelle keine Fragen. Ach ja, ich habe dir eine Taschenlampe mitgebracht. Wir haben Probleme mit dem Strom.«

»Vielen Dank, Amelia.«

»Selbst Aladin braucht seine Lampe. Du bist jetzt unser Aladin. Unsere Quelle des Lichts ...«

»Ich hoffe, ich kann ...«

»Circus-Leute sind Blumen. Wir müssen vom Licht gestreichelt werden.«

»Amelia ...«

»Sag es nicht. Ich versuche nicht, dich ins Bett zu kriegen. Mr. Bom und ich haben einen Status der Glückseligkeit und Treue erreicht, der nur durch den Verlust des Appetits zu erreichen ist. Wenigstens haben wir noch unsere Erinnerungen. Die anderen hier sind dagegen leere Alben. Dir ist vielleicht aufgefallen, daß ihr Auftritt nicht gerade für die Manege bei Barnum und Bailey geeignet ist.«

»Trotzdem schien mir da ...«

»Ein Stromausfall. Suppe, ich hoffe du wirst dich in die Familie einfügen. Als unser Dynamo.«

»Ich bin nicht sicher, ob ...«

»Alles wird wieder in die Reihe kommen. Aber

warum setzt du dich vor der Ausgangssperre nicht noch ein wenig zu unserer Truppe? Doodoo erzählt eine Gutenacht-Geschichte. Sie wird dir gefallen. Wir möchten, daß du an allem teilnimmst.«

Nachdem Amelia verschwunden ist, ziehe ich mich an und gehe zum Zelt. Die *Familie* hockt um Doodoo herum, der posiert wie ein Schamane.

»Welche soll es sein? *Rapunzel* oder eine weitere Folge aus *Die Geschichte vom Weib?*«

»Die feuchte«, sagt Arthur.

»Also schön, *Die Geschichte vom Weib, Teil Sechs* – mit Empfehlung von Doodoo an diese verehrte Versammlung seiner Möchtegern-Peers.«

»Nun erzähl schon«, brummt Charlemagne.

»Ich kam heute abend von meiner schweren Arbeit in der Manege zurück« beginnt Doodoo. »Das Weib erwartete mich schon, lüstern hingebreitet, sehnsüchtig, mit weit gespreizten Schenkeln. Ihr Nabel glitzerte wie eine seltene Doublone. Nein, sagte ich zu ihr, ich bin müde und erschöpft. Aber davon wollte sie nichts wissen. Sie bestand darauf, mich zu entkleiden. Genüßlich öffnete sie jeden einzelnen Knopf und zog langsam an meinen Reißverschlüssen, als seien sie die Sprossen zum Regenbogen. Dann fütterte sie mich mit Honig.«

»Wo kam der her?« fragt Arthur.

»Aus dem Jungbrunnen«, erklärt June.

»Als der Honig gerade meinen Hals hinunterlief, kam sie über mich. Ihr rubinroter Mund war überall. Sie schob mich in ihre samtene Höhle und begann sich auf mir zu winden. Dann drehte sie sich langsam herum und unterstützte mit ihren köstlichen Händen, die sie auf meine Schenkel legte, ihre herrlichen Bewegungen. So wie die kleinen Wellen die Wasseroberfläche eines Sees kräuseln, hob und senkte sie sich auf mir.«

»Und dann bist du gekommen«, ruft Pierre.

»Nein«, behauptet Doodoo. »Meine Kontrolle war

absolut. Mit jeder Unze meines dahinschmelzenden Widerstandes habe ich gegen sie angekämpft. Aber sie war wie von Sinnen. Sie lutschte an meinen Zehen, sie biß mir zärtlich in die Eier. Sie verlor völlig die Kontrolle. Sie brach auf mir zusammen wie eine Hütte in einem Tornado. Sie bettelte: ›Doodoo, bitte, bitte, gib ihn mir zurück, gib mir meinen Honig zurück.‹«

»Ein indischer Spender«, meint Lola.

»Jesus«, ruft Mati. »Und dann?«

»Ich habe dem Weib gesagt, ich wolle meditieren. Als ich ging, weinte sie.«

»Du Hurensohn«, kreischt Vanessa. »Diese Geschichte gefällt mir nicht. Kein Wunder, daß sie sich nicht entscheiden kann.«

»Sie wird zu uns kommen«, sagt Doodoo. »Das Weib hat einen starken Willen. Aber ich werde sie überzeugen.«

»Wird sie allen zur Verfügung stehen?« fragt Arthur.

»Wenn ich es so beschließe.«

»Sie gehört dir nicht«, zischt Mati. »Sie ist Gemeinschaftseigentum.«

»Wer hat sie denn gefunden?« fragt Doodoo. »Das Recht ist auf der Seite der Besitzenden.«

»Aber nur zu neun Zehnteln«, ruft Arthur.

»Was ein Zehntel für euch übrig läßt. Und das ist ihr kleiner Finger. Ich muß ja nicht unbedingt *Geschichten vom Weib* erzählen. Ich tue es aus Liebe zu euch – und ernte dafür nur Boshaftigkeit.«

»Wir meckern ja nicht«, brummt Charlemagne. »Sei nicht wütend auf uns.«

»Jetzt bin ich heiß«, sagt Doodoo. »Ich denke, ich gehe zurück und werde Das Weib diesmal hoch beglücken. Um so mehr, als sie Nullkommanichts erwartet. Diese Beine sind wie der Sommerwind. Diese Lippen haben Kometen geküßt.« Doodoo schlägt mir leicht auf den Kopf. »Du mußt sie immer zum Lachen bringen, Suppe, ehe du deinen Abgang machst.«

»Was hatte das alles zu bedeuten?« frage ich Mati, nachdem Doodoo gegangen ist.

»Er hat einen Flüchtling auf der Straße aufgelesen. Sie haben auch bei uns nach ihr gesucht, aber wir haben sie versteckt. Sie kann nirgends hin. Früher oder später wird sie zu uns stoßen. Und dann wird Pierre sehr glücklich sein.«

»Ich weiß nicht«, sagt Pierre. »Das ist alles noch etwas unausgegoren. Sie mag ja vielleicht was vom Ficken verstehen. Das ist keine große Sache. Aber wird sie auch lernen zu fliegen?«

»Die Geschichte vom Lecken gestern abend war viel besser«, sagt Charlemagne. »Bei der hier hab ich keinen Steifen bekommen.«

»Du magst eben nur Geschichten mit einem glücklichen Ende«, sagt June.

»Es gibt Clowns und Clowns.«

Doodoo nimmt einen Schluck aus einer Bügelflasche Jello und führt mir einen Veitstanz vor.

»Schön. Das ist lustig«, sage ich.

»Vielen Dank. Außerdem sollte man immer daran denken, daß unsere Routine dem Kalender angepaßt werden muß. Es gibt verschiedene Saisonzeiten für den Clown, sie sind uns auferlegt. Es hat keinen Sinn, sich dagegen zu wehren.«

Doodoo knockt sich zu Boden und zählt sich selbst aus.

»Die Monate, die auf *ember, ober, ember, ember* enden, sind nur eine Ansammlung von Wolken, die Vorbereitung, sich der kalten Erwartung von *anuar und ebruar* zu ergeben. *ärz* und *pril* erwecken einen Hauch von Wiedergeburt. Aber der Frühling ist auch des Todes beliebteste Zeit, der Beginn des fiskalischen Jahres für Bestattungsunternehmer. Warme Zeiten kommen mit *ai* und *uni*, Baiser-Monate voller Konfusion, Revision, Reversion, Regression, aber auch voll neuer Entscheidungen, und wir setzen wie die Bären Speck an für die *ember, ober, ember, ember,* die folgen. Und so geht das immer weiter. Wir müssen den Kontrapunkt spielen, die Uhr überlisten – *uni* im *ember, ober* im *ai.* Frohes Neues Jahr.«

Doodoo setzt einen spitzen Partyhut auf und schießt Konfetti aus seinen Ohren.

»Natürlich gibt es auch Konstanten, Suppe. So ist beispielsweise Scheiße der gemeinsame fäkalsprachliche Nenner für alle Jahreszeiten. *Sie* lieben die Vorstellung von Scheiße über alles. Seit langem zuverlässig und seriös ist auch die Mahnung, daß Zivilisiertheit der Brutalität gleichkommt.«

Doodoo öffnet eine überdimensionales Buch mit dem Titel *Die See Um Uns.* Ein Schwall blauen Wassers schwappt über ihn. Eine poppige Riesenklammer schießt aus den Seiten und schnappt nach seiner Nase.

»Während die Art der Vorführung sich also nach der Sonnenwende richtet, verändert sich ihr Kerngehalt nie. Wie das Feuer im Bauch der Erde glüht die Wut wie flüssige Lava im Bauch des Clowns. Leider ersticken unsere Flammen in der eigenen Pisse, und Dampf schießt aus unseren Ärschen. Genau das lieben *sie* am meisten.«

Doodoo läßt seine durchnäßte Hose fallen.

»Ich habe immer daran geglaubt, daß Clowns den Triumph der Humanität bestätigen«, sage ich. »Sie sind wie Weiden, die ihren Platz im Garten der Menschheit behaupten.«

Darauf sagt Doodoo zu seiner Achselhöhle: »Vater, vergib ihm. Es stimmt, daß im bloßen Beharren ein gewisser Edelmut liegt, wenn auch nur pure Gewohnheit das Motiv ist. Einige meiner Brüder und Schwestern verkünden diese Botschaft nicht mehr. Und das ist der Punkt, wo ich ansetze. Clowns, die den Namen verdienen, treiben mit der Furcht Handel.«

Doodoo läßt die Zunge über einen riesigen Lutscher gleiten. Ein Monster kriecht aus seiner Fliege und leckt sein Gesicht. Er dreht eine Pirouette.

»*Ihr* größtes Vergnügen ist es doch, den Sensenmann zu beobachten, wenn er Verwandte, Freunde und Nachbarn dahinrafft. Wir sterben für *sie*, aber die tiefere Wahrheit ist doch, daß wir für *sie* töten. Wir entmannen die Kräfte, die *sie* verfolgen, und indem wir das tun, entmannen wir uns selbst. Wir müssen unsere eigenen Mörder sein. Unser Schmerz befreit *ihr* Lachen.«

Doodoo schält eine propellergroße Banane. Doch sie wehrt sich, windet sich in seiner Hand und läßt die Schalenstreifen zurückschnellen.

»Hier ist eine Faustregel für dich: Zuviel ist lustig, zu wenig ist tragisch. Wir arbeiten ausschließlich mit Extremen. Deshalb müssen wir darauf achten, nur die klügsten Kinder in Schrecken zu versetzen. Es muß so aussehen, als sei Mitleid unsere Währung – eine Täuschung, die uns am Leben erhält. Weil wir *ihre* Spiegel sind, halten wir die Trumpfkarte in unserer Hand. Wir drohen *ihnen*, sie der Vergessenheit anheimfallen zu lassen, weil wir *sie* sind.«

»Vielleicht bin ich naiv, aber mir genügt es, daß Clowns die Leute zum Lachen bringen. Lachen ist die beste Medizin.«

»Sind wir vielleicht Ärzte? Ist es unsere Mission zu heilen oder die Krankheit zu pflegen, die da Existenz heißt? Ich sagte doch, es gibt Clowns und Clowns. Möchtest du lieber wärmstens verachtet oder aufrichtig verehrt werden? Doodoo wird nicht eher ruhen, bis er *ihnen* die schlimmsten Alpträume beschert hat. Ich lasse sie teilhaben an meinem hehren Schrecken, den sie dann in ihren Hundegehirnen mit nach Hause tragen können. Schließlich ist Doodoo nicht Disney, Hallmark oder Norman Cradle. Doodoo ist ein Priester der Kloake, der wir alle entstammen.«

»Zum Glück liegen Welten zwischen Disney, Hallmark, Cradle und dieser Kloake.«

»Wenn du eine einzige findest, buche sofort ein Ticket dorthin. Aber bis dahin serviere *ihnen* Scheiße und Rosen in wechselnden Dosen. Sie werden es dir danken, werden dich dafür lieben.«

Doodoo zaubert eine Vase mit einem langstieligen Bukett hervor. Er tut erfreut und schnuppert daran. Die Rosen verwelken und sterben. Doodoo vergießt dicke Tränen über ihre vergangene Schönheit. Seine Tränen bewirken ein Wunder. Die Rosen blühen wieder auf. Glücklich schnuppert er wieder, wieder welken die Blumen. Er weint, sie recken die Köpfe. Zum Schluß schlägt er sich die Vase auf den Kopf. Ein einzelnes Gänseblümchen sprießt aus seinem Skalp. Er pflückt es und prüft die Liebe seines Schatzes. Sie liebt ihn, sie liebt ihn nicht. Er schwankt zwischen Qual und Jubel, während er die Blütenblätter wie Schneeflocken von sich pustet. Er kommt zum letzten Blatt. Es wächst plötzlich und zerrt an seinem Haar. Er zerrt an ihm, es zerrt am Haar. Wenig später ist der Kopf kahl und rollt von der Schulter, während Doodoo sich verbeugt. Er jagt ihm hinterher, fängt ihn, verzieht die Lippen zu einem Grinsen und schraubt ihn wieder an die alte Stelle.

»Fabelhaft.« Ich applaudiere.

»Das geht nur im Winter. Im Frühling fällt das flach.«

Noch mehr Applaus ertönt. Es ist nicht meiner. Arthur steht neben dem Käfig des goldigen Löwen.

»Ich habe das Geld.«

»Sehe ich aus wie ein Zuhälter?« fragt Doodoo.

»Ja.«

»Gib schon her.«

Arthurs Springmaus-Beine tragen ihn näher. Doodoo reißt ihm ein Bündel Noten aus der Hand.

»Und wann? Heute abend?«

»Wann man es dir sagt«, knurrt Doodoo. »Und jetzt verschwinde. Dies hier ist der Fortgeschrittenen-Kurs.«

Als Arthur gegangen ist, sagt Doodoo: »Sie alle wollen mein Weib, obwohl sie es nie gesehen haben. Es sind meine Geschichten, die sie heiß machen. Pures Marketing. Marketing ist eben alles.«

»Ich habe deine letzte *Geschichte Vom Weib* gehört. Sie war widerwärtig. Warum hören sie dir zu, anstatt miteinander zu vögeln?«

»Weil sie schon alle *miteinander* gevögelt haben. *Miteinander* – das ist eben das Problem, nicht die Lösung. Mein Weib aber kommt von *draußen*. Eines Tages wird auch sie *miteinander* sein, aber jetzt noch nicht. Die gleiche Wahrheit gilt auch für dich, Suppe. Ein guter Tip für einen klugen Kopf: Dein Hammer ist wertvoll.«

»Amelia Bom hat auch schon so etwas angedeutet.«

»Ich könnte als dein Agent fungieren.«

»Wie denkt das Mädchen darüber, daß es verkauft wird?«

»Vermietet, nicht verkauft. Und nur an die Familie, nicht an die Crew. Ich weiß nicht, was sie darüber denken wird. Ich kenne nicht mal ihren Namen.«

»Hast du sie denn nicht danach gefragt?«

»Ich wollte es. Habe ich es? Wer behält das schon im Kopf? Ich beschäftige mich mit dem Innern, nicht mit Äußerlichkeiten. Man hat ja kaum mehr Zeit für die Nachrichten.«

Wie Doodoos *anuar* oder *ebruar* sind die kurzen Morgenstunden gefrorene Zeit für mich. Ich streife unter Eis umher. Wen will ich denn in diesen Höhlen treffen?

Ich bin ein Kind in einem Bahnhof. Meine Eltern haben mich vergessen. Sie trinken Kaffee aus Plastikbechern und essen aufgedunsene Semmeln. Wir stehen wartend auf dem Bahnsteig. Der Boden bebt. Ich versuche, Vater und Mutter zu warnen, daß da Drachen heranstampfen, aber sie sind zu beschäftigt mit ihrem Essen. Kreaturen schlurfen vorbei, vieläugige Wesen mit Krokodilkörpern, die Funken versprühen. Wieso retten meine Eltern mich nicht oder machen sich zum Kampf bereit? Sie warten darauf, wie die Brötchen, die sie essen, verschluckt zu werden. Andere Happen starren mich aus den aufgerissenen Mäulern der Drachen an. Ich schreie laut – und werde dafür geohrfeigt. Ein Drache bleibt stehen. Mein Vater hebt mich hoch, und ich denke, er wird mit uns fliehen. Statt dessen steigen er und Mutter freiwillig in eins der vielen Mäuler des Untiers. Ich strampele wild in Vaters Armen, komme aber gegen die beiden nicht an. Ich weiß, eines Tages werde ich stark genug sein, mich an ihnen dafür zu rächen.

Der Drache bewegt sich vorwärts. Wie ein Schnecke rolle ich mich zusammen und rühre mich nicht, rechne damit, jeden Augenblick verschlungen zu werden. Zersetzende Säfte fließen über uns. Sie überfluten unseren Raum und lassen den Atem erstarren. Der Drache stößt einen lustvollen Schrei aus. Ich lache über das Geräusch. Meine Mutter streichelt mir übers Haar, und mein Vater nimmt noch einen kräftigen Bissen, während sein Körper schon Blasen wirft und auseinanderplatzt. Ich verwandele mich in einen Kristall. So werde ich zwar ausgeschissen oder ausgespuckt, aber wenigstens nicht in Sehnen, Muskeln oder Drachenfleisch umgewandelt.

Meine Augen öffnen sich blinzelnd. Ich schaue auf die Uhr. Es ist eine dieser eisigstarren Stunden. Von draußen dringen Geräusche herein. Ich spähe durch die Jalousie.

Licht fällt aus den fluoreszierenden Arterien des Circus Minimus!!!-Zeichens auf Schatten, die verstreut im Dunkeln stehen. Trina und ich standen auch einmal an einem Strand irgendwo in der Karibik, und aus der purpurfarbenen Brandung ragten die Köpfe von ein paar Badenden hervor. Die Gischt der Wellen spritzte ihnen in die Ohren. Ihre Köpfe tanzten wie Bojen auf den Wogen. Hier ist das schäbige Licht die Gischt. Ich empfinde das gleiche wie damals: tiefe Trauer, seidige Furcht.

Um vier Uhr morgens ist jedes Kind auf der Welt eine Puppe, festgebunden am Heck eines Traktoraufliegers.

Ich erkenne Orson, Romeo und Julia. Die anderen Schatten verschwimmen in der Silhouette des Circuszeltes. Das Geräusch, das ich höre, kommt von June, die schluchzt. Und da ist Arthur, der Purzelbäume schlägt und so tut, als habe er Schmerzen, wenn er in die Hocke geht. Die anderen stehen um ihn herum. Er streckt die Arme aus. Pierre und Charlemagne heben ihn auf und tragen ihn fort. Bald verschwinden auch die anderen. Der Platz ist leer, von dem dürftigen Licht einmal abgesehen. Ich beobachte weiter. Da wird noch mehr geschehen.

Und wie auf Bestellung kommt Doodoo angejoggt, schlägt dabei nach Moskitos und Mücken. Und da ist plötzlich auch Das Weib. Die Frau trägt einen Frotteemantel, der kaum ihre Scham bedeckt. Sie hat wirklich erstaunliche Beine, und ihre Schenkel sind Flughäfen für Engel. Ihr Gesicht bleibt im Schatten, aber ich kenne es.

Jill Hill.

Ich entwickle eine Nummer mit Mati. Er lockt mich aus einem Strohkorb heraus, nachdem er seine Flöte gegen eine Tuba getauscht hat. Auf ein Stakkato von

Hornstößen springe ich aus dem Korb und häute mich. Mein Kostüm schmilzt dahin, und ich springe nackt durch die Manege, wobei meine Hände meine edlen Körperteile verdecken.

Nachdem Doodoo die Nummer begutachtet hat, meint er: »Nicht schlecht, aber auch nicht unproblematisch. Nehmt mal an, das Publikum kennt das Phänomen des Häutens. Schlangen haben aber keine Hände, um ihr Skrotum zu bedecken, noch haben sie Skrota. Und ganz sicher haben sie keine Beine. Also stellt ihr nicht nur intellektuelle Anforderungen an das Publikum, ihr verletzt auch noch grundlegende Prinzipien. Ich kann damit was anfangen, denn ich kann das als kreativen Ausdruck kompensieren. Trotzdem muß ich darauf bestehen, daß deine alte Haut dir nachjagt, von dem Wunsch beseelt, den Kontakt mit dir wiederherzustellen. Das verstärkt das Gefühl des Verlustes und identifiziert das wahre Opfer, das nun mal deine verlassene Epidermis ist.«

»Einverstanden«, sage ich. »Aber wen haben wir denn noch, der meine verlorene Haut spielen könnte?«

»Ich jedenfalls werde nicht die Haut sein«, sagt Doodoo. »Also muß der Herrgott jemanden besorgen.«

Und der Herrgott bemüht sich. An diesem Abend führen wir wie gewöhnlich unsere Kreativitäts-Autopsie durch. Das Weib, vormals Jill Hill, unterbricht den Abgesang, um ihre Entscheidung kundzutun, daß sie dem Circus Minimus beitritt.

Es ist ein emotionsgeladener Augenblick, besonders für Pierre, der sie schon zur Hochzeit auserkoren hat.

Und Pierre macht keinen Hehl aus seinen ehrenhaften Absichten. Während die anderen Jill noch zu ihrer Entscheidung beglückwünschen, sagt Pierre zu mir: »Ich brauche sie als meine Partnerin. Und das erfordert uneingeschränkte Intimität. Unsere Flüge müssen mehr sein als ein Paarungstanz. Die Zuschauer sollen wissen, daß ihre Vögel auf Lebenszeit ein Paar sind. Akrobatische Einlagen als Vorspiel sind nur scheinbar spannend. Aber die Akrobatik eines Mannes mit seiner Frau haut jeden aus den Schuhen. Die Zuschauer fragen sich, ob wir beim Frühstück gestritten haben, ob er beim Schlaf den Namen einer verflossenen Geliebten gemurmelt hat, ob sie daran gedacht hat, sich die Beine zu rasieren, ob der Toaster funktioniert, ob die Rechnungen bezahlt sind. Als Alice noch lebte, erhielt ich anonyme Briefe, in denen nach den höchst obskuren schwarzen und blauen Flecken auf ihren Armen und Beinen gefragt wurde. Waren es Liebesbekenntnisse, oder entstanden sie bei einer handgreiflichen Auseinandersetzung? Man muß die Leute daran erinnern, daß Kreaturen der Lüfte immer an die Schwerkraft denken müssen, und nichts wiegt schwerer als ein verheiratetes Paar. Jetzt verstehst du, Suppe, warum ich sie heiraten muß.«

»Dann können wir also mit einer Hochzeit rechnen?«

»Doodoo hat gegen eine nennenswerte Mitgift zugestimmt.«

»Pierre, stört es dich denn nicht, daß praktisch schon ein ganzer Circus über Das Weib gerutscht ist?«

»Warum sollte mich das stören? Mir gefällt die Vorstellung zwar nicht sonderlich, aber ich denke an die Zukunft. Außerdem sind die anderen dann nicht mehr so neidisch, wenn wir uns das Jawort geben, weil sie sie ja schon alle gehabt haben. Zudem ist es sehr wahrscheinlich, daß auf diese Weise ein wenig Weisheit auf die Frau übergeflossen ist. Ein weiterer Vorteil.«

»Ehe du ihr einen förmlichen Antrag machst, wäre es möglich, sie für eine Weile auszuborgen? Ich brauche eine gehäutete Haut für eine Nummer, die ich mir ausgedacht habe, und die einzige ...«

»Ihr einziges noch jungfräuliches Gebiet ist das technische Training. Ich möchte, daß sie das Zirkusleben als Akrobatin beginnt. Ich will sie nicht als Clown sehen. Gehäutete Häute werden keine Stars der Lüfte. Tut mir leid.«

Amelia treibt eine Flasche auf, und wir bringen einen Toast aus. Die Umwandlung von Das Weib – mit Wein! Und bei diesem Trinkspruch entdeckt Jill mich plötzlich. Sie verschüttet ihren Wein über Arthur, der gerade eifrig damit beschäftigt ist, ihr die Kniescheiben zu küssen, und höhere Ziele ins Auge faßt. Trotzdem tun wir beide so, als wären wir uns früher noch nie begegnet.

»Keine Geschichten mehr von Das Weib«, beginnt Pierre sein Werben.

»Keine Geschichten mehr«, seufzt Doodoo. »Das Weib gibt es nicht mehr. Ihr Name, so wurde mir gesagt, ist Jill.«

Vanessa legt ein Band auf, und wir tanzen – mit wechselnden Partnern. Schließlich bin ich an der Reihe, und Jill schmiegt sich in meine Arme.

»Wie?« frage ich nur.

»Durch eine Reihe von Umständen und Zufällen.«

»Das bringt mich natürlich auf den neuesten Stand.«

»Und du?«

»Durch Zufall und Drumherumreden.«

»Die kürzeste Verbindung zwischen zwei Punkten.«

Pierre unterbricht unsere tiefschürfende Unterhaltung. Ich tausche und tanze mit Lola, die geil nach Löwe duftet. Was schließlich auch nicht zu verachten ist.

Circus Minimus wird nie Könige und Königinnen unterhalten. Wenn wir mit der Währung der Freude arbeiten, so ist dies die Währung eines bankrotten Reiches. Aber wir tun eben, was wir tun.

Wir existieren. Darsteller, Crew, Zelt, Zugmaschinen, Auflieger, Kabel, Birnen. Tiere, lebendig und ausgestopft. Lola hat es tatsächlich geschafft, Globus Bom zu überreden, ihr Geld für den Kauf einer Menagerie von ausgestopften Vögeln und wilden Tieren zu geben, deren Werbung sie in einem Magazin entdeckt hat. Ein pensionierter Präparator schleppt einen Tiger, einen Gorilla, mehrere Eulen und als Bonus noch einen Schwertfisch mit einem beschädigten Schwert herbei.

Lola behauptet, sie würden sich vorteilhaft auf den Löwen auswirken. Er sei jetzt beim Trainieren viel williger. Möglicherweise hält er die Neuankömmlinge für passive Spielgefährten oder hat durch sie gesehen, daß es einen Weg zur Unsterblichkeit gibt. Wie auch immer, der Löwe brüllt häufiger und lauter, und seinem Gang fehlt jegliche Provokation.

Mich überrascht, daß die Zuschauer die ausgestopften Tiere ohne jeden Protest akzeptieren. Ihre Haltung hat sich nicht wesentlich verändert, aber ich hätte zumindest einige bissige Kommentare erwartet.

Vielleicht wissen unser Kunden, daß wir eine gefährdete Spezies sind, eher Museum als Karneval, und zeigen deswegen einen Hauch Erbarmen. Lola jedenfalls hat ihre Machtbasis entscheidend gestärkt. Sie läßt jetzt die Peitsche mit Inbrunst und Autorität knallen, und sie bekommt dafür lauten Applaus.

Wir arbeiten nach dem Motto: Hier sind wir, nehmt uns, wie wir sind, oder laßt es. Aber unsere Wirklichkeit wird viel gravierender durch unsere Beweglichkeit als durch unsere Aufführungen bestimmt. Unser Lagerplatz wird bei unserer Abfahrt sofort wieder von dem Nichts eingenommen, das wir bei unserer Ankunft vorgefunden haben. Wir hinterlassen keine sichtbaren Spuren. Ob wir wirklich die Träume unserer Zuschauer – Doodoos sprichwörtliche Meßlatte des Erfolgs – erobert haben, läßt sich nicht beweisen.

Wenn wir gehen, sind wir gegangen, also muß es auch so sein, daß wir dort gewesen sind.

Abzureisen ist immer besser als anzukommen, denn jede Ankunft ist auch ein indirektes Versprechen, das der Circus Minimus möglicherweise nicht halten kann. Aber wir versuchen es.

Wir ziehen umher wie Samenkörner im Wind. Es gibt viele Starts und Stopps, da die Maschinen häufig streiken. Uns fragt keiner, wohin wir ziehen. Wir wissen, daß wir bei der Ankunft mit einem ebensolchen Nichts konfrontiert werden, wie wir es gerade verlassen haben. Die Fahrzeuge parken, das Zelt aufbauen, die Stecker in die Steckdosen stecken – und unser Zeichen flammt auf, stotternd, spuckend. Verführerisch wie ein seniler Liebhaber. Unsere Saat sprießt ohne Fanfarenklänge. Enthusiasmus müssen wir erzeugen.

Wir fahren in die nächste Stadt, um unsere Plakate aufzuhängen. Wir gehen in Kostümen und verbreiten unsere Botschaft auf Märkten, in Läden, Banken, Schulen oder im Postamt. Orson paradiert hinter Romeo, Julia und dem namenlosen Löwen, alle mit Pailletten und Reklametafeln behängt. Wir verkaufen unsere Aura an apathische Erwachsene. Die Kinder sind unser einziger Trost. Sie schwärmen um uns herum, gehören sofort uns. Unser müder Elan ist ihnen mehr als genug. Ihre Augen rufen uns in Erinnerung, daß wir wundervoll sind.

Bei einem dieser Trips ist Pierre dazu auserkoren, sich um die Tiere zu kümmern. Doodoo verschwindet in Richtung örtliche Highschool. Jill und ich sollen uns als Team die Hauptstraße vornehmen. Sie trägt das silberne Trikot und die Turnschuhe einer Trapezfliegerin. Ihre Verlobung mit Pierre ist beschlossene Sache, und sie trainiert schon fleißig für ihre neue Karriere.

Als ich unsere Handzettel für die Große Eröffnungsgala verteile, bietet mir ein kleiner Junge einen halben Hotdog an. Ich tue so, als wolle ich ihn mit dem Ohr verschlingen. Mit einem pinkfarbenen Taschentuch will ich mir den Senf vom Ohrläppchen wischen.»Laß es mich ablecken«, sagt Jill. »Wieder ein Teil weniger für die Wäscherei.«

»Weniger Wäsche ist eine pure Existenzfrage«, sage ich.

»Hast du Spaß an diesem Leben?« fragt sie.

»Ja. Doodoo scheint zu glauben, daß ich Fortschritte mache.«

»Pierre sagt mir, ich hätte Talent fürs Trapez.«

»Hast du auch Talent für Pierre?«

»Ist dir das wichtig, Suppe? Oder sollst du mich das fragen?«

»Nein. Aber da ist vieles, was ich dich fragen möchte.«

Ein Teenager radelt an Jill vorbei und tätschelt ihren Hintern. Ich hole aus, doch mein Schlag verfehlt ihn.

»Wir sind hier, um zu verkaufen, und nicht, um Leute umzubringen«, ermahnt Jill mich.

»Verzeih. Ich weiß, du bist nicht sonderlich besorgt um das, was unter deiner Gürtellinie liegt.«

»Wir sollten getrennt arbeiten.«

»Geh nicht. Es tut mir leid. Es ist nur, weil ich dich nie als glückliche Hure auf den Rücken legen durfte. Entschuldige meine Unverblümtheit. Laß mich einen Euphemismus versuchen. Ich habe dich nie für einen Automaten gehalten.«

»Einen schönen Tag noch!«

»Warte. Ich wollte sagen, ich habe in dir nie eine Unternehmerin gesehen.«

»Sie brauchen nun mal einen sicheren Hafen.«

»Und das warst du für sie?«

»Ein sicherer Hafen und eine Eroberung, ja. Jetzt, da ich praktisch schon verlobt bin, werde ich mit Respekt behandelt, und darauf bestehe ich auch.«

»Also ist alles geregelt?«

»Es sieht wohl so aus.«

Ein kleines Mädchen zupft an Jills Silberturnschuhen. Jill hebt sie hoch und küßt sie auf die Wange. Die Mutter des Kindes wischt die feuchte Wange mit einem Kleenex sauber.

»Zurück zu Pierre. Liebst du ihn?«

»Man muß doch einen Mann lieben, der einen zwanzig Fuß über dem Boden nach einem Doppelsalto wieder auffängt.«

»Das klingt wirklich nach einer guten Basis für eine dauerhafte Ehe.«

»Und du hörst dich an wie ein eifersüchtiger Stecher.«

»Wenigstens bin ich ein richtiger. Ich möchte wissen, warum du für Liliputaner und Selbstmordkandidaten die Beine breit machst.«

»Du möchtest, daß ich mich dafür rechtfertige?«

»Ich will Fakten.«

»Morris hatte Angst vor seinem Flug. Ihm war kalt, und ich war seine Heizung.«

»Ein Hafen – und eine Möse. Aber die kenne ich wenigstens. Du warst das in der Wanne damals, nicht wahr?«

»War ich es?«

»Es war sehr schön.«

Ich hefte ein Plakat an einen leeren Zaun, und der Zaun wird dadurch geadelt. Wir existieren.

»Und Doodoo?«

»Ist impotent. Er hat mich nie berührt, hat es nie versucht. Es machte ihm auch nichts aus. Sein höchster Wunsch ist es, als Schakal wiedergeboren zu werden. Er verwahrt seine Niednägel und Barthaare in einem kleinen Glas, um sie in irgendwelche Flüsse zu kippen. Er sendet seine Schababfälle in das Land der Schakale.«

»Und ich habe geglaubt, er wollte ein Nachtvogel oder ein Hirntumor werden.«

»Was Arthur angeht – er war wie ein elektrischer

Fingerhut. Er ist der einzige, der mich zum Höhepunkt gebracht hat.«

»Das brauche ich nicht zu wissen.«

»Mati brachte seine Python, aber ich habe nicht nachgegeben. Doodoo hat ihm die Hälfte seines Geldes zurückgegeben.«

»Wie kommt es, daß dir das mit der Python zu weit ging?«

»Zu der Kobra hätte ich vielleicht noch ja gesagt. Charlemagne war ein Spritzer und zugleich eine Rechtfertigung. Er sang gern Lieder mit mir.«

»Er sang während …? Hat er dafür einen Preisnachlaß bekommen?«

»Die einzige mit Sonderpreis war Lola.«

»Lola?«

»Sie hatte nicht genug Bares, und so teilte sie mit Vanessa.«

»Und was ist mit Orson?«

»Du hast nach Fakten gefragt. June kam nur, um mir eine Dose Vaseline zu bringen. Sie hat sogar bezahlt, um das zu tun. Sie sagte, ich würde es vielleicht brauchen.«

Wir betreten einen Schönheitssalon. Ich tanze mit der Friseuse, während Jill Handzettel verteilt. Dann lasse ich mir die Perücke fönen.

»Fühltest du dich nicht kompromittiert?« frage ich draußen. »Dein Körper ist doch dein einziger Besitz.«

»Es lief auf ein *warum nicht?* hinaus.«

»Das ist nur eine Hintertür zur Leidenschaft.«

»Da war keine Leidenschaft.«

»Außer mit dem verkürzten Gentleman.«

»Ich konnte mich mit Arthur identifizieren. Es war, als würde ich meinen Finger vögeln.«

»Verzeih, daß ich lache.«

»Warum bist du nicht zu mir gekommen?«

»Ich habe daran gedacht.«

»Immer noch wegen Trina?«

»Was weißt du denn von Trina? Wieso bringst du jetzt ihren Namen ins Spiel?«

»Dr. Hamish sagte mir, Trina sei der schlechteste Fick gewesen, den er je gehabt hat. Nach der Sache mit Trina hat er sein Sofa neu polstern lassen.«

»Das ist völliger Unsinn. Er ist Trina nie begegnet.«

»Sie kam, um mit dir über ihre Hochzeitspläne zu reden. Zoe Rapish hat das verhindert.«

»Trina war so nah? Auf dem Gelände der Farm? Sie hätte zum Cradle Day bleiben können?«

Wir hängen noch mehr Plakate auf.

Zumindest haben wir Spuren hinterlassen.

Meine Nummer schlägt ein wie eine Bombe. Vielleicht ist es das Fehlen der zweiten Haut. Doodoo rettet mich. Er kommt als Boxer verkleidet in die Manege, an den Händen orangefarbene Handschuhe, so groß wie Bowlingkugeln. Er trommelt erst auf mich, dann auf sich selbst ein. Seine Hände geraten außer Kontrolle. Als er durch die Attacke seiner eigenen Fäuste zu Boden geht, sieht er zu mir hoch und sagt: »Das ist das Wesentliche.«

Mein Versagen bleibt folgenlos. Circus Minimus ist brillant. Sogar Globus Bom hat sich von diesem unerwarteten Energieschub anstecken lassen. Er beschleunigt den Ablauf der Show und peitscht uns alle vorwärts. Wir geben und geben. Als ich zum Finale das Kostüm wechseln gehe, weint Amelia.

Man gibt uns stehend Ovationen. Unsere Verbeugung zum Abschied ist eher ein Zusammenklappen, so erschöpft sind wir. Doch das Publikum will uns nicht weglassen. Seine Zuneigung rührt auch die Tiere. Vanessas Pferde bespringen sich. Doodoo spielt den Priester, zieht einen Ring mit einem großen Edelstein hervor und verheiratet sie. Romeo und Julia sorgen für eine länger währende Zugabe, und wir können uns endlich zurückziehen.

In der Garderobe herrscht Schweigen. Die Boms verschwinden händchenhaltend. Die anderen gehen einzeln davon. Ich schleiche in den Ring zurück. Nur der Löwe und sein ausgestopftes Gefolge leisten mir Gesellschaft. Eine Tatze winkt mir zu. Ich winke eine Tatze zurück.

Die Crew geht ihrer üblichen Beschäftigung nach, reinigt die Ränge und kümmert sich um die Geräte. Für sie war es nur eine weitere Vorstellung.

In meinem Wohnanhänger nehme ich eine Dusche. Dann breche ich auf meinem Feldbett zusammen. Mein Geist öffnet sich hundert neuen Ideen. Ich sollte mir Notizen machen, aber damit hat es keine Eile. Der See der Inspiration ist übervoll. Es gibt genug Ausflüsse für ein ganzes Jahrhundert.

Ich brauche frische Luft. Ich finde die Taschenlampe, die Amelia mir gegeben hat, und gehe barfuß auf leisen Sohlen hinaus. Es ist kurz vor Ausgangssperre, aber vor der Anmut unserer Aufführung verblassen tumbe Beschränkungen.

Draußen geht eine leichte Brise. Ich trinke sie langsam. Die Pferde stampfen und schnauben. Orson gibt ein Geräusch von sich, das irgendwie beruhigend wirkt. Ich schirme mit der Hand die Lampe ab und gehe auf das Tor zu. Würde man mich jetzt erwischen, sähe das nach Fluchtversuch aus. Aber nichts liegt mir im Moment ferner als die Flucht. Ich bin fast schwindlig und völlig durchdrungen von einem Gefühl der Zugehörigkeit. Ich wünschte, Jill wäre noch auf dem Markt. Jetzt würde ich mich in die Reihe stellen und den Preis für ein Ticket zum Vögeln aushandeln.

»Du verstößt gegen die Vorschrift. Das ist sehr schlimm.«

Ich mache einen Satz, aber es ist nur June.

»Ohne jede finstere Absicht. Ich mußte nur mal an die frische Luft.«

»Ich auch. Aber sag, hast du im ersten Moment gedacht, Orson würde dich beschuldigen?«

»Nein, June, ich verwechsele dich nicht mit Orson.«

»Ich bin aber auch so fett und plump.«

»Unsinn. Üppig, interessant, aber niemals fett. Du hast das Aussehen einer Kathedrale.«

»Einer Kathedrale?«

»Mit gotischen Fenstern.«

»Viele Männer finden meinen Körper abstoßend. Und die Tätowierungen ebenfalls. Ich habe das nie verstanden, aber jedem das Seine.«

»Wir sollten wieder hineingehen. Sie gehen Streife.«

»Ich wurde als Freak geboren, bin nie rückgewandelt worden. Und ich habe das volle Code-Potential erreicht. Das ist doch ein Grund, stolz zu sein.«

»Eine gute Einstellung. Du hast ein ausgeprägtes Selbstwertgefühl. Und du warst heute abend wunderbar.«

»Gehen wir doch ein paar Schritte bis unter die Bäume, wo die Tiere uns nicht sehen können. Weißt du was, Suppe? Ich bin eine reizende Person. Ich habe es verdient, daß mit mir hübsche Dinge geschehen.«

»Ich habe noch nie gehört, daß jemand das so freimütig ausgesprochen hat. Aber es ist absolut wahr.«

»Du bist ein netter Kerl.«

Sie nimmt meinen Arm. Ich muß an Mustaf denken, wie er mit Sprengstoff beladen den Everest besteigt. Er wurde von seinen Mitverschwörern getragen. Ich bin dazu aufgerufen, ohne jede Hilfe zu klettern.

Als wir die Hügelkuppe erreichen, läßt June ihr Kleid fallen.

»Ich sollte für die Rechte an diesen Porträts zahlen. Deshalb sind meine Filmstars alle Golden Oldies.

Mehr konnte ich mir nicht leisten. Die meisten Leute kennen sie nicht, aber es ist besser geworden, seit sie koloriert wurden.«

»Ursprünglich waren die Bilder nur in Schwarz-Weiß?«

»Preiswert ist nun mal preiswert. Du bekommst das, für was du bezahlst. Als die Nationalstiftung sah, daß ich es ernst meinte, haben sie die Einfärbung arrangiert.«

»War es sehr schmerzhaft?«

»Beinahe unerträglich. Aber das war es wert, findest du nicht auch?«

»Ja, bestimmt. Du bist ein wandelndes kinematographisches Archiv.«

Sie streckt die Arme aus. Ich beantworte ihre Geste. Ich besteige sie – nein, sie läßt mich einsinken in ihre Fülle. Danach döse ich ein wenig zwischen Carole Lombard und Ingrid Bergman. Meine rechte Hand streichelt die Garbo, meine Linke Die Drei Stooges.

»Wer war ich?« fragt June nachher. »Wen hast du in deiner Phantasie gebumst?«

»Du warst du.«

»Sei ehrlich, oder ich ziehe dir die Nase lang.«

»Ich habe nur dich gesehen, June, und damit hatte ich reichlich zu tun.«

»Ich danke dir, Suppe.«

»Ich dir auch.«

Gegen Morgengrauen geht June als erste. Sie kriecht auf allen vieren durch die ersten Lichtstrahlen des Tages. Ich will ihr gerade folgen, als ich vom Zelt her ein metallisches Klirren hören. Ich drücke den Kopf ins Gras. Zwei Crewmitglieder haben ein Paneel hoch oben am Hauptmast geöffnet. Sie klettern hinein, und wieder höre ich, wie Metall gegen Metall geschlagen wird. Der Mast ist hohl. Als sie wieder auftauchen, sagt einer: »Vielleicht hat sich ein Maulwurf oder ein Waschbär hineinverirrt.«

»Bist du sicher?«

»Ich bin sicher, daß es kein mechanisches Problem ist.«

Ich beobachte, wie sie das Paneel wieder einsetzen und festschrauben. Ich setze meine Wanderung im Kriechgang fort.

Als ich meinen Wohnwagen erreiche, öffnet sich die Tür. Amelia Bom sieht auf mich herab. Dann wirft sie mir einen Kuß zu.

»Es gibt Tage, da denke ich, das einzig Gute an den Menschen ist, daß sie biologisch abbaubar sind«, sagt Globus Bom. »Meine Ballade für solche Hundstage ist ein Lied mit dem Titel *Morgen, Morgen*, ein ultimativer Klagegesang. Es erzählt uns, daß *morgen die Sonne wieder scheinen wird*. Juchhe!«

Globus geht mit auf dem Rücken verschränkten Händen auf und ab. Wir sitzen im Halbkreis um ihn herum und sehen ihn an. Ich stricke an dem seltsamen Sweater, den ich in Millhaus angefangen habe, und frage mich, wie das Leben dort jetzt wohl aussehen mag.

»Vor der verdammten Sonne von morgen gibt es kein Entrinnen außer durch den Tod, und selbst seiner können wir nicht sicher sein. Die Sonne wird wieder aufgehen, und der Circus Minimus wird weiterziehen. Wieder ein neuer Tag, der erzwungene Optimismus meiner Zahnbürste, eine Vitaminpille, um meine Eingeweide zu nähren, die sich doch immer wieder gegen mich wenden. Ich rieche aus dem Schornstein meines Mundes meinen Morgenatem, der im Ofen der wahren Dämmerung gebeizt worden ist, rümpfe die Nase und frage mich: ›Globus, warum weitermachen?

Warum dich zwingen, deine Post zu lesen?‹ Das ist mein Hahnenschrei, und vermutlich stehe ich damit nicht allein. Doch am heutigen Morgen war das anders. Wegen gestern abend, wegen unserer Vorführung. Elektronen schwärmten von uns aus wie Bienen aus ihrem Stock. Wir haben unsere Zuschauer befruchtet. Applaudiert euch selbst, liebe Freunde.«

Wir spenden uns Applaus. Dies ist ein großes Lob.

»Als euer Führer und Bewahrer eines Anachronismus vergesse ich häufiger, was wir repräsentieren. Die Mission unserer kleinen Gesellschaft von Spielern ist es, die Menschen zu bestäuben, unsere Bienen in unaufhaltsamen Scharen ausschwärmen zu lassen. Erst wenn wir den Zenit unserer Fähigkeit berühren, wissen wir, was wahre Freude ist. Es ist eine große Kunst, diesen Gedanken immer hochzuhalten.«

»Erst mal was anderes hochkriegen ist besser«, knurrt Arthur.

»Jetzt ist es an der Zeit, einen besonderen Dank an unsere Novizen zu richten – an Jill und Suppe. Euer Beitrag zum Circus Minimus ist nicht unbeachtet geblieben.«

Wir müssen aufstehen und uns verbeugen.

»So viel zu den Hosiannas. Meiner Aufmerksamkeit ist es nicht entgangen, daß einige die Ausgangssperre mißachtet haben. Das kann nicht geduldet werden. Nach Mitternacht hat niemand die Wohnwagen zu verlassen. Keiner ist davon ausgenommen.«

»Keine nächtlichen Spritz-Touren«, sagt Arthur.

»Diese Rede hält er einmal jeden Monat – für die Crew«, flüstert June mir zu.

»Als Meister eures Faches habt ihr Anspruch auf schlaflose Stunden. Leider ist euch als beglaubigten Irren jede auch noch so unschuldige Rebellion untersagt. Eure Wutanfälle oder Koller haben zumindest nach Mitternacht verinnerlicht zu bleiben. Der größte Teil unserer Gesellschaft lebt nach Ordnung und Gesetz, und der Circus Minimus hat diese Ordnung so widerzuspiegeln, wie eine Perle eine Kerzenflamme reflektiert.«

»Er tut so geschwollen wie ein Kitzler bei der Liebe auf französisch«, sagt Doodoo.

»Wir sind eine Insel, aber ebenso ein Modell. Wir werden aus einem bestimmten Zweck subventioniert – nämlich, um unseren Beitrag zum größeren Ganzen zu leisten. So weit meine Botschaft an euch. Und heute abend – eine neue Herausforderung, ein frisches Publikum. Ich erwarte, daß ihr euer Bestes gebt.«

Globus verlegt seine Hände vom Rücken zum Herzen.

»Klage abgewiesen«, meint Amelia.

Als wir gehen, zupft June an meinem Strickzeug und überreicht mir einen Strauß Kornblumen. Mir kommt die Idee, daß ich vielleicht eine zweite Haut für sie stricke. Aber dafür müßte ich ewig stricken.

Jill kommt zu mir und schnüffelt an meinen Blumen.

»War deine Frau fett?«

»Trina war schlank wie ein Spaghetti.«

»Eine Pastabraut also – wie meine Schwester.«

Daß sie ihre Schwester erwähnt, ist außergewöhnlich. Ich wünschte, Dr. Hamish hätte das gehört.

»Warum fragst du mich, ob Trina fett war?«

»Du weißt warum. Streite es ja nicht ab. June hat mir erzählt, daß sie deinem unterwürfigen Flehen schließlich nachgegeben hat. Sie schilderte mir genau, wie du sie im grünen Gras umgelegt hast.«

»Es war sozusagen nur ein Austausch von Geschenken.«

»Geh und stell deine Blumen ins Wasser. Ich habe nie Blumen bekommen.«

»Wenigstens war da keine Registrierkasse zwischen meinen Beinen.«

»Ich betrachte meinen Schlitz aber als meinen Spielautomaten«, sagt Jill. »Ich warte immer auf den Jackpot in ihren Augen. Du nicht auch?«

»Tun wir das nicht alle?«

»Nur fürs Protokoll – das mit dem Geld war Doodoos Idee. Er wußte, daß ich, sollte ich mich entschließen, beim Circus Minimus mitzumachen, nur bei Pierre bleiben konnte. Es war die einzige freie Stelle, und die Zeiten sind hart. Pierre hat verstanden, warum ich Profit daraus schlagen mußte. Er hätte sicherlich nie verstanden, wenn ich nur wegen des Bumsens mit allen gebumst hätte.«

»Und was ist mit dem sicheren Hafen?«

»Selbst Doodoo konnte das nicht begreifen. Männer haben halt ihre Grenzen. Außerdem brauchte er Geld für Requisiten.«

»Komm heute nacht zu mir«, sage ich – und kann selbst nicht glauben, daß ich es gesagt habe.

Jill gibt meinen Blumen einen Klaps und geht zum Unterricht mit ihrem Verlobten. Nach ein paar Schritten dreht sie sich um. »Bye, bye, Suppe. Ich hoffe, du kommst zu unserer Hochzeit. Sie ist für Samstagabend nach der Spätvorstellung angesetzt. Ich kann dich nicht bitten, den Brautführer zu spielen, denn das besorgt Doodoo schon, aber ich möchte dich als Trauzeugen.«

»Dann laß mich wenigstens der erste sein, der dir Glück wünschen darf. Denn all deine anderen ersten Dinge sind schon lange vergeben.«

»Vielleicht haben wir ja bald noch eine Hochzeit. Wann wirst du mit deiner Aussteuer fertig sein?«

Mir fällt die Wolle aus der Hand. Das kostet mich drei Maschen.

Ich träume von Morris Feuerbloom. Er sitzt auf einem Sternflecken am Himmel und ißt Kuchen. Aus den Krümeln, die er verstreut, werden neue Welten.

»Wie lautet also die Prognose, Suppe?«

»Das sollte ich dich fragen. Du bist im Himmel.«

»Vielleicht ja, vielleicht nein. Die Himmlischen lassen sich da nur schwer festlegen. Sie haben mich auf diesen vertrackten Asteroiden gesetzt, der von Vulkanen nur so strotzt. Und die gehen manchmal mitten in der Nacht ohne jeden Grund hoch. Vielleicht versuchen sie, mir das Gefühl zu geben, zu Hause zu sein. Ich halte all das zwar nicht für sonderlich intelligent, aber ich hoffe, ich irre mich.«

»Und was ist mit der Wiedergeburt?«

»Ist freiwillig. Ich habe mich nicht dazu verpflichtet.«

Hinter Morris findet eine riesige Eruption statt. Eine ganze Landschaft bricht in sich zusammen und formt sich neu.

»Du denkst, ich wäre beeindruckt?« schreit Morris. »Feuerbloom – Fireflower klänge besser bei einer zweiten Hochzeit, einer reformierten Bar Mitzvah.«

»Versuch, dich mehr an allem zu beteiligen«, rate ich ihm. »Mach etwas Produktives.«

»In einigen Jahrhunderten. Aber sag mir, was geschah mit der Prinzessin auf der Erbse?«

»Wenn du Jill Hill meinst – sie ist gerade dabei, einen Akrobaten zu heiraten.«

»Was ist das schon für ein Beruf – ein Akrobat? Und du? Hast du jemanden im Auge?«

»Nein, nicht wirklich.«

»Aha, dann magst du die Lady also immer noch?«

»Es ist besser so.«

»Für wen?«

»Für alle Beteiligten.«

»Schon wieder? Suppe, du bist immer noch ein Schlappschwanz. Aber ich muß los. Ich werde erwartet. Ich habe nur vergessen, wo.«

»Warte. Ehe du gehst, sag mir, was hast du als deinen Vorteil erkannt? Sag mir ein paar Worte, nach denen ich leben kann.«

»Du würdest sie nicht mögen.«

»Bitte.«

»Aber geh nicht damit hausieren. *Das Leben ist einfach.*«

»Ich hätte doch auf ein paar neunmalkluge Weisheiten von dir vorbereitet sein müssen. Als nächstes verkaufst du mir, daß Leben und Sterben schon problematisch genug sind.«

»Genau das wollte ich dir gerade schonend beibringen. Jetzt fällt es mir wieder ein. Die Vier Reiter haben ein Handicap. Der Ausgang des Rennens ist abgesprochen, aber jeder wettet noch. Ich mag die Pest, aber die bessere Wette ist der Hunger. Tod und Seuche hassen eine nasse Spur. Möchtest du, daß ich ein paar Bucks für dich setze?«

»Dein Rennen ist mir egal. Was ist die Wahrheit? Könnte es tatsächlich einen ehrlichen Norman Cradle-Teller geben?«

»Die Wahrheit ist *die ganze Geschichte*. Wahrheit ist, *was nicht Lüge ist*. Du erwartest doch wohl nicht, daß ich dir alles verrate. Finde selbst heraus, wie es ausgeht. Bau dir dein eigenes Spektakel.«

Morris schlägt sein *Tägliches Rennforum* auf. Ein Hornsignal treibt die Pferde auf die Bahn. Eine Fanfare weckt mich auf. Orson trompetet den abnehmenden Mond an. Das ist sonst nicht seine Art. Irgendwas stimmt da nicht. Das Circus Minimus!!!-Zeichen ist abgeschaltet. Da ist kein ewiges Licht. Ich höre Orson an seiner Fußkette zerren. Ich gehe hinaus, um den Grund für diese Abnormitäten herauszufinden.

Beim Elefanten angekommen, sage ich: »Nur ruhig, graue Eminenz. Stört dich irgendwas? Eine Ratte, oder was?«

Orson wischt mich mit seinem Rüssel von den Beinen. Ich sehe eine Reihe Lichter, die sich vom Zelt entfernen. Es ist die Crew, angeführt von ihrem Vormann. In höchster Präzision schwärmen sie aus.

»Sei still«, flüstere ich Orson zu. »Verrat mich nicht – in deinem eigenen Interesse. Was immer mit mir passiert – sie würden nicht mal einem Dickhäuter erlauben, sich daran zu erinnern.«

Der Vormann geht zu einem verrosteten Lieferwagen und hebt die Haube. Statt eines Motors erkenne ich ein kompliziertes Kontrollbord mit rot, gelb, grün und blau blinkenden Lämpchen. Ein anderes Crewmitglied zieht ein Kabel vom Heck des Lieferwagens zum Zelt. Eine Satellitenschüssel wächst wie ein Pilz hinter unserem Leuchtschild hervor. Der Vormann schnippt mit den Fingern. Auf einem Computerschirm erscheint eine Karte des Globus. Eine ganze Reihe miteinander verbundener Kabel verschwinden unter der Kassenbude am Zelteingang. Die Spitze des Zeltmastes ächzt und schwingt dann an einem Haken beiseite. Ich erkenne die konische Nase einer DS-857-Rakete, der man bezeichnenderweise den Spitznamen *Das Letzte Zäpfchen* gegeben hat. Laut Vertrag wurden diese Dinger alle vernichtet. Das ist doch nicht möglich!

»Drei... zwei... eins... Abbruch«, ruft der Vormann.

Der Pfosten heilt seine Wunde selbst, der Pilz zieht sich zurück, die Kabel werden getarnt, krachend fällt die Haube zu.

»Zwei Minuten sind zu lang«, sagt der Vormann. »Wir müssen noch zehn Sekunden abknapsen. Wenn ich mehr als zwei Minuten ins Logbuch eintrage, dürfen wir alle bald Mautgebühren am Jersey Turnpike kassieren.«

Orson langweilt sich. Er beschließt, sich hinzulegen. Da ich unter seinem Bauch liege, hat sein Entschluß weitreichende Konsequenzen. Ich versetze ihm einen

Stoß in seine Bowlingkugel-Eier. Er trompetet so kräftig los, daß ein ganzes Blasorchester vor Neid erblaßt wäre.

»Stell die verdammte Trompete ab«, schreit der Vormann. »Hört zu, Jungs, ich mein's ernst. Wir müssen noch besser werden, ehe die großen Tiere zur Inspektion herkommen.«

»Was ist mit dem Clown?« fragt einer aus der Crew.

»Schon wieder der Clown? Ihr wißt doch gar nicht, ob er was mitbekommen hat.«

»Wir wissen, daß er sein Ding in das Nilpferd gestopft hat, als wir zuletzt den Mast kontrollierten.«

Unter dem Elefanten werde ich rot. Soviel also zur Privatsphäre. Was hier auch geschieht, sie wissen alles.

»Dann war er ja mit seinem eigenen Mast ziemlich beschäftigt«, sagt der Vormann. »Sollte er trotzdem was mitgekriegt haben, weiß er immer noch nicht, was er gesehen hat.«

»Warum ein Risiko eingehen?«

»Weil man fragen wird, wie er gestorben ist, wenn ihm was zustößt.«

»Er hat halt versucht zu fliehen.«

»Mit 'nem Irren-Code? Wo sollte er denn hin? Nach Washington vielleicht? Vergeßt den Clown und seht zu, daß ihr eure Ärsche 'nen Takt schneller bewegt.«

»Hab gehört, er sei 'n A+ gewesen.«

»Du hast also was gehört. Wenn der Kerl so 'n Klugscheißer war, dann wird er auch so schlau sein, das Maul zu halten. Weißt du, was dein Problem ist? Du kriegst Magengeschwüre wegen eines Kerls, der sich davonschleicht, um dieser Fatima das Loch zu stopfen.«

»Sie heißt June. Und lästere nicht über Fatima. Zufällig bin ich katholisch.«

»Segne mich, Vater, denn ich habe gesündigt. He, vielleicht ist er jetzt gerade da drüben, um den Elefanten zu bumsen. Besser, du siehst mal nach. Es sei denn, du ziehst es vor, uns 'n paar Dosen Bier zu holen.«

»Wir sollten die Sache der Leitung vortragen.«

»Leitung? Ich bin der Leiter dieser Show hier. Du willst dein Gewissen beruhigen? Dann sprich das Glaubensbekenntnis. Oder iß 'ne Hostie und trink 'n bißchen Blut. Nur laß mich damit zufrieden.«

Ich muß unbedingt mit jemandem sprechen. Jill wohnt in dem Wagen gegenüber meiner Behausung. Vermutlich schläft sie allein, da Pierre als orthodoxer Akrobat auf vorehelicher Abstinenz besteht.

Ich klopfe dreimal gegen Jills Tür, ehe mir einfällt, daß alle Türen unverschlossen sind. Wir leben nach dem *Ehrenprinzip*, welches besagt, daß kein Riegel der stärkste Riegel überhaupt ist. Zugleich werden wir immer daran erinnert, daß wir das Recht verloren haben, uns dem langen Arm der Behörden zu entziehen, indem wir uns einschließen. Hinter Gittern sind selbst Mörder sicher verwahrt. Wir aber sind viel tiefer gesunken. Offene Türen unterstreichen unsere Entfremdung.

Jills Wohnwagen ist abgesehen von ihrem Duft in der Luft ein genaues Duplikat des meinen. Sie hat sich unter ihrer Decke in einen tiefen Traum gekuschelt und gibt wie ein Kurzwellen-Empfänger pfeifende Geräusche von sich, die von aufreizendem Stöhnen unterbrochen werden. Ich wünschte, ich könnte in ihr Ohr kriechen und einen Sitz im Planetarium ihres Gehirns einnehmen. Oder mit ihr über verschlossene Türen reden.

Ich setze mich neben sie auf das Feldbett und streichele ihre Schulter. Sie windet sich, wehrt sich gegen das Aufwachen.

»Jill, ich bin es. Suppe. Wach auf.«

Wieder stöhnt sie.

»Oktopus?«

»Ich bin nicht dein Oktopus. Mach die Augen auf.«

»Was hast du mit meinem Oktopus gemacht?«

»Sei still, sonst wird Pierre bald mit einem Beil hier auftauchen.«

»Suppe?«

»Du mußt mir glauben, was ich dir sage.«

»Du sagst überhaupt nichts.«

»Ich bin doch gerade dabei.«

»Ich glaube dir alles. Kann ich jetzt weiterschlafen?«

»Nein. Hör zu. Ich habe heute nacht eine Entdekkung gemacht.«

»Viele Leute machen mitten in der Nacht Entdekkungen, warten aber bis zum Tagesanbruch, bis sie die Welt damit beglücken. Entdeckungen enthüllt man besser nach dem Frühstück. Du verstößt gegen die Ausgangssperre. Und jetzt verschwinde.«

»Dann probier das hier mal zum Frühstück. Circus Minimus ist atomar bestückt, ist eine mobile Raketenbasis. Der Mittelpfosten unseres Zeltes ist eine Abschußrampe für *Das Letzte Zäpfchen*. Ich habe es selbst gesehen.«

»Das ist doch Unsinn.«

»Vor dem Universellen Abrüstungsvertrag, vor Frieden durch Handel, vor dem Balsam statt Bomben-Vertrag fuhr jeder Raketen auf Trucks, Zügen oder U-Booten spazieren. Bewegliche Ziele sind weniger verwundbar. Und genau das tun wir hier. Circus Minimus ist bis an die Zähne bewaffnet und gefährlich.«

»Das erklärt wahrscheinlich auch die Förderung durch den Kunstrat.«

»Ist das alles, was du dazu zu sagen hast, Jill? Wenn wir das tun, machen es auch die Russen, Briten, Franzosen, Italiener, Japaner, Chinesen, Israelis, Iraner, Iraker, Libyer ...«

»Eskimos, Pygmäen, Albaner ... alle machen es. Na und?«

»Dadurch werden die Entspannungspolitik, die Codes und die Grundlagen des internationalen Rechts zur Farce.«

»Suppe, du hast wahrscheinlich nichts gesehen, das sich nicht ganz einfach erklären ließe. Sprich mit Globus.«

»Er würde mich melden. Sie vermuten ohnehin schon, daß ...«

»Du verkaufst Eintrittskarten. Er würde dich nicht melden.«

»Und was soll ich ihm sagen? Daß er einen Circus der Verdammnis betreibt? Er muß es wissen. Aber er hat sich sicher damit abgefunden.«

»Wir haben hier eine Heimat gefunden. Mich würden sie wieder zu Hamish zurückschicken, und nur Gott weiß, wo du enden würdest. Geh wieder schlafen.«

»Willst du damit sagen, ich hätte ohne Grund eine Nacht unter einem Elefanten verbracht?«

»Wir alle verbringen Nächte unter Elefanten. Für Frauen ist das keine große Sache. Tatsächlich hätte ich nichts dagegen, den Rest der Nacht unter ...«

»Jetzt erst kommst du auf mich? Du möchtest vögeln, ist es das? Auf der-Himmel-weiß-wie vielen Megatonnen von ...«

»Es ist provozierend, von Megatonnen zu reden. Ich fühlte mich immer ...«

»Jetzt durchschaue ich dein Spiel. Du bist bereit zum Schtupp, wenn ich dafür meinen Mund halte und nichts verrate.«

»Zum Schtupp?«

»Ein Ausdruck von Morris Feuerbloom. Ich dachte, du würdest ihn kennen.«

»Er nannte das immer Beugung, Konjugation. Er war ein Gentleman.«

»Welche Arroganz. Glaubst du denn im Ernst, daß ich all meine Prinzipien vergesse, nur weil ich in dir abspritzen darf?«

»Wenn du mich so fragst, ja. Es käme auf einen Versuch an – ehe du uns alle und vielleicht sogar den Rest der Welt vernichtest.«

»Bin ich die Bombe? Bin ich der Feind?«

»Du bist jedenfalls der Auslöser dieses Moments. Komm endlich unter die Decke. Ich friere. Leider habe ich keine Tätowierungen. Ich hoffe, das ist kein Hinderungsgrund für dich. Und wenn – da liegt ein Zeichenstift auf dem Tisch. Du könntest ...«

»Den brauche ich nicht. Jill, jetzt ist nicht die Zeit für ...«

Sie streift sich das kurze Nachthemd ab und preßt meinen Kopf an ihre Brust. Mit den Füßen kickt sie die Decke weg und spreizt die Beine.

»Nicht. Ich bin ein Gletscher. Was, wenn ich schmelze und alles überflute?«

»Dann bauen wir eine Arche«, sagt Jill.

Charlemagne stemmt eine Hantel. An der einen Seite baumelt Arthur, an der anderen June. Vanessa macht Überschläge auf Romeo und Julia. Lola lockt ihren Löwen, indem sie den ausgestopften Tiger scheinbar mit Fleisch füttert. Orson läuft mit einem Kissen unter dem Fangnetz hin und her, über dem Jill mit Pierre ein paar grundlegende Übungen absolviert. Matis Kobra treibt mit der Python Aerobic. Doodoo und ich sind als Wale verkleidet. Wir haben die Körper aus Aluminium und Plastik gebaut und mit riesigen Clownsgesichtern versehen. Aus Tanks und Schläuchen bedienen wir das Blasloch. Wir singen uns gegenseitig mit Fischstimmen an. *Sie* lieben das. Wir torkeln und spritzen im Tandem. Arthur fängt einen Teil des Wassers in einem hohen Hut auf und verändert dadurch Charlemagnes Schwerpunkt. Applaus, Applaus, als June durch das Gewicht des Liliputaners emporgehoben wird.

Ich schwimme an Trina, Homer, Lauren, Amanda, Amos, Lance vorbei.

An wem?

Ich stolpere und verursache beinahe einen Unfall. Vanessa schafft es gerade noch, mich mit ihren Pferden zu überspringen.

»Dein Timing«, mahnt Doodoo im Vorbeischwimmen.

Amelia ist als Fee verkleidet in die Manege gestiegen. Sie befiehlt Orson zu tanzen. Er wählt sich June zur Partnerin. Sie legen einen leidlichen Tango hin. Irrtümlich verursache ich einen Regen aus Seifenblasen, der für den Höhepunkt der Show vorgesehen ist. Unter der seifigen Wolke springe ich über die Barriere in die Reihe, in der meine Familie sitzt.

»Homer, ich bin's, Jim.«

»Ich weiß, wer du bist. Aber die anderen wissen es nicht und wollen es auch nicht wissen. Dieses geldverschlingende Affentheater hier gehört zu Brogg Entertainment.«

Doodoo ist sauer. Ich schmeiße die Nummer. Er singt mich an. Ich singe zurück und blase einen Seifenregen. Er schwimmt auf mich zu. »Was, zum Teufel, stimmt nicht mit dir?«

»Ich habe Krämpfe. An den Finnen.«

»Dann kurier dich gefälligst.«

Doodoo bläst und wandert zu den Tänzern ab. Homer beugt sich vor und stützt das Gesicht in die Hand.

»Nette Show«, flüstert er.

»Show ist der richtige Ausdruck. Ich weiß, was du hier abziehst, du schleimiger Betrüger. *Circus Apokalypse.*«

»Das solltest du auch wissen. Es war schließlich dein Konzept.«

»Meins?«

Arthur jagt mit einer Angelschnur, an der als Köder eine Büchse Sardinen hängt, hinter Doodoo her. Eigentlich mein Part.

»Vor deinen sogenannten Flitterwochen haben wir mal über Möglichkeiten gesprochen, alles im Lot zu halten. Du erinnerst dich – Szenarien für den schlimmsten aller denkbaren Fälle. Du brachtest die Raketen aufs Tapet, nicht ich. Aber ich habe dir aufmerksam zugehört. Außerdem habe ich nie den Abend vergessen, an dem du beinahe meine Tochter defloriert hättest.«

»Defloriert?«

»In dieser Familie sind Bräute jungfräulich. Aber ich bin eigentlich hergekommen, um dir zu sagen, daß du im nächsten Monat die Leitung des Circus Minimus übernehmen wirst. Die Boms werden in Pension geschickt. Du brauchst mir nicht dafür zu danken. Betrachte es einfach als ein Abschiedsgeschenk. Als erstes wirst du die Eintrittspreise erhöhen.«

»Diese Unterhaltung damals basierte auf Annahmen, war reine Theorie. Ich habe nie im Leben geglaubt, ein menschliches Wesen könnte sich so tief in die Scheiße begeben, um …«

Arthur schießt mit dem Angelhaken auf mich zu. Laut Plan soll ich mir eine Sardine schnappen und mit ihr knutschen, aber das überlasse ich Doodoo.

»Außerdem will ich nicht den Circus leiten. Behalt dein Geschenk. Ich werde den Mund halten – zumindest für den Moment. Aber ich werde abends immer mit dem Gedanken schlafengehen, was Hoffenstein wohl mit dir anstellen mag, wenn die Wahrheit jemals herauskommt.«

»Das kann ich nicht zulassen.«

»Ich bin froh, daß du das gesagt hast, Homer. Bisher war ich mir nämlich nicht sicher, ob Hoffenstein Bescheid weiß.«

Ich schaue zu Amos hinüber. Er sieht aus wie ein richtiges Arschloch. Er ist jetzt schon Homers Mann. Er verfolgt die Show mit dem gleichen blöden Gesichtsausdruck wie sein Stiefvater. Amanda bemerkt meinen Blick, und ich möchte schwören, daß ich Tränen in ihren wunderschönen Augen sehe. Ich komme nicht dagegen an. Ich schwimme zu ihr hinüber und küsse sie auf die Wange. Meine Lippen hinterlassen einen roten Abdruck. Dann strecke ich mich, packe Lance mit meinen Finnen und singe ihm Schwachsinn ins Ohr. Ich zerre an ihm. Trina drängt ihn, kein Spielverderber zu sein. Homer klappt den Mund zu. Die Zuschauer applaudieren unisono. Lance hat keine Wahl. Er folgt mir in die Manege.

»Kannst du mir vielleicht sagen, was genau...?« zischt Doodoo im Vorbeischwimmen, aber ich ignoriere ihn.

Als wir zu Orson kommen, fordere ich Lance durch eine Pantomime auf, sich hinzulegen. Ich weiß, daß sein Machogehabe ihn dazu zwingt. Ich behalte recht. Als Lance sich auf dem Boden ausgestreckt hat, gebe ich Orson ein Zeichen, und dieses herrliche Geschöpf erhebt sich auf die Hinterbeine. Der Elefant schwankt und versucht sich in der Vertikalen zu halten, wobei er mit seinen Vorderbeinen herumrudert wie ein ertrinkender Schwimmer. Homer schreit einen Befehl, und die Crew zaubert ein beeindruckendes Arsenal von Feuerwaffen hervor. Ich klatsche in die Hände. Orson fällt auf alle viere zurück und verfehlt das schweißbedeckte Gesicht von Lance nur um wenige Inches. Die Menge jubelt überschwenglich. Orson verbucht den

Beifall für sich und versucht, sich selbst zu übertreffen, indem er sich über Lance um hundert Gallonen heißer Pisse erleichtert.

Sie rufen nach Zugaben. Doodoo und ich pusten Wolken aus Seifenblasen.

»Schön«, sagt Doodoo.

»Elementar«, sage ich.

»Er hat mir den Circus angeboten.«

»Und – hast du angenommen?« fragt Jill.

Wir unterziehen uns nach einer *Konjugation* gerade einer Dekompression, diesmal aber in meinem Wagen. Eine süße Trauer beherrscht mich. In ein paar Stunden wird Jill verheiratet sein, und ich habe gerade erkannt, daß ich sie liebe. Glücklicher Pierre. Nach ihrer Trauung will sie so treu sein wie Brunhilde. Ich verberge meine Gefühle. Ich kann meinem Liebling keine Sicherheit bieten, die mit der des Trapezes vergleichbar wäre.

»Ich habe diese Ehre zurückgewiesen.«

»Ich weiß nicht. Der atomare Impresario, der Clown mit dem Finger auf dem Knopf. Das eröffnet operettenhafte Möglichkeiten.«

Sie füttert mich mit einer geräucherten Auster und schaltet danach den Fernseher ein.

»Dieser kleine Liebling ist das letzte Wunder im zukunftsträchtigen Bereich der genetischen Technik«, sagt eine Moderatorin gerade. Ein im Labor erzeugtes Tier sitzt auf ihrer Schulter und knabbert an ihrem Ohrring. »Man hat ihr den Namen Muff gegeben. Ist sie nicht hübsch? Sie hat die besten Qualitäten eines Teddybärs, aber die Größe und die angenehmen Charaktereigenschaften einer Pussykatze.«

»Ich will eine«, sagt Jill.

»Du hast doch schon eine«, sage ich und küsse ihr Dreieck.

»Und die beste Nachricht: Sie exkrementieren nicht und lieben Kinder«, verkündet die Moderatorin.

»Zwei Punkte gegen die Muff«, sage ich. »Wer würde schon ein Schoßtier kaufen, das Kinder liebt und nicht scheißt? Es wird sicher kein Verkaufsschlager.«

»Sei nicht so verbittert.«

»Bis zu den Ferien dürfte es diese liebenswerten Muffs in ausreichender Zahl geben, aber – oje – sie kosten bis zu fünftausend Dollar das Stück. Vielleicht ist das für einen Lebensgefährten nicht mal zu teuer. Gegen ein paar Dollar Aufpreis können Sie sie sogar mit der eigenen DNA ausstatten lassen, so daß sie erst sterben, wenn Sie sterben. Und das war wieder einmal mein Report Futur Perfekt.«

Die Kamera fährt nah an die Muff heran, die nach wenigen Sekunden einem Mann weichen muß.

»Im Nationalrat machte Präsidentschaftskandidat Homer Brogg heute den Vorschlag, ein Pendant der Freiheitsstatue in New York zu schaffen. Dieses soll aber dann im Hafen von Los Angeles aufgestellt werden. Für die Statue Modell stehen soll eine aufstrebende Schauspielerin aus dem Mittelwesten, die von einem Brogg-Talentsucher bei der Kornernte entdeckt worden ist.«

»Das ist meine Schwester«, sagt Jill.

Das Mädchen hat mehr Background, als Bartley Hamish von ihr behauptet hat. Ich setze mich auf und beuge mich zu dem Gerät vor.

»Hi«, sagt die Ernteschönheit. »Ich heiße Shirlene. Ich habe nie im Traum daran gedacht, mal als Leuchtturm zu fungieren, aber das Leben besteht nun mal aus Überraschungen.«

»Sie war schon immer ziemlich vorlaut«, sagt Jill.

»Wie fühlt man sich, wenn man für ein solch großes Vorhaben ausgewählt wurde?« fragt der Moderator.

»Es ist ein schönes Gefühl. Und bei meiner Kopie brauchen die Leute auch nicht so viel zu lesen wie bei der Statue in New York. Meine Botschaft kommt digital. Man kann sie auf See schon aus einer Meile Entfernung in allen Sprachen der Erde hören:

Gebt mir aufwärts strebende Mobilität,
Ihr Ingenieure, Wissenschaftler, Ärzte,
Die ihr schamlos nach immer mehr verlangt.
Verleiht mir diese klaräugige, unbelastete,
Zielgerichtete Jugendlichkeit,
Und ich spreize meine Beine
Vor einer schimmernden Küste.«

»Wunderhübsch«, brummt der Moderator. »Und nicht ein Cent wird durch Steuern bezahlt. Homer Brogg übernimmt die gesamten Kosten für dieses großartige Vorhaben.«

»Das ist deine Schwester?«

»Du willst wohl in den Apparat hineinkriechen. Nur zu!«

»Nein, nein, aber sie ist sehr attraktiv. Gab es zwischen euch beiden keinerlei Rivalität?«

Jill beißt zu. Es tut weh. Ich unterdrücke ein Keuchen.

»Aber nicht alle Nachrichten sind so gut«, sagt der Moderator. »Hier ein Report von Fabian Jones, dem leitenden Redakteur unserer Abteilung für Verbraucher-Anfragen.«

»Kaum glaubt man, man könne wieder ungefährdet an den Kochherd treten, wird ein weiteres Produkt vom Hersteller aus den Regalen unserer Läden zurückgerufen. Diesmal ist es die Listennummer 731731731 VSFES der Marke *Vigor Salzfreie Erbsensuppe.* Darin wurde ein virulenter Stamm von Brisik-Bazillen festgestellt, die in fortgeschrittenem Stadium

Thraposis auslösen und einen schrecklichen Tod zur Folge haben. Alle Vigor-Produkte werden deshalb vom Markt genommen und zur Vernichtung zum Hersteller zurücktransportiert. Wenn Sie also eine Dose zu Hause haben, aber trotzdem noch das morgige Programm sehen wollen, bringen Sie sie schnellstens dahin zurück, wo Sie sie gekauft haben. Sie erhalten natürlich Ihr Geld dafür zurück. Sie werden aber auch bei jedem Reklamationszentrum zurückgenommen. Zum Glück sind nur wenige nicht registrierte Chargen hinausgegangen, und diese werden bald der Entgiftung zugeführt sein. Die Chargennummer 731731731 VSFES steht auf dem Deckel der Dose. Bitte schauen Sie zu Hause sofort nach, ob Sie diese Erbsensuppe in den letzten Tagen gekauft haben. Das war ein Report von Fabian Jones.«

»Thraposis ist eine Krankheit, mit der nicht zu spaßen ist«, sagt der Moderator. »Sie zerstört die Magenschleimhäute. Also seien Sie vorsichtig. Und jetzt…«

Ich schlage auf den Schalter.

»Warum hast du abgeschaltet? Ich wollte noch die Wettervorhersage sehen.«

»Warum sind Frauen immer so auf die Wettervorhersage versessen?«

»Stimmt was nicht?«

»Hast du nicht gesehen? Hast du es nicht gehört? Ich wurde zurückbeordert.«

»Du bist wirklich goldig, Suppe. Sie haben doch nur davon gesprochen, daß … Ach, das ist der Grund.«

»Sie haben vor, mich umzubringen, Ich werde zu einem Reklamationszentrum gezerrt und wie ein Cradle-Mutant zermalmt. Der Mann ist wirklich brillant. Er hat es verdient, Präsident zu werden.«

»Dein Code ist zweimal entfernt worden. Es könnte doch Zufall sein. Du kannst doch nicht Homer Brogg für alles Schlechte verantwortlich machen.«

»Und wenn es nur eine einzige Dose mit der Chargennummer 731731731 VSFES gäbe, das Büro für Gesundheitsfragen würde sie finden. Sie werden das für die Publicity ausschlachten wollen. Ich bin tot, Jill. Im biblischen Sinn.«

»Nun mach mal halblang. Beruhige dich. Es ist doch deutlich sichtbar, daß du eine Person bist. Ich halte das ganze für einen Sturm im Wasserglas. Du bist nur nicht mehr daran gewöhnt, dich wohlzufühlen. Du kannst mit satter Zufriedenheit – jeglicher Art – nicht mehr umgehen.«

»Bring du mich hin, ehe sie mich holen kommen. Wenigstens bekommst du dann die Belohnung oder den Gutschein, was immer sie dafür aussetzen. Ich habe dir doch erzählt, was sie mit Omar und Ishmael angestellt haben, obwohl sie da nicht mal über genauere Informationen verfügten.«

»Die beiden haben ihre Code-Begrenzung erweitert. Wer hat ihnen denn aufgetragen, Concertos zu schreiben?«

»Jill, hör mir genau zu. Schrei jetzt ganz laut nach der Crew. Du wirst den Männern sagen, du hättest die Nachrichten gesehen und ...«

»Ich werde nichts tun – außer zur Hochzeit zu gehen, sobald wir mit dem Vögeln fertig sind.«

»Dann nimm eine Dusche und zieh dir ein Kleid an. Ich gehe zu meinem Wohnwagen zurück. Wahrscheinlich warten sie dort schon auf mich. Mach's gut, Jill. Ich wünsche dir ein schönes Leben.«

»Ich werde nicht heiraten. Ich habe Pierre überreden können, June zu heiraten.«

»Laß mich mit diesem Quatsch zufrieden. Ich habe so schon genug um die Ohren.«

»Zuerst wollte er nicht, aber ich habe ihm gesagt, daß mir seine tiefen Gefühle für June nicht verborgen geblieben seien. Außerdem würde aus mir nie eine ambivalente Akrobatin werden. Ich machte ihm klar, daß ich nur eine schlechte Kopie von Alice sein könnte – und erst recht nicht so erstaunlich. Aber wenn er June das Fliegen beibringen könnte, wäre das gerade so, als würde er den Zeppelin neu erfinden. June könnte ihn auf direktem Weg in die Sarasota-Ruhmeshalle katapultieren.«

»Und Pierre hat das gekauft?«

»June auch. Ich sagte ihr, Pierre liebe sie schon seit Jahren und sei nur zu scheu, sie zu bitten, die Karriere zu tauschen. Sie hat aber ein Problem – ihre Höhenangst. Ihr wird immer schwindlig.«

»Also wollte sie nicht so recht?«

»Doch – nachdem ich sie darauf hingewiesen habe, daß Pierre in seinem Alter eher für einen Dreifach-Bypass als für einen Dreifach-Salto qualifiziert ist. Sie könnte ihn aufpäppeln – ein paar hundert Kalorien nur pro Tag, jedenfalls so, daß es nicht auffällt. Sicher würde er dann ein liebendes Weib willkommen heißen – eine Familie, einen Schreibtischjob.«

»Und wo bleibst du?«

»Hier. Ich liebe dich, Suppe. Ich will es nicht und kann es auch niemandem empfehlen. Aber so sind die Dinge nun mal.«

»Dir bleibt immer noch Zeit, alles wieder in die Reihe zu bringen. Sag Pierre, du hättest den Gedanken, ihn an eine andere zu verlieren, nicht ertragen. Erzähl ihm sonstwas. Rette dich. Ich bin wirklich nicht die beste Empfehlung für eine dauerhafte Beziehung. Benenne dein erstes Baby nach mir. Das wäre schon mehr, als ich verdiene. James P. Wander ist am Ende. Schluß. Aus.«

»June hatte nur wegen dir Bedenken. Sie befürchtete, dich zu sehr zu verletzen. Sie möchte daher, daß du es bist, der sie dem Bräutigam zuführt.«

Wir sind alle anwesend und namentlich aufgerufen, die Tiere, lebendig oder ausgestopft, inbegriffen. Die ganze Affäre ist *al fresco*, weil Pierre Stars zu Trauzeugen haben will.

In unserem Sonntagsstaat versammeln wir uns vor dem Zelt. Die Abendveranstaltung hat die höchsten Erwartungen weit übertroffen, und so sind wir alle in bester Laune.

Globus und Amelia Bom haben auf einem Tisch Drinks und Erfrischungen aufgebaut. Ein Dreimann-Orchester aus der Stadt und der Pfarrer wurden für diesen Abend gebucht. Nach einiger Verwirrung – unter anderem wegen der Frage, wer denn nun die Braut ist – kann die feierliche Zeremonie endlich beginnen.

Lola hat einen Kreis aus Kerzen arrangiert, um die Hochzeitsgesellschaft gegen die Außenwelt abzugrenzen. Auf romantische Weise repräsentiert er die Manege des Circus Minimus. Pierre erscheint in einem schimmerndem Cape, in dessen Pailletten sich das goldene Kerzenlicht spiegelt.

June hält krampfhaft meinen Arm. Sie trägt ein Kleid aus weißem Leinen, das früher Jill gehörte und in der letzten Minute mit einem Stück Zelttuch auf die richtigen Maße erweitert wurde.

Vanessa reicht ihr einen Kranz aus Gänseblümchen. Mit Kerzenflammen in den Augen schwebt June auf Pierre zu. Ich merke, daß ich Tränen in den Augen habe – weniger in Erinnerung an meine eigene Hochzeit als an den kurzlebigen Frieden, den ich in Junes opulentem Freilicht-Theater zwischen all den verblichenen Kinostars empfunden habe. Pierre kann sich immer noch glücklich schätzen.

Während sich das zu verehelichende Paar aufeinander zubewegt, behalte ich die Crew im Auge. Die Männer haben dicht hinter dem sakralen Perimeter Aufstellung genommen. Ich weiß, sie warten auf mich.

»Die Metapher der Akrobatik ist ideal«, beginnt der Pfarrer, »denn was ist eine Hochzeit anders als die Paarung von Vögeln, die gesegnete Einsicht, daß Wolken noch unschuldig sind? June und Pierre reihen sich ein zu einer herrlichen und mysteriösen Reise, die sie in ein weit entferntes Nest führt. Sie tun dies voller Optimismus, daß ihre Ziele immer höher und reicher werden. Ja, diese beiden sind keine Kindlein im Walde mehr. Sie wissen, daß die Zeit ihrer Verschmelzung unausweichlich naht. Sie wissen auch, daß immer die unmittelbare Gefahr droht, sich einen Flügel zu brechen oder den Schnabel zu verletzen. Trotzdem zwitschern sie, und ihr Gesang ist die Inspiration.«

Ich nicke Arthur zu. Er schlüpft zwischen den Kerzen hindurch und geht auf das Zelt zu. Ich sehe seine kleine Gestalt unter der Kassenbude verschwinden und nach dem Kabelschlauch suchen, der mit diesem seltsamen Kobold im Mast verbunden ist.

»Gesegnetes Paar, durch gegenseitige Liebe und Bewunderung schraubt ihr euch höher in die Lüfte als jeder Adler, ihr überschreitet einen Horizont, den kein Kondor je erblickte. Mögen eure gefleckten Eier geheiligt sein. Pierre, nimmst du June zu deinem rechtmäßig angetrauten Weib?«

»Ja, das tue ich.«

Vanessa hat ihre Pferde als Deckung benutzt, um sich zu dem Lieferwagen zu schleichen. Sie löst das zweite Kabel und schleift es zu Arthur hinüber, der sein Kabel Inch für Inch einzieht.

»Und du, June, nimmst du Pierre zu deinem Mann, auf daß du ihn lieben und ehren mögest, bis daß der Tod euch scheidet?«

»Noch länger sogar«, sagt June.

»Kraft der Befugnisse, die mir der Ehestandsrat dieses Staates verliehen hat, erkläre ich euch nun zu Mann und Frau. Du darfst jetzt die Braut küssen.«

Das Orchester legt los, wir lassen das frisch getraute

Paar hochleben und drücken die beiden in einer gemeinsamen massiven Umarmung an uns.

»Und nun, zu Ehren der Jungvermählten«, verkündet Globus mit seiner Megaphon-Stimme, »geben wir, die große Familie von Braut und Bräutigam, eine Sondervorstellung der Liebe und Zuneigung ...«

Charlemagne befreit Orson von seiner Fußfessel und steigt auf seinen Rücken. Lola öffnet den Löwenkäfig und drängt den überraschten König der Tiere hinaus ins Gras. Vanessa läßt Romeo und Julia tänzeln wie Lippizaner. Pierre schwingt sich auf eine Strickleiter und klettert den Zeltmast empor. June verbindet mit Arthurs Hilfe die beiden Kabelenden. Es ist Doodoo, der die Haube des Lieferwagens hochklappt, das Kontrollbord ausfährt und so versiert auf den Tasten herumspielt wie Sigmund Snider auf seinem Piano.

»Sie versuchen, die ganze schwanzlutschende Welt in die Luft zu jagen«, schreit der Vormann der Crew.

»Das nenne ich mal eine Abwechslung«, jubelt Jill.

Vanessa kommt mit den Pferden.

»Abbruch, Abbruch«, kreischt der Vormann.

»Dafür gibt es andere Alternativen«, mahnt der Pfarrer.

June wirft Jill ihre Gänseblümchen zu. Wir sitzen auf und reiten. Hinter uns startet ein Mitglied der Crew ein Motorrad. Das Grollen der Zündung zündet den Löwen. Er spürt plötzlich wieder den längst vergessenen Fortpflanzungstrieb in sich und springt auf das Zweirad.

Romeo und Julia trotten im Kreis. Alte Gewohnheiten sterben nun mal langsam. Ich sehe, wie Charlemagne Orson zu einem Auflieger dirigiert. Der Dickhäuter wirft ihn um, als sei er ein Baiser. Ein anderer aus der Crew greift nach meinem Bein. Mati formt seine Python zu einer Schleife und legt sie um den Hals des Mannes. Der Druck der Hand an meinem Knöchel erschlafft ganz plötzlich.

Jill zwingt Julia zu einem Geradeaus-Galopp. Romeo folgt ihr.

»Bringt mir ihre Titten und seine Eier«, tobt der Vormann.

»Das dürfte kaum noch Sinn haben«, sage ich und setze über einen Zaun. »Wenn sich dieses *Letzte Zäpfchen* in die Lüfte schwingt, werden wir das Klimakterium kaum erreichen.«

»Es wird nicht funktionieren«, meint Jill. »Nichts funktioniert.« Sie hat Junes Gänseblümchen unter den Arm geklemmt. »Und jetzt sei locker und gelassen. Wir sind schon in der Stadt.«

Wir zügeln die Pferde und klappern an einem Restaurant vorbei. Ein Streifenwagen parkt davor. Die zwei Polizisten an der Theke winken. Wir winken zurück – und hören im gleichen Moment die Motorrad-Sirenen.

»Bleib hier«, raune ich Jill zu. »Sag ihnen, ich hätte dich als Geisel genommen. Rette dich.«

»Mach, daß du von der Straße kommst.«

Wir tauchen in die Dunkelheit und reiten über ein Feld. Ich drehe mich um und schaue zurück. Das Lichtauge des Motorrads folgt uns. Die Augen des Streifenwagens sind größer. Die Pferde wittern eine Niederlage. Sie rühren sich nicht mehr von der Stelle.

»Endstation?« fragt Jill.

»Endstation.«

Wir steigen ab, danken Romeo und Julia und geben ihnen einen Klaps auf die Hinterteile. Sie trotten in der Richtung davon, aus der wir gekommen sind. Dadurch gewinnen wir etwas Zeit. Der Feind folgt ihnen.

»Es dauert nicht lange, bis sie uns haben«, sage ich. »Ich möchte dir wenigstens richtig Goodbye sagen. Halt mich fest.«

»Würden sie uns beim Vögeln festnehmen?«

»Das glaube ich kaum. Es würde sich aber nicht sonderlich gut machen auf den Titelseiten.«

»Wir wären auf den Titelseiten?«

»Zumindest in den Hauspostillen der Supermärkte.«

»Ausgezeichnet. Das sind ohnehin die einzigen Zeitschriften, die die Leute lesen.«

»Jill, es hätte so schön sein können ...«

»Das war es. Nimm ein paar Gänseblümchen.«

»Sie sind nicht hinter dir her. Also, lauf hier im Matsch herum und lalle irgendwelches blödsinniges Zeug. Es ist besser, auf der Hamish Farm zu leben als in blauem Dunst tot zu sein.«

»Ich glaube, ich bleibe hier. Ich mag blauen Dunst.«

Blauer Dunst? Zwei Streifen himmelsblauen Lichtes weisen uns den Weg. Sind wir etwa schon Gespenster? Wir gehen auf einen kleinen Schuppen zu, vor dem ein Mädchen steht und sich die Bluse zuknöpft. Keine zehn Fuß von ihr entfernt steht ein Chopper. Ein Mann tritt neben das Mädchen. Er trägt einen Kasten, der wie ein Haus aussieht.

»Ich dachte, ich hätte alle, die da waren, ausgeliefert«, sagt er.

»Beißen sie?«

»Was beißt nicht? Paß auf dich auf, Charlotte.«

»Ruf mich an, wenn du da bist. Es gibt Telefone in den Zoos.«

»Es ist kein Zoo. Es ist ein Institut.«

»Waren sie wirklich im Fernsehen?«

»Sie haben eins gezeigt. Die anderen waren nur Staffage. Es sah wirklich gut aus. Die Leute haben sofort nach der Sendung angerufen und die Viecher für fünftausend pro Stück geordert.«

Der Mann geht zu dem Helikopter. Als er mit uns fast auf einer Höhe ist, flüstert Jill: »Es sind Muffs, die er da herumschleppt. Und du hattest unrecht. Sie gehen weg wie warme Semmeln.«

»Was soll der ganze Aufruhr?« fragt der Mann. Die Motorrad- und Sirenengeräusche kommen näher.

»Wer weiß?« sagt das Mädchen. »Ruf mich vom Zoo

aus an. Und flieg vorsichtig. Die Nacht ist verdammt finster.«

»Das tue ich doch immer.«

»Nimm's nicht persönlich«, sage ich zu dem Mann und schlage ihn nieder.

»Wegen dir hat er die Muffs fallengelassen«, faucht Jill.

»Nun steig schon ein.«

Sie steigt ein, aber erst, nachdem sie die Kiste aufgehoben hat. Ich starte die Rotoren.

»Du kannst diese Dinger fliegen?«

»Wie jeder ganz gewöhnliche Renaissance-Typ. Ich habe Homer immer zu seiner Fischerhütte geflogen. Der Fisch war eine Frau aus der Werbeabteilung, die er immer Vulva nannte.«

Wir schweben. Ich sehe Mündungsfeuer unter uns. »Ich gehe wieder runter.«

»Jetzt?«

»Sie schießen auf uns.«

»Wäre es dann nicht eine gute Idee, von hier zu verschwinden?«

»Schon möglich. Ich versuche nur gerade, die Instrumente auszuprobieren. Sie haben sich seit meiner Zeit damals ziemlich verändert.«

Die Muffs knurren in ihrem Haus. Jill beruhigt sie.

»Es könnte eine neue Sittichart sein, Suppe.«

»Verschwende nicht deine Zeit mit irgendwelchen kurzlebigen Modetrends.«

Ich setze den Chopper nach Süden in Bewegung. Der Norden war schon immer aggressiver.

»In welche Richtung fliegen wir?«

»Das kommt darauf an, von wo wir gestartet sind. Weißt du noch zufällig, in welcher Stadt wir zuletzt aufgetreten sind? War sie in Louisiana oder in Oregon?«

»Wo denkst du hin? Ich habe schon vor Jahren meinen Orientierungssinn eingeschläfert.«

Ein Geschoß durchschlägt die Glaskanzel.

»Wirf einen letzten Blick auf die Welt«, sagt Jill.
»Hast du was gesagt?«
»Nicht zu dir.«

Trotz ihrer beschissenen Radargeräte brauchen sie eine Stunde, um uns zu finden. Dann höre ich im Kopfhörer aufgeregtes Stimmengewirr. Wir sind eine Störung auf ihren Schirmen, und so endet für uns die Welt.

»Sie haben uns geortet.«

»Und was geschieht jetzt?«

»Vermutlich hängt das davon ab, wem der Copter gehört und wer die Versicherung ausgestellt hat. Sie werden uns wahrscheinlich zur Landung auffordern.«

»Bist du mit diesem Vorgang vertraut?«

»Nur sehr vage.«

»Und wenn sie uns nicht dazu auffordern?«

»Es geht schnell. Du wirst kaum was spüren.«

»Kleine Gefälligkeiten nehme ich gern an. Wo sind wir?«

»Über Wasser. Ich glaube, es ist der Golf.«

»Wasser ist besser. Ich weiß, man sagt allgemein, daß da kein großer Unterschied besteht, aber mir kommt es weicher vor.«

Fünf Minuten später schießt ein Airguard VII-Kampfbomber durch die Mondscheibe. Ich flüchte mich unter eine Wolke.

»Ziemlich heftiges Kaliber«, sage ich. »Mayday.«

»Wieso Mayday? Das hört sich an, als ob Kinder mit leuchtenden Gesichtern um einen angemalten Phallus herumtanzen.«

»Es kommt vom französischen *m' aidez*.«

»Du verdirbst einem auch jeden Spaß, Suppe.«

»Ich drehe um.«

»Tu's nicht.«

»Du kannst noch alt und grau werden. Muffs züchten.«

»Da wüßte ich einen besseren Zeitvertreib.«

»Einer von uns beiden sollte am Leben bleiben, um die Geschichte zu erzählen.«

»Warum?«

Wir erreichen wieder freien Himmel. Fünfzig Meilen Sicht. Der Bomber hängt an unserem Schwanz, kommt längsseits. Ich zeige mit dem Finger nach unten. Der Pilot hebt den Daumen hoch.

Ich kann seinen Funk mithören.

»Erwarte Anweisungen.«

»Identität: Schleimer. Grad: Bösartig. Konsens: Auslöschen.«

»Bitte bestätigen: Auslöschen.«

»Bestätigt.«

Der Jet zieht eine Schleife und klemmt sich hinter uns. Der Pilot läßt sich Zeit. Er nimmt uns ganz genüßlich ins Visier.

»Man will uns nicht mehr«, sage ich.

»Können Muffs schwimmen?« fragt Jill.

Muffs. Es sind Prototypen – und Millionen wert. Irgendwo schwitzt ein Genetik-Experte jetzt Blut und Wasser.

»Lesen Sie?« frage ich das Mikrophon.

»So wenig wie möglich«, antwortet der Pilot.

»Sagen Sie Ihrem Kommandeur, wir hätten ein paar Muffs an Bord. Wenn Sie nicht wissen, was das für Tiere sind, würde ich Ihnen raten, sich über Funk zu informieren.«

»Die Biester, die nicht scheißen? Vielen Dank, aber ich bin schon über die Muffs gebrieft worden. Was du an Bord hast, mein Junge, sind nur die Vorführ-Modelle. Die neuen sind zehn-, zwanzigmal besser. Sie können Ma-ma, Da-da und so was sagen. So long, ihr Schleimscheißer.«

Eine Kette unerwarteter Ereignisse ist die Folge. Der

Pilot feuert eine Quale 604 Luft-Luft-Rakete ab. Die schlanke Silbernadel hat eine auswandernde Ente neugierig gemacht. Wieso sie die Quale als technologischen Freudenspender betrachtet, übersteigt mein Begriffsvermögen. Das Geschoß fährt von hinten in die Ente hinein und explodiert. Die Ente muß einen Freudenschrei ausgestoßen haben, denn ein Blizzard von Stockenten, genug für ein ganzes Leben, stürzt sich ins Getümmel. Die Airguard VII-Düsen verschlukken die Wanderer der Lüfte. Die Druckwelle ist beeindruckend. Unsere Rotoren quirlen Flugzeugteile, Entenfetzen und Überreste des Piloten.

»Vielleicht hat Morris doch ein paar gute Verbindungen. Vielleicht werden wir Norman Cradle begegnen«, meint Jill.

»Aber nicht sofort. Zuerst schicken sie noch ein Flugzeug.«

»Dann stell diese Mühle auf Automatik und komm zu mir.«

»Bestimmte Gegebenheiten verhindern gewisse Schwellungen.«

»Ich wette, es gibt eine Menge Männer, die da anders empfinden.«

Der Copter hustet. Ich werfe einen Blick auf die Tankanzeige. Leer.

»Du hättest anhalten und auftanken sollen«, meint Jill.

»Sieh dir noch einmal die Welt an, und dann halt dich fest.«

»An was?«

»An mir.«

Der Helikopter bleibt stehen, dreht sich, stürzt. Ein kurzer Schmerz, nicht stark, nicht schlimm, und wir sind tot.

Engel schweben durch das Mondlicht. Sie sind kleiner, als ich dachte, und haben winzige Köpfe. Aber mir steht es nicht zu, ein Urteil über kosmische Ästhetik zu fällen. Die Engel singen in einer fremden Sprache. Ich singe mit, um sie zu beruhigen.

»Was waren meine letzten Worte?« fragt Jill.

Ich sehe zu ihr hoch. Sie baumelt über mir und testet ihr neues himmlisches Talent.

Einer der Engel landet neben meinem Ohr. Er gluckst. Vielleicht doch keine Engel?

Ich taste nach meinen Einzelteilen. Sie scheinen intakt. Mein Gesicht ist wie Brei. Ich prüfe Arme und Beine. Es besteht die Chance, daß ich lebe. Morris Feuerbloom sagte, die Wiedergeburt sei freiwillig. Ich bin nicht mit allem einverstanden.

Ich versuche mich aufzusetzen. Meine Bewegung verschreckt die Seraphim. Sie verwandeln sich in Möwen und verziehen sich sonstwohin.

»Jill, komm herunter.«

»Ich wüßte nicht wie.«

»Du bist doch sonst so selbständig.«

»Mit wem spreche ich überhaupt?«

Ich schaffe es aufzustehen, strecke mich und schnalle Jill los. Sie fällt in den Matsch.

»Ist Gott aus Hafermehl? Kann ich mich bewegen?«

»Wenn du es kannst, tu es. Wir müssen die Reste des Choppers tarnen.«

Wir klettern aus dem Sumpf auf eine Hügelkuppe mit immens grünen Blättern.

»Ein Bett aus Salat«, sagt Jill. »Hier will ich in Frieden ruhen.«

»Aber noch nicht.«

Wir sammeln einen Haufen Blätter und tarnen damit die Wrackteile. Wenn sie aus der Luft nichts bemerken, denken sie vielleicht, daß wir ins Meer gestürzt sind. Sie werden das bestimmt gern glauben, und das ist unser Vorteil.

»Die Muffs.«

Jill findet ihr zerschmettertes Haus. Wenigstens gibt es keine Muff-Leichen, die sie deprimieren könnten.

»Nach oben«, sage ich.

Wir klettern den schwammigen Hügel höher hinauf. Unter uns bebt unser Universum, als stünden wir auf dem Rumpf eines Wals. Und um uns herum überall Wasser.

»Das ist keine Insel. Es gibt keine Hotels«, vermutet Jill.

»Ein Antikshop. Sieh mal.«

Vor uns türmt sich ein Berg: alte Fernseher, Autowracks, Möbel, Kisten mit Waschbecken, Toiletten, Spielzeug, Büchern, verrosteten Waffen, Reifen, Kleidern und ungekennzeichneten Tüten voller Abfall.

»Das 20. Jahrhundert. Wir sind auf einer Zeitreise.«

»Ich weiß, wo wir sind«, sage ich. »Ich kenne den Ort von Bildern und aus dem Fernsehen. Wir sind auf der *Kotchka*, der Abfallbarke.«

»Warum ist die Wahrheit nie so wie in den Reiseprospekten«, beschwert sich Jill.

Wir wandern durch den Müll und erkunden das Königreich der Verweigerung. An Klippen aus zerbrochenem Kunststoff und verbogenen Maschinengerippen vorbei kommen wir in ein Tal voller Wunder. Ein Wald von Bäumen. Eine Lichtung, auf der Blumen und Gemüse wild durcheinander wuchern. Ein Bach plätschert auf eine Bodenwelle aus Telefonen, Mikrowellenherden, Toastern und Haartrockner zu, wird zum Wasserfall. Ich nehme Jills Hand.

»Dies ist eine verbotene Zone. Nicht mal Anthropologen erhalten eine Besuchserlaubnis.«

»Das ist schon mal positiv. Ich hatte für Anthropologen noch nie was übrig.«

»Das könnte das Ende meiner Brautwerbung sein.«

»Das mußte ja mal kommen. Wir können uns hier niederlassen. Irgendwo in der Nähe ist doch sicher auch eine Schule.«

Ein Pfeifen. Jill stürzt in Richtung des Geräuschs davon. »Ein Muff.«

»Komm zurück. Warte bis Tagesanbruch ...«

Ich stürze ihr nach durch ein Gebirge aus Röhren, Backsteinen, Fensterrahmen und zerbrochenen Türen. Die Türen sind verrottet, zersplittert, mit Graffiti bedeckt, sind zu Treibholz der Zeit geworden. Aber eine Tür ist noch eine Tür.

Ich überquere ein Feld von Dosen und Flaschen, trete vor die Tür und klopfe. Ein lächerlicher Reflex. Ich weiß doch, daß niemand zu Hause ist. Ich ziehe an dem Knopf. Die Tür ist natürlich versperrt. Das hätte ich mir denken können. Ich zerre stärker. Das Schloß hält, aber die Angeln geben nach.

Ich zwänge mich durch den Spalt und erkenne eine Eisentreppe. Ich höre ein Geräusch, als ob jemand schwer atmet. Haben wir einen Drachen hier an Bord? Oder eine gigantische Ratte, gemästet vom Nationalen Konservierungstrust?

Ich steige zu einem Raum hinab, der vom Boden bis zur Decke mit alten Zeitungen gefüllt ist. Ich nehme eine Ausgabe zur Hand und lese von Krieg, Seuchen, zerfallenden Städten, Stammesfehden. Anzeigen offerieren mir die Produkte, die oben kostenlos herumliegen. Da sind seitenlange Anzeigen für Häuser, Jobs, ganze Kolumnen, in denen Leute sprachgewandt ihre Körperattribute und Neigungen anderen Leute schmackhaft zu machen versuchen. Ich lese – und zucke zusammen. Wieso kann ich hier lesen? Wo kommt das Licht her?

Das Atmen wird lauter.

Aus der Wand am anderen Ende des Raumes dringt Neonlicht. Ich gehe näher heran und drücke mein Ohr an das Metall. Keine Frage, was immer die feuchte

Luft einsaugt, lebt dort drinnen. Rückzug wäre jetzt die klügste Wahl. Aber ich entdecke einen Weg hinein. Das Hindernis ist durch Salz und Zeit korrodiert. Das Licht dringt durch einen Riß in der Aluminium-Haut. Ich vergrößere ihn, bis ich hindurchpasse.

Ich falle mitten in einen Kreis aus menschlichen Knochen. Die Menschen, denen sie gehörten, starben gemeinsam, Hand in Hand. Jeder Schädel hält eine zerbrochene Ampulle zwischen den Zähnen. Eine vertrocknete Faust hat sich in ein Porträt von Dr. Hoffenstein gekrallt.

»Wir dürfen nie diese wahren Helden und Heldinnen vergessen, die den Großen Muttercomputer gebaut haben und dann freiwillig gestorben sind, um ihr Geheimnis zu schützen und mit sich ins Grab zu nehmen.«

Genau das waren die Worte, die wir jeden Tag in der Schule aufsagen mußten, die Worte, die Dr. Hoffenstein auf seinem Bankett der Welt als Echos verkaufte.

Da ist noch eine Tür. Mit dem Knie eines der Helden breche ich sie auf. Ohne großen Widerstand gibt sie nach. Ich frage mich, ob vielleicht Brogg Ingenieurtechnik die Barke gebaut hat.

Da ist SIE, und SIE ist wunderschön. Summend, keuchend, blitzend, brummend – die Göttin der Ordnung, der Brunnen aller Codes. SIE ist im Gegensatz zu den dürftigen Wänden und Türen, die SIE schützen sollen, hervorragend gebaut. Ihr herrlicher Körper ist ein Sonett aus Stromkreisen, Fotozellen, Chips, Transistoren.

Ich sinke vor IHR auf die Knie.

IHREN Strom bezieht sie aus einer einzigen Arterie, die mit einem Atommeiler verbunden ist. Es gibt sogar ein Notstromaggregat, das aus der Dünung Energie gewinnt. Und da ist ein Kästchen mit einem Schalter unter dickem Glas. Darunter zwei kleine Schilder: AN und AUS.

AN und AUS, ja oder nein. Das ist es, auf das alles letztendlich hinausläuft.

Ich reibe den Staub von der Scheibe und starre den Schalter an. Ich tippe mit dem Knochen in meiner Hand gegen das Glas. Ich schlage schneller dagegen – im Takt mit dem digitalen Zählwerk, das die Geburten und Todesfälle auf der Welt zählt, die Regentropfen auflistet, die Generationen orchestriert.

Ich finde Jill bei den Muffs auf einem Haufen Computer. Sie füttert sie mit faserigen Möhren.

»Hast du was gefunden?«

»Nicht viel. Nur das.«

»Was ist das?«

»Eine Dose, in der einmal Mallomars gewesen sind. Die Originalverpackung. Wäre einem Sammler mindestens 20 Bucks wert.«

»Ich habe auch was Komisches gefunden.«

»Das ist ein Hand-Dosenöffner. Meine Großmutter hat so einen benutzt.«

»Bin ich froh, daß ich mit einer Enzyklopädie für veraltete Informationen gestrandet bin.«

Ich trete hinter sie und lege ihr mein Gestricktes über die Schultern.

»Du hast tatsächlich daran gedacht, es mitzunehmen?«

»Es war nicht fertig.«

Die Müllbarke schwankt wie eine Kinderkrippe. Ein blasser Mond ankert im Westen, im Osten dämmert eine neue Sonne herauf. Wir haben unseren Kompaß.

»Die Nächte werden kürzer«, sagt Jill.

Ich bedecke ihre Brüste mit meinen Händen und küsse ihren Nacken.

»Woran denkst du, Suppe?«
»An Ordnung. An Symmetrie.«
»Ist beides total überbewertet.«
»Also lassen wir uns treiben.«
»Wir lassen uns treiben.«
Obwohl die Zeit eine Terroristin ist, hoffe ich, sie ist mit uns.

HEYNE BÜCHER

Shadowrun

Mitte des 21. Jahrhunderts sind die Nationalstaaten zerfallen, haben Megakonzerne neben der wirtschaftlichen auch die politische Macht übernommen. Aber auch die Bewohner dieser Welt haben sich verändert. Durch die Regoblinisierung funktioniert die Zauberei wieder, und es tauchen Trolle, Elfen, Werwölfe und Drachen auf inmitten einer computerisierten Hightech-Welt.

06/5294

Eine Auswahl aus
15 lieferbaren Bänden:

Hans Joachim Alpers
Das zerrissene Land
Deutschland in den Schatten
Erster Roman
06/5104

Die Augen des Riggers
Deutschland in den Schatten
Zweiter Roman
06/5105

Die graue Eminenz
Deutschland in den Schatten
Dritter Roman
06/5106

Tom Dowd
Spielball der Nacht
06/5186

Nigel Findley
Der Einzelgänger
06/5305

Wilhelm Heyne Verlag
München